Andorinha, andorinha

MANUEL BANDEIRA
Andorinha, andorinha

ORGANIZAÇÃO Carlos Drummond de Andrade

Apresentação
Alvaro Costa e Silva

Coordenação Editorial
André Seffrin

São Paulo
2015

© **Condomínio dos Proprietários dos Direitos Intelectuais de Manuel Bandeira**
Direitos cedidos por Solombra – Agência Literária (solombra@solombra.org)
Carlos Drummond de Andrade © **Graña Drummond**
www.carlosdrummond.com.br
4ª Edição, Global Editora, São Paulo 2015

Jefferson L. Alves – diretor editorial
Gustavo Henrique Tuna – editor assistente
André Seffrin – coordenação editorial, estabelecimento de texto e cronologia
Flávio Samuel – gerente de produção
Flavia Baggio – assistente editorial
Deborah Stafussi e Tatiana F. Souza – revisão
Fernanda B. Bincoletto – índice onomástico
Evelyn Rodrigues do Prado – projeto gráfico
Eduardo Okuno – capa
Suzanna Schlemm – ilustração de capa

Todas as iniciativas foram tomadas no sentido de estabelecer-se as suas autorias, o que não foi possível em todos os casos. Caso os autores se manifestem, a editora dispõe-se a creditá-los.
A Global Editora agradece à Solombra – Agência Literária pela gentil cessão dos direitos de imagem de Manuel Bandeira.

Obra atualizada conforme o
NOVO ACORDO ORTOGRÁFICO DA LÍNGUA PORTUGUESA.

CIP-BRASIL. CATALOGAÇÃO NA PUBLICAÇÃO
SINDICATO NACIONAL DOS EDITORES DE LIVROS, RJ

C216m
4. ed.
   Bandeira, Manuel, 1886-1968
    Andorinha, andorinha / Manuel Bandeira ; organização Carlos Drummond de Andrade ; coordenação André Seffrin ; apresentação Alvaro Costa e Silva. – 4. ed. – São Paulo : Global, 2015.

   ISBN 978-85-260-2179-2

   1. Crônica brasileira. I. Andrade, Carlos Drummond de, 1902-1987. II. Seffrin, André. III. Silva, Alvaro Costa e. IV. Título.

15-19970
                                       CDD: 869.8
                                       CDU: 821.134.3-8

Direitos Reservados

global editora e distribuidora ltda.
Rua Pirapitingui, 111 – Liberdade
CEP 01508-020 – São Paulo – SP
Tel.: (11) 3277-7999 – Fax: (11) 3277-8141
e-mail: global@globaleditora.com.br
www.globaleditora.com.br

Colabore com a produção científica e cultural.
Proibida a reprodução total ou parcial desta obra sem a autorização do editor.

Nº de Catálogo: **3702**

Andorinha lá fora está dizendo:
– "Passei o dia à toa, à toa!"

Andorinha, andorinha, minha cantiga é mais triste!
Passei a vida à toa, à toa...

(Andorinha)

SUMÁRIO

Nota do organizador à primeira edição 19
A prosa eterna de Manuel Bandeira – *Alvaro Costa e Silva* 21

1ª PESSOA DO SINGULAR 27
Quem sou eu? 29
Sou provinciano 30
O quintal 31
Fui filmado 33
Cheia! As cheias! 34
Minha adolescência 35
Gosmilhos da pensão 36
Caluniai... 37
Carta a mestre Corção 39
Aviso aos navegantes 40
Lição de Goethe 41
No Festival do Escritor 42
Palavras cruzadas 43
Correio da espada 45
Meus poemas de Natal 46
Mestre, contramestre 49
Nobel e subdesenvolvidos 50
Caso da cabeça 51
    Tudo errado 51
    A ciência falou 52
    Pernambucano, sim senhor 53
Viva a Suécia 55
Dívida para com o Peixe Vivo 56
Fala o ex-encadernador 58
O poeta e os jovens 59
Homenagem a MB 60
Semana cheia 62
Noite de autógrafos 63
Prefácio gentil e injusto 65

Temps retrouvé 66
Direito por linhas tortas 67
O momento mais inesquecível 68
Confidências a Edmundo Lys 69

ARTE PARA OS OLHOS 73
O numeroso Portinari 75
    Um rapaz de 23 anos 75
    Florentino quase caipira 75
    A força do povo 77
    Exposição em Bonino 79
    Lembrança de seu Batista 80
    Cores da miséria 81
    Poemas de pintor 81
    Câmara ardente 82
Guignard 84
    Pinturas no café 84
    A vida é bela 85
    Ouro Preto remoçada 87
Oswaldo Goeldi 88
    Apresentação do artista 88
    Alto, puro, ascético 89
    Soledade 90
Djanira: pobreza feliz 92
Pintura angélica 93
    Crianças inglesas 93
    Crianças francesas 94
Escrever para o homem da rua 96
Marcier 99
Carlos Oswald e os modernistas 101
Velho Luís Soares 102
Celita e seus alunos 104
Segalá e *A sereia* 105
Augusto Rodrigues 106
Pérez Rubio, retratista 107
Eliezer de volta 110
Retratos de Ismailovitch 111
Rosto do Imperador 112

No Mauritshuis, em Haia 113
Somos todos condôminos 114
O obelisco da avenida 115
      É monumento 115
      Desagravo 116
Direção do museu 117
O salão moderno 118
Exposição de neoconcretos 120
Beleza de Brasília 121

OUVINTE DE MÚSICA 123
Villa-Lobos: um concerto em duas críticas 125
Villa regendo 128
O moço Lorenzo Fernandez 130
Mignone bem brasileiro 131
Canções de Tupinambá 133
Antonieta Rudge Miller 134
Três concertos de piano 136
A pequena Oiticica 137
Pianista russa 138
O violinista Fittipaldi 139
Lúcia Branco ao piano 140
Retrato de Terán 141
Violão de Levino 142
Elsie Houston e "Serestas" 143
Ouvindo Germana 144
Helena sem rival na modinha 145
Música fora de hora 146
Altos e baixos da SCB 147
Esses concursos a prêmio... 148
Piracicaba dando exemplo 149
Sob o signo de Santo André 150
História da música, de Carpeaux 151
Em casa de Ingram 152
O quarteto de Londres 153
Novidades pelo Quarteto Paulista 155
Quem viu Nijinsky e Pavlova 156
Meninas de Klara Korte 157

Alegria de profeta 158
O *ballet* de Dalal Achcar 159
Zuimaalúti 160

TEATRO DE VEZ EM QUANDO 161
Noé e os outros 163
Calor e revistas 164
Sem dar importância 165
Frivolidades em dois atos 166
Perigo de Berta Singerman 167
Sobre a nossa vida!... 168
Estudantes fazem teatro 170
Elizabeth censurada 172
O Santo e a Porca 176
Beata Maria do Egito 177
Um cavalinho azul 178
Bilhete a Zora 179
Entre quatro paredes 181

CINEMINHA 183
Apresentação do cronista 185
Arte e cinema 187
Cinema em Petrópolis 189
Pane em Caxias 190
História de Sagan 192
Orfeu do carnaval 193
Documentário de escritores 194
O passado 195
La strada 196
Garbo, Marlène 197

TARDES E NOITES NA ACADEMIA 199
A Academia em 1926 201
Conselhos ao candidato 203
Oratória baiana 204
Aversão ao voto secreto 205
Questão de estatuto 206
Canjiquinha e doces trabalhos 207

Declaração de voto 208
Discurso-poema 209
Bilu, acadêmico 210
Faixas e faixas 211
Idade e tamanho 212
Entrega de prêmios 213
Ensaio, crônica 214
Duas coisas não me agradam 215
O fantasma e o príncipe 216
Expoentes 217
Cuidado com o X.! 218

CONVERSA DE PROFESSOR 221
Colega de meus alunos 223
A fêmea do cupim 227
As viagens de Gonçalves Dias 228

LEITURA PEDE SIMPATIA 231
Poesia de Olegário Marianno 233
O lírio do colégio 239
Reservista poeta 241
Lágrima torrencial 244
Ritmos e ascese poética 245
Gaúcho macanudo 247
Segundo livro de Vinicius 249
Sensibilidade simbolista 250
Soneto em latim 251
Sem galanteio 252
Um livro e duas cartas 253
Três jovens poetas 261
Um alumbrado 263
Onestaldo, tradutor 264
Rima natural 265
Ribeiro Couto, intraduzível 267
Este leu Alighieri 268
Carro cantador 269
Tão pouco Julieta 271
Onde ela não está 272

A PROSA ETERNA DE MANUEL BANDEIRA

Num breve comentário sobre *Floresta de exemplos*, um raro livro de narrativas escrito pelo filólogo João Ribeiro, Manuel Bandeira parece falar de si mesmo: "Ninguém melhor do que ele soube assimilar tão completamente as dicções clássicas e arcaicas, que podia incorporá-las em sua prosa moderna sem que do seu procedimento resultasse nenhum ranço de estranheza e pretensão". Pode-se dizer que, ao elogiar o de outro, Bandeira faz o panegírico do próprio estilo: "[...] é o idioma no seu presente e no seu passado – na sua eternidade. Dá vontade de gritar: Meninos, não leiam gramáticas, leiam João Ribeiro e Machado de Assis!".[1]

Meninos, leiam este *Andorinha, andorinha*. Organizada por Carlos Drummond de Andrade e publicada pela José Olympio em 1966 em homenagem aos oitenta anos do poeta, é a mais alentada seleta de seus textos em prosa, abrangendo uma faixa de quarenta anos – de 1925 a 1965 – de uma não menos extensa colaboração na imprensa do Rio, São Paulo e Recife. O título remete aos versos do famoso poema "Andorinha", enfeixado no clássico *Libertinagem*, de 1930:

> Andorinha lá fora está dizendo:
> – "Passei o dia à toa, à toa!"
>
> Andorinha, andorinha, minha cantiga é mais triste!
> Passei a vida à toa, à toa...[2]

Nascido na Capunga, arrabalde do Recife, no dia 19 de abril de 1886, Manuel Carneiro de Souza Bandeira Filho, com a arte de aproximar a literatura da vida e vice-versa, tornou-se um dos maiores poetas do Brasil. Já em seu primeiro livro, *A cinza das horas*, de 1917, apresentou sua marca: um estilo delicado e, sobretudo, simples, aquela simplicidade dificílima de alcançar. Apesar da amizade com Mário de Andrade, expressada em longa troca de cartas, foi um modernista tardio e um tanto reticente, seguindo um caminho próprio nos versos de *Carnaval* (1919), *Estrela da manhã* (1936), *Lira dos cinquent'anos* (1944), *Mafuá do malungo* (1948), entre outros.

Antes de *Andorinha, andorinha*, o autor já havia publicado prosa – que em nada decepciona os amantes de sua poesia – nas *Crônicas da província do Brasil*, de 1937. Vinte anos

---

[1] BANDEIRA, Manuel. Leiam João Ribeiro. In: _____. *Andorinha, andorinha*. São Paulo: Global, 2015, p. 306.
[2] Idem. Andorinha. In: _____. *Libertinagem*. São Paulo: Global, 2013, p. 77.

Juvenília 273
Sorriso suspenso 275
Rebanho de cantigas 277
Mamulengo 279
Meio livro, meio objeto 280
Um visual concreto 282
De poética 284
Poesia para a infância 285
Vida e obra de um poeta 286
O poeta e o cremador 287
Chiru: visão no campo 288
O romance de Carlos Eduardo 290
José do Egito 292
Romance juvenil 293
Farsa tragicômica 294
Palestina sertaneja 295
Romance maduro 297
Nascentes do Modernismo 298
Caricaturas 299
Diário de romancista 301
Autorretrato 302
Cronista meio leviano 303
Uma revista 304
Leiam João Ribeiro 306
Língua brasileira 307
Gramatiquice e gramática 311
O "se" 313
Folclore e clareza 314
Segredo da alma nordestina 315
Civilização e equador 318

NEGÓCIOS DE POESIA 321
Poesia Pau-Brasil 323
Duas traduções para moderno acompanhadas de comentários 325
O mistério poético 328
Anatomia de um poema 329
Dom de ouvido 330
Cantador violeiro 331

Origem do "cromo" 333
A coisa é séria 335
Calejado no ofício 336
Flóridas ou floridas? 338
Visita a Cruz e Sousa 339
Poesia brasileira em Belgrado 340
Antologia diferente 341
Soneto das cartas 343
Poema de "eternidades" 345
Poema de Rafael Millán 347
Mundo de Chagall 349

JOANITAS E OUTRAS 333
História de Joanita 353
Um amigo: Rufino Fialho 354
Mestre Silva Ramos 358
O professor Paula Lopes 361
Companheiro de colégio 362
Meu amigo Mário de Andrade 363
Poeta da indecisão delicada 366
Caso de Pedro Dantas 370
Schmidt, poeta e economista 371
O pavão de Braga 373
Uma santa 374
Coração de criança 377
Anjo kerniano 378
Carioca sem baldas 381
Borba e suas arestas 382
Como se fosse um dos nossos 383
Um sábio 384
Murilo em Roma 385
Poltrona cativa 386
O brasileiro Carpeaux 387
Grande Rachel 388
Memórias de seu Costa 389
Arinos, de fardão 390
Ascenso do brejo e do sertão 391
Vinicius em Paris 392

O bom Aloysio 393

Lembrança de Carmen Saavedra 394

O anjo Dantas 395

Olegário, água corrente 396

Odylo em revista 397

Saudades de Jorge Lacerda 398

Do traço à palavra 399

Pintor na Embaixada 400

A carta devolvida: Pena Filho 401

Rosa em três tempos 404

O completo Augusto Meyer 408

O médico, a estrela 409

Lins do Rego: o romancista e o homem 410

O mercador de livros 412

Boêmios 413

Dois que se foram 414

Jantando com Milliet 415

Perfeição moral 416

Oswaldo Aranha: erros do coração 417

DA AMÉRICA, DO MUNDO 419

Pereda Valdés e poesia platense 421

Grande da Venezuela 424

Conhecimento de Carrera Andrade 425

Mestre Garcia Monge 426

Os vários Fernando Pessoa 427

Botto, inventor 428

Maria da Saudade 429

Cendrars daquele tempo 430

Recordação de Camus 431

Um poeta holandês 433

O Charlus de Saint-Simon 434

Erradas dos gênios 435

Presença de Dante 436

Em louvor de Hafiz 438

Pacelli em três fotos 441

DE VÁRIO ASSUNTO 443
De futebol 445
De aeromoças 448
De veteranos 449
De nudez na praia 450
De beber 452
Do modo brasileiro de ser 453
De cacareco 455

LEVES E BREVES 457

NOTÍCIAS CARIOCAS 469
Zeppelin em Santa Teresa 471
Pêsames ou parabéns? 473
Morte vertical 474
Nomes de ruas 475
Elegia inútil 477
Ai, árvores! 479
Sabe com quem está falando? 481
Iemanjá na praia 483
Está morrendo mesmo 485
Sizenando entre brancas 486
Batalha naval no Lamas 487

Cronologia 489
Índice onomástico..495

NOTA DO ORGANIZADOR À PRIMEIRA EDIÇÃO

Prosa de Manuel Bandeira, datada de 1925 a 1965: faixa de quarenta anos, ao longo da qual o poeta frequentou exposições de arte, foi ao teatro, ao cinema e principalmente a concertos; leu muitos livros, lidou com pessoas muitas, presenciou muitos acontecimentos, e tudo referiu no comentário lúcido, sagaz, bem-humorado, generoso ou rigoroso conforme lhe ditavam a consciência intelectual e o entranhado sentimento humano.

Eis o que é *Andorinha, andorinha*, livro cujo título lembra um de seus mais singelos e cativantes poemas, aquele em que compara a sua vida com o dia da andorinha. Mas nem o pássaro viveu o dia "à toa, à toa", nem a existência de Manuel Bandeira, chegando à altura dos oitenta anos, se apresenta frustrada ou ociosa. O poeta é dos que amanhecem no ofício e nele perseveram na hora em que outros julgam cumprido o seu ciclo. Pode o ofício ser leve como o voo da andorinha, quando Bandeira escreve crônicas, no intervalo de tarefas mais exigentes, mas está sempre nítida, na prosa ligeira do poeta, a marca de um pensamento austero, que a vida ensinou a sorrir, e que continua a transmitir-nos sua lição de pureza.

Este livro, dividido por unidades temáticas em quatorze seções, mostra-nos Bandeira crítico não sofisticado de artes visuais, e pleiteando mesmo a clareza como elemento essencial à atividade crítica em país onde há tanto a ensinar e retificar em matéria de formação de gosto; mostra-o ainda crítico de espetáculos, de literatura, comentarista de fatos e figuras da Academia Brasileira, professor universitário, observador de tipos humanos e do dia a dia carioca, e humorista, atento enfim à variedade e peculiaridade de aspectos da vida brasileira em quase meio século efervescente.

Nenhum dos textos aqui reunidos apareceu ainda em livro. Trata-se, pois, bibliograficamente, de obra totalmente inédita, coligida com carinho em coleções de jornais e revistas e em álbuns de recortes, no propósito de salvar de dispersão um acervo de ideias, reflexões e anotações características de um poeta que nunca deixou de ser prosador seguro e gracioso, e jamais se eximiu de participar da vida de seu tempo e de seu país, pelo exercício simultâneo do lirismo e da razão empenhada em criar, aferir e difundir valores. Poeta-prosador que fez de sua própria vida espelho de desinteresse pessoal e de dedicação ao melhor do homem.

Andorinha, andorinha documenta a constância de espírito e a constante novidade de Manuel Bandeira.

Carlos Drummond de Andrade

depois, em 1957, saiu *Flauta de papel*, um novo conjunto de crônicas. Em 1954, consagrado como poeta, voltou proustianamente os olhos para o passado, roteirizando-o em *Itinerário de Pasárgada*, mais que um livro de memórias, a história de sua formação poética.

    Andorinha, andorinha é um livro de crônicas? Sim e não. Cabe em primeiro lugar a difícil tarefa de definir o que é, afinal, a crônica. Gênero que talvez melhor se aclimatou no Brasil, é, segundo Antonio Candido, "uma composição solta que se ajusta à sensibilidade de todo o dia".[3] Os radicais podem se valer do que disse Mário de Andrade a respeito do conto; assim, crônica seria tudo aquilo que chamamos crônica. "Flautas de papel", na significação lírica de Bandeira. Na frase brincalhona de Rubem Braga: "Quando não é aguda, é crônica". Ou, de acordo com o mesmo Braga, "viver em voz alta". Fiquemos com a simplicidade da ideia exposta pelo crítico Boris Schnaiderman: trata-se de ganhar a vida escrevendo e, ao mesmo tempo, não deixar de lado a boa literatura.[4]

    A colaboração de Manuel Bandeira na imprensa está associada ao profundo envolvimento do autor com a produção cultural de sua época, e de como ele se relacionou com os principais nomes da atuação artística num largo período de tempo. Seus artigos muitas vezes apagam a fronteira entre a crônica e o ensaio. Em *Andorinha, andorinha* está presente o Bandeira crítico de artes visuais, de música, de literatura, de teatro, de cinema, lado a lado com o cronista, hábil decifrador de tipos excêntricos e populares e do cotidiano da vida nas cidades, em especial a do Rio de Janeiro, onde passou cerca de 70 de seus 82 anos. Não à toa eternizou em versos um canto perdido, um submundo carioca, próximo à rua Moraes e Vale, atrás da Igreja de Nossa Senhora da Lapa do Desterro, no "Poema do beco".

    Escreve Carlos Drummond de Andrade à guisa de apresentação ao livro: "o poeta frequentou exposições de arte, foi ao teatro, ao cinema e principalmente a concertos; leu muitos livros, lidou com pessoas muitas, presenciou muitos acontecimentos, e tudo referiu no comentário lúcido, sagaz, bem-humorado, generoso ou rigoroso conforme lhe ditavam a consciência intelectual e o entranhado sentimento humano".[5]

    Em termos de linguagem, é nítida a intenção de Manuel Bandeira, desde a publicação dos primeiros artigos de opinião, na defesa da oralidade – mas sem exagero. Essa era mais uma trincheira modernista, em meio ao debate sobre a existência ou não de uma "língua nacional". No caso específico de Bandeira (e também de Rubem Braga que, nos anos 1930, começa a se firmar como cronista), quem ganha, no fim, é o leitor. Passa a deparar, nas páginas de jornal e revista, com um texto oxigenado e natural, novidade que só anos depois

---

[3] CANDIDO, Antonio. A vida ao rés-do-chão. In: _____. *A crônica*: o gênero, sua fixação e suas transformações no Brasil. Campinas/Rio de Janeiro: Editora da Unicamp/Fundação Casa de Rui Barbosa, 1992, pp. 13-22.
[4] Revista do Instituto de Estudos Brasileiros, (USP) n. 10, 1971.
[5] ANDRADE, Carlos Drummond de. [Texto de capa]. In: BANDEIRA, Manuel. *Andorinha, andorinha*. Rio de Janeiro: José Olympio, 1966.

chegaria ao próprio noticiário. Ler Bandeira ou Braga significava um oásis no deserto – e, em certa medida, significa até hoje.

A respeito do estilo do Manuel Bandeira cronista e/ou articulista, observa o ensaísta Davi Arrigucci Jr.: "Seu fino espírito de observação e sua inteligência crítica se casam à escrita seca e límpida, moderna e clássica a uma só vez, de grande naturalidade em sua mescla saborosa do registro informal com a linguagem culta, capaz da síntese mais ágil e sagaz diante do mais espinhoso dos assuntos".[6]

Assunto – constante obsessão do cronista pressionado pelos prazos industriais de edição – é o que não faltava. Ao organizar a obra, Drummond a dividiu em quatorze seções, cada qual com sua unidade temática; até as facetas de professor universitário e comentarista jocoso de fatos e figuras da Academia Brasileira de Letras (cuja cadeira número 24 passou a ocupar a partir de 1940) estão contempladas.

A parte dedicada às artes plásticas abre com oito textos sobre Candido Portinari (que, em si, são quase um livro dentro do livro, não só pela extensão, mas sobretudo pela qualidade da análise). Neles o poeta aproveita para exemplificar sua particular visão da arte: "A coisa mais forte do Brasil é o seu povo. Povo de morro na cidade, povo de toda a parte no sertão. A força de Euclides nasceu de seu encontro com os jagunços. Se ele tivesse a disciplina e gosto de Machado de Assis, teria dado em literatura o que Portinari deu na pintura. Portinari não é só o maior pintor brasileiro de todos os tempos: é o exemplo único em todas as nossas artes da força do povo dominada pela disciplina do artista completo, pela ciência e pelo instinto infalível do belo".[7]

O bloco inicial recebeu o subtítulo "1ª pessoa do singular", e põe à prova a maestria de quem escreve utilizando-se do "eu íntimo": é preciso escapar às voltas do umbigo e desfilar charme. É o que Bandeira faz. Conta da sofrida adolescência, cuja história compara à da própria doença do pulmão que o acometeu aos dezoito anos, quando fazia o curso de engenheiro-arquiteto da Escola Politécnica de São Paulo: "A moléstia não me chegou sorrateiramente, como costuma fazer, com emagrecimento, febrinha, um pouco de tosse, não: caiu sobre mim de supetão e com toda a violência, como uma machadada de Brucutu".[8]

E termina por dizer que a dura experiência implicou uma lição de otimismo e confiança que perpassa todas as páginas da seleta de crônicas como também se traduziu na sua dedicação poética aos melhores momentos da existência: "No fundo, sou, apenas, por força das circunstâncias, um simples poeta lírico, um poeta menor, que há uns cinquenta anos não faz senão esperar a morte, cantando as grandes tristezas e as pequenas alegrias que a vida lhe tem proporcionado".[9]

---

[6] ARRIGUCCI JR., Davi. [Texto de capa] In: BANDEIRA, Manuel. *Crônicas inéditas 2, 1930-1944*. São Paulo: Cosac Naify, 2009.

[7] BANDEIRA, Manuel. A força do povo. In: _____. *Andorinha, andorinha*. São Paulo: Global, 2015, p. 79.

[8] Idem. Minha adolescência. Ibidem, p. 35.

[9] Idem. Correio da espada. Ibidem, p. 45.

Livro múltiplo, pela variedade de temas discutidos, pela expressiva galeria de nomes citados, pela riqueza de linguagem nele empregada, a coletânea *Andorinha, andorinha* acaba por deixar no leitor uma impressão completa do pensamento estético de Manuel Bandeira, dotado de firmeza de caráter, rigor crítico e sensibilidade lírica.

Alvaro Costa e Silva

Andorinha, andorinha

1ª PESSOA DO SINGULAR

QUEM SOU EU?

Datilografo esta crônica na manhã de terça-feira. Hoje à noite deveria ir ao estúdio da Televisão Tupi para responder às perguntas de Heloísa Helena no programa "Quem sou eu?". Mas uma gripe me derrubou de improviso e vou perder esse raro prazer. Ela e os telespectadores é que não perderão nada, porque responderá por mim Francisco de Assis Barbosa, meu biógrafo bem-amado e bem informado.

Aliás, perdi, a semana passada, a proposição do enigma, porque eu não podia faltar, à mesma hora, ao recital de Paulo Autran, que esteve excelente, sobretudo no "I-Juca-Pirama" e na história do peixinho de Mário Quintana.

Eu podia ter perguntado "quem sou eu?" definindo-me em versos herméticos para pôr em polvorosa os candidatos ao prêmio de cinco mil cruzeiros da casimira Aurora. Por exemplo, assim:

> Sou o que não tem e tende.
> O que pende e não impende.
> Como o fingidor Pessoa,
> Que foi ótima pessoa,
> Finjo (e fazendo-o não minto)
> A dor que deveras sinto.

Em vez disso, não, só faltei dizer o meu nome. Durante a semana estiveram a me telefonar indagando do meu nome completo e qual era o patrono da minha cadeira na Academia e uma moça me pediu que tirasse o envelope dela, que era azul. Só se você for feinha, respondi. Ela jurou que sim, que era feinha. Mas não acreditei. A voz se conhecia que era de moça bonita. Bonitíssima.

Que me perguntaria Heloísa Helena? A minha opinião sobre Brasília? Sobre a poesia concreta? Sobre o mausoléu acadêmico? Sobre Brasília e a poesia concreta já me pronunciei. Não assim sobre o mausoléu. Pois, dona Heloísa, sou contra o mausoléu, embora goste muito do autor da ideia. E sou contra pelos motivos que já disse em versos o incomparável trovista Adelmar:

> Não quero, na minha morte,
> Nem pompa nem mausoléu.
> Quero uma campinha rasa
> Que abre os braços para o céu.

O resto é com o compadre Chico Barbosa, a quem desde já cedo o meu corte de casimira Aurora, ai, ai!

[19.XI.1958]

SOU PROVINCIANO

Sou provinciano. Com os provincianos me sinto bem. Se com estas palavras ofendo algum mineiro requintado peço desculpas.[10] Me explico: as palavras "província", "provinciano", "provincianismo" são geralmente empregadas pejorativamente por só se enxergar nelas as limitações do meio pequeno. Há, é certo, um provincianismo detestável. Justamente o que namora a "Corte". O jornaleco de município que adota a feição material dos vespertinos vibrantes e nervosos do Rio, – eis um exemplo de provincianismo bocó. É provinciano, mas provinciano do bom, aquele que está nos hábitos do seu meio, que sente as realidades, as necessidades do seu meio. Esse sente as excelências da província. Não tem vergonha da província, – tem é orgulho. Conheço um sujeito de Pernambuco, cujo nome não escrevo porque é tabu e cultiva grandes pudores esse provincianismo. Formou-se em sociologia na Universidade de Colúmbia, viajou a Europa, parou em Oxford, vai dar breve um livrão sobre a formação da vida social brasileira... Pois timbra em ser provinciano, pernambucano, do Recife. Quando dirigiu um jornal lá, fez questão de lhe dar feitio e caráter bem provincianos. Nele colaborei com delícia durante uns dois anos. Foi nas páginas da *A Província* que peguei este jeito provinciano de conversar. No Rio lá se pode fazer isso? É só o tempo de passar, dar um palpite, "uma bola", como agora se diz, nem se acredita em nada, salvo no primeiro boato...

[12.III.1933]

---

[10] Crônica escrita para o *Estado de Minas*, de Belo Horizonte.

O QUINTAL

Que é um quintal? Abro o meu velho Morais, o meu velho e querido Antônio de Morais Silva, e leio esta definição: "É na Cidade, ou Vila, um pedaço de terra murada com árvore de fruta, etc." Não era bem isso o que chamávamos quintal na casa de meu avô materno no Recife, a casa da rua da União que celebrei num poema. Então vamos ver o que diz o Aulete no verbete "quintal". Reza assim: "Porção de terreno junto da casa de habitação, com horta e jardim". Está melhor, quer dizer, aplica-se melhor ao que chamávamos quintal na casa do meu avô. Apuremos a etimologia, recorramos ao dicionário etimológico de Antenor Nascentes. Eis o que ele averba: "*Quintal* – 1 (horto): Do lat. *quintanale* (Leite de Vasconcelos, *Lições de Filologia* 306) cfr. *quinta*. A. Coelho tirou de *quinta* o sufixo al". No verbete "quinta" registra Nascentes que em Portugal, na Beira, ainda hoje a palavra significa "pátio".

O quintal da casa da rua da União era isto: uma pequena porção de terreno em quadrado para onde dava a varanda da sala de jantar e em quina com esta a varanda com acesso para a copa, a cozinha, o banheiro, o quarto de guardados; do lado oposto à segunda varanda, bem mais estreita que a primeira, havia o paredão alto da casa vizinha, onde moravam umas tias de José Lins do Rego; ao fundo ficava o galinheiro, e ao lado deste, o cambrone. Aqui no Sul muita gente não sabe o que é cambrone e ainda menos por que motivo no Recife daquele tempo (começo do século) se dava à privada o nome do general de Napoleão, que intimado pelo inimigo a render-se na Batalha de Waterloo, respondeu energicamente com uma só palavra de cinco letras. Pois fiquem sabendo que o motivo foi este: o engenheiro francês que projetou e dirigiu no Recife o serviço de instalação dos esgotos chamava-se Cambrone, mas não sei se era parente do herói de Waterloo. Os cambrones do Recife eram o que havia de mais primitivo, mas por que o menino de sete anos, futuro poeta a seu malgrado, gostava de estar ali? Só muitos anos depois, homem feito, descobriu a razão, ao ler o poema de um menino genial que se chamava Jean-Nicolas-Arthur Rimbaud, poema intitulado "*Les poètes de sept ans*", escrito aos dezessete anos. Dizia ele, a meio do poema:

L'été

Surtout, vaincu, stupide, il était entêté
À se renfermer dans la fraîcheur des latrines.

Havia, muito, essa "*fraîcheur*" no cambrone daquele quintal da rua da União...

O quintal, porém, tinha outros atrativos. Primeiro, num canto da varanda da sala de jantar, a grande talha de barro, refrescadora da água, que se bebia pelo "coco", vasilha feita do endocárpio do fruto do mesmo nome e com bonito cabo torneado; havia, no centro do quintal o coradouro, "quaradouro", como dizíamos, magnífico quaradouro, com as suas folhas de zinco ondulado; em torno, ao longo das varandas e do paredão da casa das Lins, ao fundo, dissimulando o galinheiro, também magnífico (um senhor galinheiro!), e o cambrone, os canteiros de flores singelas, hortaliças, arbustos, medicinais de preferência (sabugueiro, malva, etc.). Minha avó estimulava as minhas veleidades de hortelão: "Plante estes talinhos de bredo, que quando eles derem folha eu lhe compro". E eu plantava e ela comprava o bredo, e com esse dinheiro comprava eu flecha e papel de seda para fabricar os meus papagaios... Essa atividade não me fez agricultor nem negociante, mas as horas que eu passava no quintal eram de treino para a poesia. Na rua, com os meninos da minha idade eu brincava ginasticamente, turbulentamente; no quintal sonhava na intimidade de mim mesmo. Aquele quintal era o meu pequeno mundo dentro do grande mundo da vida...

[1965]

FUI FILMADO

    Primeiro vieram o diretor e o seu assistente. Para estudar o local, cujas dimensões tornavam a filmagem particularmente difícil. Começou então um trabalho que me pareceu penoso, misterioso, minucioso. Eram medidas com trena, miradas por um instrumentozinho bonito chamado "visor", deslocamentos de móveis. De uma vez que entrei na cozinha, onde o diretor e o assistente agiam, tive a impressão das primeiras horas depois de um terremoto ou da explosão de uma bomba de hidrogênio. Nesses deslocamentos o que mais me invocou foi a instabilidade de minha torradeira elétrica. Um dia estava aqui, outro dia ali, depois acolá. E eu que pensava que a torradeirazinha era a coisa mais qualquer deste mundo! UMA PERSONAGEM. Respeito-a agora como tal. O diretor e o assistente traziam sempre uns caderninhos, onde faziam cálculos e cálculos e cálculos.

    Afinal chegou o dia de filmar. Entraram-me apartamento adentro umas malas, umas tripeças, refletores, cabos de transmissão elétrica, o diabo. Tudo isso passou a morar na minha sala de visitas com um ar de perfeita e irremovível felicidade. A equipe de operadores era agora completa: além do diretor e do assistente, havia o gerente de produção, *débrouillard* e simpaticão, a me tratar com o desvelo de uma bá para com o seu garotinho, o *cameraman*, com um ar de jovem arquiteto construtor de Brasílias; o fotógrafo, que imediatamente tentou converter-me ao espiritismo. O que mais me assombrou nessa gente foi a sua paciência. Aturavam impassíveis as vicissitudes mais inesperadas. Qualquer tomadinha à toa, coisa que dura uns segundos, leva horas a ser preparada. Eis que tudo estando pronto para rodar, o sol desaparece (ou aparece, é o mesmo), ou numa cena de exterior, no meu famoso pátio, surge a turma dos garis para varrê-lo, e como a imundície lá é sempre grande, o fiscal da prefeitura faz parar tudo, porque "aquilo iria depor contra a sua repartição".

    E a minha parte nisso tudo? De amargar. Pior do que posar para o Celso Antônio. Há que repetir cada tomadinha uma porção de vezes. Vários ensaios e vários a valer, e vale tudo! Ainda tenho nos ouvidos, ai tão surdinhos!, as ordens de comando do diretor: "Atenção! Câmara! AÇÃO!" Leitores que nunca vistes fazer um filme, ainda que um simples documentário de oito minutos, como este meu, sabei que uma fita não é, que esperança, essa escorrida e escorreita continuidade que apreciamos prazerosamente nas salas de cinema: é, sim, uma sequência de tomadas de segundos, cada uma das quais se leva horas a compor com mil atenções especiais, e basta que não se atenda a um detalhe mínimo, para pôr tudo a perder. Eu tinha muita pena de ator, que considero profissão duríssima. Agora passei a minha pena para os profissionais do cinema. Para se meter numa e noutra vida é preciso ter paixão pela coisa, ser tarado. Como meu afilhado de crisma Joaquim Pedro, a quem desde já perdoo as intermináveis horas em que me fez bancar o astro de cinema.

[30.IX.1959]

CHEIA! AS CHEIAS!...

Meu avô Costa Ribeiro morava na rua da União, bairro da Boa Vista. Nos meses do verão, saíamos para um arrabalde mais afastado do bulício da Cidade, quase sempre Monteiro ou Caxangá. Para a delícia dos banhos de rio no Capibaribe. Em Caxangá, no chamado Sertãozinho, a casa de meu avô era a última à esquerda. Ali acabava a estrada e começava o mato, com os seus sabiás, as suas cobras e os seus tatus. Atrás de casa, na funda ribanceira, corria o rio, à cuja beira se especava o banheiro de palha. Uma manhã, acordei ouvindo falar de cheia. Talvez tivéssemos que voltar para o Recife, as águas tinham subido muito durante a noite, o banheiro tinha sido levado. Corri para a beira do rio. Fiquei siderado diante da violência fluvial barrenta. Puseram-me de guarda ao monstro, marcando com toquinhos de pau o progresso das águas no quintal. Estas subiam incessantemente e em pouco já ameaçavam a casa. Às primeiras horas da tarde, abandonamos o Sertãozinho. Enquanto esperávamos o trem na Estação de Caxangá, fomos dar uma espiada ao rio à entrada da ponte. Foi aí que vi passar o boi morto. Foi aí que vi uns caboclos em jangadas amarradas aos pegões da ponte lutarem contra a força da corrente, procurando salvar o que passava boiando sobre as águas. Eu não acabava de crer que o riozinho manso onde eu me banhava sem medo todos os dias se pudesse converter naquele caudal furioso de águas sujas. No dia seguinte, soubemos que tínhamos saído a tempo. Caxangá estava inundada, as águas haviam invadido a igreja...

[23.III.1960]

MINHA ADOLESCÊNCIA

A história de minha adolescência é a história de minha doença. Adoeci aos dezoito anos quando estava fazendo o curso de engenheiro-arquiteto da Escola Politécnica de São Paulo. A moléstia não me chegou sorrateiramente, como costuma fazer, com emagrecimento, febrinha, um pouco de tosse, não: caiu sobre mim de supetão e com toda a violência, como uma machadada de Brucutu. Durante meses, fiquei entre a vida e a morte. Tive de abandonar para sempre os estudos. Como consegui com os anos levantar-me desse abismo de padecimentos e tristezas é coisa que me parece a mim e aos que me conheceram então um verdadeiro milagre. Aos 31 anos, ao editar o meu primeiro livro de versos, *A cinza das horas*, era praticamente um inválido. Publicando-o, não tinha de todo a intenção de iniciar uma carreira literária. Aquilo era antes o meu testamento – o testamento da minha adolescência. Mas os estímulos que recebi fizeram-me persistir nessa atividade poética, que eu exercia mais como um simples desabafo dos meus desgostos íntimos, da minha forçada ociosidade. Hoje vivo admirado de ver que essa minha obra de poeta menor – de poeta rigorosamente menor – tenha podido suscitar tantas simpatias.

Conto estas coisas porque a minha dura experiência implica uma lição de otimismo e confiança. Ninguém desanime por grande que seja a pedra no caminho. A do meu parecia intransponível. No entanto saltei-a. Milagre? Pois então isso prova que ainda há milagres.

GOSMILHOS DA PENSÃO

Em *Presença na política* assinalou Gilberto Amado que nas suas viagens, por onde quer que andasse, em Paris como em Washington, ninguém sabia responder à pergunta: "Que flor é esta?" E eu que pensava que esse desinteresse pelo nome das flores fosse próprio só de brasileiros? Não só pelo nome das flores. No meu discurso de posse na Academia escrevi: "O brasileiro nomeia a palmeira, a bananeira, a mangueira, e quase todas as outras espécies são para ele "árvore" ou, como no Norte, "pé de pau". Já anotara Agassiz que para a maioria dos brasileiros todas as flores são "flores", todos os animais, desde a mosca até o burro ou o elefante, "bichos".

Quando Anatole France esteve aqui e foi levado a um passeio nas Paineiras, fez questão de saber o nome de todas as florezinhas silvestres que pintalgavam a estrada. Ninguém sabia responder-lhe. Então, Tomás Lopes (da boca deste ouvi o fato), envergonhado de nossa ignorância, começou a inventar nomes. Esta florzinha vermelha era "sangue-de-vênus", aquela roxinha "pranto-de-viúva", e assim por diante. O francês comentou que os brasileiros tínhamos imaginação muito poética, o que fez Tomás Lopes suspeitar (Tomás era inteligentíssimo) que France desconfiara da mistificação.

No meu poeminha "Pensão familiar" falo do jardinzinho interno da Pensão Geoffroy, em Petrópolis, onde só havia pobres flores e arbustos mais comuns – dálias, marias-sem-vergonha, trapoerabas, mas entre a tiririca sitiante sorria uma florzinha modesta e bonita, mais modesta que todas as outras. Quis nomeá-la no meu poema e perguntei o nome dela ao jardineiro da pensão. O homem respondeu sem hesitação: "Gosmilho". O nome caía-me bem no verso e escrevi logo: "O sol acaba de crestar os gosmilhos que murcharam".

Pois agora fui chamado a contas por um professor norte-americano, que leu o meu poema, procurou "gosmilho" nos dicionários e não achou, escreveu de Nova York à nossa Livraria Briguiet sobre o caso e da livraria me interpelaram que diabo de flor era essa, que nenhum dicionário registra.

E agora, José? Este José que interrogo, aflito, é o meu querido, jamais assaz querido José Sampaio, velho morador de Petrópolis, a quem peço informar-se com os jardineiros locais se de fato existe por lá uma florzinha chamada "gosmilho".

[20.VIII.1958]

CALUNIAI...

Calomniez, calomniez; il en restera toujours quelque chose... Caluniai, caluniai: por mais que se desminta a calúnia com a prova dos fatos, sempre alguma coisa persistirá...

Tenho sentido na minha carne a profunda verdade dessas palavras no caso de uma das letras que escrevi para as *Canções de cordialidade* do nosso grande Villa-Lobos. Villa, um belo dia, para reagir, como bom brasileiro, contra a popularidade que vinha ganhando entre nós a toada alvar do *"Happy birthday to you"*, lembrou-se de compor uma canção para substituí-la, a que chamou "Feliz aniversário". Logo a sua ideia se ampliou a outras canções de caráter convivial e foi assim que escreveu as toadas "Boas-Festas", "Feliz Natal", "Feliz Ano-novo" e "Boas-Vindas". Deu-me a honra de me pedir letra para essas melodias, o que fiz com grande prazer de colaborar nessa modesta tarefa patriótica. A letra que me saiu melhor foi a de "Boas-Vindas", porque nela procurei aproveitar a linguagem coloquial que usamos quando somos visitados por algum amigo: "Seja bem-vindo! A casa é sua! Não faça cerimônia, vá pedindo, vá mandando, etc." Foi isso em 1945 e as *Canções de cordialidade* foram publicadas em 1946, datas que figuram na edição então impressa, por sinal que com capa desenhada por R. Burle Marx.

Alguns anos depois, em 1951, por ocasião das festas da Independência, realizou Villa-Lobos uma audição pública e oficial de canto orfeônico, a que compareceu a missão naval norte-americana que veio representar o seu país nas solenidades de 7 de setembro. E Villa, como fazia sempre em tais momentos para divulgar as suas canções, executou com o seu orfeão a malfadada "Boas-Vindas". Eu não estava presente, não fui ouvido nem cheirado, nem sabia que ia haver tal espetáculo. Se tivesse tido conhecimento da intenção de Villa-Lobos, tê-lo-ia advertido da inconveniência de se repetirem aquelas minhas palavras a soldados norte-americanos. Aliás, é preciso desconhecer de todo a imensa alma brasileira do Villa para admitir que o nosso maestro fosse capaz da baixeza de oferecer o recesso da pátria como casa da mãe Joana. Villa, todo absorvido que está sempre na sua música, não refletiu que aquilo poderia servir de pretexto à mais celerada exploração da parte de nossos desafetos. De fato ela não tardou. Naquele tempo ainda não se criara o neologismo "entreguismo". Por isso não fomos chamados "entreguistas": fomos chamados, mais papalvamente, de "lacaios de Wall Street" e outros chavões do papaguear comunista.

Tratei de desmentir a intriga e o fiz mais de uma vez. Contei como os fatos se passaram no meu *Itinerário de Pasárgada*. E como ultimamente, no Recife, a coisa viesse de novo à baila, a propósito do busto enguiçado, tornei a falar no caso, explicando-o tim-tim por tim-tim. Mas todas as minhas defesas resultam inúteis ante a "má-fé cínica" dos meus inefáveis bustófobos. E vejo agora, numa reportagem de José Freire de Freitas para o *Boletim*

Bibliográfico Brasileiro, que o sr. Clóvis de Melo, Secretário da ABDE, seção de Pernambuco, comentou a história opinando que minha poesia "resistirá ao tempo, apesar das manifestações lamentavelmente antipatrióticas de que se reveste, como no caso do 'Hino aos americanos': 'Vá entrando, vá mandando' – uma espécie de convite à Esso Standard para que se aposse do nosso petróleo".

Assim, meu caro Villa, a nossa amorável cançãozinha, feita para os irmãozinhos brasileiros, como diria o saudoso Ovalle, nascida de uma iniciativa tua para reagir contra o espírito de imitação das coisas norte-americanas, anda crismada de "Hino aos americanos"!

Também esta é a única vez que respondo a essa gente. Caluniai, caluniai à vontade... Meu santo é muito forte.

[10.VIII.1958]

CARTA A MESTRE CORÇÃO

Antes que alguém me denuncie a você, venho eu mesmo denunciar-me: acaba de sair a 5ª edição das minhas *Noções de história das literaturas* e nela não está, como devia estar, na primeira fila dos homens de letras e de pensamento mais completos que já deu o Brasil, o seu nome, por tantos títulos ilustres. Quem me apontou a omissão imperdoável, ainda que involuntária, foi nosso comum amigo Fromm. A princípio não quis acreditar. Procurei tranquilizar-me, pensando comigo que a omissão se teria verificado no índice onomástico. Folheei nervosamente as páginas consagradas à nossa literatura contemporânea: tanto nome encarreirado, um que outro bem dispensável, Deus me perdoe, alguns nomes que nada ou pouco admiro, mas que são admirados por muita gente, até uns tantos meus rancorosos desafetos, este ou aquele rapaz de talento promissor, mas ainda em estado larvar... e você ausente! Você, a quem tanto admiro, estimo e respeito desde que li *Lições de abismo*, você, que em seus artigos de jornal, sempre tão vibrantes de ideias e de sentimentos, me tem tratado mais de uma vez com cativante generosidade... Estou envergonhado, estou desesperado, estou verdadeiramente de cara no chão...

Não me consolou bastante ter corrido à *Enciclopédia Delta-Larousse*, de recente publicação, e lá, no mesmo breve histórico de nossa literatura, de minha autoria, ver o seu nome citado duas vezes – como romancista e como crítico. A ausência de seu nome no meu livro será o meu remorso de todos os dias.

Vou contar-lhe e aos meus leitores deste jornal outro triste episódio da minha atividade literária. Em 1944 colaborei com Edgard Cavalheiro numa antologia – *Obras-primas da lírica brasileira*. Impresso o volume, verifiquei eu mesmo, mortificado, a omissão de dois poetas da minha mais particular estima: Adelmar Tavares e Alphonsus de Guimaraens Filho; verifiquei também que o nome de Alphonsus de Guimaraens pai havia sido estropiado para Alphonsus Guimarães. Escrevi a Alphonsus Filho uma carta, que figura na edição Aguilar de minhas obras completas. Nessa carta dizia eu: "Se há alguém que não deve duvidar da minha admiração e estima é você: considero-o desde já como um dos grandes poetas definitivos do Brasil". Mais adiante acrescentava: "Espero que o volume tenha novas edições e então remediarei essa falha enorme...". Pois bem, o volume teve nova edição em 1957 e nela não figuravam os nomes de Adelmar Tavares e Alphonsus de Guimaraens Filho, e o nome de Alphonsus pai continuava irreverentemente grafado Alphonsus Guimarães!

Après ça tirez l'échelle... pour me pendre! E perdoe este setuagenário, já bem avariado na memória, que se confessa aqui seu grande admirador.

[3.VII.1960]

AVISO AOS NAVEGANTES

O último número do *Jornal de Letras* traz uma entrevista comigo, onde há coisas que eu não disse e muito me aborreceram. Valha-me Deus! Já estou bastante calejado em ver as minhas palavras estropiadas pelos entrevistadores, gente perigosa, que às vezes faz literatura por conta dos entrevistados. E sei que não adianta tomar precauções, adverti-los: pode ser pior, como já me aconteceu certa vez em que o entrevistador era um amigo e eu disse a ele:

– Você está vendo que não tenho aqui nenhum móvel nem pintura ou desenho moderno. Faço questão que você diga isso.

Pois no dia seguinte o meu quarto saía descrito na entrevista como o *dernier cri* do modernismo mais abracadabrante! Fiquei danado.

Nunca protestei de público contra essas invenções, por maiores que fossem as bobagens que me atribuíam. Desta vez, porém, não posso deixar passar sem desmentido uma peta que me põe numa situação muito desagradável diante de um poeta da minha maior admiração e estima, a inglesa Edith Sitwell.

Nunes Machado, o autor da entrevista, até que é um rapaz simpático e amável. Mas não tem o senso do ridículo. Porque eu me encarapitaria no cúmulo do ridículo se pretendesse fazer crer aos leitores do *Jornal de Letras* que Edith Sitwell, coberta de glória mundial, laureada pelo Governo inglês com o título de *Dame* tivesse saído de seus cuidados para traduzir 37 poemas meus! Um que fosse! Até parece perfídia de Nunes Machado, no que não posso acreditar. O que eu disse a Nunes Machado é que gostaria de traduzir alguns poemas da Sitwell, mas que não me sentia com força bastante para tal.

Também não é verdade que, a propósito da asiática que apanhei em Londres, tenha exclamado em tom de lástima: "Ah... Londres aziaga!" Boa bola, mas não é minha: é de Nunes Machado. Há trinta anos que não faço um trocadilho.

Aproveito esta minha desastrada experiência para tomar uma decisão definitiva: não darei mais entrevistas aos jornais. Salvo, está claro, ao Lêdo Ivo e ao Carlos Castello Branco. Porque esses dois, mesmo sem conversar com a gente, são fidelíssimos nas suas entrevistas. Lêdo, por exemplo, telefonou-me um dia, queria a minha opinião sobre não sei o quê. Eu não estava pra maçadas, disse: "Lêdo, invente você qualquer coisa e ponha o meu nome por baixo". Foi o que ele fez, e nunca eu fui mais eu.

[19.I.1958]

LIÇÃO DE GOETHE

Ainda não tive tempo de ler o último livro de Eduardo Frieiro *O alegre arcipreste e outros temas de literatura espanhola*, mas saboreei com vivo deleite suas duas notas a propósito de Machado de Assis, publicadas no recente número da revista *Kriterion*. Na primeira, em que procura destruir a lenda de frieza e insensibilidade criada em torno do nome do autor de *Dom Casmurro*, refere-nos ele às precauções de que, na madureza, se cercava Goethe para proteger contra os importunos o seu trabalho, a sua liberdade e o seu sossego. A esse respeito a máxima do Olímpico era: "Numa época que nada conserva nem poupa, é a si mesmo que cada um deve poupar". E, conta Frieiro, "sistematicamente, não respondia senão às cartas em que lhe ofereciam alguma coisa, e não se considerava obrigado a estimular os jovens poetas com bons conselhos ou a ajudá-los com recomendações".

Grande egoísmo, na verdade, que só se pode admitir num homem de gênio, que por outro lado tanto deu de si na sua obra generosa. Nós outros, porém, teremos direito à mesma atitude de poupar-nos, ainda que vivendo numa época que menos do que a de Goethe poupa ninguém nem qualquer coisa?

Tenho perguntado aos confrades da minha geração se eles agradecem por escrito os livros que recebem de desconhecidos, e a resposta é sempre a mesma: não. Fico tentado a seguir o exemplo, mas, lembrando-me da decepção que me deu Bilac, não acusando recebimento do meu primeiro livro, não tenho coragem de poupar-me.

A situação, porém, está-se-me tornando catastrófica. Não são só as centenas de brochurinhas de versos que me chegam (e hoje é verso qualquer linha, e já há duas escolas – a dos concretos e a dos neoconcretos – que baniram da poesia o verso, a sintaxe e outros trambolhos): são também cartas incluindo poemas manuscritos, sobre os quais me pedem opinião ou autor ou autora, ou parente ou amigo ou amiga do autor ou autora! É espantoso por estes brasis e brasílias afora o número de jovens aflitos por saber se são, sim ou não, poetas de verdade.

Ando cansado, acho que vou aceitar a lição de Goethe. Isto é, abrirei exceção para Goiás, Mato Grosso e sertões de Minas e Estados litorâneos. Não vos parece triste demais gastar dinheiro mandando imprimir na tipografia local de Conceição de Mato Dentro um livrinho mofino, remetê-lo todo esperançoso aos literatos da Capital e não receber uma linha de volta?

[19.VIII.1959]

NO FESTIVAL DO ESCRITOR

Dizem, e eu acredito, que o soldado que toma parte numa batalha não sabe contar o que foi essa batalha, pois nunca tem a visão do conjunto. Foi o que me aconteceu anteontem no 1º Festival do Escritor Brasileiro. Fui soldado dessa batalha, em que labutamos pela União Brasileira de Escritores. Mas é imprópria, no caso, a imagem da batalha: tratava-se de um movimento de confraternização dos escritores e artistas de todo gênero (até os que fazem letras com os pés nos campos de futebol), dos escritores entre si e deles com o grande público.

Não pude ver nada senão o que se passava dentro e em frente da lojinha, onde Adalgisa Nery e eu não tínhamos mãos a medir na concessão de autógrafos (os organizadores do festival esqueceram-se de estipular algum preço, módico que fosse, para os autógrafos em álbuns ou simples papeluchos ou flâmulas, havendo assim, por aí, grande evasão de renda).

Para me garantir contra o fracasso, eu tinha tomado para minhas madrinhas Maísa, Tônia e Glauce. A primeira foi para o Japão, a segunda não me deu bola, só Glauce não me abandonou, mas quem está com Glauce está com tudo, não é verdade, meu caro Antônio Bulhões?

Entre dois autógrafos eu podia ver que tudo quanto é notabilidade do Rio em qualquer setor da cultura desfilava nas ruas internas do Super Shopping Center de Copacabana. A iniciativa de Peregrino Júnior e seus companheiros da UBE foi coroada de um sucesso de frequência e venda que ultrapassou de muito a expectativa de toda a gente.

Franquezinha franca, muitos andavam ali não pelos escritores, mas pelas *vendeuses*: deve ser encantador ser atendido por uma Teresa de Sousa Campos, uma Cacilda Becker e levar para casa o nome delas autografado. Contaram-me que na lojinha apadrinhada por Pelé um sujeito desenganou o outro dizendo-lhe: – Não quero o seu autógrafo não; quero é o do Pelé.

Vi no festival amigos ou simples conhecidos que não avistava há anos, velhas alunas do Pedro II e da Faculdade de Filosofia – Dulce, Marina, Rosália, Leonor, aprendi nomes que nunca pensei que pudessem existir, e eram de amiguinhas até aquele momento minhas desconhecidas, mas em cujos olhos eu constatava o sorriso de uma antiga amizade.

Apareceu às tantas um rapaz perguntando a Glauce em que livro meu estava o poema "E agora, José?". Já uma vez, em plena avenida Presidente Wilson, um transeunte me deteve para fazer a mesma pergunta. Respondi a um e a outro que infelizmente o poema de José não figura em nenhum de meus livros. Não sei se Drummond estava no festival. Sei que estavam o amado Gilberto, o adorado Vinicius, já livre da crioula (gripe, bem entendido) e outros santos da minha devoção.

À meia-noite tinha acabado a minha tinta e a minha paciência. Beijei Adalgisa e Glauce, gritei "Vou-me embora pra Pasárgada!". E fui, mas me perdi no caminho.

[27.VII.1960]

PALAVRAS CRUZADAS

Quando eu tinha dez anos via n'*O País*, que era o jornal que se comprava em casa, uma seção charadística, dirigida por D. Ravib, onde havia sempre um enigma pitoresco com figuras de animais.

O zé-povinho tomava-as como palpite para o jogo do bicho. Comecei a me interessar pela decifração daqueles enigmas e foi assim que me iniciei no passatempo das charadas, passatempo dos mais úteis, pois ensina muita coisa à gente. Por minha parte confesso que aprendi muito, e continuo a aprender agora que sou um aficionado das palavras cruzadas.

Naqueles dias não existiam ainda livros como o excelente *Vocabulário do charadista* de Sylvio Alves, e eu, por causa das charadas d'*O País*, li o dicionário de Morais de cabo a rabo, organizando para meu uso próprio uma espécie de calepino charadístico.

Figurei na seção de D. Ravib como concorrente ao prêmio mensal (nunca o consegui!, a turma era forte demais para mim) e como autor de charadas. Arranjei um pseudônimo metido a engraçado que era "Comiguenove", à imitação de um certo Eurico Silva, que se assinava "Eucasolivri". Mas "Eucasolivri" era anagrama de Eurico Silva; "Comiguenove" não era anagrama de coisa nenhuma.

Por sinal que esse Eurico Silva tinha muito espírito e fazia versos. Quando, no governo de Campos Sales (a febre amarela ainda era epidêmica e até endêmica no Brasil), fomos visitados pelo presidente da Argentina, o general Roca. "Eucasolivri" comentou a visita oficial nesta quadra lapidar:

> Se a febre amarela o aboca,
> Julgando-o qualquer intruso,
> Fica a Argentina sem Roca,
> E o Campos Sales confuso!

Como disse atrás, hoje sou aficionado dos problemas de palavras cruzadas: todos os domingos procuro decifrar o problema para veteranos ou intermediários do *Correio da Manhã*, decifro os da publicação da Editora Pongetti fundada pelo saudoso amigo Rogério e seu irmão Rodolpho, e os de Sylvio Alves. Não me interesso pelos problemas para novatos. Gosto de quebrar a cabeça nas dificuldades, mas só nas dificuldades que podem ensinar alguma coisa útil. Detesto problemas que só se resolvem com auxílio de vocabulários especializados, problemas com "a décima letra do alfabeto árabe", ou "sexto mês dos hebreus", ou um subsubafluente de um riozinho do Camerum... Coisas assim. Acho que os bons cruzadistas deviam prestar atenção em distrair-nos com dificuldades que valham a pena. Por exemplo, ensinando que o "rodízio em que se reúnem as varetas do guarda-chuva" se chama "noete", que o passarinho que foi tirado do ninho se chama "ninhego", etc.

A esse aspecto as palavras cruzadas serão utilíssimas aos brasileiros, que costumam ignorar os nomes das coisas (os portugueses sabem!). Brasileiro não sabe os nomes das plantas nem das flores, e a qualquer objeto chama "coisa", "troço", "negócio".

Em resumo, leitores, gosto de decifrar palavras cruzadas para descansar o espírito e aprender os nomes das coisas.

CORREIO DA ESPADA

A enorme divulgação que teve em todo o país o meu poema da Espada foi para mim a maior surpresa de toda a minha vida literária. É que a gente nunca sabe o alcance das palavras que vai lançando ao papel. Os que me conhecem, os que me leem nestas crônicas bissemanais, sabem muito bem que não sou um militante político. Pertenço ao Partido Socialista, sim, mas como partidário bastante omisso. No fundo, sou, apenas, por força das circunstâncias, um simples poeta lírico, um poeta menor, que há uns cinquenta anos não faz senão esperar a morte, cantando as grandes tristezas e as pequenas alegrias que a vida lhe tem proporcionado. Aconteceu que a minha mais recente grande tristeza foram os golpes de novembro do ano passado, e vendo-os agora comemorados diante da efígie de Caxias, vendo o seu promotor e organizador presenteado com uma espada de ouro pela façanha, inédita em nossa história, senão em todas as histórias, de depor em menos de um mês dois presidentes constitucionais, *soi-disant* para repor em vigência a Constituição, senti necessidade de desabafar, e me desabafei liricamente num poema em que o ritmo quadrissílabo me foi fornecido precisamente pelo nome completo do herói: Henrique Dufles Teixeira Lott. Que havia de mais naqueles versos? Nada, a não ser o cotejo entre o aço das espadas dos bravos que morreram na Guerra do Paraguai e o ouro da outra, marcado em sua origem. O meu desabafo não era desabafo de político: era desabafo de homem de rua. Verifiquei, porém, que pela minha voz desabafara uma multidão. Pela primeira vez em minha vida tomei consciência da força social da poesia. Mais uma vez, obrigado, poesia!

Está claro que havia de receber também algumas reprovações e insultos. Não me refiro aos dos difamadores profissionais a soldo dos donos da situação: não tomo conhecimento dessa cainçalha. Falo dos que, pelo telefone, pelo telégrafo e pelos Correios me manifestaram a sua reprovação. Amigos me perguntaram se eu não sofri nenhuma agressão telefônica da parte dos pelegos. Devo dizer que os pelegos se comportaram, até agora, irrepreensivelmente, abstendo-se de qualquer manifestação.

Duas ou três senhoras que me telefonaram diziam-se alheias à política, não eram pró ou contra Lott; o que lamentavam era que um poeta de sua estima descesse a envolver-se em política, etc. A uma delas dei-me ao trabalho de explicar que o poeta não é um sujeito que vive no mundo da lua, perpetuamente entretido em coisas sublimes. É, ao contrário, um homem profundamente misturado à vida, no seu mais limpo ou mais sujo cotidiano. A novembrada pertence à segunda categoria, em que pese aos patriotas de última hora.

[21.XI.1956]

MEUS POEMAS DE NATAL

João Condé pediu-me:
— Bandeira, você quer escrever pra mim a história dos seus poemas de Natal?
— Vou tentar, respondi.
Desobrigo-me da promessa.
Dez foram os poemas que escrevi por ocasião do Natal, seis originais e quatro traduzidos. O mais antigo data de 1913, intitula-se "Natal", e faz parte de meu primeiro livro, *A cinza das horas*. Escrevi-o em Clavadel, na Suíça, onde estive internado num sanatório, a ver se dava jeito à minha já então velha tuberculose, e parece que dei, pois aqui me tendes alinhavando estas mal traçadas linhas neste calamitoso ano de 1962.
Começava assim:

> Penso em Natal. No teu Natal. Para a bondade
> A minh'alma se volta. Uma grande saudade
> Cresce em todo o meu ser magoado pela ausência.
> Tudo é saudade... A voz dos sinos... A cadência
> Do rio... [...]

Não vale a pena continuar. Esses versos, hoje, só podem ter interesse para mim e para a loura deidade que os inspirou. O Natal não entra neles senão como pretexto para uma declaração de ternura. Os técnicos de poesia facilmente reconhecerão no ritmo ondulante do alexandrino e no emprego da reticência com valor sugestivo a influência do simbolismo.

Vinte e seis anos depois, em 1939, escrevia eu no Rio, residia na rua Morais e Vale (o beco dos meus poemas), os "Versos de Natal". Estes foram sermão de encomenda. Encomenda d'*O Globo*. Rememoram uma das vivências mais caras de minha infância: os chinelinhos postos atrás da porta do meu quarto de dormir, na véspera de Natal, e encontrados no dia seguinte cobertos de presentes ali colocados pela fada, segundo a encantadora mentira dos verdadeiros mimoseadores.

Rezam assim:

Versos de Natal

> Espelho, amigo verdadeiro,
> Tu refletes as minhas rugas,
> Os meus cabelos brancos,
> Os meus olhos míopes e cansados.
> Espelho, amigo verdadeiro,
> Mestre do realismo exato e minucioso,
> Obrigado, obrigado!

> Mas se fosses mágico,
> Penetrarias até ao fundo desse homem triste,
> Descobririas o menino que sustenta esse homem,
> O menino que não quer morrer,
> Que não morrerá senão comigo,
> O menino que todos os anos na véspera do Natal
> Pensa ainda em pôr os seus chinelinhos atrás da porta.

Até hoje gosto bem desses versos. "Mestre do realismo exato e minucioso", dito de um espelho, me parece bem sacado, desde que, bem entendido, ele não seja daqueles que Mário de Andrade no "Carnaval carioca" chamou "espelho mentiroso de mascate".

Em 1942, a Segunda Grande Guerra ensanguentava o mundo, meu amigo Odylo Costa, filho, casava-se no Piauí com uma menina de dezoito anos, Maria de Nazareth. Fui, por procuração, um dos padrinhos dos nubentes. Mandei-lhes nesta quadra a bênção pedida por Odylo:

> Vai a bênção que pediste.
> Mas a maior bênção é
> Ganhar em Natal tão triste
> Maria de Nazareth.

Em 1948 escrevi, a pedido de Villa-Lobos e para ser musicado por ele, o meu primeiro verdadeiramente

Canto de Natal

> O nosso menino
> Nasceu em Belém.
> Nasceu tão somente
> Para querer bem.
>
> Nasceu sobre as palhas
> O nosso menino.
> Mas a mãe sabia
> Que ele era divino.
>
> Vem para sofrer
> A morte na cruz,
> O nosso menino.
> Seu nome é Jesus.
>
> Por nós ele aceita
> O humano destino:
> Louvemos a glória
> De Jesus menino.

Os técnicos de poesia terão notado imediatamente o sainete formal do poema: ter eu repetido o primeiro verso nas duas estrofes seguintes, variando de colocação e dando a rima da segunda estrofe. "Presepe", o quinto poema, é de 1949 e foi incluído em *Belo belo*. É um poema amargo, "participante" no sentido de protestar contra as execuções dos regimes totalitários de esquerda. Aquele bicho estranho de que falo no meio do poema, bicho

> Que tortura os que ama;
> Que até mata, estúpido,
> Ao seu semelhante
> No ilusivo intento
> De fazer o bem,

eram os Fidel Castro do tempo, os comunistas russos, executores dos seus camaradas dissidentes.

Já em "Natal sem sinos", que é de 1952, outro sermão de encomenda, novamente d'*O Globo*, volto à inspiração puramente lírica:

> No pátio a noite é sem silêncio.
> E que é a noite sem o silêncio?
> A noite é sem silêncio e no entanto onde os sinos
> Do meu Natal sem sinos?
>
>   Ah meninos sinos
>   De quando eu menino!
>
> Sinos da Boa Vista e de Santo Antônio.
> Sinos do Poço, de Monteiro e da igrejinha de Boa Viagem.
>
>   Outros sinos
>   Sinos
>   Quantos sinos
>
> No noturno pátio
> Sem silêncio, ó sinos
> De quando eu menino,
> Bimbalhai meninos,
> Pelos sinos (sinos
> Que não ouço), os sinos de
> Santa Luzia.

Finalmente, os quatro poemas traduzidos, o foram a pedido de Ribeiro Couto para o suplemento hispano-americano d'*A Manhã*, por ele organizado na fase inicial do extinto matutino. Os originais são de Rafael de la Fuente, González Carballo, Víctor Londoño e Pablo Rojas Guardia. As minhas traduções figuram no livro *Poemas traduzidos*.

Aqui tem você, João Condé, a história pedida. Não torça o nariz, que é cavalo dado!

[5.I.1963]

MESTRE, CONTRAMESTRE

Outro dia, na Livraria S. José, alguém me mostrou à página 245 do livro *Machado de Assis*, de Agrippino Grieco, recentemente editado, estas linhas que me dizem respeito: "Pena é que Lêdo Ivo perca tanto tempo com o contramestre Manuel Bandeira, quando poderia tratar do mestre verdadeiro que foi Machado de Assis, etc."

A minha primeira reação foi achar graça: sou sempre sensível à graça, ainda quando exercida contra mim. Depois a palavra contramestre me agrada. Contramestre, dizem os dicionários, é o imediato do mestre de fábrica, o que o substitui. O vocábulo cheira bem a artesanato, ao passo que o outro mestre cheira a medalhonismo e pode até implicar os seus laivos de ironia, e não será por isto que Gilberto Freyre não gosta que lhe chamem "o mestre de Apipucos"?

Refleti em seguida que o pecado de Lêdo Ivo tem a atenuante de um precedente insigne, que é nada menos que do próprio Agrippino. Com efeito, em seu volume *Evolução da poesia brasileira*, consagra mestre Grieco ao contramestre Bandeira, onze páginas de períodos cerrados e sem transcrição de poemas, coisa enorme, injustificável, escandalosa, se se levar em conta que dedica oito a Castro Alves, quatro a Bilac, três a Vicente de Carvalho e a Alberto de Oliveira, duas a Gonçalves Dias e a Fagundes Varela... Mais do que eu só teve Augusto dos Anjos: doze; o mesmo que eu, Alphonsus de Guimaraens. Positivamente é honra demais para um pobre contramestre. A minha vingança poderia se repetir, *mutatis mutandis*, as linhas do mestre: "O livro é excelente. Pena é que o autor perca tanto tempo com o contramestre Bandeira, quando poderia tratar mais largamente dos mestres verdadeiros que foram Castro Alves, Gonçalves Dias, Bilac, Cruz e Sousa, etc."

Mas isso seria pretensão. Pretensão e muita ingenuidade. Toda a gente sabe como mestre Agrippino compõe os seus livros: junta artigo daqui e dali, sem o cuidado de correlacioná-los, preenche as lacunas, e o resultado é uma saborosa (sempre saborosa!) moxinifada. Quando saiu o meu livro *Libertinagem*, Agrippino deu-me a honra da longa análise, depois incluída, sem corte algum, na *Evolução da poesia brasileira*. Daí a perspectiva errada a favor do contramestre em detrimento dos mestres verdadeiros.

[13.V.1959]

NOBEL E SUBDESENVOLVIDOS

Meu bom amigo Barboza Melo, diretor da revista *Leitura*, tomou a infeliz iniciativa de lançar com outros um movimento no sentido de se propor o meu nome para o Prêmio Nobel. Eu deveria sentir-me, a tais alturas, imensamente orgulhoso. A verdade, porém, é que me vejo, ao contrário, bastante ridículo na qualidade de candidato à láurea da Academia Sueca, ainda mesmo deixando correr à revelia a risível candidatura.

Risível, sim, meu caro Barboza Melo. Pois não terão vocês atentado que existe na Europa e na América uma boa dúzia de poetas que escrevem em língua de branco, em línguas universais, e que se chamam Jorge Guillén, René Char, St.-John Perse, Ungaretti, Eugenio Montale, Auden, Ezra Pound, E. E. Cummings, Frost, Neruda, Carrera Andrade, isto para só falar de poetas? Quem sou eu diante dessa gente?

Quem somos nós? Apesar de o petróleo ser nosso, apesar da Operação Pan-Americana, apesar do tremendo esforço insone e deambulatório do Presidente, com Brasília e tudo, continuamos país subdesenvolvido, país teixeiralotemente subdesenvolvido. E o Prêmio Nobel não é para países subdesenvolvidos.

Mas, ainda encarando a questão do ponto de vista interno, do ângulo brasileiro: quanta gente estaria antes de mim, entre poetas e prosadores? Dois, pelo menos, de nomeada mundial, já traduzidos nas grandes línguas europeias – o sociólogo Gilberto Freyre e o romancista Jorge Amado.

Há, entre nós, um prêmio que, pela importância material tanto como pela constituição do júri (deste fazem parte representantes da Academia Brasileira e da Academia Paulista, de associações de escritores e de jornalistas), representa uma espécie de Premiozinho Nobel indígena: é o do Moinho Santista. O primeiro escritor distinguido foi, o ano passado, Alceu Amoroso Lima. Logicamente deveria caber-lhe a honra de ser lembrado por brasileiros à competição internacional.

Aliás, o que não me sorri na iniciativa de Barboza Melo, não é o que há nela de quixotesco. Montalvo não escreveu certa vez que "o homem que não tem alguma coisa de D. Quixote não merece o apreço, nem o carinho de seus semelhantes"? O que me desagrada nela é desconfiar que nasceu como reação nacionalista contra a candidatura de um grande escritor português. Ainda aqui vejo certa ingenuidade na atitude dos queridos amigos patrocinadores de meu nome. Pois não há mais mínima dúvida de que, se a Academia Sueca se resolvesse um dia a dar o Prêmio Nobel a um escritor de língua portuguesa, Portugal passaria antes de nós. E deixem lá, que como pátria de Camões bem o merece.

[14.II.1960]

CASO DA CABEÇA

I
TUDO ERRADO

Começa que não é busto, é cabeça. Não se trata, pois, de meter os peitos na posteridade. Apenas meter a cabeça. Mas ainda assim, está errado: não sou digno nem de enfiar o nariz. Este nariz de que disse o maior poeta do Brasil que eu tiro ouro. Está errado: nunca tirei ouro do nariz. Nunca tirei do nariz senão "o que um nariz encerra". Imundo? Três vezes imundo? A imundície não é minha, é de Guerra Junqueiro na *A velhice do padre eterno*.

Melo repete que repete que a Constituição pernambucana proíbe a ereção em logradouro público de estátuas de pessoas vivas. Está errado: o que a Constituição não admite é que se dê nome de pessoa viva a rua ou praça. A nobre campanha de Melo se funda nesta falsa ilação: se não admite nome em rua, ainda menos admitirá estátua.

Melo me conspurca, está certo. Meus amigos revidam e conspurcam Melo, está errado, ainda quando o fazem em boa redondilha, como é o caso de Raul Maranhão, que ontem me mandou esta quadrinha:

> Nem todo Melo é maluco.
> Mas esse o é de tal maneira,
> Que não quer que em Pernambuco
> Se erga o busto de Bandeira.

Todo dia me telefonam das redações dos jornais indagando quem é esse Melo. Esta gente do Sul é assim: ignora as mais legítimas glórias da província. Ora, Melo tem nome e brado em Pernambuco desde os tempos de estudante. Em *Minha formação no Recife* conta Gilberto Amado que numa das portas de entrada da Academia de Direito se sentava um cego tocador de gaita. Um dia um estudante de ano adiantado tomou a gaita do cego, meteu-a numa das narinas e soprou-a. "Revirando os olhos que riam de maneira desagradável", narra Gilberto, "soprou uma toada, duas: juntou roda. Vi-o várias vezes repetir a proeza. Parava, passava na manga o bico da gaita, restituía-a ao cego, que a embocava de novo". Gilberto não revela o nome do estudante gaitista, mas no Recife todo o mundo sabe que era Melo. Depois disso Melo tem soprado muitas outras gaitas. Sempre pelo nariz. Se não fosse a aversão dele pelas homenagens desta espécie, eu proporia a ereção no Recife do nariz em bronze de Melo.

A atitude de Melo contra a minha cabeça não é de ordem pessoal; resulta de uma velha convicção, convertida (palavras suas) "num apostolado". Todo anjo é terrível, disse Rilke. Todo apóstolo também, acrescento eu.

[27.IV.1958]

II
A CIÊNCIA FALOU

Meu tio Cláudio sabia de cor e gostava de repetir as primeiras palavras de um discurso que Joaquim Nabuco pronunciou na Escola Politécnica do Rio depois de promulgada a Lei Áurea: "Eu estava em Londres, senhores, quando tive notícia da fundação do Centro Abolicionista da Escola Politécnica. E disse comigo: a causa venceu, a ciência falou."

Lembrei-me disso ao ler domingo no *Jornal do Brasil* a entrevista em que mestre Levi Carneiro comentou o art. 191 da Constituição do Estado de Pernambuco. Diz a lei: "Não se dará nome de pessoas vivas a quaisquer localidades, ou logradouros do Estado, devendo ser ouvido o Instituto Arqueológico, Histórico e Geográfico Pernambucano a respeito de toda a denominação que se queira atribuir ou modificar."

Amigos meus de Pernambuco querem pôr numa praça do Recife uma cabeça de bronze, bastante parecida comigo, obra admirável de escultura modelada por Celso Antônio. "Não pode ser!", gritou o Melo, "a Constituição do Estado proíbe". Meus amigos contestaram: "O que a Constituição proíbe é que se dê nome de pessoa viva a localidade ou logradouro". Melo, então, argumentou: "Se proíbe o menos, proíbe o mais, e não admitirá homenagem pública de estátua a pessoa viva".

Esse bate-boca deixou perplexo o prefeito do Recife, que até hoje não sabe o que fazer: se dá licença ou não para que meus amigos inaugurem a cabeça.

Agora, a ciência falou. Mestre Levi, grande advogado, jurisconsulto tão eminente que já foi juiz da Suprema Corte Internacional de Haia, afirmou na sua entrevista que, *entendido estritamente – como o deve ser qualquer lei proibitiva* – não contém o artigo 191 da Constituição pernambucana a proibição imaginada por Melo. Não há na lei referência expressa ao caso de busto ou estátua. Logo, não há proibição. O simples bom senso está a dizer que de uma lei proibitiva não se pode tirar ilação argumentando à maneira de Melo: "Se proíbe isso, ainda mais proibirá aquilo".

Se eu pensasse como Melo, seria o primeiro a não aceitar a homenagem de meus amigos: quero muito bem à minha província, para ir de encontro à sua lei básica.

O que não está certo na entrevista de mestre Levi é a exabundância de expressões carinhosas com que superestima os meus minguados dotes de poeta menor. Como agradecer tamanha generosidade?

[18.VI.1958]

III
PERNAMBUCANO, SIM SENHOR

Acordei, tomei o meu café, puxei para a cama a minha Hermes Baby e disse muito decidido: vou bater uma crônica sobre o Natal. Mas aconteceu-me a mim o mesmo que ao poeta no famoso soneto: a folha branca pedia inspiração e ela não vinha. Não fiquei perplexo, porém. Sei que mudei, que o Natal mudou, que todos mudaram, que tudo mudou, e isto é sem cura... No meu tempo de menino não havia Papai Noel, esse grande palerma francês de barbaças brancas, havia era "a fada", assim, sem nome, o que lhe aumentava ainda mais o encanto.

Mudei. Mudei muito. Menos numa coisa: continuo me sentindo profundamente, de raiz, de primeira raiz, pernambucano (com *e* bem aberto – pèrnambucano). No *Itinerário de Pasárgada* escrevi ter nascido para a vida consciente em Petrópolis, frase que alguns interpretam erradamente como atestado de verdadeiro nascimento fora do Recife. No entanto, a oração seguinte explicava cabalmente: "pois de Petrópolis datam as minhas mais velhas reminiscências".

Dizer-se que nasci no Recife por acidente quando sou filho de pais recifenses, neto de avós recifenses e por aí acima, é inverter as coisas: digam antes que por acidente deixei o Recife duas vezes, aos dois anos para voltar aos seis, e aos dez para só o rever de passagem. Mas esses quatro anos, entre os seis e os dez, formaram a medula do meu ser intelectual e moral, e disso só eu mesmo posso ser o juiz. Me sinto tão autenticamente pernambucano quanto, por exemplo, Joaquim Cardozo, Mauro Mota e João Cabral de Melo. Se não fosse assim, não poderia jamais ter escrito a "Evocação do Recife", poema do qual disse Gilberto Freyre (e que maior autoridade na matéria?) que cada uma de suas palavras representa "um corte fundo no passado do poeta, no passado da cidade". Alegam que é sermão de encomenda. Mas a encomenda veio por causa de uma carta escrita a Ascenso Ferreira, carta essa que foi a matriz do poema. O poema já se gestava no meu subconsciente. E aqui chego ao cerne da minha verdade: sou pernambucano na maior densidade do meu subconsciente.

Estas linhas vão como amical protesto à entrevista dada a José Condé pelo poeta Carlos Moreira dos belos sonetos e das encantadoras poesias. Compreendi que ele me quis honrar mais do que mereço dando à homenagem do meu busto no Recife um sentido mais largo, ainda que para mim menos amorável. Carlos amigo, pode acreditar que nestes meus quase 73 anos de vida virei e mexi, andei certo, andei errado, corri, parei, prossegui, quis voltar, não pude não, que os caminhos percorridos prenderam meus pés no chão carioca. Chão de asfalto – este terrível asfalto carioca onde tudo pode acontecer, até morrer-se afogado, como nas enchentes do Capibaribe!

[24. XII. 1958]

VIVA A SUÉCIA

No começo deste mês tive a surpresa de receber pela manhã uma chamada telefônica do Banco do Brasil: – "Temos aqui uma ordem de pagamento de coroas suecas para o senhor".
Coroas suecas?, repeti para mim mesmo intrigado. Eu sabia que um escritor sueco havia organizado uma antologia de poetas brasileiros. Esses estrangeiros são corretíssimos nesse capítulo. Não procedem como os nossos antologistas e editores, que lançam mão de nossas produções, não nos pagam direitos, nem ao menos pedem licença e muitas vezes nem nos mandam um exemplar da obra. Sim, deve ser isso e nada mais, disse como o homem do "Corvo".
De repente me lembrei de Sacha. Sacha, aquela brasileirinha muito loura, para quem escrevi, quando ela era um bebezinho de seis meses, os versos "Sacha e o poeta". Os anos passaram, Sacha ficou uma moça, viajou para a Inglaterra, conheceu um sueco bonitão, casou-se com ele e foi morar numa cidadezinha perto de Estocolmo. A vovó de Sacha faz anos agora, Sacha me mandou essas coroas suecas para eu comprar algum presente para a sua vovozinha querida.
Como quer que fosse, tomei meu banho, vesti-me e cheio de fé, de júbilo e de entusiasmo saí em demanda das minhas coroas suecas. A surpresa foi maior do que eu esperava. Não era dinheiro de Sacha nem de antologista. A ordem era da Rádio de Estocolmo. Direitos autorais pela inclusão de poemas meus em seus programas. Mil e tantas coroas suecas, equivalente a 13 mil (treze, não três!) cruzeiros! Eu, que nunca recebi na minha terra um tostão pelos meus versos declamados (mal declamados) em estações de rádio e televisão, estava recebendo da longínqua Estocolmo 13 mil cruzeiros de direitos autorais, não era sonho não, e como eu explicasse ao rapaz do banco de que se tratava e como aqui nos tratavam, ele comentou: "Mas nós vivemos numa bela democracia!" Ao que eu respondi com um "Viva a Suécia!"
E acrescento agora um "Viva os Estados Unidos!". Bem entendido, não é só para fazer raiva aos comunas, isso eu faço bebendo muita Coca-Cola, coisa de que até eu não gostava, mas aprendi a gostar para fazer raiva aos comunas. O meu viva é porque, ao mesmo tempo que recebia as coroas suecas, recebia um cheque de uma editora de Nova York, como antecipação de direitos autorais sobre uma edição da minha *Literatura hispano-americana* traduzida para o inglês, antecipação paga por ocasião da assinatura do contrato. Aqui no Brasil as coisas pioraram a esse respeito. Há uns vinte anos trabalhei muito para uma grande editora paulista, que sempre me pagava os direitos globais no ato da entrega dos originais. Hoje, ela, e as outras, só nos pagam quando o livro aparece impresso, e os direitos são pagos parceladamente. No Brasil já se faz justiça aos trabalhadores braçais, mas aos intelectuais neca: temos que fazer nome aqui para ganhar bem no... estrangeiro.

[1.IV.1962]

DÍVIDA PARA COM O PEIXE VIVO

Leio que está fundado nesta Capital o Clube do Peixe Vivo. Ainda bem. Muito precisamos, os brasileiros (além de Brasília, naturalmente), da saudável alegria dos cantos conviviais, que eram tão do gosto dos mineiros no século XVIII, a julgar pelos relatos dos viajantes estrangeiros.

O gênero não é para desdenhar: Goethe apreciava-o, cultivou-o com assiduidade; os seus *Gesellige Lieder* trazem por epígrafe estes dois versos:

> *Was wir in Geselischaft singen*
> *Wird von Herz zu Herzen dringen.*

O que em vernáculo mais ou menos responde a: o que cantamos em sociedade vai de cada coração aos demais corações. O Clube do Peixe Vivo será, sob a presidência honorária do Sr. Kubitschek, um cordial circuito de corações amigos, ensinando os brasileiros a se amarem da melhor maneira no melhor dos mundos.

O "Peixe vivo" é um canto convivial de Diamantina, que diz no seu estribilho:

> Como pode o peixe vivo
> Viver fora da água fria?
> Como poderei viver
> Sem a tua companhia?

Letra e toada são lindas. Creio não exagerar dizendo que considero a divulgação do "Peixe vivo" como um dos maiores serviços prestados ao Brasil pelo presidente Juscelino. A primeira vez que ouvi cantá-lo foi em casa de meu saudoso primo José Cláudio. Pedro Nava atuou como corifeu e me lembro que Vinicius de Moraes estava presente. Cada um de nós teve que improvisar a sua quadrinha:

Nava cantou:

> Nas areias de Loanda
> Dirceu chora noite e dia
> Desde que sentiu perdida
> Tua doce companhia.

Vinicius secundou:

> A minh'alma chorou tanto
> Que de pranto está vazia
> Desde que eu fiquei sozinho
> Sem a tua companhia.

Depois foi a minha vez e eu desafinei:

> Vi uma estrela tão alta!
> Vi uma estrela tão fria!
> Estrela, por que me deixas
> Sem a tua companhia.

Imediatamente entrei em transe e os dois primeiros versos da quadra germinaram posteriormente no poeminha "A estrela", que figura na *Lira dos cinquent'anos* e é dos que me inspiram maior ternura de pai. A célula do "Peixe vivo" está visível na terceira estrofe:

> Por que da sua distância
> Para a minha companhia
> Não baixava aquela estrela?
> Por que tão alta luzia?

Como estão vendo, devo um poema ao "Peixe vivo". E como devemos o "Peixe vivo" ao presidente Juscelino, devo o poema ao presidente Juscelino. Obrigado, Presidente!

[19.III.1958]

FALA O EX-ENCADERNADOR

Numas notas que há meses escrevi sobre meu falecido amigo Honório Bicalho contei haver aprendido com ele muita coisa: xadrez, grafologia e a arte de encadernar. Quero falar aqui desta última.

Como começou Honório a encadernar? Um dia considerou a sua biblioteca, quase toda de brochuras, em petição de miséria, e como fossem livros muito queridos (toda a coleção de Eça de Queiroz e de Anatole France), resolveu mandar encadernar os volumes. Mas iria ficar numa fortuna: a encadernação mais simples custava então (era em 1907) uns cinco ou sete cruzeiros! O recurso seria executar o trabalho ele mesmo. Comprou um manual do encadernador, uma prensa de mão, grosa ele tinha na sua banca de carpinteiro, pouca coisa mais, e iniciou as suas experiências na arte de Leopoldo Berger. Para que era a grosa?, dirão vocês! Bem, Honório não tinha máquina de aparar as folhas dos livros, era coisa caríssima; então descobriu que, apertando o volume na prensa, limando-lhe e lixando-lhe as bordas, resolvia o problema: tudo Honório resolvia com pouca despesa e muita habilidade.

Aprendi a arte, vendo Honório encadernar um volume do princípio até o fim. Quando o volume saiu da prensa, todo frajola, no seu costume de percalina, Honório virou-se para mim e disse: "Agora faz-se assim!", e atirou-o contra a parede. Levei um susto. Ele explicou: "A encadernação tem que ser sólida; é a primeira condição de um livro bem encadernado."

Pratiquei o ofício como *hobby* durante alguns anos. Desisti dele por dois motivos: primeiro, a douradura, que jamais consegui realizar de maneira aceitável; segundo, os amigos que, sabendo-me encadernador amador, vinham com uns livros em pedaços para eu encadernar (o amigo nunca nos traz a brochura bem conservada, essa ele manda para o encadernador profissional). O meu último trabalho deixou-me arrasado: era um exemplar de código telegráfico estragadíssimo e quase tão grosso como o dicionário de Webster.

Nunca produzi nenhuma obra-prima, como as que vi a semana passada no saguão da Biblioteca Nacional, onde o já citado Leopoldo Berger, profissional da arte e exímio artista nela, promoveu uma exposição de encadernações artísticas que foi um sucesso; mas sei dizer se um livro está bem ou mal encadernado. Ao contrário do que se dá comigo em matéria de poesia, pois sei fazer os meus poemas, mas cada vez sinto mais dificuldades em decidir se um poema presta ou não presta. Sobretudo se ele é neoconcreto.

[4.X.1959]

O POETA E OS JOVENS

Fala-se muito em *juventude transviada*, de vez em quando nos indagam nas redações dos jornais ou nos estúdios de televisão: "Que é que o senhor pensa da juventude transviada?" Eu costumo responder que não fica mal à mocidade transviar-se um pouco, contanto que não chegue aos exageros da curra e do assassinato. E conto, a seguir, os *faits et gestes* que conheço da juventude que anda no bom caminho. É o que vou fazer aqui, narrando uma festinha de arte a que assisti, num modesto clube universitário instalado em casa alheia num arrabalde carioca.

A festa era em homenagem ao reconstrutor de Pasárgada e anunciava-se como uma teatralização de alguns de seus poemas. Confesso que fui para lá meio temeroso, lembrando-me dos maus-tratos que me têm infligido numerosos declamadores e declamadoras em cena aberta ou pelo rádio e pela televisão. Cheguei a criar complexo e a imaginar que os meus versos não são para se dizer. Agora apareciam esses rapazes e moças querendo teatralizá-los. Que sairia daquilo? Tranquilizava-me bastante a opinião de Manuel Khachaturian (o nome de família é outro, mas chamo assim o xará desde o momento em que o conheci tocando – esplendidamente! – o concerto para violino do compositor russo).

Pois tive uma grande surpresa: fiquei encantado. A concepção de Maurice, jovem egípcio, que está há pouco mais de um ano entre nós estudando engenharia, se não me engano, e é o diretor teatral do grupo, pareceu-me interessantíssima e, em certos números, de inexcedível propriedade e força interpretativa. É o caso, por exemplo, do poema "Os sinos": enquanto duas figuras femininas dizem os versos que exprimem o sentimento pessoal do poeta, três rapazes, colocados atrás delas, badalam, na voz e nos gestos, as onomatopeias do poema. A impressão é perfeita de sinos em dobre patético. Outro exemplo: o de uns versinhos de circunstância, pura brincadeira, que incluí no *Mafuá do malungo* – "Maria da Glória". Quadro plástico: um menino sentado no chão, atrás dele um rapaz. Diz este: "Glória, Maria da Glória". Pergunta o menino: "Que glória?" E o rapaz: "De ser bonita". E continua o diálogo: "Só?" – "De ter merecimento." – "Só?" – "De ser boa e simpática." – "Que glória mais problemática!", etc., etc. O menino era adorável. Senti o meu poeminha alçado a uma atmosfera insuspeitada de pureza verdadeiramente mozartiana. Bravo, Maurice! Bravo, Félix, Saul, Oscar, Samuel, Ari, Pierre, Mário, Jeanne, Andrée, Marcos, Fanny, juventude estudiosa que ocupa as suas horas de recreio fazendo arte de tão finos quilates!

[18.X.1959]

HOMENAGEM A MB

Não obstante já ter testemunhado particularmente o meu reconhecimento a cada um dos que colaboraram no livro *Homenagem a Manuel Bandeira*, sinto-me no grato dever de o fazer publicamente, e faço-o nestas linhas.

Em toda homenagem há uma força lírica que nos arrasta para muito longe dos justos limites impostos pelo senso crítico. É o que, com assustado desvanecimento, discirno nesta homenagem. Tanto na apreciação do poeta como na do homem, há aqui o que os alemães chamam Uberschatzung. Uberschatzung que parecerá, e muito acertadamente, escandalosa a quem me encare sem os lirismos da simpatia, afetiva ou intelectual. *"Car je suis encore fort mauvais poète"*, como disse de si o Cendrars na sua *"Prose du Transsibérien"*. A aproximação do meu nome, tão pequeninamente brasileiro, de tal nome universal e eterno soa tão ridiculamente como, no verso de Casimiro, o de Gilbert posto ao lado de Dante. Causam-me insuportável vexame certas referências feitas aos grandes mestres do Parnaso brasileiro, mestres aos quais devo muito da minha formação, aos quais sempre, e até hoje, admirei.

Mas há aqui nesta espécie de *"In memoriam" avant la lettre* alguma coisa de profundamente confortante: é verificar que no fracasso da minha vida, e na expressão poética desse fracasso, pôde a minha voz acordar a emoção lírica em tantos espíritos de boa polícia; verificar que a minha poesia, de uma tristeza às vezes sentimentalona, às vezes irônica, de uma amargura às vezes recôndita, às vezes cínica, é capaz de suscitar conforto, coragem, não depressão e medo de viver. Quantas vezes não tenho deixado de pôr o preto no branco por imaginar que o poema em gestação, catálise restauradora do meu equilíbrio interior, pode levar a outrem a sugestão daninha, cicio da serpente. Toda palavra de desânimo é uma ação má, sobretudo nesta hora dilucular.

Sinto-me orgulhoso de ter inspirado a Carlos Drummond de Andrade esta "Ode no cinquentenário do poeta brasileiro", a qual ficará como um dos mais belos e comovidos poemas da sua obra e da nossa poesia; de ter recebido de Mário de Andrade a dedicatória do "Rito do irmão pequeno", tão cheio das grandezas e mistérios do mito macunaímico. Orgulhoso de ter merecido de Abgar Renault a atenção com que ele, magistralmente, analisou as minhas traduções de Elizabeth Barrett Browning e Christina Rosetti. Orgulhoso do ato de presença do encantador Alfonso Reyes; do querido Gastão Cruls, de Gustavo Capanema, o extraordinário ministro de Estado que, em seu programa cultural, vive uma perpétua mobilização dos nossos valores mentais em todos os setores do pensamento – sociólogos, historiadores, pintores, arquitetos, poetas; de Dante Milano, admirável poeta que persiste em se guardar inédito; de Murilo Mendes, que veio trazer uma voz tão pura e tão alta à nossa poesia de inspiração católica; de Álvaro Moreyra, coração que começou a bater sozinho e hoje bate com o coração de todos os deserdados da sorte; de Marques Rebelo, carioca pingente, o romancista e *conteur* que só agora parece ter compreendido que é *hors-concours*; de Augusto Frederico Schmidt, o poeta que soube captar as grandes vozes da Noite. Orgulhoso dos estudos críticos de Afonso Arinos de Melo Franco, cujo trabalho deveria intitular-se não "Manuel Bandeira ou O homem contra a poesia" e sim "Manuel Bandeira ou O poeta contra o homem"; de Aníbal M. Machado, eterno sequestrador de João Ternura, o Esperado; de A. C. Couto de Barros, crítico tão lúcido, e infelizmente tão raro, da matéria poética; de João Alphonsus, sutil descobridor de meu complexo telefônico; de José Lins do Rego, o romancista em cujos livros nós do Nordeste sentimos a alma profunda e comum das nossas pobres províncias; de Lúcia Miguel Pereira, o crítico penetrante que resolveu definitivamente o problema Machado de Assis; de Múcio Leão, a quem agradeço pelas sombras do meu jardim fechado o olhar curioso que lhes lançou; de Octavio de Faria, que dá um pouco a impressão de me guardar um certo rancor por eu não ser melhor poeta do que sou; de Olívio Montenegro, braço dos mais temíveis da camorra do Norte; de Onestaldo de Pennafort, o artista perfeito, sutilizador de quintessências poéticas, o homem que jamais perdoou aos parnasianos o seu desdém *de la nuance avant toute chose*; de Pedro Dantas, do meu querido Pedro Dantas, que me adotou como tio e nunca se esquece de pedir "a bença, meu tio"; de Pedro Nava, fascinante como os cais da rua da Aurora; de Ribeiro Couto, irmão exato e preciso, com quem há muitos anos venho correndo um páreo perigoso; de Sérgio Buarque de Holanda, confusão de nevoeiros onde o sol dardeja um raio nítido; de Tristão de Athayde, a quem devo tantas notas críticas de louvor, ricas de simpatia; de Vinicius de Moraes, minha última conquista, a quem já quero bem como se quer bem a um irmão menino, um irmão menino que me debocha e me dá abraços irresistíveis, poeta polinômio, de ritmo irredutivelmente, exasperantemente inumerável. Orgulhoso dos depoimentos e impressões de Gilberto Freyre, cuja crítica sabe já a posteridade, e que faz o seu aplauso tão generosamente animador e reconfortante; de Antenor Nascentes e Sousa da Silveira, amigos fiéis da infância, que souberam evocar com detalhes que eu mesmo já esquecera. Orgulhoso do carvão de Portinari (É lógico!); do bico de pena de Luís Jardim, agudo como a ponta das "pernambucanas"; do lápis de Joanita Blank, para sempre "chela" adorável e adorada; do desenho que inspirou a Carlos Leão o meu beco de gatos safados, de garotos vadios, de prostitutas semiaposentadas, de fotógrafos do passeio público, de lavadeiras, de costureirinhas, de estudantes. Orgulhoso de ter proporcionado a Jorge de Lima a mais oportuna ocasião de desmanchar a lenda da sua conversão ao modernismo.

E orgulhoso, finalmente, da amizade de Rodrigo M. F. de Andrade, promotor e "negro" desta homenagem. Mas aqui não tenho palavras.

[17.I.1937]

SEMANA CHEIA

Semana cheia... Para mim principalmente, que me vi na obrigação de completar meia grosa de anos. Ainda se a coisa passasse despercebida! Mas os amigos não deixam: fazem-me a cada aniversário uma publicidade tão grande que eu acabarei me convencendo de que ser velho é vantagem. Este ano foi Irineu Garcia, que, de cumplicidade com Carlos Ribeiro, tomou a iniciativa das homenagens: uma tarde de autógrafos na Livraria S. José, a qual deveria ser seguida de uma noitada em pleno largo do Boticário (o mau tempo impediu este último número do programa).

Na livraria houve para mim duas surpresas. A primeira foi ganhar de Mignone a dedicatória de suas "Doze valsas-choros". Quando Mignone gravou as "Valsas de esquina", queixei-me despeitado de não ver nenhuma dedicada a mim. Então Mignone, num gesto de quem diz "Se lambuze!", me ofereceu uma dúzia de valsas tão gostosas, que não sei se não metem as outras num chinelo. Da primeira à última são uma pura delícia. Delícia brasileira como a casa de meu avô. A quinta me pôs a andar sobre as águas, sobranceiro e soberano... Obrigado, Mignone!

A segunda surpresa foi obra de Eneida, a quem ainda não felicitei pelas crônicas de *Aruanda*, continuadoras das de *Cão da madrugada*. Eneida tem na crônica a sua receita pessoal, de sorte que nem precisa assinar o que escreve. A surpresa de Eneida foi levar à Livraria S. José uns cantadores paraibanos que nos encantaram com as suas emboladas repentistas. Campina, Curió e mais outro, cujo nome não guardei, se desmandaram em redondilhas maiores e menores. Enquanto Curió teimava no estribilho "Maria, meu amor!", Campina tirava:

> Sou adepto de São Miguel
> E só não lhe boto no céu
> Porque não tenho posses...

Um quarto cantador, Paulo Nunes Batista, "Pau-Brasil" (pois cantador que se preze tem que ter outro nome), ofereceu-me dois folhetos – *O filho do valente Zé Garcia* e *O Negrinho do Pastoreio*, com dedicatórias em verso me arrastando "pelos céus da Fantasia, nas asas soltas do Sonho". Eta eu!

[23.IV.1958]

NOITE DE AUTÓGRAFOS

Depois de *Furacão sobre Cuba* a Editora do Autor lança o quarteto Braga, Vinicius, Sabino, Paulinho. Sabino tinha prevenido de véspera: "Amanhã, entre 8 e 11 horas da noite, estaremos os quatro, no Clube dos Marimbás, autografando para os leitores, se os leitores nos quiserem dar a honra de aparecer". Os leitores, e sobretudo leitoras *mouchèrent*, como gostava de dizer o nosso prezado Saint-Simon. Meu Deus, quanta mulher bonita: Tônia Carrero e Ayla Thiago de Mello, tão lindas todas duas, que a gente não sabe dizer se é Ayla que se parece com Tônia, ou se é Tônia que se parece com Ayla. Meu Deus, quanto broto bonito! Raquel, filha de Clóvis Ramalhete, que só deve aceitar por genro quem lhe sirva muitas vezes sete anos de pastor... Minhas afilhadas Maria Cristina e Maria Isabel, filhas de Chico Barbosa, para as quais, quando nasceram, compus este acalanto:

> Dorme sem susto, Cristina,
> Dorme sem medo, Isabel:
> Nossa Senhora vos nina,
> Ao pé está o anjo Gabriel.

Isto foi ontem, e hoje já estão moças. Como o tempo passa!

Mas paro com a enumeração, que não devo invadir a seara de Ibrahim. Não quero, porém, deixar de registrar a presença de um grande poeta galego, Ernesto Guerra da Cal, de passagem pelo Rio e surpreendido com aquela parada de beleza, de elegância, de espiritualidade.

Fui bastante explorado pelos fãs, que pediam meu autógrafo nos livros lançados. No de Paulo Mendes Campos, e que se intitula *O cego de Ipanema*, escrevi: "Manuel Bandeira, o surdo do Castelo". No de Fernando Sabino, ao título *O homem nu*, acrescentei "não sou eu" e assinei. No de Vinicius improvisei esta quadrinha:

> Aqui, neste volumão,
> Vai condensado Vinicius:
> Delicadeza, paixão,
> Poesia e mulher – dois vícios.

No de Rubem Braga torvelinhei, caprichei:

> Quando crônico, uma fina
> Angústia, uma angústia vaga
> Me dói... Não é enfarte ou angina:
> É inveja do velho Braga.

Depois da meia-noite houve uma briga com garçons que serviam batida de caju, e na qual estiveram envolvidos Carlos Drummond de Andrade e Aníbal Machado. Mas foi coisa que eu sonhei, pois àquela hora já estava em casa dormindo.

[14.XII.1960]

PREFÁCIO GENTIL E INJUSTO

Em fins de 1955, começo de 1956, fui procurado em meu apartamento por um editor português, que me propôs a edição de uma pequena antologia de poemas meus a ser vendida só em Portugal e suas colônias, a preço que devia corresponder em moeda portuguesa a cinquenta cruzeiros nossos. Sobre essa base calculamos os direitos autorais, que me foram imediatamente pagos. Alguns meses depois tive a surpresa de receber não uma plaqueta antológica, mas um grosso volume de minhas poesias completas. Era a violação do contrato, um esbulho, contra o qual protestei, sem nunca ter recebido resposta. Quando, afinal, me dispus a mover ação contra o editor faltoso, soube que se tinha matado. Não pensei mais no caso.

Mas não foi só o prejuízo material que me aborreceu então. Aborreceu-me também o fato de ter o editor incluído no volume um prefácio, sobre o qual não fui consultado. Prefácio muito honroso para mim, demasiadamente honroso, pois sou nele apresentado como "o mais alto valor contemporâneo de uma poética luso-brasileira (muito portuguesa nas raízes, muito brasileira nos ramos)", mas que na quase sua totalidade consiste numa objurgação violenta contra todo o modernismo. Para o prefaciador este não consistiu, as mais das vezes, senão, na poesia, em "cantar, sem métrica nem rima, frequentemente sem gramática, as alfaces, os pepinos, as abóboras etc., onde se cantavam as rosas, os jasmins, as violetas etc. – ou a vestir de farrapos de outra retórica a poesia que antes se vestia de sedas e gorgorões mais ou menos roçagantes – quando não apenas em desarticular a grafia da prosa numa grafia de versos"; nas artes plásticas, numa "veneração do feio, do rebarbativo, do contundente"; na música, "em ritmos negroides, ritmos sem ritmo, desarmonia".

É claro que, tendo eu tantos amigos portugueses, – poetas, artistas plásticos, músicos – criadores e participantes do movimento modernista em seu país, não concordaria na inclusão de um prefácio assim redigido, por mais gentil que o seu autor houvesse sido para comigo. Isso mesmo declarei numa entrevista dada à BBC de Londres, num programa para Portugal e colônias.

O prefácio parecia, apesar de suas setas ferinas contra "o dr. Júlio Dantas" e de um modo geral contra as Academias ("esses museus de ridículo!"), parecia obra de um espírito conservador, ou pelo menos inimigo de toda revolução, mesmo feita em nome da liberdade, da "santa liberdade". Pois sabem quem era o autor do prefácio? Henrique Galvão, o Capitão Henrique Galvão, o do *Santa Maria*, esse mesmo!

[12.II.1961]

TEMPS RETROUVÉ

Neste mês de outubro, com apenas o intervalo de dez dias, dei dois grandes mergulhos no meu passado, e como das duas vezes tudo se passou inesperada e rapidamente, guardei a impressão de sonho.

Primeiro foi um pulo a São Paulo. Tomei o avião, saltei em Congonhas, fui deixar a valise no hotel, levaram-me de automóvel para a Escola Politécnica, de lá me conduziu outro automóvel à casa de Luciano Decourt, onde jantei, voltei ao hotel, dormi, digo mal, não dormi, porque a imaginação excitada por imagens do passado o não permitiu, e pela manhã tornei de avião ao Rio. Não dei um passo livre na cidade de São Paulo, na maravilhosa São Paulo (oh avenida do Anhangabaú, tu vales o mar que lá não existe!). Cidade "digna", como diz minha prima Magu. Assim que, desta vez, vi São Paulo como os dois Júnior Magalhães e Peregrino viram Moscou.

O fim da viagem era receber do Grêmio Politécnico uma homenagem, a que, havia alguns anos, eu vinha me furtando. Mas desta vez os rapazes, com afetuosa astúcia concertada por Marcos Teles Almeida Santos, lograram envolver-me numa promessa irretratável. Fui e fiquei maravilhado do que vi: o Edifício do Grêmio, suas instalações, os cinco andares destinados à hospedagem de alunos, a vida cultural do Grêmio, o seu esforço por não deixar os politécnicos confinarem-se na especialização profissional. "Haverá lugar para a poesia numa Escola Politécnica?", perguntou Marcos em sua generosa saudação ao que foi calouro da Escola em 1903. Sempre houve, teve este vontade de responder, lembrando-se de Veiga Miranda, engenheirando em 1903 e dirigindo uma revista literária.

Mas o que foi que nessa hora inesquecível me deu a sensação do *temps retrouvé*, a luz do passado, o perfume do passado, já que tudo era tão diferente da Escola de 1903, a velha mansão colonial substituída por um prédio moderno? Foi o emblema da Escola, a Minerva dourada sobre fundo azul. Eis o que desempenhou no caso o papel da *madeleine* no romance de Proust.

O segundo mergulho foi em casa de Raymundo de Castro Maya, no ponto residencial mais belo de toda a paisagem carioca – o alto do Morro do Curvelo. Distribuía-se a última edição da Sociedade dos Cem Bibliófilos, o meu livro *Pasárgada*, seleção de algumas dezenas de poemas ilustrados com grande mestria e alguma sinistricidade por Aldemir Martins. Aqui a *madeleine* foi o desenho das Tábuas da Lei, que teve a força encantatória de me restituir aos idos de 1925, quando eu morava na rua do Curvelo, hoje Dias de Barros, numa casa velha que não existe mais...

Resisti a tudo com bravura. Não me comprazo em ruinarias. E venha a morte quando Deus quiser, como disse o poeta.

[30.X.1960]

DIREITO POR LINHAS TORTAS

O humorismo nacional não perde tempo. Assim, ao contrário da Academia Brasileira de Letras, cujo plenário resolveu não tomar em consideração a proposta de Osvaldo Orico, que queria, já e já, que se mudasse a sede da Casa de Machado de Assis para a nova capital, um dos nossos humoristas mais apreciados, o dr. Augusto Linhares, lança agora o primeiro livro editado em Brasília. O volume está dedicado, como era de toda a justiça, ao presidente Juscelino Kubitschek de Oliveira, e sua matéria são os discursos pronunciados na recepção do dr. Augusto Linhares na Federação das Academias de Letras do Brasil.

O dr. Augusto Linhares teve a gentileza escarninha de me remeter um exemplar com a seguinte dedicatória: "Para o ilustre Acadêmico Manuel Bandeira, homenagem do seu grande admirador Augusto Linhares".

Ainda que é grande dos poetas a cegueira, caí logo no engano dessa retalhante ironia, pois de longa data sei que o dr. Linhares é um desafeto da poesia de 1922 (vamos chamá-la assim, já que ela não é mais modernista senão para uns poucos humoristas) e especialmente da minha. A leitura do livrinho confirmou-me na suspeita, pois lá comparecem as consabidas piadas sobre o "Boi morto", "Poema do beco", "Pneumotórax" e outros "churrasquinhos", assim os chama o dr. Linhares, de minha especialidade.

Agradeço ao dr. Linhares todas essas graciosas urtigas. E agradeço-lhas porque elas me rejuvenescem singularmente: imagino-me de novo em 1922, quando éramos atacados pelos mesmos motivos e no mesmo estilo. Hoje a coisa mudou: as novas gerações nos olham com infinita pena, somos uns pobres superados.

Tive a honra de ser um dia apresentado ao dr. Linhares e ele narra nestas páginas o nosso rapidíssimo encontro. Parece que eu lhe perguntei ingenuamente: "O senhor é médico?" Parece também que ele viu na minha pergunta não sei que intenção maquiavélica, porque o comentário que disto faz é *cinglant* e acaba ameaçando-me de uma abreugrafia em regra no "vasto *opus*". A verdade é que tendo um amigo que era cliente do dr. Linhares, ao ouvir eu na apresentação o nome, quis saber se se tratava do famoso clínico.

Repito: fiquei contente com as ironias do dr. Linhares. Mais uma vez verifiquei que Deus escreve direito por linhas e até linhares tortos.

[23.XI.1958]

O MOMENTO MAIS INESQUECÍVEL

Quando, aos dezoito anos, adoeci de tuberculose pulmonar, não foi à maneira romântica, com fastio e rosas na face pálida. A moléstia "que não perdoava" (naquele tempo não havia antibióticos) caiu sobre mim como uma machadada de Brucutu. Fiquei logo entre a vida e a morte. E fiquei esperando a morte. Mas ela não vinha. Durante alguns anos andei pelo interior do Brasil em busca de melhoras. Pude assim verificar a verdade daquelas duras palavras de João da Ega: "Não há nada mais reles do que um bom clima". Jacarepaguá, então ainda silvestre; Campanha, Teresópolis, Quixeramobim, Mendes, eram bons climas, talvez suportáveis nestes dias de *high-fidelity*, rádio e televisão. Mas eu tive de aguentá-los sem outra defesa senão o violão e a leitura, de que não podia abusar. Era natural que pensasse na Suíça. Pensava. Pensava muito. Tinha medo, porém, de ir para tão longe de meu pai. Porque eu não tinha medo de morrer, bem entendido, se no transe tivesse na minha mão a mão de meu pai. Quando a tentação era maior e eu olhava o mapa e via aquele estirão de oceano Atlântico, que os navios mais rápidos (não havia aviões) levavam duas semanas a atravessar, meu coração murchava. E eu desistia da Suíça.

Uma noite, depois do jantar, eu estava deitado no meu quarto e minha família – meu pai, minha mãe e minha irmã – conversava na sala de visitas, contígua ao meu quarto, mas sem comunicação direta (a comunicação se fazia por um corredor). De repente me faltou a respiração. Fiz um esforço desesperado para tomar fôlego. Tive a impressão nítida de que ia morrer. Ia morrer separado de meu pai, não pelo oceano Atlântico, mas por uma simples parede... Foi horrível. Mas foi uma lição. Desde aquele momento compreendi que não adianta apreender o futuro. Vivemos anos apreendendo um perigo imaginário que não acontece; somos surpreendidos por uma desgraça em que jamais havíamos pensado. A sabedoria está em pôr o coração à larga e entregar a alma a Deus.

No ano seguinte parti para a Suíça. Não morri lá. Não morrerei com a mão na de meu pai. Ele é que morreu com a sua na minha. Eis o meu momento mais inesquecível.

CONFIDÊNCIAS A EDMUNDO LYS

Quando publiquei *A cinza das horas*, pus-lhe como epígrafe estes versos de Maeterlinck:

Mon âme en est triste à la fin.
Elle est triste enfin d'être lasse,
Elle est lasse enfin d'être en vain.

Foi precisamente para me dar a ilusão de "não existir em vão" que comecei a publicar os meus versos.

As manifestações de carinho que venho recebendo por motivo dos meus sessenta anos me confortam mais do que se possa imaginar. Confortam-me exatamente por isto: me dão a certeza de que "não existi em vão". Fiz grandes e numerosos amigos e só pela virtude de meus versos. E que coisa há aí melhor do que a amizade, depois da graça de Deus?

Os aplausos de hoje compensam de sobra os ataques sofridos no começo de minha carreira poética. Aliás ataques puramente literários nunca me envenenaram. Lembra-me que quando apareceu o *Carnaval*, alguém que nunca soube quem foi, escreveu apenas isto na *Revista do Brasil*, durante a direção de Lobato: "O sr. Manuel Bandeira inicia o seu livro com o seguinte verso: 'Quero cantar, dizer asneiras', etc. Pois conseguiu plenamente o que queria". Não me zanguei, e até achei graça, porque de fato estava engraçado. E como poderia zangar-me se, a respeito do mesmo livro, o grande João Ribeiro escreveu tais coisas, que eu posso dizer, repetindo Verlaine: *"mon âme depuis ce temps tremble et s'étonne"*.

O mais antigo sinal de interesse pela poesia em minha vida data dos nove anos em Recife. Lembro-me de em casa de meu avô materno, o dr. Antônio José da Costa Ribeiro, procurar o *Jornal do Recife* para ler a poesia que diariamente a folha publicava na primeira página. E me recordo até hoje de dois nomes que frequentemente apareciam assinando esses versos – Áurea Pires e Henrique Soído.

Mas comecei a fazer versos no Rio, para onde vim em 1896. Tinha, pois, dez anos. Quadrinhas satíricas, comentando os namoros de meus tios maternos. Não me recordo dos primeiros versos "sérios" que fiz. Lembro-me que, impressionado por um retrato de Chateaubriand, cujos *Mártires* admirava grandemente, cometi um soneto em alexandrinos, onde havia este verso incrível: "Da que altívolo engenho anima mente altiva". Verso que no entanto me é caro até hoje, porque me traz à memória afetiva toda aquela quadra da adolescência em que andei me iniciando nos gongóricos portugueses (na falta de Góngora, que eu não conhecia, valia-me do Filinto Elísio, responsável por aquele meu verso). No Pedro II, onde fazia o meu curso de bacharel em Ciências e Letras, poetei calamitosamente, sustentei um duelo sonetístico com o Lucilo Bueno, colaborei num jornalzinho colegial editado por ele, mas a minha estreia na grande imprensa foi no *Correio da Manhã*. A folha de Edmundo Bittencourt costumava publicar na primeira página um soneto envolvido em cercadura *art nouveau*. A minha maior ambição naquele tempo era ver um soneto meu na primeira página do *Correio da Manhã*. Manipulei laboriosamente um soneto em alexandrinos tremendamente sensual e mandei-o ao Antônio Sales, que era redator influente no jornal. Todos os dias comprava o *Correio* com o coração palpitante de emoção. Quinze dias se passaram e nada de soneto. Murchei e deixei de comprar o jornal. Um belo dia lá estava o soneto, na primeira página, com a cercadura *art nouveau*. Antônio Sales nunca soube que deu essa esplêndida alegria a um rapazola de dezesseis anos. Alegria toda pessoal, privadíssima, porque não ousei falar dela em casa e o soneto estava assinado com um pseudônimo impossível – C. Creberquia. Sales foi complacentíssimo, o soneto não valia nada, senão vejam:

> Nasceste para o beijo e os êxtases divinos
> Do amor, e és para o amor a heroína ideal.
> Trazes disso estampado o vívido sinal
> Na rubra timidez dos lábios purpurinos.
>
> Seios duros, em pé, lácteos e pequeninos,
> Larga boca sensual, largas ancas sensuais,
> E em tudo essa volúpia e essa intuição do mal
> Que há nos teus olhos, flor de aromas assassinos!
>
> Ah, percorrer-te o corpo, a boca e os lábios cheios
> De beijos a cair numa alegre sonata
> – Beijos da boca aos pés, nas pernas e nos seios:
>
> Enrubescer teu corpo ao férvido calor
> Dos meus beijos de fogo a cobrir-te em cascata
> – Ai meus sonhos de amor! ai meus sonhos de amor!

Terminado o meu curso do Pedro II, fui para São Paulo estudar arquitetura na Escola Politécnica daquela cidade. Durante o ano e meio que lá estive só me lembro de ter feito uma poesia, ainda um soneto. Não me julgava destinado à poesia, tomava a minha veia versificadora como uma simples habilidade, o que eu queria era ser arquiteto e não só me matriculei na Politécnica como no Liceu de Artes e Ofícios; neste desenhava à mão livre e fazia aquarelas, porque eu desejava ser um arquiteto como são hoje Lúcio Costa, Carlos Leão e Alcides Rocha Miranda. Tinha aspirações excessivas – construir casas, remodelar cidades, encher o Rio ou o Recife de edifícios bonitos como Ramos de Azevedo fizera em São Paulo... Tudo isso foi por água abaixo com a doença que me prostrou aos dezoito anos. Interrompi para sempre os estudos, andei pelo interior verificando a verdade daquele paradoxo do João da Ega: "Não há nada mais reles do que um bom clima!" Então, na maior desesperança, a poesia voltou como um anjo e sentou-se ao pé de mim. Desforrei-me das minhas arquiteturas malogradas reconstruindo uma cidade da Pérsia Antiga – Pasárgada.

Quando na classe de grego traduzíamos a *Ciropédia* de Xenofonte, fiquei encantado com esse nome de uma cidadezinha construída por Ciro, o Antigo nas montanhas do sul da Pérsia para lá passar os verões. Trinta anos depois, quando eu morava na rua do Curvelo, num dia de profundo abatimento e *cafard*, de repente me salta do subconsciente como um grito de evasão este verso: "Vou-me embora pra Pasárgada!" E atrás dele vieram os outros.

Ao aparecer *A cinza das horas* os críticos assinalaram logo a influência de Antônio Nobre sobre mim. De fato, mas quantas sofri! É um nunca acabar! Creio, porém, que as mais decisivas são, pelo menos foram para mim, outras. As da música e do desenho, por exemplo. Aprendi a simplicidade de certas líricas nos *lieder* de Schubert, a precisão vocabular nos desenhos de Da Vinci e outros. E as quadras populares? Quantas vezes queria relembrar uma quadra e não podendo reconstruí-la fazia da melhor maneira o *remplissage*; tempos depois encontrava a quadra impressa e via como estava melhor do que na minha reconstituição: examinava os motivos da superioridade, descobria o segredo e passava a utilizá-lo nos meus versos. Costumo plagiar descaradamente os achados inconscientes de amigos e conhecidos que não fazem poesia. Certa vez perguntaram a um amigo meu que não é poeta: "Como vai Fulana?" Era uma amante do meu amigo, bastante enganado por ela. E ele respondeu: "Anda por aí, dando a gregos e a troianos!" Refleti que essa maravilha não podia ficar perdida: meti-a no meu poema "Estrela da manhã". O plágio pode e deve admitir-se quando o fazemos para recolher pérolas anônimas ou reforçar o valor de um elemento insuficientemente aproveitado por outro poeta. Já plagiei você, meu caro Edmundo Lys! Há muitos anos li um poema seu onde vinha isolado num verso o advérbio "profundamente". Me fez a maior impressão. Correram os tempos e um belo dia, escrevendo os versos do meu poema "Profundamente", o plágio saltou do subconsciente. Não me envergonho absolutamente do furto (só se furta o que tem valor), mas "o seu a seu dono": aquele "profundamente" é seu, Edmundo! Como seu é cada vez mais o afeto e a admiração do sexagenário *Manuel*.

[29.IV.1946]

ARTE PARA OS OLHOS

O NUMEROSO PORTINARI

I
UM RAPAZ DE 23 ANOS

Foram numerosos os candidatos ao prêmio de viagem do Salão. Na seção de pintura a disputa se reduziu aos nomes de Portinari e Constantino, os mais fortes do grupo. O júri premiou Portinari pelo retrato do poeta Olegário Marianno.

Candido Portinari é um paulista de 23 anos, que possui excelentes dons de retratista. A sua técnica é larga e incisiva. Apanha bem a semelhança e o caráter dos modelos. Já concorreu mais de uma vez ao prêmio de viagem do Salão. Foi sempre prejudicado pelas tendências modernizantes de sua técnica. Desta vez ele fez maiores concessões ao espírito dominante na Escola, do que resultou apresentar trabalhos inferiores aos dos outros anos: isso lhe valeu o prêmio.

O júri da seção de gravura apresentou também um candidato à viagem. O simpático Portinari esteve arriscado a perder o prêmio para o outro, sob pretexto que o medalhista estava no limite da idade, que é de 35 anos. É um critério que mais de uma vez triunfou na Escola. Encara-se a viagem como a recompensa de um esforço persistente e honesto, quando ela deve ser uma medida de aproveitamento de talentos excepcionais na primeira força da mocidade. O quadro que merece tal prêmio não deve ser o mais bem desenhado ou composto, porém o que revela maior riqueza de temperamento, mais finura de sensibilidade. Sem esses dois predicados inatos a técnica não levará senão a uma deplorável facilidade. Desse ponto de vista Candido Portinari era realmente o mais bem-dotado dos concorrentes.

[13.IX.1928]

II
FLORENTINO QUASE CAIPIRA

Pouca gente em Belo Horizonte terá conhecimento do nome de Candido Portinari. É um grande pintor brasileiro que ainda não tem trinta anos. Filho de um casal florentino que se fixou em Brodowski e nunca mais tornou à pátria, Portinari não tem uma gota de sangue brasileiro. O seu rosto é nitidamente florentino – não sei quem foi que notou a semelhança dele com o da Beatriz. Todavia Brodowski, mau grado esse nome eslavo que era o de um engenheiro de origem polonesa rompedor de estradas no noroeste paulista, naturalizou de tal modo o pequeno florentino, que, com lhe respeitar a finura dos traços fisionômicos, o fez quase caipira.

Eu sempre tive para mim que o caipira, no seu jeito e no seu espírito, pode dar em arte as obras mais características do Brasil. O mineiro sonso será o nosso grande humorista: na massa anônima da população de Minas Gerais, tenho certeza, existe em potencial a força de um Swift, de um Sterne. Que outro Estado nosso poderia dar a poesia de Carlos Drummond de Andrade ou os contos de João Alphonsus? Só mesmo a vida de engenho do Nordeste podia ter dado a arte de Cícero Dias.

Creio poder discernir em Portinari esse espírito do interior brasileiro, tímido, atado, mas observador e, com todo o seu medo de ser debicado, debicador de primeira. Brodowski é paulista mas já fica perto de Minas. Nos mapas é de São Paulo, mas em Portinari Brodowski já é Minas.

Foi, me parece, esse espírito de Brodowski que situou Portinari na posição singular que ele ocupa hoje na pintura brasileira. O brilho dos modernos, que a agressividade dos paulistas, a boca mole do Norte e a leviandade caçoísta dos cariocas exagerou, com prejuízo das qualidades de fundo, se viu de repente em Portinari corrigido por esse instinto de cautela tão forte em nossos caipiras. Acredito que os dons de criação de Portinari derivem de suas raízes florentinas. Mas se tivesse nascido no Rio e aqui se educado, seria Portinari um modernista "brilhante", como o Gilberto Freyre detesta, "dinâmico e veloz", como o Renato Almeida adora. Em vez, não. Só foi brilhante quando disputava nos Salões da Escola de Belas-Artes o prêmio de viagem. Conseguido o prêmio, voltou a ser o homem de Brodowski, filho do menino que passava os dias armando arapucas nos capões e destroncou a coxa jogando futebol no largo da Matriz, o amigo de Balaim, a figura mais notável de Brodowski, homem da rua, o grande mestre de Portinari, influência subterrânea porém mais decisiva que as de Chagall, Modigliani, De Chirico, *oder wie sie alle heissen*.

Como o homem de Brodowski tinha o olho exato e a mão precisa, o amor do trabalho e a paixão exclusiva da pintura, – eis que o movimento moderno produziu nele o pintor mais completo do Brasil de hoje, o mais bem equipado e com apoio mais sólido na tradição e na técnica. A estadia na Europa fez-lhe um bem enorme. A volta ao Brasil também. Os conselhos de Foujita também: quando o japonês andou aqui pareciam, ele e Portinari, dois cozinheiros de pintura a se comunicarem receitas e processos. Estudo de cozinha ótimo para o brasileiro, que meteu no papo, firme e de vez, aquele senso da matéria, hoje um dos atributos mais persuasivos das suas obras.

A sua última exposição, inaugurada sábado passado, é talvez a mais bela demonstração individual de pintura que já teve lugar no Rio. Nela, mais do que em suas exposições anteriores, Portinari se revela um artista de grande classe. Certamente é o nosso melhor retratista. Os retratos a óleo de Pagu, já cantada num coco famoso de Bopp, do embaixador Cantalupo, do sr. Lequio, do poeta Murilo Mendes, os estudos a *crayon* da embaixatriz Cantalupo, da sra. Hubrecht, de Pagu, de Oswald de Andrade são definitivos, como fatura e compreensão psicológica dos modelos.

Portinari é, por excelência, um retratista. Mesmo quando faz paisagem, ele nos dá esse elemento de compreensão em profundidade que há em suas figuras: nunca é só o pitoresco das formas e das cores que constitui o quadro. Assim na sólida paisagem de Paquetá, tão real e no entanto de uma emoção tão vizinha das verdades plásticas do *surréalisme*.

E o homem de Brodowski não se esqueceu de Brodowski. Há nesta galeria admirável do Palace Hotel um grande quadro a óleo e várias aquarelas inspirados em aspectos e cenas da pequena cidade paulista. São das melhores cousas que já compôs Portinari e dir-se-ia que o pintor esperava a maturação de todos os seus recursos para encetar a transposição plástica de suas reminiscências de infância.

Outra face da atividade artística de Portinari agora apresentada é a coleção de ilustrações que fez para um livro de Ribeiro Couto sobre Santa Teresinha do Menino Jesus.

Assim, quer pela seriedade de suas intenções, quer pela solidez da composição e rica versatilidade de seus meios expressivos, Candido Portinari assinalou-se nesta sua última exposição como a personalidade mais completa e mais harmoniosa da nossa pintura atual.

[6.VII.1933]

III
A FORÇA DO POVO

O sr. Assis Chateaubriand fundou sexta-feira na nova sede da Rádio Tupi, a "Sociedade Fina Flor do Esnobismo Carioca", ideada para contrabalançar na opinião pública a ação de outra sociedade mais antiga, ou melhor, a firma denunciada ultimamente por Otto Maria Carpeaux, que conseguiu identificá-la sob a razão social de "Imbecis Reunidos Ilimitada".

A nova sociedade já tem os seus estatutos, em cujo art. 1, § 2 se transcreve a truculenta definição que Baudelaire deu da palavra *canaille*: "*Par canaille j'entends ceux qui ne se connaissent pas en poésie*". Tem também o seu hino social, cuja letra são os conhecidos versos de Carlos Drummond de Andrade ("Oh, sejamos pornográficos", etc.) musicada por Villa-Lobos. Os membros da "Fina Flor" estão ligados por uma série de compromissos bastante esquisitos. Por exemplo: toda a vez que um sujeito se danar por causa de um poema do Murilo Mendes, em vez de se perder o apetite ou mesmo a calma, canta-se docemente (o mais docemente possível!) o hino "Oh, sejamos pornográficos..."

A primeira festa da sociedade foi o *vernissage* dos painéis de Portinari. O pintor foi saudado abundantemente pelo sr. Chateaubriand, Zé Lins do Rego, Ribeiro Couto, Santa Rosa e Teresinha Bandeira de Melo. Ary Barroso "speakou" a sessão.

Os painéis de Portinari são oito: um está no saguão do edifício, dois no patamar do quinto andar, quatro no auditório, o oitavo não vi nem sei onde para. O sr. Chateaubriand explicou à assistência como foi realizada a obra: levantada a cidadela tupi, proclamou-se lá dentro a república liberal democrática para uso interno e o pintor ficou solto e dono das paredes para nelas eternizar os monstros abracadabrantes da sua mitologia. O que ele fez com a sua habitual desenvoltura de menino de Brodowski.

Dizer que só agora Portinari pintou livremente seria negar toda a sua obra anterior. O que há de certo é que a força de Portinari veio cada vez mais acrescendo com as experiências murais, com a confiança em si próprio dilatada pelo sucesso, primeiro nacional, depois continental, e agora, nestes painéis, se expande com uma liberdade para além da qual não se pode distinguir onde irá ter. O tintureiro terminou a sua vida terrena de herói e já passou à categoria de semideus fixado, definitivamente, em constelação. O espantalho acabou achando a sua cabeça trágica. As mocinhas que cantam ao microfone se desmilinguiram em rosa e azul. E para toda essa delícia de rádio e morro só vejo uma palavra realmente expressiva – o "arlequinal" da *Pauliceia desvairada*, de Mário de Andrade.

A coisa mais forte do Brasil é o seu povo. Povo de morro na cidade, povo de toda a parte no sertão. A força de Euclides nasceu do seu encontro com os jagunços. Se ele tivesse a disciplina e gosto de Machado de Assis, teria dado em literatura o que Portinari deu na pintura. Portinari não é só o maior pintor brasileiro de todos os tempos: é o exemplo único em todas as nossas artes da força do povo dominada pela disciplina do artista completo, pela ciência e pelo instinto infalível do belo. Diante destes choros, destes cavalos-marinhos, que falam ao mais profundo de minh'alma de brasileiro, me sinto em estado de absoluta inibição crítica. Tudo que posso fazer é admirar. E para quem vier me falar dos dedos e dos narizes das figuras de Portinari, entoarei docemente: "Oh, sejamos pornográficos", etc.

[2.XII.1942]

IV
EXPOSIÇÃO EM BONINO

Noite bonita foi a da exposição de Portinari na Galeria Bonino. A grande sala estava à cunha, havia muita alegria, quanta linda mocidade se acotovelava ali! Fiquei eufórico. De repente, Mário Barata me abraça e evoca o Salão de 1931: toda a minha euforia murchou. É que naquele zum-zum de vozes comecei a sentir a ausência de muitas vozes de antigamente. Muitas caladas definitivamente: Mário de Andrade, Oswald, Ovalle, Jorge de Lima; outras ausentes há longos anos: Cícero Dias, Murilo Mendes. Em vez de viver o minuto presente, passei a tentar reviver o extinto passado.

... A primeira exposição de Portinari na sala dos fundos do Palace Hotel. Os primeiros grandes acertos do pintor – o retrato de Francesco Lequio, os retratos sem olhos (à maneira de Modigliani), de Ovalle e Dante Milano, os retratos de Maria... Depois os dias meio tempestuosos do Salão de 1931... Maron, Pedro Correia de Araújo – mais dois mortos! O retrato de Joanita Blank... O de Mário de Andrade. O meu, hoje em casa de João Ferreira da Silva Limeira Pepeu, vulgo João Condé (Condé, em vez de me dar simplesmente, como ordena a ética das grandes amizades, a Marinha de Pancetti que eu cobiçava, exigiu a barganha).

Depois vieram as lembranças das macarronadas de Teotônio Regadas, dos três apartamentos da Sul-América. Landucci... Carmen Saavedra (mais mortos!). A chegada de Olga. A briga de Portinari com Caloca (Carlos Leão) por causa da "Noite de São João". O "Café", que obtendo a menção Carnegie, iniciou a mundialização do nome de Portinari... a glória estrondosa... Todo pintorzinho novo, com ou sem talento, imitando Portinari (o que de certo modo justifica o injusto *tolle* posterior de abstracionistas, concretistas, tachistas contra o mestre *envoûteur*)...

Foi preciso muita força de minha parte para me arrancar da voragem do *ubi sunt*, para me reintegrar no presente, na alegria de ver o artista em boa forma aos 58 anos.

Portinari continua o grande pintor, – o melhor que já tivemos, digam o que disserem os novos talentos e seus entusiásticos pregoeiros. Dou graças ao céu de possuir ainda a mesma sensibilidade que me fazia tremer de emoção diante dos meninos de Brodowski com seus papagaios de papel e as suas arapucas, diante dos retratos de João Candido menino, diante dos espantalhos trágicos...

Ali, naquela exposição, havia muita coisa desse gênero, e foi uma pura delícia para mim olhar a série dos meninos com cabrinhas ou carneirinhos. Se eu fosse rico, comprava todos eles. Ando lendo o poeta Portinari, em que eu não acreditava, mas agora estou acreditando, e naqueles meninos estou vendo, como sempre vi, o poeta. Desculpem, sou um sentimental, e num grande artista plástico o que mais me interessa é o grande poeta.

[10.VII.1960]

V
LEMBRANÇA DE SEU BATISTA

Entre os quadrinhos que adornam as paredes do meu apartamento há um que me desperta particular ternura: é uma fuga da Santa Família para o Egito: Maria com o menino Jesus nos braços, sentada num burrinho conduzido por São José. O motivo de minha particular ternura está em que o artista retratou a seu pai na figura do santo. Retratou a seu Batista. Ora, de fato seu Batista foi um santo.

Um santo sem nenhuma bioquice, seu Batista. Um santinho fagueiro, de malicioso olhar, de fala ítalo-caipira.

– Nunca enganei ninguém, disse ele nas vésperas de morrer, numa espécie de exame de consciência.

Era verdade. O diabo é que acrescentou gabolas: – Nem fui enganado!

Foi. Pois não era um santo?

Seu Batista, João Batista, natural de Florença, veio para o Brasil aos treze anos, internando-se como colono na zona cafeeira que tem hoje por centro a cidadezinha de Brodowski, Estado de São Paulo. Em 1899 casou-se com a filha de outro colono, Dominga Torquato, natural de Vicência e vinda para o Brasil aos cinco ou seis anos. Seu Batista e dona Dominga deram, na sua honrada pobreza, doze filhos ao Brasil. Doze! E um vale por muitos mil: o maior pintor de nossa terra em todos os tempos – Candido Portinari. João Batista Portinari desvanecia-se na glória do filho, mas com a modéstia do santo: sabia que aquilo era um dom do céu.

– Nunca enganei ninguém. Nem fui enganado!

Como não foi? Logo que seu Batista conseguiu juntar umas economiazinhas, montou um "negócio" em Brodowski. Gêneros de primeira necessidade. O "negócio" era pequeno, mas o coração de seu Batista era imenso. Aquela gente de Brodowski toda pobríssima. Resultado: seu Batista dava mais do que vendia, deu com os burros n'água. O olhar, porém, continuou claro e cândido.

Seu Batista viveu 82 anos. Poderia chegar aos 100, se se tivesse submetido à dieta prescrita pelo grande clínico Mem Xavier da Silveira. Mas não há homem, mesmo santo, sem o seu pecado. O de Batista era a gula. Passar sem o bom feijão com torresmo? Antes a morte. E foi assim que seu Batista morreu de uremia.

Candinho, o filho, compreendeu isso muito bem. Por isso, quando fui visitá-lo no dia seguinte, encontrei-o conformado. Acabara de pintar um quadrinho que é um comovente adeus a Brodowski: ao fundo do largo as casinhas da família, com a capela que ele mandou construir e decorou de afrescos para a avó, já falecida também. Brodowski sem seu Batista não será mais Brodowski para Candinho. O autêntico e imortal está em suas telas e sobretudo neste último, tão ressumante de filial ternura.

[26.III.1958]

VI
CORES DA MISÉRIA

Anteontem dei um pulo à casa de Portinari para ver as telas que ele vai mandar à bienal do México. O que há de novo nelas são as cores. De vez em quando Portinari se vira para um certo setor de sua paleta, onde se esbalda. Os temas são os mesmos: músicos, espantalhos, enterros, casamentos, meninos brincando (há entre estes um de bodoque, que é uma de suas obras-primas). Nenhuma figura bonita. Ao contrário, todas são pungentemente feias, que é assim que Portinari vê ou se lembra da nossa população do interior ou das favelas – subnutrida, raquítica, opilada, escanifrada. Toda essa miséria esplende, porém, em tonalidades ricas, em jogos de volumes de fazer inveja aos mais ousados concretistas.

[30.IV.1958]

VII
POEMAS DE PINTOR

Portinari, estudante de Pintura na Escola Nacional de Belas-Artes, vivia sonhando com a Europa. Um dia ganhou, no Salão, o prêmio de viagem ao estrangeiro e o grande sonho realizou-se. Mas, na Europa, um caso extraordinário se passou: Portinari descobriu Brodowski, o seu torrão natal, no fundo de São Paulo. Na verdade, no fundo da sua subconsciência, e a princípio sob a forma do mais pobrinho e mais humilde de seus conterrâneos. Escreveu então o pintor uma página, que pode ser considerada como o prefácio de toda a sua obra de artista plástico – a história de Balaim, um beira-córrego de Brodowski

("Bigode empoeirado e ralo, um só dente, calças brancas feitas de saco de farinha de trigo, ainda com o carimbo da marca da farinha, paletó listrado, com quatro botões, três pretos e um branco, cara mole esbranquiçada pelo amarelão, aspecto de criança doente...").

Descoberta Brodowski, estava definitivamente traçado o itinerário artístico de Portinari: quando regressasse para o Brasil, iria pintar Brodowski. "A paisagem onde a gente brincou a primeira vez e a gente com quem a gente conversou a primeira vez não sai mais da gente e eu, quando voltar, vou ver se consigo fazer a minha terra." Pondo de parte a sua prodigiosa técnica, a sua estupenda galeria de retratos, a melhor porção da obra de Portinari é isto: Brodowski e sua infância em Brodowski, o menino e o povoado, o menino no seu povoado. Por esse fundo vivencial é que Portinari se afirma profundamente brasileiro e profundamente ele mesmo, mesmo quando influenciado por Picasso ou pelos *surréalistes*.

Não se pode, porém, dizer tudo pelos meios plásticos. Havia ainda em Portinari muito que contar da sua infância e do seu povoado. E ultimamente, Portinari começou a escrever umas coisas a modo de poemas. Ele chama-as simplesmente *escritos*. "Vão aqui mais alguns escritos", diz-me nos bilhetes que acompanham a remessa das suas produções literárias.

São realmente poemas. Naturalmente a técnica de Portinari-poeta está longe da técnica de Portinari-pintor. Ele próprio tem consciência disso:

> Quanta coisa eu contaria se pudesse
> E soubesse ao menos a língua como a cor.

Todavia as duas técnicas são irmãs. Mais: são gêmeas. Só que a do poeta está ainda mais próxima de Balaim.

O menino e o povoado será o título do livro de estreia de Portinari-poeta, ilustrado por Portinari-pintor. Já li os originais, e li-os encantado. Notei neles a falta destas linhas, que constituem um poema completo (são da história de Balaim): "Às seis horas da tarde a banda de música vai tocar no coreto do largo da estação, e na chegada do trem a música para porque o clarinetista é também agente do correio e ele é que vai à estação buscar a mala."

[19.X.1960]

VIII
CÂMARA ARDENTE

Todos os mortos que já vi, e foram muitos, guardavam na fisionomia uma expressão de absoluta serenidade: um vago sorriso, que mais parecia da matéria "liberta para sempre da alma extinta". Só dois não vi assim: minha mãe, e agora Portinari. Minha mãe parecia surpreendida, estupefata, como se realmente estivesse chegando a um outro mundo e vendo coisas inesperadas, inacreditáveis... Portinari estava sereno sim, mas sem o sorriso de alívio, o sorriso de beatitude de Roquette, de Olegário, de Goeldi, de meu pai, de tantos outros. Estava simplesmente sério. Se pudesse levantar as pálpebras, mostraria o seu olhar de pintor, aquele olhar com que nos fixava, implacavelmente objetivo e atento quando nos retratava. Sereno sim, mas apenas "de dever cumprido".

Que dever foi esse? O de ter sido sempre cem por cento pintor. De não ter feito na vida outra coisa senão pintar e amar a pintura, tudo fazendo para enriquecer a sua técnica, esforçando-se dia a dia por tornar cada vez mais completa a sua visão do mundo e especialmente a visão de sua terra em toda a sua dolorosa complexidade e beleza. A essa tarefa de gigante sacrificou tudo. Até a vida. As tintas de chumbo o envenenavam. Os médicos lhe proibiram o uso delas. Candido Portinari consentiu em abster-se do branco, a mais perigosa. Mas que sofrimento para ele! O branco de que passou a servir-se não lhe dava o branco com que ele sonhava.

Diante daquele rosto sério, daquele rosto "sério de dever cumprido", confesso que não tive pena do pintor nem do homem. O pintor já se tinha realizado até as suas últimas possibilidades. O homem não poderia mais ser feliz. O homem estava ultimamente só e não tinha, nunca teve, força para, já não digo amar, mas suportar a solidão. A esse aspecto Portinari era um menino. Como me disse Dante Milano em duas palavras de grande poeta: era um gigante anão.

Não tenho pena de Portinari. Tenho pena é de nós, que o perdemos. Porque ele desaparece em plena força de seu gênio, e em dez, quinze anos que vivesse mais, poderia aumentar enormemente o patrimônio com que deixa opulentada a arte brasileira. Ainda que ele não fizesse outra coisa senão traduzir em tintas as graças de sua netinha Denise.

Se se pudesse juntar numa retrospectiva toda a obra do pintor Candido Portinari, teríamos uma imagem global e fascinante do Brasil: do Brasil na beleza de sua paisagem, na formosura de suas mulheres, na inteligência dos seus artistas, na força e no saber dos seus homens do povo, e ai de nós, também na miséria de suas populações do interior, subnutridas e miseráveis. Desde menino Portinari viu tudo isso com aquele olhar sério, que eu adivinhava sob as pálpebras impassíveis, sereno, satisfeito do "dever cumprido".

[24.II.1962]

GUIGNARD

I
PINTURAS NO CAFÉ

No penúltimo número da revista *Diretrizes* vem uma interessantíssima reportagem de Carlos Cavalcanti sobre esses ingênuos exemplares de arte popular que são as pinturas murais dos cafés e pequenos restaurantes da cidade. É a primeira vez, creio, que um crítico de arte fala desses trabalhos. No entanto, há muito tempo vinham eles despertando a curiosidade de alguns pintores e poetas. Cícero Dias, Murilo Mendes, Vinicius de Moraes e tantos outros, são grandes admiradores dessa pintura incorreta, mas prodigiosamente sincera. Murilo Mendes possui mesmo uma erudição surpreendente no assunto e sabe, por exemplo, que em tal café do Catete há um São Jorge fabuloso, e em tal botequim da Saúde uma sereia copacabaníssima. Nenhum de nós, porém, soube nunca o nome desses modestos muralistas, só agora revelados por Carlos Cavalcanti – Justino Migueis, natural do Porto, chegado aqui em 1912, ex-aluno da nossa Escola de Belas-Artes, Bravo Filho, Albino Beija-flor... Migueis contou a Carlos Cavalcanti que foi o primeiro professor de Portinari, menino recém-chegado de Brodowski.

Mas o que Carlos Cavalcanti parece que não sabe, senão teria citado, é que entre esses pintores de cafés do povo se deve citar um dos nossos artistas mais finos, mais cultos, mais viajados – Guignard. O Café e Restaurante Progresso, pertencente ao sr. Francisco Rocha, estabelecido à rua Barata Ribeiro nº 218, tem as suas paredes enriquecidas com três pinturas à têmpera do conhecido artista. E uma delas está assinada pelo autor com todas as letras do seu nome. Vale a pena ir ao cafezinho do Inhangá especialmente para ver os trabalhos de Guignard.

Na parede à direita de quem entra, está o painel assinado – as três caravelas de Cabral, limitada lateralmente a pintura por dois golfinhos, ao alto a data de 1500, embaixo uma concha sobre a qual passa uma fita com o nome do descobridor do Brasil.

Na parede da esquerda, a primeira pintura representa o martírio de São Sebastião, colocado no primeiro plano, amarrado a uma árvore e traspassado por seis flechas. Um São Sebastião atlético e formosíssimo. O fundo é uma paisagem de montanhas, como a que se descortina antes de chegar ao túnel da Mantiqueira. A cena é delimitada por uma imitação de molduras. A segunda pintura é uma natureza morta – um vaso de flores (girassóis, margaridas, lírios e outras florinhas menores) posto sobre o peitoril de uma janela – as fronteiras do quadro –, através da qual se vê um fundo de montanhas.

Tentei puxar conversa com o proprietário do café para saber algum detalhe curioso dessa incursão de Guignard nos domínios de Migueis, mas o sr. Rocha é de poucas falas. Aliás o café estava repleto e não havia mãos a medir no atender à clientela.

Apurei o que já sabia pelo próprio Guignard. As pinturas não foram encomendadas. Guignard se ofereceu para pintar as paredes e o proprietário consentiu, dando plena liberdade ao artista. Não pude saber se o sr. Rocha aprecia as pinturas do seu café. Também não provei o café do sr. Rocha. Se for tão bom como as pinturas de Guignard, o Café Progresso está na ponta e qualquer outro café do Rio junto dele é "café pequeno"!

[30.XI.1941]

II
A VIDA É BELA

Há um momento na vida do artista em que a sua glória como que amadurece. É o que está acontecendo agora a Guignard. Há muito que ele já gozava de bom conceito e simpatia entre os seus confrades, caso pouco comum, porque a classe é bastante desunida. Dos poetas sempre desfrutou uma fraterna admiração, como os poetas costumam dar a todo artista musical ou plástico em cuja arte o elemento lírico é evidente, pois, quando este existe, que lhes importa a gramática? Certa vez um pintor resumiu as suas impressões sobre a exposição de um confrade nesta frase de duplo fio navalhante: "– Pintura para poetas..." Pois bem, Guignard tem lirismo e tem gramática. Mas, como ia dizendo, o sinal certo do amadurecimento glorioso de Guignard é o amor da mocidade que o está cercando agora. Quando os rapazes, espontaneamente e sem segunda intenção alheia à arte, cerram fileiras em torno de um artista, ele já se pode considerar garantido de uma posteridade, como de um sólido renome no presente. Depois de ver, há alguns anos, o carinho e o entusiasmo que Guignard desperta entre as suas alunas da Fundação Osório, a admirável instituição entregue ao zelo de dona Cacilda Martins, a maior de nossas educadoras atuais, vejo hoje os moços da Escola Nacional de Belas-Artes, fascinados pela arte e pelo otimismo transbordante do pintor, promoverem uma exposição de suas obras em iniciativa combinada com a redação deste jornal.[11] A inauguração teve lugar anteontem no porão da Escola, onde funciona o Diretório Acadêmico. Aquele sub-

---

[11] *A Manhã.*

terrâneo, que mais parece um abrigo antiaéreo, como o qualificou Aníbal Machado, mas tão simpático na sua singeleza e imediata acessibilidade, vai ficar memorável. Depois de uma deliciosa exposição de pinturas e desenhos de crianças, vem agora esta de Guignard, como um prolongamento da ingenuidade infantil na arte adulta e magistral de um dos melhores pintores do nosso tempo. Com efeito, como nos meninos, notamos nos quadros de Guignard a mesma aptidão de ver o mundo com olhos inocentes, a alegria de o descobrir, o entusiasmo de o revelar. Alegria, entusiasmo, lirismo, eis as grandes qualidades de alma de Guignard. Boa circulação, me segreda Landucci, que não *poteva* explicar melhor a aura eufórica do pintor.

A exposição apresenta algumas dezenas de trabalhos – óleos, aquarelas e desenhos. Em óleo alguns retratos, que mostram a vigorosa versatilidade do artista, tão hábil em fixar a cabeça forte de um homem (retrato do dr. Sá Pires) como em tratar um rosto feminino (retratos das sras. Múcio Leão e Percy Lau) ou em apanhar o inefável encanto de uma fisionomia de criança (três cabeças). Dois desses retratos, o da sra. Percy Lau e o de uma menina de olhos cor de sonho, bastariam para fazer a reputação de um pintor em qualquer país. A técnica, o tratamento da matéria, a composição, na figura em si e no equilíbrio com o fundo, salta aos olhos mesmo de um leigo, e no entanto o observador pode esquecê-la para deixar-se deliciar por aquele sortilégio que nos faz passar

> da particular beleza
> para a beleza geral.

Ir das criaturas para o Deus que as fez. Grande Guignard!

Pintura para poetas... Mas para os mestres da pintura também. Pois os mestres deverão reconhecer o mestre do desenho naquelas vitórias-régias e, sobretudo, naquele recesso de bambual, feito a lápis, onde sem eiva de realismo fotográfico Guignard nos dá a atmosfera de verde sombra em tanto raminho sutil *demeuré les vrais bois même...*

Não menos admiráveis são os aspectos de Ouro Preto, tanto em óleo como em aquarelas e desenhos, uma Ouro Preto mais Vila Rica do que todas as que já vi na interpretação de tantos artistas. E as claras *pochades* da Serra do Mar, do Parque Nacional do Itatiaia? Tudo aquilo é para a nossa alma atormentada pela guerra um banho de lirismo sadio e tão confortador como a arrancada dos norte-americanos na África! A vida é bela!

[15.XI.1942]

III
OURO PRETO REMOÇADA

A Petite Galerie da avenida Atlântica acaba de virar grande galeria na praça General Osório, mas conservando o título de confortável intimidade e inaugurando a nova sede, projetada por Sérgio Bernardes, com uma exposição do esplêndido Guignard.

Havia muito tempo que eu não via Guignard, Guignard de repente sumiu do Rio, enfurnou em Minas, montando escola em Belo Horizonte, ensinando as mineirinhas bonitas a pintar, apaixonando-se por elas, sofrendo por causa delas, e quem mais ganhou com a presença de Guignard foi Ouro Preto, que hoje está definitivamente tombada na obra do pintor (o tombamento oficial não será talvez suficiente para poupar a velha cidade--monumento-nacional, pois nem a zelosa DPHAN nem o clamor de alguns poucos interessados nas relíquias do nosso passado histórico e artístico têm conseguido impedir que continue a abalar a estrutura do casario a circulação do tráfego pesado). Nesta exposição são numerosas as telas que fixam o encanto da paisagem ouro-pretana, e eu fiquei com inveja de Alfredo Lage, feliz possuidor de certo quadrinho que me fez grandes saudades da ladeira do Vira-Saia. A Ouro Preto de Guignard não é triste, Guignard remoça Ouro Preto, sem no entanto a descaracterizar. Gosto da Ouro Preto de Guignard.

O pintor é excelente retratista. Seus autorretratos são obras-primas, sobretudo o que nos recebe logo à entrada da exposição, retrato patético, de uma força vangoghiana. Obra-prima também é a de uma filha de Aníbal Machado, a que eu e Vinícius, cunhado dela, chamamos "mulher das ilhas" (porque tem um jeito das mulheres de Gauguin).

E os desenhos de Guignard? Aqui é que ele põe toda a delicadeza de sua alma de criança. Porque Guignard, a despeito da idade provecta, continua criança, como nos diz Portinari no seu poema-apresentação. Esses versos de Portinari vingam todos os poetas que já se ocuparam de pintura do antigo desprezo que o pintor manifestava por eles. Portinari *in illo tempore* não admitia que se falasse de pintura em termos de poesia: pintura eram linhas, cores, volumes, nada mais. Pois sim! Eis que um dia Portinari, pintor e poeta, pintor-poeta, sentiu necessidade de se exprimir por meio de palavras, e agora que é que ele nos conta de Guignard? Que o nosso amigo é o "pintor do vento e do imperceptível". Parece coisa de Murilo Mendes, por causa de quem um dia quase eu briguei, quase não, briguei mesmo com Portinari.

[26.X.1960]

OSWALDO GOELDI

I
APRESENTAÇÃO DO ARTISTA

Uma das mais fortes e curiosas exposições de arte que já vi foi improvisada num bar, depois da meia-noite, quase à hora crispante de se correrem as cortinas de aço. Apresentaram-me um rapaz anguloso, de nariz duro, olho metálico: o artista Oswaldo Goeldi. Um nome em branco para mim. O rapaz trazia uma pasta embaixo do braço. Sentou-se à mesa, abriu a pasta, e então, correu em volta de mão em mão uma estupenda coleção de gravuras em madeira e de desenhos a pena e a lápis. Que emocionante surpresa! Todo um mundo interior riquíssimo abria-se ali, atestando uma força de concepção, uma magistralidade de traço, um senso dramático da paisagem urbana, que nos enchia de pasmo.

A imaginação de Oswaldo Goeldi tem a brutalidade sinistra das misérias das grandes capitais, a soledade das casas de cômodos onde se morre sem assistência, o imenso ermo das ruas pela noite morta e dos cais pedrentos batidos pela violência de sóis explosivos – arte de panteísmo grotesco, em que as coisas elementares, um lampião de rua, um poste, a rede telefônica, uma bica de jardim, entram a assumir de súbito uma personalidade monstruosa e aterradora. Um admirável artista.

Mas donde saíra? Como viera? Por que assim inteiramente desconhecido?

Oswaldo Goeldi nasceu em 1895, no Rio. Viveu a primeira infância no Pará. A riqueza da fauna e da flora que tinha diante dos olhos alimentaram a fantasia do menino, da mesma forma que mais tarde as frequentes viagens entre o Amazonas e o Rio, duas travessias à Europa, um poder de impressões diversas, portos, cidades, raças – tudo o que a arte do homem refletiria depois com vigor insólito.

Em 1915 iniciou-se em Berna em estudos químicos e agrícolas, mas o pendor para a arte levou-o a abandonar tudo, partindo para Genebra, bom centro artístico, onde naquele tempo existia ainda o grande Ferdinand Hodler. Ali, na Galeria Moos, via Goeldi quadros de Gauguin, Cézanne, Renoir, Van Gogh, Van Dongen, Signac... Já nessa época produzia muitos desenhos. Passou pelo *atelier* de Serge Pahnke e Henry Van Muyden, onde recebeu uma espécie de educação às avessas, pois naquele ambiente acadêmico se lhe formou uma profunda, definitiva antipatia contra essa arte morta, sem imaginação, sem alma, sem nervos. Os verdadeiros mestres de Goeldi foram aqueles artistas cujos quadros ele via na Galeria Moos; foi sobretudo a arte visionária de Kubin, o tcheco fantástico, o genial ilustrador de Poe, de Gérard de Nerval, de Barbey d'Aurevilly, do Livro de Daniel.

Em 1920 voltou Goeldi ao Brasil, onde nunca realizou nenhuma exposição. Todavia tem trabalhado continuamente e só ultimamente a sua obra começou a ser conhecida. Tal o artista que apresenta neste álbum alguns exemplares de gravura em madeira, pelos quais se pode apreciar a sua força de intuição e temperamento.

[1930]

II
ALTO, PURO, ASCÉTICO

Quando, na capela de Real Grandeza, me abeirei do esquife em que jazia o corpo de Oswaldo Goeldi, o seu rosto estava coberto por um lenço. Só lhe podia ver um pouco das mãos, meio escondidas sob as flores. Mãos já lívidas, de dedos que pareciam de operário, e haviam sido de um grande artista, mãos criadoras de tanta coisa forte e dolorosa.

Fiquei sem saber se devia levantar o lenço, como desejava fazer para contemplar pela última vez a face do amigo. Mas o gesto foi praticado pelo pintor Reis Júnior, e os que estávamos junto ao caixão pudemos observar a impressionante máscara. – Parece um santo, disse a meu lado Rachel de Queiroz. De fato, qualquer coisa havia de muito alto, de puro e ascético na face de Goeldi, no queixo voluntarioso, nos lábios finos, sem nenhuma sensualidade, no grande nariz aquilino, nas pálpebras tristes, que pareciam interceptar o que havia de estranho, de inquieto e de inquietante nos olhos do artista quando vivo. A máscara exangue refletia toda a solitária dignidade em que sempre vivera Oswaldo Goeldi.

A presença de tantas figuras ilustres de poetas e artistas na câmara ardente de Goeldi testemunhava a grandeza de sua obra, certamente a mais importante entre as dos desenhistas gravadores. A mais rica de sentido trágico. "Pesquisador da noite moral sob a noite física", li num jornal que lhe chamou Carlos Drummond de Andrade. Com efeito o mundo de Goeldi era um mundo noturno, povoado de seres moralmente torturados, homens ou cachorros, e os próprios fios telegráficos pareciam vibrar de mensagens aflitas e dolorosas. Dores e aflições exprimiam-se, aliás, sem o mínimo queixume de sentimentalidade, antes com dureza, estoicismo e coragem.

Hoje a gravura desfruta entre nós de grande favor. Numerosos são os artistas do gênero e quase todos ganham bem. Quando Goeldi apareceu, não era assim. A sua luta foi dura, e dura continuou, porque o estranho artista não sabia tirar partido de seu incomparável talento. Quantos outros, mais novos, obtinham melhor remuneração para as suas tarefas de ilustradores! E no entanto nenhum o igualava na mestria do traço, na força da emoção, na capacidade de comunicação. Era, na verdade, um mestre, o mestre. Mestre Goeldi. É doloroso pensar que o perdemos em pleno fastígio de sua força criadora, com encomendas importantes a realizar.

[19.II.1961]

III
SOLEDADE

O Museu de Arte Moderna do Rio de Janeiro está expondo desde quarta-feira passada um acervo importante de obras de Oswaldo Goeldi. Não só de suas gravuras, como de suas aquarelas e desenhos; esta parte uma grande surpresa, mesmo para os seus amigos mais íntimos. Nunca nenhuma exposição individual de caráter retrospectivo me deu o impacto emocional em que me senti, a princípio como que submergido, ao cabo levantado, confortado e reconfortado. Ela é toda uma vida – a vida de um grande artista em visão panorâmica, de que ele próprio nunca teve a percepção. Dói pensar que o criador de tão fabulosa riqueza tenha vivido e morrido tão pobre. No entanto, foi o caminho que ele muito conscientemente escolheu.

Logo ao penetrarmos na primeira sala da exposição, deparam-se-nos dois documentos patéticos na sua simplicidade: um magnífico retrato fotográfico do artista e um seu autógrafo, brevíssima biografia desse homem que falava pouco e trabalhava como um gigante. Nessa vida, tem-se a impressão de que só um fato importante teve lugar, e está expresso em duas linhas: "Devo ao grande desenhista Alfred Kubin (Áustria) o ter encontrado o meu caminho".

Achado o caminho, começou a caminhada. Goeldi só. Goeldi definido em outras duas linhas: "Nunca sacrifiquei a qualquer modismo o meu próprio eu". Foi feliz? Foi infeliz? Foi infeliz, tenho certeza, porque o testemunhei mais de uma vez, foi infeliz quando tinha que se separar de qualquer um dos seus trabalhos (talvez por isso guardou para si as aquarelas e os desenhos, da mesma grande classe de suas gravuras). Foi feliz quando trabalhava. Dureza de vida, privações, pobreza, que importava afinal tudo isso? Aqui, de novo, outras duas linhas que são como traços fortes de suas gravuras: "A caminhada é dura, mas vale todos os sacrifícios".

Em todas as suas obras pôs Goeldi a sua soledade palpitante da solidão de todos os solitários deste mundo: homens solitários, bichos solitários, casas solitárias. Noites solitárias (apenas, em horas de ventania, povoadas de espantalhos macabros). Encontros com a morte, sempre sob aparências macabras, escarninhas.

Poucas vezes me senti na vida tão profundamente comovido pela grandeza de uma obra plástica em seu conjunto. Poucas vezes tomei tão clara consciência da inanidade dos modismos. Que lição para os artistas: Goeldi era genuíno.

[4.VI.1961]

DJANIRA: POBREZA FELIZ

Quarta-feira encontrei Djanira na avenida Rio Branco e ela instou amavelmente comigo para que eu não deixasse de estar presente, no dia seguinte, à inauguração de sua retrospectiva no Museu de Arte Moderna. Prometi e fui. Desgraçadamente, quem não vi lá foi a própria Djanira, e pelo mais cruel dos motivos: perdera ela a mãe, falecida naquela noite em São Paulo.

Djanira é um caso à parte na pintura brasileira. Veio daquele fundo de tristeza misturada de gostosura que jaz, como um lençol de inflamável, nos subterrâneos da alma brasileira. A sua arte, como a de Cícero Dias antes de Paris, como a do poeta pernambucano Ascenso Ferreira, nasceu do povo, mas já não é mais primitiva, embora continuando a guardar a mesma ingenuidade, só que tornada avisadamente sábia.

Esta sua retrospectiva informa sobre todas as influências que ela veio recebendo desde que o pintor Marcier a descobriu em Santa Teresa: o mesmo Marcier, Portinari e Aleijadinho e os santeiros barrocos, Pancetti e *tutti quanti*, ultimamente Volpi. Mário Pedrosa historiou no prefácio ao catálogo a curiosa evolução da artista e de sua técnica.

Grandes viragens de bordo muitas vezes. No entanto a exposição assinala consistente unidade e seria impossível deixar de ver nela uma só forte personalidade. Personalidade que digere sempre qualquer influência que receba a artista, e está bem definida na comparação admirável de Pedrosa: Djanira é "selvagem e doce como uma índia".

Selvagem e doce – daí aquele sentimento de liberdade que se respira nas suas telas e para o qual Murilo Mendes chamou uma vez a atenção. Liberdade, sem revoltas nem gritos, mas incontrastável, inapelável, insubornável.

A riqueza temperamental da pintura de Djanira traduz e nos inculca não sei que pobreza feliz, do mais alto nível moral.

[3.VIII.1958]

PINTURA ANGÉLICA

I
CRIANÇAS INGLESAS

Organizada pelo British Council, em Londres, e exposta aqui no Museu de Belas-Artes, sob os auspícios do nosso Ministério da Educação e de várias sociedades de educação e cultura, a coleção de desenhos e pinturas das crianças inglesas é uma autêntica maravilha. Nunca, em toda a minha vida, recebi numa exposição de artes plásticas mais deliciosa, mais completa e mais alta revelação de poesia. Escolhi de propósito essa palavra revelação pelo que ela tem de fronteiriço com a zona do sobrenatural. Diante desses duzentos trabalhos infantis, de uma assombrosa diferenciação de sensibilidade dentro da internacional unidade da alma infantil, a gente percebe frequentemente que está vendo um quadrinho de menino, como o nº 2 ("Timóteo e eu"). Percebe e sorri com o sorriso mais inteligente de que seja capaz (o ideal seria o sorriso pré-rafaelita de Cecília Meireles). Mas de outras vezes o desenho ou a pintura parece de um grande artista marmanjo, tão grande é a harmonia dos tons, o equilíbrio da composição, a adequação ao assunto (nº 24, "Floresta no outono", nº 69, "Folhas de outono", nº 71, "Nigéria", etc.) E há casos em que não se sabe quem pintou: o Catálogo informa, por exemplo, que o autor do nº 51, "Ninho de passarinho", foi a criança Jane Leach, de nove anos, aluna da Escola Badminton, de Brístol. Ora, eu tenho motivos muito sérios para afirmar que foi um anjo. Há numerosas pinturas de anjos nesta exposição.

Os trabalhos foram selecionados por uma comissão e são trabalhos escolares, quer dizer que as crianças desenhavam sob a orientação de professores, cujo cuidado principal residia em subtrair os seus alunos às influências deformadoras, para que com toda a espontaneidade se expandisse a faculdade criadora. Isto foi quase sempre conseguido. Naturalmente é impossível suprimir o pendor imitativo das crianças. Assim, Wendy Coram, que pintou aquela "Noite Vitoriana" (nº 122) não terá visto quadros de Matisse? Ou será Matisse que se terá deixado impressionar por pinturas de alguma Wendy Coram do seu tempo? Pergunto isso, porque é absurdo pensar que os dois "Circo" (nº 103 e nº 137) são imitações de nosso Cícero Dias. A verdade é que Cícero Dias, R. A. Meredith e H. Olden são três crianças (ou três anjos), respectivamente com trinta e tantos, treze e quatorze anos.

Estão as pinturas e desenhos dispostos pela ordem de idade. Mas quem for para a exposição com intenções de verificar a verdade das teorias psicológicas sobre a atividade artística das crianças, sai logrado. É preciso não esquecer que se trata de trabalho guiado e selecionado. Assim, na idade de três, quatro e cinco anos, fase máxima do chamado "girino" (figura humana que só tem cabeça e membros, sobretudo os inferiores), vemos nesta exposição uma miraculosa garatuja feita por um guri de três anos e figuras humanas com o plano geral esquematizado, assentadas numa linha de chão, e acompanhadas de paisagem ("Timóteo e eu", "Papai dando de comer aos passarinhos"). "Timóteo e eu" retém a gente por muito tempo: é quase informe, não se sabe Timóteo quem é (suponho que seja a figura menos importante: "eu" deve ser o boneco maior, cuja mão esquerda tem dezesseis dedos!), mas que forma demiúrgica na mãozinha desajeitada que rabiscou aqueles bonecos! Esse calor de imaginação, capaz de impor-nos a sua visão interior, com o despotismo de um delírio, está presente em muitos trabalhos dessas crianças: "Besouros" (nº 13), em "Mamãe empurrando o carrinho" (nº 22), em "Besouro em voo" (nº 47); em "Girafa" (o que impressionou o menino Richard Waterhouse não foi o comprimento do pescoço, mas o das pernas, e no entanto a sua girafa, com pescoço de cavalo quase, é indiscutivelmente girafa), em "Habekuk e o anjo" (quadro que dedico ao meu amigo, o menino (ou anjo), Murilo Mendes), em "Jalão e o dragão" (nº 83), etc.

Comecei a ver a exposição tomando notas para assinalar o que me agradava mais, os quadros mais ricos de sugestões estéticas ou outras. Aquilo, porém, é um mundo. Tem de tudo. Sai-se dali melhor, na inteligência e no coração.

Um modernista, sem se lembrar que hoje sou um medalhão, um acadêmico, tanto que já comecei a engordar, como convém, aproximou-se de mim e disse, ferino: "Que lição para os passadistas!" Eu sorri, com duplicidade: para fora o sorriso concordava; mas para dentro acrescentava: "E que lição para os modernistas!"

Na verdade, é uma lição para todo o mundo. Vou voltar muitas vezes lá, mas com o meu amigo o menino (ou anjo) Vinicius de Moraes.

[19.X.1941]

II
CRIANÇAS FRANCESAS

A semana passada entrei num rés do chão da avenida Marechal Câmara para ver uma exposição de pinturas de crianças francesas. Com ela está a Escolinha de Arte comemorando o décimo aniversário de sua fundação. Augusto Rodrigues, que desde o primeiro dia tem sido o diretor técnico e, por conseguinte, a alma da benemérita instituição, receba aqui, renovado, o meu abraço de parabéns. Mas como todo mundo sabe que entre nós uma iniciativa dessas não prospera se atrás do inventor e animador não existe, amparando-o, ajudando-o, um grupo social ativo, é de toda a justiça estender as felicitações à diretoria feminina da Escolinha.

Ensinar as crianças a ver, mas a ver com os seus próprios olhos e não com os olhos, muitas vezes viciados, dos adultos, eis o amorável trabalho a que, fora de suas criações como desenhista, emprega a vida o nosso querido Augusto. No ambiente da Escolinha, que é simples como o seu lindo e despretensioso nomezinho, a imaginação dos pequeninos alunos se expande sem entraves constrangedores, pois o papel do mestre se limita apenas a disciplinar o talento inventivo dos discípulos. Naturalmente, depois desta exposição de meninos e meninas franceses, haveremos de ter outra de brasileiros. E então julgaremos dos progressos que vem obtendo Augusto Rodrigues no seu doce magistério.

Uma exposição de pinturas infantis é coisa que se percorre sempre com um deliciado sorriso nos olhos. Esse sorriso não se apagava nos do simpático Embaixador de França (o único homem do meu conhecimento que já viu a verdadeira Pasárgada, pois foi representante de seu país no Irã), nos da pintora Djanira (que começou a pintar um pouco como o fazem as crianças e guardou sempre a ingenuidade dos seus primeiros tempos de aprendizado com Marcier), nos meus. Às vezes se misturava ao sorriso algum sentimento de admiração diante de certas manifestações que já traem um artistazinho, como a primeira paisagem à esquerda de quem entra na sala.

Notei que nenhuma daquelas crianças deu bola ao concretismo. Positivamente, a infância é figurativista. Abstracionista uma vez por outra, mas nunca fugindo inteiramente à palpável e gostosa realidade.

[13.VII.1958]

ESCREVER PARA O HOMEM DA RUA

I

Meu querido amigo Mário Pedrosa atingiu no domínio da crítica das artes plásticas uma preeminência, de que me parece, a todos os aspectos, digno: pela poderosa inteligência, pela dilatada cultura, tanto a especializada como a geral, e ainda pelas suas qualidades de caráter, garantidoras de toda isenção nos seus pronunciamentos críticos. Pode-se discordar de Pedrosa, e eu discordo muitas vezes, sobretudo no que se refere ao valor de Portinari; não se pode, porém, duvidar de sua seriedade e de sua sinceridade.

Sou leitor assíduo de sua seção no *Jornal do Brasil*. Suas notas críticas, quando de caráter geral, são como pequeninos ensaios, de rara elegância de expressão. Mas aqui, precisamente, bate o ponto do apelo que vou fazer-lhe. Desconfio que Mário, na entrega que de si faz ao prazer da especulação, se esquece de que está escrevendo para o grande público; se esquece de que a sua função como crítico deve ser primacialmente esclarecedora. As artes modernas, todas elas, a poesia, a música, as artes plásticas, são indecifráveis esfinges para o chamado homem da rua. Há que explicar-lhas a este em linguagem acessível, evitando tanto quanto possível o jargão de vanguarda. Não é o que Mário faz.

Ainda quarta-feira última comecei a ler a lição de Pedrosa muito interessado pelas sugestões implicadas no título – "O novo espaço de viver". Ao cabo estava me sentindo como o burro da expressão popular em frente do palácio. Ora, eu sou, dentro da categoria dos burros, não dos mais fechados. Gosto das aventuras intelectuais fora dos caminhos batidos. Pois só entendi o escrito de Mário por alto e longe. Acredito que Gullar, Lygia e seus simpáticos companheiros o tenham entendido cem por cento. Quanto a mim, só entendi menos mal trinta por cento. Imagino o homem da rua, lendo aquele conceito de Focillon, lançado por Mário a meio do seu artigo e sem o mínimo esclarecimento, o "avesso do espaço". Lendo e indagando intrigadíssimo: "Que diabo disto é aquilo?"

Antes desse "avesso do espaço" vinha outra citação do mesmo Focillon: "O homem não caminha mais pelo exterior ou pela superfície das coisas, mas pelo interior delas. Ou, melhor definido o novo fenômeno, já não distingue exterior e interior, como se estivesse permanentemente sobre uma cinta de Moebius."

Tom tão subido estará bem numa mesa-redonda de críticos de artes plásticas ou ainda numa revista especializada; o simples leitor de jornal não o entende. Sei que Mário se pode louvar até no exemplo de Cristo, que, falando uma vez aos seus discípulos, disse-lhes: "Quem come a minha carne e bebe o meu sangue tem a vida eterna"; e eles, que eram uns pobres-diabos antes da descida do Espírito Santo, murmuravam perplexos: "Duro discurso é este; quem o pode ouvir?" Mas o Cristo falava do mistério da Eucaristia, ao passo que Mário apenas definia o novo espaço de viver dentro da casa de morar.

[5.III.1961]

II

Mau, mau! Meu amigo Mário Pedrosa tomou como censura pública o apelo que lhe fiz no sentido de ele usar na sua colaboração para o *Jornal do Brasil* sobre artes plásticas linguagem mais acessível ao comum dos leitores. Censura? Quem sou eu, por mais poeta que me considere (e só me considero sofrível poeta menor) para censurar aquele que reputo, e o declarei, o príncipe dos nossos críticos em tal matéria? "Como se estivesse chamando a atenção de nossa cara Condessa[12] para as insuficiências de seu crítico de arte": esse pedacinho de sua resposta ao meu apelo inquietou-me. Se não foi pura brincadeira, não entendo. Todos sabemos o garbo que a Condessa põe em sustentar na sua folha o mais moderno dos suplementos literários da imprensa carioca, o único verdadeiramente revolucionário.

Mário atribui-me modéstia "à Rui Barbosa" quando eu disse ter entendido apenas uns trinta por cento do seu artigo. Peço-lhe que me acredite: não me julgo senão medianamente inteligente. Daí o que havia de "urgente e patético" no meu apelo. Em menino fui bastante pretensioso, mas caí em mim, ainda antes da adolescência, ouvindo meu pai contar o diálogo de dois amigos, um muito inteligente, outro muito burro. Foi assim:

– Fulano, não lhe acontece muitas vezes ler uma coisa e não compreender?
– É.
– Torna a ler e não entende...
– De fato.
– Relê quatro, cinco vezes, quebra a cabeça durante horas e fica na mesma?
– Tal e qual.
– Pois é isso que se chama ser burro.

Depois do que, fiquei modesto para o resto da minha vida.

A doutrinação das vanguardas anteriores à atual era sempre clara, compreensível. Podia-se não compreender muitas vezes uma obra cubista, expressionista, *surréaliste:* a teo-

---

[12] Condessa Pereira Carneiro, diretora-presidente do *Jornal do Brasil*.

ria, porém, era acessível a toda a gente. A doutrinação dos vanguardistas de hoje é duro discurso. Se não se entende a obra, ainda menos se entende a explicação.

Agradeço a Mário Pedrosa a atenção que deu ao meu apelo, esclarecendo os casos do "avesso do espaço" e da cinta de Moebius. Mas não leve a mal que eu insista em que ele e seus companheiros não se sirvam, sem explicações, de vocabulário que só é "moeda corrente entre críticos, professores, artistas, arquitetos". Escreva para o homem da rua.

[12.III.1961]

MARCIER

I

Não sei se Marcier veio para o Brasil como Gauguin foi para Taiti. O certo é que, aqui chegando, não se demorou muito a arranhar o litoral, como os caranguejos de Frei Vicente do Salvador. Depois de casar-se e aumentar a população do Brasil com seis brasileirozinhos encantadores, meteu-se terra adentro e se fez sitiante em Barbacena. A mesma escolha de Bernanos.

O sítio seria para ajudar a pintura. Isso mostra o quanto Marcier já estava abrasileirado (todo brasileiro sonha com um sítio como meio de vida). O sítio, até agora, só deu prejuízos. A pintura é que está ajudando o sítio! Mas o pintor Marcier, com as suas lindas barbas, é um sitiante obstinado. Se a batata e o milho não deram, as rosas podem dar. Marcier descobriu que Barbacena vive das flores que exporta para o Rio e resolveu plantar cinco mil roseiras!

Entrementes, pintava e pintava. Em luta sempre com o Anjo da Criação, conforme testemunhou o nosso Murilo Mendes. Sempre a lembrar-nos a nós, brasileiros, como assinalou o pobre Ruben Navarra, "a existência de um Brasil mais antigo do que Copacabana, de uma velha paisagem saturada de tradição, preservada do cosmopolitismo anulador".

Nesta sua última exposição, realizada num dos salões da bela Casa de França, vemos essa "velha paisagem saturada de tradição" nas telas em que o pintor fixa alguns aspectos da patética Tiradentes, a antiga São José del-Rei, que continua a morrer com emocionante nobreza, enquanto a sua vizinha São João del-Rei se aburguesa. Uma cidade para pintores, diz-nos Marcier: o governo devia instalá-los todos lá.

A luta com o Anjo persiste. A angústia que levou o pintor à técnica expressionista não está de todo dominada. Há, contudo, na pintura atual de Marcier, pelo menos nestas paisagens, nestes interiores de igrejas, nestes retratos de seus filhos, uma como *détente*, um respiro apaziguado, um contágio de feliz tranquilidade.

Em certo momento em que, intrigado pelo mistério daquela arte poderosa, me aproximei de uma figura da Capela dos Passos para a ver bem de perto, o artista penetrou-me logo a intenção e comentou: "Está examinando a cozinha?..." Estava mesmo. Que sobriedade! E naquela sobriedade, que sortilégio! A mão que de longe me estava ferindo fundo a sensibilidade era uma preste pincelada branca...

Marcier, grande pintor, cidadão nº 1 de Barbacena, a que dará nos próximos meses dezenas de milhares de rosas. Marcier, eternizador do fantasmal Armazém São Joaquim do largo dos Guimarães, em Santa Teresa, recebe o meu abraço comovido, que é de um dos teus mais velhos admiradores.

[17.X.1956]

II

Até há poucos anos a pintura figurativista podia às vezes dar-nos sensação de cansaço e tédio. Mas depois que a mocidade (a melhor mocidade) se voltou em massa para o concreto e o neoconcreto, são estes que já começam a fatigar-nos, tão verdade é que depressa nos habituamos às formas ainda as mais insólitas. E é com deleitados olhos que contemplamos as telas de um bom pintor da velha guarda figurativista. Foi o que aconteceu com a recente exposição de Guignard e está acontecendo agora com a de Marcier.

Outro dia, em crônica intitulada "Da lógica na apreciação artística", comentava Mário Pedrosa, com a sua habitual clareza, umas palavras luminosas de Whitehead sobre a percepção artística. "Vemos", escreveu o filósofo, "diante de nós uma forma colorida e, incontinente, concluímos logicamente que se trata de uma cadeira. Ora, para aquele que *simples e imediatamente percebe*, o que se viu foi, principalmente, uma forma colorida."

Diante das pinturas de Marcier, a primeira coisa que me acudiu foram essas palavras de Whitehead. Marcier é um desses pintores que nos ensinam a chegar, diante dos seres e objetos, à percepção simples e imediata da forma colorida. Em todas as suas telas vemos em primeiro lugar a forma colorida, e só depois é que penetramos no sentido anedótico das figuras. Somam-se então as duas emoções – a emoção moral, no caso de Marcier quase sempre de fundo religioso, e a emoção puramente estética.

Falei de seu fundo religioso. Marcier nesta mostra apresenta-nos um rico acervo de pintura do gênero – uma admirável Via Sacra, uns Cristos patéticos, ele próprio em alguns autorretratos também um Cristo patético. A arte religiosa de Marcier, poderosamente mística, nos contagia de golpe.

Nas paisagens sabe ele captar o sentido fantasmal (não sei como dizer de outra maneira) dos velhos casarões e das velhas igrejas. Tenho a fortuna de possuir uma tela de Marcier onde está imortalizado um desses fantasmas, o Armazém São Joaquim, que, não sei por que milagre neste Rio arranhacelizado por toda a parte, ainda está de pé no largo dos Guimarães, em Santa Teresa. Uma das paisagens mais impressionantes desta exposição é a das duas igrejas de Mariana no mesmo largo, a de São Francisco e a do Carmo, esta dominando o casario pobre adjacente com uma presença verdadeiramente paraclética.

Bravo, Marcier! Aqui lhe deixo o meu abraço entusiástico de velho amigo e fã.

[11.XII.1960]

CARLOS OSWALD E OS MODERNISTAS

Há muito tempo que eu não tinha o prazer de bater um papo com meu amigo Carlos Oswald. Mas na semana passada ele me entrou em casa sob forma de livro, o volume intitulado *Como me tornei pintor*, e foram horas e horas de vivo deleite, ouvindo-lhe as confissões, as memórias, as lições, as piadas e os desabafos.

Tive saudades de nossos velhos papos de Petrópolis, quando discutíamos, em campos opostos, sobre modernismo, que naquele tempo ainda tinha por onde se lhe pegasse para o pintor, pois era arte figurativista. Hoje o abstracionismo é a sua *bête noire*!

Discutindo com Oswald é que se vê como ele anda errado imaginando-se cem por cento brasileiro. Isto é, brasileiro ele é cem por cento no seu amor ao Brasil. Mas os dezoito anos de Florença marcaram-lhe a pronúncia e o temperamento com qualquer coisa de inapelavelmente italiano, saborosamente italiano. Oswald discute como italiano. Discute bem. Tem senso de *humour*. Pode ser cáustico. Onde me parece que está errado, como tanta gente, é ao falar de "tapeação" para condenar a arte abstracionista. Não morro de amores por ela, mas duvidar da sinceridade dos abstracionistas será incorrer na mesma injustiça daqueles que faz uns trinta anos duvidavam da sinceridade de Oswald nos seus efeitos de luz e na sua pintura sacra, coisa comercial, diziam os denegridores do artista. Este, o único senão do livro.

Vejo o meu nome citado no volume a propósito da visita que o pintor fez à Academia. Oswald oferecera à Casa de Machado de Assis o seu retrato de Humberto de Campos. "Até o Manuel Bandeira, que é modernista, e não vai lá de amores com a minha arte me abraçou elogiando-me: 'Até você?', disse eu. – 'Por que 'Até eu?', perguntou Manuel. – 'É porque você é terrivelmente difícil...', respondi."

Não sei de onde Oswald tirou que eu não aprecio a sua arte e que sou terrivelmente difícil. Aliás, mesmo nos idos de 31, quando se realizou o primeiro Salão oficial organizado pelos modernistas, não só eu mas todos os meus companheiros tratamos Oswald e os verdadeiros mestres da pintura brasileira com toda a deferência, reservando-lhes a sala sempre considerada a mais graduada. Exerci durante algum tempo a crítica de artes plásticas na extinta *Manhã* e não me lembro de jamais me ter mostrado "terrivelmente difícil". Se pequei, foi antes por complacência.

Há nestas memórias de Oswald páginas de grande interesse para o artesanato da pintura, como, por exemplo, as que se referem às tintas. E a propósito disso narra o artista, com muito *humour*, uma audiência que o presidente Vargas concedeu a uma comissão de pintores que o procurou para obter facilidades à entrada de material estrangeiro no país. Claro que tudo foi prometido com aquela irradiante simpatia tão característica de Vargas. Nada, porém, foi feito. "Acho", comenta Oswald, "que o Getúlio, à nossa saída, tudo esqueceu e do nosso negócio não falou nem ao contínuo".

[20.IV.1958]

VELHO LUÍS SOARES

Já declarei várias vezes o meu propósito de não me ocupar mais de artes plásticas. Se, poeta, fiz incursões temerárias por elas e pela música, foi tão somente levado por aquele sentimento de solidariedade que as artes se devem entre si nos momentos difíceis. Falei muito de artes plásticas e de música quando era preciso explicar ao público, pelo menos ao público de boa vontade, a arte de um Brecheret, de um Segall, de um Warchavchik, de um Lúcio Costa, de um Di Cavalcanti, de um Portinari, de um Celso Antônio, de um Villa-Lobos, de um Camargo Guarnieri. Claro que o fazíamos em termos de poesia, e como de poeta e louco todos temos um pouco, muita gente se deixou contagiar do nosso entusiasmo e um ambiente de simpatia foi envolvendo as manifestações de arte moderna entre nós. Hoje a arte moderna já tem o seu lugar ao sol, conquista prêmios, tem monumentos na praça pública. A "obtusidade córnea" trocou o riso de mofa pelo ranger de dentes e pela calúnia, arma esta última da "má-fé cínica".

Essa dura batalha trouxe-nos depois muitos aborrecimentos. Não me esquecerei nunca de certo sorriso de superioridade com que um pintor enciumado com os elogios dados a outro pintor por um poeta de fina intuição para as artes plásticas, disse desenfadadamente: "Crítica de poeta..."

As palavras, sem o sorriso, passavam. Mas o sorriso criou em mim um complexo de inferioridade. Passei a prestar a maior atenção aos comentários críticos dos artistas plásticos. Humildemente. Para aprender. Não aprendi nada. Constatei que um pintor, um bom pintor, um ótimo pintor, perfeitamente senhor da técnica de sua arte, e inteligente, e culto dentro de sua arte, quando faz crítica limita-se a duas ou três expressões-clichês – "matéria", "bem resolvido"... Que mais? Ah, aquele gesto circular da mão sobre um detalhe. Então disse "Ora bolas" e não quis mais falar de artes plásticas.

Isso tudo é para me desculpar de uma pequenina declaração de amor que vou fazer ao velho pintor Luís Soares, que anteontem inaugurou a sua exposição no Instituto dos Arquitetos. Não leve a mal o bom Soares aquele adjetivo.

A sua velhice é um dos mais encantadores aspectos da juventude que já me foi dado ver. Se há quem se possa queixar da vida é ele. No entanto não se queixa nunca. Ao contrário, no seu ar afável, no seu amorável sorriso, parece estar sempre a repetir a frase de Marco Aurélio: "Ó mundo, tudo o que me proporcionas é para mim um bem!" E essa alma boa, essa alegria interior, essa ingenuidade de sentimentos, pura como nas criaturas sem maldade, ele a sabe pôr inteira nas suas telas. A pintura de Luís Soares lava a alma da gente. Pois sexta-feira passada fui ao Instituto dos Arquitetos tomar esse banho de luz, de inocência, de alegria.

Logo à entrada dei com o Augusto Rodrigues fazendo o famoso gesto circular da mão sobre uma figurinha do quadro "Violeiro": explicava a um amigo a poesia do detalhe. Mais adiante conversei com Alcides Rocha Miranda. Este é além de pintor, arquiteto. Os arquitetos são mais dotados para a expressão crítica: Lúcio Costa, por exemplo, "sabe falar", como dizia aquele criado de consultório médico, sujeito feíssimo, meio desdentado, mas um craque para papar as clientes do patrão, senhoras finas: "Seu doutor, eu sou um estrepe, mas *sei falar*!" Ouvi com interesse o comentário de Alcides: "O Luís Soares é um autodidata diferente dos outros. Em geral o autodidata quando pinta, gosta de desenhar. O Soares, não. O Soares pinta. Os seus quadros são pintura pura." Olhei em torno e pensei comigo – "Confere".

Entra Ruben Navarra e concorda comigo na admiração da "Antiga rua de Olinda". Lembro-lhe o chavão da "perspectiva aérea", que esse ao menos tinha um significado preciso. Navarra gostou sobretudo das aquarelas. Mas não quero antecipar-lhe a crítica e passemos adiante.

Maria Helena Vieira da Silva estava encantada com tudo. Outros artistas estavam encantados com tudo. Eu estava encantado com tudo. Pudera! Sou pernambucano, como Luís Soares. Vi menino no Recife aqueles circos, sempre chamados "universais", aqueles pastoris, aqueles maracatus... Não vi os frevos, que nasceram muito depois. Luís Soares, restituidor da minha infância, do meu Recife, obrigado pelo banho!

CELITA E SEUS ALUNOS

Meu primeiro conhecimento de Pupu data do tempo em que ela era *goalkeeper* do primeiro *team* do Rua Goulart Football Club. Ela tinha dois anos e pico. Por sinal que um dia cheguei à janela de casa (éramos vizinhos), vi Pupu se preparando para uma pegada difícil, não resisti, gritei: "Pupu, eu te adoro mais que todo o mundo!", Pupu encabulou, abandonou o gol, a bola entrou, foi um desastre!

Bons tempos aqueles! Paulo Magalhães ainda não era "um nome nacional", o Leme constituía uma pequena província adentro do Distrito Federal, separada de Copacabana pelo vasto deserto do Inhangá. Na rua Goulart, hoje avenida Prado Júnior, moravam Álvaro de Carvalho, Carlos Peixoto e sobretudo a morena mais bonita e senhoril que já pisou o chão das Américas – Teonila!

A casa extrema do bairro, defrontando o deserto, era a residência e *atelier* dos irmãos Bernardelli, que beleza!, parecia um palácio da Florença renascentista à beira-mar plantado. Pois foi ali que, meia dúzia de anos depois, Pupu começou a desenhar e amassar argila com mestre Rodolfo Bernardelli. Hoje Pupu é a escultora Celita Vaccani, professora (por concurso) da cadeira de Modelagem na Escola Nacional de Belas-Artes. Saldou a dívida para com o velho mestre que a iniciou na carreira, com a sua tese de concurso, que é uma biografia e estudo da obra do autor de "Cristo e a adúltera".

Celita convidou-me esta semana para visitar a exposição de 176 trabalhos dos seus alunos do primeiro e segundo anos. Fui, e que surpresa! Bem que eu soubesse que, depois de suas viagens à Europa e aos Estados Unidos, Celita passou a ver com bons olhos os horrores da arte moderna, fiquei, repito, surpreso de ver o esbaldamento de muitos de seus alunos na livre distorção de linhas e formas em suas modelagens. Sente-se, nessa tão simpática mostra, que reina um clima de saudável liberdade de criação na classe da professora Celita Vaccani. Se alguns de seus alunos preferem o bom comportamento acadêmico, outros acusam a influência de Bruno Giorgi e sua escultura de gravetos. Tem de um tudo ali. Bom ou mau, que importa? O que importa é esse ambiente de livre iniciativa de expressão. Oxalá o mesmo acontecesse em todas as classes da Escola!

Célio, Célia, Celina, Celita nada têm a ver, etimologicamente, com céu. Mas no caso de Celita Vaccani tem, sim, senhor. Porque esta Celita, pela sua bondade, pelo inefável azul de seus olhos botticellianos, é verdadeiramente criatura celeste.

[20.XI.1960]

SEGALÁ E *A SEREIA*

Segalá: o nome soou-me sempre, desde que vim a conhecer o meu xará Manuel, seu portador, como um bonito poema neoconcreto, tão impregnada eu sentia a palavra de todas as raras virtudes de coração, de gosto artístico, de inteligência daquele que Homero Icaza Sánchez chamou de "gitano iluminado" (*sabemos que en tu sangre ardía el fuego en que buscabas la pureza...*).

Havia em Manuel Segalá um poeta, um pintor, um escultor. Não sei, porém, se a vida, com os seus embaraços, ou o próprio temperamento singular daquela rara criatura, ou talvez ambas as coisas nunca permitiram que o artista se definisse e marcasse numa só linha. Talvez também por isso ele se abraçou, meio deliciadamente, meio desesperadamente, à sua Verônica, a prensa de mão que trouxe de Espanha e com a qual criou uma admirável série de edições, que já hoje são raridades bibliográficas. Duas vezes tive o prazer jamais diminuído de ver uns versos meus nobilitados pela impecável apresentação tipográfica de Segalá.

Creio que Segalá iniciou as atividades de sua Verônica entre nós editando uma revistinha minúscula de poesia, a qual abria com a seguinte declaração: "*A Sereia* (era o nome da publicação) é dirigida, ilustrada, imprimida, encadernada e distribuída por Manuel Segalá. Não pretende, não espera nem pede nada. Quer apenas falar um pouco de poesia. *A Sereia* terá uma existência de dez números, somente... ".

A Sereia não teve uma existência de dez números. Se não me engano, houve quatro apenas. O bastante para nos encantar a todos com os primores do tipógrafo e gravador Segalá. O primeiro número trazia como epígrafe umas linhas de Aristarco de Pafos: "Decididamente Ulisses era um antipoeta: preferiu o velocino de ouro ao canto das sereias." (Segalá sempre preferiu o canto das sereias ao velocino de ouro); o segundo, o postulado de Rubem Braga: "A poesia é necessária".

Quando um editor inteligente e artista – Ênio Silveira – resolveu aproveitar os talentos multiformes de Segalá, lançando uma grande coleção de obras-primas, o coração cansado do meu querido xará e amigo deixou de bater...

Vinicius de Moraes me escreveu certa vez que o difícil para um homem não é encontrar a sua mulher, é encontrar a sua viúva. Pois Segalá, no meio de todas as suas privações e desditas, teve essa felicidade: encontrou sua viúva na pessoa de Dilza, que esta semana inaugurou no saguão da Biblioteca Nacional uma exposição das obras de seu marido. Essa exposição é um encantamento. Convido toda a gente a ir vê-la: é o último canto da sereia de Manuel Segalá.

[9.XI.1959]

AUGUSTO RODRIGUES

    Augusto Rodrigues faz uma exposição de desenhos, a maioria dos quais trazidos agora de Londres, onde o artista passou uns dois meses. Não sei se foi a estada entre ingleses, não sei se foi o longo contato com meninos e meninas na *Escolinha*, mas o traço de Augusto chegou a uma doce calma, a uma simplicidade repousante, a uma quase inocência. O velho demônio ainda põe de fora as suas garras no pequeno desenho em que caricatura inglesas na rua. Tudo o mais, porém, são coisas de amorável emoção, que a gente tem vontade de levar imediatamente para casa. Um pernambucano como eu não podia deixar de se derreter um pouco diante do Cais do Apolo e das duas paisagens de Olinda, com a sua igrejinha (que me pareceu ser a da Misericórdia, onde um dia, que já vai longe, chorei como uma cabra).

[8.IV.1956]

PÉREZ RUBIO, RETRATISTA

I

Não aconselho ninguém a expor nos salões superiores do Museu Nacional de Belas-Artes. Aquilo é um túmulo. Está na avenida, mas tão alto que é como se estivesse no Corcovado. No Corcovado, mas com um calor de rachar. Luz péssima depois das dezesseis horas. E o diabo do museu só abre às quatorze horas...

O resultado é que quando se abre uma exposição ali, a gente vai adiando a visita e acaba não indo.

Timóteo Pérez Rubio, pintor espanhol fixado entre nós há cerca de um ano, foi a última vítima do museu. A sua exposição tem passado despercebida, com prejuízo para o nosso público, a quem conviria tomar conhecimento com um artista de grande valor, senhor de uma técnica poderosa e de uma rica sensibilidade.

Pérez Rubio, segundo nos informa no catálogo a nossa querida Gabriela Mistral, é natural de Badajoz, aquela Badajoz, da qual Nicolau Tolentino disse tantas cobras e lagartos num soneto que é dos menos ruins que fez. De Badajoz, quer dizer, quase de Portugal. No temperamento dele, diz a grande escritora chilena que sente sempre "uma dessas criaturas de trânsito entre duas raças, pontes vivas entre duas sensibilidades". É, portanto, um pintor que está muito próximo de nossas raízes.

A primeira sala de sua exposição contém apenas uma coleção de desenhos, bastante para avaliarmos a sua ciência do desenho e a sensibilidade do seu traço.

Em três outras salas estão as suas pinturas a óleo, retratos e paisagens. Pérez Rubio é um mestre em ambas. Só que no retrato há que fazer, e ele o faz frequentemente, muitas concessões. É muito de lamentar que onde não haveria necessidade de concessão (como no retrato de Carlos Drummond de Andrade), não tenha sido feliz: que nuvem de doçura terá passado subitamente nos olhos habitualmente tão censurados do poeta, para assim transviar um retratista de tanta lucidez?

No retrato de outro poeta, Vito Pentagna, um rapaz que, como Eduardo VII, descobriu a maneira de ser elegantíssimo com mais de cem quilos, a nota mundana me parece demasiado acentuada. Será que Pérez Rubio não leu os belos poemas mortuários do seu retratado?

Mas todos os recursos do pintor estão presentes nos soberbos retratos de Mlle. Catá, da sra. Pentagna, de Mlle. Sandbank.

O poder de interpretar as paisagens se revela em Pérez Rubio pela Paquetá que nos apresenta, tão diferente da Paquetá exploradíssima a que estamos habituados. Uma Paquetá de quem viu a Guerra de Espanha. Repousante, mas sem sentimentalidades nem sensualidades. Uma Paquetá que não é a dos suicídios passionais da praia da Imbuca e quase não é também a da Moreninha. Em suma, uma Paquetá encantadora.

Ao lado dessas dezoito paisagens, outras mais fortes ou mais sombrias – de Valença (uma excelente "fazenda de café"), do Rio (a Guanabara vista de Santa Teresa, o Forte de Copacabana), de Genebra e de Marselha.

Na exposição figura uma tela que já havia sido adquirida pelo nosso governo para o Museu de Belas-Artes, o famoso retrato da esposa do artista.

Vale a pena afrontar as escadarias inamistosas do museu para conhecer um pintor como Timóteo Pérez Rubio.

[29.IV.1942]

II

Em agradecimento à notícia que dei de sua exposição de pintura no Museu Nacional de Belas-Artes, escreveu-me Pérez Rubio uma carta, que é um documento da encantadora modéstia do seu autor. Como vi por ela que o simpático artista não compreendeu o sentido de dois trechos da minha crônica, fiquei receoso que o mesmo tivesse acontecido aos meus improváveis leitores habituais, e por isso quero desfazer o engano no espírito de Pérez Rubio para melhor lhe fazer justiça perante o público.

Disse eu no meu escrito que o gênero retrato exige, às vezes, concessões da parte do pintor, e acrescentei: "É muito de lamentar que onde não haveria necessidade de concessão (como no retrato de Carlos Drummond de Andrade), Pérez Rubio não tenha sido feliz: que nuvem de doçura terá passado subitamente nos olhos habitualmente tão censurados do poeta, para assim transviar um retratista de tanta lucidez?".

Pérez Rubio adverte-me que não fez concessão no retrato do poeta: *"El retrato resultó así porque hice con cierta timidez y poco conocimiento de su personalidad"*. Estamos de acordo: eu não disse ter havido concessão no retrato de Carlos Drummond de Andrade; disse, sim, que houve infelicidade, explicada agora pelo artista como resultante de pouco conhecimento da personalidade do poeta. Lamentei apenas ter havido essa infelicidade num caso em que não haveria necessidade de concessão.

Também no caso do retrato de Pentagna, não falei em concessão: disse tão somente que a nota mundana (que não representa concessão porque de fato no jovem poeta existem, de fundo inato, aquelas qualidades de elegância que os granfinos de última hora exigem nos seus retratos para que eles, *soi-disant* granfinos, não pareçam o que na realidade são – *peuple*, como eles dizem), que a nota mundana se me afigurava demasiado acentuada em detrimento da face mais importante do retratado, que é a de ser autor de dois ou três graves poemas de assunto mortuário. O retrato é aliás forte e belo, como fatura; o que não me agrada nele é aquela sensualidade gulosa. Tanto o retratado como o retratista me parecem antes voluptuosos que sensuais. É verdade que pelo jovem Vito Pentagna não ponho a mão no fogo; mas quanto a Pérez Rubio, acho que a sua verdadeira natureza está mais nos desenhos de um tão fino senso amoroso e na delicadeza de tons das paisagens de Paquetá do que na matéria às vezes densamente sensual de alguns dos seus retratos.

Terá ficado claro o meu pensamento depois dessas explicações?

[8.V.1942]

ELIEZER DE VOLTA

Um dia, vai para uns trint'anos, Gilberto Freyre apareceu com uma novidade: tinha descoberto um gênio do Recife. Um gênio plástico, um rapaz de menos de vinte anos, que pintara uma cabeça de frade em que havia algo de velasqueano, dizia Gilberto (mas dizia-o rindo-se muito).

Quando, tempos depois, o rapaz deu as caras no Rio, o seu jeito insólito, a sua ingenuidade de matuto sabido, a sua total inexperiência, a sua febre de se tornar um grande pintor para exprimir a alma profunda do Brasil, jamais expressa como ele a sentia, suscitou contra ele uma camorra de mistificadores de que eu fui talvez o agente mais danado. Eliezer Xavier, Xavier ou o gênio, como o chamávamos, cortou uma volta conosco.

Xavier não era gênio. Gênio dá muito dificilmente no Brasil. Gilberto pretendia que até hoje o Brasil só conseguiu dar pedaços de gênio, num Castro Alves, por exemplo. É provável que ele agora já reconheça, com toda a gente, que Villa-Lobos é gênio. Xavier pareceu gênio numa única tela e não confirmou a pinta. Em compensação, mostrou ser o que não parecia: um sujeito sensato, que cedo tomou consciência de suas limitações, estudou, trabalhou e está se realizando como aquarelista de fresco e generoso pincel. Ficou fiel ao seu ideal de adolescente: exprimir a sua terra no que ela tem de mais tradicional e genuíno – paisagens de Olinda e Igaraçu, festejos populares, novenas, bumbas meu boi, carrosséis, tipos e cenas da matutagem. Tenho dele um trecho da rua da União, no Recife, com a casa de meu avô Costa Ribeiro, aquarela esplêndida, em que o velho sobradão parece gente, parece falar.

Eliezer Xavier anda, agora, aqui pelo Sul, veio expor em Santos, São Paulo e Rio. Ignoro o que trouxe. Na verdade eu mesmo não sei até onde vai o talento de Xavier. Mas por esta rua da União, que sustenta a vizinhança de um galo de Portinari, e por outras pequenas coisas que me tem mandado, presumo que o pernambucano vai fazer boa figura, será aplaudido e comprado. É o que lhe desejo de todo coração.

[25.I.1959]

RETRATOS DE ISMAILOVITCH

Depois que posei para Celso Antônio – anos de imobilidade em pé e sentado, a maior provação de minha dilatada existência e também o mais importante serviço que já prestei às artes plásticas de minha terra – jurei nunca mais servir de modelo para ninguém. Assim que, quando Ismailovitch me convidou a posar para ele, eu disse logo que sim, como não? mas no fundo bem decidido a ludibriá-lo. Não contava com a persistência do simpático russo. Driblei-o muitas vezes. Mas quando me contaram o caso do general João Francisco, entreguei os pontos.

Foi o caso que uma tarde estava Ismailovitch no *hall* do Palace Hotel quando entrou da rua um figurão de bigodeira empinada e ar marcial, embora vestido à paisana. O artista achou-o interessante, teve vontade de o retratar. Perguntou ao porteiro do hotel quem era. Quem era? Era o célebre general João Francisco, homem terrível, que das revoluções gaúchas saíra com a fama de degolador implacável. De tal modo que bastava ouvir aquele nome para a gente sentir um frio na nuca.

Ismailovitch é de pequena estatura, olhos azuis, sonhadores, mas debaixo de tão tranquila aparência um bravo, ex-oficial do exército russo, serviu em guerras e revoluções... As informações do porteiro estimularam ainda mais a decisão do artista. E ele abordou o general. O general não disse nem uma nem duas: deu-lhe as costas, simplesmente.

Pensais que Ismailovitch desistiu? Pois sim! Passou a cumprimentar o general sempre que cruzava com ele. O general nunca respondeu ao cumprimento.

Um dia, em plena avenida Rio Branco, estava João Francisco conversando num grupo de amigos, Ismailovitch aproximou-se, dirigiu-lhe a palavra. O general despediu-o de mau humor, alegando que estava ocupado, ele bem via, procurasse-o em outra ocasião.

Oito anos se passaram, Ismailovitch não viu mais João Francisco, que voltara aos seus pagos. Senão quando, um belo dia, em São Paulo, quem aparece no hotel em que Ismailovitch estava hospedado? João Francisco! Ismailovitch marchou para ele. Se o general estivesse nas coxilhas gaúchas, certamente teria degolado o importuno. Em vez, não. Marcou hora para a pose no dia seguinte às sete e meia da manhã. Ismailovitch triunfava. No dia seguinte, quando bateu à porta do quarto do general, ele não estava. Para concluir: dois dias depois o terrível general João Francisco posava para os doces olhos azuis sonhadores do pintor Ismailovitch...

Posei docilmente para Ismailovitch. E agora posso morrer descansado, certo de que, mercê de sua arte minuciosa e exata, minha vera efígie chegará à mais remota posteridade.

[17.IX.1961]

ROSTO DO IMPERADOR

Álvaro Cotrim, o Álvarus de tanta aguda caricatura onde, coisa rara, sorri a malícia sem detrimento da bondade, tirou-me, com este seu livro *Daumier e Pedro I*, de uma velha perplexidade. E era que, diante de tantos retratos do nosso primeiro Imperador, todos muito diferentes uns dos outros, eu me perguntava: qual deles será a vera efígie do homem? Informa-nos Álvarus no seu trabalho que os retratos de Pedro I são às centenas e em vários processos – litografia, bico de pena, gravura em aço, cobre e madeira, e algumas telas a óleo, umas assinadas, outras não.

Dos retratos que eu tinha podido ver logo se percebia aqueles em que o pintor traíra a verdade, para lisonjear o modelo. Assim, os de John Simpson, Henri Grevedon, Antoine Maurin, Sendim, Francisco Constant Petit, João Batista Ribeiro. Retratos do príncipe sem as bochechas bragantinas, sem sombra de prognatismo, nunca acreditei neles.

Agora vejo no livro de Álvarus dois retratos em que deparo com certos visos de verdade: o desenho de François Meuret, feito do natural, em Paris, e o desenho não assinado aparecido no *Charivari*, de 6 de agosto de 1833. Os dois se parecem e ambos transparecem das caricaturas que o grande Daumier fez do Imperador e publicadas na *Caricature*, uma e outra descobertas por Álvarus, que, sem hesitação, afirma que o verdadeiro e mais fiel retrato físico de D. Pedro I é o das duas charges de Daumier.

Pergunta Álvarus: "Teria Daumier cruzado no seu caminho com D. Pedro I nos lugares que ambos frequentavam com assiduidade, os *boulevards* e os teatros?" Não se pode ter dúvida a respeito. Daumier era rueiro, D. Pedro também. Nos seis meses que este se demorou em Paris, todas as atenções convergiam para ele. Os desenhos de Daumier, aliás, irradiam aquela luz de verdade, tão convincente. São caricaturas, são charges (a palavra francesa diz tudo). Se se quiser aproximar ainda mais a verdade, corrija-se um pouco a impressão das charges com os traços dos retratos de Neuret e do desenho não assinado do *Charivari*. Foi o que fiz. Hoje, para minha convicção pessoal, sei que cara emprestar ao nosso Imperador quando penso nele.

Quem já se preocupou com o problema leia o livro de Álvarus, valioso pela boa prosa, pela rica iconografia e pela bibliografia referente a Daumier.

[21.VI.1961]

NO MAURITSHUIS, EM HAIA

Grande comoção para mim, três vezes renovada, esse primeiro contato com obras que desde a meninice me eram familiares pelas reproduções, pelas interpretações literárias e críticas, pelas impressões de meu pai. De sala em sala ia reconhecendo cabeças, paisagens, cenas de costumes. Não falo das mais famosas como a "Moça de turbante", de Vermeer, a "Visita do médico", de Jan Steen, etc., mas de obras menos reproduzidas, como o retrato de Melanchton por Lucas Kranach, obrinha de pequenas dimensões, mas que me reteve fascinado durante muito tempo.

Está claro que me sentei algumas vezes diante da "Vista de Delft" de Vermeer. Como senti não ter em mãos *La prisonnière* de Proust para reler ali o que o francês escreveu sobre o pedacinho de muro amarelo da pintura! Considerei-o de perto e de longe, não uma mas muitas vezes, desconfiado de mim mesmo, humilhado de mim mesmo por não descobrir tudo o que Proust viu naqueles poucos centímetros quadrados, nem sequer me lembrava de suas palavras, e hesitava em atribuir a maravilha não ao pintor mas à imaginação encandescida do poeta.

Está claro também que tive as minhas decepções. O famoso touro de Potter deixou-me bastante frio: discussões monumentais para tema bem modesto e pintura desigual, com excessivas minúcias, como as suas moscas, aliás as únicas que vi em Haia em nove dias que passei lá.

[8.IX.1957]

SOMOS TODOS CONDÔMINOS

A Universidade de Minas Gerais acaba de conceder a Rodrigo M. F. de Andrade o título de Doutor *Honoris Causa*, reconhecendo-lhe assim publicamente o excepcional devotamento à defesa do patrimônio histórico e artístico nacional e constante atuação pela cultura pátria no setor das artes plásticas brasileiras.

Agradecendo o título e o belo discurso com que foi saudado por Abgar Renault, pronunciou Rodrigo uma oração em que, tentando primeiro inutilmente mediocrizar a sua folha de serviços à testa da repartição que dirige desde a sua fundação, emite depois alguns conceitos merecedores da maior divulgação em todo o Brasil, porque visam a despertar em cada um de nós a consciência de nossa responsabilidade na obra comum da preservação de nosso patrimônio histórico e artístico.

Engana-se quem pensa que esse patrimônio está suficientemente protegido pelas disposições da lei especial que rege o assunto, reforçadas pelas sanções incluídas no Código Penal. "A defesa necessária", pondera Rodrigo, "só poderá ser garantida por obra de educação. Entregue o encargo exclusivamente aos funcionários de uma única repartição, sem apoio na opinião popular e sem o concurso ativo dos demais agentes do poder público, nem o de outras entidades influentes, os resultados não poderão deixar de ser restritos e transitórios." (Entre essas entidades influentes, acrescento eu, está o clero, que nem sempre tem seguido o exemplo admirável de D. Sebastião Leme, o maior amigo que já teve a DPHAN na defesa do patrimônio artístico da nossa Igreja.)

Urge incutir no espírito de cada um dos nossos conterrâneos a noção de que somos todos responsáveis condôminos dos bens de valor histórico e artístico existentes no país. Sem essa consciência de condomínio da parte de cada brasileiro, as riquezas espirituais legadas pelas gerações passadas estarão sempre correndo perigo, porque os interesses materiais de indivíduos e entidades públicas ou particulares a cada passo procuram obstar a ação da lei que instituiu a proteção de tais riquezas.

Como bem assinala Rodrigo, a importância desses bens espirituais tem sido confirmada por especialistas estrangeiros de alta categoria, de sorte que hoje podemos afirmar, com justo orgulho patriótico, que tais valores "não são apenas riquezas de propriedade do Brasil, mas já bens do patrimônio comum das nações civilizadas".

[22.X.1961]

O OBELISCO DA AVENIDA

I
É MONUMENTO

Quando Marinetti esteve no Brasil disse numa entrevista que a rua mais bela do Rio lhe parecia ser a de Paissandu por causa do seu duplo renque de palmeiras imperiais. A palmeira é uma árvore estranha, e dela se pode dizer o mesmo que o português da anedota disse da girafa: não existe. É um dos raros e o melhor exemplo de linha clássica no mundo vegetal, que é eminentemente um mundo barroco. Alberto de Oliveira, que a imitava no seu impecável aprumo de parnasiano, cantou-a num poema que é dos mais comovidos de sua obra. Não posso dizer que nutra nenhuma ternura especial pelas palmeiras: prefiro as barrocas árvores maternais espapaçadas, "que dão sombra e consolo aos que padecem". Tenho, porém, por elas uma admiração cheia de respeito. Toda palmeira dá aos homens um exemplo de retidão moral. Considero, pois, uma afronta pública andarem agora maculando os belos caules, quase centenários, desta Cidade, pregando-lhes cartazes de propaganda eleitoral. As palmeiras do Flamengo, as palmeiras do Largo do Machado estão sendo assim ignominiosamente enxovalhadas. Ah, estas velhas palmeiras do Largo do Machado, que eu venero e amo desde que as vi pela primeira vez, em 1896, o que me dói ver servirem-se delas como estendedouro de anúncios ignóbeis! O espetáculo me irrita, me indigna, me escandaliza, me ofende, me revolta.

Mas não são só as palmeiras que estão entre nós sujeitas a tais desacatos. Os mesmos monumentos públicos (e uma palmeira é um monumento público!) são conspurcados em certas épocas, carnaval e passagem do ano, com o consentimento e até por iniciativa da prefeitura. Mais de uma vez a estatuazinha de Chopin foi utilizada como suporte de sarrafaria cenográfica. Até o velho Osório esteve, de uma feita, ameaçado de coisa parecida.

A maior vítima desses desrespeitos tem sido o obelisco da avenida Rio Branco. Agora mesmo lá está ele indecentemente mascarado de vela vermelha. Com a agravante que redunda em anúncio de uma empresa particular. Tudo com a anuência da prefeitura! É demais. Senhores, o obelisco não é um simples poste de pedra: obelisco é monumento. Há que reverenciá-lo.

[9.XII.1959]

II
DESAGRAVO

Um obelisco monolítico é a verdade nua em praça pública.
A nudez dos obeliscos é mais inteira, mais estreme, mais escorreita, mais franca, mais sincera,
                    [*mais lisa, mais pura, mais ingênua do que a da mulher mais bem-feita.*
Ingênua como a de Susana surpreendida pelos juízes.
Pura como a de Santa Maria Egipcíaca despindo-se para o barqueiro.
Todo obelisco é uma lição de verticalidade física e moral, de retidão, de ascetismo.
Homem que não suportas a solidão (grande fraqueza!), aprende com os obeliscos a ser só.
Os egípcios erguiam obeliscos à entrada de seus templos, de seus túmulos, e neles gravavam
                                            [*apenas,*

Discretamente,
O nome do rei construtor ou do deus reverenciado.
O obelisco aponta aos mortais as coisas mais altas: o céu, a lua, o sol, as estrelas – Deus.
O obelisco da avenida Rio Branco não veio do Egito como o que está na Praça da Concórdia,
                                                                    [*em Paris;*
Nem por isso merece menos respeitado.
Obelisco não é mourão para amarrar cavalos.
Não é manequim para camisolas de anúncio.
Não é andaime para farandolagens de carnaval
(Já o fantasiaram de Baiana, oh afronta!).
Envolvê-lo de plástico, como fez agora a Comissão do Censo, é um contrassenso.
Imprensa carioca, toda a imprensa carioca, da manhã e da tarde, clamai contra o
                                          [*enxovalhamento do obelisco!*
A cafajestada já lhe quebrou o ápice de agulha,
Já o chamuscou de alto a baixo.
Nem o Prefeito Sá Freire Alvim, nem o Governador Sette Câmara mandaram limpá-lo.
Povo do Rio de Janeiro, desagravai o obelisco!
Arrancai do obelisco o camisolão indecoroso!
Que o obelisco reapareça para sempre nu e limpo, apontando as coisas mais altas – o céu, a lua,
                                                                        [*o sol e as estrelas.*

[7.IX.1960]

DIREÇÃO DO MUSEU

O Museu Nacional de Belas-Artes tem novo diretor. O antigo era cem por cento acadêmico; o novo é um moderno de sangue na guelra. A mudança não se fez sem batalha: houve um memorial dirigido ao presidente pedindo a permanência do sr. Osvaldo Teixeira. A facção moderna levou a melhor, com aplausos da Associação dos Artistas Plásticos Contemporâneos, atualmente presidida por Augusto Rodrigues, e da Comissão Brasileira da Associação Internacional de Artistas Plásticos, comissão que tem por presidente a srª Georgina de Albuquerque.

O novo diretor do Museu Nacional de Belas-Artes, o sr. José Roberto Teixeira Leite, é um moço inteligente e já tem nome feito entre os críticos de artes plásticas da nova geração. Segundo os partidários de sua nomeação, está ele chamado a atualizar o nosso museu oficial, que, sempre segundo os seus amigos e admiradores, havia deixado de ser um órgão vivo.

Abro, com algumas dúvidas, um crédito de confiança a Teixeira Leite. As minhas dúvidas nascem de estar todos os dias vendo na geração moderna um certo desapreço pela arte do passado, e o nosso Museu de Belas-Artes é sobretudo uma casa destinada a ir colhendo o patrimônio que pertence ao passado. Vejo nas artes plásticas os rapazes mais inteligentes desfazerem em Portinari, vejo na literatura um Raimundo Correia tratado de cima para baixo. Não ando a par do que vai pela música.

Para falar com franqueza, eu gostaria de ver à testa do Museu de Belas-Artes um homem maduro, do tipo Rodrigo M. F. de Andrade ou Lúcio Costa, isto é, um homem em que coexista o espírito de aceitação para as novas formas de arte e o carinho e admiração pela arte do passado, um homem que goste de Milton Dacosta e Lygia Clark sem menosprezar Vítor Meireles e Batista da Costa. Estará nessa disposição o novo diretor do Museu?

Mesmo sem levar em conta a pauta da atualização, que deve ser feita com grandes precauções, há no Museu, dentro do critério passadista, muita coisa que realizar. Há que ganhar espaço para salvar da escuridão e umidade dos porões o acervo lá depositado. Aquela grande casa deve pertencer toda ao Museu. Há que melhorar as galerias, nas suas condições materiais e na sua arrumação. Há que atrair o público à visitação delas.

A mocidade de Teixeira Leite, o seu gosto pelas formas mais vivas da arte inquietam um pouco, mas se ele se compenetrar do que representa na evolução das artes o patrimônio do passado, poderá corresponder plenamente ao crédito de confiança que lhe estamos fazendo, que lhe fez, nomeando-o, o presidente Jânio Quadros.

[21.V.1961]

O SALÃO MODERNO

I

O V Salão Nacional de Arte Moderna, que visitei duas vezes, da segunda vez "tranquilo e a gosto" e de catálogo em punho, deixou-me uma impressão de... de elegância. Um prazer todo intelectual, roçando aqui e ali uma emoção discretíssima. E fico imaginando se os expositores sentem diante dos trabalhos de seus colegas alguma coisa mais do que isso.

Um dia, conversando com um abstracionista meu amigo, ponderei-lhe que muitas obras modernas, a "Unidade tri-partita", por exemplo, premiada na I Bienal de São Paulo, valiam apenas pela concepção, sem acusar, no entanto, nenhum *métier*. Ao que ele me respondeu: "E o senhor acha que isso é necessário?"

Há, neste Salão, coisas assim. Quero citar como a mais bonita entre as mais características dessa arte valiosa, apenas, pelo achado plástico, a "Ideia instável" de João José S. Costa. Essa, como outras composições abstracionistas ou concretistas, me agradam pela impressão de serenidade ou de alegria que me comunicam. Mas essas mesmas impressões estou eu tendo todos os dias diante das "composições" que vejo em asas de insetos, em folhas de arbustos, em efeitos de sombra e luz.

O que não vejo nesses elementos naturais são as composições mais complicadas (a de Kleber neste Salão, as de Bandeira, que não figura nele, etc.), onde há uma extraordinária multiplicidade de linhas e planos, cuja execução exige apurado gosto e ciência do desenho.

Não quero, porém, discutir arte moderna: não sou adversário dela, o que não compreendo é que se fique no abstracionismo a vida inteira. A vida inteira é um modo de dizer: ninguém fica a vida inteira numa coisa: o próprio Brasil há de sair, um dia, desta, não vil tristeza, mas triste vileza em que anda. Não compreendo que, de repente, "não mais que de repente", um Ivan Serpa não lhe dê na gana de pintar uma figura de mulher.

Mesmo, aliás, que eu não tolerasse as novas correntes, não cometeria a insânia de negar-lhes razão de ser. Este Salão está mostrando que os rapazes mais bem-dotados da nova geração dão, no momento, as costas ao figurativismo: só o admitem em suas extremas depurações abstracionistas. Deve haver um motivo para isso. Quem não gosta dessa arte, vá matar as saudades da outra no Museu Nacional de Belas-Artes. Nunca no outro Salão oficial!

[10.VI.1956]

II

Este ano não fui ver o Salão de Arte Moderna. Os comentários de Mário Pedrosa tiraram-me toda curiosidade de chegar até lá, toda a coragem de subir aquelas íngremes escadarias da Escola Nacional de Belas-Artes. Informava Pedrosa haver, entre tais "modernos", artistas que também concorrem ao outro Salão, o que mostra já se ter, dentro dos processos que em 1922 se chamavam arte moderna, criado um academismo tão aguado e insosso como o da arte clássica. De sorte que ambos os Salões já nos inspiram igualmente aquele sentimento que se traduz nas palavras imortais do Evangelho: deixai os mortos enterrar os mortos.

Sejamos francos: não há mais motivo para dois salões, a confusão é geral. O verdadeiro espírito moderno desertou do Salão e está hoje estabelecido e entabulado ali no Aterro, no Museu de Arte Moderna.

Estas minhas palavras não implicam, aliás, nenhuma ternura pela modernidade que anda avassalando o mundo quer nas artes plásticas, quer nas artes escritas. Mas há que nos conformarmos com as forças e os ventos do tempo. A verdade é que, gostemos ou não, da arte de vanguarda atual, os rapazes de maior sensibilidade e de maior talento estão alistados nela. Deve haver uma razão para isso, ainda que seja apenas o desejo de fazer tábua rasa dos processos tradicionais para mais tarde voltar a eles com maior pureza de alma e de mão.

Para ser sincero até o fim, confesso a meu amigo Ferreira Gullar que o considero tão transviado ao vê-lo discutir com Magalhães Júnior sobre a passagem do serviço da censura da Polícia para o Ministério da Educação, como quando ele lança ao papel meia dúzia de vezes a palavra "árvore". Na ilusão de criar uma floresta? Ou ao contrário, porque a floresta em que não se vê árvore ele já havia levantado em poema anterior – um retângulo formado pela repetição da palavra "verde" e, prolongando a linha da base do retângulo, a palavra "árvore". Gullar é poeta capaz de criar poesia em qualquer estilo, mas depois da luta corporal, que foi dura e brava, só no-la concede sob as espécies concretas. Os que não as entendemos ou sentimos temos que nos consolar com as suas crônicas, onde às vezes, como nas reminiscências da infância em São Luís, há coisas que me põem em transe: os dias passados numa fazenda, por exemplo, impressões que, de resto, só podiam mesmo ser escritas por um concretista.

[27.VII.1958]

EXPOSIÇÃO DE NEOCONCRETOS

Fui ao Museu de Arte Moderna,
À exposição dos neoconcretos.
Motivos por demais secretos
Poderão construir obra eterna?

Em Lygia, tão dotada, a pintura transcende
A tela e incorpora a moldura.
Vendo e escutando é que se aprende:
Aprendi, mas não vi pintura.

Uma palavra só e em torno
Muito branco basta a Gullar
Para um belo poema compor
No estilo mais oracular.

Minha amiguinha X, pretende
Que o entende. Será que entende?

Jayme Maurício me apresenta
Vera Pedrosa, hoje Martins.
Saio azul na tarde nevoenta.
Neoconcretizado até os rins!

[29.III.1959]

BELEZA DE BRASÍLIA

Oscar Niemeyer ofereceu-me afetuosamente um exemplar de seu livrinho *Minha experiência em Brasília*. O seu belo depoimento remata com estas comovidas palavras: "...espero que Brasília seja também uma cidade de homens felizes; homens que sintam a vida em toda a sua plenitude, em toda a sua fragilidade; homens que compreendam – valor das coisas simples e puras – um gesto, uma palavra de afeto e solidariedade". Amém.

Pois aqui estou eu, Oscar, para lhe dizer a minha palavra de afeto e admiração.

Sem o menor esforço a digo, pesar de que fui sempre um adversário de Brasília. Não por antipatia à ideia em si, mas pela sua desastrosa inoportunidade. Um país subdesenvolvido e num tempo de vacas magríssimas não constrói uma nova capital de luxo num deserto. O presidente Juscelino sustenta que o fez precisamente para nos remir do subdesenvolvimento. Quem quiser que acredite, eu não. Furnas, Três Marias, sim. Mas Brasília, essa joia? (Joia no colo de mulher pobre.)

Até agora só duas coisas não se podem negar a Brasília: o clima e o poder de reclame no exterior (mas o reclame saiu caríssimo, os estrangeiros que não vivem aqui podem entusiasmar-se porque não sentem na própria carne os sacrifícios que ela nos custou). O clima... Desde que andei pelo interior à procura de bons ares para os meus pulmões doentes compreendi a verdade do paradoxo de João da Ega: "Não há nada mais reles do que um bom clima!"

A base do reclame é a beleza urbanística e arquitetônica da cidade. Bem, aqui temos todos que tirar o chapéu até o chão. Tirar o chapéu aos dois homens de gênio, que um a delineou nas suas linhas mestras, o outro a projetou nos seus admiráveis edifícios – Lúcio Costa e Oscar Niemeyer.

Afinal de contas este Oscar, que merece o Oscar da arquitetura mundial, é um homem de sorte como nenhum dos artistas contemporâneos: teve o que só tiveram os artistas do Renascimento, e teve mais do que eles. Os homens do Renascimento recebiam carta branca do Papa ou de um príncipe para projetar, construir ou decorar um edifício; Oscar teve carta branca para levantar toda uma cidade! E saiu-se esplendidamente. A todos os aspectos arquitetônicos, Brasília é uma joia.

No seu livrinho explica Niemeyer a sua concepção da arquitetura, tão magistralmente realizada em Brasília: arquitetura funcional, sim, mas antes de tudo, bela e criadora; a arquitetura não constitui uma simples questão de engenharia, mas uma manifestação do espírito, da imaginação e da poesia. Estou com Oscar e daqui lhe envio o meu abraço de solidariedade.

[14.VI.1961]

OUVINTE DE MÚSICA

VILLA-LOBOS: UM CONCERTO EM DUAS CRÍTICAS

I

O Rio de Janeiro ainda não conhece as obras mais importantes do sr. Villa-Lobos, obras de cuja excelência sabemos pela crítica, verdadeiramente crítica, de Paris e Buenos Aires, onde elas foram executadas com grande brilho. Faltam-nos elementos para tal. Falta sobretudo o respeito e o afeto a um músico que sem favor podemos colocar entre os seis ou sete nomes mais fortes da atualidade musical, porque a sua música não se limita a ser bonita e bem-feita, não revela apenas talento e aplicação, habilidade de pequeninos achados e sutilezas harmônicas. Ela é, como a música de um Stravinsky, de um Malipiero, de um Hindemith, de um Honegger, a expressão de uma surpreendente vitalidade espiritual, música de primeira mão, que dá trancos na gente mas vai arrastando, interessando, excitando porque é vida.

Para dar-nos alguma coisa da sua atividade nos últimos tempos o sr. Villa-Lobos organizou um concerto para pequenos conjuntos e foi assim que tivemos o prazer de ouvir em setembro no Instituto Nacional de Música uma série de peças novas, com exceção das "Danças africanas", já conhecidas. A mais forte delas nos pareceu ser o "Septimino" (Choro nº 7), onde a par daquela prodigiosa riqueza de ritmos e de efeitos de timbres que formam a ambiência natural da música de Villa-Lobos e que só a má-fé muito velhaca lhe pode contestar, se encontram também deliciosos motivos melódicos, tão frescos, tão isentos de rebusca como de vulgaridade, comovendo a um tempo pelo que há neles de brasileiro e de universal. O "Septimino" é uma obra forte e leve, forte pela rica matéria musical e leve pelo equilíbrio dos elementos de melodia, ritmo, harmonia e timbres, pelas suas proporções formosíssimas. Isso era bem sensível, apesar de alguns senões da execução que carece de mais ensaios.

Outra parte admirável do programa foram as três peças para canto e violino, interpretadas por Mme. Teles de Meneses e Mlle. Paulina d'Ambrósio, sobretudo aquela coisa impressionante das sílabas indígenas e palavras sem nexo, de uma audácia genial. Genial, sim senhores. Acabemos com essa covardia pequeníssima de só falar em gênio quando o homem já morreu ou é estrangeiro! Mme. Teles de Meneses saiu-se galhardamente daquela prova perigosíssima. Basta dizer que foi convidada a bisá-la. No "Quero ser alegre" faltou talvez a intenção irônica: faltou o *quero ser alegre*, ficou só a melancolia formidável. A voz de Mme. Teles de Meneses é de um patético maciço; nela não cabe a ironia.

O "Carnaval das crianças brasileiras" é uma série de páginas admiráveis, de um infantilista que só tem igual em Mussorgsky. Elas foram executadas pela própria esposa do compositor, d. Lucília Villa-Lobos, tão profundamente a par das intenções de seu marido. A peça final, intitulada "As folias de um bloco infantil", para piano e pequeno conjunto, é deliciosa e era de notar como o timbre do piano, tão rebelde às demais companhias, casava-se bem com os outros instrumentos.

Destacamos estes números mas todo o concerto foi admirável: as peças de canto a cargo de Nascimento Filho, o "Choro nº 2", para clarineta e flauta...

[1-15.X.1925]

II

O concerto de peças para pequeno conjunto que o compositor Villa-Lobos realizou em setembro passado no salão do Instituto Nacional de Música despertou um interesse como raramente se observa neste mangue estagnado em que vivemos.

A música de Villa-Lobos interessa – eis uma excelência que é essencial: depois discuta-se. Exalte-se. Meta-se o pau. Como quiserem. Caceteado é que ninguém fica. Ou tem raiva ou gosta.

O segredo de tal interesse está na personalidade do compositor que é forte, inesperada, poderosamente versátil.

O sr. Coelho Neto, que fez a apologia do músico antes de começar a segunda parte do programa, citou as palavras ditas por Villa-Lobos em Buenos Aires ao crítico musical da revista *Nosotros*. Villa-Lobos afirmou que não era músico; apenas se servia dos sons, como um pintor se serve das cores, e o escultor dos volumes, para exprimir os seus pensamentos e emoções. Isso, com licença, é tapeação. Villa-Lobos para mim é músico e nada mais. Pensamento? Nunca vi mentalidade mais confusa. Temperamento? Ouvido? Isso sim. A música de Villa-Lobos é uma festa de timbres, uma golfada de ritmos, onde os motivos selvagens constituem o substrato de humanidade profunda que sustenta o edifício sonoro. Villa-Lobos pensa que é ele quem acrescentou a profundeza humana daqueles motivos folclóricos. Na realidade ele não sente a grandeza do folclore. Toma-o como material que carece de sublimação. Villa-Lobos é impotente para sair de dentro de Villa-Lobos. Todo o mundo conhece o epigrama irônico e sentimental de Ronald de Carvalho:

A verdade é talvez um momento feliz: o teu momento mais feliz.

Quem conhece a obra do poeta sabe como isso deve ser dito. Villa-Lobos conhece pessoalmente Ronald. Pois musicou esses dois versos à maneira de ópera lírica! É estupendo. É interessantíssimo. Mas não tem nem um tiquinho de Ronald ali dentro. É um contrassenso.

Quem vê, pensa que eu não gosto de Villa-Lobos. Não é verdade. Sou dos que acreditam sinceramente na genialidade do nosso patrício. E se Oswald de Andrade vier aqui com história eu boto ele na cadeia...[13]

A música de Villa-Lobos é dificílima e exige dotes excepcionais nos seus intérpretes. D. Julieta Teles de Meneses e Mlle. Paulina d'Ambrósio tinham a seu cargo uma das partes mais perigosas do programa: uma coleção de três peças para canto e violino, nas quais o compositor parece apostado em desafiar o sarcasmo público. Não há como louvar a nobre coragem com que Mme. Teles de Meneses enfrentou aquele passo difícil. Saiu-se lindamente. O público entusiasmou-se e fez bisar as sílabas indígenas e as palavras sem nexo.

Nascimento Filho cantou com acompanhamento de pequeno conjunto, o epigrama "Verdade" que foi bisado, o "Epigrama", de psicologia interessantíssima na parte instrumental, "Tristeza" e "Tempos depois", onde se encontra um Villa meigo, coisa que não é muito comum.

O "Choro nº 2" para clarineta e flauta foi dialogado um tanto lerdamente, nos pareceu. O "Septimino" (Choro nº 7), malgrado alguns senões de execução, constituiu um número delicioso. Compreende-se que muita gente tenha rido ou vociferado quando Mme. Teles de Meneses disparou a gritar bahu! bahu! na peça de que falamos atrás: negar, porém, a beleza, a emoção, a riqueza de timbres e ritmos do "Septimino", tão claro, tão equilibrado, de tamanha frescura e novidade de inspiração, é dar ou testemunho de má-fé ou de inteira inaptidão musical, ainda mesmo que o inepto tenha o curso completo de harmonia, contraponto e fuga do Instituto.

O mesmo se poderia dizer de "Carnaval das crianças brasileiras" em que d. Lucília Villa-Lobos estava à vontade para traduzir o pensamento de seu esposo, ela que primeiro e melhor que ninguém sentiu a grandeza daquela música, compreendendo-a em suas menores intenções.

[X.1925]

---

[13] Alusão ao poema "Senhor feudal", de Oswald de Andrade: "Se Pedro Segundo/ Vier aqui/ Com história/ Eu boto ele na cadeia".

VILLA REGENDO

O grande concerto de coros e orquestra realizado em 15 de novembro por iniciativa do maestro Villa-Lobos foi um dos mais belos espetáculos de arte brasileira que já se ofereceu ao nosso público. Malgrado todas as deficiências de realização, são manifestações dessa ordem que verdadeiramente contam na vida artística de um povo, porque representam, mais que uma empreitada de lucro ou simples diversão, um admirável esforço criador, organizador, disciplinador. A música nacional há muito tempo que vem repontando, balbuciando na obra dos nossos compositores. Agora tem-se a impressão que começou a falar. Pelo menos este concerto do maestro Villa-Lobos já nos deu uma sensação acabada e gostosa de coisa bem nossa.

Falamos acima em deficiências.

A principal e que logo se notava, era o desequilíbrio entre a massa coral numerosíssima (mais de cem vozes) e a pequenina da orquestrinha, às vezes completamente abafada pelo coro. Outra foi a defeituosa articulação desses dois elementos, devida à insuficiência de ensaios, pois se o coro ensaiou muito sozinho, com a orquestra ensaiou pouco, o que se tornou sensível sobretudo no "Toca Zumba" de Luciano Gallet e no "Rasga o coração", este então bastante sacrificado por uma entrada fora de tempo (apesar de tudo a grandeza cíclica do choro levantou a plateia). Havia no programa três números fracos e sem interesse brasileiro: as "Uiaras" de Nepomuceno, a "Ave-Maria" do sr. Agostinho Gouveia e "Meu país", hino patriótico e castrolópico do próprio Villa. O "Kyrie" do maestro Oswald, esse é de todos os países: na verdade prece emocionante, e que me deu no ensaio geral um sobrosso sentimental que eu gostaria de fazer passar ao coração do dr. Washington Luís. É que na meia-luz do ensaio aquelas cento e tantas figuras de homens e mulheres de várias idades e vários sotaques, onde havia, de par com brasileiros de todos os sangues, elementos italianos e teutos, todos dando abnegadamente o melhor de si mesmos numa obra incerta e improvisada, me perturbaram de repente como uma imagem reduzida do meu Brasil, implorando o Senhor com imenso cansaço. Que emoção, Santo Deus!

No dia do concerto havia mais luz, havia menos ingenuidade, não havia o cansaço. No dia do concerto havia em toda a gente, no palco e na plateia, entusiasmo, satisfação, gostosura, como se todo o mundo estivesse chupando manga numa varanda de fazenda. Se fosse possível, teriam bisado tudo, como fizeram com a deliciosa "Cantiga de roda", de Villa-Lobos, o formidável "Teiru" índio, a "Cantiga e dança de negros" do maestro Braga, o coro masculino a seco "Na Bahia tem", ao qual Villa-Lobos deu um sentido místico, que pode estar no caráter da música mas não está na letra, pois não se compreende tanta religiosidade pra dizer que na Bahia "tem coco de vintém". Mas ficou tão bonito!

Muito rica a harmonização do "Toca Zumba" de Luciano Gallet, com uma intervenção interessantíssima do piano, em que quase se desunhou o meu elegantíssimo amigo Brutus Pedreira.

No "Choro nº 3" de Villa-Lobos a parte do pica-pau é estupenda; a unidade do choro me pareceu duvidosa com o "Nozanina-Orekuá" no começo, e aquele estapafúrdio "Brasil! Brasil!" do fim. Não creio que fosse ironia (a turma agora quando se estrepa apela pra ironia). Quer me parecer que Villa precisava ali de uma palavra em liberdade acabada por *il*. Botou Brasil. Acho que ficava melhor "barril".

Quanto ao "Rasga o coração", é uma forte composição com importante prelúdio orquestral, onde abundam os efeitos onomatopaicos de timbres em que é tão fértil a fantasia de Villa; vem depois a citação entre aspas da modinha de Catulo.

> Se tu queres ver a imensidão do céu e mar

Villa envolveu-a de uma formidável roupagem harmônica onde sobre um fundo imperioso de marcha batida corusca fabulosamente a pris-ma-ti-za-ção da luz solar.

Villa-Lobos foi aclamado pela plateia unânime, como de fato merecia, estendendo-se os aplausos aos seus numerosos colaboradores, entre os quais se contava a fina flor dos nossos professores, cantores e amadores, que o presentearam em cena aberta com uma baita batuta de ouro.

[30.XI.1926]

O MOÇO LORENZO FERNANDEZ

Tivemos no dia 25 do mês passado e no dia 8 do corrente duas belas audições da Sociedade de Cultura Musical, a primeira em homenagem ao professor Oscar Lorenzo Fernandez, atual diretor artístico interino da Sociedade, a outra dedicada exclusivamente a Schumann.

Lorenzo Fernandez é já um nome consagrado em nosso meio musical. Depois de um curso brilhante no nosso Instituto de Música, onde aprendeu com aquele grande mestre que foi Frederico Nascimento, veio afirmando nos concertos e concursos onde apareciam as suas obras um talento pouco vulgar e ardoroso entusiasmo pela sua arte, trabalhando no sentido de orientá-la entre nós para os assuntos e os motivos da terra. A única restrição que lhe teríamos a fazer é a de ainda manter-se adstrito às estruturas clássicas incompatíveis com a nossa substância musical. Achamos um hibridismo compor motivos folclóricos nossos em forma de sonata. Uma matéria musical nova quer novas formas.

A senhorita Nair Gusmão Lobo foi muito aplaudida na execução das peças de piano ("Visões infantis", *"Rêverie"*, "Segunda miniatura" e "Prelúdio do crepúsculo"); o quarteto da Sociedade, ainda pouco ensaiado, executou as páginas despretensiosas e agradáveis das "Historietas maravilhosas", e o sr. Adacto Filho cantou, com acompanhamento de quarteto, três "Canções brasileiras" e a "Canção sertaneja", no qual a flauta se juntou às cordas, produzindo delicioso efeito.

O concerto terminou pelo "Trio brasileiro".

No concerto consagrado a Schumann tivemos a fortuna de ouvir o fino, o raro e avaro pianista sr. Charles Lachmund nos doze *"Papillon"*, no "Noturno", op. 23, nos *"Intermezzi"*, op. 4, n°s 3 e 6, e na "Elevação".

Mlle. Marieta Bezerra cantou com o brilho e a expressão de sempre alguns números dos "Amores do poeta", tendo que bisar o *"J'ai pardonné"*.

Mme. Gomes de Meneses acompanhou com a tampa do piano abaixada, o que está irritando cada vez mais o dr. Imbassahy... Mas Mme. Gomes de Meneses sabe o que faz.

[XI.1925]

MIGNONE BEM BRASILEIRO

I

Já Mário de Andrade havia assinalado que desde os primeiros maxixes e valsas publicados por Mignone, sob o pseudônimo de Chico Bororó (era, então, ainda um rapazola a se desmilinguir na flauta em seresta por Brás, Bexiga e Barra Funda), percebia-se nele uma perfeita identificação nacional. Depois vieram os anos de aprendizado na Itália, e Mignone divagou um pouco, divagou bastante, fascinado pelas Europas, chegando mesmo a compor *L'innocente*, drama lírico que nunca ouvi, mas tenho impressão que devia ser um Puccini disfarçado.

Voltando, porém, ao Brasil, reintegrou-se o compositor no seu destino nacional e foi a fase da sua música negra. Como é possível que Mignone, filho de italianos, nascido e criado na São Paulo de tão poucos negros, na São Paulo do princípio do século, tão italianizada (a jafetização não começara ainda), formado na classe de um mestre ítalo-francês, o maestro Vincenzo Ferroni, como é possível que viesse a dar, mais do que qualquer outro músico brasileiro, tamanha plenitude às vozes negras da nossa música? Porque, afinal, se é verdade que, como disse Bilac, a música brasileira é a "flor amorosa de três raças tristes", nessa música Villa-Lobos é predominantemente o índio, Camargo Guarnieri o branco, Mignone o negro. Estarei errado? Estou pensando no "Batucajé", no "Babaloxá", poemas sinfônicos, no bailado "Leilão"; estou pensando, sobretudo, no formidável "Maracatu de Chico-Rei", também bailado.

Todavia, nem por ser negro deixou Mignone de ser índio também, e o índio está nos "Quadros amazônicos", no bailado "Iara", como o caipira está, com esse outro caipira que é Portinari, no bailado "O espantalho", como o não católico indivíduo Mignone se catolicizou musicalmente para estar como brasileiro total em "Festa das igrejas", em "Alegrias de Nossa Senhora", oratório para o qual tive a honra de escrever o texto.

[12.X.1955]

II

Ouvindo domingo a terceira exibição da Orquestra Sinfônica Nacional, criada no papel pelo presidente Juscelino, pouco antes de deixar o governo, e tornada realidade pela equipe de músicos da Rádio Ministério da Educação (Mignone, Bocchino, Krieger, Tavares, etc.), disse comigo: desta vez meu amigo Massarani vai ficar satisfeito.

Porque Massarani não gostou que a estreia da OSN não fosse toda dedicada à música nacional. O primeiro concerto foi a "Nona Sinfonia", de Beethoven, no segundo ouvimos três românticos russos, Rimsky-Korsakov, Tchaikovsky, Rachmaninoff, tudo regido por Eleazar de Carvalho. Não tive coragem de ir ao Maracanã ouvir a "Nona": não estou mais em idade para esses piqueniques musicais. Mas fui ouvir os russos, ainda que nenhum dos três seja de minha especial simpatia. Fui porque nunca tinha visto Eleazar reger, nem Jacques Klein tocar. Parece incrível, mas é a verdade. Pois vi e gostei. Eleazar é, de fato, um grande regente, Jacques Klein um grande pianista.

O terceiro concerto era um Festival Mignone: duas obras importantes em primeira audição no Rio – uma "Suíte brasileira" e um "Concertinho para clarineta e orquestra", e mais "Leilão" e o "Concerto para piano e orquestra".

Mignone está envelhecendo bem brasileiramente, cada vez mais depuradamente brasileiro. Quero dizer que, escrevendo música brasileira, procura despojar as suas obras (e aqui vou me servir de suas próprias palavras) de "complicações rítmicas e de mudanças inúteis e torturadas de compassos". Assim, a sua melodia deflui natural e espontânea. Mignone tem razão: "Escrever música fácil é tarefa dificílima". Mignone sai-se dela galhardamente, porque tem autocrítica e bom gosto. Deliciei-me especialmente com a bateria de "Na cabana de Pai Zusé", onde vi, positivamente vi, a história do Pai Zusé do meu poema, aquele preto pai de santo que fez mandinga na macumba do Encantado, e no palacete de Botafogo o sangue de uma branca virou água... Na verdade me deliciei com tudo, tanto com o *clarinetista* Estrela como com o *pianista* José Botelho (estava assim no programa).

[15.XI.1961]

CANÇÕES DE TUPINAMBÁ

O sr. Marcelo Tupinambá, que como compositor de música típica popular ganhou o amor de todos os brasileiros para os quais é ele um motivo de grande orgulho, está criando agora um repertório de canções brasileiras estilizadas que se ouvem com agrado, mas estão longe de despertar o mesmo interesse dos seus sambas e dos seus choros. Foi a impressão que nos ficou do seu recital de 8 de outubro. A música de "Versos escritos na areia" e "Trovas" foi a que mais nos agradou, porque nelas ainda encontramos o velho Tupinambá a quem tanto queremos e admiramos.

[X.1925]

ANTONIETA RUDGE MILLER

A propósito de música, poesia e artes plásticas é comum ouvir falar em forma, técnica, arte como puras realidades físicas e estas palavras aparecem na linguagem de quem assim as emprega como esvaziadas do seu conteúdo espiritual, indispensável ao verdadeiro conceito delas. Existe na forma uma realidade ideal subjetiva que escapa a essa gente. Forma para eles é uma realidade tátil, nada mais. Arte, fabricação. Ouve-se frequentemente dizer: fulano tem muita técnica mas não tem sentimento. Esse Fulano, dizemos nós, poderá ter muito mecanismo, mas não terá técnica nenhuma se não tem sentimento. A técnica, como a arte, é essencialmente expressiva.

Essas considerações nos acudiram ao escutar Antonieta Rudge Miller, a genial pianista, que há sete anos não tocava em público e reapareceu finalmente no dia 2 de agosto num recital que teve lugar no velho casarão do Lírico.

Antonieta Rudge Miller é o exemplo acabado da técnica tomada não em seu conceito grosseiramente materialista, mas entendida à luz daquela realidade subjetiva de que falamos atrás. É uma arte que parece despojar-se da matéria que a condiciona. Nietzsche disse uma vez que no verdadeiro amor a alma envolve o corpo. Assim também na arte de Antonieta Rudge Miller a alma é que parece envolver a substância musical. Não há uma só nota morta no jogo pianístico daquela intérprete finamente vibrante de vida requintada. Grande técnica, em verdade, pelo que há nela de humanidade quintessenciada e profunda.

O programa do recital compreendia uma grande variedade de formas e estilos musicais, desde os clássicos até os modernistas. A primeira parte abriu com um "Prelúdio e fuga" de Bach e fechou com a *"Chaconne"* de Bach-Busoni.

Como ela tocou a *"Chaconne"*! Pela primeira vez em terras cariocas se nos revelou a unidade daquela obra monumental, reduzida por intérpretes medíocres à condição de uma espécie de rapsódia. Antonieta acentuou bem o caráter de variação sobre um tema de três tempos, de sorte que mesmo debaixo dos arabescos mais especiosos a linha melódica transparecia em toda a sua pureza.

A segunda parte foi consagrada a Chopin. Um Chopin sem pieguice, embora de incomparável ternura.

Na terceira parte, modernos e modernistas. O moderno era Ravel, cujos *"Jeux d'eau"* encontraram em Antonieta uma intérprete insuperável. O público sentiu-o e fez bisar aquela joia de composição e de interpretação. O modernista era o nosso Villa-Lobos, com a "Alegria na horta", em que aparece um motivo português musicalmente aproveitado com aquela veia que refoge sempre à vulgaridade tão querida dos ouvidos preguiçosos.

Antonieta Rudge Miller recebeu do público manifestações de aplauso e carinho como raramente temos presenciado em nossos salões de concerto. Aos pedidos de *mais* (digamos *mais* em vez de *bis*, pois o *bis* é repetição), ela teve de dar um verdadeiro concerto extra de seis peças. As palmas ainda continuaram na rua, à saída da artista, que foi cercada e festejada por um grupo numeroso de artistas, amigos e simples admiradores.

[IX.1925]

TRÊS CONCERTOS DE PIANO

Três concertos de piano assinalaram, entre outras manifestações artísticas, a primeira quinzena de novembro. As pianistas eram a jovem Maria Antônia, a grande Antonieta e Mme. Dyla Tavares Josetti. Disse: a grande Antonieta. Em verdade grandes são todas três. Maria Antônia, ainda mal saída da meninice, revela um certo parentesco de sensibilidade com Antonieta. Antonieta é um prodígio de equilíbrio, de clareza, de saúde – e de pudor. Não que falte à sua arte o elemento sensual: nem o pudor implica ausência de sensualidade. Mas esta só se manifesta como naquele conto d' "Os braços de d. Severina", de Machado de Assis: com uma reserva, uma ironia, que verdadeiramente a sublimam. Antonieta é uma inteligência clássica. Pois Maria Antônia também. Que se pode ser aos dezessete anos, meu Deus? Idade incolor nos medíocres, desconforme nos grandes. Os casos de harmonia precoce, como o de Maria Antônia, são raros. Como ela tocou bem a sonata de Mozart! Bastava esse número para consagrá-la como uma das nossas maiores artistas.

De Antonieta não há mais louvores que fazer. É uma grande pianista, uma grande artista, um grande poeta chegado ao cimo de sua maturidade. Se alguma coisa há a esperar-se dela é pôr a sua arte excepcional ao serviço de nossa atrasada cultura, executando em seus recitais, não o que os outros já tocaram e retocaram, mas tanta coisa bonita (e difícil, xi!) que se ouve agora na Europa e que daqui a trinta anos os nossos concertistas começarão a incluir discretamente na última parte dos seus programas...

Os nossos amadores de música já principiam a chamar a senhora Tavares Josetti – pelo seu nome de batismo.

Dyla, sem mais nada. Essa falta de respeito é o sinal brasileiro da consagração afetuosa. Os artistas que amamos, perdem logo o nome de família. A família deles somos todos nós. Antonieta, Guiomar, Maria Antônia. Agora Dyla. Dyla Josetti é um temperamento brilhante, claro, seco. Esplêndida nas "Variações em dó menor" de Beethoven, no "Prelúdio em sol menor" de Rachmaninoff, em Liszt. Mas as sombras felizes do bailado de Gluck ressentiram-se do temperamento saudável da artista evocadora: tinham vida demais.

[15.XI.1926]

A PEQUENA OITICICA

Dulce Oiticica é pequetitinha assim, ingênua e linda como um ritmo de verso livre, do verdadeiro verso livre que seu pai poeta detesta, porque não há meio de se fazer regrinhas para ele (que bom!).

Dulce vai dar uma pianista valente. Tem mecanismo precioso, expressividade, calma e memória. O seu concerto foi um sucesso. Imaginem: a filhinha do meu querido José Oiticica ainda não teve idade para recitar "Os meus oito anos!"

[XI.1925]

PIANISTA RUSSA

Mlle. Xenia Próchorowa, uma jovem pianista russa de vinte anos, veio mostrar a estas longes terras que o bolchevismo continua as belas tradições da cultura musical russa. Mlle. Próchorowa fez os seus estudos no Conservatório de Moscou. A sua arte diz bem do ensino que recebeu. É uma pianista completa. Mais que uma pianista: uma intérprete admirável, em quem só lamentamos a falta de gosto pelos modernos.

[VII.1925]

O VIOLINISTA FITTIPALDI

Quando Vicente Fittipaldi realizou o seu recital de violino em fins de maio passado, já estava composta a nossa crônica para o mês de junho. Apesar disso, dado o mérito invulgar do artista, redigimos depressa uma *coda* que infelizmente se perdeu na redação desta revista. Lembro-me ainda que eu só pusera restrição à maneira por que o sr. Fittipaldi executou a *"Chaconne"* de Bach. Mas a alva formidável do "Canto" é tal que dificilmente os violinistas se mantêm à mesma altura do começo ao fim. Ainda não apareceu aqui nenhum que dominasse a obra, cuja unidade assim aparece prejudicada em sua monumental grandeza. Fittipaldi foi como os outros intérpretes – feliz aqui, menos feliz ali. Outro número forte do programa era o "Concerto" de d'Ambrósio. Forte para revelar os recursos de um violinista, pois musicalmente é banalíssimo na sua linha melódica. O sr. Fittipaldi teve ocasião de exibir todos os seus dons: bela sonoridade, afinação justíssima, elegância de fraseado, ímpeto. Duas pequenas peças do programa eram da autoria do próprio recitalista – um "Minueto" e uma "Serenata". O público fez bisá-las, o que diz bem do agrado com que foram ouvidas. Fittipaldi tocou sem monóculo.

[VII.1925]

LÚCIA BRANCO AO PIANO

Afinal ouvimos Lúcia Branco. O seu concerto no Municipal foi mais um sucesso para a arte paulista. Lúcia Branco é uma pianista da raça das Antonieta Miller: sóbria, severa, empregando toda a sua inteligência em traduzir com fidelidade o pensamento dos mestres. Foi grandiosa no "Coral" de Bach-Busoni e no "Prelúdio, ária e final" de Franck, deliciosamente impressionista na *"Suite bergamasque"* de Debussy, empolgante no mecanismo lisztiano da *"Chasse sauvage"*.

[VII.1925]

RETRATO DE TERÁN

Villa-Lobos acaba de chegar de Paris e trouxe dois intérpretes de primeira ordem: o pianista espanhol Tomás Terán e o violinista belga Maurice Raskin.

O espanhol é um homem fantástico: sujeitinho feio, pequeno, com cara de *clown*. O maior pianista da Espanha, me disse Villa-Lobos antes do concerto. De fato, mal o homem atacou os primeiros acordes da série das "Cirandas", a assistência ficou amarrada! Amarrada no pé da mesa! Terán é ao piano o intérprete ideal de Villa-Lobos. Deixou Rubinstein na curva... Com efeito, na música de Villa, em que o ritmo constitui elemento tão importante, o espanhol é de uma segurança, de uma força, no dinamismo, para resumir, de uma grandez rítmica empolgante. Pega fogo feito pólvora.

[4.X.1929]

VIOLÃO DE LEVINO

Registramos também nesta crônica o concerto de violão do nosso Levino Conceição. Levino tem um mecanismo vertiginoso. Raramente se atropela e quando tal lhe sucede, sente-se que foi por traição do tato, desajudado de vista que lhe falta.

A sonoridade é redonda, vibrante, comovente. Como compositor do instrumento, é ótimo, com recursos característicos, o que mostrou no maxixe "Há quem resista?", de fato irresistível, e no romance "Alma apaixonada".

É pena que os violonistas não organizem os seus programas com alguns números de canto. Afinal o violão é por excelência instrumento acompanhador e irmão gêmeo da modinha. Como os concertos de violão ficariam agradáveis, pondo-se de parte as reduções pobríssimas de músicas clássicas e óperas em favor do canto característico da nossa gente! O sucesso seria outro. Haja vista o agrado que causou a modinha intercalada na "Terra caída" de Catulo, cantada pelo autor e deliciosamente acompanhada por Levino.

[VI.1925]

ELSIE HOUSTON E "SERESTAS"

Senhorita Elsie Houston mostrou mais uma vez, em recital que se realizou no dia 16 no Cassino do Passeio, a excelente escola em que educou a sua voz. A escola foi de Ninon Vallin.

Entretanto Mlle. Houston não precisa mais contar isso pra ninguém: ela vale já por si mesma, como provou pela interpretação de números como as "Recordações da minha infância" de Stravinsky, de *Daphénéo* de Erik Satie, de *Sur l'herbe* de Ravel. De todo o programa: se assinalei de preferência aquelas peças é exatamente porque requerem muita inteligência, muita finura de espírito e agilidade vocal. Mlle. Houston cantou-as de tal maneira que teve de bisar a "Pega" de Stravinsky e *Daphénéo* de Satie. Na terceira parte Mlle. Houston deu-nos em primeira audição oito das "Serestas" de Villa-Lobos, série que com as "Cirandas" pra piano são o que o nosso grande compositor fez de mais gostosamente melódico até hoje. Mlle. Houston teve nas "Serestas" o concurso inestimável de Mme. Villa-Lobos ao piano.

Ambas fizeram valer todas as intenções daquela música, da qual disse o autor no programa do concerto coral do Lírico que é uma nova forma de composição para canto que relembra elevadamente todos os gêneros das nossas tradicionais serenatas, toadas dos nossos esmoladores, músicos-ambulantes, e várias cantigas e pregões de carreiros, boiadeiros, marrueiros, campeiros, pedreiros, etc.

Percebe-se tudo isso, de fato, – menos que seja uma nova forma de composição. Protesto também contra o advérbio *elevadamente*, que inculca *baixeza* das nossas tradicionais serenatas, toadas, pregões, etc., etc. O aboio dos nossos vaqueiros, temas índios, como o "Teiru", e de macumba negra, como o "Xangô", são da mais sublime elevação. Estão mais perto de Deus do que toda a ciência de um compositor culto, mesmo genial como Villa-Lobos.

[30.XI.1926]

OUVINDO GERMANA

Mlle. Germana Bittencourt possui uma voz de timbre agradável, um temperamento muito vibrátil. Se ela tiver a força de se consagrar inteiramente ao estudo, há muito que esperar dos seus dotes naturais, tão ricos de promessas. Mas em primeiro lugar convém que se fortifique fisicamente. A sua figurinha graciosa, a que assentava tão bem o romantismo daquela toalete de estilo, está pedindo urgentemente dois meses de fazenda mineira com muita papa de milho-verde e muito leite de vaca sã.

No seu recital do dia 22, no Cassino do Passeio Público, tivemos o prazer de ouvir música brasileira, popular e culta. Alguns números de música popular receberam harmonização de Luciano Gallet e Jayme Ovalle. "Xangô" – o tema negro de macumba, e as canções parecis "Teiru" e "Nozanina-Orekuá" é que não foram bem apresentadas. A não serem cantadas com acompanhamento dos próprios instrumentos bárbaros, antes nenhum acompanhamento. Nem índio nem santo de uma macumba acreditam em piano... Aqueles acordes de extrema discrição se tornaram extremamente indiscretos. Não eram harmonização nem deixavam de ser.

Das harmonizações de Ovalle a de "Papai Curumiaçu" é deliciosa. "Macumbebê", porém, saiu muito sabida. Ovalle, irmãozinho, não era aquilo que os pretinhos precisavam... De Luciano Gallet ouvimos "Tutu Marambá", que Mlle. Bittencourt cantou com muita emoção, o "Bambalelê" e "Foi numa noite calmosa", esta em primeira audição. Todas excelentes.

A modinha carioca pede voz macha, voz de madrugada, sofredora e cheia de segundas intenções, que não são positivamente de sofrimento.

As duas composições originais de Jayme Ovalle, "Caboclinho" e "Zé Reimundo", agradaram francamente, sobretudo a segunda, que foi bisada. "Caboclinho" foi um pouco sacrificada, principalmente na parte de piano. O ritmo não foi apanhado em sua sutileza tão pessoal, e é justamente o ritmo, tão original, o elemento mais interessante da música, aliás de linha melódica muito pura e dolorosa. Quanto ao "Zé Reimundo" é uma delícia pela simplicidade e leveza com que o piano sustenta a voz. Ambas são melodias que se tornarão favoritas dos nossos cantores, pois não só são de fatura bem moderna, como satisfazem aquela sede de ternura brasileira, muito sensível agora.

[30.X.1926]

HELENA SEM RIVAL NA MODINHA

A srta. Helena de Magalhães Castro realizou no Teatro Fênix um recital misto de declamação e canto ao violão. Helena de Magalhães Castro recita bem. Numa época em que as *dictrizes* (parece que esse neologismo pernóstico foi especialmente inventado para essa gente) deram de imitar desastradamente a sra. Berta Singermann, é um gosto ouvir essa menina dizer com simplicidade, sem tremeliques de voz nem demasias de gestos, os versos dos nossos poetas. Helena, cultivando essa naturalidade, que ela sim, é emocionante, apurando aquela sobriedade de meios que já a caracteriza, pode matar na cabeça todos esses gênios dalilais e paulificantes.

Na modinha brasileira Helena não tem rival. Essa graça nacional que chamamos dengue, adquiriu credenciais artísticas pela voz dessa menina que assim, inconscientemente, se revelou uma criadora, pois até hoje nada ouvíramos de comparável à sensação – Brasil que ela nos dá cantando a "Cabocla bonita" de Catulo.

[IX.1925]

MÚSICA FORA DE HORA

Registramos mais um concerto ajantarado da Sociedade de Concertos Sinfônicos. Havia pouca gente, embora a audição fosse boa, como costuma acontecer quando a regência é do velho maestro Francisco Braga. Mas a hora! Uma hora da tarde! Domingo... Digestão pesada... um vatapá eventual... Não há forças para Mozart!

[XI.1925]

ALTOS E BAIXOS DA SCB

Casinha bonita apanhou a Sociedade de Concertos Sinfônicos na sua audição de 30 de novembro, a última deste ano. Tratava-se de encerramento solene e funçanata de homenagem ao dr. Washington Luís: quem sabe se ele não poderá também estabilizar e converter os nossos valores musicais, de tão fiduciária circulação? A Sociedade de Concertos Sinfônicos merece o estímulo de Sua Excelência pela pertinácia desinteressada com que há tanto tempo vem trabalhando para criar um bom conjunto orquestral. De vez em quando ela nos prega uma estopada, como a sinfonia do português Viana da Motta. Não importa – há sempre alguma coisa pra compensação. No último concerto foi a apresentação de Maria Antônia no 2º Concerto, op. 22, de Saint-Saëns. A nossa pianista esteve esplêndida pelo brilho, o ímpeto e a persuasão com que replicou à orquestra. Esta por sua vez estava muito bem combinada ao piano pela regência magistral do maestro Braga, de sorte que a execução do Concerto de Saint-Saëns foi um regalo de exceção. Maria Antônia recebeu uma grande ovação, tendo de voltar cinco vezes ao tablado.

Em dois trechos de "Saldunes" e no soneto "Ó virgens", de Antônio Nobre, musicado pelo maestro Braga, a sra. Julieta Teles de Meneses agradou muito pela emoção e esmero do fraseado, a audição acabou com a *overture* 1812, de Tchaikovsky: saiu menos bem do que por ocasião de primeira audição, há dois ou três anos atrás.

[15.XII.1926]

ESSES CONCURSOS A PRÊMIO...

Foram os seguintes os resultados dos concursos a prêmio dos alunos dos cursos de piano do Instituto de Música:

[...] Esses resultados não passaram sem protestos. Sabe-se o que são as assistências desses concursos: o salão divide-se em partidários apaixonados deste ou daquele candidato e nenhum quer se conformar com a derrota dos seus amigos. Esses protestos ecoaram na imprensa, provocando comentários mordazes do conhecido crítico e professor, sr. Oscar Guanabarino. A atitude do crítico do *Jornal do Commercio* em parte é justa. A verdade inteira é que esses concursos do Instituto sempre se caracterizam por uma facilidade camarada em distribuir os prêmios, que assim perdem toda a alta significação que deveriam ter. Quantos *primeiros prêmios* conhecemos, que nunca passaram de medíocres eternos aprendizes? A benevolência dos professores é razoável durante o curso, como acoroçoamento a temperamentos fracos ou tímidos; não nos concursos a prêmios, pois aí se trata de uma distinção que terá alcance cá fora e em que se refletirá o prestígio de nossa primeira casa de ensino musical.

[II.1925]

PIRACICABA DANDO EXEMPLO

Não se pode dizer que os brasileiros não gostem de cantar em coro. Gostam sim, mas não têm o hábito. Para preparar novenas em festas de igreja todos se prestam com boa vontade e ensaiam com prazer.

O que falta sempre é o chefe, o diretor, a pessoa de iniciativa, – o homem que sabe fazer sopa de pedra...

Em Piracicaba, a bonita cidadezinha paulista, esse homem apareceu. O maestro Fabiano Lozano fixou residência ali e desde logo tratou de organizar uma sociedade coral. Ao cabo de pouco tempo o "Orpheon piracicabano" dava um concerto no Teatro Municipal da capital paulista, obtendo o êxito mais lisonjeiro. Toda a crítica o cobriu de elogios, e o sr. Mário de Andrade, sempre tão difícil, disse coisas extremamente amáveis para o conjunto do maestro Lozano.

Este ano o Orpheon Piracicabano animou-se a vir ao Rio. O sucesso de São Paulo confirmou-se. Sem ter ainda a perfeição dos famosos Coros Ucranianos, que ouvimos anos atrás, o Orpheon de Piracicaba já constitui um todo muito disciplinado, permitindo ao seu regente obter os mais delicados efeitos de conjunto.

Sobretudo é louvável no prof. Lozano a preocupação de cultivar o folclore nacional. As nossas deliciosas cantigas de ninar, as nossas modinhas e lundus, as nossas valsas populares constituem parte predominante no repertório. Assim os melhores números do programa que aplaudimos no Municipal foram o "Luar do sertão", o acalanto "Dorme, filhinho" e outras toadas do povo. Aliás o conjunto de Piracicaba cantou com igual relevo o difícil "Momento musical" de Schubert, a "Primavera" de Grieg e a "Ária" de Bach.

Ah! se as nossas cidadezinhas do interior pusessem na música, – na música ou em outra atividade de igual caráter social – o ardor estéril que gastam na política! Não é tão bonito o exemplo de Piracicaba?

[3.XII.1929]

SOB O SIGNO DE SANTO ANDRÉ

É meu colégio,
Meu jardim é,
Jardim-colégio
De Santo André!

O timbre inefável das vozes infantis (todas de meninos e meninas menores de dez anos) nos ala a paragens angélicas... Estamos recebendo, Villa-Lobos e eu, uma homenagem fora do comum: o Colégio de Santo André, fundado e dirigido pelas professoras Madalena e Isabel Bicalho, canta pela primeira vez em público o hino que para ele compusemos.

Na verdade não é um hino. Deu-lhe o poeta ritmo de hino, mas o músico, muito amorávelmente, desmanchou-o em mais doce cadência de uma encantadora melodia, entre alegre e religiosa. Milagre de Santo André, padroeiro do colégio.

O poeta sempre dantes havia fracassado em tarefas semelhantes. Quando foi professor interino de Literatura no Externato do Colégio Pedro II, o seu diretor, prof. Gabaglia, de saudosa memória, lhe encomendou um hino para o velho educandário, onde aliás fizera o poeta o seu currículo secundário. Não saiu nada, não houve jeito. Anos depois o ministro – grande ministro! – Capanema, tomou a iniciativa de dar um hino à juventude brasileira. Abriu concurso, nomeou uma comissão julgadora, empenhou-se comigo para que concorresse. Eu disse que não, mas anonimamente concorri. Fui desclassificado. A comissão, de que fazia parte o glorioso senador Arinos, andou bem, as minhas estrofes não valiam nada, só havia um verso bonito, que era este: "E se amardes, amai com ternura!"

Desta vez, porém, acho que acertei. Pelo menos pude proporcionar a Villa-Lobos a oportunidade de tirar de sua mina inesgotável aquela deliciosa infantil melodia. Milagre do Villa e de Santo André, grande apóstolo, irmão de Pedro e evangelizador das Rússias e da Acaia.

O *clou* da festa no Conservatório de Canto Orfeônico foi a saudação lida por um menino que é um prodígio. Como a leu bem, com que propriedade de expressão, com que graça! Soubemos depois que é um netinho de Cecília Meireles: estava explicado.

[26.X.1958]

HISTÓRIA DA MÚSICA, DE CARPEAUX

A figura de Otto Maria Carpeaux singulariza-se entre nós pela universalidade de sua cultura, sobretudo no domínio das artes. É um homem que toma pé em todas elas, fala de cadeira e pode dizer coisas muito originais, muito pessoais tanto sobre uma tela de Portinari, como um poema de Drummond ou um quarteto de Villa-Lobos.

A este último aspecto, isto é, em matéria musical, tem ele contribuído grandemente para a educação do nosso público. Basta lembrar os artigos em que destruiu a lenda de um Mozart uniformemente rococó. Carpeaux tem-se esforçado em restituir o gênio de Salzburgo à sua verdadeira grandeza.

Foi, pois, com vivo interesse que vimos aparecer esta sua *História da música*, cujo único defeito está na péssima revisão, sendo a esse respeito o livro mais errado que já saiu de qualquer prelo brasileiro: estabelece um recorde.

A última história da Música que tive ocasião de ler foi a do nosso saudoso Mário de Andrade. Mário e Carpeaux têm algo de comum: são ambos diretos, personalíssimos e sem papas na língua. Mas Carpeaux não se excede jamais como Mário, que, a propósito de Haydn, se permitiu dizer que "a vida dele foi a de um bocó". Haydn, informa Carpeaux, era de fato considerado como um simplório. Hoje já se sente que "o fenômeno Haydn não é simples", antes se complica de toda a sorte de ambiguidades.

A principal diferença entre os dois livros – o de Mário e o de Carpeaux – é que o primeiro se destinava aos alunos do Conservatório paulistano, ao passo que o segundo foi escrito para o grande público. O de Mário é, aqui e ali, duro de roer para quem não possui os necessários conhecimentos musicais, ao passo que o de Carpeaux está muito mais ao alcance dos leigos no assunto. E, dando lugar a digressões biográficas, é frequentemente de comovida leitura. A esse ângulo são de assinalar as partes referentes a Handel, a Bach, a Beethoven.

Carpeaux pretende ter evitado as explicações chamadas "poéticas" das obras musicais. Ainda bem que nem sempre o conseguiu, pois abundam no livro as comparações poéticas de ordem plástica. Assim, a propósito do *"De profundis"* e do *"Miserere"* de Josquin observa que "nos lembram os anjos pretos que, nos quadros de Rogier van der Weyden, voam como grandes aves da morte em torno da Cruz erigida em Gólgota". A vocação poética é coisa que nunca se estrangula de todo.

Sente-se em todo o livro a veracidade da advertência do autor no prefácio: na medida do possível foram excluídas as preferências e idiossincrasias pessoais. Exemplo disso é a larga praça que faz à ópera, ele que evidentemente prefere a música instrumental. A ópera atravanca mesmo o livro. Mas isso é a fatalidade da ópera – atravanca sempre.

[22.II.1959]

EM CASA DE INGRAM

Reunião em casa de músico, sobretudo quando há outros músicos e eles estão de veia, é, como tinha o costume de dizer Mário de Andrade, uma gostosura. Se se fala e discute música, de repente vai um deles para o piano e, em vez de comentar falando, fá-lo tocando. Para os leigos é uma súbita iluminação. E se eles resolvem brincar? Até hoje posso me rir das improvisações *à la manière de* que Mignone e Terán (onde anda esse desaparecido grande de Espanha?) executavam a dois pianos no saudoso apartamento da Praia do Flamengo, onde Liddy de vez em quando convocava Mário, Ovalle, Sá Pereira, Nair Duarte Nunes...

Esta semana tive uns inesquecíveis momentos de prazer dessa espécie em casa do casal Jayme Ingram, cujo conhecimento devo ao poeta, cônsul, boticarista (morador do largo do Boticário, honra insigne como a de ser portador da Ordem do Mérito) e presentemente ceramista Homero Icaza Sánchez. Casal encantador, dupla de pianistas. Estavam presentes outros casais não menos encantadores – Sousa Lima, Heitor Alimonda. Rever Sousa Lima e Senhora foi para mim evocar os dias que passei na fazenda de Tarsila, na companhia de Oswald, Mário e Ascenso Ferreira. Os Sousa Lima eram noivos. Foi em 1928. Só agora os revia, parece incrível. Como parece incrível que ambos estejam iguais, quase iguais ao que eram há trinta e um anos. Só que pais de um belo rapaz que pode passar por irmão de minha prima Carmita.

Bem, o *clou* da reunião em casa de Ingram foi ouvirmos os últimos "Ponteios" de Camargo Guarnieri, tocados por ele próprio. "Ponteios" nº 41 a 50, escritos em 1958-59. Ponteio se dizia do floreio ao violão para afinar o instrumento. Guarnieri elevou esse preludinho de seresteiro à categoria de forma brasileira, na qual sabe exprimir certos estremecimentos de alma verdadeiramente inefáveis fora da música. O "Ponteio" nº 44 pôs Sousa Lima em transe. "Aqui", dizia, "não há nenhum artifício de composição, nenhum artifício pianístico, é só alma". Depois dos "Ponteios", Guarnieri começou a improvisar homenagens aos presentes. Três foram gravadas. A minha não, tenho pena.

[1.III.1959]

O QUARTETO DE LONDRES

O favor público não tem faltado às realizações do empresário Viggiani, sempre marcadas pelo sucesso artístico, como acaba agora de acontecer com o admirável quarteto de cordas que ouvimos no Teatro Lírico. A música de câmera ainda não desperta o interesse do nosso público, e as tentativas levadas a efeito por esforços de artistas nacionais falharam no meio da indiferença geral. Mais feliz é São Paulo que já possui um conjunto estável – o Quarteto Paulista, cuja disciplina e apuro artístico tivemos ocasião de aplaudir o ano passado.

O renome de que veio precedido o Quarteto de Londres atraiu ao Lírico animadora concorrência, aumentada no segundo concerto. Os aplausos incessantes, os pedidos de bis e os extras confirmaram a fama que os anúncios estadeavam. Nunca apareceu aqui um conjunto de cordas tão perfeito. Cada um dos executantes que o compõem é um artista consumado em seu instrumento, e embora não percam eles a individualidade própria, de tal modo se afinam e relacionam que atuam como um instrumento único. Nunca se perde o menor desenho de uma parte, e nos pianíssimos como nos fortes o ouvido segue sem o menor esforço o canto dos quatro timbres, maravilhosamente coordenados. É uma técnica quartetista perfeita.

À altura dela estão as qualidades interpretativas do grupo. Nos quartetos em ré menor de Mozart, em fá maior de Dvorak, em lá maior e fá maior de Beethoven, em ré maior de Haydn, em sol menor de Debussy, nas peças menores de Borodine ("Noturno"), Mendelsohn ("*Canzonetta*"), Kreisler ("*Scherzo*"), etc., o Quarteto de Londres mostrou a riqueza, seriedade e versatilidade de interpretação que o tornaram célebre.

É de esperar que o sucesso destas audições anime os nossos artistas a um novo esforço no sentido de dar ao meio musical do Rio um elemento que lhe falta no conjunto das nossas manifestações artísticas.

[15.X.1926]

*

O concerto de despedida do Quarteto de Londres teve a colaboração da grande pianista d. Antonieta Rudge Miller no Quinteto em fá menor de Cesar Franck e no Quinteto op. 44 de Schumann. O quinteto de Franck tem um defeito: faz saudades da Sonata para violino. A memória reconhece nele certos fragmentos temáticos da sonata, e o resultado é que a gente desejaria estar ouvindo a sonata e não o quinteto. O conjunto aliás não inspirava a absoluta segurança a que nos habituara o quarteto. A execução do quinteto de Schumann foi bem superior, sobretudo no andante e no Scherzo. D. Antonieta Miller recebeu do público uma ovação calorosa, e tão insistente que para satisfazer a saudade da plateia teve de tocar três peças, – aperitivo do seu próximo recital naquele mesmo Teatro Lírico.

[30.X.1926]

NOVIDADES PELO QUARTETO PAULISTA

Quanto ao Quarteto Paulista, baste dizer que confirmou a fama de que veio precedido pelos sucessos já obtidos em São Paulo. Valor individual de cada um dos seus componentes, disciplina e coesão de conjunto, tudo concorria para a eficiência da realização artística. O concerto mais interessante, pela novidade do programa, foi o segundo, em que tivemos ocasião de ouvir um quarteto de Villa-Lobos e o célebre "*Rispetti e Strambotti*" de Malipiero. A apresentação dessas duas admiráveis composições ao lado uma da outra parece que veio conflagrar as rodas musicais, onde cotejos descabidos apoiados em *partis--pris* ainda mais descabidos suscitaram discussões e juízos igualmente injustos para os dois campeões modernistas. A verdade é que ambos são geniais e se podem contar entre os cinco ou seis grandes nomes da atualidade musical moderna. O quarteto de Villa-Lobos é antigo, o que facilmente se depreende da sua estrutura tradicional, sem o dinamismo, os *loopings*, as elipses mentais modernistas, – obra admiravelmente equilibrada e a esse respeito verdadeiramente clássica. Com o quarteto de Malipiero estamos em plena zona revolucionária: nada que lembre sequer de longe os cânones formais mas uma sucessão de movimentos, de uma deliciosa frescura e agilidade de emoções. Esse quarteto é uma maravilha.

[VI.1925]

QUEM VIU NIJINSKY E PAVLOVA...

Como toda a gente que gosta de bailados, fui também ver os russos do Teatro Stanislavski. Vi-os ao mesmo tempo extasiado e decepcionado. Extasiado: grandes bailarinos, homens e mulheres, técnica perfeita, raiando às vezes, até indiscretamente, pela acrobacia; decepcionado: que miséria de repertório, de cenários, de música! O repertório, uma coleção de amostras (o 2º ato de um bailado, o 3º de outro); a música, predominantemente de Tchaikovsky e Drigo; dos cenários nem falemos.

Ao fim do espetáculo um sujeito desabusado levantou-se nas galerias e sentenciou alto para que todo o teatro ouvisse: "Fraco!". Mas em torno dele começaram a fazer uuuu, reprovando-o. Eram menores de trinta anos, que ainda não sonhavam nascer quando em 17 de maio de 1909 Sergei Pavlovich Diaghilev estreava no Châtelet de Paris a sua companhia de bailados (um dos números do programa era esse "Lago dos cisnes", uma das "amostras" que nos foi exibida pelos bailarinos do Stanislavski).

Os velhos de hoje falam muito de Nijinsky, Pavlova, Karsavina, Fokine, Lopokova. Deviam antes falar mas é de Diaghilev. Essa coisa única, na história da dança, que foi o Bailado Russo no primeiro quartel do século XX, se deve a esse animador genial que foi Sergei Pavlovich, homem que se ensaiara na música e nas artes plásticas, o que lhe permitiu, como empresário de bailados, mobilizar o que havia de melhor nas duas artes para criar espetáculos do mais alto nível artístico a todos os aspectos: na música os russos – Borodine, Rimsky-Korsakov, Stravinsky, Prokofiev; os franceses – Debussy, Poulenc, Ravel, Satie, Milhaud; os italianos – Respighi, Rieti; o espanhol Manuel de Falla; nas artes plásticas todos os grandes nomes do momento – Picasso, Bakst, Chirico, Utrillo, Derain, Miró... *J'en passe, j'en passe!*

Não vi essa formidável orgia de arte na época de seu maior esplendor, nem no seu quadro original, que foi Paris. Mas vi e ouvi, neste mesmo palco do Teatro do Rio de Janeiro, Nijinsky dançando "Scherazade", "O espectro da rosa", "*L'après-midi d'un faune*", o "Carnaval op. 9", vi Pavlova na "Morte do cisne", vi Tchernicheva em "Tamar", Lopokova em "*Les femmes de bonne humeur*". Vi e ouvi bailados como "Príncipe Igor", "Petruchka", "Sadko", "Pássaro de Fogo"... *J'en passe, j'en passe!* Ao lado das recordações de tudo isso o que estamos vendo no Teatro do Rio de Janeiro de uns vinte anos para cá não passa de... "amostras", ainda que de raro em raro excelentes, como é o caso da *troupe* do Teatro Stanislavski.

[5.VII.1961]

MENINAS DE KLARA KORTE

Quando na tarde de 24 de outubro me encaminhei para o Instituto de Música onde ia assistir ao espetáculo de danças organizado pela professora Klara Korte, que apresentava pela primeira vez em público as suas alunas, estava bem longe de supor que passaria três horas de tão comovido enlevo artístico, pois de ordinário o que se vê em matéria de bailados é apenas... ridículo. Haja vista o que presenciamos na última temporada lírica...

Pois bem: aquelas meninas que de um ano para cá, tão somente começaram a ser iniciadas na arte de despertar emoções pela dinâmica das expressões plásticas, conseguiram o que não consegue muita pseudoartista impingida por empresários atribulados de *deficits*. Com a graça natural de meninas – e de meninas brasileiras, um caso sério! – e as excelentes lições que, estava-se vendo, receberam de Miss Klara Korte, elas proporcionaram a um auditório que encheu o vasto salão do Instituto um delicioso espetáculo de ritmos.

O programa constava de vinte *divertissements* ideados pela mestra, que só tomou parte na dança russa "*Gopati*", bailada por ela com alma, nervos e músculos de verdadeira russa que é. Secundou-a nesse número a senhorita Maria Elisa Modesto Guimarães, um mujique bonitinho e limpinho, como sem dúvida não houve nunca nenhum em todas as Rússias, nem antes nem depois dos soviotes.

Mlle. Maria Elisa Modesto Guimarães foi uma revelação. Dançou admiravelmente uma "Dança oriental" e o "Arlequim", mostrando-se à vontade quer no que respeita à eurritmia dos gestos como ao jogo fisionômico. É uma verdadeira vocação para este gênero de canções características.

Mas havia outros gêneros no programa, pois Miss Klara Korte adota um inteligente ecletismo. Mlle. Ângela Ramos era a Isadora Duncan do elenco aprendiz. A dança da "Amazona", tão difícil tecnicamente, e a prece do conjunto da "Oração grega" foram realizadas por ela com muito sentimento.

Falamos acima na graça das brasileiras. Todavia, não são brasileiras as senhoritas Nara Haynes e Anny Hogg, que alcançaram vivo e merecido sucesso na pantomima-bailado "O escravo e o senhor", um dos melhores números.

Mlle. Ruth Gama e Silva, numa dança de Grieg, Helena Castro Silva, em "*Mattinata*", Gilda Rocha Miranda, na "Dança do pompom"; Gilda Faria, na "*Gavotte*"; Elisabeth Mercio de Castro, em "*Poupée*"; Evely Maroin, na "Canção do berço", encantaram todos os olhos.

Muito sucesso obtiveram também os conjuntos do "Minueto" de Boccherini, os "Palhaços" (que palhacinho estupendo estava Mlle. Gilda Rocha Miranda!) e a "Dança húngara", de Brahms.

Pode-se dizer que o Rio possui atualmente na pessoa de Miss Klara Korte uma excelente professora de dança e ginástica rítmica.

[XI.1925]

ALEGRIA DE PROFETA

Andei querendo me distrair das dificuldades e perplexidades frequentando o concurso de *ballet* no Municipal. Vi e ouvi três vezes seguidas o mesmo ato do "Lago dos cisnes", o que foi uma provação bastante dura, não obstante a graça da holandesa, a beleza da polonesa, o encanto da tcheca. Mais uma vez tive que engolir um ato de "Giselle" e sua música, ainda que desta feita amenizado pela tocante juventude da austríaca. Aplaudi patrioticamente a perfeição com que a brasileirinha Eleonora Oliosi dançou "Copélia", me sentindo um homem muito esperto de, há alguns anos, vendo-a evoluir no corpo de baile do Municipal, haver adivinhado a estrelinha tão *successful* que ela é hoje.

[3.IX.1961]

O *BALLET* DE DALAL ACHCAR

Não tenho bossa, nova ou velha, nem para o romance, nem para o teatro nem para o *ballet*. Isso mesmo disse a Dalal Achcar, quando fui por ela convidado a colaborar na presente temporada do Ballet do Rio de Janeiro, escrevendo argumento para uma partitura de Cláudio Santoro. Todavia acedi em ouvir a música, e esta, embora partindo de um tema negro de macumba, impôs-me logo irresistivelmente à imaginação o episódio do Pai do Mato, lenda pareci de que Mário de Andrade tirou um delicioso poema, que é um dos meus preferidos na sua obra. Algumas linhas de prosa, um quase nada de invenção, eis o que foi bastante para inspirar a veterana mestra Nina Verchinina a construir um belo bailado excelentemente dançado por Elza Gálvez, Artur Ferreira e seus companheiros. Devo dizer que o cenário e figurinos de Burle Marx, ainda que plasticamente admiráveis, não aumentaram o deleite que me deu o espetáculo nos ensaios de estúdio. Para mim, dança é o corpo humano movendo-se liricamente em ritmos sabiamente ordenados: quanto menos roupa, melhor, e eu preferiria ver as filhas do mato sem aquelas batas, que as faziam demasiadamente vegetais.

O que eu fiz para a música de Santoro, Vinicius de Moraes fez para a de Villa-Lobos, e não sei quem (não estava declarado no programa) para a de Nepomuceno (*O garatuja*). Foi esse o espetáculo que vi anteontem no Teatro Municipal.

Como para atestar que era de classe, que não destoava ao lado de um dos padrões mais altos do *ballet* de nossos dias, lá estava em duas de suas criações a fascinante Margot Fonteyn com seu *partner* Michael Somes. Era a primeira vez que eu via a grande bailarina, e naturalmente fiquei siderado pela sua Peri, – duplo triunfo da artista e da mulher.

Gesto extraordinariamente simpático esse da Fonteyn estimulando e prestigiando o nobre esforço do grupo brasileiro dirigido por Dalal. Que escola de sacrifício representa a iniciativa dessa moça e de seus companheiros! Só se explica mesmo pelas palavras de Eurico Nogueira França: "Fazer dançar e dançar é, para muita gente, mais importante do que tudo".

Dalal Achcar, que ainda não tive o prazer de ver dançar, é de compleição delicada, mas que reservas de energia dissimula sob a suave aparência! Estive em seu estúdio e fiquei contagiado daquela atmosfera de abnegado trabalho artístico. O Ballet do Rio de Janeiro é, com alguns elementos de mestres estrangeiros, uma realização gostosamente brasileira e merece, por isso, todo apoio do nosso público e do nosso governo.

[29.VI.1960]

ZUIMAALÚTI

Bailado inspirado no poema "Toada do Pai do Mato", de Mário de Andrade

A moça Zuimaalúti vai, ao romper da alva, colher fruta no mato. Chegando a uma clareira, no recesso da floresta, e encantada com o lugar, começa a brincar, rindo, saltando, dançando. De repente ouve uma voz de homem cantando. Procura de onde ela vem e julga ver um moço sentado num galho de tarumã. Aproxima-se da árvore e pede ao rapaz que lhe atire uma fruta, que ela está com fome. O vulto atira-lhe não frutas mas folhas. A moça amua: não quer folhas, quer frutas. O vulto sentado no galho da árvore continua a negacear com Zuimaalúti. Afinal, de súbito, salta da árvore ao chão, e Zuimaalúti, aterrada, reconhece no homem o Pai do Mato, deus das selvas. Este executa um bailado, que a moça segue com os olhos, a um tempo medrosa e deslumbrada. O Pai do Mato quer arrastá-la na dança. Ela repele-o e tenta fugir, mas de trás das árvores surgem monstros da floresta, serviçais do deus, que lhe interceptam os passos. O Pai do Mato vai ao fundo da cena e faz gestos para dentro. Surge então um bando de moças dançando alegremente. São as Filhas do Pai do Mato. Estas e o Pai do Mato executam um bailado, que acaba por fascinar Zuimaalúti. A moça finalmente adere à tentação e entra a bailar com as outras moças, que de ora em diante serão suas companheiras para sempre.

TEATRO DE VEZ EM QUANDO

NOÉ E OS OUTROS

Perguntaram ao poeta Álvaro Moreyra se *Noé e os outros* era a sua primeira peça.
– Não, respondeu ele. É a última!
Noé (Artur de Oliveira), e outros, escangalharam os brinquedinhos de armar do sr. Álvaro Moreyra... Pudera! Poesia é uma coisa. Teatro nacional é outra. O poeta errou o pulo. De muita coisa ele tem culpa. Tem culpa de não ter sentido que os seus versos do "Realejo" e da "Educação sentimental" não resistiriam à música de revista. A mistura de simplicidade preciosa e de bondade ferina que faz tão pessoais os seus poemas, em verso ou em prosa (prosa? Álvaro Moreyra nunca escreveu uma linha de prosa), pede é música daquela que o sr. Artur Imbassahy não entende...
Esse mesmo "Realejo", musicado por Villa-Lobos e cantado pela senhorita Elsie Houston no seu último recital do Cassino do Passeio, agradou tanto que foi bisado. Aquilo, sim, é música. A outra é... trololó. Não quero fazer carga ao maestro Lago. Há trololós agradáveis. Por exemplo, nesta mesma revista, o bailado das espanholas, cheio de graça e vivacidade. Mas em tudo que o sr. Álvaro Moreyra escreve, há poesia, e o diabo é que é uma poesia elegantíssima, fala pouco, nunca ri, – sorri, raramente faz um gesto (salvo o de abrir os braços, que é o gesto mais triste...), tem muito poucas relações, só anda de Rolls-Royce, ainda quando sai apenas pra ouvir os pregões da rua...
E a poesia de Álvaro Moreyra foi estragada, mesmo onde não havia música. O sr. Artur de Oliveira teve um bom papel na vida: o labrego de "Onde canta o sabiá". Daí pra cá aplicou a receita. Até no papel de Noé, achou maneira de enxertar indecências soezes. Se o patriarca falava de uma "festinha" na arca, o ator não dizia festinha, era "forrobodó". Pra não mencionar senão uma vulgaridade. As piadas obscenas, evidentemente de enxerto, destoavam crispantemente na fantasia tão limpa e tão fina do autor de *Lenda das rosas*.
Essa gente pensa que o nosso povo só ri (ela não leva em conta o sorriso, nem o que está aquém do sorriso) com o piadão porco. Está errado. Sem dúvida o povo ri sempre com a piada equívoca. Mas ri também quando aparece a graça inocente. Nesta revista não foi tão apreciado o número dos pregões cariocas, cantados atrás da cortina? E a pantomima dos "Dois desgraçados", de tão engenhosa apresentação?
Salvaram-se os bailados, porque aí o lirismo irônico e desencantado de Álvaro Moreyra foi servido pela eurritmia inteligente das bailarinas dirigidas por Nemanoff. Os números "Champanhe", "Coruja", "Samambaias" e "Dança do vento e das folhas secas" foram os melhores da noite.

[15.I.1927]

CALOR E REVISTAS

O calor do verão, como faz com os cupins e as baratas, pôs em movimento uma porção de novos conjuntos teatrais, todos mais ou menos livres ou bataclânicos. A revista de *sketches* tomou conta do teatro do Rio: cenários engenhosos, costumes luxuosos, três ou quatro bailados, uma dúzia de raparigas bem-feitas e arranja-se espetáculo para o nosso público. O espírito é o mais raro em tudo isso. Vamos a ver se o encontraremos no "Tangará", o bataclã regionalista de Luís Peixoto, a estrear-se proximamente no Glória.

A última revista do Cassino do Passeio foi um espetáculo fraco. Salva-se apenas pelo luxo e pela simpatia pessoal dos seus artistas, entre os quais se salientam – como sempre – Aracy, Elza Gomes, Manuelito Teixeira e o corpo de bailarinas de Nemanoff.

[15.XII.1926]

SEM DAR IMPORTÂNCIA

A réplica nacional do "Ba-ta-clan", o "Ra-ta-plã", está na sua segunda revista, que se intitula *Elas* e é da parceria Abadie Faria Rosa e Luís de Barros. Tem o que o nosso público requer do gênero: vivacidade, nudezas, luxo. Os cenários e costumes de Luís de Barros demonstram a elegância e riqueza de fantasia do artista. A destacar o cenário de abertura e o do bailado de Salomé. Dos intérpretes sobressaem Aracy Côrtes e Elza Gomes pelo ar verdadeiramente revista com que representam: porque é preciso representar uma revista como o sr. Abadie as escreve: sem dar muita importância àquilo. É delicioso ver Aracy fazer de francesa, de chinesa, de holandesa (foi no "Trololó"), sem tomar nada disso ao trágico, como, por exemplo, faz o sr. Barreira no espanhol da cortina "O querido das mulheres".

[30.X.1926]

FRIVOLIDADES EM 2 ATOS

"Missangas". Frivolidades em dois atos de Max Mix. Música de Hekel Tavares.

Cenários e costumes de Luís de Barros. Bailados de Nemanoff. É o último espetáculo da Companhia do Cassino do Passeio.

Números muito paus: "O divórcio"; "Calha ou não calha"; "Danações"; "Moralistas".

Uma deliciosa sátira que vale toda a peça: "As filhas do papai": o sr. Augusto Aníbal, com o cavanhaque do presidente eleito, cetro e uma baita coroa de rei; o sr. Manuelito Teixeira, pedindo-lhe uma das filhas, – uma pasta, na toada do "Rema, rema, rema, ré". Efeito engraçadíssimo. Foi o número de maior sucesso, o que mostra que o nosso público não é tão cavalo assim, e sabe apreciar uma crítica fina e bem-educada.

Dois bailados que honram Nemanoff e seu corpo de bailes, Hekel Tavares e Luís de Barros: "A vestal" e "Rara-kiri".

Duas boas cortinas: o "Miau-miau", com um gato gozadíssimo, e "Ajuê-ajuá". Neste número Elza Gomes e Lúcia Mariano estiveram impagáveis. A graça estouvada dessas duas atrizinhas é um lindo espetáculo de mocidade. Onde a primeira foi descobrir aquela vozinha ácida que nem pitanga verde? Ela mesma faz careta.

Aracy... é preciso vê-la cantar a "Menina de cinema". Pra não falar dos outros papéis. No número do "Salteador" o público assobiou de coió: que gente impossível!

[15.XI.1926]

PERIGO DE BERTA SINGERMAN

Quando d. Ângela Barbosa Viana voltou de Paris com um prêmio de dicção do Conservatório Femina e abriu curso e entrou a dar recitais públicos, estava lançada a declamação entre nós. D. Ângela Barbosa Viana notabilizou-se desde logo por uma admirável prosódia em três línguas, uma articulação que conservava a nitidez nas apóstrofes mais rápidas (me vem à lembrança a maneira soberba por que declamou uma vez o episódio de Inês de Castro): é, em verdade, uma virtuose da palavra falada.

Surgiu depois a srta. Margarida Lopes de Almeida. Dotada de funda afetividade, soube fazer passar ao coração da assistência a emoção dos belos poemas da língua portuguesa, de Sá de Miranda a Afonso Lopes Vieira, dos pesados árcades mineiros à musa insone e cocainômana de Álvaro Moreyra.

O público afluiu, numeroso, aos recitais das nossas duas patrícias, que, em excursões aos Estados e ao Prata, alcançaram invejável sucesso artístico e pecuniário. Hoje temos uma plêiade brilhante de declamadoras, entre as quais realçam os nomes de Helena de Magalhães Castro, Francesca Nozières, Ruth de Magalhães, Zita Coelho Neto, Maria Sabina de Albuquerque, Nair Werneck Dickens...

São todas admiráveis, mas para que não se pense que fazemos aqui a simples apologia camarada, vamos dizer o defeito a que todas elas vão resvalando e é o exagero sentimental, a teatralidade da gesticulação. Que o façam em dramalhõezinhos como "*La robe*", paus de qualquer maneira, vá. Mas em peças de pura intimidade lírica como o "*In extremis*", de Bilac! Precisa-se mandar pregar cartazes por toda a cidade, mandando assim:

> É proibido imitar a sra. Berta Singerman

Ninguém pode imitar o que a sra. Singerman tem de mais admirável: o timbre maravilhoso e a maravilhosa sexualidade. Cada uma de nossas patrícias tem em si própria um temperamento muito pessoal a desenvolver. A influência de Berta Singerman foi perniciosa. A prova é que elas diziam melhor antes de ouvirem Berta Singerman.

[1925]

SOBRE A NOSSA VIDA!...

O Teatro João Caetano está inaugurado. Toda a gente no Rio vai ver o João Caetano. Eu também fui ver o João Caetano. Voltei de lá desanimado da vida. No entanto quando estava lá dentro olhando os painéis do *foyer*, a única coisa genuína no meio de todo aquele esnobismo modernista, um amigo irônico, que me considera futurista, bateu-me no ombro:

– Está contente!...

– Contente?... Por quê?

– No seu elemento!

Tive raiva. Tive vontade de aderir às conclusões do Congresso Pan-Americano de Arquitetos, de assinar um artigo do sr. Cristiano das Neves, suspirei pelo próximo Salão da Escola de Belas-Artes. Me senti disposto a praticar as últimas infâmias.

Carlos Drummond de Andrade tem um poema que eu não posso citar neste jornal. Começa por uma palavra feia. Embora de galinha, iria ferir os ouvidos delicados. Mas que exclamação boa para o meu desânimo! De galinha. Dissílabo. Ahn de galinha sobre a nossa vida!

Vejo que estou sendo injusto. Estou misturando à impressão do teatro a impressão do espetáculo. O prefeito Prado entendeu que os elencos nacionais eram muito rambles para estrear um monumento tão requintado. Mandou vir uma companhia da estranja. Francês, naturalmente. Espírito gaulês. Alguma coisa de fino, bem distante das pachuchadas mulatas dos teatrinhos do Rocio.

Essa *troupe* distinta trouxe o último sucesso mundial da opereta, a famosa *Rose Marie*. Sucesso em Paris. Sucesso em Londres. Sucesso em Nova York. Sucesso em toda a parte. Sobre a nossa vida!...

Não! A pior comédia do Paulo Magalhães contracenada pelos canastrões mais cascudos dos nossos palcozinhos de cinema não daria essa sensação de cartão-postal colorido, de cromo de folhinha de armazém. Juro que não exagero: *Rose Marie* é repugnante como lanço de cachorro. *Rose Marie* é a apoteose irrisória do gosto burguês mais detestável. Dir-se-ia uma bofetada de sovietes na cara de toda uma sociedade burguesa. Vocês são isto. Vocês querem isto. Vocês só merecem isto. Vocês só compreendem isto.

Nova York, Paris, Londres... É incrível.

Enquanto eu meditava assim, na minha frente dois franceses muito bem-postos sorriam deliciados, atrás de mim uma *bande* internacional sorria deliciada, na frisa nº 5 a linda senhora X., tão linda e tão inteligente, sorria deliciada, o crítico Z., tão impiedoso para com o nosso teatrinho popular, sorria deliciado... O público bisava, trisava a ariazinha ignóbil.

Quase toda a *troupe* do Recreio, em folga naquela noite, estava na plateia. Que carinho senti em mim por aquela gente! Tive ganas de ir abraçar o Mesquitinha e dizer-lhe:
– Mesquitinha, isto é horrível. Pelo amor de Deus vai ao guarda-roupa do Recreio, veste o fraque do funcionário público da revista do Luís e embarafusta neste palco e atrapalha tudo isto para que não sintamos mais esta vergonha de ser homens.

Porque a impressão que fica dessa incrível *Rose Marie* é esta: a vergonha de ser homem.

E o Teatro João Caetano? Por fora é passável. Deu movimento, deu mais horizonte à praça Tiradentes. Tem uma fachada simples e alegre, sobretudo à hora de funcionar, com os largos panos de vidraçaria iluminada. Por dentro, porém, produz-nos mal-estar por uma porção de detalhes impertinentes que afiancham a intenção indiscreta de parecer moderno, *soi-disant* cubista. O *foyer*, por exemplo, é irritante e desagradável. A presença ali da bela e genuína decoração do pintor Di Cavalcanti põe em destaque o esnobismo cubista do acabamento arquitetônico. Para que as pinturas se harmonizassem com a ambiência geral da sala seria preciso que... o pintor fosse outro, um desses que os imbecis chamam "um futurista equilibrado". Embora os painéis não atestem toda a força do pintor (é a primeira vez que ele faz uma grande decoração-mural e a novidade do processo parece que tolheu um pouco os recursos do artista), eles agradam não só pelo equilíbrio da composição e das cores, como sobretudo pelo comovido sentimento brasileiro que respiram em cada uma das figuras todas deste nosso bom povo triste e cantador.

Naturalmente o público que aplaude na sala de espetáculo a banalidade atroz da *Rose Marie* vem nos intervalos se rir das pinturas do *foyer*, e há sujeitos convencidos que acham inconveniente e até impatriótica aquela exibição dos nossos ingênuos folguedos populares, sem dúvida considerados uma baianada indecente.

A sala de espetáculo saiu boa, mas sempre o detalhe contra a mão estragando o conjunto. De um e outro lado do palco arranjaram duas figuras injustificáveis que constituem um verdadeiro pesadelo para os espectadores. Mesmo que fossem excelentes em si, estariam erradas porque distraem irresistivelmente a atenção da plateia. No caso são dois manipanços caricaturais e inexpressivos, insuportáveis pela pretensão do moderno.

Mas a incompreensão das coisas de arte aqui entre nós é tamanha que todo o mundo toma o teatro, as estátuas do saguão, etc., por futurismo, futurismo equilibrado, bem entendido, porque as pinturas do Di Cavalcanti, isso não, tenham paciência, é demais, que diabo quer dizer aquilo? e o meu amigo, jornalista inteligente, me acreditou "no meu elemento". Sobre a nossa vida!...

[5.VII.1930]

ESTUDANTES FAZEM TEATRO

Que é que nos tem faltado, na literatura de língua portuguesa, para termos bom teatro? Público, autores ou atores? Tenho que os autores. Estou com o mestre Fidelino de Figueiredo quando, estudando as características da literatura portuguesa, se insurgiu contra o que chamou presunção leviana de considerar opulenta a literatura dramática portuguesa. Falsa opulência que só pode apresentar o teatro de Gil Vicente, a *Castro*, o *Fidalgo aprendiz* e o *Frei Luís de Sousa*. Sobretudo tem faltado a continuidade de uma "tradição animadora que receba em depósito e transmita os progressos alcançados".

Como quer que seja, o que nunca faltou nem em Portugal nem no Brasil foram as vocações de atores. E nisso me confirmaram mais uma vez os espetáculos de estudantes ultimamente realizados entre nós. Não assisti a todos eles, mas os dois a que estive presente me deixaram a impressão de autêntica vocação nos rapazes e moças, que, embora sem nenhum tirocínio do palco, encarnaram a contento, e às vezes até sobrepujando os profissionais, as personagens que lhes foram confiadas.

Na Faculdade de Filosofia da Universidade o catedrático de Literatura Portuguesa, o professor Thiers Martins Moreira, teve a ideia de fazer representar pelos seus alunos o teatro de Gil Vicente. E escolheu muito sabiamente o "Monólogo do vaqueiro", que marca o início do teatro português de fundo popular, o maravilhoso *Auto da alma*, joia do teatro universal de todos os tempos, e uma cena do *Auto da Mofina Mendes*. Os alunos foram ensaiados pelo ator Sadi Cabral. Do papel de vaqueiro se desempenhou o aluno Florindo Villa Alvarez, que o disse no próprio texto castelhano. Nenhum ator experimentado o diria e viveria melhor.

O *Auto da alma*, para mim a obra-prima do teatro hierático de Gil Vicente, com o seu perfeito equilíbrio dos dois planos de ação, o humano e o divino, a sua simbologia poética a um tempo ingênua e sublime, a sua formosura de expressão linguística e métrica, foi levado no texto restituído pelo professor Sousa da Silveira. Tenho lido e meditado muitas vezes o *Auto da alma*: nunca senti embotada a ponta delicada da estética emoção que a cada verso me vai direita ao coração, todas as vezes que o leio. Pois, apesar disso, fiquei surpreendido, deliciosamente surpreendido, quando senti os olhos umedecidos ao ouvir as primeiras palavras do Anjo Custódio, "o da espada", como diz o 1º Diabo do auto:

> Alma humana, formada
> De nenhuma cousa feita,
> Mui preciosa,
> De corrupção separada,
> E esmaltada,
> Naquela frágua perfeita,
> Gloriosa...

O anjo era lindo (Mlle. Cleonice Seroa da Motta), falava com a dupla autoridade da fé e da poesia, e por isso me senti tão alma quanto a minha cara ex-aluna do Pedro II, Mlle. Maria de Lourdes Madeira de Barros, cujo físico espiritual e dolorido tanto se prestava a encarnar aquele símbolo da humanidade fraca e sofredora. Esse momento de comoção, dos mais puros que tive em minha experiência artística, não o esquecerei nunca: senti que o velho Gil ainda era maior, muito maior do que eu pensava...

Depois veio a égloga do *Auto da Mofina Mendes*, e aqui é que a espontaneidade dos amadores sobrepujou os profissionais portugueses que há anos vi representar a mesma peça. Mlle. Seroa da Motta, encarnando agora a estabanada pastora, mostrou a versatilidade dos seus recursos de intérprete: que graça tinham na sua boca os arcaísmos do texto:

> A boiada não vi eu,
> Andam lá não sei per u,
> Nem sei que pascigo é o seu.
> Nem as cabras não nas vi,
> Samicas c'os arvoredos...

Bem razão teve o prof. Sousa da Silveira, quando no seu discurso de paraninfo qualificou de "memorável" a noite de 26 de dezembro de 1942. Noite que marca uma data nos anais da Universidade e que devemos ao zelo e cultura do prof. Thiers Martins Moreira, tão superiormente prestigiado pelo Ministro da Educação e pelo Diretor da Faculdade de Filosofia, o sr. San Tiago Dantas.

Ao zelo e cultura de outro professor, o sr. Raul Penido Filho, lente de francês no Pedro II, e ao patrocínio do diretor Raja Gabaglia, devemos outro belo espetáculo de estudantes, por ocasião da colação de grau aos bacharéis em letras daquele colégio. Os alunos do Pedro II, intérpretes da peça *As férias de Apolo*, de Jean Berthet, especialmente traduzida e ensaiada por Adacto Filho, demonstraram, a par dos seus companheiros da Faculdade de Filosofia, o que dissemos no começo desta crônica, a saber, que podem faltar-nos autores e público para criar um bom teatro: vocações de atores é que não nos faltam. José de Magalhães Graça saiu-se otimamente no difícil papel de Pélias; Mlle. Nadir Braga, que estudava tão pouco na minha classe de Literatura do Pedro II (*Méchante, mauvaise! Méchante, mauvaise!*), estudou a capricho o seu papel de Alceste; e ambos foram bem secundados pelos colegas que se encarregaram das demais personagens.

[9.I.1943]

ELIZABETH CENSURADA

I

Numa das suas últimas crônicas para a revista *O Cruzeiro*, a nossa grande Rachel, respondendo a um desses inquéritos com que os jornalistas massacram a paciência dos escritores, disse que as personagens históricas com que ela mais antipatiza são: homem, Napoleão; mulher, Maria Stuart.

Fiquei desolado por Maria Stuart. É que sempre tive um fraco por ela. A aura romântica que lhe envolve o nome, certa gravura que vi em menino, a desgraça de ser degolada a machado (e foi preciso três golpes, porque o carrasco nervoso desferiu mal os dois primeiros), degolada depois de dezoito anos de cativeiro, enchiam-me de grande piedade pela rainha escocesa. Por isso, e porque sabia que a heroína de Schiller seria encarnada por Cacilda Becker, aceitei com grande entusiasmo a tarefa de traduzir a tragédia do gênio de Barbach. E o que, no decurso de meu trabalho, li a respeito da Stuart me convencendo da inocência da rainha no assassínio do segundo marido, o infame Darnley, ainda mais acendeu em mim aquela velha piedade. Rachel decerto não conhece a historiografia mais recente relativa ao assunto. Creio que a sua antipatia se funda na lenda celerada que se formou em vida da Stuart. Mas a partir do século XVIII a reabilitação, fundada em documentos autênticos, principiou, para se fortalecer no século seguinte, com a publicação da correspondência de Paulet, o último carcereiro de Maria, e o diário de Burgoyne, seu médico, etc. O interesse continua no século atual. Não só na Inglaterra, mas na França, na Itália, os *dossiers* são vasculhados.

Apesar de tudo, aquilo que fez o infortúnio de Maria, tão vivamente acentuado na tragédia schilleriana, a saber, aquela involuntária capacidade de despertar em torno de si as paixões mais violentas, pró ou contra a sua pessoa, persiste ainda quatro séculos depois de sua morte! A ponto de uma alma sensível como Rachel e tão parcial pelo seu sexo, confessar de público que a pobre Maria lhe parece a mais antipática figura feminina da história!

Ao tempo de Schiller ainda se acreditava na cumplicidade de Maria no assassínio de Darnley. Na tragédia do alemão Maria se reconhece culpada, não de agir contra Elizabeth, mas dos erros de sua mocidade, e por eles aceita a morte como expiação deles. Tendo principiado a trabalhar na peça com espírito de imparcialidade, acabou Schiller francamente simpático à difamada rainha.

Peço a Rachel que vá ver a tragédia e concorde comigo que antipática, no duro, é Elizabeth, essa sim!

[14.III.1956]

II

Tenho uma prima que é freira clausurada num convento desta cidade. Freira de grande cultura: depois que se fez religiosa estudou sozinha o hebraico; sua distração nas horas de recreio é o violino. Sempre que as ocupações da vida conventual lhe permitem o prazer da leitura, cultiva-a com fino espírito crítico. Sabendo disto procuro de vez em quando fazer chegar-lhe às mãos algum bom livro. Há alguns meses enviei-lhe um exemplar da minha tradução da *Maria Stuart* de Schiller. Algum tempo se passou sem que ela acusasse recebimento do volume. Afinal escreveu-me: a princípio arrepunou, como se diz no Norte: será possível que Manuel não tenha mais nada que fazer? Que bem me importam estas intrigas da corte de Elizabeth? Um dia, folheando novamente o livro, caiu na cena da confissão e ficou pasmada. Achou que atualmente, com a evolução litúrgica, a cena representaria a missa, resumida, como se usa nas perseguições e nas guerras. "O alcance que pode ter uma peça dessas representada diante de um público muitas vezes afastado de ideias religiosas!" Como era tempo de Natal, quando há no convento recreações mais longas, representaram as freiras, por iniciativa de minha prima, a cena da confissão e comunhão, servindo ela mesma de padre. E todas as irmãs gostaram muito.

Pois bem, amigos leitores: foi essa peça que a Censura acaba de declarar imprópria para menores de dezoito anos e para a televisão! Uma tragédia de alto teor moral, onde o seu autor, em plena e austera maturidade, exalta a purificação da consciência que triunfa sobre a fúria cega dos instintos. Não há em todos os cinco atos uma palavra crua, uma expressão ambígua.

No entanto, o *Otelo*, que está sendo levado no Dulcina, na magnífica tradução de Onestaldo de Pennafort e na interpretação magistral de Autran e Wagner e seus companheiros, sob a direção impecável de Celi, foi liberado pela mesma Censura (mas decerto não a mesma censora) para os maiores de quatorze anos. O *Otelo*, onde o inglês *cuckold* é traduzido na palavra de cinco letras que eu não escrevo aqui para não escandalizar o meu caro dr. Mac Dowell, secretário desta folha! Onde há coisas piores! E um brutal estrangulamento em cena! Que incoerência!

Senhores do Serviço da Censura, deixo aqui o meu protesto. Em nome da cultura.

[18.III.1956]

III

Confortou-me grandemente ver o meu protesto contra o ato do Serviço da Censura que interditou o espetáculo de *Maria Stuart* aos menores de dezoito anos endossado pelo *Correio da Manhã*, num tópico e em artigo assinado pelo seu crítico teatral J. C., assim como em outras folhas por críticos teatrais e cronistas: R. Magalhães Júnior, Brício de Abreu, Ag. M., Crisóstomo Perdigão... Não sei se mais alguém. Particularmente recebi outros testemunhos de solidariedade, entre os quais quero destacar o de Fernando Tude de Souza, cujo telegrama não foi aceito no Telégrafo por conter a expressão "ditadura da burrice nacional", e o de Leopoldo Berger, austríaco naturalizado brasileiro, exímio artista encadernador, o qual me informou que ele e sua senhora, quando meninos de doze anos, leram em classe, no seu país natal, o texto completo de *Maria Stuart*.

– "Há nítido sentido sensual no episódio, inconveniente à juventude", teria dito ao repórter o coronel Franco.

Houve engano por parte do coronel ou do repórter ao se aludir a diálogo do 2º ato. O diálogo a que se quis referir a autoridade deve ser o da cena VI do 3º ato, quando Mortimer, alucinado pelo fracasso da conspiração para salvar Maria e, doido de paixão, confessa à rainha o seu desejo.

Evidentemente as palavras de Mortimer revelam o seu ardente sentimento. Mas jamais foi tal sentimento coisa imoral. Imoral sempre foi e será quando se manifesta de maneira grosseira. Não é o caso de *Maria Stuart*, onde, malgrado toda a sua violência, fica do começo ao fim do diálogo dentro dos limites da mais nobre expressão:

> A vida é um breve instante, a morte é outro!
> Arrastem-me ao suplício e me esquartejem
> Com tenazes de jogo, membro a membro,
> Contanto que eu te estreite entre os meus braços,
> Ó bem-amada!

Esse é o tom. A palavra mais forte está nestes três versos e meio:

> [...] Hei de salvar-te,
> Ainda que ao preço de mil vidas, quero
> E hei de fazê-lo, juro, e tão verdade
> Como que Deus existe, hei de possuir-te!

Essa mesma censura liberou *Otelo* aos menores a partir de quatorze anos, e eu pergunto se ela não encontrou sentido nitidamente sensual inconveniente à juventude na tradução ao pé da letra, e sempre admirável, das expressões *"cuckold"*, *"an old Black ram is tupping your white ewe*", "*you'll have your daughter covered with a Barbary horse*", "*your daughter and the Moor are now making the beast with two backs*" e outras cruezas (Iago quase não abre a boca que não diga uma enormidade dessa).

Não me conformo, pois, que só por causa daquele diálogo do 3º ato de *Maria Stuart* tenha a censura vedado à juventude de quinze, dezesseis e dezessete anos que já sabe e sente o que é o desejo, assistir a uma tragédia de alto valor não somente estético, mas também moral. O Serviço do Coronel Franco andaria bem revogando a interdição infeliz.

[21.III.1956]

O SANTO E A PORCA

O tema da peça com que a nossa grande Cacilda estreou excelentemente o seu teatro é um lugar-comum do repertório clássico: Plauto tomou-o dos gregos; Molière, de Plauto, contaminando-o com elementos hauridos em outras fontes, francesas e italianas; Ariano Suassuna permeou-o todo de saboroso Nordeste. Plauto é o mais literalmente clássico, na sua pintura de um caráter de avarento; Suassuna é o mais complicado, não só pela maior abundância de incidentes na afabulação, como pela evidente intenção de moralidade filosófica. A moralidade é a mesma do meu poema "Momento num café" e se exprime, curiosamente, pelas mesmas palavras no comentário que Suassuna escreveu sobre a sua esplêndida farsa: "A vida é traição". Eu havia dito antes: "A vida é uma agitação feroz e sem finalidade". Suassuna acrescenta: "... uma traição contínua. Traição nossa a Deus e aos seres que mais amamos. Traição dos acontecimentos a nós, dentro do absurdo de nossa condição, pois de um ponto de vista meramente humano, a morte, por exemplo, não só não tem sentido, como retira toda e qualquer possibilidade de sentido à vida". Eurição Árabe traiu a todo o mundo e a si próprio, e acaba descobrindo que foi traído pela vida ao constatar que a fortuna tão avaramente guardada na porca-mealheiro era dinheiro recolhido e portanto sem nenhum valor. Este lance, que dá à farsa o seu sentido filosófico, e os elementos nordestinos da porca e seu protetor o Santo (Santo Antônio) são os grandes achados de Suassuna, e o que confere o timbre de originalidade na volta ao velho tema.

Não tive oportunidade de ver a representação de *A Compadecida* e fiquei com água na boca quando outro dia, na estreia de *O Santo e a Porca*, Carlos Drummond de Andrade me disse que é uma beleza. A nova peça de Suassuna coloca-o entre os clássicos do assunto. Talvez a sua apresentação tenha sido um pouco prejudicada (digo-o com todas as reservas, pois quem sou eu para dar lição a um Ziembinski?) pelo ritmo excessivamente acelerado, e por isso fatigante da representação.

Houve quem visse na história alusão ao general Lott (o Santo) e à nossa prezada Constituição (a Porca): todos sabemos que o general desfechou o golpe de novembro para proteger a porca. "Que diabo de proteção é essa?" ainda hoje perguntamos, como Eurição pergunta à imagem de Santo Antônio quando se vê ameaçado de perder o seu tesouro.

Melhor interpretação do título será esta: o Santo, pela sua mansidão, cordura e paciência, é o carioca; a Porca é esta cidade de São Sebastião do Rio de Janeiro, sem água, sem serviço decente de coleta de lixo, urbe de arranha-céus de cujas janelas todo o mundo cospe para a rua, joga à rua papéis, pontas de cigarros, cascas de frutas, e outros detritos.

[9.III.1958]

BEATA MARIA DO EGITO

Da impressão que produziu em Rachel de Queiroz a história de Santa Maria Egipcíaca, lida no *Flos Sanctorum* de sua avozinha, impressão fortalecida pela leitura de minha "Balada de Santa Maria Egipcíaca", resultou uma bela peça, que conquistou o prêmio de Teatro do Instituto do Livro e está sendo atualmente representada pela Companhia Nacional de Comédia. Poema feliz este meu, pois anteriormente, há muitos anos, já havia, decerto por influição da santa, convertido à poesia moderna o então adolescente Pedro Dantas, hoje convertido à política.

Saí da estreia da *Beata Maria do Egito* absolutamente eufórico quanto aos progressos do teatro nacional; pensando comigo: boa peça, boa montagem, boa direção, boa interpretação – espetáculo raro. Mas parece que eu não sei nada de nada. Vi, com espanto, que os críticos acharam quase tudo muito ruim, salvo os cenários e figurinos de Bellá Paes Leme, que logrou o seu elogiozinho (devera ser um elogiozão).

Depois refleti que as restrições da crítica devem correr por conta da ignorância em que andamos, aqui, da vida do Nordeste. Imagina-se nesta corte de JK que aquelas gentes do Ceará e Estados vizinhos não sabem o que é vestir-se com limpeza e decência. Muitos espectadores e todos os críticos estranharam a farda nova do tenente-delegado e o hábito impecável da Beata. Não consideraram que a ação se passa numa cidadezinha, não nas brenhas, e que Maria do Egito era uma moça que tinha alguma instrução e ia ver o seu padrinho, Padre Cícero. Matuto faz questão de se apresentar bem nas cidades, e até os tropeiros botam a fralda da camisa para dentro das calças antes de entrar nos povoados. Ora minha gente, o tenente comprou farda nova quando seu Chico Lopes o fez delegado. Quanto à Beata Maria do Egito, como Glauce estava bonita naquele hábito!

Acharam lento o ritmo da representação. A mim, que me sinto de ordinário atropelado na precipitação imprimida à representação em nossos teatros, me pareceu justa a direção de José Maria Monteiro. E todos os artistas – o veterano Jaime Costa, Glauce Rocha, Sebastião Vasconcelos, Rodolfo Arena – me agradaram totalmente. Os papéis da Beata e do tenente são dificílimos: Glauce e Sebastião me pareceram admiráveis. Os críticos dirão: – Esse não entende nada de teatro. É possível. Mas também entender como eles não quero não. Deve ser uma infelicidade. Rachel, minha flor, um beijo! Glauce, minha flor, outro beijo! Outro a você, Bellá. E um abraço para os marmanjos, a começar pelo Chefe do Serviço Nacional de Teatro.

[28.X.1959]

UM CAVALINHO AZUL

Há em Copacabana uma casa comercial que se chama Mercadinho Azul. À noite o nome brilha em gás neon na fachada. Mas um dia, passando por ali o que vi escrito não era Mercadinho Azul, e sim Mercadin o Azul: uma falha na corrente do gás introduzira o sonho em pleno mercado. Mercadin o Azul era evidentemente o título de um livro de aventuras maravilhosas do tipo das *Mil e uma noites*.

Se eu tivesse a imaginação de Maria Clara Machado, escreveria a história do Mercadin, que devia ser azul pelas mesmas razões por que o cavalinho do menino Vicente lhe parecia a ele azul. Azul sempre foi símbolo de sonho, de ideal, de infinito. *L'art c'est l'azur*, disse Victor Hugo. Mallarmé, desesperadamente enfastiado da triste palha *ou le bétail heureux des hommes est couché*, gritou no fim de um poema: *L'azur! L'azur! L'azur! L'azur!* Rubén Darío intitulou *Azul* o seu primeiro grande livro, o que escreveu quando ainda era dono de seu jardim de sonho. Maeterlinck utilizou o símbolo no seu *L'oiseau bleu*. Antes dele o nosso grande Machado fizera-o na "Mosca azul", entre cujas asas o pobre poleá viu qualquer coisa que luzia "com todo o resplendor de um sonho".

A tantos exemplos ilustres Maria Clara Machado vem juntar o seu com esse *Cavalinho azul*, que está sendo representado com merecido sucesso no Tablado. O talento da filha de Aníbal, já demonstrado em algumas peças anteriores – *Pluft, o fantasminha, Chapeuzinho Vermelho, A Bruxinha que era boa* – superou-se nesta última, primor de concepção e realização. Sonho e realidade, o sonho do menino, a realidade dos adultos sem resquício mais de infância, o circo e a cidade (que fina sátira da cidade Maria Clara nos dá naquela pressa e agitação dos homens que só têm um pensamento – "Não temos tempo a perder!") chocam-se, combatem-se musicalmente nessa história fantástica, e naturalmente a vitória cabe à infância, à imaginação, ao sonho, quando o cavalinho de Vicente aparece como ele o sonhara e o via, – azul, azul, azul! Fica-se comovido, eu fiquei comovido.

O cavalinho azul está otimamente encenado. Não citarei nenhum nome porque todos representaram bem. Os bichos estão magníficos, tanto os elefantes como os cavalos, especialmente os cavalos, plasticamente esplêndidos, quer o azul quer os brancos.

[18.V.1960]

BILHETE A ZORA

Saluba, Zora! Eparrei! Eparrei!

Creio que não poderia exprimir melhor o respeito de que fiquei tomado por você depois de ler as *3 Mulheres de Xangô* e a *Festa do Bonfim*. É que eu não sabia, não podia suspeitar que você bracejasse tão bem e tão fundo nas águas de Oxum, voasse tão segura nos ventos de Iansã, palmilhasse tão destemida os caminhos de Exu. Sempre imaginei que para isto fosse indispensável uma pinta de negro, e você, Zora, é aurora iugoslava, branquinha, branquinha. Agora você me ensinou que a questão é mais de personalidade do que de fisionomia: "Rosto branco ou negro pouco importa desde que o corpo saiba dançar a moda do orixá".

Verdade, verdade, já conheci outra branca que era filha de terreiro. Foi ela que me ensinou as palavras *Atôtô, meu santo, ei abaluaê*, que meti em meu poema "Boca de forno". Não tinha a sua ciência da mitologia negra, mas praticava o culto, até que uma noite ajudei ela a deitar um despacho junto a um pé de pau em frente da Igreja da Glória do largo do Machado. Eu nem sabia aquilo pra que era e espero que não tenha sido pra nenhum malfeito, ela já é falecida, Deus a tenha em sua glória.

Confesso a você, um pouco envergonhadamente, que essas histórias de mitologia me fazem grande confusão na cabeça. A mitologia negra então nem se fala. A arte é uma grande clarificadora: você pôs em pratos limpos nas suas peças toda essa trapalhada dos amores de Xangô e agora eu conheço essa deusada por fora e por dentro (uma das excelências do seu teatro é como você marcou a personalidade, o caráter de cada um e cada uma dessas estranhas divindades, desde Oxalá, o poderoso e tranquilo pai da colina, até os seus mensageiros mais pífios – o maçarico ou o carneiro).

Posso bancar um pouco o impertinente dizendo-lhe que nas três peças das mulheres de Xangô o seu saber me parece que andou sufocando o trabalho da criação artística? Acho que este resultou, por isso, um tanto frouxo, um tanto desmanchado. Já em *Festa do Bonfim*, não. O drama de Oxalá está bem estruturado, só lhe ponho uma restrição, e é que às vezes o tom das falas lembra o das tragédias gregas. O negro e os seus deuses assumem dignidade dramática de maneira bem diferente dos brancos. Mesmo quando agindo como malandros, como aqueles pretos da Irmandade de S. Benedito combinando os festejos nas vésperas do dia do padroeiro:

– Precisa mandá dorá o altá de Nossa Senhora!
– Tem tempo!

– Precisa encomendá vinho do Porto pra bebê a saúde dos convidado...
– Êre que venha! Êre que venha!

E obrigado pelo machado de asas: espero poder com ele cortar todos os malefícios e abrir todos os caminhos desta ingrata vida! Saluba, Zora! Arrôbôbô! Arrôbôbô!

[28.XII.1958]

ENTRE QUATRO PAREDES

Só agora, minha gente, tomei contato com Sartre, através de *Huis Clos*, a peça que a Companhia Tônia-Celi-Autran está levando recentemente no Teatro Dulcina. É que a propaganda existencialista, Saint-Germain-des-Prés e seu pitoresco de encomenda, Juliette Gréco *et reliqua* me punham de pé atrás. Mas agora já se pode começar a ler Sartre, porque tudo isso está superado. Já repararam como anda em moda essa palavra? Quando se quer depreciar um grande poeta, um grande escritor, um grande artista plástico, que seria escandaloso pretender negar como tal, diz-se que ele está superado. É extremamente cômodo. Sartre? Superado! Acontece que eu gosto dos superados. São homens que a gente pode admirar sem receio de estar sendo iludido pelo que havia neles de superável, de caduco. Assim que assisti à esplêndida representação de *Huis Clos*, totalmente despreocupado do seu fundo existencialista, interessado apenas na intensidade humana e dramática daquele trio de demônios num pequeno apartamento do inferno. E era curioso de ver como Sartre, que não acredita em Deus, para ele uma hipótese "errônea e inútil", soube compor um inferno tão conforme com a ideia de Deus e sua infinita misericórdia, porque quem vai para o inferno, vai por sua própria vontade, não pela de Deus. Vai porque só ali se sente bem. Tanto que, quando o homem da peça, tão bem encarnado por Paulo Autran, investe contra a porta e esta finalmente se escancara de súbito, ele recua e não sai. Depois de hora e meia de tortura mútua daqueles três, cada qual largado exausto no seu sofá, exclama, ainda com diabólica delícia: – Recomecemos!

Tônia Carrero apresentou-me nesse ato magistral uma inesquecível surpresa. A Stelle pareceu-me o seu melhor papel, de quantos já vi. Nos outros dir-se-ia que ela era prejudicada pela sua mesma beleza. Porque o problema de Tônia é este: é bela e de uma rara beleza, mas a sua beleza não lhe dá máscara. Para atingir o patético, ela tem que lutar contra a sua beleza. Na peça de Sartre atinge-o com ampla margem. Atinge-o sem precisar desviar a atenção do espectador de sua inefável pureza de traços, do inefável azul de seus olhos irreais. A artista, ao cabo, venceu a mulher. Digamos – superou-a, para empregar a palavra da moda.

[5.IX.1956]

CINEMINHA

APRESENTAÇÃO DO CRONISTA

Houve tempo em que, pouco entendendo de música e de artes plásticas, escrevi abundantemente sobre uma e outra coisa. Esse tempo passou: *Je sais aujourd'hui saluer la beauté*.

De cinema entendo ainda menos que de música e artes plásticas. Eis-me no entanto descaradamente cronista de cinema. A turma vai gozar. Resulta a funesta empreitada de uma chantagem sentimental de meu amigo Pedro Dantas. Quando o encontro na rua e ele me diz: "A bênção, meu tio", respondo: "Deus te abençoe", num tom seco, mas as minhas entranhas se derretem. Pedro Dantas sabe disso. Daí eu definir como chantagem sentimental o convite que me fez um dia destes para escrever sobre cinema no suplemento dominical desta folha.

– Mas meu caro bissexto, eu não entendo nada de cinema!
– Não faz mal: às vezes entender é que atrapalha...

Rimos gostosamente, e essa risada me acumpliciou com ele na sua maliciosa vontade. Eu estava desarmado e à mercê do sobrinho abençoado. Positivamente sou um péssimo caráter.

No domingo seguinte abro o *Diário Carioca* e vejo anunciada a minha colaboração em termos que importam numa verdadeira mistificação da clientela do jornal: uma espécie de "queremos Bandeira" (triste fruto dos tempos!), com esta calva mentira: "O fraco poeta, uma das mais chochas vozes literárias do Brasil, assinará pela primeira vez crônicas de cinema".

Ora, o meu crime é uma reincidência. Faz muitos anos cometi a leviandade de fazer crônica de cinema num jornal que começava ou recomeçava. Foi num tempo em que eu andava pelas salas de projeção do Rio na desesperada procura de passarinho verde. A caça ao passarinho verde é, como toda a gente sabe, um esporte caríssimo. Escrevendo sobre cinema, o que eu queria era arranjar carona. Fui despistado pelas empresas, que, muito avisadamente, me recusaram a entrada permanente. Quando o diretor do jornal soube da recusa, danou-se e esbravejou: "Meta o pau nessa gente!"

Não meti o pau em ninguém. Nem por isso a publicidade das empresas entrava. O negócio da publicidade se resolveu elegantemente de outra maneira: o jornal aceitando na minha seção um segundo cronista, *persona grata* das empresas. Retirei-me em boa ordem, jurando nunca mais meter-me noutra. No entanto... Positivamente sou um péssimo caráter!

Não foi só. Há uns dois anos (ou três? ou quatro? O tempo, essa mocidade, passa tão depressa!) o Vinicius de Moraes abriu um debate público de corpo presente a respeito de cinema falado e cinema silencioso. Brasileiro não sabe discutir. Na segunda ou terceira reunião o debate envenenou-se e quase saiu pancadaria. Tomei parte nele e devia ter apanhado, porque me portei como um quadrúpede, – com grande espanto de Otto Maria Carpeaux, que só me conhecia sob as falsas aparências líricas de homem que aceita tudo (vide *Poesias completas*, edição da Americ-Edit., Rio, 1945, página 227).

Eis a minha folha corrida no que concerne ao cinema. Não quero enganar o público: volto a esta crônica por culpa do meu sobrinho Pedro Dantas; volto com a mesma ignorância, o mesmo cinismo, e uma saudade sem esperança, uma saudade cachorra, cotidiana e consuntiva, de uma mulher que envelheceu: Greta Garbo.

[13.I.1946]

ARTE E CINEMA

Os poetas se queixam, mas no fundo eles são uns felizardos no que diz respeito ao condicionamento da criação artística. Basta-lhes uma folha de papel e um lápis para criar o seu poema. E mesmo que isso lhes seja negado, podem ainda recorrer a uma forma fixa e breve – soneto, rondó, balada – fácil de reter na memória. Foi o que fez Jean Cassou, que, prisioneiro dos alemães, compôs num campo de concentração os seus 33 admiráveis sonetos, depois publicados sob o pseudônimo Jean Noir nas *Éditions de Minuit*.

No polo oposto ao do poeta está o diretor cinematográfico. Não há arte mais tiranicamente condicionada que a do cinema. Arte popular por excelência e reclamando capitais imensos, nasce limitada por um sem-número de elementos estranhos à pura intenção estética. Arte que não pode ser lançada individualmente, o seu veículo é uma estrutura comercial que, para não falir, deve sujeitar-se o mais estritamente possível ao gosto do grande público. Nessas injunções, o diretor cinematográfico é comparável ao dançarino amarrado de pés e mãos a quem disséssemos: agora dance! E o milagre é que alguns dançam mesmo e genialmente, como esse incomparável Charles Chaplin.

A respeito do problema da criação artística no cinema escreveu Francisco Ayala uma *"Nueva indagación de las condiciones del arte cinematográfico"* no número 119 da revista argentina *Sur*. Recomendo-a a todos os amadores do cinema-arte. É magistral, como tudo que sai da pena desse autêntico homem de letras, até agora quase inteiramente absorvido pelo magistério e pela sociologia. Ayala, autor dessa obra-prima que é o conto "El hechizado", foi nosso hóspede durante ano e pico. Quando ele se foi embora, repeti melancolicamente o meu "Rondó dos cavalinhos", introduzindo-lhe uma variante:

> Francisco Ayala partindo
> E tanta gente ficando...

Começa Ayala constatando a impossibilidade, em nossa sociedade atual, de uma elaboração artística livre dos fins comerciais das empresas. Concorda que a tensão entre os dois fatores antagônicos – arte e comércio – pode resolver-se em fórmulas de universal eficácia. No caso, por exemplo, de o artista criador possuir recursos para se converter em empresário de suas próprias produções; mas empresas desse tipo só têm viabilidade quando se trata de uma arte profunda e genial: o gênio vence todas as resistências.

Quais são as condições impostas ao artista pela estrutura da empresa industrial? Ayala enumera as seguintes: ampla inteligibilidade (nada de "pedra no caminho"), problemas de experiência comum, com formas de vida comuns – concepções, sentimentos, linguagem, costumes, etc., mas com a introdução cautelosa de elementos que superem a vulgaridade cotidiana, fornecendo assim ao grosso público a ilusão compensatória de tudo aquilo de que ele se sente frustrado na vida; nessa Pasárgada de imagens o feio-tímido conquistará a beldade inacessível, o chefe de família exemplar estrangulará o companheiro de repartição que o preteriu nas últimas promoções, o coletor de Santa Quitéria do Rio Abaixo jogará no Cassino de Monte Carlo, eu terei amores com duas ou três nativas de uma ilha perdida no Pacífico... A trama do filme comercial exige o par amoroso com todas as características da beleza física convencional. O par pode sofrer o diabo e é bom que sofra, para a catarse das lágrimas (há gente que só chora no cinema), contanto que depois venha o indispensável *happy end*, o desenlace feliz. E é ainda preciso que a obra nunca se ponha em contradição com as valorações dominantes na sociedade.

Há, é verdade, um tipo independente de produção – o dos organismos oficiais. Aqui o fim de lucro é eliminado, mas surge outra limitação – a da intenção política, e um fantasma assustador – a burocracia.

[20.I.1946]

CINEMA EM PETRÓPOLIS

Na tarde úmida e fria o quartinho do hotel tornou-se de repente inabitável. Não havia com quem falar mal de Mariano Moreno, cujo *Plan de operaciones*, com o projeto de invasão e conquista do Brasil, eu acabara de ler. A estação 27 dos telefones do Rio continuava com defeito. Eu já farto de ver as gotinhas da chuva apostarem corrida ao longo dos fios telegráficos. Não era possível desabafar gritando, porque o odioso "Regulamento", pregado atrás da porta, mas na realidade perambulando no quarto, dominando o quarto e impondo-lhe uma atmosfera, dizia cominatoriamente no art. 1º: "A gerência pode exigir RETIRADA IMEDIATA do hóspede que proceda de modo inconveniente à boa ordem do estabelecimento".

Desci à rua, onde uma fila enorme esperava em frente à bilheteria do cinema. Três e meia... Confesso a minha ignomínia: segui o conselho do número 1111 ao número 1 – entrei na fila! Ai de mim, o filme era "O demônio do Congo".

Cinema abarrotado. Grandes expectativas. Elenco: Hedy Lamarr, Walter Pidgeon, etc. (Não havia mago de efeitos especiais.) Começava a história por uma conversa mole entre homens enervados pelo tremendo calor de um Congo... de Hollywood, Walter Pidgeon bancando desta vez o machão das selvas da borracha. Senão quando entra o mais completo imbecil jamais inventado pelos estúdios norte-americanos na pessoa de Mr. Langford. Falam de uma certa Tondeleio, o demônio do Congo, a vampira nativa, e logo a gente sente que, antes mesmo de vê-la, o recém-chegado Langford está no papo.

A assistência quieta, na grande expectativa... Afinal surge Tondeleio, seminua, crepuscular, pré-fatal e beladonizada. "Oba!", grita um sujeito na plateia. Outro repete: "Oba!", e há um coro de assobios. Tondeleio procura enlear o jovem Langford. Promete fazer "tiffin" para ele. Boa ideia essa de "fazer tiffin". Mas embora o rapaz tenha ficado completamente tonto desde a aparição de Tondeleio, não a beija quando ela se oferece. Aqui rompe na assistência uma formidável assuada. Uma menininha atrás de mim diz pela terceira vez: – Chi, ela está feia, Leia!

Vocês viram no Rio "O demônio do Congo"? Pois quem não viu saiba que Langford acaba casando-se com Langford; que Langford acaba envenenado por Tondeleio; que Tondeleio acaba forçada por Walter Pidgeon a beber o resto do veneno propinado a Langford.

Tondeleio é tão cacete que dá vontade de dizer de uma pessoa ou coisa enfadonha, em vez de pau, Tondeleio.

O que senti em tudo foi não ter a meu lado o Vinicius de Moraes para ouvir os "obas" dos rapazes, o adorável "Chi, ela está feia!" da menininha. Será que há disso nos cinemas de Ipanema?

[23.I.1944]

PANE EM CAXIAS

O filme que vi esta semana no Cine Metro-Pasárgada pertence ao gênero documentário, glória do cinema inglês, onde o *Song of Ceylon*, de Basil Wright, permanece como uma obra clássica. Creio que é a primeira vez que na cinematografia nacional se emprega o processo, tão caro a meu amigo Vinicius de Moraes, esse "monstro de delicadeza" que foi tão amável comigo numa de suas últimas crônicas para *Diretrizes*, o processo de utilizar os atores como matéria docilmente plástica nas mãos do diretor. O processo, difícil de pôr em prática nos filmes de ficção e numa terra dominada pelo estrelato, como Hollywood, torna-se mais maneiro no gênero documentário e nestes Brasis onde até hoje "não surgiu nenhuma estrela no céu da sétima arte". No filme *Pane em Caxias*, o elemento humano está representado por gente do povo encontrada na estrada, se excluirmos o grande poeta Augusto Frederico Schmidt e o grande industrial César Sardinha, os protagonistas da película, os quais, não obstante nunca terem representado na vida, deram grande relevo aos seus papéis, o que redunda em abono do sistema ditatorial de direção.

Pane em Caxias combina o documentário de paisagem com o documentário de caráter social. A paisagem registra aspectos matinais de Petrópolis, a descida da serra, as vastas planícies da baixada. Quando o automóvel enguiça, entra em ação o elemento social sob a forma desse impulso de cooperar, que se existisse em todas as atividades da vida tão espontâneo e desinteressado como o vemos nas "panes" de automóvel, acabaria com a estafada citação de Plauto: "*Homo homini lupus*". A esse respeito Schmidt diz no filme umas coisas bem interessantes. "Note", vira-se ele para o industrial Sardinha, "que nas relações sociais há, como neste nosso contratempo, os que param e os que não param, os que ajudam e os que egoisticamente passam inteiramente esquecidos da solidariedade que devem ao seu semelhante". O filme exalta esse sentimento de solidariedade, inculca a obrigação social de "parar".

A trama do celuloide é muito simples. O amigo do Rei, antes de embarcar no ônibus para o Rio, toma o seu café, sem leite naturalmente, porque existe a CEL, quando lhe aparecem o poeta e o industrial. Apresentação do industrial ao amigo do Rei, que não o conhecia senão pelo renome das tintas, e o industrial imediatamente conta a anedota do macaco na arca de Noé. Devo dizer que é a única falha do filme. A anedota era bem dispensável, porque se caracteriza a pessoa na sua mocidade sadia e brincalhona, essas qualidades não precisavam do reforço pelas palavras: ressaltam em toda a película das simples imagens em movimento. O automóvel era um velho Ford que já trabalhara com gasogênio. O industrial tem três automóveis ótimos, mas só viaja para Petrópolis nesse calhambeque. O resultado é que antes de Quitandinha o carro enguiça. Levanta-se a capota do motor, olha daqui, mexe dali, no fim de cinco minutos o próprio industrial descobre que não havia uma gota de gasolina no tanque! Mas há "os que param": no mesmo instante e como por encanto um automóvel que vinha atrás empurra o do industrial até a próxima bomba. De tanque cheio, o carro prossegue. Os *shots* do alto da serra são deslumbrantes, embora o amigo do Rei pretenda que essas paisagens assim lembram sempre cenografias. Na descida da serra o carro enguiça duas vezes, corria rápido, o bastante para o diretor apanhar uns detalhes da mata e pôr mais de manifesto a alegria exuberante do industrial, que já no caso da falta de gasolina, em vez de estrilar, rira radiante. Depois a baixada até os arredores de Caxias. Em dado momento, o industrial freia bruscamente e grita no auge da alegria: "Saiam, que o carro está pegando fogo!"

Schmidt salta para fora num pulo que lembra o que Nijinsky executava no fim do *Espectro da rosa*. O amigo do Rei, que levava na valise o seu testamento, procede com mais calma. O carro estava mesmo pegando fogo. Mas imediatamente é cercado e socorrido por *chauffeurs* e passageiros de outros carros e caminhões que viram o acidente.

Vêm então as sequências mais curiosas, a intervenção dos que param, a displicência dos que não param. Sobretudo estes últimos são introduzidos com grande senso de humor e uma técnica habilíssima. Por exemplo, o casal arrufado. O rapaz vocifera indignado: "Eu vi você atracada com ele, beijando-o na boca!" Ao que a moça responde com ar absolutamente angélico: "Que importância tem um beijo? Ainda se fosse em outro lugar... Mas na boca!"

O rapaz fica siderado, num imenso espanto. O *close-up* é de um efeito formidável, desmanchando-se a careta surpresa e dolorosa num *fading out* que se transforma na chispada do automóvel, baixada afora.

[3.III.1946]

HISTÓRIA DE SAGAN

É moda, agora, entre os requintados, meter o pau na literatura de Françoise Sagan. Acho excessivo. A francesinha escreveu um primeiro romance, que não é nenhum assombro, convenho, mas que tem qualidades, e como tinha então dezenove anos, apenas, alcançou um sucesso formidável, enriqueceu. Naturalmente, tratou de aproveitar a onda e rabiscou às pressas mais dois romances, inferiores ao primeiro, o que não impediu que se vendessem aos milhares no mundo inteiro. É ela responsável pelo êxito desmedido de seus romances? Não, responsável é o público. Se não fossem as tiragens excepcionais de *Bonjour tristesse* (o título é bonito na sua graça melancólica), seria a romancista tratada com mais brandura.

Sua situação vai agora piorar muitíssimo depois de passado o romance para o cinema em produção da Columbia Pictures. Sagan hollywoodizada, cinemascopizada, é que está nas proporções em que a veem os severos críticos do seu talento literário. Estes americanos de cinema são mesmo de amargar. Reduzem tudo à mesma coca-cola. Se era linear, como acentuara a crítica, a psicologia da autora (meu Deus, uma criança), no filme vira pó de traque. O que se vê é uma série de cenas de praia, uma sucessão de diálogos metidos a engraçados, aliás prejudicadíssimos na tradução para o português. Sagan pode ser ruim, mas o seu romance é bem francês. No filme só restam de francês as paisagens de Paris com que ele abre. Tudo o mais é cem por cento mau americano.

Com exceção, seja dito em tempo, da figurinha de Jean Seberg, um amor de garota, mas não tanto amor que faça a gente engolir o filme sem revessá-lo.

[3.IX.1958]

ORFEU DO CARNAVAL

Quando vi a representação de *Orfeu da Conceição*, pensei comigo: esta coisa do Vinicius ficaria muito melhor se realizada em cinema. Por isso, e sobretudo depois do sucesso de *Orfeu negro* no festival de Cannes, grande era a minha curiosidade de conhecer o filme de Camus. A decepção foi tão grande quanto a expectativa. Creio que igual para todos os brasileiros. O filme é para funcionar fora do Brasil, para estrangeiros que não conheçam o Brasil, ou que apenas o conheçam de passagem e superficialmente. Há nele um *parti pris* de exotismo, que, a par de outros elementos bem acusadamente franceses, o tornam para nós, ao contrário da intenção do diretor, bastante insípido, não obstante a presença autêntica de tanto negrinho bom do Brasil (especialmente Orfeu e os dois meninos seus amiguinhos estão magníficos).

O filme vale afinal como documentário. Documentário da paisagem carioca, do carnaval carioca, da vida nas favelas dos nossos morros (e aqui há deformação, que pode induzir o estrangeiro a crer que essa vida é um paraíso), documentário de macumba (esta o ponto mais alto a esse aspecto). Excesso de carnaval, excesso de dança, dentro do qual quase que se perde a história de Orfeu, reduzida a um fio tênue, que, se não se parte, é porque a técnica de Camus o conduz com magistral habilidade. Técnica tão evidente que nos dá, a cada passo, a ilusão de facilidade. Ora, os que acompanharam de perto o trabalho de Camus sabem que as dificuldades com que ele teve que lutar foram imensas, sabem que ele deu tudo na direção do filme.

O que, porém, resultou de tudo isso não foi a coisa que sonhou o nosso grande poeta, que ele sonhou em Sunset Boulevard, Los Angeles, e sobre a qual me falou em carta de 1949: "Tenho trabalhado, às vezes, numa peça negra, a se chamar *Orfeu, tragédia carioca*. O 1º ato saiu muito bem, em decassílabos. Escrevi o 2º mas estou refazendo. O 3º está prontinho na cabeça. Conservei os nomes, a linha geral do mito, tudo: Orfeu, Eurídice, Aristeu, etc. Nomes mulatos, não acha você?" Tenho que pouco restou de Vinicius na manipulação de Camus.

[2.IX.1959]

DOCUMENTÁRIO DE ESCRITORES

O filme que uma centena de pessoas vimos anteontem no auditório do Ministério da Educação – *O mestre de Apipucos e o poeta do Castelo* – inaugura uma iniciativa muito louvável de José Renato Santos Pereira, diretor do Instituto do Livro, qual seja a de fixar pela imagem e pela voz a personalidade dos nossos escritores. Não é só para a posteridade que se está trabalhando assim: é desde logo para o presente: os que vivem nos Estados e se interessam pela literatura poderão de hoje em diante tomar contato mais vivo com os nossos homens de letras. Não sei se a filmoteca do Instituto do Livro se estenderá também a músicos e artistas plásticos. Deveria, aliás, estender-se a todos os setores da cultura. Pena é que não se tivesse pensado nisso mais cedo; que Mário de Andrade, Jorge de Lima, José Lins do Rego, Roquette-Pinto, tantas outras figuras ilustres tenham morrido, sem que tenhamos guardado num filme um pouco da sua vida de todos os dias.

Gilberto Freyre não gosta que lhe chamem *o mestre de Apipucos*. Parece ver no título uma ironia. Mas o fato é que mestre ele é e em Apipucos mora. Que bonita propriedade a sua, essa rústica chácara com o sobradão que já foi casa-grande de engenho! Tenho esperança de um dia a conhecer de corpo presente, mas enquanto a oportunidade não vem, que prazer foi para mim ver pela imagem tudo aquilo, acompanhar o amigo no seu passeio matinal, observar-lhe a curiosa maneira de trabalhar, não sentado a uma secretária, mas derreado na mangalaça de uma poltrona e dir-se-ia que meio assistido por um gatinho adorável, a-do-rá-vel. Em certas tomadas o mestre está muito natural – quando trabalha, quando conversa com a cozinheira, quando faz a batida; em outras deixou-se dominar por aquela *self-consciousness* que julgo ser castigo de Deus para o seu gosto de gozar os ridículos alheios. Em suma, para quem nunca teve trato pessoal com o mestre, o filme apresenta o homem em toda a sua verdade.

Creio que o mesmo se pode dizer da parte que me toca. Senti-me devassado na tarde de anteontem, e de noite não dormi bem, a minha própria imagem me perseguia. Fiquei também bastante vaidoso, meio compenetrado de que tenho um enorme talento para ator e de que Hollywood não sabe o que está perdendo na sua ignorância da minha existência.

O roteiro e direção desse filme é de um rapaz curioso. Joaquim Pedro de Andrade, filho de Rodrigo M. F. de Andrade e meu distinto afilhado, fez um ótimo curso de Física na Faculdade Nacional de Filosofia, já estava bem encarreirado na profissão, e de repente larga tudo para se entregar de corpo e alma ao cinema. Esta película é o seu Opus 1. Pode-se-lhe fazer aqui e ali alguma crítica. Em conjunto saiu-se esplendidamente. O filme está, do começo ao fim, bem estruturado, o ritmo das sequências não trasteja nunca, o interesse do espectador mantém-se constante. Joaquim Pedro já é um valor em nosso cinema. A ele e aos seus companheiros de equipe os meus parabéns.

[15.XI.1959]

O PASSADO

Meu amigo Onestaldo de Pennafort prepara-se alvoroçadamente para rever um velho amor da tela muda, a passional Francesca Bertini, programada no Festival do Cinema Italiano, que se anuncia para breve. Será para o querido poeta a revocação de toda uma época, aliás, por ele mesmo já relembrada no seu livro *O rei da valsa*. A época anterior à criação da Cinelândia, a época dos primeiros cinemas da avenida Rio Branco – o velho Odeon, o Avenida, o Kosmos, dos cinemas com sala de espera, com a sua orquestrinha (houve tempo em que no Odeon a orquestrinha foi substituída por Ernesto Nazaré tocando ao piano os seus tangos e as suas valsas); com a sua orquestrinha e os seus namoros.

Ai tempos do cinema a um e dois cruzeiros! O que não quer dizer que o cinema fosse barato. O nosso dinheiro é que valia mais, o jornal e o bonde custavam duzentos réis, pagava-se com cem mil uma cozinheira de forno e fogão, novecentos mil era o ordenado de um professor de escola superior... Éramos então bem mais felizes em nossa despreocupada inconsciência de povo subdesenvolvido, com eleições a bico de pena e domingos sem suplementos literários.

Não irei ver Francesca Bertini, sou menos corajoso do que Onestaldo. Dou-me por contente com ter visto o filme *Risos e mais risos*, em inglês *When comedy was king*, salada de primeiras fitas de Chaplin (quando Chaplin era só Carlitos e não Mr. Verdoux ou rei destronado), de Buster Keaton, de Charley Chase, de Ben Turpin, de Chico Boia, cuja carreira foi cortada por uma tragédia nefanda, d'*O Gordo e o Magro*, Laurel e Hardy, hoje dois gordos... E outros.

Revi Glória Swanson, não a grande mulher no esplendor de sua beleza. Glória Swanson ainda *girl* das comediazinhas de Sennett, mal saída da adolescência, sem nada de fatal. Glória Swanson contracenando em perseguições e correrias doidas, em encontrões e tombos espetaculares. Vi Glória em plena glória e Glória decadente. Faltava-me ver Glória-broto (decerto a tinha visto mas sem adivinhar que era ela).

O selecionador dos filmes desse filme poderia ter evitado a impressão de monotonia que há naquela sucessão de correrias desabaladas, a de Buster Keaton, que é a melhor, bastava. Uma coisa impressiona em todos eles: a ridicularização permanente do polícia, sempre boboca, sempre levando a pior.

A sala ria que ria. Eu também ri muito, mas com alguma melancolia. Estou quase aconselhando Onestaldo: – Não vá ver Francesca Bertini.

É verdade que, na sua doçura de poeta lírico, Onestaldo é um forte.

[20.VII.1960]

LA STRADA

Sábado passado, fui ver na Casa de França (como está bonita a Casa de França!) o filme *La strada*, que a Sociedade Teatro de Arte apresentava aos seus associados. Fui no escuro, porque ando muito mal informado de cinema, e ultimamente o cinema italiano tem derivado um pouco para o estrelismo e o *sex appeal* de suas fabulosas Lollobrigidas. Mas vendo no meio do público numeroso a pequena figura elétrica de Aníbal Machado, fiquei tranquilizado: o criador do mítico João Ternura está sempre bem informado e a sua presença numa assistência é sempre índice de espetáculo de alta classe.

E de fato: *La strada* é um espetáculo de alta classe. Desde o princípio a gente se sente logo empolgado pela mão segura do diretor Federico Fellini e vai, de emoção em emoção, ao clímax do patético diante daquela história simples, de ambiente simples, de almas simples, salvo a da protagonista Gelsomina, com o seu prodigioso mistério da infância.

O comentário do programa falava em novo passo da escola neorrealista e de Fellini como se revelando, no filme, "autêntico poeta do cinema". Grande poeta, na verdade, pois não ocorre, no desenrolar daquelas pungentes sequências, uma cena, um gesto onde ele não haja posto um toque de poesia.

Nunca se pode dizer, numa representação teatral ou de cinema, até onde os atores foram ajudados pelo diretor ou este por aqueles. Todo o elenco de *La strada* atua bem. Todavia, os protagonistas Zampano e Gelsomina encontraram em Anthony Quinn e Giulietta Masina intérpretes ideais. Aquele Zampano, um tanto parecido com o nosso querido Rubem Braga, chega a ser simpático na sua cega brutalidade de homem que não sabe falar e ladra. Mas, por formidável que seja a sua atuação, a de Giuletta Masina supera-a. A sua Gelsomina é uma dessas criações que ficam para todo o sempre doendo no coração da gente. Impecável a todos os aspectos. Incrível.

Eis um filme a respeito do qual dispensamos o juízo de qualquer sabido em matéria de cinema. Porque a sua densidade humana é tão alta, que atesta, só por ela, a alta classe de sua técnica.

[22.VIII.1956]

GARBO, MARLÈNE

Ainda será tempo de falar de Marlène Dietrich? Não a vi quando de sua passagem pelo Rio: televi-a apenas, o que não é a mesma coisa, sobretudo levando em conta como foi tecnicamente imperfeita a sua apresentação (viam-se mais as costas do locutor do que a figura da artista). Todavia, resistiu ela a tudo o que, desde o *Anjo azul*, me impressionou como essencial no extraordinário encanto da mulher Marlène – aquele sorriso de olhar infinitamente apiedado e que parece dizer-nos, sem gosma de sentimentalismo aliás: "Criança, a vida é tão absurda, tão triste!" Mas a vinda de Marlène proporcionou-nos um espetáculo bem divertido, que foi a polêmica entre os cronistas C. D. A. e Vinicius de Moraes. Defendendo cada um a sua estrela, C. D. A. Greta Garbo, Vinicius a Marlène, reviveram ambos galhardamente os dias românticos em que Castro Alves e Tobias Barreto se digladiavam no Recife por causa de duas artistas da mesma companhia no Teatro Santa Isabel. Para Vinicius, Marlène é a Mulher, talvez a mulher-ideia de Platão, ou o Eterno Feminino de Goethe; para C. D. A, a Garbo é um mito. Vinicius tomou nojo da sueca porque a viu, num coquetel de Mlle. Schiapparelli, recusar uma beberagem estranha onde boiava uma pétala de rosa e pedir vodca. Tive vontade de acudir em auxílio de C. D. A. fornecendo-lhe certo trecho de carta de Vinicius, datada de 1949 em Hollywood, na qual o poeta me contava a sideração em que ficara ao cruzar na rua com o Mito. Mas procurei a carta e não a achei. Achei foi outra, em que ele me falava de Marlène: "Você sabe, ela está cada dia mais linda, mais elegante, mais tudo. É uma mulher incrível, sem o menor desgaste, e de uma naturalidade fantástica. Tira fotografias de publicidade com o netinho, sem dar a menor bola para a legião de apaixonados que tem aí por esse mundo todo. Eu, depois que a vi com o neto ao colo, fiquei mais apaixonado do que nunca. Imagine você a gente a..." Bem, não posso transcrever o resto, mas a avó Marlène tentava o poeta. "Isso nunca me aconteceu, pelo menos que eu soubesse", concluía Vinicius.

Quanto a mim, o que me ficou de todos os filmes em que vi Marlène foi aquele sorriso a que me referi no começo destas linhas. Me lembro fortemente é de seus *partners* Jannings, no *Anjo azul*, Gary Cooper, em *Marrocos*. Ao passo que da Garbo me recordo nitidamente, indeslembravelmente, em todos os filmes, sem ter a menor reminiscência dos homens – eram todos astros – que trabalharam com ela.

[9.VIII.1959]

TARDES E NOITES NA ACADEMIA

A ACADEMIA EM 1926

O sr. Luís Carlos chamou de "ninho de relâmpagos" ao espadim acadêmico que pertenceu a Raimundo Correia. Foi imprudência. O espadim tomou à letra o que, no espírito do ilustre poeta das *Colunas*, não passava, sem dúvida, de um tropo imaginoso para arrematar com chave de ouro a sua bela peça oratória. À hora em que o novo acadêmico se vestia a fim de comparecer à sessão solene de recepção, ao tomar da arma insigne, o "ninho de relâmpagos" desferiu a mais viva fuzilaria de raios que já desabou sobre a nossa capital. Os efeitos foram lamentáveis. O poeta caiu desacordado, como se já estivesse ouvindo o discurso do paraninfo, e não pôde comparecer ao Trianon. Substituiu-o o Diretor do Tráfego da Central que, embora apanhado de improviso, e sem dispor materialmente de tempo para enfrentar um problema tão complexo como o que se lhe deparava, apresentou um volumoso relatório em que historiou a vida das academias, desde o famoso jardim de Atenas, que teria ficado como o ideal dos institutos congêneres, se não fosse a falta de *jeton*, invenção muito posterior à da roda, mas evidentemente bem mais importante para um acadêmico. A pedido de várias famílias o orador tornou a narrar, com inexcedível graça de pormenores, a anedota do copo d'água e da pétala de rosa, ocorrida na Academia dos Silenciosos da Pérsia. Depois veio o elogio dos predecessores, e a propósito do sr. Alberto Faria, o digno engenheiro explicou à douta companhia que a palavra "folclore" é de origem inglesa: "folk", povo; "lore", conhecimento, estudo; "folk-lore", ciência que tem por objeto estudar o povo. Foi a nota erudita do discurso. Causou também a melhor impressão a belíssima imagem de "condor do orgulho humano", com que o orador saudou Vargas Vila, "o Revoltado genial a cujo diadema os adversários arrancam estrelas para com elas mesmas agredirem-no!"...

O paraninfo do poeta foi o sr. Osório Duque Estrada que entre os títulos de glória do novo acadêmico citou o de ter ele merecido de sua pena as honras de um "Registro" inteiro. Realmente o eminente crítico não podia dizer mais. O precioso "Registro" foi lido de cabo a rabo. É uma crítica de escada acima e abaixo, na qual o profanador da "Oração na Acrópole" analisou exaustivamente as poesias das *Colunas*, verificando que em 152 composições só quatro versos, num total de 3.088, são duros, além de uma única estrofe com rimas homófonas. O ilustre homem de letras leu em seguida vários outros folhetins do *Registro Literário*, contendo apreciações sobre os *Astros e abismos*, a *Vida doméstica* e outros magazines do lar e da mulher, terminando por contar a *História da Princesa Magalona*, vertida para a língua dos pp.

Os espíritos de Platão e Academus, invocados no exórdio da oração do seu novo confrade, sorriam encantados...[14]

[30.XII.1926]

---

[14] Publicado com o pseudônimo Esmeraldino Olympio. Esta e mais a de J. J. Gomes Sampaio eram as assinaturas com que, na *Revista do Brasil* dirigida nominalmente por Pandiá Calógeras, Afrânio Peixoto, Alfredo Pujol e Plínio Barreto, porém na realidade sob a direção exclusiva de Rodrigo M. F. de Andrade, este, Gilberto Freyre e o Autor, em 1926 e começo de 1927, satirizavam aspectos da vida literária brasileira.

CONSELHOS AO CANDIDATO

Certa vez um enamorado da Academia, homem ilustre e aliás perfeitamente digno de pertencer a ela, escreveu-me sondando-me sobre as suas possibilidades como candidato. Não pude deixar de sentir o bem conhecido calefrio aquerôntico, porque então éramos quarenta na Casa de Machado de Assis e falar de candidatura aos acadêmicos sem que haja vaga é um pouco desejar secretamente a morte de um deles. O consultado poderá dizer consigo que "praga de urubu não mata cavalo". Mas, que diabo, sempre impressiona. Não impressionou ao conde Afonso Celso, de quem contam que respondeu assim a um sujeito que lhe foi pedir o voto para uma futura vaga: "Não posso empenhar a minha palavra. Primeiro porque o voto é secreto; segundo porque não há vaga; terceiro porque a futura vaga pode ser a minha, o que me poria na posição de não poder cumprir com a minha palavra, coisa a que jamais faltei em minha vida".

Se eu tivesse alguma autoridade para dar conselhos ao meu eminente patrício, dir-lhe-ia que o primeiro dever de um candidato é não temer a derrota, não encará-la como uma *capitis diminutio*, não enfezar com ela. Porque muitos dos que se sentam hoje nas poltronas azuis do Trianon, lá entraram a duras penas, depois de uma ou duas derrotas. Afinal a entrada para a Academia depende muito da oportunidade e de uma coisa bastante indefinível que se chama "ambiente". Fulano? Não tem ambiente. Às vezes o fulano está até entre os mais macanudos do mundo das letras. Era o caso do Graciliano e do Cornélio Penna. Guimarães Rosa, concorrendo com Afonso Arinos, não tinha oportunidade: o outro era mais velho, com mais estreitos contatos com a Casa, de longa data solicitado pelos amigos acadêmicos a apresentar-se. "O seu lugar é ali", ouvi mais de um colega dizer-lhe em sessões públicas apontando-lhe o recinto privativo dos acadêmicos. Rosa foi derrotado. Agora, com a derrota, está de vez: a oportunidade é dele.

Sempre ponderei aos medrosos ou despeitados da derrota que é preciso considerar a Academia com certo senso de *humour*. Não tomá-la como o mais alto sodalício intelectual do país. Sobretudo nunca se servir da palavra "sodalício", a que muitos acadêmicos são alérgicos. Em mim, por exemplo, provoca sempre urticária.

No mais, é desconfiar sempre dos acadêmicos que prometem: "Dou-lhe o meu voto e posso arranjar-lhe mais um". Nenhum acadêmico tem força para arranjar o voto de um colega. Pistolão político não adianta. De resto a ciência do pistolão tem na Academia suas peculiaridades tão privativas como o recinto das poltronas azuis. Mas vou parar, que não pretendi nesta crônica escrever um manual do perfeito candidato.

[30.III.1958]

ORATÓRIA BAIANA

A minha consabida decrepitude não me permitiu comparecer, como era de meu desejo, a todas as cerimônias com que celebramos o meio centenário da glória póstuma de Machado de Assis. Senti sobretudo não poder enfrentar a soalheira do São João Batista às onze da manhã. Perdi também a oração de Lúcia Miguel Pereira no Municipal.

Segunda-feira, porém, escorei-me valentemente no cimento armado da velha casaca e marchei para o Petit Trianon. A exigência do trajo de rigor, cuja única utilidade na Casa é arejar durante algumas horas os fardões acadêmicos, reduziu bastante a concorrência do público mais interessado na solenidade – os homens de letras. O trajo de rigor não atrai a sociedade elegante a uma festa do espírito; e por outro lado exclui dela o elemento que mais importa. Com tristeza se viu que os donos do assunto – um Augusto Meyer, um Eugênio Gomes – não estavam presentes.

O meu interesse naquela memorável sessão era grande, não só por ela em si, homenagem da Academia ao seu primeiro presidente, como pela circunstância de ir ouvir a palavra de Octavio Mangabeira, que eu jamais tivera a fortuna de ver falar da tribuna acadêmica. Conhecia, sim, o formidável orador comicial, magnetizador das multidões.

Mangabeira esteve esplêndido. A sua oração foi, e não podia deixar de ser, um simples elogio acadêmico. Mas com que perfeição o disse! Desde o volume da voz, de grave timbre, sabiamente dosado à área do salão, trouxe a assistência presa aos primores da sua técnica de mestre da palavra falada. Seu discurso foi uma formosíssima construção de irrepreensível equilíbrio, de insuperável elegância. Com surpresa constatei nele as fontes de muitos recursos de outro grande orador ali presente – Pedro Calmon. Se estou errado, então é que tais recursos são um dom baiano. Mas Rui não falava assim. Naquela bela eurritmia de períodos bem balançados, me senti, de repente, suspenso pela força de uma imagem inesperada. Foi quando Mangabeira resumiu as dificuldades que teve de vencer o menino do morro em sua ascensão social, dizendo que ele tinha penetrado na vida "pelos seus desertos".

[1.X.1958]

AVERSÃO AO VOTO SECRETO

Outro dia, conversando comigo pelo telefone, Mauritônio Meira reporteou-me habilmente sobre a próxima eleição na Academia e eu, caindo como um patinho, confessei a minha aversão ao voto secreto. No dia seguinte estava tudo no *Jornal do Brasil*: Mauritônio promovia as minhas palavras à tese "que decerto iria provocar a maior repercussão nos círculos intelectuais do país".

Ingenuidade de Mauritônio. Nada acontecerá, a Academia continuará elegendo os seus membros por escrutínio secreto, porque a maioria dos acadêmicos está contente com o sistema e talvez tenha razão, pois, no dia em que desaparecer o segredo do voto, desaparecerá também o *suspense*, o fuxico, e as eleições perderão metade do seu interesse.

Por enquanto a repercussão se limitou aos comentários de quatro acadêmicos – Múcio Leão, Rodrigo Octavio, Gustavo Barroso e Austregésilo de Athayde – entrevistados pelo *Globo*. Os dois primeiros pensam como eu, não assim os outros. Múcio vai mais longe e aconselharia o debate das candidaturas em plenário, cada acadêmico advogando a causa do seu preferido. A ideia de Múcio me parece boa.

Os fundadores da nossa Academia adotaram o escrutínio secreto provavelmente porque assim se faz na francesa e a nossa foi decalcada nela. Mas por que o voto é secreto na Academia Francesa? Qual o sistema adotado em outras instituições similares? Na Academia Espanhola, por exemplo?

Note-se que os Estatutos da Casa de Machado de Assis não obrigam os acadêmicos ao segredo do voto. Apenas dizem que a eleição se fará por escrutínio secreto. Quer dizer, faculta ao acadêmico guardar segredo sobre o seu voto. Compreendo as vantagens do segredo no voto em eleição política, onde é necessário pôr o cidadão a salvo de possíveis perseguições dos que se julgam donos do voto dele. Mas numa associação literária como a Academia o segredo me parece inútil mesmo para os acadêmicos que nunca revelam o seu voto nem antes nem depois da eleição: pois na Academia, como na sociedade refletida na seção de Ibrahim Sued, tudo se sabe. Isto é, tudo não. O voto de Calmon é absolutamente imprevisível: nunca ninguém sabe ou saberá o que fará o sorridente baiano, nem por que o fará!

No momento, esse e outros problemas de psicologia aplicada estão tirando o sono a meus amigos Álvaro Moreyra, Aurélio Buarque de Holanda e Afrânio Coutinho. O conselho que lhes dou é que levem a coisa esportivamente. Uma eleição na Academia, ainda quando se é derrotado, enriquece o candidato de saborosa experiência, vale a pena. E a lista dos derrotados é tão ilustre, senão mais ilustre, do que a dos vitoriosos. Baste lembrar o nome de Gilberto Amado.

[10.XII.1958]

QUESTÃO DE ESTATUTO

A Academia deverá resolver amanhã se admite ou não como candidato à vaga de Aloysio de Castro o brasileiro naturalizado padre Augusto Magne. Muito provavelmente admitirá; pois na sessão passada a pronunciação dos juristas da Casa, Levi Carneiro e Pedro Calmon, não deixou dúvida sobre o caso. Com efeito, os Estatutos dizem no seu artigo 2º: "Só podem ser membros efetivos da Academia os Brasileiros que..." Não dizem *brasileiros natos*, mas *brasileiros* apenas. Por outro lado a Constituição vigente define em seu artigo 129: "São brasileiros: os nascidos no Brasil...; filhos de brasileiro ou brasileira nascidos no estrangeiro...; os que adquiriram a nacionalidade brasileira nos termos do artigo 69, números IV e V da Constituição de 24 de fevereiro de 1891; os naturalizados pela forma que a lei estabelece..." Assim que, se não quisermos desrespeitar os Estatutos da Academia e a Constituição, há que admitir como lícita a candidatura do padre Augusto Magne.

Se o candidato brasileiro naturalizado não estiver, na sua pessoa nem na sua obra, ligado à nossa vida e à nossa cultura, cumpre aos membros efetivos da Casa não lhe darem o seu voto na eleição, isto sim. Levi Carneiro exemplificou o caso dizendo que não votaria em Malraux, se o grande escritor francês se naturalizasse brasileiro e concorresse a uma vaga da Academia. Ora, o padre Magne está, quer na sua pessoa quer na sua obra, profundamente incorporado à nossa vida e à nossa cultura. Como sacerdote, como professor e como escritor, tem prestado imensos serviços ao Brasil. Pelo menos 56 anos de serviços. Que valem diante disso o nascimento e os quinze anos de vida no estrangeiro?

Vianna Moog foi ainda mais radical em sua opinião; creio mesmo que votaria num Malraux naturalizado, pois não admite distinção entre brasileiro nato e brasileiro naturalizado, o que para ele representaria discriminação de brasileiros de primeira classe e brasileiros de segunda classe.

Quando se fundou a Academia, nela tomou assento como membro fundador o português Filinto de Almeida, que nunca pediu naturalização, como enfaticamente me declarou certa vez: era brasileiro por efeito da chamada *grande naturalização* (a da Constituição de 24 de fevereiro).

Se a Academia não quer saber de naturalizados de nenhuma espécie, então terá que introduzir uma emenda no artigo 2º dos seus Estatutos e dizer: "Só podem ser membros efetivos da Academia os brasileiros natos, etc."

[21.X.1959]

CANJIQUINHA E DOCES TRABALHOS

Quinta-feira retomava a Academia de Letras os seus trabalhos (doces trabalhos, com excelente canjiquinha) depois das férias de fevereiro e março. Prazer de reiniciar o papo com velhos amigos, desde o provecto Pena até o adolescente Luís Edmundo. Logo à entrada sou chamado a contas por este e por Cassiano, que me querem envolver numa tenebrosa conspiração em favor da língua brasileira.

Onde está Adelmar? Não veio hoje. Espero que não tenha sido por motivo de saúde. Sinto falta dele e de Aloysio de Castro (Aloysio com *y*, de sorte a evocar o lírio, que para muita gente só com *y* é verdadeiramente lírio). Aloysio que, já o disse e repito, é motivo bastante para me fazer feliz de pertencer à ilustre Casa.

Todos os presentes estão alegres como estudantes no dia de reabertura das aulas. Levi, muito orgulhoso do novo número da *Revista Brasileira*. Mas há um espinho na sua satisfação: não há desta vez uma só página de ficção! A *Revista* é a menina dos olhos de Levi – a glória "que fica, honra e consola". Magalhães Júnior é que continua a guardar aquele ar de rei no exílio que assumiu depois que perdeu a vereança. Magalhães, Magalhães, o teu dia voltará!

Eufórico cem por cento está o presidente Austregésilo de Athayde com os melhoramentos introduzidos na Casa por sua iniciativa. Ele havia sido um dos principais opositores à demolição do Petit Trianon para construção do arranha-céu. Os partidários deste diziam: "Este pardieiro não tem uma peça para comodidade das senhoras, não tem uma sala de chá decente, etc.". Athayde aproveitou as férias de verão para, num golpe de mágica, dar isso tudo à Academia. A remodelação da sala de chá renovou mais uma vez a surpresa do ovo de Colombo: agora ficará sendo conhecida como o ovo de Athayde. Do teto pende o belo lustre de bronze, arte antiga francesa, presente da senhora Austregésilo de Athayde. Ao fundo está um relógio-pêndulo, oferta dos leiloeiros do Rio, o qual, na sua gravidade, parece repetir para os acadêmicos amigos do sossego os versos de Baudelaire:

Remember! Souviens-toi, prodigue! Esto memor!
Les minutes, mortel folâtre, sont des gangues
Qu'il ne faut pas lâcher sans en extraire l'or!

[5.IV.1959]

DECLARAÇÃO DE VOTO

A eleição de quinta-feira na Academia, para preenchimento da vaga aberta pelo falecimento de Olegário Marianno, não deu, como eu havia previsto, maioria absoluta (vinte votos) a nenhum dos três mais fortes candidatos. Em dois escrutínios faltou a Álvaro Moreyra um voto, um voto apenas, para alcançar a vitória, coisa que nunca sucedeu na Casa desde que lá estou, fará breve dezenove anos. Foi um dos pleitos mais emocionantes que já tivemos.

Meu candidato era Moreyra. Não pude, porém, cabalar por ele, porque sou amigo de Aurélio Buarque de Holanda e de Afrânio Coutinho. Ao primeiro me prendem velhos laços de sólida afeição; ao segundo, a gratidão que lhe devo pelo carinho com que organizou a edição Aguilar de minhas obras completas. Contudo, agora que a eleição passou sem deixar vencedor nem vencidos, quero declarar os motivos de meu voto.

Considerei que Aurélio e Afrânio são homens menores de cinquenta anos, que estão ainda criando uma obra, que não deram ainda toda a medida de seu talento. Ao passo que Álvaro é um setuagenário, escritor integralmente realizado em todos os setores das letras onde exerceu a sua atividade – a poesia, o teatro, a crônica. Ao tempo em que apareceu, na chamada geração do *Fon-Fon*, foi, como testemunhou Rodrigo Octavio Filho no capítulo "Sincretismo e transição" da obra *A literatura no Brasil*, "uma voz de comando". Influenciou os seus companheiros de geração – Felippe d'Oliveira, Ribeiro Couto, Olegário, o próprio Rodrigo, Ronald e outros. Influenciou-me a mim: já contei no *Itinerário de Pasárgada* que minha irmã me desaconselhou o título do meu primeiro livro de versos, *A cinza das horas*, por lhe parecer muito "Álvaro Moreyra". Em poesia foi Álvaro um elo importante entre a estética parnaso-simbolista, então reinante, e a estética modernista. No teatro, com o seu "Teatro de brinquedo", foi o primeiro a reagir contra o abastardamento do teatro profissional com a criação de um grupo amadorista, e a iniciativa frutificou nessa bela realidade que é hoje o nosso teatro.

Assim, não dei a Álvaro Moreyra um voto de amizade: o meu voto foi de homenagem a um veterano das letras, homenagem de quem, na casa dos setenta, sente, como Álvaro, no seu espírito e na sua carne, a necessidade – e a dignidade de ser escritor.

[12.IV.1959]

DISCURSO-POEMA

Álvaro Moreyra completou anteontem 71 anos. Celebrou a data começando a passar a limpo a história de sua vida: "Surgi, antes da República, em Porto Alegre. Apliquei o nome do porto à consciência. Acordo cantando. Peço a bênção a Deus. Dou bom-dia ao dia. Possuo um pouco de inocência, um pouco de imaginação. Sou dono de uma fortuna imensa: a pobreza..." A cena se passou na Academia quando ele tomou posse da cadeira ocupada por Olegário Marianno.

Quem entra para a Casa de Machado de Assis é obrigado pelo Regimento a bancar o *nouveau riche*, vestindo um fardão com excessivos ouros, e a fazer um discurso puxado à sustância. Eu tinha, sobretudo, curiosidade de ver como Álvaro se sairia da segunda prova, ele que em toda a sua vida nunca havia escrito uma linha de prosa.

Pois saibam todos que se saiu muito bem de uma e de outra prova. Trazia a casaca dourada com o mesmo à vontade com que os acadêmicos mais antigos e mais elegantes, um Levi Carneiro, por exemplo, se mostram nos aurisplendentes bordados já patinados pelo tempo. Quanto ao discurso...

Álvaro Moreyra não fez nenhum discurso. Fez poesia, do princípio até o fim. O que disse durante uns 45 minutos, com aquele seu talento de ator inato, foi uma sucessão de poemas. Poema da infância em Porto Alegre: "Aperto no mesmo abraço, junto no mesmo beijo, minhas mestras: minha mãe e minha avó. Minha mãe linda. Minha avó cega." Da avó cega nos disse: "Foi ela quem me ensinou a ver. — Repara nas coisas bonitas, e me conta..." (Por Múcio Leão, que saudou o novo Acadêmico em nome de seus pares e o fez magnificamente, ficamos sabendo que essa avó era poeta, pois quando ouvia roncar no céu a trovoada, exclamava: "São os Farrapos galopando!") Depois do poema da infância, o poema da *belle époque*, o Rio de Janeiro dos princípios do século, o Rio da sua adolescência. Depois, entrando na apreciação das figuras de Joaquim Serra e José do Patrocínio, o poema da Abolição. A figura do bom Mário de Alencar, outro poema. A de Olegário, outro, este, como era de esperar, mais desenvolvido, valendo-se muito, com sentido de homenagem, dos próprios versos do poeta desaparecido mas sempre vivo na memória dos que o admirávamos. De preferência exaltou, não o poeta das cigarras ou o da saudade, mas o que em tantas estrofes comovidas cantou a sua terra e a sua gente.

Múcio Leão exprimiu o sentimento de todos nós ao lamentar que Álvaro Moreyra tivesse chegado tão tarde à Academia, e acertou com extrema finura ao dizer que a presença entre nós desse adolescente de 71 anos será uma perene lição de mocidade para os seus companheiros.

[25.XI.1959]

BILU, ACADÊMICO

Em ambiente refrigerado e, por isso, inteiramente ao abrigo dos ruídos da rua – mais um serviço prestado à Casa de Machado de Assis pelo presidente Austregésilo de Athayde – tivemos quarta-feira passada a alegria de ver instalar-se na poltrona nº 13 um dos mais insignes homens de letras que já existiram no Brasil dentro ou fora da Academia, o grande poeta e grande prosador Augusto Meyer.

Nem foi o ar-condicionado a única novidade da noite memorável. Outras houve: as dimensões do discurso do recipiendário, a elegância inovadora, valeryana, de Alceu Amoroso Lima, digna de ser celebrada nas colunas de Ibrahim Sued, Pomona Politis e outros cronistas mundanos da imprensa carioca.

O discurso de Meyer não foi tão curto quanto o de João Ribeiro. Durou a sua meia-hora e foi o bastante para que o novo acadêmico dissesse o essencial que lhe incumbia dizer sobre a obra de Hélio Lobo, a quem sucedia, sobre Francisco Otaviano, patrono da cadeira, e Meyer ainda achou jeito de evocar a pequena Academia que era a sala do diretor da Biblioteca Nacional ao tempo da administração do saudoso Rodolfo Garcia, glosa do tema *Ubi sunt*, a parte comovida da oração. Porque Meyer não deu tom comovido a todo o seu discurso, como fez no que pronunciou por ocasião de receber o Prêmio Machado de Assis. Neste seu discurso de posse, Bilu, o heterônimo do poeta, colaborou largamente, pontilhando de *humour* quase todos os períodos, lidos aliás com fina desenvoltura pelo orador, que estava perfeitamente à vontade (quem diria?) no aurisplendente fardão. Discurso atualíssimo, incluindo até a atualidade trágica de Cuba.

Alceu, na sua maneira de trazer o fardão, quase me reconciliou com o pomposo uniforme. Sabem todos que as duas peças da imortalidade se compõem de calças e casaca-dólmã. Mas há algum tempo que o nosso querido amigo e mestre não cabe dentro daquela disfarçada camisola de força, salvo seja. Então que fez? Desdolmanizou a casaca, deixando-a aberta sobre um colete branco. Estava elegantíssimo.

Seu elogio de Augusto Meyer foi longo. Soou porém tão substancial e foi lido com tais requintes de boa dicção, que poderíamos ouvi-lo por mais tempo ainda. Sem deixar de aludir ao aspecto humanístico da obra de Meyer, concentrou Alceu o seu esforço no estudo da poesia de Meyer. Ninguém o faria melhor, e até os poemas que ilustravam a magnífica apreciação foram ditos com a maior perfeição. Grande noite a de quarta-feira!

[23.IV.1961]

FAIXAS E FAIXAS

Bonita festa a em que a nossa Academia de Letras homenageou a República do Peru na pessoa do seu presidente. Austregésilo de Athayde, ou Atáide, como pronunciou o sr. Manuel Prado, assim ilustrando as palavras de Raul Barrenechea, citadas no discurso de Josué Montello, a saber, que nós da América Latina fraternalmente nos desconhecemos, Athayde fez com grande classe as honras da Casa, por ele tão primorosamente embelezada. O vasto salão reluzia de soberbas toaletes, de faixas e condecorações. Lembrei-me da "Cavalhada", de Ascenso; só que em vez de fitas eram faixas:

> Faixas e faixas...
> Faixas e faixas...
> Faixas e faixas...
> Roxas,
> Verdes,
> Brancas,
> Azuis.

Reinava ali, realmente, um calor de cordialidade continental. A única nota fria da noite foi a da refrigeração. O embaixador João Neves resmungava medroso. As senhoras frissonavam, e uma, não percebendo que certo ruído incômodo vinha do aparelhamento refrigerador, perguntou à vizinha que barulho era aquele. – "São ratos. Aqui tem muitos", respondeu a outra.

O ponto alto da sessão foi a saudação de Montello. Esse nosso confrade não escreve nada no gênero sem pôr no que faz alguma informação surpreendente. Desta vez foi o encontro de Ricardo Palma e Gonçalves Dias na Europa. Ocorreu em 1864, o nosso poeta se achava em Paris, muito doente e preparando-se para regressar ao Maranhão. Palma, que viria tomar posse do lugar de cônsul do seu país em Manaus, queria viajar com Gonçalves Dias no Ville de Boulogne. Não pôde ser e partiu antes, mas com destino a São Luís, onde pretendia avistar-se ainda com o poeta. Despedindo-se deste em Paris, recebeu como presente um livrinho dos poemas de Heine, traduzidos para o francês. Presente de grande consequência: Palma, influenciado por Heine, iria influenciar a nova geração de poetas peruanos.

Sabem todos que o Ville de Boulogne naufragou à vista da terra maranhense na madrugada de 3 de novembro de 1864. Palma não reviu Gonçalves Dias, morto no naufrágio. Partiu logo para Manaus, onde pouco se demorou. Não suportou o clima. Tomou licença, levando do Brasil duas únicas impressões: *deslumbriamiento y bochorno*.

Quando Athayde deu por encerrada a sessão, corri para Montello a abraçá-lo, e perguntei onde tinha ele achado tudo aquilo. E Montello: – "Ouvi de Raul Barrenechea, que ouviu do próprio Ricardo Palma".

[6.VIII.1961]

IDADE E TAMANHO

Esse Olegário anedótico, que será rememorado um dia no recinto acadêmico, foi assunto da conversa que na mesma última quinta-feira tivemos um grupo de acadêmicos em casa de Austregésilo de Athayde, por ocasião do jantar oferecido pelo nosso confrade ao presidente da República. E da boca de Viriato Correia ouvimos algumas das partidas que o poeta lhe pregara. O tamanhinho de Viriato era constante motivo para a veia caçoísta de Olegário, assim como a idade deste para Viriato. Quando Viriato foi eleito acadêmico, Olegário fez questão de fornecer a Viriato o endereço do alfaiate que lhe cortaria mais a contento o precioso fardão. Viriato foi lá, era A Colegial a casa aonde o mandara Olegário! No dia da posse de Viriato, Olegário, ao vê-lo todo bonito no aurisplendente, não se conteve e suspendeu-o nos braços, caminhando assim de uma extremidade à outra da sala da Secretaria. Viriato debatia-se indignado e a sua vingança, quando afinal Olegário o depôs no chão, foi dizer-lhe: "Agora você não poderá negar que me carregou nos braços!"

[7.XII.1958]

ENTREGA DE PRÊMIOS

Peguei o hábito de volta e meia comentar o que se passa na Academia. Não sei se isso é do agrado dos meus pacientes leitores. A Academia tem os seus desafetos: são todos os menores talentosos de 25 anos, alguns maiores de 50, talentosos ou não, despeitados ou não, e um ou outro esquisitão, como foi o grande Capistrano, que declarava só ter entrado para a sociedade humana porque não foi previamente consultado.

Creio, porém, que a grande maioria dos brasileiros alfabetizados acompanham com interesse o que vai pela casa do "romancista patrício Machado de Assis" (contaram-me que foi assim que ao autor de *Brás Cubas* se referiu o nosso presidente, da República, não da Academia).

Pois aqui estou eu, membro do sodalício, para informar que a sessão de quinta-feira passada valeu a pena. Distribuíam-se os prêmios do ano, e era divertido ver homens como Guimarães Rosa, Bandeira Duarte, Valdemar Cavalcanti, Péricles Eugênio da Silva Ramos muito comportadamente sentados na primeira fila, levantarem-se meio encalistrados, para, sob as palmas da assistência, receberem do presidente Austregésilo de Athayde o diploma da láurea.

O *clou* da festa foi, sem dúvida, o discurso de agradecimento dos premiados, lido por Guimarães Rosa. A salva de palmas que o distinguiu, prolongadíssima, estava mostrando a admiração excepcional que já lhe cerca o nome. O movimento das poltronas acadêmicas, voltando-se, à direita e esquerda, para melhor defrontarem o orador, testemunhava que este se sentará numa delas no dia em que bem quiser.

Rosa foi breve e excelente. Fez o auditório suster um momento a respiração quando declarou que "a gente nunca se acostuma com coisa alguma". Isso foi a propósito de relembrar que aquela era a segunda vez que a Academia o premiava. Grande surpresa: ninguém, quem?, se recordava ali de que há 25 anos, em 1936, o rapaz João Guimarães Rosa, diplomata incipiente, recebia naquela mesma sala o Prêmio Olavo Bilac pelo seu livro *Magma*. Ninguém, senão o próprio autor e os membros da Comissão Julgadora, leu jamais esse premiado volume. Rosa, interrompendo a leitura de seu discurso, explicou por que. Recebendo do Itamaraty a sua primeira designação, era um posto na Europa, levou os seus originais para ser o livro impresso em Leipzig. Veio a guerra, que Leipzig que nada, os originais perderam-se, *Magma* ficou inédito. Rosa confessou-se em dívida com a Academia. De fato, Rosa deve à Casa e ao Brasil um volume de poemas. Se não for o *Magma*, pode ser outro, que com certeza será melhor, a julgar pelas amostras de Guiamar e outros poetas esquisitos que aparecem de vez em quando na colaboração de Rosa para *O Globo* dos sábados.

[3.VII.1961]

ENSAIO, CRÔNICA

O curso de ensaio e crônica a realizar-se presentemente na Academia Brasileira devia ter começado pela definição dos dois gêneros em conferência que será feita pelo acadêmico Barbosa Lima Sobrinho. Mas Brasília, que ainda não soube organizar-se em cidade (por enquanto é, para quem vai morar lá, o desterro em pleno sertão), anda atrapalhando a vida das outras cidades. Barbosa Lima, por obrigação de deputado federal, é um dos desterrados naquele deserto com cenários de Niemeyer.

Sobretudo, convinha definir-se o que é ensaio. Os dicionários não ajudam. Abre-se o *Larousse*, terra em que Montaigne adotou o nome para os seus escritos, e lê-se isto: "Ensaio: título de certas obras que não pretendem aprofundar um assunto". Ora bolas, a gente diz, e vai ao conciso de Oxford, porque a Inglaterra, desde Addison, é terra de cativantes ensaístas. A definição desaponta: "Composição literária (usualmente em prosa e curta) sobre qualquer assunto". Recorremos à prata de casa: que diz o *Pequeno Dicionário Brasileiro da Língua Portuguesa*? "Ensaio: dissertação sobre determinado assunto, mais curta e menos metódica do que um tratado formal e acabado".

Alceu Amoroso Lima, que iniciou o curso falando de Alencar e Machado como cronistas, teve a boa ideia de caracterizar e diferençar o ensaio e a crônica, dizendo que um e outro gênero se afirmam pelo estilo, que é lúdico, o ensaio versando ideias, a crônica fatos.

Enquanto não vinha Barbosa Lima, Múcio Leão celebrou em três conferências a grande figura de João Ribeiro. João Ribeiro ensaísta. A melhor das três foi a última, evocação comovida do homem tão sábio e tão modesto que era o meu inesquecível professor de História Universal e História do Brasil: a certa altura surpreendi-me de olhos úmidos. Um dos desgostos que levarei desta vida é não ter encontrado João Ribeiro na Academia, quando a ela cheguei, não ter podido conviver com ele no remanso daquelas quintas-feiras.

Como convivi com Aloysio de Castro, que vimos evocado quarta-feira nas palavras de Cândido Motta Filho e Josué Montello! Uma sessão elegante, a que só faltou o intervalo tradicional entre os dois discursos. Por que acabaram com aquele agradável bate-papozinho? Informaram-me que é para evitar a evasão do público depois do primeiro discurso. Não acho justo castigar os que ficam privando-os do prazer do descanso e dos cumprimentos aos conhecidos.

Na sessão ordinária de quinta-feira tivemos a visita do embaixador Paulo Carneiro. Saudando-o, contou Levi Carneiro a conversa que teve com certo representante da Inglaterra na Unesco. - "Grande país o seu" - disse-lhe o inglês. - "Já esteve lá?" - perguntou-lhe Levi. -"Não, mas uma terra que nos manda representantes como Miguel Osório de Almeida e Paulo Carneiro não pode deixar de ser um grande país!" Paulo Carneiro agradeceu em poucas palavras e foi nelas o homem suave, discreto, encantador a que estamos habituados.

[24.VII.1960]

DUAS COISAS NÃO ME AGRADAM

Relevai-me, relevai com todos os nossos caros confrades que eu faça aqui uma declaração de ordem muito pessoal: duas coisas não me agradam nesta ilustre casa. A primeira é este tratamento na segunda pessoa do plural que serei forçado a dar-vos. Vou julgar-me um pouco ridículo dirigindo-me assim a quem é meu amigo há 33 anos, 19 anos mais moço do que eu, e a quem me habituei a chamar Afonsinho enquanto não perdeu para o filho do mesmo nome o doce diminutivo. A segunda é esse aurisplendente fardão, que só me vestiu uma vez e sob o qual me senti não como glorioso itinerante *ad immortalitatem*, mas como um daqueles batráquios *chamarrés de pustules* do *Chantecler* de Rostand.

[19.VII.1958]
Saudação a Afonso Arinos de Melo Franco.

O FANTASMA E O PRÍNCIPE

Só soube do desaparecimento de dois amigos, Paulo Silveira e Jaques Raimundo, pelos votos de pesar que na última sessão da Academia foram propostos em homenagem a essas duas figuras, de cujo valor se pode ajuizar pelas sentidas e numerosas vozes que então se pronunciaram.

Com Jaques Raimundo privei pouco, mas a Paulo Silveira me ligavam velhos laços de amizade, a gratidão por tantas palavras generosas que dedicou à minha poesia, a admiração pelo brilho e coragem de suas atitudes na primeira fase do movimento modernista, dentro do qual foi ele, por excelência, o polemista desabusado. Tinha, como tal, o dom da inventiva no sarcasmo, especialmente a fantasia deformadora dos nomes de suas vítimas: Laudelino virava Lomelino; Guanabarino, Bananarino. Quando Ronald lançou a edição de *Toda a América*, Paulo, não sei se momentaneamente irritado com o confrade e amigo, ou simplesmente por ceder à oportunidade de uma boa piada, andou dizendo que aquilo era quando muito a América Central. Consigo mesmo foi às vezes cruel. De uma feita encontrei-o na Livraria José Olympio armado de bengala, quando já ninguém usava bengala senão depois de fratura da perna ou insulto cerebral.

– De bengala?, estranhei.

– À espera do derrame!, respondeu com o seu riso de gigante.

Depois de homenageados os dois ilustres falecidos, passou a Academia a votar a admissão da candidatura do padre Augusto Magne, e como era esperado, foi aceita por unanimidade a inscrição do brasileiro naturalizado. Fiquei feliz, porque o padre Magne não é só brasileiro, mas um grande brasileiro.

Resolvido o caso, descemos ao salão de honra para a cerimônia de coroação do novo Príncipe dos Poetas. Falou muito bem o presidente Austregésilo de Athayde exaltando o Príncipe e demais poetas da Casa (obrigado, presidente, pela parte que me tocou!), falou não menos bem, pelo *Correio da Manhã*, o seu diretor Paulo Filho, falou por fim o Príncipe. Sua oração foi um poema, em que o nosso caro Guilherme esteve à altura de sua obra no que ela tem de melhor. Estava comovidíssimo e soube transmitir à assistência a sua comoção.

Salão à cunha e no meio da assistência um fantasma sob a forma de uma senhora que tinha ido à Academia para outra coisa e perguntou na Secretaria o que ia haver aquela tarde. Responderam-lhe que a coroação do Príncipe dos Poetas. E ela:

– Ah! Olavo Bilac, não é?

[25.X.1959]

EXPOENTES

A nossa Academia de Letras adotou o critério da que foi o seu modelo, a Academia Francesa, admitindo homens que, sem ser literatos de carreira, escrevem com acerto e manifestam nos seus escritos o amor das letras. Mas se na Casa de Machado de Assis já ingressou considerável número de médicos, dois bispos, um almirante, um general, um aviador e até um presidente da República, nunca ela chamou ao seu convívio nenhum músico ou artista plástico. E todavia, entre músicos e artistas plásticos, muitos houve que estavam nas mesmas condições de um Antônio Austregésilo, de um D. Aquino, de um Jaceguay, de um Dantas Barreto, de um Santos Dumont, de um Getúlio Vargas.

Sobre tal exclusão me falava Portinari frequentemente, nos últimos tempos de sua vida. Sentia-se ele também poeta, a par de pintor, e provou-o num belo livro de poemas, que só foi publicado postumamente, e seria um título cabal para justificar a sua entrada na Academia. Di Cavalcanti é outro pintor cuja admissão na Academia muito a honraria: escreve versos e prosa com elegância e o original sabor de sua vigorosa personalidade.

Lembrei-me de falar a tal respeito lendo um artigo de Marcos Madeira no excelente suplemento literário de *O Fluminense*, onde se ocupou das atividades de Antônio Parreiras no campo das letras. Parreiras escrevia bem, foi dos raríssimos homens de sua geração que teve consciência do gênio do Aleijadinho (Bilac, Laet, João do Rio não a tiveram). Merecia ter sido convidado para entrar na Academia como um dos mais altos expoentes da cultura brasileira. O mesmo se pode dizer de Pedro Américo. Haveria outros nomes a citar no domínio da pintura. No da música também, sobretudo no setor da crítica: um Luís de Castro, um Guanabarino, entre os mortos; um Eurico Nogueira França, um Ayres de Andrade, entre os vivos.

Outra coisa que causa estranheza na vida da Academia é verificar-se que dois Estados do Brasil – Goiás e o Espírito Santo – nunca tiveram representante na Casa, ao passo que dois municípios, o de Caruaru, em Pernambuco, e o de Ilhéus, na Bahia – têm presentemente dois! Sem fazer nenhuma pesquisa, posso citar dois nomes goianos de categoria acadêmica no melhor sentido: Bulhões, expoente, grande ministro da Fazenda que foi, e Carvalho Ramos, ótimo contista. Do Espírito Santo não me recordo de ninguém no momento. De ninguém já falecido. Mas agora há um escritor insuperável no gênero da crônica: Rubem Braga. O velho Braga, queira ou não queira, está obrigado a defender os brios capixabas na esfera acadêmica. O pequeno Estado, tão famoso pelas areias radioativas de Guarapari, não pode perder, não deve perder essa oportunidade de se inscrever nos anais da Casa de Machado de Assis. Dê as caras por lá, velho Braga, e pode contar com os quatro votos deste seu admirador e amigo.

[1965]

CUIDADO COM O X.!

Outro dia tomei um táxi-lotação para Copacabana, havia dois lugares vagos atrás, mas anoitecia, peneirava uma chuvinha miúda, fazia frio, preferi sentar-me no banco da frente para me aquecer ao calor da máquina. O passageiro que ocupava a ponta teve o gesto antipático de sair muito polidamente para me dar entrada, e lá fui eu, espremido entre ele e o chofer, quando a lotação se completou com dois novos passageiros. Estes eram grandes palradores, um ao que parece literato e bastante academizável, pois, caindo a conversa sobre a Academia, o outro perguntou-lhe: – Você nunca pensou em se candidatar?

Aí apurei o ouvido, quer dizer, dei toda a força à minha maquinaria de ouvir e o que ouvi foi isto, que reproduzo com a possível fidelidade:

– Eu, candidatar-me?

– Por que não?

– Deus me livre!

– Tem preconceito antiacadêmico?

– Não é isso. Não tenho é vocação para ser traído!

– Traído?

– Não quero dar ao X. o gostinho de me fazer o que fez ao A. e ao B.!

– Não conheço o caso, me conte.

– Pois ouça lá. A. e B. disputavam a mesma vaga. X., amigo de ambos, prometera o voto a ambos. Prometera de pedra e cal, como se diz. Era, porém, de crer que o desse a B., pois à véspera do pleito telefonara à mulher de B. recomendando-lhe: "E olhe, não se esqueça de pôr champanha na geladeira, a vitória é certa!". Mas no momento de votar...

– Votou em A.

– Qual A. nem B.! Votou em C.!

– Em C.? C. não tinha nenhuma possibilidade de ser eleito! Foi então um voto humorístico?

– X. não é humorista, você sabe disso melhor do que eu. Votou em C. porque o homem lhe andava prestando uns serviços, na ocasião precisava mais dele do que de A. e de B.

– Incrível!

– Mas ouça o resto, que ainda é melhor. X. teve o descoco de telefonar a B., que foi o eleito, para felicitá-lo: "Meus parabéns! Então ganhamos!". Ao que B. respondeu, seco: "Ganhamos sim, mas não com o seu voto, que foi de C.". No dia seguinte B. recebia uma telefonada de C.: "Dr. B., quem votou em mim não foi o X., foi o Y.". Grande surpresa de B., que telefona para A.: "C. me telefonou dizendo que quem votou nele não foi o X., foi o Y.". A. desmentiu indignado: "É falso! Y. votou em mim, eu próprio fui o portador dos votos dele!".

Eu escutava estarrecido. Decerto tudo aquilo era invenção. Mas invenção ou não, aviso aos navegantes: se se candidatarem à Academia, cuidado com o X.

[28.VI.1961]

CONVERSA DE PROFESSOR

COLEGA DE MEUS ALUNOS

Oração de paraninfo, na colação de grau dos bacharéis de 1949 pela Faculdade Nacional de Filosofia

Pela segunda vez recebo nesta Faculdade a honra do paraninfado, sempre grata aos que apreciam o afeto da mocidade, mas bem difícil para mim, que me julgo tão de todo indigno dela.

E como da passada ocasião, a mim mesmo me pergunto agora se a homenagem dos filhos desta casa se dirige ao poeta ou ao professor. Endereçada ao poeta, acarretar-vos-á, senhores bacharéis, uma grossa decepção, porque não saberei dar maior calor a esta vossa festa com os meus possíveis estos de poeta. À perspectiva do auditório entra-me logo a desertar o meu mofino vocabulário, batem voo as imagens como pombas alvejadas, seca em mim a própria fonte das ideias. É que sou, perdoai-me, um poeta que só funciona dentro do poema. Mas se é ao professor que distinguis, então não entendo mais nada, porque me sinto, na verdade, tão pouco professor no meio de meus eminentes colegas, que mais colega me julgo de meus próprios alunos do que dos membros desta colenda congregação. A incompletação dos meus estudos superiores me deixou no grau de estudante vitalício, por isso talvez mais perto de vós.

Traz-me esta cerimônia aos olhos da imaginação outra semelhante ocorrida há 47 anos no salão nobre do Externato Pedro II. O orador da turma que então se bacharelava em Ciências e Letras tem hoje assento nesta Faculdade e é o meu querido amigo e mestre Sousa da Silveira, uma das mais puras glórias do magistério nacional. Havia uma espécie de profissão de fé positivista no discurso do rapaz que sonhava àquele tempo entregar-se de corpo e alma ao estudo e ensino da matemática elementar. A vida, porém, encarregou-se de encaminhar aquela vocação para Deus e para o vernáculo. Como torceria a minha da arquitetura, em que comecei a enveredar no ano seguinte, para a literatura, onde nunca me achei completamente em casa, e para o magistério, pouso que tenho como ainda mais de empréstimo para mim.

Aludo a estas reminiscências, meus caros afilhados, para vos fazer sentir que os caminhos da vida são muitos e às vezes imprevisíveis. Se tendes ânimo de trabalhar, parti confiantes, não no diploma que levareis hoje, mas no esforço que despenderdes. O diploma... Paul Valéry chamou a esse passaporte para o fim imediato o inimigo mortal da cultura. A verdadeira, a nobre educação é antes a que visa a fins mediatos, a que se cultiva desinteressadamente. A que se devera programar para esta Faculdade.

Acreditais que em três ou quatro anos possa alguém estudar cinco línguas e cinco literaturas o bastante para delas vir a ser professor? Pois o curso de letras neolatinas de nossa

Universidade vos habilita a essa África e vos atribui diploma para ensinar latim, português, francês, italiano, espanhol, e ainda vos dá de prêmio uma vertiginosa excursão aérea por sobre dezenove literaturas, que em tal consiste a cadeira de Literaturas Hispano-Americanas, de que sou o estupefato e mísero ocupante. O resultado é que tudo se estuda pela rama, ou seja pelo brasileiríssimo sistema do "gato por brasa" ou do "fogo viste linguiça?"

Imagino com que prazer os meus prezados colegas Madame Manuel, a Sra. Bianchini, Alceu Amoroso Lima, Thiers Martins Moreira, Ernesto de Faria, José Carlos Lisboa e Roberto Alvim Corrêa dedicariam todo um ano letivo a devassar em profundidade a obra de, respectivamente, um Montaigne, um Dante, um Machado de Assis, um Gil Vicente, um Virgílio, um Cervantes, um Racine? Mas não: o diploma de professor que é mister conceder a quem precisa ganhar a sua vida não o permite. E o que vemos é o venerando mestre Sousa da Silveira obrigado a relembrar flexões de conjugação irregular em vez de proporcionar às suas classes uma dessas luminosas interpretações como foi há anos a do *Auto da alma*.

Para agravação do mal aí está o inelutável problema econômico. A grande maioria da mocidade de hoje estuda nas horas de folga do trabalho. Aqui como no Colégio Pedro II, de que fui docente, tive alunos menores de vinte anos já com encargo de família. Eis por que costumo ser indulgente na minha classe. Não leveis a mal que vos conte a fraqueza de um meu aluno, adormecido discretamente enquanto eu me esbofava sobre certo ponto menos ameno do meu programa: não me escandalizei, não o repreendi, antes baixei a voz, não fosse acordar o pobre rapaz exausto das canseiras fora da Faculdade e de quatro horas de atenção dentro dela!

Mas erros de estruturação, má organização social podem ser debelados com o tempo e

> *Dios ha de permitir*
> *que esto llegue a mejorar,*

como cantou o grande poeta de *Martín Fierro*. À morte é que não se debela e este ano andou ela a abrir claros muito sensíveis nesta escola. Apagou-se de súbito em pleno refulgir de sua operosa maturidade o autor de *Introdução à antropologia brasileira*, de *O negro brasileiro*, de *O folclore negro do Brasil*, de *As culturas negras no Novo Mundo*, obras admiráveis, que valeram ao professor Artur Ramos nomeada universal. Outro luto dolorosíssimo foi o que nos infligiu o triste caso dos alunos Giordana Cohen e Gerald Martynes. Jovens, belos, inteligentes, aplicados, tudo pareciam ter para fruir a existência nos seus mais sedutores aspectos. Preferiram, porém, voltar as costas, para todo o sempre, a este mundo agora tão feio, levando consigo o segredo de sua resolução, deixando-nos saudosos e perplexos. E o bom Palmeira, sempre bem-humorado, sempre pronto a prestar-nos um pequeno favor, figura inseparável desta casa, mesmo na morte, pois a sua sombra como que ainda se demora nesta outra presença que é a lembrança dos amigos.

Meus jovens afilhados, sois os bacharéis do ano da graça de 1949, isto é, do ano que baliza o decênio da fundação desta Faculdade, grande ano, em verdade, que passou todo ressoante dos festejos com que comemoramos o centenário do nascimento de dois dos maiores entre os brasileiros que já ilustraram a cultura em terras do Novo Mundo.

Nabuco e Ruy! Tão iguais na sua esplêndida vocação de servir ao Brasil, ao continente e ao mundo, tão diversos em sua compleição física, intelectual e moral. Em Nabuco a aparência exterior espelhava o mundo interior. Testemunham quantos o viram que foi um dos homens mais virilmente belos que já produziu a nossa terra. Era uma beleza que provocava admiração mesmo nos centros mais aristocráticos da velha civilização da Europa. Lembra-me ter ouvido certa vez o diplomata e escritor Tomás Lopes contar a aparição de Nabuco na sala de refeições de um dos mais elegantes hotéis de Londres. Chegou o nosso ministro à porta do salão, parou e relanceou a vista pelas mesas repletas. Toda a gente cessou de comer, todos os olhos se volveram fascinados para aquela soberba figura de 1m85 de altura, aprumado mas sem afetação, respirando nos olhos francos e dominadores a inteligência e a bondade. Em Ruy, nada disso: era pequeno, raquítico, reconcentrado. Precisava exteriorizar-se em palavras, faladas ou escritas, para nos dar a medida de sua alma. Mas então, como se agigantava!

Grandes escritores, grandes oradores ambos, Ruy era um Vieira redivivo, a mesma máquina raciocinadora e trituradora de adversários, com a mesma força, variedade e pompa do vocabulário, o mesmo gosto das velhas dições incontaminadas, como cioso sempre de ostentar a cada passo os mais genuínos timbres de nobreza da língua; Nabuco, sem embargo de admirar a robusta fibra dos clássicos portugueses, homem todo do seu tempo, tão influenciado pela França que a ele próprio a sua frase se afigurava uma tradução livre do francês, mas sabendo tão habilmente ajustar, como grande artista que era, os mais amoráveis matizes e fios vernáculos ao seu tear importado, que logrou inventar um dos estilos mais pessoais, mais claros, mais transparentes, mais elegantes, – mais nossos na literatura da língua portuguesa.

Soberanamente dotados um e outro para a carreira das letras, compreenderam ambos, como os seus irmãos hispano-americanos Sarmiento, Hostos, Martí, Varona, que era forçoso sacrificá-la a outra, mais generosa e muito mais áspera e arriscada, – ao apostolado da liberdade, da justiça, da razão e do bem. O pernambucano, que tudo tinha para desfrutar voluptuosamente a vida no ramerrão diplomático, viveu em voto perpétuo de servir a grandes causas nacionais – a abolição, a federação, a defesa dos nossos limites com a Guiana Inglesa, a definição do sistema monroísta. Ruy, a quem, se egoísta, deveria bastar a fortuna que lhe poderia render a sua banca de príncipe dos advogados e jurisconsultos, faz-se o paladino da ordem jurídica, o campeão dos pequenos e humildes, indivíduos ou nações, o mais eloquente alertador dos perigos que nos conduziriam à ditadura e à confusão.

Em nenhum dos dois morreu o escritor, mas em ambos o escritor não se afirmava senão em função da coisa pública.

Senhores bacharéis, tomai exemplo nesses dois grandes vultos tutelares da nossa pátria. Certo só a raríssimos será dado poder ombrear com eles nos primores do gênio. A todos, porém, é lícito tentar imitá-los no amor do trabalho, no calor da fé, na constância e na coragem. Tomai de Ruy a lição de honrar a verdade republicana, de Nabuco a de realizar na vida ao menos uma parcela de beleza.

[1949]

A FÊMEA DO CUPIM

    Tenho um amigo, cujo filho pretendeu entrar para a diplomacia. Não que tivesse vocação para a carreira; a vocação dele era para o turismo, mas como quem é pobre a maneira mais fácil de arranjar viagem é fazer-se diplomata, candidatou-se ao curso do Instituto Rio Branco. Foi reprovado em português no vestibular. Os leitores hão de imaginar que ele redige mal, ou que havia na banca um funcionário do Dasp que lhe tivesse perguntado, por exemplo, o presente do indicativo do verbo "precaver". Foi pior do que isso: um dos examinadores saiu-se com esta questão absolutamente inesperada para um candidato a diplomata: qual o nome da fêmea do cupim? O rapaz embatucou e o mais engraçado é que ignora até hoje. Inquiriu todo o mundo, ninguém sabia.

    Eu também não sabia, mas tomei o negócio a peito. Saí indagando dos mais doutos. O dicionarista Aurélio decerto saberia. Pois não sabia. O filólogo Nascentes levou a mal a minha curiosidade e respondeu aborrecido que o nome da fêmea do cupim só podia interessar... ao cupim! Uma minha amiga professora, sabidíssima em femininos e plurais esquisitos, foi mais severa e me perguntou se eu estava ficando gagá e dando para obsceno!

    Vi que tinha de me arranjar sozinho. Fui para casa, botei a livraria abaixo. Nada de fêmea do cupim. De repente me lembrei da enciclopédia *Delta-Larousse*, cujos quatro últimos volumes – primorosos! – acabo de receber. Corri ao índice geral. Ó beleza! Lá estava: "Cupins, pág. 6.436". Li muita coisa interessante sobre a fêmea do cupim. Assim, que ela apresenta a mais monstruosa hipertrofia abdominal que se possa imaginar: atinge o volume de uma salsicha e põe sem parar, noite e dia, um ovo por segundo, ou seja, cerca de 30 milhões por ano, 150 no curso de sua vida. E uma porção de outras minúcias. Mas sobre o nome da bicha, neca!

    Isto, pensei comigo, é problema que só poderá ser resolvido por algum decifrador de palavras cruzadas, gente que sabe que o ferrinho onde se reúnem as varetas do guarda-chuva se chama "noete", que o pato "grasna", o tordo "trucila", a garça "gazeia", e outras coisas assim. Telefonei para minha amiga Jeni, cruzadista exímia. "Jeni, me salve! Como se chama a fêmea do cupim?" E ela, do outro lado do fio – "Arará".

    Fui verificar nos dicionários. Dos que eu tenho em casa só um trazia a preciosa informação: "Arará, s. m. (Bras.) Ave aquática do Rio Grande do Sul; fêmea alada do cupim".

    Mestre Aurélio, a fêmea do cupim se chama "arará", está no meu, no teu, no nosso dicionário – o *Pequeno Dicionário Brasileiro da Língua Portuguesa*!

[25.X.1961]

AS VIAGENS DE GONÇALVES DIAS

Gonçalves Dias foi um homem que viajou muito. Começou a viajar quando ainda no ventre materno, pois o pai, o português João Manuel Gonçalves Dias, negociante estabelecido em Caxias, no Estado do Maranhão, teve de fugir com a amante para o sítio Boa Vista, em terras de Jatobá, distante quatorze léguas de Caxias, depois da vitória dos nacionalistas sobre a resistência portuguesa por ocasião do movimento da Independência. A amante ia grávida e foi em Boa Vista que nasceu o poeta. Passado o susto, voltou João Manuel a Caxias.

Segunda viagem: aos quatorze anos parte o poeta com o pai para São Luís, a fim de embarcar com ele rumo a Portugal. O pai volvia à terra natal em busca de melhoras para a saúde abalada; o filho ia fazer os seus estudos em Coimbra. Mas João Manuel viu os seus padecimentos agravados na capital maranhense, onde faleceu. O menino teve que tornar a Caxias.

Todavia, no ano seguinte, 1838, a madrasta do poeta (João Manuel havia abandonado a amante para casar-se), cumprindo o desejo do marido, manda o enteado para Coimbra: terceira viagem. O poeta demora-se em Portugal de 1838 a 1845. Em Portugal viaja: vai passar férias em Lisboa, corre as províncias do Minho e Trás-os-Montes, estendendo a excursão até algumas paragens da Galiza.

Em 1845, terminados os estudos de Direito, volta o poeta para o Maranhão: quarta viagem. Sabemos como ele se sentiu asfixiado no ambiente provinciano de Caxias. Em janeiro de 1846 retira-se da cidadinha natal para São Luís, e em julho do mesmo ano para o Rio: quinta viagem.

Em março de 1851 é incumbido pelo governo de investigar o estado da instrução primária, secundária e profissional nas províncias do Norte e de colher documentos históricos nos arquivos: sexta viagem. Gonçalves Dias percorre o interior do Maranhão, o Pará, o Ceará, o Rio Grande do Norte, a Paraíba. Torna em 1852 ao Rio: sétima viagem, e em 1854, parte para a Europa, com o encargo oficial de estudar os métodos de instrução pública em diversos países e de coligir documentos relativos à História do Brasil: oitava viagem.

Nos quatro anos que vai passar na Europa não parou: esteve em Portugal, na França, na Bélgica, na Alemanha, na Itália, na Áustria, decerto também na Suíça. Em agosto de 1858 regressa ao Brasil: nona viagem.

Mas já no ano seguinte deixa novamente o Rio – décima viagem – encarregado da seção de etnografia na famosa comissão nomeada pelo governo para estudar os recursos das províncias do Norte, – a famosa "Comissão das Borboletas", como foi chamada. Esteve Gonçalves Dias no Ceará, visitando grande número de localidades – Pacatuba, Acarapé,

Baturité, Canindé, Quixeramobim, Icó e Crato; o interior da Paraíba (Sousa), do Rio Grande do Norte (Pau dos Ferros); reentrando no Ceará foi ter a Limoeiro e, descendo o Jaguaribe até Aracati, rumou pela estrada costeira até a capital. Não tendo encontrado no interior do Ceará índios puros, resolveu seguir para o Amazonas. Neste estado viajou a Baena, Coari, Tefé, Fonte Boa, Tocantins, Olivença, São Paulo e Tabatinga, no Brasil; Loreto, Cochequinas, Pebas, Iquitos, Nauta, S. Rissi, Parimari e Mariná, no Peru. Depois subiu o Madeira até Vila do Crato no Madeira médio. Fez depois uma excursão ao Rio Negro.

Só em dezembro de 1861 chegava ao Rio: décima primeira viagem. Estava "um poço de moléstias – do fígado, dos rins e do coração, de uma, de duas ou das três coisas". Desejou então recolher-se ao seu Maranhão. Embarca em março de 1862: décima segunda viagem. Mas chegando ao Recife e consultando médico, este lhe desaconselha o Maranhão e recomenda-lhe os climas temperados da Europa Meridional. Para lá parte o poeta: décima terceira viagem.

É então na Europa a peregrinação a estações de água – Vichy, Marienbad, Koenigstein, Teplitz, Carlsbad, Aix-les-Bains, Allevard, Ems, consultas a médicos em Paris, Dresda, Berlim. Nenhum tratamento lhe restituiu a saúde. Em meados de 1864, temendo o inverno próximo, resolveu ceder aos reiterados convites de Antônio Henriques Leal, que lhe acenava com as doçuras do Maranhão, o clima tépido e igual, o afeto dos amigos do peito. Esperava também que a travessia marítima lhe fizesse bem, e que não fizesse: "Não seria pequena fortuna acabar a gente como quer e onde quer... legando as últimas palavras, o último riso, as últimas lágrimas a quem amou na vida..."

Pretendia embarcar na companhia de Odorico Mendes. Combinaram os dois amigos a viagem, fixando para o dia 25 de agosto a partida para Lisboa, onde tomariam o vapor rumo do Maranhão, pelo qual ambos tanto suspiravam. Nem um nem outro, porém, pôde desfrutar o consolo de tornar a pisar o solo da província natal. Odorico Mendes, desejando despedir-se de amigos em Londres, lá faleceu subitamente num trem. Gonçalves Dias, consternado, adiou o embarque, muito para salvar os manuscritos do amigo.

A 9 de setembro de 64 – décima quarta e última viagem – embarcava o poeta no Havre no vapor Ville de Boulogne. Sentia-se feliz à ideia de repatriar-se. Girara muito no mundo "como barco em crespo mar". Confessou numa espécie de segunda "Canção do exílio", escrita antes de deixar Paris:

> ... do que por fora vi,
> A mais querer minha terra
> E minha gente aprendi.

O navio em que regressava era um velho brigue veleiro com uma equipagem de doze homens apenas. O poeta seria o único passageiro. A travessia duraria uns 53 dias.

Em 1845, antes de partir de São Luís para o Rio, escrevera o poeta, no "Adeus aos meus amigos do Maranhão", estes versos pressagos:

> Tal parte o desterrado: um dia as vagas
> Hão de os seus restos rejeitar na praia,
> Donde tão novo se partira...

Era o destino que lhe estava reservado: o Ville de Boulogne naufragou a 3 de novembro nos baixos dos Atins, à vista da costa maranhense. Morreu o poeta na confusão do naufrágio e nem o seu corpo foi encontrado: provavelmente o devoraram os tubarões, abundantes naquelas paragens. Aliás, no inquérito aberto pela polícia do Maranhão, declarou o comandante do navio que o passageiro vinha muito doente do peito, tanto que mal se percebia uma ou outra palavra que dizia quando desejava qualquer coisa; que o seu estado de prostração se agravou consideravelmente uns oito dias antes da catástrofe, a ponto de não querer comer absolutamente, bebendo apenas uns goles de água com açúcar; que ao avistar-se terra, o doente, tendo pedido para ser levado ao tombadilho, no que foi satisfeito, sentiu tamanha emoção com o prazer experimentado naquele momento, que lhe sobreveio uma síncope, e todos julgaram que ele ia falecer: e que de então até a hora do naufrágio havia o seu estado piorado muito. Na verdade o náufrago era já um moribundo.

Na "Canção do exílio" pedira o poeta, em 1843, quando se achava em Portugal:

> Não permita Deus que eu morra
> Sem que eu volte para lá;
> Sem que desfrute os primores
> Que não encontro por cá;
> Sem que inda aviste as palmeiras
> Onde canta o sabiá.

Daquela vez Deus não permitiu. Mas em 1864, não.

[20.IX.1964]

LEITURA PEDE SIMPATIA

POESIA DE OLEGÁRIO MARIANNO

I

OLEGÁRIO MARIANNO: O ENAMORADO DA VIDA

Os primeiros versos de Olegário Marianno traíam influências de parnasianos e simbolistas. A sua evolução se fez no sentido de alijar essas influências. Neste seu último livro o poeta está quase reduzido a si mesmo, e essa redução nos mostra que a sua genuína poesia está tão longe dos parnasianos como dos simbolistas, e entronca-se legitimamente nos românticos. O movimento modernista deu-lhe talvez um certo gosto do prosaico e a inquietação do ritmo. Mas o gosto do prosaico já se mostrava nos românticos: baste lembrar a "Mimosa" de Fagundes Varela, "Ideias íntimas" e "*Spleen* e charutos" de Álvares de Azevedo. Quanto ao ritmo, Olegário não chegou ao verso livre. Estou que andou bem. O verso livre iria certamente prejudicar o caráter sensivelmente melódico da sua música. Mas se não chegou ao verso livre, encontrou uma espécie de compromisso entre ele e a versificação regular, solução pessoal que me parece bastante feliz.

A maioria dos poemas do *Enamorado da vida* evocam o nosso Pernambuco. Em "Poço da panela" falam as lembranças do lar, e temos a surpresa de ver o poeta mártir do irmão, José Marianno Filho. José era um menino forte, bonito; Olegário, um langanhento. José praticava horrores com Olegário.

> Até a minha coleção de selos
> Ele queimou um dia por vingança

Chamava-o de "patinho torto". No entanto, vejam só, foi o patinho torto que chegou à Câmara e à Academia de Letras...

Uma novidade deste livro é a gente deparar com versos como estes:

> A vida só deve ser prêmio daquele que sofre e que luta:
> Quem planta a semente é que deve ser dono de toda a colheita.

Olegário, Olegário, cuidado com o Tribunal de Segurança Nacional!

[1937]

II

Olegário Marianno estreou com um livrinho que é hoje uma raridade bibliográfica. Chamava-se *Visões de moço* e foi impresso na Tipografia Carvalhais, Ouvidor 113, Rio, 1906. Livrinho de quarenta páginas contendo trinta poesias. À página 5 lê-se: "Olegário Marianno Carneiro da Cunha, nascido no Recife, Pernambuco, a 24 de março de 1889." Tinha pois o poeta apenas dezessete anos. Naquele tempo os livros de versos ainda costumavam trazer prefácio de algum poeta mais velho. O do livrinho de Olegário foi escrito por Guimarães Passos. "Leitor", dizia o poeta dos *Versos de um simples*, "aqui tens mais um poeta. – Mais um? Não te espantes nem te admires; não será o último que este mês aparecerá. E pelo que este livrinho promete, virá a ser um dos primeiros."

A obra de Guimarães Passos é secundária, comparada às de Raimundo Correia, Vicente de Carvalho, Alberto de Oliveira e Bilac. Faltava-lhe verdadeira força poética; sua sensibilidade era muito superficial. Aquele homem possuía, porém, o instinto da boa poesia. Prefaciada por ele, a poesia de Olegário nasceu sob um bom signo. Há nestas poucas simples palavras de recomendação um vaticínio que saiu certo ("virá a ser dos primeiros") e um conselho precioso e singular naquela fase de ourivesaria poética. "Os versos são simples", concluía Guimarães Passos no seu prefácio "(e Deus permita que outros venham com a mesma despretensão), são sonoros e prometem esperarmos em breve um livro forte. Ai de ti, Olegário, se te deixares levar pelo esquisito das palavras sem nexo" (isto era com os decadistas), "pela beleza das rimas sem expressão" (isto era com os parnasianos).

Os versos das *Visões de moço* estão, naturalmente, cheios de infantilidades e só infantilidades. Todavia, é curioso notar que já aqui se afirmava, bem definidamente, uma das qualidades mestras da poesia de Olegário: a musicalidade. Uma musicalidade suave, leve, depurada. Musicalidade de cantigas de ninar. Como se para esse poeta a finalidade da poesia fosse adoçar, afagar, consolar. Declara-o de resto em duas epígrafes latinas que precedem os poemas: *Dulce mitigare dolores; verba verberant, carmina solant*.

Neste primeiro livrinho já soavam também duas notas que se tornaram as constantes dos seus livros posteriores: a saudade, e o amor (no fundo ainda saudade) do seu torrão natal:

> Em cada folha – um madrigal vibrando
> A nota das saudades mais intensas
> E a música dos olhos soluçando...
> ("Tua História", pág. 12)

> Em sonho inda te vejo... O amor invade
> Meu coração que beija tristemente
> Teu retrato e soluça de saudade...
> ("Madalena", pág. 17)

> É neste barco que me vou embora
> De tarde, quando é rubra a serrania...
> Quando o horizonte imenso se colora
> Dos raios que o sol deita da agonia...
>
> Corta, barquinho, as águas... Mar em fora
> Iremos ambos doidos de alegria,
> Ver Pernambuco quando rompe a aurora
> Mergulhado nos mares da poesia...
>
> Flutua sobre a espuma do oceano...
> Breve estaremos lá na pátria terra
> Vendo o azulado céu pernambucano...
>
> Vamos, ligeiro, sacudindo as velas
> Pelo mar deslizando... Ao longe a serra,
> Em cima o céu ornando-se de estrelas....
> ("Vendo um barco", pág. 24)

A musicalidade a que me referi atrás já é sensível nessas transcrições. Vamos encontrá-la ainda mais pronunciada nos alexandrinos de cinco dos sonetos dessa coleção. Leiam-se os quartetos do soneto "Olhos ternos":

> Olhos ternos, azuis, humildes, inocentes,
> Orvalhados de dor, da lágrima sentida...
> Chorais e com razão os amores ausentes
> Que são a vossa luz na estrada desta vida.
>
> Chorais como dois lagos calmos, transparentes,
> Refletindo a amplidão de uma tela estendida...
> Olhos ternos, azuis, desmaiados, dormentes,
> Vejo em vós o sofrer de uma monja sentida.

Note-se o balanço do primeiro verso do segundo quarteto: o dodecassílabo está dividido em 2 + 10 e não tem a cesura mediana. Este lindo ritmo era obra de um menino de dezessete anos numa época em que imperava ainda, soberana, a estreita métrica parnasiana.

Outro corte novo de dodecassílabo vamos encontrar no soneto "Quadro":

> O regato entre as flores corre em murmúrio...

Este também sem a cesura mediana.

Não preciso citar mais: os versos das *Visões de moço*, ainda tão fraquinhos que fossem, já acusavam uma música nova nesse poeta-menino.

Às *Visões de moço* seguiu-se em 1911 *Angelus*. O poeta já se contaminara um pouco do langor decadista. Há aqui as maiúsculas da escola, as donas Tristezas, os roxos místicos, as ametistas:

> A paisagem, num roxo doloroso,
> se estende como um pálio de ametista.
> Como dói o cortejo silencioso
> do Pôr de Sol num coração de artista!

O poeta como que se comprazia numa espécie de tísica para efeitos líricos:

> Banhado em sangue o Sol desaparece...
> Ai quem me dera tal hemorragia!

A par da tentação simbolista a tentação parnasiana. O poeta de vez em quando se esquecia do ótimo conselho de Guimarães Passos: "Ai de ti, Olegário, se te deixares levar pela beleza das rimas sem expressão!" E perpetrou estes tercetos:

> Fauno, os olhos boiando em volúpias bizarras!
> Quem me dera que tu viesses, torcicolosa,
> Minha fronte adornar de crótons e de parras,
>
> E na calma do bosque onde o desejo medra,
> Unisses para sempre, insaciada e nervosa,
> Os teus lábios de sangue aos meus lábios de pedra.
> (Soneto "Pagão")

O langor decadista era a nota preponderante. Mas a música pessoal, fluídica, sutil, continuava e se enriquecia. Em *Angelus* começa Olegário uma técnica a que permaneceu fiel: a mistura de alexandrinos com decassílabos:

> Superstições andam por tudo... O vento frio
> Sacudindo o vestido do arvoredo...
> O cantochão emocional do rio
> E o Mistério a chorar pela boca do Medo.
> ("O elogio da noite")

Não é só isso: percebem-se ritmos interiores no ritmo aparente. Observem-se os ritmos de octossílabos como que subterrâneos aos de dez e doze sílabas:

> Superstições andam por tudo...
> O vento frio sacudindo...
> O cantochão emocional...

Creio que aqui tocamos o segredo da música de Olegário. A técnica de *O enamorado da vida* estava já inventada naquela e em outras estrofes de *Angelus*.

Treze sonetos e *Evangelho da sombra e do silêncio* são de 1912. Ainda um prolongamento de *Angelus*. No *Evangelho* aparecem as primeiras cigarras.

Com as *Últimas cigarras* (1915) desaparecem os artifícios de escola e o poeta se define como era aos dezesseis anos, como é no fundo: água corrente que passa cantando, refletindo as paisagens das margens:

> Água corrente! Água corrente!
> O teu destino é igual ao destino da gente...

Olegário atingira enfim a simplicidade que o tornou um poeta tão caro à nossa gente. Nunca me esquecerei de uma tarde em que, numa tranquila varanda de Petrópolis, uma boa velhinha me contou que lera num jornal uns versos tão bonitos, tão simples, que só de os ler uma vez os decorara.

– Como eram, lembra-se?, perguntei.

E fiquei enternecidíssimo quando ela começou: "As formigas levavam-na... Chovia..." Desde esse dia passei a querer grande bem à poesia de Olegário. Compreendi instantaneamente que ela haveria de ficar.

Mas toda água corrente carreia as suas impurezas... Nos livros que se seguiram às *Últimas cigarras* reaparecem certos artifícios que quebram aquela melodia simples e clara que há nas melhores coisas do poeta – "As duas sombras", a "Canção da saudade", "Desalento", "Recompensa"; nas coisas em que ele se manteve fiel à sua música interior, em que não cedeu ao prestígio das palavras esquisitas e das belas rimas sem expressão, como lhe aconselhava o poeta dos *Versos de um simples*.

Até o *Canto da minha terra*, os livros sem mistura de Olegário são as *Visões de moço* e as *Últimas cigarras*. Em *Angelus, Treze sonetos, Evangelho da sombra e do silêncio, Água corrente, Castelos na areia, Cidade maravilhosa, Destino* sente-se aqui ali aquele ressaibo ruim de decadismo ou parnasianismo. Em todos esses livros o poeta permanece sensivelmente o mesmo, tanto na forma como no fundo. Em *Canto da minha terra* já se percebe uma espécie de alargamento. Uma ternura muito mais derramada pelas coisas brasileiras. Quanto à forma, uma sorte de cansaço dos ritmos habituais, uma inquietação que o leva à procura de balanços mais amplos, de maior libertação. Desde o primeiro poema "O meu Brasil" aparecem versos de quatorze sílabas ("Não é esse Brasil de vida efêmera e leviana"), de quinze ("É o Brasil que nasceu na minha terra pernambucana"), de treze ("E vê, passada a sarabanda dos temporais"), de dezesseis ("É o Brasil que salta na crista da onda revolta e linda"), de mistura com decassílabos e alexandrinos, estes últimos predominantes. No belo poema das "Potrancas" aparece pela primeira vez na obra de Olegário o metro de onze sílabas. O ritmo é esplêndido, o que demonstra que aquele metro atende com grande docilidade ao movimento lírico peculiar ao poeta:

> Nos sertões distantes, quando é clara a noite,
> Pelos vales ermos, campos e colinas,
> Como um pé de vento, num furor de açoite
> As potrancas passam, sacudindo as crinas.

No *Canto da minha terra* o metro alarga-se até dezessete sílabas ("Pelas sombras das tuas noites, noites ermas que eu vi depois") e mesmo dezenove sílabas ("Pela pureza das tuas fontes, pelo brilho dos teus arrebóis"). Neste poema o metro menor tem quatorze sílabas.

Nesse livro as novidades de forma são essas apenas. Nota-se ainda, como novidade no que respeita ao fundo, o aproveitamento do material folclórico em "Tutu Marambá", "O menino doente", "Pirulito", "A Iara", "Cai, cai, balão", "Xoxô, Papão!", "No jardim da praça Serzedelo" e "O Saci-Pererê".

Em *O enamorado da vida*, o último livro do poeta, livro que lhe abrange todos os melhores aspectos, que o resume ainda melhor do que o volume das *Poesias escolhidas*, seleção aliás bem-feita, a técnica esboçada em *Angelus* e alargada no *Canto da minha terra* se expande até os limites que o próprio instinto do poeta parece lhe ter imposto. Com efeito, não creio que haja alguma vantagem para Olegário em avançar até o verso livre ou o ritmo inumerável. Por mim, tenho a impressão que o lirismo de Olegário exige o pedal constante do alexandrino ou do decassílabo como um centro de forças na solicitação de outros metros. O verso livre iria, sem dúvida, prejudicar o caráter sensivelmente melódico da sua música.

Mas se Olegário não chegou ao verso livre, encontrou uma espécie de compromisso entre ele e a versificação regular, solução pessoal que me parece bastante feliz. No poema "A velha estrada", por exemplo, há versos de dez, onze, doze, quatorze, quinze, dezessete, dezenove sílabas misturados; todos, porém, têm como principal elemento rítmico o pentassílabo. A sua técnica é sutil, porque às vezes o verso pode ser decomposto em várias combinações métricas. Tome-se este entre outros:

> Das coisas humildes e boas; e levo comigo a cantiga

São dezessete sílabas que se podem distribuir em três pentassílabos:

> Das coisas humildes
> E boas; e levo
> Comigo a cantiga

ou em dois octossílabos:

> Das coisas humildes e boas;
> E levo comigo a cantiga

O verso fica assim, flutua indeciso entre dois ritmos, o que lhe comunica uma estranha musicalidade.

[26.VIII.1937]

O LÍRIO DO COLÉGIO

Luís da Câmara Cascudo: *A vida breve de Auta de Sousa*

Acabo de reler *A vida breve de Auta de Sousa*, escrita por Luís da Câmara Cascudo, esse rio-grandense-do-norte mais fiel à sua província do que o próprio Gilberto Freyre à dele.

Reli-a com a emoção que sempre me despertaram a vida e a obra da poetisa nordestina, falecida na flor da idade e antes que se lhe tivesse amadurecido plenamente a técnica de sua arte.

Francisco Palma chamou-lhe "a cotovia mística das rimas", e Cascudo escolheu a frase para epígrafe do seu belo ensaio. Se eu algum dia escrevesse uma biografia de Auta, bem outra epígrafe lhe poria. Nunca ouvi, é verdade, o canto da cotovia. Mas sei de cor, desde menino, o final da "*Morte de D. João*":

> A estrela da manhã na altura resplandece.
> E a cotovia, a sua linda irmã,
> Vai pelo azul um cântico vibrando,
> Tão límpido, tão alto que parece
> Que é a estrela no céu que está cantando!

Límpido foi o canto de Auta, mas não era alto. Muito melhor definido está ele nestas palavras de Cascudo: "Auta de Sousa tem sua humilde melodia perene para certos ouvidos." Alguns desses ouvidos foram, no passado, Bilac e Jackson de Figueiredo; no presente, Alceu Amoroso Lima, Andrade Muricy... Este qualificou-a "a mais espiritual das poetisas brasileiras". Para Alceu o que mais encanta na poesia de Auta é "o sentimento de absoluta pureza", e daí "o grande lugar que ocupa em nossa poesia cristã, em cuja cordilheira sempre há de ser um dos altos mais puros e mais solitários".

O conceito do crítico coincide com o das companheiras da poetisa no Colégio da Estância no Recife, as quais chamavam-na "o lírio do Colégio".

Luís da Câmara Cascudo traça com comovida admiração o breve itinerário de Auta de Sousa na sua peregrinação terrestre: sua infância feliz, os primórdios da doença, depois as andanças pelo agreste e sertão em busca de melhoras, sua morte aos 25 anos. A proximidade desta como que apurou a expressão, o timbre de sua poesia. Auta expirou em 7 de fevereiro de 1901. Em janeiro do mesmo ano havia escrito o "Fio partido", que justifica tão cabalmente o juízo de Alceu Amoroso Lima:

Fugir à mágoa terrena
E ao sonho, que faz sofrer,
Deixar o mundo sem pena,
    Será morrer?

Fugir neste anseio infindo
À treva do anoitecer,
Buscar aurora sorrindo,
    Será morrer?

E ao grito que a dor arranca
E o coração faz tremer,
Voar uma pomba branca
    Será morrer?

[VII.1963]

RESERVISTA POETA

Mário de Andrade: *Losango cáqui*

Na veste de Arlequim cada losango tem a sua cor. Cáqui foi a cor de um mês de exercícios militares na vida do poeta:

> Afinal
> Este mês de exercícios militares:
> Losango Cáqui em minha vida.
>   ... Arlequinal...

Como se vê, aparece ainda neste livro o adjetivo-refrão de *Pauliceia desvairada*. Mas aparece como ressonância de harmônico, recordação já quase sorrindo dolorosa da crise de amargura e escárnio que explodiu naquela obra.

Todavia o cáqui deste *Losango* não guardou toda a sua pureza de cor. Tem vezes que, mesmo sem fechar os olhos, a gente só vê a cor complementar. A cor complementar do cáqui dos exercícios militares foi no caso o ruivo duns cabelos fogaréu:

> Esse lugar-comum inesperado: Amor.

Este sorteado preferia ao "olhar altivo para frente!" da escola o olhar quebrado do seu amor. A aventura da emboaba tordilha nos valeu um madrigal que é uma delícia. Madrigal não! Madrigal é coisa das bandas de além e dos tempos de antanho. Brasileiro da gema diz louvação. A "Louvação da Emboaba Tordilha". Que gostosura de agrado! Parece uma serestazinha para adormecer boneca:

> Eu irei na Inglaterra
> E direi pra todas as moças da Inglaterra
> Que não careço delas
> Porque te possuo.
> [...]

As manobras militares duraram um mês. O lugar-comum inesperado também, segundo se depreende de certas reflexões desencantadas com que o poeta corrige as miragens do primeiro embevecimento. Pudera! Logo no começo dos exercícios o amante se apresenta uma manhãzinha fardado no quarto de dormir da preguiçosa. Ela riu, bateu palmas, beijou-o. O soldado teve uma decepção e ficou triste. Quem ama, apreende:

> Quando a primeira vez apareci fardado,
> Duas lágrimas ariscas nos olhos de minha mãe...

Havia no ar o temor de revoluções futuras. O poeta não tinha o gosto da tarimba. Formou evidentemente de má vontade na esquadra do cabo Alceu. Marchava "tempestuoso, no turno", olhos "navalhando a vida detestada". Mas havia nas madrugadas de manobra tanta coisa bonita para ver! A manhã era tão grande! Um, dois, um, dois, era tão bom respirar! Tão gostoso gostar da vida!

Em tais momentos

> A própria dor é uma felicidade!

O poeta cutucou o pessimista, o soldado sorriu gostoso e os poemas vieram vindo numa encantadora frescura de sensações. Junto de um poema sério, uma caçoada maluca. Entenda-se porém que no fundo o livro é triste.

Em prefácio nega o autor aos seus versos o nome de poema. Faltam-lhes, alega, o que ele chama a intenção de poema, coisa construída, peça inteira, fechada, com princípio, meio e fim. De fato eram assim as poesias que compunham o *Losango* na primeira redação. O livro, porém, saiu anos depois, e nesse intervalo o poeta o alterou, tirando-lhe, ou pelo menos prejudicando-lhe, aquela espontaneidade de caderneta lírica de reservista. A unidade artística foi sacrificada à unidade psicológica. O autor juntou trechos de outras épocas esclarecedores da sua personalidade de então. Ora, muitos destes são poemas no sentido que Mário atribui à palavra – de peça de arte acabada, com princípio, meio e fim, e não peça puramente lírica como a maioria e sobretudo por exemplo os de nº XXXV, XXXVI, XXXVII, espécie de intermédios que não começam nem acabam. A "Louvação da Emboaba Tordilha", a pungente "Escrivaninha", as duas admiráveis "Toadas", "Flamingo", "Jorobabel", "Tabatinguera", e talvez outros, são poemas construídos. A técnica destes três últimos aparenta-se à dos super-realistas (aos quais de resto nada devem, anteriores que são ao manifesto de André Breton): automatismo psíquico de imagens declanchado por uma palavra possivelmente denunciadora de complexo. A de "Jorobabel" feriu fundo a memória e a sensibilidade de Mário. O pessimismo truculento do nº XXIX ("Eu trago a raiva engatilhada...") se fez piedade, embora se conservando sempre pessimismo, e foi choro aberto sobre a vida "excessivamente infinita" nesse poema que é um guia bíblico estupendo.

Nas "Toadas" se começa a sentir na obra do poeta a influência da maneira popular, que é uma das duas faces da técnica atual de Mário (a outra é um poetar que deliberadamente rejeita todo encanto sensorial, todo apelo excitante exterior, sem prejuízo porém da emotividade, que se mantém todavia naquela calma ardente e sublimação de pensamento tão de encontrar na poesia inglesa).

Ao contrário de tudo isso, as poesias de *Losango* caracterizam-se pela espontaneidade lírica. A gente não vê a poesia feita: vê o poeta fazê-la. Psicopoesia experimental. Poesia em estado nascente.

A mim confesso que o lirismo basta. Admiro um poema bem construído, mas o que me faz amá-lo é o lirismo que nele haja. A Mário não basta. A poesia pra ele tem que ir além. Por isso ele diz que procura. Mentira! Mário não procura: acha. Está sempre achando. Quando se vira para outros lados, pensa que está procurando.

No que diz respeito à linguagem, *Losango cáqui* é o primeiro livro escrito em *nossa* língua. Adotando sintaxes e expressões correntes na conversação da gente educada, idiotismos brasileiros, psicologia brasileira, Mário de Andrade conseguiu escrever brasileiro sem ser caipira nem rude.

[30.IX.1926]

LÁGRIMA TORRENCIAL

D. Aquino Correia: *A flor d'aleluia*, **episódio da Semana em Cuiabá**

A coisa mais cacete da poesia religiosa em língua portuguesa até agora eram as odes do padre Sousa Caldas. D. Aquino Correia acaba de bater o recorde. Este seu episódio da *Flor d'aleluia*, muito embora não passe de dezoito páginas, parece mais comprido do que a tradução do Dante pelo Visconde de Vila da Barra. Ou do que um soneto do sr. Medeiros e Albuquerque. É a história, penosamente dodecassilabada, de um moço chamado Luís, que um dia "deixou o lar e entrou nos vórtices mundanos".

Um alexandrino do bispo de Cuiabá:

... Surgem tremeluzindo ali, vagas, uma a uma...

Outro:

... Um frêmito alvoroçado em santo regozijo...

Com estes dois versos será difícil para D. Aquino obter o voto do sr. Alberto de Oliveira.

Afinal me esqueci da história do moço Luís. Foi muito triste. Tão triste que à página 14

        uma lágrima ardente
Impetuosa e caudal salta improvisamente
Aos olhos do rapaz.

Puxa, D. Aquino, isso não é lágrima: é inundação.

[30.X.1926]

RITMOS E ASCESE POÉTICA

I

Henriqueta Lisboa: *Velário*

Desde *Enternecimento*, coleção de poemas premiada pela Academia, Henriqueta Lisboa afirmou-se como uma das vozes mais puramente femininas da nossa poesia. Em *Velário* nota-se a mesma coisa que em Olegário Marianno: a procura de ritmos mais livres. Nos últimos poemas do livro, Henriqueta Lisboa adota o verso livre: "Oração do momento feliz" é um belo grito lírico. Em outros, há o compromisso a que me referi atrás. "Monotonia", por exemplo:

> Sempre o relógio marcando o encontro dos meus bocejos!
> Preguiça antiga das velhas cordas enferrujadas dos realejos,
> Tempo de sobra que a gente esbanja na branca inércia dos lugarejos.

Aqui o elemento rítmico é o verso de quatro sílabas:

> Sempre o relógio
> Marcando o encontro
> Dos meus bocejos!

Prefiro, porém, a poesia de Henriqueta Lisboa condensada nos metros menores regulares

> Baixou a treva sobre o sonho.
> Foi como um pássaro agourento
> Junto à janela de um enfermo.
> Alguma coisa de medonho
> Que se passou neste momento
> Eternizou-se no meu ermo.
> Tudo acabado. Tudo morto.
> É a lua, a ansiar pelo degredo,
> Mortalha, órbita que espia.
> Pavor do nada. Desconforto.
> Dança macabra do arvoredo
> Nos estertores da agonia.
> A alma se alonga para o fim
> Já sem desejos e sem ânsia
> Como um fantasma em noite aziaga.
> E sem poder voltar a mim,

> Fica perdida na distância
> Como uma sombra que se apaga...

[1937]

II

Henriqueta Lisboa: *Lírica*

  Já disseram da poesia de Henriqueta que ela se caracteriza por uma constante perfeição (como a de Cecília Meireles). Mas essa perfeição não é fruto de fácil virtuosidade: é perfeição de natureza ascética, adquirida à força de difíceis exercícios espirituais, de rigorosa economia vocabular. Um de seus recursos pessoais é a valorização dos esdrúxulos. Como ela sabe pôr dois e três no fim de versos contíguos, sem sombra de requinte gongórico!

> À paisagem do morto nada falta de cômodo.
> A paisagem do morto é insípida.

  De sua poesia se pode dizer o que ela diz do morto no poema "O mistério": "é poderosa de indiferença e equilíbrio, completa em si mesma, forra de seduções e amarras". E é na morte, na morte restauradora, que ela encontra o seu maior tema, a morte "cruel mas limpa", depois da qual "tudo volta a ser como antes da carne e sua desordem".

[22.IV.1959]

GAÚCHO MACANUDO

Augusto Meyer: *Coração verde*

Um livro de estreia que consagra definitivamente, e coloca o seu autor entre os poetas mais altos e mais perfeitos que possuímos. Poesia cheirando à querência, excitante como um sopro frio de minuano, com o ritmo onduloso das coxilhas, o descampado do pampa, a frescura das sangas. Gaúcha, quer dizer, fina e brava.

Imaginem um poeta que tivesse a sensibilidade de um Ribeiro Couto; a técnica de Guilherme de Almeida; e de Ronald de Carvalho a pureza de linhas, a claridade de cor. Pois é assim Augusto Meyer. Exemplo

> O anel de vidro é leve, muito leve toma cuidado...
> A tua mão, bem sei, ainda é mais leve;
> Mas, silêncio: – há um momento inesquecível de fragilidade
> Que ainda é mais leve, muito mais leve...

Maravilha de epigrama em que logo se toma o pulso do artista quando se serve do ritmo livre. Mestre também em medida velha, como se vê nas redondilhas de "Gaita" e de "Serão de junho", na arte maior de "Chuva de pedra", nas cinco sílabas espertinhas de "Realejo":

> Dançam figurinhas
> Sobre a caixa, lindas
> Como um brinquedinho...

Augusto Meyer compõe toantes com aquela mesma insuperável sutileza de ouvido de Guilherme.

Mas toda essa arte escorreita e preciosa é o de menos nestes poemas de essência tão verde, onde de vez em quando cintila uma imagem de extraordinário pudor:

> Quando o céu palpita na moldura da janela
> E em cada estrela há um lábio, um lábio puro que treme.

Como é distante!

A assombração do boi-tatá inspirou ao poeta um dos poemas mais fortes e mais belos do seu livro e de quantos livros de poesia já apareceram no Brasil:

Quentura dos mormaços que impregnaram as carquejas.
Nem um sopro leve entre as furnas e as moitas.

Noite, grande noite – a rancharia adormecera
Como um sono sem sonhos no coração da noite.

Téu-téu! téu-téu!
           (T'esconjuro!)
                     Téu-téu!

Boi-tatá t'esconjuro!
No escuro
Uma chama vai rabeando – leve, lambe, amarela,
A macega na lomba, enrosca-se em bola,
Em coleios se desenrola e rebola, rabiosa,
Amarelece, azulece...
      Téu-téu! téu-téu! – Boi-tatá!

Boi-tatá na água dos mananciais,
Fogo maldito que não queima como jogo,
Na bruma dos mormaços que impregnaram as carquejas,
Quando a rancharia adormecer negra, negra,
Como um sono sem sonhos no coração da noite...

Ah, gaúcho macanudo!

[15.I.1927]

SEGUNDO LIVRO DE VINICIUS

Vinicius de Moraes: *Forma e exegese*

Forma e exegese revela mesmo uma alma como que condenada à poesia. Só parece que se a vida tem algum sentido para Vinicius de Moraes, esse sentido ele o encontra na poesia. Não imagino este poeta fazendo outra coisa senão poesia.

Os seus poemas têm aquela abundância, que foi uma das qualidades da geração romântica. Só que a abundância romântica levava com frequência muito material inútil na sua caudal. Ao passo que a abundância de *Forma e exegese* é sempre policiada.

No poema "A legião dos Úrias" a sugestão do tema, a força do seu desenvolvimento atingem ao grande estilo. As estrofes têm uma magnífica unidade estrutural. Pode-se lá falar em morte da poesia, vendo estes cavaleiros Úrias passar à desfilada, "beirando os grotões enluarados, sobre cavalos lívidos"?

Tenho vivo prazer em prestar esse depoimento, porque há três anos falei do primeiro livro de Vinicius de Moraes, numa crítica do *Diário de Notícias*, e, embora reconhecendo as qualidades de *O caminho para a distância*, não pressenti o vigor em que elas viriam expandir-se. Agora vejo que o poeta pode ainda ultrapassar-se, quando chegar à idade da condensação, quando se cansar um pouco da sua rica virtuosidade verbal, único perigo que discirno nesta sua abundância. Porque ele tem aquela virtuosidade verbal, da melhor qualidade aliás, que encontramos em José de Alencar. Mas Vinicius de Moraes tem nas veias sangue de Melo Moraes. Ele tem o amor da nossa poesia popular, das nossas modinhas. Ora, isso é um sentimento que atua sempre como um corretivo das sutilezas e agilidades da imaginação verbal.

[16.VIII.1936]

SENSIBILIDADE SIMBOLISTA

Alphonsus de Guimaraens Filho: *Poemas reunidos*

Há vinte anos, escrevendo a Alphonsus de Guimaraens Filho, disse-lhe: "Você entrou na poesia com uma responsabilidade tremenda – o nome de seu pai! Mas está se saindo galhardamente. Este *Lume de estrelas* atesta um grande poeta, não é reflexo da poesia paterna, mas brilho de estrela com luz própria".

Coisa curiosa! Alphonsus Filho adora a poesia do pai, sabe-a quase toda de cor. No entanto nunca em seus versos me saltou aos olhos uma reminiscência da poesia paterna. Influências que se me depararam foram de outros poetas. De Mário de Andrade, por exemplo (em certa época, a dos poemas de *A cidade do sul*); de Camões, nos dois primeiros versos do soneto "Contemplação": "Quando dos horizontes a cansada/ Contemplação aos poucos se dilui..." Nunca me apliquei a um cotejo entre a obra do pai e a do filho, mas tenho a impressão que a autonomia do filho em relação ao pai é absoluta. O fato é tanto mais notável quanto, apesar das influências modernas, Alphonsus Filho se afirmou sempre com um fundo simbolista irredutível. Pode-se dizer que ele e Onestaldo de Pennafort são os dois grandes poetas de hoje em que persiste intacta a sensibilidade simbolista. Para esse poeta perplexo neste mundo de foguetes teleguiados, de satélites artificiais e possíveis viagens à lua, "o mais real é sempre a irrealidade"; o que o seu coração deseja não é Urano nem Marte, mas a pequenina estrela "morta há milênios no infinito, ou no meu peito".

Este volume dos *Poemas reunidos* apresenta nada menos de cinco novos livros: *O unigênito*, *Elegia de Guarapari*, *Uma rosa sobre o mármore*, *Cemitério de pescadores* e *Aqui*. A fecundidade de Alphonsus é extraordinária. Não se mostra, porém, como desova a propósito de tudo e de nada. Ao contrário, o poeta coíbe-se; mais de uma vez, em conversa comigo, tem procurado desculpar-se (!) dessa não procurada, dessa espontânea, irreprimível necessidade de expressão poética. A abundância não o levou à facilidade. Do *Lume de estrelas* escreveu Mário de Andrade que era a afirmação de "um poeta bastante forte num livro ainda bastante fraco". Se o grande Mário fosse vivo, teria agora o prazer de proclamar que os cinco novos livros de Alphonsus estão à altura do poeta forte, chegado ao inteiro domínio do seu instrumento. A *Elegia de Guarapari* e *Uma rosa sobre o mármore* assinalam o fastígio de sua criação poética.

[14.IX.1960]

SONETO EM LATIM

Mendes de Aguiar: *Ausonia Carmina*

> *Montanarum sodalis puellarum,*
> *Earum consors desideriorum,*
> *Pugnaeque amoris mutis in voce aurarum,*
>
> *Quomodo oblectas, heu! ludus agrorum,*
> *Quando per primam comparant cordarum*
> *Laetae fusculae sonum osculorum!*

Sabem o que isso é? Os tercetos do soneto "A viola" de Sílvio Romero:

> Companheira querida das matutas,
> Confidente fiel de seus desejos,
> De seus sonhos de amor, serenas lutas,
>
> Como és boa da roça nos festejos,
> Quando as morenas gárrulas, astutas,
> Afinam pela prima o som dos beijos!...

Já é engraçado escolher o soneto pra falar da gostosura de uma viola. Traduzi-lo ainda por cima em latinório só mesmo por desfastio de quem não sabe o que há de fazer do seu latim. É o caso do sr. Mendes de Aguiar, *apud arcades romanos*.

Os adversários do verso livre não compreendem poesia sem medida nem rima. Quando se alega o exemplo da poesia grega e da poesia latina clássica, eles redarguem que o gênio da língua era outro. Ao acabar de ler os versos latinos silábicos e rimados em que o douto árcade romano trasladou alguns poemas de língua portuguesa, me deixei ir armando umas considerações eruditíssimas sobre a incompossibilidade da rima e da medida silábica com o gênio do idioma do Lácio. De repente, porém, me veio à cabeça a lembrança de certos hinos da igreja, e mais aqueles versos da Francisca de Baudelaire:

> *Novis te cantabo chordis,*
> *O novelletum quod ludis*
> *In solitudine cordis!*

Caí em mim e vi que estava pensando uma bobagem tão panema como a dos adversários do verso livre. A displicência que me causava a latina versão do "Ouvir estrelas", do "Sabor das lágrimas" não vinha dali. E concluí que o sr. Mendes de Aguiar não é poeta.

Também foi tudo que pude ver. Pois quem se atreveria a deslouvar a correção e elegância do sábio latinista, honra do nosso magistério?

[30.XI.1926]

SEM GALANTEIO

Yonne Stamato: *Porque falta uma estrela no céu*

Yonne Stamato era alma apenas. Andava na terra, invisível e serena, pondo no sono bom das criancinhas pedacinhos de céu em sonhos inocentes, desgrenhando os rosais com as mãos dos ventos... Mas um dia chorou. Ora, quando uma alma chora (diz Yonne Stamato), Deus a faz mulher, pregando-a numa cruz de carne. Eis aí *Porque falta uma estrela no céu*. Este é o título do novo livro de Yonne Stamato. A julgar pelo retrato que acompanha o volume, trata-se de uma cruz de carne espetacularmente linda.

Sim, Yonne Stamato é realmente linda. Isto não é galanteio: galanteio seria dizer que os poemas de *Porque falta uma estrela no céu* são poesia da melhor. Não, não são. A poetisa ainda não desceu ao fundo de si mesma, e lá bem no fundo da gente é que está a melhor poesia. Yonne Stamato engana-se quando supõe que gostaria de viver "humilde e ignorada", que não deseja nada. A sua mágoa de quando era menina feia me convence ("Se ficar feia era a minha sina, que me deixassem sempre criança!"); mas a sua mágoa atual de mulher bonita me deixa incrédulo. E não acredito, positivamente não acredito que a sua alma chore quando lhe chamam "moça bonita". Eu sei que as mulheres bonitas também sofrem, porque afinal de contas os homens são uns cavalos. Não importa: elas gostam dos galanteios desses cavalos. A poesia de Yonne Stamato ficará melhor quando ela banir dos seus versos as facilidades verbais. Não diga nunca aos cavalos: "Você é meu único amor, meu sol, meu ideal". Não diga com ênfase que "simboliza a dor universal!" Sua poesia então ficará melhor, como já está em "Porque eu sou a poesia", este poema sim, já "pesado de aleluias", pelo qual a felicito vivamente. Sem galanteio.

[XI.1939]

UM LIVRO E DUAS CARTAS

I

Austen Amaro: *Juiz de Fora*

O poema do sr. Austen Amaro começa por esta coisa abracadabrante:

Dístico

Este
poema
ditou-o Dina a única
musa!
E
isso
não destrói
as demais,
e sim
as unifica.
Pois, sendo Dina a expressão
do próprio Deus que é
onímodo e onipresente,
ela é
onisciente
onipotente e onipresente.
Assim,
Dina
universal e perene
é
onipotente.

Isto cheira a futurismo do brabo... Há, como essa, muita coisa ruim nesta brochura, estiradas do palavreado sem substância de pensamento ou sensibilidade, um mau gosto horroroso. Apesar de tudo esta poesia é simpática, insinua-se, interessa. Tem ingenuidade e força. Gosto, por exemplo, da vulgaridade jornalística, reclamista do "Canto II", onde se esparrama um afeto largo de comoção bem brasileira, sabendo gostosamente ao que os rapazes da *Terra Roxa* chamam manifestação espontânea de Pau-brasil:

Eu exalto a força constante!
Fernão Dias! e Cândido Rondon!
A realidade de Osório e de Mauá!
Esta é a mesma poesia!:
– a passagem de Humaitá! e a passagem da Serra do Mar!
E porque eu exalto a única poesia,

>   canto a harmonia das cousas iguais!
>   Assim, no Presente
>   a realidade eficiente
>   de Otávio de Magalhães, Álvaro da Silveira e Evaristo de Morais!
>   do Juscelino Barbosa prático e brasílico!
>   E Tarsila do Amaral de hoje
>   balbuciando a nossa pintura!
>   E Maria Lacerda de Moura! desejosa apenas de sinceridade!
>   o Magalhães Drummond do "Nacionalismo que eu pregaria"!
>   e dos "Aspectos do problema penal brasileiro"!
>   O José Oiticica da "Universidade Feminina"!
>   A consciência universalista em Pontes de Miranda e Renato Almeida! atuando pela Brasilidade!
>   Belisário Pena capaz de afirmar!
>   [...]

Todo o canto é de um ridículo sublime e bem haja o poeta que teve a esplêndida coragem desse ridículo. Aquilo é poesia, não tem a menor dúvida.

Outra coisa que me agradou no sr. Austen Amaro foi a volta, em certos passos do poema, a certas formas e métricas românticas. Os nossos românticos, mesmo sob a maior pressão de influências estrangeiras, foram originais, foram bem brasileiros, e é neles visível um veio de tradição que o parnasianismo cortou de chofre. O sr. Austen Amaro quis retomar o fio, tentativa louvável, em que todavia falhou, porque não o fez com espírito moderno. Faltou-lhe crítica e escolha. Repetiu os românticos com todos os defeitos.

Gostaria de transcrever certos fragmentos para dar ideia dos seus dotes de escritor, como este, que não é exemplo único:

>   E a alma bárbara dos borés,
>   rufando em couros retesos,
>   retumba na matraca do bico atro.

Rematarei com o "Canto IV", no qual por um momento esqueceu o poeta o bulício da musa-dínamo no sossego desta mansa bucólica:

>   O longe São Mateus quase bucólico!
>   Com carros de bois descendo a encosta,
>   anacronicamente.
>
>   Na paz das montanhas pasmando,
>   pascem bois pacientes.
>   E os bois que descem da montanha
>   vêm molhados de sereno.

Bons desenhos de Pedro Nava.

[30.IX.1926]

II

Juiz de Fora: *poema lírico*

Foi o ano passado que Austen Amaro, vivendo uns dias em Juiz de Fora, enrabichou-se pelo lirismo dinâmico da terra atualmente presidencial. Desse rabicho nasceu o poema "Juiz de Fora", que aparece agora impresso. Livro de poeta mineiro. Mostras de admirável poesia mineira. Magníficas ilustrações de um artista mineiro – Pedro Nava. E, como por espírito de coerência, boa feitura material mineira.

Primeiro grito de liberdade literária partido das Alterosas, da nossa Minas hospitaleira e muitas coisas bonitas. Isto é, primeiro grito materializado em um livro de versos. Porque não pode se esquecer anteriormente o brado heroico e retumbante da *A Revista*. Heroico e retumbante sim, apesar do hino.

Para falar verdade, verdadeira, a melhor parte do poema é a introdução onde tem pouco Juiz de Fora, muito Brasil. Interessante ler um poeta novo cantando um Brasil bem diferente da pátria amada, idolatrada! salve! salve! Cantiga forte de brasileirice sem porque-me-ufanismos literários.

A nota brasileira do poema é otimista. Dum bendito otimismo. A admiração do homem novo diante da terra nova, definitivamente descoberta. Admiração que se mostra materialmente na abundância de pontos de exclamação. Nada de nostalgias. Nada da bilaquiana flor amorosa de três raças tristes. Ser alegre tão mais fácil que ser triste!

Tristeza convencional que engambelou nossos maiores. Nossa alegria gritada, vezes até escandalosa, pode ter também uma pontinha convencional. Pode, sim. Porque infelizmente ainda nos amamentamos de entrada nos seios das musas. Seios que já foram arrebitados e rijos. Mas amoleceram nas sucções de mil bocas que nem sempre souberam aproveitar o leite divino. Hoje estão flácidos, coitados! Não há para eles a possibilidade de nenhuma pasta russa... Mas tempo virá em que nossa alegria tem de ser só e exclusivamente sinceridade:

> A sinceridade nos leva para o mesmo rumo!
> Que cada um rompa o matagal com o seu machado!

Já se vai tornando banal e inútil ironizar o passadismo. Também banal e inútil explicar tendências do modernismo. A presença do Brasil na nossa poesia modernista se vem acentuando há muito. Se pode mesmo dizer que a ânsia dos nossos poetas modernos é abrasileirar cada vez mais a poesia. Como? As tentativas vão surgindo. Desde os *Epigramas irônicos e sentimentais*, onde tem cheiro de capim-melado, grilos, torpor, resinas, sol queimando couves dos quintais desertos (tão nosso isso como dos hortelões da outra banda), mangas, abacaxis, etc. O sr. Ronald de Carvalho fala dessas coisas com a mesma naturalidade com que poetou vindimas, pâmpanos, polilhas de cisterna, lampiões cochilando nas pontes, névoas, choupos nos *Poemas e sonetos*. E recentemente alfareros, chiquillas, fura-céus, xales, nichos, jarabes, em *Toda a América*. Puro intelectualismo. Mas sinceridade nas intenções pelo menos. Já é vantagem. Como Guilherme de Almeida no *Meu* e no *Raça*. No *Raça* ele resolve com uma simplicidade de pasmar o nosso complicadíssimo problema etnológico. É o triângulo: o português, o ardor caravelejante e negrejante; o índio, com a indolência indomável e o arco; o negro, com o bodum resignado e as superstições cantadas. Isso posto em versos gostosos, com rebuscamentos que informe de Mário de Andrade me contou ser gongorismo.

Mas voltemos ao "Juiz de Fora". Me preocupa o que se tem escrito a respeito de Austen Amaro. As críticas. Tirando as referências breves dos jornais, crítica mesmo só vi a de Manuel Bandeira, na *Revista do Brasil*. Mas lhe faltou o necessário para uma crítica justa – simpatia. Catou o que o poema tem de ruim (não nego que tenha coisas ruins), para mostrar que o poeta não presta. Processo duquestradeiro. Ele sabia que tratava-se de um novo muito mais novo do que ele. Sua atitude se parece com a de certos passadistas que na gata-parida das letras não querem ceder uma beiradinha para os que vêm vindo. Danam-se, queimam e xingam. Mas acabam escorregando para a esquerda. Talvez só parecença, que podia ser evitada com algumas palavras a mais ou a menos.

Uma observação. Exclua-se certo brasileirismo que tem na dita crítica. Bote-se citação de poesia uruguaia. Será ou não crítica ao modo do nosso hineiro-mor?

Se o poeta Manuel Bandeira gosta de criticar exibindo ruindades, por que deixou passar "Jorobabel" e outras quando falou de *Losango cáqui*? O *Losango cáqui* de Mário de Andrade, que aliás muito admiro e estimo. Ora por que! Com Mário o caso é outro. Mostra apenas o que é bom. Tem motivos para elogio puxado. E só elogio.

Porém Austen Amaro tem talento. Manuel Bandeira não negou isso mas eu quero afirmá-lo. Bobagem fazer citações que o provem. Quem ler o poema verá se é. Verdade que vezes titubeia. Carece de certa dose de autocrítica. (Mário de Andrade, cabra já experimentado, se gaba de mondar os seus poemas depois de feitos. E no entanto...) É natural. Austen é moço. Muito moço. Está longe dos trinta e tantos anos que suponho ter o seu crítico. Suponho porque, rapazola em Mariana, lembra-me (me admirem a memória!), ter lido um soneto dele Manuel, no *Fon-Fon*, cinzento e fúnebre. Retratinho por cima. Comentos por baixo. E a notícia de que o poeta partia como não sei que de legação não sei para onde...

Com isso, o poeta de *O ritmo dissoluto* não perde a minha admiração. Não está em mim acabar com ela. Mas perdeu a minha simpatia o dr. Manuel Bandeira, bacharel como toda gente, Manu na intimidade – o da canção bestabestinha do admirável Ribeiro Couto:[15]

> Já fui sacudido, forte,
> cheio de muque,
> como os rapazes do esporte
> e do batuque,
> ai! ai!

Se o Manu ler a minha declaração, será decerto com um risinho jemanfichista de quem já fez até versos como quem morre, coitadinho! (Todo mundo tem seus ridículos, grande poeta do "Berimbau" e dos Sinos de Belém, bem, bem, bem.) Mas é preciso concluir assim de cara fechada o meu artigo. Pronto.

[24.X.1926]

III

Carta aberta a João Alphonsus

Você concluiu de cara fechada a sua declaração do suplemento mineiro da *Manhã* de 24 de outubro. Vamos fazer um acordo, João Alphonsus: me dê a sua simpatia, tire a sua admiração. (Porque eu mereço muito mais a sua simpatia do que a sua admiração.) Em troco eu lhe dou a minha admiração e a minha simpatia. Você é admirável. Tanto mais admirável, quanto é admirável depois de seu pai, que também foi admirável. Marquei você desde os tempos em que fui para Campanha escarrando sangue. Foi quando eu escrevia versos "como quem morre". Ai de mim, João Alphonsus! tenho mais idade do que você pensa. Já fiz quarenta anos. Ribeiro Couto disse outro dia que eu sou a solteirona do modernismo. Estupendo, não acha? O pior é que nunca tive mocidade. Entre dezessete e trinta anos eu era muito mais velho do que sou hoje.

---

[15] "A canção de Manuel Bandeira", poema de Ribeiro Couto, constante do livro *O jardim das confidências*, começa com esta estrofe, que João Alphonsus interpolou para efeito humorístico:

> Já fui sacudido, forte,
> De bom aspecto sadio,
> Como os rapazes do esporte.
> Hoje sou lívido e esguio.
> Quem me vê pensa na morte.

Outro engano de sua parte é me tomar por bacharel. Não sou doutor, João Alphonsus, nem nunca parti como não sei que de legação pra lugar nenhum. Nunca fui nada em minha vida – senão poeta.

E só fui poeta porque não pude ser outra coisa. É triste, mas é assim, e eu aceito toda a minha tristeza.

Que diabo, João Alphonsus, você lê mal. Então eu disse que o poeta Austen Amaro não prestava? Palavras minhas: "Apesar de tudo, esta poesia é simpática, insinua-se, interessa. Tem ingenuidade e força". Catei o que o poema tem de ruim? Pois não citei, achando tão bonita, a bucólica do "Canto IV"?

Transcrevendo com elogios, um fragmento de outro canto, não frisei "que não era exemplo único"?

De ruim só citei o dístico.

Diz você: "Se Manuel Bandeira gosta de criticar exibindo ruindades por que deixou passar 'Jorobabel' e outras quando falou de *Losango cáqui*"?

Eu não disse, João Alphonsus, que você lê mal? Não deixei passar "Jorobabel" no *Losango*: assinalei-a como estupenda. Gostos... Todo mundo sabe da minha admiração por Mário de Andrade. Pouco me importa que você ou outro qualquer venha com "ora porquês!" Você falou muito no capim-melado, nas resinas, nos alfareros, nas chiquillas, nos jarabes do Ronald, na pasmosa simplicidade com que o Guilherme resolveu em *Raça* o nosso "complicadíssimo problema etnológico"... Mas quem marcou em você não foi Guilherme nem Ronald: foi Mário. Por isso gosto do Mário. É ali na piririca. Marca até os fortes como você.

Em vez de gastar metade do espaço de seu artigo em me proporcionar "a volúpia da pancada", não era melhor que você me fizesse sentir, a mim e ao público, a compreensão do poema? Mas o próprio poema você leu mal. Diz você: "Nada de nostalgias. Nada da bilaquiana flor amorosa de três raças tristes." Pois lá está à página 19:

> eu tenho no fundo da alma sensível
> a luta invisível
> de três nostalgias
> ferindo-se vivas
> no fundo do ser!

Então? A verdade é que guardei o poema de Austen Amaro ao lado dos livros de Mário, Guilherme, Ronald, Ribeiro Couto, A. Moreyra, Onestaldo, Olegário, Murilo e outros poetas que prezo. E lhe garanto que não guardei somente por causa dos excelentes desenhos de Pedro Nava.

Me queira bem, João Alphonsus.

Manuel Bandeira [30.X.1926]

IV

Resposta a Manuel Bandeira

Sinto qualquer coisa dentro de mim dando-me precisão de responder à sua carta aberta do último número desta revista. Mas responderei como desejo? Entro gostosamente no acordo e lhe entrego a minha simpatia, que em verdade sempre esteve com você. Eu estava inquieto à espera da revista (vê como gostam de evitar as surpresas da gente?). Não imagina a minha comoção. Sua carta me machucou mais do que se você se tivesse queimado. Fiquei nem sei como... Mas também a sua simpatia pelo Austen Amaro estava nas entrelinhas pouquíssimo visível. Sua crítica provocou palmas da incompreensão do nosso meio literário. Isso me danou. Vem cá e escute: "Há, como essa, muita coisa ruim nesta brochura, estiradas do palavreado sem substância de pensamento ou sensibilidade, um mau gosto horroroso". Depois disso o elogio mais puxado parece ironia e só teve elogio assim-assim. Você se referiu apenas aos dotes de escritor e não deixou perceber se estava gostando ou não do "Canto IV".

Se li mal foi a crítica ao *Losango cáqui* e não ao *Juiz de Fora*. Não escrevi você ter dito que o poeta não prestava. Isso não. Mas de qualquer maneira foi uma inverdade, confesso.

Falei na simplicidade pasmosa com que Guilherme de Almeida resolveu nosso problema étnico e você levou ou fingiu levar-me a sério. Ora pode ser definida com a simplicidade do triângulo luso-áfrico-índio esta mistura inquieta de matizes, onde já entrando até a oca japônica e mesmo china? Falei em Ronald de Carvalho e foi Mário de Andrade quem me marcou? Provavelmente é pros dois primeiros que lá está no artigo: "O *Losango cáqui* de Mário de Andrade que aliás muito admiro e estimo".

Não achei que você me chamasse de admirável por ironia. Não porque o seja mas porque disse que o sou depois de meu pai, "que também foi admirável". Assim gostei, pra que negar? Sempre depois e muito depois. Não igual nem melhor como me dizem às vezes pensando que me agradam e me desagradando por completo. A maior parte dos elogios que tenho recebido são de admiradores de Alphonsus de Guimaraens, que repartem com o filho a admiração que têm ao pai. Talvez pra eles seja ainda um modo de admirá-lo. Quando perpetrei meu primeiro verso já encontrei o caminho aberto. Me elogiaram por causa de meu pai e nunca isso me amolou não. Nem foi a verdadeira causa de eu ter procurado novos rumos. Claro que não.

Eu não li mal o *Juiz de Fora*. Tem nostalgias no poema, bem vi. O trecho que você cita é dum diálogo entre um viandante simbólico, sujeito ainda meio antigo (basta ser viandante), e a musa Dyna, naturalmente esportiva, sadia e bem musculada, de riso franco e nuca raspada. O viandante queixa-se da paulificação das três nostalgias. Mas a musa anima ele:

> Oh bom viandante,
> tu hás de lutar
> com a força invisível do fundo do ser!

e finalmente:

> e terás na magia da noite bendita
> não mais a mentira das rondas esquivas!
> e sim a verdade da força e da vida
> enchendo a magia da noite amorosa
> da ingênua alegria, da força sadia
> que luta e constrói!

Qual intenção? Nada de nostalgia, etc., penso eu. Mas a resposta que eu queria não era sobre isso mas sobre uma coisa que está roendo dentro de mim. Não saberei explicar-me. Mais cedo do que esperava me arrependi de ter escrito aquele medonho artigo. Eu disse que você me machucou mas foram machucões benfazejos. Machucões benditos. Infelizmente é assim que a gente aprende a viver e a gostar daqueles que merecem ser amados além de admirados.

Disponha do meu coração.

Belo Horizonte – 8-XI-1926. *João Alphonsus*

TRÊS JOVENS POETAS

Augusto de Almeida Filho, Anver Fares e Vito Pentagna: *3 momentos de poesia*

Oferecendo-me o livro *3 momentos de poesia*, os srs. Augusto de Almeida Filho e Vito Pentagna chamaram-me de mestre. Admitamos por absurdo o título: ele me autoriza a falar de cadeira muito pretensiosamente, e é o que vou fazer. Evidentemente os srs. Augusto de Almeida Filho, Anver Fares e Vito Pentagna são almas de poetas – almas generosas que não se comovem tão somente com as suas dores e alegrias pessoais, dores que sabem suportar virilmente, alegrias que sentimos envenenadas pela orfandade das crianças espanholas, pelo fuzilamento de García Lorca e outros horrores. Não haverá ninguém com alguma nobreza de alma que não se sinta desde logo solidário com o sentimento verdadeiramente fraterno destes poemas.

Assim, nestas escassas notas vou pôr de lado a mensagem para só tratar da forma. Andam dizendo por aí que é uma atitude estreitíssima da crítica ocupar-se de forma numa época em que o que importa é a mensagem. Mas, por isso mesmo, não é verdade que tudo que enfraquece a mensagem merece a maior atenção?

O momento de Augusto de Almeida Filho foi bem batizado por Joaquim Ribeiro com o nome de Litania Perdida. Todos esses poemas são litanias, cujo defeito formal está no abuso do paralelismo e do encadeamento. E esse abuso de um recurso que ordinariamente fortalece a expressão resulta em dispersão e monotonia. Que o poeta comece as três estrofes de "Jenipapeiro" com o verso "Velho jenipapeiro de tronco forte", está bem, porque esse belo verso é uma personagem; mas para que transformar em rondó o "Poema do amor satisfeito"? Eu teria feito o poema assim (perdoe-me Augusto de Almeida Filho o pedantismo: por um momento sou o "mestre"):

> Minhas pálpebras fecharam-se
> No êxtase final de todos os sentidos.
> Senti na torrente de meu sangue
> A exaltação intensa de meu ser.
> Senti refletida dentro de meus olhos
> A imagem morena de teu corpo.
> E senti na confusão da noite erma
> A vertigem da carne satisfeita.

Suprimi algumas palavras: creio que a poesia de Almeida Filho ganhará em força quando se despojar de certo excesso verbal. Para que tudo fique da mesma qualidade excelente daquela sua Nossa Senhora

> Daquela Nossa Senhora vestida de roxo
> Com os olhos embaciados de água
> E o coração bem grande fora do peito.

Só um poeta de verdade sabe achar um verso como este último. Foi nele que encontrei o seu melhor momento de poesia.

O sr. Anver Fares oscila entre a concisão preciosa da poesia árabe e o prosaísmo-bagunça de beira de calçada. Prefiro-o árabe; prefiro-o quando nos conta que a sua sultana o deixou e ele se sente como o deserto – "ardente e só". Mas quando diz para a bem-amada impossível: "Deixa de bobagem, bem-amada, vem logo. Você vai gostar da companhia (modéstia à parte)", sinto que o seu instinto de poeta falha e não sabe distinguir onde começa e onde acaba a poesia do prosaico.

O sr. Vito Pentagna também está mal no domínio do prosaico. A sua verdadeira inspiração reside nas emoções graves, e nisso aparenta-se à de Augusto Frederico Schmidt. Como Almeida Filho, tem que se despojar para atingir sempre à grandeza dos três "Momentos mortuários", da "Invocação ao que partiu". Há poemas seus que se resumem em algumas linhas: o que se intitula "Quando a velha lembrou o passado" são oito versos apenas; esse extremo laconismo exige uma precisão de vocabulário, uma solidez de ritmo absolutas. O "mestre" (perdoe Vito Pentagna) introduziria no poema alguns retoques e diria:

> A velha lembrou o passado
> E contou casos de outrora,
> Ressuscitando fatos, pessoas.
> Falou, falou...
> Depois calou a boca,
> Espantada de sentir-se viva
> No meio de tantos fantasmas.

Os poemas de Pentagna me trouxeram à lembrança uma definição de poesia que li não sei em que poeta: mais ou menos isto – que a poesia é a linguagem em que se diz o que não se pode dizer. Gosto dela maliciosamente, por me parecer um ponto de encontro de simbolistas e surrealistas. Há essa intenção constante em Vito Pentagna, e a sua real força poética permite-lhe algumas vezes traduzir em palavras essas sensações indefiníveis.

[X.1939]

UM ALUMBRADO

Murillo Araújo: *Poemas completos*

    Releio os poemas de Murillo Araújo, dos *Carrilhões* até *O candelabro eterno*, e me confirmo na impressão que Murillo é um alumbrado. Tenho que desde que principiou a ver não acabava de crer no que os seus olhos viam, e nessa atitude permaneceu até hoje. Por isso a sua poesia sempre foi cheia de "ohs!": "Oh o mundo – o espaço! o além!", "Oh a minha alegria, a minha exaltação!", "Oh lágrima da poesia!", "Oh orgulho da natureza ao sol!", "Oh os sóis eternos!". A vida sempre foi para ele iluminação, escadaria acesa. As suas imagens preferidas são as de luz e cor. Todo o seu programa de poeta é "buscar a vida além do mundo pela escadaria acesa!", perpetuamente enlevado naquela "glória de deslumbrar-se com a Beleza até morrer".

    Outra coisa que situa tão à parte este poeta no quadro de nossa lírica é a sua aptidão a casar o banal e o raro, o traço prosaico direto e o arabesco bizantino. Ousa falar em cupins, mas esses cupins "semeiam domos de ouro velho entre o capim-gordura". O preciosismo ornamental é uma característica da maneira de Murillo, o seu Rio de Janeiro, a "Cidade de ouro", é estilizado e rebrilhante como uma iluminura bizantina. Há frequentemente nos seus versos toques de luz que funcionam como, na música, certos saltos a tonalidades distantes, esta "aglaia", por exemplo, no decassílabo "Que perfume eucarístico de aglaia!"

    Sua linguagem é de boa cepa vernácula, mas o poeta não se prenderá a purismos quando for preciso recorrer a um galicismo joalheiresco ou a algum neologismo de forte redolência. Então nos dá versos como estes:

> Oh! devera te amar num templo de Corinto
> branco, em frente do mar, num feérico decor...
> com o ar luarento e leve odorando a jacinto,
> ou o crepúsculo de ouro e ametista ao redor!

    Certa vez escrevi a respeito de Murillo: "Hoje Murillo Araújo é o poeta mais cheio de sol desta terra de soalheira. Mas na sua poesia o sol não reluz como na natureza, ela o refrange à maneira dos prismas de cristal com que todos gostamos de brincar em meninos. Assim nunca há luz branca em seus poemas: há sempre as sete cores do céu". Acho hoje que exagerei: há também luz branca na poesia de Murillo.

[13.XI.1960]

ONESTALDO, TRADUTOR

Verlaine: *Festas galantes*

    Onestaldo de Pennafort comparte com Guilherme de Almeida a soberania de poetas--tradutores. São nesse domínio, indiscutivelmente, os nossos príncipes. Qualquer tradução dos dois é um *tour de force*, onde se revela em cada verso a prodigiosa habilidade técnica, a aguda sensibilidade, o fino gosto desses incomparáveis artesãos da poesia entre nós.

    A tradução de um poema é, afinal de contas, uma recriação. Assim que ela só é total e perfeita quando sai fiel ao poeta traduzido e fiel ao poeta tradutor; quando se pode dizer, como neste caso das *Festas galantes:* "Isto é Verlaine!" e, ao mesmo tempo: "Isto é Onestaldo!"

    Das *Festas galantes* disse Charles Morice, citado por Onestaldo no prefácio à primeira edição (por que não reproduzido integralmente nesta segunda?), que é uma obra-prima "de um Watteau mais melancólico, pois percebe, mais lucidamente ainda, as decepções do prazer". E Onestaldo considera-a "o grande, o maior livro de Verlaine". É, em todo caso, o mais verlainiano.

    Incrível a habilidade com que o poeta de *Espelho d'água* e *Jogos da noite* traduziu verso a verso, rima a rima, no mesmo ritmo e com as mesmas sílabas métricas e o mesmo número de versos os 22 poemas do livro, todos dificílimos de traduzir! As poucas liberdades que se permitiu foram algumas rimas toantes, um alexandrino introduzido na tradução de "*Clair de Lune*", a ausência de rimas nos versos ímpares de "Patinando" e a alteração da disposição das rimas em "O fauno".

[6.VIII.1958]

RIMA NATURAL

Ribeiro Couto: *Longe*

Quando a Editora José Olympio lançou as *Poesias reunidas*, de Ribeiro Couto, escrevi uma crônica, na qual assinalava que faltavam ao volume nada menos que quatorze anos de poesia, visto que os "Sonetos da rua Castilho", última parte da coletânea, datavam de 1946. Agora, menos de um ano depois, aparece, editado em Lisboa, o volume *Longe*, que se encerra com os "Sonetos da rua Hilendarska". Na rua Hilendarska, em Belgrado, reside atualmente o poeta, que é o nosso embaixador na Iugoslávia. Quer dizer que estamos quase em dia com o poeta. Quase, porque a fonte dos belos versos continua a manar sem interrupção: "Saem-me sem eu querer!", conta-me ele.

Longe se chama este livro. Ora, nunca me terei sentido mais perto do amigo do que lendo estes poemas, que são a mais fina flor de sua sensibilidade e de sua técnica. O poeta continua a cultivar o gosto daqueles momentos de "indecisão delicada". *Longe* está cheio deles. E eles se exprimem agora preferentemente em metro curto. Em certo soneto relembra o poeta os tempos em que, rapaz, sua mão não se cansava "de trabalhar à noite o verso alexandrino", o que lhe valeu ser o poeta de língua portuguesa que com mais doçura e flexibilidade o tem manejado. Mas agora se sente que a sua preferência vai para "o trapézio do metro curto", em que se revela igualmente exímio.

Uma das excelências da poesia de Ribeiro Couto é o seu rimário. Não sei de poeta, em qualquer idioma, em cujos poemas as rimas caiam tão bem, com tamanha naturalidade, quer se trate de rimas fáceis, mas exigidas pela ligação com o assunto, quer se trate de alguma rima difícil a reclamar ginástica no trapézio. Não se assuste, porém, o espectador do circo: o trapezista executará o salto sempre com a maior perfeição.

Duas páginas deste livro me comoveram mais do que as outras, não por sortilégio de velhas saudades: a "Elegia de Domodossela" e a "Elegia para Raul de Leoni em Trieste". Na primeira fala Couto de Corazzini, o grande poeta italiano falecido de tuberculose aos vinte anos, grande amor nosso nos tempos da rua do Curvelo:

> Ó meu poeta Sérgio Corazzini,
> Deixa essas asas de anjo e vem ver como estão
> Estas cidades...
> Não vens? Talvez tenhas razão.
> Troppo dolore, troppo dolore...

O outro poema evoca a fascinante figura do poeta da *Luz mediterrânea*... As noites garoadas de Petrópolis, quando, junto à "bacia" (ainda existirá a "bacia" na desfigurada rua Quinze?) Couto e Raul, dois louquinhos de vinte e poucos anos, arruinavam os pulmões respirando "o orvalho das madrugadas". Ainda bem que Couto sarou e hoje pesa mais de cem quilos. Mas Raul lá se foi... Tão cedo!

[23.VII.1961]

RIBEIRO COUTO, INTRADUZÍVEL

Ribeiro Couto: *Le jour est long*

Que Ribeiro Couto seja poeta em francês é coisa sobre que não podia pairar dúvida, depois dos seus *Jeux de l'apprenti animalier*, aparecidos o ano passado. Há que reconhecer, porém, que nestas traduções o poeta em francês não alcançou o mesmo alto nível do poeta em português. Ou então é que a poesia é mesmo coisa intraduzível.

Um exemplo: "O desconhecido" é um dos mais belos poemas do primeiro livro do poeta – *O jardim das confidências*. O "desconhecido" chora diante do espelho. O poeta diz-lhe: "Conta o que tens... Enxuga os olhos desgraçados..." O último verso é: "E ele chorava para mim, dentro do espelho". Em francês ficou assim:

> *Mais parle-moi... Essuie tes larmes... Parle un peu...*
> *Il pleurait devant moi toujours, dans le miroir.*

A queda é sensível.

No entanto as ideias de Ribeiro Couto sobre a tarefa de tradução são as mais justas, e de grande interesse neste volumezinho são as páginas em que ele as expõe. Ele sabe que traduzir um poema é recriá-lo com outra matéria de linguagem, sem contudo deixar desaparecer a criação poética primitiva. Sabe que além dos valores formais de um texto poético, sentimos nele, sem que o possamos definir, outro elemento – imediato, inacessível, encantatório, que reside não nas palavras em si mas na posição delas em dado momento, nas suas relações com as palavras vizinhas. Uma espécie de lei da gravidade. E cada língua tem a sua lei de gravidade.

Daí que o poeta-tradutor, para ser fiel ao espírito do poema, tenha o direito e até o dever de tomar grandes liberdades em relação ao texto a traduzir, procurando achar na língua para que traduz o novo centro de gravidade, sem o qual toda a carga poética original se perde. Foi o que fez Ribeiro Couto. E não obstante, mesmo tentando antes "refazer" do que traduzir os seus versos, não conseguiu conservar o imponderável encantatório que há nos originais. "*Cheveux qui n'appartiennent pas aux femmes de la côte*" não traduz poeticamente "Cabelos que não são das mulheres da praia". No mundo da poesia "*côte*" não é "praia". Lembra-me que certa vez eu e Mário de Andrade convimos que "*street*" e "*calle*" não traduzem poeticamente "rua". "*Street*" e "*calle*" são palavras alegres. "Rua" soa tristemente e só calha bem às ruas de amargura.

Fechei o volume de *Le jour est long* com pena dos leitores estrangeiros que não podem ler o nosso delicioso poeta em português. Ribeiro Couto é dos tais intraduzíveis.

[16.III.1958]

ESTE LEU ALIGHIERI

Dante Milano: *Poemas*

De Dante Milano tenho até pudor de falar, tão fraternalmente me sinto ligado a ele, diretamente e pela lembrança de Jayme Ovalle. O único poeta brasileiro de quem se pode dizer: este leu Alighieri, este leu Petrarca. Por falar nisso, não sei por que não estão neste volume as traduções da *Divina comédia* (se Milano tivesse vocação para o martírio e eu fosse governo, encomendava ao poeta a tradução de todo o poema do xará florentino). Na poesia de Dante Milano toda tarde é a última tarde; todas as coisas se tornam mais verdadeiras.

[22.IV.1959]

CARRO CANTADOR

Zé da Luz: *Brasil caboclo*

Há uma categoria de poetas intermediária entre a poesia culta da cidade e a poesia dos improvisadores sertanejos. Mas até agora só o grande Catulo revelara força no gênero. Estava sozinho.

Agora surge Zé da Luz, que merece um lugar ao lado do autor de *Terra caída*. Não lhe falta nem imaginação nem sensibilidade e brilho verbal. Aqui e ali, umas notas realísticas censuradas pelo mestre: Zé da Luz não teve medo de falar do suor dos sovacos das moças que tomavam banho na cacimbinha.

O sabor da poesia de Zé da Luz está bem refletido no poema "Boi de carro":

> Boi de carro! Quantas vez
> Tu cansa numa subida,
> Tu cansa nos atolero,
> Tu sente o carro pesado,
> Parando pra não andá,
> Sentindo o ferrão marvado
> Da guiada do carrero,
> A tua carne furando
> Sem tê dó do teu pená!

Mas o boi de carro tem

> A grande sastifação
> De inscutá a cantoria
> Do teu carro quando canta
> Nas instrada do sertão!

E que música maravilhosa essa!

> Praquê musga mais bonita,
> Mais triste, mais penarosa,
> Do que a musga lodosa
> Dum carro de boi cantando
> Pula boca dos cocão?...

Vem depois a comparação: o poeta é como boi de carro:

> Como tu eu tombém canso
> Puxando o carro da vida,
> Quando encontro um atolero,

> Quando encontro uma subida...
> [...]
> Mas eu vivo sastifeito:
> O meu carro tombém canta!

De fato: o carro de Zé da Luz tem bons cocões e canta, canta, e o seu canto forte e melancólico já ressoa por todo o Brasil: tanto o Brasil de casaca, como o que veste "carça de brim de polista". O paraibano é bom mesmo.

[1937]

TÃO POUCO JULIETA

Julieta Bárbara: *Dia garimpo*

As moças têm vindo preencher na poesia os lugares que os rapazes de agora, mais voltados para o romance e o conto, deixaram vagos. Adalgisa Nery, Oneyda Alvarenga são estreias de ontem: agora surge Julieta Bárbara. E o bom é que são tão diferentes! Julieta Bárbara, com perdão da palavra, é macha. Mesmo descontando a influência catalítica de seu marido Oswald de Andrade, fica-se estarrecido com tanta força controlada, – força controlada de locomotiva Pacific, nestas interpretações do Brasil *up-to-date*, já infiltrado de japoneses oblíquos. Tanta força nesses tumultos afro-branco-vermelho-amarelos só tinha aparecido na *Cobra Norato*. Tanta alucinação assombrativa só vi no *Mundéu*, o livro tão pessoal de Mário Peixoto, ao qual este *Dia garimpo* se aparenta pelo andamento de vaga picada dos metros curtos. Aqui está uma linha em que ninguém ainda falou: *Primeiro caderno de poesia*, *Cobra Norato*, *Mundéu* e agora *Dia garimpo*. Em todos a mesma seiva de língua, seiva de mangues, sapo-esterco, tremedura de sezões e jardineiras beija-mim beija-tu beija-mão.

Julieta Bárbara, tão pouco Julieta, tão muito bárbara, me espantou pelo partido que sabe tirar do refrão: o refrão tem nos seus versos o prestígio dos tambores de macumba: esqueletam assustadoramente o poema. Assim em "Adolescente" aquele "arreio mal sentido entre a garganta e o coração"; em "O dragão" aquele "quando não é mais dia, quando ainda não é noite"; na "Epopeia artesanal transoceânica de Qualazapa" (dou uma perna ao diabo se nesse título abracadabrante não entrou o dedo diabólico de Oswald) a martelada folclórica:

> Era funileiro
> Não era funileiro
> Era remendão
> Não era remendão
> Era quinquilharia
> Não era quinquilharia...

Este livro só enfraquece na última página. E é curioso que o poeta bambeie precisamente no poema que constitui a sua profissão de fé poética. Julieta Bárbara faz ali o que ela diz ali mesmo que não se deve fazer: falar de cátedra, doutrinar, ficar no sentido próprio das palavras, na lógica formal: ali ela deixou de ser pura como nasceu e o sol não atravessou o vidro molhado.

[X.1939]

ONDE ELA NÃO ESTÁ

Nóbrega de Siqueira: *Canto do Brasil novo*

Nóbrega de Siqueira deu-me a honra de me dedicar um poema do seu novo livro *Canto do Brasil novo*. Nesse poema, "Canto da dúvida", ele pergunta meio perplexo onde pode encontrar a poesia pura. Francamente não sei: sou um poeta interessadíssimo. Mas sei onde ela não está: no desenvolvimento oratório. O simples lirismo se acomoda em toda parte, mas poesia tem de ser coisa controlada, polícia mais dura que polícia política. O *surréalisme* que vá se catar. Ouçamos tudo o que o subconsciente, esse recalcado incestuoso, nos queira dizer; mas fiscalizemos o mistificador, que nem sempre nos fala dos seus incestos e muitas vezes se compraz em alinhar banalidades, meras relações de contiguidade.

Nóbrega de Siqueira cultiva um gênero de prosaísmo que só tem um mérito: refletir a mediocridade em que vivemos – triste, triste como esse trombone incrível que se instalou não sei em que casa do meu beco e todas as tardes me corta o coração com as suas escalas para cima, para baixo! (Eu já conhecia esse flagelo do trombonista incipiente, mas em lugarejos do interior; é a primeira vez que me acontece o desastre numa grande cidade.) Nóbrega de Siqueira tenha paciência: não é possível começar um soneto com este verso: "Respeitemos o nosso presidente". Quando acabei de ler o *Canto do Brasil novo*, fiquei contente; porque sem dúvida o poema que me foi dedicado é o melhor do livro. Parece-me que por ali é o caminho que leva à *sua* poesia, meu caro poeta.

[X.1939]

JUVENÍLIA

Edison Lins: *História e crítica da poesia brasileira*

Antes de ler o livro do sr. Edison Lins, os meus olhos caíram por acaso nestas linhas da página 211: "É só abrir o seu *Primeiro caderno de poesia* e seu *Pau-brasil* para se convencer qualquer pessoa da ausência completa de poesia em tais livros".

Ao contrário do sr. Edison Lins, acho que quem abre aqueles dois livros de Oswald de Andrade encontra a poesia em toda a sua frescura. Poesia da melhor, poesia que não sabe a nenhuma outra. E me parece que quem não a sente em cada página, em cada linha, e afirma com tanta certeza a "ausência completa" dela naqueles dois livros está desqualificado por insensibilidade poética ou falta de isenção crítica, para escrever a história e crítica da poesia brasileira. Ou então sou eu que não entendo nada, mas nada de poesia.

Lendo todo o livro, verifiquei que essa insensibilidade poética se revela ainda no que o sr. Edison Lins diz de Junqueira Freire: "Junqueira Freire não é um poeta de nascença, um legítimo poeta como os seus contemporâneos Casimiro de Abreu e Álvares de Azevedo". Linhas adiante diz que Junqueira Freire é um poeta "sem interesse", e com certa comiseração concede que "fora deste tom de deslealdade profissional (refere-se às *Inspirações do claustro*), há alguns versos recomendáveis, como os que vão no poema denominado 'Morte'". Considero inteiramente errado esse juízo. Em Junqueira Freire encontro acentos de um patético, de uma intensidade de sentimento como talvez não se encontre em nenhum outro poeta romântico, salvo no "Cântico do calvário" e em alguns poemas de Gonçalves Dias. Ponho-o ao lado deste no que diz respeito à correção da língua e da construção do verso. O poema "Morte" não contém apenas "alguns versos recomendáveis": é um dos mais belos poemas da nossa fase romântica. E igualmente entre os mais belos poemas do nosso romantismo coloco "À profissão de Frei João das Mercês Ramos", "Martírio", "Louco", "Desejo", "Nem sempre", "Não posso", "O arranco da morte" e o fragmento do canto I de "Dertinca" que começa pelos versos:

> Vem, hora do crepúsculo tão terna!
> Vem, hora singular! porque minh'alma
> Por ti ansia, e para ti foi feita!

O tom poético de Junqueira Freire é inconfundível. Certas notas de suas poesias só muito tempo depois aparecerão com abundância na poesia brasileira. Posso dar aqui, de memória, alguns versos para exemplo:

Coa-te as faces candidez lucente,
Nítida e vítrea, – como a flor do jaspe...

De um rir irado, estrídulo e sardônico...

De olhar fogoso, trépido e fosfórico,
Como o luzir e o crepitar do raio...

A leitura completa e atenta que fiz da *História e crítica da poesia brasileira* revela a grande falta de equilíbrio, a desproporção entre as suas partes. O livro contém 383 páginas: 181 são consagradas ao modernismo, 83 ao romantismo, 6 e pico ao simbolismo. Das 181 páginas consagradas ao modernismo, 42 o são a Jorge de Lima. Mário de Andrade é analisado em 14. Ainda para mim, Murilo Mendes, Manuel de Abreu, Augusto Frederico Schmidt e Francisco Karam, o sr. Edison Lins abre cabeçalhos. Todos os outros nomes aparecem na morte-cor das referências rápidas: nomes como o de Raul Bopp, Carlos Drummond de Andrade, Ribeiro Couto... E em relação aos românticos? Gonçalves Dias recebe seis páginas; Castro Alves, quatro e pico; Casimiro, cinco; Álvares de Azevedo, 4. Pior ainda com os parnasianos e os simbolistas. De Raimundo Correia escreve o sr. Lins que "o delicioso poeta, talvez o maior dos nossos parnasianos, nasceu a bordo de um vapor, em águas do Maranhão, a 13 de maio de 1860. Temperamento esquizoide, avesso às boêmias e às igrejinhas do seu tempo..." Seguem-se 12 linhas de José Veríssimo, mais 10 de Agrippino Grieco sobre as traduções de Raimundo, e transcrevem-se dois sonetos originais, um dos quais, "As pombas". De Vicente de Carvalho diz: "Um grande poeta. Os seus poemas 'Olhos verdes', 'Pequenino morto', 'Rosa, rosa de amor', os *Poemas e canções*, ninguém os esquecerá jamais. Prefaciou-o Euclides da Cunha, fazendo um estudo de sua poesia dificilmente superado". E só.

Onestaldo de Pennafort é situado entre os parnasianos... Mas para que continuar? O livro está cheio de coisas assim. A impressão que nos deixa é que o sr. Edison Lins tinha em mente primeiro escrever um estudo sobre Jorge de Lima. Depois estendeu-o ao movimento modernista... Fez mais uma forcinha, e saiu a *História e crítica da poesia brasileira*. O sr. Edison Lins tem 21 anos.

[13.V.1937]

SORRISO SUSPENSO

Cecília Meireles: *Viagem*

Ora graças que enfim a Academia de Letras concedeu este ano o primeiro prêmio de poesia a um livro de qualidades excepcionais – *Viagem*, de Cecília Meireles. Verdade é que os nossos melhores poetas não batiam à porta da Casa de Machado de Assis. Está se vendo agora que já há lá dentro, como nas extintas sociedades Graça Aranha e Felippe d'Oliveira, quem saiba onde está a poesia viva de hoje.

Cecília Meireles já se assinalara como uma voz distinta em nossa poesia. Mas este novo livro vem juntar à sua glória aquele elemento de força que a situa desde agora entre os nossos maiores poetas. O que logo chama a atenção de quem lê estes poemas é a extraordinária arte com que estão realizados. O verso livre foi uma porteira aberta para os maus artistas. Mas há um mata-burro nessa porteira aberta. E o que se está vendo todo dia é muita perna quebrada nesse mata-burro insidioso.

Nos versos de Cecília Meireles se verifica mais uma vez que nunca o esmero da técnica, entendida como informadora e não decoradora da substância, prejudicou a mensagem de um poeta. Pode-se torcer o nariz à arte de um Banville e mesmo à de um Gautier: nunca à de um Milton ou de um Joyce. Esta, todo poeta tem o dever de procurar com todas as suas forças. Sente-se que Cecília Meireles está sempre empenhada em atingi-la, valendo-se para isso de todos os recursos tradicionais ou novos. Vemos neste livrinho as qualidades clássicas, as melhores sutilezas do gongorismo, a nitidez dos metros e dos consoantes parnasianos, os esfumados de sintaxe e toantes dos simbolistas, as aproximações inesperadas dos surrealistas. Tudo bem assimilado e fundido numa técnica pessoal, segura de si e do que quer dizer. Arte pela poesia, jamais arte pela arte.

Creio que Machado de Assis sorriria satisfeito a esta emoção que guarda um tão nobre tom de reserva ainda na extrema amargura. Veja-se, por exemplo, este "Retrato":

> Eu não tinha este rosto de hoje,
> assim calmo, assim triste, assim magro,
> nem estes olhos tão vazios,
> nem o lábio amargo.
>
> Eu não tinha estas mãos sem força,
> tão paradas e frias e mortas;
> eu não tinha este coração
> que nem se mostra.

> Eu não dei por esta mudança,
> tão simples, tão certa, tão fácil:
> – Em que espelho ficou perdida
> a minha face?

Transcrevi na íntegra este poemeto impecável, porque é um retrato não só de sua autora como de sua poesia e de sua arte. E sinto não poder fazer o mesmo com outros retratos, como o poema "Noite", onde há esta adorável estrofe:

> A noite abria a frescura
> dos campos todos molhados,
> – sozinha com o seu perfume! –
> preparando a flor mais pura
> com ares de todos os lados.

Há não sei que graça aérea nas imagens de Cecília Meireles, cuja poesia se pode definir por aquele pensamento que atravessa essa noite, e que era "uma nuvem repleta, entre as estrelas e o vento". Repleta de emoção nunca traduzida em banalidades sentimentais, tomando às estrelas o seu lucilar brando, ao vento a sua versatilidade de música e direção. De resto o poeta é para ela sempre irmão do vento e da água, deixando o seu ritmo por onde quer que passe. Cecília Meireles atingiu uma serenidade cujo segredo nos conta no poema "Terra", outra obra-prima: conta-nos o seu estudo "para o ofício de ter alma". Inútil dizer que o amor foi parte nesse estudo. Os poemas de amor deste livro lembram, pelo ritmo das redondilhas em que na maioria são escritos, as melhores estrofes de Bernardim Ribeiro e Cristóvão Falcão, mas só no ritmo, porque a ternura é de qualidade única na literatura de língua portuguesa, não sei que esquiva suavidade com pungente acento de cepticismo: ternura de sorriso suspenso:

> Para que tu me adivinhes,
> entre os ventos taciturnos,
> apago meus pensamentos,
> ponho vestidos noturnos,
>
> – que amargamente inventei.

[XI.1939]

REBANHO DE CANTIGAS

Cecília Meireles: *Metal rosicler*

Metal rosicler: que título para um livro de poesia! Só ele já é todo um poema. Não foi invenção de Cecília; a expressão existia na língua, mas muito escondida nessa rica mina que é a obra de Antonil *Cultura e opulência do Brasil*, onde o poeta foi garimpá-la. De Cecília é o símbolo que ela pôs na

> negra pedra, copiosa mina
> do pó que imita a vida e a morte;
> – e o metal rosicler descansa.

A poesia de Cecília é triste, mas de uma tristeza que jamais chora ou grita. Seu luto é todo reflexivo e muitas vezes chega a sorrir em "acasos de esperança". Poesia que ensina a sofrer conformadamente. Os poemas de Cecília são "rebanhos de cantigas, felizes de solidão". Leiam-se estas três quadras em que chuvas, jasmins, jardins e nuvens se compõem em perfumes de eternidade:

> Chovem duas chuvas:
> de água e de jasmins
> e por estes jardins
> de flores e nuvens.
>
> Sobem dois perfumes
> por estes jardins:
> de terra e jasmins,
> de flores e chuvas.
>
> E os jasmins são chuvas
> e as chuvas, jasmins,
> por estes jardins
> de perfume e nuvens.

Todos os poemas de Cecília são assim: perfeitos:

> cada palavra em seu lugar,
> como as pétalas nas flores
> e as tintas no arco-íris.

Algum poeta moderno terá chamado burguesa à rosa. Cecília defende a flor preferida de Rilke, a flor que ele tornou imarcescível para o seu túmulo no famoso epitáfio.

Frequentemente há uma rosa na poesia de Cecília, revelando-nos "a razão de ser bela em manhã breve para a derrota de todas as tardes". E foi com uma rosa, por ela mesma desenhada, que Cecília me dedicou rosiclermente o seu último livro, do melhor rosicler. Obrigada, mestra e amiga.

[29.V.1960]

MAMULENGO

Ascenso Ferreira: *Cana-caiana*

Que pulo temos de dar para passar de Cecília Meireles a Ascenso Ferreira! Não é pulo para baixo nem para cima: é pulo de lado, sem ser o famoso pulo de gato. Pulo de pés juntos em pleno Nordeste. Em *Viagem* há uma alma individual apuradíssima: em *Cana-caiana*, alma coletiva popular, com as suas trevas de espírito, abundância de coração, lirismo destabocado, plástica escassa, música muita. Ascenso Ferreira captou toda essa turva e saborosa torrente numa forma personalíssima que vai da prosa da conversa ao canto. Com que admirável intuição dos ritmos ele passa do mais cadenciado martelo pentassílabo para a versificação livre, e volta à cadência, e dispara a cantar, e aboia, e solta uma quase obscenidade, e de supetão se dilui numa ternurinha meio besta! Um poema de Ascenso é na verdade uma representação, um mamulengo. Já disse uma vez, a propósito de *Catimbó*, que ele não é para ser editado em livro e sim em álbum de discos. Certo, quem nunca o ouviu representar um dos seus poemas não fará ideia, à simples leitura, do conteúdo integral da sua poesia. Outro dia fomos um grupo de amigos parar num teatrinho de Todos os Santos, que não sei se o Serviço do Patrimônio Histórico e Artístico não deveria tombar (é um teatrinho que ainda está inteiramente como foi feito há sessenta anos atrás); fomos lá para ver Eugênia Álvaro Moreyra fazer a mulata Joana do drama *Mãe* de José de Alencar. Perdemos o trem elétrico de onze e quarenta, e quem nos salvou do tédio da espera foi Ascenso. Na estaçãozinha deserta ficamos meia hora a ouvi-lo declamar a "Branquinha" com as histórias de João Caroço, que comia cobra verde, trincando a bicha viva nos dentes e engolindo os pedaços com cachaça; de Zé Fogueteiro, que um dia, estando riscado, estourou uma bomba de dinamite na mão; de seu Zuza de Pasto Grande, que trepou já meio vesgo em cima de dois caçuás e disse que estava voando de aeroplano. Declamar "Os engenhos de minha terra", de nomes que fazem sonhar: "Esperança!", "Estrela-d'alva!", "Flor do bosque!", "Bom-mirar!". Quem nunca viu vaquejada, viu a vaquejada estralar no poema "A pega do boi". Quem nunca viu mula de padre, viu a que quis beber o sangue da mulher de Chico Lobão. E a cabra-cabriola. E o toré dos índios. E o xangô dos pretos. E a noite de São João. Toda essa riqueza do nosso folclore Ascenso soube condensar com viva graça e ingenuidade bem matuta em pequenos poemas. Criou assim uma mistura que é um gênero inteiramente seu, e que é pena ainda não ter sido gravado em discos. Alguns dos motivos musicais aproveitados por Ascenso neste livro vêm reduzidos a notas por Sousa Lima. Isso já é alguma coisa, mas não basta. Ascenso precisa ser fixado em discos.

[XI.1939]

MEIO LIVRO, MEIO OBJETO

Murilo Nunes de Azevedo

    Um dia do mês passado entregaram-me à porta de casa um embrulho estranho. Palpei-o por fora, parecia um fichário. Se eu fosse o presidente Jânio ou o governador Lacerda, teria desconfiado que fosse uma bomba de ação retardada. Livro é que não podia ser. Pois abri, era um livro.

    O desejo de originalidade leva hoje a essas coisas. Ora, um livro é um desses objetos, como a colher, o garfo e tantos outros a que a experiência dos séculos deu forma definitiva, o que é bastante confortador neste mundo tão cheio de mudanças e surpresas (quase sempre para pior).

    Por que fazer um livro que não parece um livro? Já eu me aborreci, me lembro, quando a Editora José Olympio (sem me consultar!) alterou para maior o formato dos seus romances e livros de poemas: tumultuou a minha biblioteca, obrigou-me a uma recatalogação. Agora me surge o poeta Murilo Nunes de Azevedo fazendo imprimir os seus poemas em cartões de 22 por 11 centímetros, coligados não por linha ou colchetes, mas por cordões através de dois furos, tudo protegido por duas tábuas, que fazem o papel de capa.

    O autor explica em prefácio as intenções do aspecto material do livro. Assim, ficamos sabendo que as duas tábuas significam o passado e o futuro; o papelão, a natureza inferior, inconsciente e espessa, – marrom. Às vezes no inconsciente surge uma ilhota de luz. É a Poesia. E vem então em cada cartão uma mancha oblonga amarelo-clara onde estão impressos os versos.

    Estive quase jogando fora a coisa "meio livro, meio objeto". Ainda bem que o não fiz, porque dias depois me apareceu o autor; muito simpático, acompanhado de quem? De meu dileto amigo Luís Carneiro de Mendonça, homem tão delicado, que, quando jogador de futebol, na mocidade, antes de aplicar uma charge pedia licença ao adversário.

    E a poesia de Murilo Nunes de Azevedo? Leiamos a "Mensagem das coisas":

> Quem me dera captar a mensagem das coisas!
> A mensagem das coisas é que elas não têm mensagem alguma
> São o que são,
> E não o que queremos que sejam.

    Por esses quatro versos já se está vendo que a filosofia do poeta tem grandes afinidades com a de Alberto Caeiro. O conselho do poeta é: vive o instante, já que só ele tem existência.

Quando se chega ao último cartão, fica-se com pena que o volume do poeta, cheio de tão belos versos tranquilizantemente reflexivos, não seja muito simplesmente um livro no velho estilo, isto é, folheável mesmo quando se vai andando pela rua.

[28.V.1961]

UM VISUAL CONCRETO

Ferreira Gullar: *Poemas*

Rubem Braga contou o número de palavras que compõem o texto integral do recente livro de Ferreira Gullar – *Poemas* – são 113. Mas, acrescentou humoristicamente, "o poeta poderia ser mais conciso se não tivesse a mania da repetição". Para Rubem, essas 113 palavras, a maioria tão repetidas, não dizem nada. É evidente, no entanto, que o poeta quis dizer muito.

Braga não é o homem da rua, não é um leitor comum. Se o sentido da poesia atual de Gullar lhe escapa, quem a poderá entender fora dos arraiais do concretismo? Poetas e críticos concretistas têm tentado explicá-la, mas a verdade é que quando falam fazem-no lá para eles, aliás estão brigados, há o grupo de São Paulo, há o grupo do Rio, e cada um deles se julga senhor da verdadeira ortodoxia concretista.

Gullar é dos nossos melhores poetas moços, como reconhece Braga, e inteligentíssimo. Poderia ajudar-nos a compreendê-lo. De fato pretendeu fazê-lo na epígrafe que pôs ao seu livro: "Esta poesia mostra o tempo como uma fruta aberta: tempo espaço de si mesmo". Segue-se um silêncio de duas páginas em branco e o primeiro poema é realmente uma fruta aberta, tempo e espaço de si mesma. O já famoso "Mar azul". Esse entendi bem, admiro-o, incluí-o numa antologia. Há outro poema no livro, como indicá-lo? Os poemas concretos não levam título, podiam ao menos levar número, chamemos a este "Verde erva", julguei entendê-lo, mas conversando com o poeta verifiquei não ter apanhado a exata intenção. O poema está, aliás, explicado num artigo do próprio Gullar, "Poesia concreta: palavra viva", aparecido no suplemento dominical do *Jornal do Brasil* comemorativo do primeiro aniversário de poesia concreta naquela folha. Esse artigo devia ter sido juntado ao livro como prefácio. Pareceram-me essenciais nele os seguintes conceitos: "O poema será construído com a palavra viva". Que é palavra viva? "A palavra carregada de experiência que o poeta traz consigo. Só essa palavra viva contém em si a carga de energia que fará dele não uma simplória combinação de palavras, mas um *fato* no mundo verbal, isto é, no mundo. Elemento objetivo de construção: a repetição. A repetição pela repetição, isto é, para desligar a palavra de suas aderências imediatas, para *limpá-la* e inserir-lhe uma significação precisa, imediata, concreta."

Tudo isso é muito claro. Nas 113 palavras repetidas de Gullar posso chegar a sentir a carga de experiência que em cada uma delas existe para o poeta, mas o conteúdo dessa experiência, o sentido dessa experiência não nos é comunicado, salvo no poema "Mar azul". A palavra "árvore" ou a palavra "erva" retém, para Gullar, um mundo de significações precisas, imediatas, concretas, mas o processo de repeti-las não nos dá a chave para entrar nele. O que vejo nitidamente nestes poemas, em seu conjunto, é um visual para quem o mundo se apresenta principalmente como uma confusão de espaço e tempo fortemente marcada de cores violentas – verde, azul, vermelho, sol, girassol, girafa.

[17.XII.1958]

DE POÉTICA

Péricles Eugênio da Silva Ramos: *O verso romântico e outros ensaios*

Fazendo o justo elogio de Sousa da Silveira no último número de *Cadernos brasileiros*, escreveu Gladstone Chaves de Melo que em Portugal e no Brasil há dois homens talhados para a tarefa de elaborar uma Poética da língua portuguesa: Sousa da Silveira e o autor destas linhas. Agradeço muito ao amigo a honra que me deu falando assim e sobretudo colocando-me na insigne companhia de nosso mestre comum. Tenho, porém, que tanto ao mestre como a mim falecem as forças necessárias para tão árdua empresa, e estou que Sousa da Silveira será de minha opinião achando que a gente menos cansada pelos anos deverá incumbir a tarefa, realmente bem necessária. Se se tratasse de escrever apenas mais um tratadinho de versificação, a coisa não seria difícil. Mas o de que não há exemplo em língua portuguesa é um bom tratado de Poética, onde víssemos enfeixadas as muitas observações que já existem aqui e em Portugal sobre a arte do verso. Entre nós, especialmente, os trabalhos de Said Ali, Sousa da Silveira, do próprio Gladstone, de Aurélio Buarque de Holanda, Otto Maria Carpeaux, José Norberto de Oliveira, Manuel Graña Etcheverry, de tantos outros, à frente dos quais quero aqui admirativamente apontar o nome do poeta paulista Péricles Eugênio da Silva Ramos. Eis a quem, por minha parte, eu transferiria a comissão de Gladstone. Dar-me-ão certamente razão todos os que lerem a sua recente publicação *O verso romântico e outros ensaios*.

Nesse precioso livrinho estuda Péricles Eugênio, além do verso romântico, a técnica dos pés quebrados, a estrutura do alexandrino, do decassílabo e do octossílabo, sobretudo nos parnasianos, os sistemas de contagem de sílabas e os princípios silábico e silábico-acentual. Este último capítulo me parece principalmente importante. Péricles demonstra, com abundantes exemplos, como se andava errado opondo a versificação acentual germânica à metrificação silábica das línguas neolatinas: aponta os eneassílabos e hendecassílabos anapésticos dos nossos românticos ("Tu choraste em presença da morte"; "Gigante orgulhoso de fero semblante"), o octossílabo iâmbico dos parnasianos ("Por que me vens com o mesmo riso"), o hendecassílabo trocaico de Junqueira ("Canta-me cantigas, manso, muito manso"), de Vicente de Carvalho ("Tange o sino, tange numa voz de choro") e outros, etc. A conclusão é que "a metrificação luso-brasileira não é puramente silábica, mas essa tendência tem coexistido com a silábico-acentual".

A propósito da estrutura do decassílabo e do octossílabo parnasianos, Péricles, com todas as deferências de esperar num confrade elegante, dá-me um quinau justo. Tomar-me-ia muito espaço falar disso. Leiam o volumezinho de Péricles Eugênio.

[6.IV.1960]

POESIA PARA A INFÂNCIA

Cassiano Nunes e Mário da Silva Brito: *Poesia brasileira para a infância*

Escreveu certa vez Henriqueta Lisboa que não há poesia com destinatário. "Assim como não há céu especial para crianças, tempestades especiais, mares, florestas para cada classe de seres humanos..." Concluindo: "Como todas as grandes coisas verdadeiras, a poesia é uma só".

Faltava em nossa literatura para as crianças uma antologia da poesia brasileira inspirada nesse conceito. O que sempre houve até aqui era poesia especialmente composta para crianças. Partia-se do errado pressuposto que às crianças se deve falar de crianças. Ora, as crianças gostam de brincar com outras crianças mas querem ouvir histórias, não de crianças, mas de gente grande. Eu também já caí nesse engano de tentar escrever poesia para crianças. Um dia descobri crianças que gostavam de versos meus que são tudo o que há de mais impróprio para crianças. Até da "Estrela da manhã".

Bem, não se devem pôr na mão das crianças poemas como a "Estrela da manhã". É possível, porém, colher na poesia para toda a gente, boa poesia que agrade também às crianças. Foi o que durante três anos, pacientemente, fizeram meus amigos Cassiano Nunes e Mário da Silva Brito, resultando de tão benemérito esforço, esta *Poesia brasileira para a infância*, agora lançada pela Edição Saraiva.

Neste bonito volume encontramos desde algumas das peças clássicas, base da formação sentimental de toda criança brasileira, como sejam a "Canção do exílio", "Meus oito anos", até a alguns primores de recente data e assinados por nomes ainda não celebrados como justamente merecem. Este é o caso, por exemplo, de Maria de Sousa da Silveira, filha do professor Sousa da Silveira, autora de vários livros para a infância, ainda inéditos, um apenas estando presentemente em curso de impressão nas oficinas da Editora Melhoramentos.

Tive o prazer de deparar incluído nesta antologia um poeminha de minha encantadora *afilhada*, Eduarda Duvivier, que hoje é já um brotinho de quatorze anos, lindo como os amores. Foi ainda na mais verde meninice que ela compôs estes versos a São Francisco, nos quais faz beicinho para o santo, porque este "não ensinou as onças a ficarem amigas das cabritas e dos veadinhos".

Quase todos os grandes nomes da nossa poesia estão presentes nesta parada para a infância. A lamentar-se há a ausência de Dante Milano, Murilo Mendes, Augusto Frederico Schmidt, este citado, aliás, como grande poeta no prefácio, Augusto Meyer... para só lembrar alguns dos maiores mais velhos.

[5.X.1960]

VIDA E OBRA DE UM POETA

Melo Nóbrega: *Batista Cepelos*

Batista Cepelos nasceu em 10 de dezembro de 1872 na vila Cutia, Estado de São Paulo. A malquerença de um delegado de polícia levou Cepelos a abandonar a vila natal. Não tendo obtido colocação em São Paulo, sentou praça na milícia estadual, onde aos vinte e poucos anos chegou ao posto de capitão. Fez a campanha do Paraná em 1894. Só em 1896 iniciou o curso de preparatórios. Em 1902, com trinta anos pois, recebia o grau de bacharel pela Faculdade de Direito de São Paulo. Exerceu a promotoria em Apiaí e Itapetininga. Quando a vida lhe sorria, estreado auspiciosamente nas letras, noivo, uma tragédia tremenda cortou-lhe a felicidade. O poeta abandonou a sua situação em São Paulo e refugiou-se no Rio. Aqui curtiu uma existência difícil. Na manhã do dia 8 de maio de 1915, foi encontrado morto no sopé da pedreira da rua Pedro Américo, donde se despenhara. Batista escreveu *A derrubada* (poemeto), *O cisne encantado* (poema, duas edições), *Os Bandeirantes* (versos, três edições), *Os corvos* (crônicas), *Vaidades* (versos), *O vil metal* (romance), *Maria Madalena* (poema dramático, representado no Teatro Trianon, do Rio) e *Sensações da vida* (contos, cujos originais se extraviaram em mãos de editores paulistas).

Sobre a vida e a obra do infeliz poeta escreveu o sr. Melo Nóbrega um estudo sério e minucioso. Não é trabalho de insossa apologia. Não obstante a simpatia que transparece de toda a crítica, ela não deixa na sombra os graves defeitos que viciaram irreparavelmente a poesia de Cepelos. "O artificialismo", escreve o sr. Melo Nóbrega, "põe a perder, muitas vezes, boas estrofes de Cepelos. Prejudica-as o desejo de usar rimas raras, e termos peregrinos. Certas regras, como o emprego paralelo de oxítonos finais, nunca foram repudiadas. Tal preocupação atravessa invencível todas as mutações sofridas pela orientação literária do artista."

Essas mutações a que se refere o crítico, deram a este ensejo de escrever páginas de boa informação sobre os movimentos parnasiano, simbolista e naturista, este último tão pouco conhecido entre nós. Teve, no entanto, a sua revista, a *Revista Naturista*, fundada por Elísio de Carvalho. Tudo isso torna muito recomendável o estudo crítico do sr. Melo Nóbrega.

[23.IX.1937]

O POETA E O CREMADOR

Oswald de Andrade: *Teatro. A morta, O rei da vela*

"Dou a maior importância à *Morta* em meio da minha obra literária. É o drama do poeta, do coordenador de toda ação humana, a quem a hostilidade de um século reacionário afastou pouco a pouco da linguagem útil e corrente", diz Oswald de Andrade em sua carta-prefácio. Realmente é o que fere logo a atenção quando se leem as últimas obras do poeta: a espécie de descorrelação entre a sua intenção social, política e a sua natureza profunda. Esta é a de um poeta, irremediavelmente poeta. Como poeta, Oswald de Andrade embebe, ensopa, afoga o doutrinador. Não há meio deste falar a "linguagem útil e coerente". Os seus dons de invenção, de imaginação, de sátira, de jogo verbal, não se aquietam um só momento: põem o leitor num estado de perpétua surpresa. Esse paulista tem, no fundo, uma alma amazônica, mas amazônica sem pavores, antes com a fácil libertinagem carioca. Na direção que tomou a sua obra, a aterrissagem parece-lhe difícil. E apela para Julieta Bárbara, sua esposa. Julieta tem que disciplina-lo, se é possível disciplinar esse Tenente Melo da poesia, que a cem metros de um campo denso de povo gira sobre as asas e "pisa" de rodas para o ar.

A poesia da *Morta* é a mais intensa que Oswald já fez. Infelizmente ela não poderá ser entendida pelos que mais precisariam dela. Creio que Oswald faz um pouco o jogo dos turistas, da polícia, "das empresas funerárias mais dignas, como a imprensa, a política" quando transporta o conflito entre mortos e vivos para aquela estratosfera de iluminações poéticas. Os turistas se divertem. Os soldados, os marinheiros não entendem. E a polícia acaba pondo os cremadores heroicos na cadeia.

Este senão, que restringe o alcance social da *Morta*, tão bela obra como obra de arte em si, é bem menos sensível em *O rei da vela*. Aqui o avião de Oswald toma os primeiros contatos com o campo de aterrissagem. Com as súbitas guinadas de quem, em suma, gosta é dos *loopings*, dos parafusos, das folhas-mortas. Oswald-poeta *versus* Oswald-cremador. Quando os dois um dia se entenderem, teremos enfim a obra-prima do Brasil esquerdo.

[2.IX.1937]

CHIRU: VISÃO NO CAMPO

Cyro Martins: *Sem rumo*

A história de Chiru, indiozinho destorcido que foge da estância do padrinho para escapar aos maus-tratos do capataz Clarimundo, vagueia sem rumo certo pela campanha na rude vida de peão e acaba dando com os costados na cidade, fornece a Cyro Martins larga margem para nos descrever cenas e aspectos da vida gaúcha. A linguagem é ótima. Talvez um certo excesso de vocabulário regional. *Sem rumo* poderia, por si só, abonar todos os modismos do linguajar do Rio Grande do Sul. É uma mina para os dialetologistas. Vou transcrever ao acaso uma das páginas da novela: ela pode servir de amostra da segurança com que Cyro Martins sente e transmite ao leitor o ambiente, a alma dos seus pagos:

> Quando chegou em casa, aquela tarde, largou o bagual ruano, sem cerimônia, sem nem ao menos lhe banhar o lombo. E depois, deitou no pasto, de barriga para cima, indiferente, distraído, sem dar conta que deitara em cima da mangueira. Espichou-se bem, olhou para o céu, e pensou no petiço tordilho negro que o padrilho lhe dera. Aquele, sim, era de verdade. Os outros, os seus, eram de pau... E a sua guacha? A sua guacha já estava vaca, já dera um terneiro, já tinha, já tinha duas reses, portanto.
> – Boa tarde, Chiru!
> Virou-se, surpreendido.
> A família do posteiro vinha de volta da estância. Siá Mulata fora ajudar a patroa a fazer linguiça.
> Chiru ficou deitado, quieto. Abriu os olhos bem para cima. Fundura de céu! Fechou de novo as pálpebras, quase com sono. Mas logo comicharam os olhos. Nascia a lua no Caverá. Abriu as vistas para ver a lua.
> As posteiras iam perto ainda. Alzira, guria crescida, pulou um mio-mio. O vestido subiu alto nas pernas. Chiru viu, e não se importou. Mas ficou olhando, por olhar, no mais. A guria pulou outro mio-mio. Chiru achou graça: guria cabrita, aquela!
> Desapareceram num baixo.
> Escurecia. Vaga-lumes. Lua cheia. Sapos gritando nas sanguinhas. Grilos tinindo nas touceiras. Dorminhocos voando curto e desajeitados, como panos que o vento erguesse.
> Chiru meio dormia, lembrando, inventando coisas, viajando léguas, correndo mundo, como o Joãozinho que Siá Catarina contava... Mas voltava ligeiro para perto, para junto do gado de osso e dos cavalos de pau, assustado do que

vira, longe, pelas distâncias desconhecidas, desdobrando-se dos trapos grandes de sombra que ficavam para trás...

Topou bem de frente a lua. Contra a roda da lua, roliças, duas pernas saltavam.

Esta chinoca Alzira vem a ser a companheira de Chiru. Na cidade Chiru é envolvido, a seu mau grado, na política. Pela boca do dr. Rogério, o novelista nos dá uma ideia do que é essa política: "O que têm feito os grandes filhos deste chão, os valores do Rio Grande, pelos seus pagos, pela gente simples e valente que encheu dois séculos de glória na história da pátria? Os políticos... Ah! os políticos! Aproveitaram as virtudes marciais do seu povo, para explorar nelas as suas desavenças. E depois? Exploraram os seus defeitos, agravando-os, para fins ainda piores. Em vez de procurarem corrigir este homem, de índole boa, nas suas falhas, serviram-se delas, como os saltadores se utilizam dos trampolins. Amestraram-no na fraude, na baixa esperteza, no banditismo torpe e traiçoeiro. E mais, deram exemplos berrantes de altas traições! E assim, graças à corrupção que semearam, fizeram-se eleger para os grandes postos de representação, de onde falam para o povo, pelo povo." Isto não toca somente ao Rio Grande: toca a todo o Brasil, e dá razão aos cremadores de Oswald de Andrade.

[2.IX.1937]

O ROMANCE DE CARLOS EDUARDO

Octavio de Faria: *Mundos mortos*

Mundos mortos é o primeiro de uma série de quinze volumes subordinados ao título geral de *Tragédia burguesa*. O sr. Octavio de Faria pretende, pois, escrever um vasto romance do qual este volume constitui um fragmento. Desde logo sente-se a crítica impedida de se pronunciar sobre quase tudo que diz respeito à construção da obra: falta-nos a visão do conjunto a que referir as partes já apresentadas. Nestas condições qualquer juízo seria temerário, porque o que neste volume possa parecer defeituoso, ganhará talvez propriedade quando relacionado ao que virá depois. Exemplificando: fica-se decepcionado ao fim deste volume com a morte de Carlos Eduardo. O que me pareceu mais bem-feito nos *Mundos mortos* foi o preparo da apresentação de Carlos Eduardo. Quando o rapaz aparece, estamos vivamente curiosos de vê-lo viver. Carlos Eduardo, no entanto, aparece e morre logo atropelado por um automóvel. Claro que se o romance acabasse aqui, não perdoaríamos ao sr. Octavio de Faria essa defecção. Tanto mais que já nos sentíramos decepcionados quando, em vez de nos apresentar a experiência de Carlos Eduardo com a amiguinha de Pedro Borges, o autor substitui-a pelo encontro com Silvinha. Que Carlos Eduardo se apaixone por Silvinha é tudo que há de mais natural, de mais conforme com a natureza do "anjo". A aventura com Joan é que nos dava esperança de conflito interessante. Mas sem dúvida nada disto importaria ao desenvolvimento dos quatorze volumes restantes. E a gente sente que o fenômeno Carlos Eduardo é que terá importância sobre a vida futura de todas essas personagens que vemos ainda em plena crise de adolescência. Se *Mundos mortos* fosse um romance completo em si, criticaríamos a sua construção sob a forma de três novelas justapostas. Descrevendo-nos as crises de consciência de Ivo, de Roberto, e outros, todos companheiros de colégio, ganharia o livro maior força de unidade, com o entrelaçamento de todas essas experiências. A de Roberto é contemporânea da de Ivo. Não haveria dificuldade séria para um ajustamento da terceira parte. Mas a crítica perde o sentido uma vez que o romance vai continuar. E mesmo refleti agora que o processo empregado pelo sr. Octavio de Faria permitiu criar aquela atmosfera em torno da personagem de Carlos Eduardo, o que já disse que me pareceu o que há de mais bem-feito neste volume... Em geral a introspeção do sr. Octavio de Faria é prolixa. As suas anotações não têm a agudeza de outros romancistas nossos voltados para a análise subjetiva – um Mário Peixoto, por exemplo, que a gente precisa ler com muita atenção, porque, dado o seu gosto pelas elipses mentais, o seu menosprezo de todo detalhe vulgar ou supérfluo, na sua narrativa não há linhas mortas, não há *flou*. As análises do sr. Octavio de Faria estão cheias desse *flou* fotográfico, dessas linhas mortas. Se Carlos Eduardo evoca os momentos de felicidade no baile ao lado de Silvinha, fá-lo nestes termos: "Ainda a via, naquele instante, como lhe aparecera na festa, num momento verdadeiramente inesquecível – uma espécie de visão que o perturbara por alguns instantes, mas depois passara a ser o supremo encanto entre as inúmeras recordações extraordinárias que lhe tinham ficado daquela noite. Um vestido branco, muito simples, com um enfeite verde nos ombros. E um sorriso extraordinário, vindo do fundo de um rosto cuja delicadeza e suavidade excediam de muito tudo o que vira até então."

Ora, Carlos Eduardo aparecia-nos mais vivo quando apenas sugerido por uma ou outra referência das personagens da primeira e segunda partes do romance. A prosa de ficção do sr. Octavio de Faria é bem inferior à sua prosa de ensaísta e crítico. Àquela falta a força nervosa que comunica a esta o instinto agressivo tão característico do autor de *Dois poetas* e do *Destino do socialismo*. E é isto, creio, e a sua carência de dons poéticos que prejudicam a comunicação com o leitor, malgrado o bom desenvolvimento dos caracteres e outras qualidades que atestam no sr. Octavio de Faria a ciência e consciência da melhor técnica do romance.

[9.IX.1937]

JOSÉ DO EGITO

Carlos Castello Branco: *Arco de triunfo*

Arco de triunfo, o primeiro romance do autor consagrado dos *Continhos brasileiros*, Carlos Castello Branco, li-o gostando, gostando muito mesmo, até a página cento e cinquenta e tantas. Mas quando, de repente, aquele ambiciosozinho do José do Egito se entrega romanticamente à sua paixão desinteressada por Glorinha, torci a cara: achei que ele estava escapando à lógica do seu temperamento, o que a gente pode fazer na vida, mas não num romance. E a seguir, achei ainda que a história acabou também de repente, como se o próprio autor tivesse ficado aborrecido com o procedimento da sua personagem. Terminada a leitura, disse comigo: preciso procurar o Castelo para ele me explicar melhor esta reviravolta do rapaz. Mas eu ando traduzindo o *D. Juan* de Zorrilla e todo o meu tempo é pouco para achar as rimas portuguesas que substituam as espanholas ("Ana" em espanhol rima com "mañana", mas em português não rima com "manhã", dá uma raiva!). Assim, até hoje não me foi possível estar com o inventor de José do Egito. Inventor, não: Castelo, que é, no consenso de todos os homens de imprensa do Brasil, o nosso melhor observador e cronista político, encontrou, conversou, "manjou" muito José do Egito na Câmara e nas redações dos jornais.

Isto posto, quero fazer passar sob o arco de triunfo desta minha crônica o amigo que tanto admiro e estimo. Castelo não terá precisado ler o Código Civil para formar o seu estilo direto, sem o menor arrebique, sem nenhuma metáfora, salvo as da linguagem comum (não se pode abrir a boca sem daí a três segundos praticar uma metáfora, falando num "pé de mesa" ou nos "braços de uma cadeira"). Prosa de jornalista, quando jornalista é bom, será sempre grande prosa.

Que esse grande prosador é também grande romancista está na cara. Em tempo, não está na cara não, que a de Castelo lembra bastante a do ex-presidente Dutra. Se Castelo fosse um romancista medíocre a história de José do Egito teria sido sacrificada ao painel de fundo, – o meio político brasileiro, pintado por mão de mestre nestas páginas a esse respeito definitivas. Como o de José, todos os caracteres do romance estão desenhados com aquela firmeza de traço em que não há linha morta, e até as personagens episódicas vivem intensamente. Tobias por exemplo.

[7.X.1959]

ROMANCE JUVENIL

Nélio Reis: *Subúrbio*

    Oferecendo o seu livro a Jorge Amado e Lúcio Cardoso, diz o sr. Nélio Reis: "Quis contar a vocês como é a vidinha num pedaço da minha terra... E objetivei aqui neste romance tudo o que vi e senti, com a espontaneidade dos meus 21 anos. *Subúrbio* é quase um caderno de notas, onde a imaginação pouco influiu."

    Neste último período está feita a crítica de *Subúrbio* como romance. Com exagero, é claro, nascido da natural modéstia. Tem o livro muito de caderno de notas, mas não é quase caderno de notas. A imaginação não influiu pouco, mas é evidente que deveria ter intervindo mais para travar melhor a armação do romance. Aos 21 anos, o sr. Nélio Reis já revela habilidade e pulso. É, sem sombra de dúvida, um romancista, o que revela desde as primeiras páginas, na apresentação da figura do Capitão Melo, na sua cadeira de rodas, atormentando o negro, depois abrindo-lhe a cabeça a pau. Todas as partes referentes ao lar do Capitão Melo são muito boas. Muito boas também as figuras e aventuras de Bimbo, o moleque roleteiro, de Tucu, de Neco Capoeira, do Cambraia, invertido sacrílego. Me parece haver desproporção no desenvolvimento dado às atividades de Gersomino, que de vez em quando toma conta do romance. Caceteia a gente, quer saber é como se vai resolver a diferença do Capitão Melo com o negro, de Neco Capoeira com o Manduca. As diferenças se resolvem: o negro joga o Capitão na fogueira, Neco mata Manduca, Tucu mata Neco... Duas cenas admiravelmente bem escritas. O sr. Nélio Reis escreve quase sempre bem. Os diálogos são sempre naturais, vivos, interessantes: leiam-se, por exemplo, os da festa em que Bimbo amassa Neco. O sr. Nélio Reis tem 21 anos: já é maior na idade e no romance, onde se estreia tão auspiciosamente.

[23.IX.1937]

FARSA TRAGICÔMICA

Geraldo França de Lima: *Serras Azuis*

A esta hora, em que os nossos políticos disputam a primeira corrida parlamentarista e todas as atenções se concentram em Brasília, a minha se volta para o romance de Geraldo França de Lima. O livro me foi recomendado por Guimarães Rosa, não haverá melhor fiador para o gênero. Li-o e gostei de verdade. Previnam-se, porém, os futuros leitores contra uma possível decepção, pois o volume, nas cores de sua capa e do seu título, ambos azuis, sugere alguma leitura idílica. Idílio há ali, de fato, uma variante da história que acaba bem. Mas o idílio está tramado na urdidura de uma longa farsa tragicômica, – a politicalha municipal no interior do Brasil, neste caso a "branca e desventurada Serras Azuis", cidadezinha mineira. Não consultem o mapa: o nome não figura nele. O autor situa o lugar nas primeiras linhas: "Serras Azuis está situada a 935 metros de altitude, na entrada de um planalto imenso – atapetado de meloso – que dois rios formam..." Dizem as más línguas que se trata de Barbacena. O autor dirá que as possíveis semelhanças serão puras coincidências. Tudo aquilo é (ou era, sejamos otimistas) a vida de todas as cidadezinhas do nosso interior. José Condé mostrou-nos recentemente que não há grandes diferenças entre Serras Azuis e o seu Caruaru. Como diz o farmacêutico Faria: "Tudo igualzinho por este Brasil imenso".

Geraldo França de Lima estruturou o seu romance com mão de mestre no entrelaçamento do idílio com a farsa. Nesta evidentemente carregou a mão, sem nenhuma necessidade. O episódio das torturas infligidas pelo Tenente Nufo ao pobre Totó Berruga bate o recorde do realismo ignóbil em qualquer literatura. É pena, porque o romance mereceria posto em todas as mãos pelo que há nele de verdade humana e poesia. Geraldo França de Lima trai o sentimento poético a cada volta do enredo, a começar pelo seu poder de invenção nos nomes e apelidos. É, aliás, um criador de tipos. De alguns fica-se até com vontade de os ver desenvolvidos em outro romance ou pelo menos num conto. A Sá Dona Pló-Pló, por exemplo, ainda que as poucas linhas da primeira apresentação sejam cabais: "Altaneira, coração mais duro do que pedra. Rígido, inflexível, insensível. Voz aveludada que chega a ser antipática. Ninguém brinca com ela. É de ação fulminante: quando Eleô sabe (Eleô, o coronel Eleodegário é o marido, chefe político de Serras Azuis), a violência já foi consumada!"

Guimarães Rosa, obrigado pela recomendação. Geraldo França de Lima, obrigado pelo regalo da leitura. Nesta hora de céu nublado estou repetindo tristemente o *leitmotiv* do livro, mas ampliado a todas as Serras Azuis do país: "Verde, imenso, desventurado Brasil!"

[10.IX.1961]

PALESTINA SERTANEJA

Paulo Dantas: *O livro de Daniel*

Acabo de ler, profundamente absorvido, interessado, emocionado, o último romance de Paulo Dantas, *O livro de Daniel*. Para ser inteiramente franco, devo dizer que nas derradeiras vinte páginas com um certo receio de que o romancista me estragasse a história com algum fim de efeito. Não: ele sustentou a excelência até a frase final, até o *calado pertencido* em que mergulha o pobre Daniel. Pobre? Digamos antes o rico Daniel, com a formidável humanidade da sua loucura mansa, cardo extremo do histerismo sertanejo, tão vizinho do misticismo de Jesus.

Não quero desencorajar Paulo Dantas, mas tenho a impressão que ele nos deu no *O livro de Daniel* a sua obra-prima. Há de escrever muitos outros romances bonitos – e já veio anunciado neste volume dois: *Sertão do boi santo* e *Sementes no Sul*. Há de depurar, apurar a sua linguagem, onde atualmente se notam ainda certas máculas, certas negligências, certo *laisser-aller* à Zé Lins do Rego. Paulo Dantas tem que aprender ainda o *caprichado pertencido* de Guimarães Rosa, com quem todos teremos sempre que aprender para sermos perfeitos como ele. O que me parece, porém, insuperável é, com a estrutura, o desenvolvimento, o ritmo da narrativa, a força da criação, a verdade da vida criada, tanto no tipo do protagonista, que passa a figurar na galeria das maiores personagens do nosso romance, como em todos os participantes episódicos da ação, e o próprio rio São Francisco, e o próprio sertão assumem a grandeza de prosopopeias.

Tampouco se poderá superar no lirismo, que jorra da boca de Daniel e de outras personagens da família ou do quitandeiro Manassés admiravelmente versátil e surpreendente. "Quando eu falo", blasona Daniel, "o meu gogó treme, porque minha fala tem universo e comando". Grande poeta é Daniel. E como Daniel é Paulo Dantas, grande poeta é Paulo Dantas. Bem que Rosa disse:

> Esse mundo são dois mundos,
> Dois lados tem um anel:
> Num eu vejo Paulo Dantas,
> Mas, no outro, Daniel.

Na verdade, desde o seu primeiro livro Paulo Dantas prometia. Mas essa história de "quem é bom já nasce feito" é lambança. Quando é bom mesmo, o escritor, com os anos, "cresce, incha, amadroce", como diz Daniel do futuro. E sai melhor do que prometia. É o caso de Dantas.

Tenho que fechar esta crônica, mas a minha vontade era citar uns trechos, falar das quengas *caridosas* da Palestina sertaneja, transcrever o comovente episódio da mulher grávida do prostíbulo de Vitória da Conquista, a jornada do caminhão de romeiros em demanda do Santuário de Bom Jesus da Lapa, as cenas na Lapa, as pregações de Daniel Profeta, transformado em novo Procedente Aleluia, "jubiloso, bem falante, solto e desembestado como um cavalo de fogo cheio de amor"...

Minha gente, leia *O livro de Daniel*.

[12.XI.1961]

ROMANCE MADURO

Rachel de Queiroz: *Caminho de pedras*

A autora d'*O quinze* e de *João Miguel* declara no pequeno prefácio aposto a este seu novo romance: "[...] durante esses anos todos andei por este mundo, navegando, trabalhando, amando e sofrendo, e naturalmente esqueci o ofício. Agora venho começando de novo. Sinto que desaprendi muito truquezinho do *métier* [...]"

A leitura de *Caminho de pedras* contradiz redondamente esses juízos. Rachel de Queiroz não desaprendeu nada; ao contrário, aprendeu muita coisa. *Quinze* e *João Miguel* eram romances de uma menina de grande talento: *Caminho de pedras*, obra de mulher plenamente senhora de si. Tanto no fundo, como na forma, o amadurecimento dos seus recursos de romancista é evidente. A doença e a morte do Guri, as cenas de ciúme de João Jaques são admiráveis de verdade e força.

O começo do romance inspira o receio de ver a autora perder-se na ideologia de partido. Receio que logo se dissipa, porque naquele ambiente de operários e intelectuais revolucionários não tarda a estalar o drama humano de todos os tempos e de todas as classes. Drama que Rachel de Queiroz narra e analisa com um sóbrio vigor, de que bem raros romancistas entre nós serão capazes.

[7.X.1937]

NASCENTES DO MODERNISMO

Mário da Silva Brito: *Antecedentes da Semana de Arte Moderna*

Com o belo volume intitulado *Antecedentes da Semana de Arte Moderna*, de recente publicação (Edição Saraiva), inicia o nosso caro Mário da Silva Brito uma história do movimento modernista no Brasil, obra de que, em verdade, muito estávamos carecendo, sobretudo feita no espírito em que a planejou e começa a realizar o poeta e crítico paulista, isto é, fornecendo ao leitor de hoje os textos dos primeiros documentos que marcaram o início da agitação renovadora. Pela primeira vez vemos agora reunidos em livro o famoso artigo de Monteiro Lobato sobre a primeira exposição de Anita Malfatti em São Paulo, o discursinho de Oswald de Andrade saudando Menotti del Picchia no Trianon, o artigo do mesmo Oswald sobre Mário de Andrade ("O meu poeta futurista"), a série de artigos de Mário de Andrade sobre os nossos grandes parnasianos ("Os mestres do passado"), e outros importantes manifestos do movimento. Eu mesmo, que tomei parte no cultivo e proselitismo da nova estética, só os conhecia por ouvir falar, pois eles são anteriores a outubro de 1921, e só nessa data eu tomei conhecimento da pessoa e da poesia de Mário de Andrade em casa de Ronald de Carvalho.

A leitura de tais documentos causou-me não pequena surpresa. Assim, verifiquei não ser verdade que o Lobato tivesse apresentado Anita como uma paranoica ou mistificadora. Ao contrário, reconhece-lhe "um talento vigoroso, fora do comum". E acrescenta: "Poucas vezes através de uma obra torcida para má direção, se notam tantas e tão preciosas qualidades latentes. Percebe-se de qualquer daqueles quadrinhos como a sua autora é independente, como é original, como é inventiva, em que alto grau possui um sem-número de qualidades inatas e adquiridas das mais fecundas para construir uma sólida individualidade artística". O que Lobato atacou a fundo foi o que lhe parecia a "má direção".

Quanto aos primeiros documentos de Oswald, são decepcionantes e até bastante ridículos. O chamado "Manifesto do Trianon" e o artigo "O meu poeta futurista" oferecem exemplos daquela prosa inchada "que julga dizer tudo e não diz nada". É evidente que o admirável instrumento de Oswald ainda não estava afinado.

Mas o movimento tinha que pesar porque os moços estavam com a razão. Eles ainda não eram nada e metiam-se a derruir grandes nomes. A sua desculpa está naquela aguda observação de Valéry: "As lacunas e os vícios do que existe nos são maravilhosamente sensíveis na idade em que nós mesmos quase não existimos ainda".

[18.II.1959]

CARICATURAS

Herman Lima: *História da caricatura no Brasil*

Não quero ficar atrás no coro de encômios que se levanta agora na imprensa, saudando os nomes de Herman Lima e José Olympio, respectivamente autor e editor da obra *História da caricatura no Brasil*. Tanto mais que no assunto caricatura me sinto um pouco como em casa.

Certa vez alguém me perguntou desde quando eu gostava de música. Desde sempre, respondi; nasci no meio da música. O mesmo posso dizer da caricatura: nasci no meio da caricatura; meu pai se pelava pelas caricaturas, comprava um jornal e ia logo à caricatura do dia, comprava os semanários humorísticos nacionais, assinava os estrangeiros, o *Punch*, inglês, o *Fliegende Blätter*, alemão. Esse último, sobretudo, fazia as minhas delícias, com as suas histórias em quadrinhos sem legenda. Meu pai comprava também as coleções de caricaturas dos grandes caricaturistas estrangeiros, e certo álbum de Caran d'Ache, o seu predileto, por causa do traço sintético, fez época lá em casa.

Assim, fácil é imaginar com que interesse e prazer tenho manuseado e saboreado os quatro volumes, graficamente primorosos, da obra, também primorosa, de Herman Lima.

Não é esta a primeira vez que o simpático autor de *Tigipió* e *Garimpos* se ocupa do assunto pelo qual revela agora verdadeira paixão: anteriormente organizara um álbum de caricaturas de J. Carlos, editado em 1950, outro – *Rui e a caricatura*, biografia política do grande baiano pela caricatura, também editado pelo Ministério da Educação, em 1949, e ainda neste mesmo ano o ensaio *A caricatura, arma secreta da liberdade*.

Essas publicações, porém, eram apenas amostrazinhas do labor formidável em que andava empenhado e cujo resultado final é esta monumental *História da caricatura no Brasil*, que constitui uma verdadeira biografia do Brasil pela caricatura, e aliás é também história da caricatura no mundo, desde a primeira caricatura conhecida, que é, ao que parece, um papiro egípcio existente no Museu de Turim.

Ainda que a *História da caricatura no Brasil* não fosse tão valioso estudo sobre a arte que, entre todas, é a que mais particularmente "castiga rindo os costumes", só a cópia das ilustrações insertas (910, sendo 27 a cores) justificaria a sua aquisição. Há entre essas caricaturas algumas famosas. Sinto que não esteja entre elas uma famosíssima, representando a Rainha Vitória de saias arregaçadas e levando umas palmadas de Kruger, o presidente do Transvaal. Na luta dos "boers" contra a Inglaterra fomos entusiasticamente pró-"boers", de sorte que Crispim do Amaral, o brasileiro autor da caricatura, se tornou popularíssimo então no Brasil. A irreverente sátira motivou o repatriamento imediato do artista, que durante algum tempo chamava a atenção de todo o mundo nas ruas do Rio, pelo sucesso alcançado na Europa com essa caricatura e pelo seu tipo em si, que era de mulatão de basta trunfa e bigodeira, chapelão enorme.

Mas não pense o meu caro Herman Lima que a sua missão está terminada no mundo da caricatura: já agora temos o direito de lhe exigir a reedição dos álbuns de Emílio Cardoso Ayres e J. Carlos, e edições de álbuns de Raul, pelo menos o Raul das "Cenas da vida carioca", de Calixto, de Julião Machado, enfim de tantos outros que apanharam com tanta graça os ridículos da *belle époque*.

[1963]

DIÁRIO DE ROMANCISTA

Lúcio Cardoso: *Diário*

    Tenho uma velha dívida a saldar com meu amigo Lúcio Cardoso. Admiro-o com abundância de alma, desde a publicação de *Maleita*, e no entanto jamais escrevi uma linha sobre o grande romancista que tão fundas emoções me tem despertado com as suas histórias e personagens estranhas, o seu mistério tão bem definido pelas palavras de José Lins do Rego: "O que acontece é um nada em relação ao que pode acontecer". De fato, o que angustia nos romances de Lúcio é (como na vida...) o que pode acontecer.

    Sobre Lúcio escrevi apenas umas poucas linhas na *Apresentação da poesia brasileira*, para dizer que "a sua expressão cabal está nos romances e contos, aliás de densa atmosfera poética".

    Não há dúvida: o romancista é maior do que o poeta. Mas... mas o romancista é grande precisamente pelo poeta que o informa. Houve tempo em que me encontrava frequentemente com Lúcio na cidade, e muitas vezes discutimos sobre os seus romances. As suas deficiências irritavam-me porque eram deficiências fáceis de corrigir. O que me parecia faltar a Lúcio eram coisas que se aprendem, ao passo que ao lado delas havia sempre o que não se aprende: o dom poético, o dom de criar vida, atmosfera, de armar os lances imprevisíveis e patéticos do destino. Na *Crônica da casa assassinada* culminou essa força demiúrgica, de Lúcio. As personagens do romance – Nina, Valdo, Ana, o coronel, o farmacêutico, o incrível Timóteo – todas continuam a viver na minha imaginação inapagáveis. No entanto por ocasião da leitura, como me incomodava que todos escrevessem da mesma maneira, que é afinal a maneira de Lúcio! Todavia esse elemento destruidor da verossimilhança foi impotente para anular a verdade imanente das criaturas a que Lúcio insuflou o seu extraordinário sopro de vida.

    Agora Lúcio inicia a publicação do seu *Diário*. Aqui não haverá que fazer restrições desse gênero. Aqui temos Lúcio contando na sua própria voz o seu próprio romance. E as confidências de Lúcio interessam a gente, sacodem a gente por aquele mesmo misterioso toque de inquietação – a apreensão "do que pode acontecer". Vemos nestas páginas um homem em luta consigo mesmo, com o seu destino, com o seu Deus. E como esse homem é rico de sensibilidade, de inteligência, fundamentalmente nobre e bom e corajoso, o seu *Diário* empolga-nos desde as primeiras linhas e, terminado o volume, fica-se ansioso pela continuação prometida. No meu caso de amigo e admirador de Lúcio faço votos para que o romance tenha um fim não do gosto do romancista para os romances que inventa – um *happy end*.

[30. XI.1960]

AUTORRETRATO

Gilberto Amado: *Depois da política*

    Não se iludam os que não gostam de ouvir falar de política, sobretudo da política do Brasil, onde, talvez mais do que em qualquer outra parte, "política é isto mesmo", não se iludam com o título do quinto volume das "Memórias" de Gilberto Amado. Quase todo ele trata de política e constitui o empolgante depoimento do senador, que, tendo rompido com Washington Luís, assiste de palanque a essa tragicômica aventura que foi a eleição de Júlio Prestes e a Revolução de 1930.

    Como nos volumes anteriores, temos aqui uma impressionante galeria de retratos: [...] Mas o melhor retrato, o mais minucioso, o mais completo é o do próprio Gilberto, na sua modesta imodéstia, na sua incomparável naturalidade. Quando ele diz, por exemplo, "eu, que sou – desculpem os inimigos – a bondade em pessoa"... Por que uma frase dessas não impressiona mal, antes ao contrário, em Gilberto? Talvez por aquilo que o crítico americano, professor da Universidade de Illinois, chamou *delightful blending of insight, freshness and modesty*. Mas não é propriamente modéstia; o mesmo Gilberto achou a palavra justa: *naturalidade*.

[10.IX.1960]

CRONISTA MEIO LEVIANO

Manuel Bandeira: *Crônicas da província do Brasil*

Ainda antes de publicar o seu primeiro livro de versos, o sr. Manuel Bandeira escrevera algumas crônicas para o *Correio de Minas* de Juiz de Fora, o que fez alguém – um anjo moreno, violento e bom, pernambucano – dizer que ele queria penetrar na literatura brasileira "via Juiz de Fora". Mais tarde ele escreveu para o seu Recife, para São Paulo, para Belo Horizonte. Creio que falou sobretudo para os seus amigos. O gênero crônica permite uma certa leviandade muito de jeito para aqueles de quem se diz depois que "muito moço, teve que interromper os estudos", etc.

Tenho pena de não ver neste volume a crônica que o sr. Manuel Bandeira escreveu sobre o sr. Cícero Dias na revista *Forma*. O poeta admira grandemente o pintor pernambucano a quem ele próprio chamou "o menino de engenho da pintura brasileira". No entanto, no volume das *Crônicas* só aparecem umas poucas linhas de caçoada a respeito do Cícero. Francamente, aqui a leviandade foi excessiva.

Uma crônica interessante é a que expõe o sistema biotipológico inventado pelos srs. Jayme Ovalle e Augusto Frederico Schmidt: a neo-gnomonia. Na roda dos amigos do cronista é impossível conversar cinco minutos sem falar em "parás", "'kernianos", "mozarlescos" e "onésimos". Aqui também há leviandades grossas, como por exemplo classificar Greta Garbo entre os "kernianos". Greta Garbo é sabidamente "pará". O sr. Manuel Bandeira escreveu com certeza a sua crônica depois de ter visto o filme *Mulher de brio*, no qual a heroína se mata um tanto kernianamente. Declara também ignorar a origem da categoria "mozarlesca", quando toda a gente sabe que o anjo mozarlesco é o sr. Mozart Monteiro. Com grave preterição aliás de tantos "mozares" ilustres...

[7.X.1937]

UMA REVISTA

Lanterna Verde – nº 5

    Há várias contribuições excelentes no último boletim da Sociedade Felippe d'Oliveira. Abre o volume com o "Roteiro lírico de Ouro Preto" de Afonso Arinos de Melo Franco, ilustrado com duas aquarelas de Pedro Nava (um Ouro Preto visto através dos alumbramentos do Café do Badu). Há aqui várias informações preciosas: por exemplo, que foi no adro da capelinha do Padre Faria que Raimundo Correia compôs o famoso soneto de Ouro Preto; que o português Albino de Guimarães, comerciante da rua de S. José, gerou a Alphonsus de Guimaraens, o qual gerou a João Alphonsus... Arinos repete que o palácio da Penitenciária foi riscado por D. Luís da Cunha Meneses. Parece que não. O sr. Augusto de Lima Júnior, contaram-me, descobriu ultimamente em Portugal que o risco veio de lá. Descobertas líquidas e que ainda não aparecem no "Roteiro" são que o risco do Carmo é obra de Manuel Francisco Lisboa, arquiteto português, suposto pai do Aleijadinho, e que das mãos deste último são as talhas dos altares laterais de São João e de Nossa Senhora da Piedade. Uma e outra coisa constam dos livros de termos das deliberações das mesas da Ordem do Carmo: a primeira no livro 1º, pág. 107; a segunda no livro 2º, pág. 70. Devemos essas descobertas a pesquisas mandadas efetuar pelo Serviço de Defesa do Patrimônio Artístico e Histórico, criado pelo ministro Capanema e dirigido por Rodrigo M. F. de Andrade. Arinos me acusa de leviano por eu achar meio sem graça os amores do dr. Gonzaga com Maria Doroteia. E me emprestou o livro de Tomás Brandão, *Marília de Dirceu*, para eu mudar de ideia. Ainda não tive tempo de ler o livro, e por isso continuo na minha leviandade de achar aqueles amores do ouvidor bordando vestidinhos para Marília um caso daquilo que a neo-gnomonia chama "mozarlismo lacrimejante".

    Traz a *Lanterna Verde* um bom estudo do sr. Almir de Andrade sobre as tendências atuais do romance brasileiro. Fiquei satisfeito de ver refutada aqui a opinião dos que veem na obra de José Lins do Rego realismo fotográfico. Salta aos olhos de todo o mundo que o realismo do escritor nortista é, não o da máquina fotográfica que tudo registra, mas do artista que toma à realidade apenas os detalhes que marcam fundamente as almas e os ambientes.

    Álvaro Moreyra evoca várias figuras da sua geração; Lúcio Cardoso fala de Augusto Frederico Schmidt; José Lins do Rego, de Adalgisa Nery, de quem se publicam oito belos poemas. Há ainda poemas de Felippe, de Tristão da Cunha, de Vasco da Cunha, de Murilo Mendes, e a longa "Noite de insônia", de Marcelo Gama. Entrevista de Renato Almeida com Paul Valéry. Protesto de Octavio Tarquínio contra o que está fazendo a Casa Jackson, editora da obra de Machado de Assis, a qual não vende os exemplares em separado. A Casa

Jackson transformou a obra de Machado de Assis em "literatura para ricos". Eis um caso de açambarcamento onde o governo devia intervir. O governo não permite açambarcamentos em se tratando de gênero de primeira necessidade. Ora, Machado de Assis é na vida espiritual brasileira gênero de primeira necessidade. A citar ainda um estudo de Luís Jardim sobre decoração interior, e outro de Lúcia Miguel Pereira sobre o indianismo de Gonçalves Dias.

[9. IX.1937]

LEIAM JOÃO RIBEIRO

João Ribeiro: *Floresta de exemplos*

A minha maneira de escrever se formou em grande parte na lição do mestre primoroso das *Páginas de estética*. Ninguém melhor do que ele soube assimilar tão completamente as dições clássicas e arcaicas, que podia incorporá-las em sua prosa moderna sem que do seu procedimento resultasse nenhum ranço de estranheza e pretensão. Esta *Floresta de exemplos* está cheia dessas graças admiráveis do seu estilo: é o idioma no seu presente e no seu passado – na sua eternidade. Dá vontade de gritar: meninos, não leiam gramáticas, leiam João Ribeiro e Machado de Assis!

O João Ribeiro que conheci e pratiquei no Pedro II, esquivo, erudito, malicioso, mestre do *humour*, está inteiro neste volumezinho de breves histórias de sabor antigo, onde todavia soube ele de vez em quando instilar as suas gotas de ironia endereçadas a contemporâneos. Assim em "La tomba di Virgílio" em que sob as feições do senhor Araña y Araña reconhecemos a figura de seu grande amigo Graça Aranha com o seu horror ao "culto funesto dos mortos". Era o tempo em que se começava a falar na entrada das mulheres na Academia e o conde Araña y Araña fulminava as Academias: "São columbários e cemitérios permanentes de gatos-pingados e para elas querem entrar agora as carpideiras. Fora com essas múmias egípcias!"

[17.V.1959]

LÍNGUA BRASILEIRA

I

Renato Mendonça: *O português do Brasil*

É com vivo receio que vou me ocupar deste livro. O autor diz à página 51:

> O que incontestavelmente se torna imprescindível e urgente é retirar o estudo de tais assuntos para fora dos domínios do nacionalismo e da literatura...

Dou-lhe toda a razão. A questão ortográfica está hoje aqui num impasse porque o nacionalismo e a literatura (Academia & Cia.) quiseram meter no caso a sua colher torta. Nacionalismo e literatura andam querendo metê-la também no caso ainda mais difícil e grave do idioma nacional.

"Idioma nacional" foi a variante adotada por muitos dos nossos melhores filólogos para não continuarem a chamar de português a língua que falamos. Esses mesmos, porém, reconhecendo, como João Ribeiro, que "a língua nacional é essencialmente a língua portuguesa, mas enriquecida na América, emancipada e livre nos seus próprios movimentos".

Embora o sr. Renato Mendonça fale a cada passo de sua obra em "língua brasileira" e pareça assim defender o ponto de vista dos nacionalistas que apresentaram no Conselho Municipal e na Câmara Federal o projeto do crisma novo, creio ter coligido bem da leitura completa do seu livro que ele pensa e sente como o grande mestre sergipano. Começou intitulando o seu livro *O português do Brasil*. Não quis intitulá-lo *A língua brasileira*, que "vai ser o batismo de amanhã ou depois". Termina o capítulo II dizendo:

> Mas a "língua brasileira" escalpelada pela ciência da linguagem não constitui atualmente uma *unidade diferenciada completamente* da língua portuguesa.

Oferece apenas uma tendência bem acentuada em tal sentido.
Mais adiante, à página 140, escreve ainda:

> Os elementos enumerados em seguida não bastam cientificamente para elevar as modificações do português à categoria de *língua*.

Parodiando as palavras do sr. Renato Mendonça, digo eu agora: o que incontestavelmente se torna imprescindível e urgente é aparecer alguém com autoridade de linguista para nos definir com precisão o conceito de "língua". As considerações, apoiadas em Saussure, das páginas 132-137, não nos ajudaram a decidir a questão da "língua brasileira". O que dá a aquisição de um idioma novo, diz o sr. Renato Mendonça, é "distensão do vocabulário, distorção de formas, figuração nova de ideias, novos meios de expressão em suma". Diferenciações morfológicas, léxicas, sintáticas. Mas todas elas existem entre o português dos cancioneiros e o português atual de Portugal. Contudo é a mesma língua. Será uma questão de quantidade? Quantidade tão grande que torne o linguajar incompreensível a povos diversos que já tiveram um linguajar comum? Mas nós compreendemos o espanhol e o galego. Não, a incompreensão não resolve nada. Mesmo dentro do "brasileiro": quando o sr. Mário de Andrade resolve escrever "brasileiro", valeu-se dos vocabulários regionais de Norte a Sul, recolheu muita dição expressiva, adotou sintaxes, modismos brasileiríssimos e com tudo isso compôs sua língua, a que, justiça seja feita, imprimiu uma sólida unidade. Pois já ouvi muitas pessoas dizerem que sentem grande dificuldade em compreender a linguagem de *Macunaíma*. No entanto é "brasileiro"!

Capítulo utilíssimo do livro do sr. Renato Mendonça é aquele em que se faz o balanço das nossas contribuições dialetológicas, desde o artigo de Pedra Branca na obra de Adrien Balbi *Introduction à l'atlas ethnographique du globe* (1826) até os nossos dias. O autor assinala que numerosos Estados, como Santa Catarina, Bahia, Maranhão, Sergipe, Espírito Santo, Rio Grande do Norte, Piauí não possuem até o presente nenhum vocabulário regional. Seria o caso da Editora Nacional, empresa forte e benemérita pelo muito que tem feito em bem da nossa cultura, promover o preenchimento dessas lacunas tão sensíveis em nossos trabalhos de dialetologia. Aqui fica a lembrança.

Em outros capítulos estuda o autor as diferenciações da fala brasileira na pronúncia, no vocabulário, na sintaxe. Algumas de suas afirmações sofrerão reserva da parte do leitor que, embora leigo em linguística, conheça melhor o linguajar dos seus pagos. No que diz respeito ao meu Nordeste, por exemplo, estranhei o sr. Renato Mendonça dizer (página 219) que "no Brasil" o *e* pretônico sempre aparece pronunciado como *ê* ou como *i*. Em Pernambuco, nem sempre. Soa como *é* antes de *r* (Pérnambuco) e creio que também antes de *t* (pelo menos soa assim em "setembro", "cretino"...). À página 220 se diz que o *o* pretônico soa fechado e exemplifica-se: *porteiro* e não *purteiro*. Leia o sr. Mendonça o livro *Brasil caboclo* do paraibano Zé da Luz e encontrará um poema intitulado "Veia purteira" por "Velha porteira".

Quando eu era menino do Pedro II, os meus colegas cariocas caçoavam de mim porque eu pronunciava "tumar", "butar" em vez de "tomar", "botar". Mas o próprio sr. Renato Mendonça reconhece que nesse domínio quase tudo está por fazer. Isto que aí fica não tem nenhuma pretensão de ensinar o padre-nosso ao vigário.

O livro *O português do Brasil* não pode faltar na biblioteca de todo o brasileiro que se preze de querer conhecer as coisas do seu país.

[7.X.1937]

II

Cândido Jucá Filho: *A língua nacional*

O sr. Cândido Jucá Filho coloca-se entre os que negam que as diferenciações entre o português de Portugal e o do Brasil autorizem a existência de uma "língua brasileira", e até mesmo a existência de um ramo dialetal do português peninsular. "Não existe", afirma ele, "nenhum dialeto no Brasil que tenha caráter geral, de sorte que não existe o dialeto brasileiro. É impossível prever se os dialetos regionais subsistirão. Pelo contrário, tudo indica o precário da maioria deles."

Os portugueses e os lusófilos andam muito irritados com os criadores de uma "língua brasileira". Mas grande culpa lhes cabe em tudo isso. Em vez de aceitarem de boa cara as diferenciações introduzidas aqui por efeito de uma evolução divergente do idioma, foram eles que começaram a dizer, diante de um pronome colocado à revelia das regras peninsulares, que isso "não é português". Se não é português e se não pode no Brasil considerar-se erro, será então brasileiro! A gênese dessa ideia de "língua brasileira" está aí. A propósito da expressão "Onde você mora?", tão simples, tão natural em nossa linguagem, disse Gonçalves Viana que não há no português formação mais bárbara que esta de meter o sujeito entre a expressão interrogativa e o verbo. E dela e de outras construções escreveu: "São piores que defeituosas: são inauditas, incompreensíveis: toda a discussão a tal respeito seria fútil, e desperdiçado o papel que se gastasse com ela, porque não há pessoa alguma em Portugal e nas suas atuais dependências, que construa de semelhante modo aquelas frases, seja o mais boçal analfabeto, ou o mais primoroso escritor. Essas construções sintáticas não são nem foram nunca portuguesas."

Notem bem: "... em Portugal e nas suas atuais dependências". Não somos mais dependência de Portugal. Por isso não contamos? Se os portugueses querem chamar portuguesa a linguagem que falamos, têm de aceitar também os fatos linguísticos ocorrentes entre nós não em analfabetos boçais mas em escritores e gente de boa sociedade. Mas Gonçalves Viana achava fútil toda a discussão a tal respeito. Então vamos chamar este caçanje que falamos "língua brasileira", revidaram o sr. Artur Neiva e outros. Acho que a língua continua a ser, por enquanto, portuguesa. Mas o nome pouco importa: o essencial é que neste, como em outros pontos, falemos e escrevamos como a gente instruída fala. Tenhamos a coragem de falar e escrever "errado". Quando eu tinha os meus treze anos e andava no Pedro II, vi uma vez Carlos de Laet aproximar-se do guichê da Jardim Botânico e pedir com toda a calma: "Me dá uma ida e volta". Foi uma revelação para mim. Laet era um escritor de sabor clássico. Se dizia tão naturalmente "Me dá uma ida e volta", isto não podia ser erro no Brasil. Podemos dizer isso escrevendo. O que não podemos escrever são construções como esta de Herculano: "Se dizeis isto pela que me destes, tirai-me que não vo-la pedi eu". Porque no Brasil e nas suas atuais dependências não há pessoa alguma, seja o mais primoroso escritor, que construa de semelhante modo essa frase.

Neste volume o sr. Jucá defende alguns desses brasileirismos, e o mais engraçado é que com textos portugueses. No caso de "Onde você mora?" com Camões e Camilo! No de "chamar de" ("empregado por toda a gente que não tenha deliberado consigo expressar-se à lusitana", diz o sr. Jucá), com Gil Vicente e Camilo. No caso de "em" por "a" ("vou na cidade, chegou na praia"), ainda com Camões.

Não concordo às vezes com o critério de elegância do erudito professor. Assim, não vejo nada de desajeitado em nossa expressão "ajantarado". Acho ótimas expressões como "corre-correndo" e "chora-chorando": não posso compreender como o sr. Jucá as inclui entre os "aleijões repugnantes" do linguajar brasileiro inculto.

A *língua nacional* está cheia de boas observações sobre a nossa linguagem comparada com a de Portugal; a matéria é bem apresentada, facilitando-lhe a consulta um índice alfabético de todos os casos tratados. Livro indispensável aos estudiosos de linguística.

[23.IX.1937]

GRAMATIQUICE E GRAMÁTICA

José Patrício de Assis: *Estudinhos de português*

A matéria deste livrinho não justifica bem o seu título, malgrado a modéstia do diminutivo. A palavra estudo implica um elemento pessoal de pesquisa e invenção que falece totalmente a estes artigos de mera vulgarização. Há neles coisas boas e coisas más ou somenos. O autor, vê-se, é um estudioso, mas não me parece ainda em posse de orientação muito segura. Confunde lamentavelmente autoridades, chegando a este disparate impagável de abonar uma expressão do bom Padre Manuel Bernardes com citações de... Guilherme Belegarde e Mário Barreto. Francamente, patrício José!

Taxando de barbarismo o emprego do verbo *carecer* no sentido de *precisar*, escreve: "Embora alguns lexicógrafos autorizem tal emprego, infelizmente generalizado entre nós, a filologia moderna condena-o, não obstante o tivessem perpetrado escritores de primeira água, como Herculano, Camilo, Castilho, Alencar, etc."

Ora, o emprego generalizado e a adoção por escritores de primeira água não bastam para legitimar uma expressão? O contrário é pura gramatiquice.

Gramatiquice também insistir na *lotaria*, *no telefônio*: todo mundo sabe que dá azar falar assim. Pois o sr. Assis não quer que digamos *hospedaria* em vez de *hotel*? Isso já não é mais gramatiquice. É... ingenuidade.

O bom critério etimológico manda levar em conta a evolução do vocábulo dentro da língua, e assim entende o sr. Assis que a propósito das grafias *licção*, *hontem*, *lucta*, *fructo* passa um quinau justo nuns tantos sujeitos que se querem mostrar muito sabidos em latim e só conseguem provar que nada tomam de português. É por isso de lastimar que no caso da conjunção *se* abandone o sr. Assis aquele critério, apoiando-se na autoridade anacrônica de Júlio Ribeiro, Castro Lopes e J. F. de Castilho. Deste último transcreve ele: "Ora, a nossa condicional descende do latim, onde se escreve *si*; para escrever *si* temos, pois, a regra etimológica; para escrever *se* qual teremos?"

Respondo eu: nos monossílabos átonos o *i* final longo passa a *e*; o latim *si* deu o português *se*, o latim *qui* deu o português *que*, que ninguém escreve *qui*, embora num como noutro caso a pronúncia brasileira identifique o *e* reduzido com o *i* átono. Assim aprendi com os mestres brasileiros Silva Ramos, Sousa da Silveira, Antenor Nascentes...

O sr. Assis pratica ainda o esporte enfadonho da caça ao galicismo, herança colonial do nacionalismo luso irritado pela invasão de Junot. O galicismo é apenas um caso particular da influência do pensamento francês, que é enorme entre nós. Pode-se contrabalançá-lo com o estudo do inglês, do alemão. Mas então virão fatalmente os anglicismos, os germanismos. É inútil reagir contra estrangeirismos como *editar, banal, detalhe* e tantos outros, perfeitamente assimilados, de uso corrente geral, vocábulos simples, elegantes e ágeis.

[15.X.1926]

O "SE"

Pedro de Melo: *O pronome "se" indefinido*

O sr. Pedro de Melo se inscreve entre os propugnadores da subjetividade do pronome *se*. Sua monografia vale sobretudo como um copioso repositório de fatos da linguagem literária, deslustrado apenas pelo exemplo em falso de Camões.

> Que mais o Persa fez naquela empresa
> Onde rosto e narizes se cortava?

É impossível não se levar desta leitura a convicção de que naquelas centenas de exemplos dos melhores escritores da língua se trata de orações de sentido ativo com sujeito indeterminado. Contudo será forçoso atribuir então a subjetividade ao pronome *se*? A opinião do professor Sousa da Silveira, naturalmente desconhecida do sr. Pedro de Melo, pois não a vejo registrada em seu opúsculo, me parece a mais razoável. Tomo, portanto, a liberdade de remetê-lo ao nº 29 da *Revista de Língua Portuguesa*, onde encontrará com mais detalhes a sóbria e elegantíssima lição daquele filólogo. Ao pronome *se* ficou, como resíduo da obliteração do sentido passivo, a função de deixar completamente indeterminado (mais do que com o *on* francês ou o *man* alemão) o sujeito da oração. É isto precisamente que faz a beleza ideológica do seu emprego. E dizer-se que o condenam gramáticos!

No artigo do professor Sousa da Silveira encontrará o sr. Melo um exemplo precioso de Machado de Assis:

> Eu tinha velado uma parte da noite. De amor? Era impossível; não *se ama duas vezes a mesma mulher*...

O sr. Sousa da Silveira comenta:
– "Não se ama duas vezes a mesma mulher" não corresponde, evidentemente, a "a mesma mulher não é amada duas vezes"; seria preciso, para não desvirtuar o pensamento que o autor quis transmitir, acrescentar o agente da voz passiva, duas vezes *pelo mesmo homem*. Mas esse agente não se menciona na frase reflexa; é que esta, na mente do escritor, já se não apresentou com sentido passivo, e sim com puro valor ativo, em plena analogia com *vai-se, vive-se* em frases como *vai-se daqui à cidade em quinze minutos, vive-se bem neste país*. Quer dizer que, em proposições tais como essa, o verbo e o pronome *se* formam uma expressão impessoal de sentido ativo, tendo como objeto direto o membro de frase que nas construções mais comuns – aquelas em que o pronome *se* apassiva o verbo – costuma ser sujeito.

Por cópia conforme.

[30.XII.1926]

FOLCLORE E CLAREZA

C. Teschauer: *Avifauna e flora nos costumes, superstições e lendas brasileiras*

Um livro em terceira edição já está bem recomendado por si mesmo. De fato o volume é valioso pela cópia de informações curiosas que fornece sobre coisas da nossa terra e do nosso continente. Esta nova edição está melhorada na distribuição da matéria, que nela se fez segundo a origem das lendas e costumes. Não calemos que a obra ainda pode ser muito melhorada, mas muito!, na quarta edição, que certamente virá. O folclore será tão confuso, ou é quem nele se mete que fica assim com as ideias engaranhadas? Por que é que os nossos folcloristas não aprendem a ser claros e sóbrios como mestre João Ribeiro? Que tiguera embastida a redação do autor! Ah, é alemão? Então desculpe.

[31.I.1927]

SEGREDO DA ALMA NORDESTINA

Gilberto Freyre: *Nordeste*

Este livro constitui uma novidade na obra do sociólogo pernambucano. Se o fundo, as ideias, o sentimento geral são os mesmos dos seus livros anteriores, a composição é sensivelmente diferente: mais simples, mais clara, mais despojada. Como se neste livro de contatos com a terra ele tivesse renunciado ao contraponto formidável da *Casa-grande & senzala* e *Sobrados e mucambos* para deixar cantar livremente a melodia amorável dos canaviais, tão deliciosamente transposta em valores plásticos pelo pintor Cícero Dias. O rigor do sociólogo, a documentação exaustiva não tinham impedido que nos dois livros anteriores repontasse aqui e ali o grande poeta que coexiste no seu autor ao lado do cientista. Em *Nordeste*, porém, o poeta está sempre presente. Um poeta que sem perturbar de modo nenhum o desenvolvimento objetivo e preciso dos temas tratados, lhe comunica uma força lírica e exata ambientação. Esses temas se distribuem em cinco capítulos: a cana e a terra; a cana e a água; a cana e a mata; a cana e os animais; a cana e o homem. Estudo ecológico, em que se estuda o homem em suas relações com a terra, o nativo, as águas, as plantas, os animais da região ou importados da Europa ou da África.

O autor foi excessivamente modesto quando nos diz que o seu ensaio tenta apenas esboçar a fisionomia do Nordeste agrário e o apresenta como um estudo esquemático e quase impressionista. A verdade é que não ficou apenas na fisionomia: antes, em cortes profundos, tanto no substrato do passado como no subconsciente do presente, soube captar e apresentar-nos a alma mesma daquele Nordeste agrário cujo segredo e encanto foi o primeiro a penetrar e possuir integralmente.

No primeiro capítulo "A cana e a terra" faz Gilberto Freyre o elogio do massapê em termos de uma sensualidade que irritará talvez os pedantes da ciência sociológica. Como que sentindo de antemão alguma possível estranheza, o autor lembra que José da Silva Lisboa fez o elogio do massapê "em palavras tão quentes que não parecem de um economista frio". Um nordestino amoroso e conhecedor de sua terra é que nunca estranhará o "óleo gordo" que ressuma das palavras de Gilberto Freyre quando ele escreve, por exemplo: "A terra aqui é pegajenta e melada, agarra-se aos homens com modos de garanhona. Mas ao mesmo tempo parece sentir gosto em ser pisada e ferida pelos pés da gente, pelas patas dos bois e dos cavalos. Deixa-se docemente marcar até pelo pé de um menino que corra brincando, empinando um papagaio; até pelas rodas de um cabriolé velho que vá aos solavancos de um engenho de fogo morto a uma estação da Great Western."

Mas o capítulo que entre todos me dá a sentir o encanto envolvente da minha terra é o da água. Tenho em meu quarto uma estampa de Schlappriz representando um trecho do Capibaribe na passagem de Madalena: fundo de velhos sobrados patriarcais, coqueiros, mangueiras, banheiros de palha, botes de vela e de vara com figurões de grande barba e chapéu alto, um escravo lavando um cavalo branco... É o Capibaribe que Gilberto Freyre retrata em suas páginas, o Capibaribe ainda não emporcalhado pelas caldas fedorentas das usinas, o Capibaribe onde as moças tomavam banho em camisa na sombra úmida dos banheiros de palha, onde os estudantes pálidos, de fraque preto, colarinho duro e botinas de verniz faziam serenatas de bote. Lamento que Gilberto Freyre não tenha posto na boca desses estudantes os versos de alguma modinha imperial – o "Se te amei", ou "Quando as glórias que gozei", ou "Vem, noite silenciosa, mitigar minha paixão...", em vez de "Desperta, abre a janela, Stela", modinha de 1907 (os versos são de Adelmar Tavares) ou da italianíssima, "Ai, Maria, ai Maria, quantas noites sem ti sem dormir".

No capítulo "A cana e a mata" mostra Gilberto Freyre como a monocultura da cana acabou separando o homem da água dos rios, dos animais, das árvores. E ataca os estetas "que em diferentes épocas nos têm querido impor aos parques ou às ruas, numa generalização contra toda a harmonia da natureza regional, o *Ficus benjamina*, o *Cactus* mexicano, o *Eucalyptus* australiano, a *Accacia* de Honolulu".

Em "A cana e os animais" há páginas excelentes sobre o boi e o cavalo, sobre o bumba meu boi, companheiro de trabalho do africano, o negro animal, em contraposição ao cavalo, companheiro do senhor; o cavalo, espécie de capanga branco, muito bem tratado, "maricas-meu-bem", mesureiro e cheio de laçarotes.

Em "A cana e o homem", a parte mais desenvolvida, o autor nos dá um pano de amostra do que será o seu livro *Açúcar* quando nos fala das receitas de doce conservadas como verdadeiro patrimônio das grandes famílias pernambucanas. E fica-se com água na boca, curioso de provar esses bolos – bolo Sousa Leão, bolo Cavalcanti, bolo dr. Constâncio, bolo do Major, bolos que por natureza complexa resistem à industrialização em que decaiu a goiabada, a araçazada. Nesse mesmo capítulo o autor se estende sobre um movimento tão mal conhecido de desafogo popular, a Revolta do Pedroso, a revolta de 1823. E defende o mulato do Nordeste, dizendo que "não se pode generalizar, dando-o como elemento por excelência perturbador da civilização aristocrática do açúcar: o mesmo grande e violento elemento revolucionário que foi em São Domingos, por exemplo." E acrescenta: "Decerto ele foi, aqui, em muitos casos, um insatisfeito, um mal ajustado, dentro do sistema terrivelmente simplista de senhores e escravos. Mas não por ódio radical de raça ou de classe: por desajustamento psicológico, principalmente. Este é que fez dele um introspectivo, não só individual como social."

O livro conclui observando que a civilização do açúcar, patológica em tantos sentidos, sobretudo por tornar o homem, o homem do povo um desajustado, um ser terrivelmente isolado, foi contudo mais criadora de valores políticos, estéticos, intelectuais do que outras civilizações – a pastoril, a das minas, a da fronteira, a do café – civilizações mais saudáveis, mais democráticas, mais equilibradas quanto à distribuição da riqueza e dos bens.

Quanto à linguagem, ao estilo, *Nordeste* renova o mesmo sabor sensual, denso, oloroso de *Casa-grande & senzala*. Há aqui o mesmo jeito tardo e como preguiçoso de fazer ponto e abrir período para elementos de igual categoria sintática, tique peculiar que dá tanta personalidade à prosa tão genuinamente brasileira e até pernambucana de Gilberto Freyre. Ele escreve, por exemplo: "Organização cheia de contrastes. Inimiga do indígena. Opressora do negro. Opressora do menino e da mulher..." Quase não há página em que não se possa colher um exemplo desses.

Merece menção especial o soberbo desenho de Manoel Bandeira representando o triângulo rural do Nordeste: engenho, casa e capela. Nunca o desenhista pernambucano foi tão forte como neste bico de pena magistral.

[22.VI.1937]

CIVILIZAÇÃO E EQUADOR

Everardo Backheuser: *A estrutura política do Brasil (Notas prévias)*

Há três coisas que incompatibilizam a gente com uma pessoa. Uma é o esperanto. As outras duas são o positivismo e o xarope de groselha. Eu implicava com o dr. Everardo Backheuser por causa do esperanto.

Um dia me encontro na avenida com o Venâncio Filho.

– Você é euclidiano?

– De coração.

– Então vamos à sessão comemorativa da morte do Euclides.

Fazia muito calor. Segundo andar do casarão do largo do Paço. Meia dúzia de pessoas, e entre elas os grandes olhos inteligentes de Mlle. Heloísa Alberto Torres.

O dr. Backheuser começou a falar. Tom maçante de discurso. Estilo de engenheiro que também quer tirar a sua casquinha na arte de escrever. (O que perde os engenheiros... e os escritores é imaginar que a literatura é a arte de burilar frases e figuras de retórica. Quando o dr. Backheuser se esquece de fazer bonito, escreve bem, e até com vigor de boa eloquência científica.) Pois me interessei pela conferência. Através de uma análise paciente, tão brilhante quanto sólida, da obra de Euclides da Cunha, o conferencista chegou à conclusão de que o autor dos *Sertões* era antes de tudo e acima de tudo – um geógrafo. A coisa dita assim parece besteira, porque a gente toma a palavra no sentido medíocre de escriturário descritivista. Ora a moderna geografia dos Ratzel, dos Vidal de la Blache, dos Pencks, dos Huntington não é sopa, não. Os horizontes dela são imensos, e para versá-la com sucesso se torna necessário um mundo de conhecimentos gerais a serviço de uma mentalidade rija e curiosa. Não tem dúvida: Euclides era um grande geógrafo. Quem o revelou foi o dr. Backeuser, e desde esse dia eu fiquei admirando o dr. Backheuser – apesar do esperanto.

Obra de geógrafo é também esta das *Notas prévias*, em verdade suspiração funda para um esforço monumental, de que nos parece inteiramente capaz e digna a inteligência e cultura do autor. O dr. Everardo Backheuser acaba de tomar neste livro preparatório um compromisso de honra, a que não poderá faltar. Convém para isso que ele saiba e queira sacrificar a grandeza da idealização à possibilidade de realização. Pondere como no livro de hoje certos capítulos de simples escorço, como "A nova concepção da geografia", "A política e a geopolítica, segundo Kyellen", "O conceito de supernação", "Clima e civilização: teoria do grau de cultura", instruem, esclarecem, orientam. O último capítulo citado é realmente a gala deste volume. Nele o dr. Backheuser apresenta a sua teoria do "grau de cultura", que vem completar aquela outra de Ratzel, a da "posição geográfica". Grau de cultura da época, posição geográfica, são as duas coordenadas a assinalarem os grandes centros sucessivos de civilização. O dr. Backheuser compendia em três leis a sua teoria do "grau de cultura":

1ª a velocidade de dilatação do ecúmeno dominado por um dado centro geográfico é função do grau de cultura da época;

2ª o "optimum" de valor de uma "posição geográfica" varia com o grau de cultura da humanidade;

3ª a trajetória geográfica da civilização indica, por extrapolação, que ela voltará ao Equador.

O passado confirma as duas primeiras. Só o futuro dirá se não foi aventurosa a avançada do ilustre geógrafo.

Êta, torcida brasileira.

[15.XI.1926]

NEGÓCIOS DE POESIA

POESIA PAU-BRASIL

A poesia brasileira vai entrar para a Liga Nacionalista. Oswald de Andrade acaba de deitar manifesto – uma espécie de plataforma-poema daquilo que ele chama a Poesia Pau-Brasil. Eu protesto.

*

Em primeiro lugar esta história de pau-brasil é blague. Quem na minha geração já viu o famoso pau? Não há mais pau-brasil. O que havia foi todo levado para a Europa pelos piratas franceses dos séculos XVI e XVII. Acabou-se, ainda no tempo em que se escrevia com z e servia para a tinturaria.

*

Poesia Pau-Brasil. O nome é comprido demais. Bastava dizer Poesia Pau. Por inteiro: Manifesto Brasil da Poesia Pau. Porque é poesia de programa é pau. O programa de Oswald de Andrade é ser brasileiro. Aborreço os poetas que se lembram da nacionalidade quando fazem versos. Eu quero falar do que me der na cabeça. Quero ser eventualmente mistura de turco com sírio-libanês. Quero ter o direito de falar ainda na Grécia. Há pouco tempo entrei na Agência Havas no momento em que Américo Facó ditava pelo telefone um despacho recebido de Elêusis. Senti de pronto a ironia da emoção lírica. Não podia evidentemente falar de Tabatinguera.

*

O manifesto de Oswald é nacionalista como as crônicas de arte de Paulo Silveira. Mas este cita Versalhes a propósito de uns versos ingleses cujo assunto são uns fantoches da velha comédia italiana. E Oswald tem o horror do que se aprendeu. Primitivismo. Com grande mágoa de Graça Aranha, que faz o possível para nos libertar do terror inicial e já vai perdendo a esperança de nos integrar definitivamente no inconsciente cósmico.

*

Mais uma escola. Ribeiro Couto fundou o "penumbrismo". Ronald de Carvalho lançou o "aquelismo" ("Aquela ruazinha de arrabalde...") e prepara neste momento o "puerismo" (*Jogos pueris*) – mas o sr. Humberto de Campos vai dizer que é plágio do "poeirismo" dele. Mário de Andrade cansou-se do desvairismo e anda agora associando vocábulos em liberdade.

*

Para tudo isso, porém, existe a adesão em massa. É o maior medo de Oswald de Andrade. De fato nada resiste àquela estratégia paradoxal.

*

Mas eu não adiro. E vou começar a fazer intrigas. Há muita insinceridade nesse chamado movimento moderno. Fala-se mal dos outros pelas costas. Cada qual vai fazendo hipocritamente o seu joguinho pessoal. Oswald chama Guilherme de Almeida de campeão peso leve da poesia nacional, e com outros lhe opõe perfidamente o irmão Tácito, que assina Carlos Alberto de Araújo com receio de perder os clientes de advocacia. O mesmo Oswald faz de futurista e escreve entretanto, nas *Memórias de João Miramar*, cartas, diálogos e discursos que são um decalque servil de uma realidade cotidianíssima. O seu primitivismo consiste em plantar bananeiras e pôr de cócoras embaixo dois ou três negros tirados da antologia do sr. Blaise Cendrars.

Ronald fala mal da Academia e vai submetendo os livros ao julgamento dessa mesma Academia, que, de resto, o tem premiado abundantemente e Ronald assinala-o sempre na lista das obras que já publicou.

Sérgio Buarque colabora com cinismo no *Mundo Literário*.

Paulo Prado faz a Semana de Arte Moderna, aceita almoço dos klaxistas e, rico, deixa morrer a Klaxon, e sócio da casa editora de Vasco Porcalho & Cia., permite que eu e Mário de Andrade sejamos escorraçados pela firma em favor de parnasianos e caboclistas.

Ribeiro Couto gaba medíocres futuristas das colônias portuguesas de Goa e Macau para irritar os passadistas nacionais. Mas em casa, de pijama e em chinelas, lê com aplicação os romancezinhos de Henri Bordeaux. Acha que é moral. Comove-se com *La robe de laine*.

*

É por tudo isso que eu vou me fazer editar pela *Revista de Língua Portuguesa*. Sou passadista.

[1924]

DUAS TRADUÇÕES PARA MODERNO

Acompanhadas de comentários

Soneto de Bocage

        Se é doce no recente ameno estio
        Ver toucar-se a manhã de etéreas flores
        E lambendo as areias e os verdores
        Mole, queixoso deslizar-se o rio;

        Se é doce ver em terno desafio
        O bando dos voláteis amadores
        Seus cantos modulando e seus amores
        Entre a ramagem do pomar sombrio;

        Se é doce mar e céus ver anilados
        Pela quadra gentil de amor, querida,
        Que alegra os corações, floreia os prados:

        Mais doce é ver-te, dos meus ais vencida,
        Dar-me, em teus brandos olhos desmaiados,
        Morte, morte de amor – melhor que a vida!

Tradução

        Doçura de, no estio recente,
        Ver a manhã toucar-se de flores,
        E o rio
                mole
                        queixoso
        Deslizar, lambendo areias e verduras;

        Doçura de ouvir as aves
        Em desafio de amores
                    cantos
                    risadas
        Na ramagem do pomar sombrio;

        Doçura de ver mar e céus
        Anilados pela quadra gentil
                    Que floreia as campinas
                    Que alegra os corações,

> Doçura muito maior
> De te ver
> Vencida pelos meus ais
> Me dar nos teus brandos olhos desmaiados
> Morte, morte de amor, muito melhor do que a vida, puxa!

Comentários

Os tratados de versificação definem o soneto como uma composição poética de quatorze versos, distribuídos em dois quartetos e dois tercetos. Ora, me parece que o que faz o soneto é antes um certo equilíbrio de volumes líricos. A distribuição em dois quartetos e dois tercetos representa apenas um esquema, aliás genial. O soneto pode ter mais (ou menos) de quatorze versos, e assim como o concebo, está para o modelo italiano como as baladas românticas alemãs estão para a balada francesa fixada por Villon.

Aprendi isso com uma senhora a quem um dia mandei uns versos. Eram três estâncias. Quando brigamos, escrevi-lhe um recado pedindo a ela que rasgasse as minhas cartas e os versos. Ela respondeu: "Rasgadas estão, como pede, cartas e soneto". Passei imediatamente um telegrama: "Não é soneto!"

Tempos depois me convenci de que quem tinha razão era ela.

Cada época afeiçoa certos modos de formar e de exprimir os juízos. Houve tempo em que se disse muito em poesia:

> É doce isto,
> É doce aquilo.

Hoje os modernistas gostam de empregar o substantivo:

> Doçura disto,
> Doçura daquilo.

(Vide Ronald, *Epigramas* n°s XXIX e XXXIX.)

O acorde

> Amores
> Cantos
> Risadas

é reminiscência evidente de um poema de Mário de Andrade aparecido no n° 6 da *Klaxon*:

> Meu gozo profundo ante a manhã Sol
> A vida Carnaval!
> Amigos
> Amores
> Risadas

(O Adeus de) Teresa

A poesia de Castro Alves é tão conhecida que dispensa transcrição.

Tradução

A primeira vez que eu vi Teresa
Achei que ela tinha pernas estúpidas
Achei também que a cara parecia uma perna.

Quando vi Teresa de novo
Achei os olhos mais velhos do que o resto do corpo.
(Os olhos nasceram e ficaram um ano esperando que o resto do corpo nascesse.)

Da terceira vez não vi mais nada
Os céus se misturaram com a terra
E o espírito de Deus voltou a se mover sobre a face das águas.

Comentários

Escolhi o texto da edição de Laemmert, que é a pior. Vide página 55.

Ao passo que a tradução de Bocage é quase *ad litteram*, esta do "Adeus" afasta-se tanto do original que a espíritos menos avisados parecerá criação. O meu propósito, porém, foi trasladar com a máxima fidelidade, sem permitir que na versão se insinuasse qualquer parcela do meu sentimento pessoal, o que espero ter conseguido.[16]

[16.XII.1925]

---

[16] Publicado em "O Mês Modernista", d'*A Noite*, a cujo respeito diz o Autor em *Itinerário de Pasárgada:* "Não levei muito a sério o 'Mês Modernista': o que fiz foi me divertir ganhando cinquenta mil-réis por semana, o primeiro dinheiro que me rendeu a literatura. [...] 'Traduzi' para moderno o famoso soneto de Bocage... [...] Como se vê, eu estava mas era assinalando maliciosamente certas maneiras de dizer, certas disposições tipográficas que já se tinham tornado clichês modernistas. A outra 'tradução' era do 'Adeus de Teresa'. Num comentário, de *humour* muito sofisticado, dava o meu poema 'Teresa' como tradução 'tão afastada do original, que a espíritos menos avisados pareceria criação'".

O MISTÉRIO POÉTICO

Um poeta que raramente faz versos, mas que está sempre pondo o dedo de fora no trabalho que chama "vão e cansativo de fazer crônicas", Rubem Braga, debruçou-se, domingo passado, sobre o mistério poético. Definiu-lhe um dos elementos na faculdade de "dar um sentido solene e alto às palavras de todo dia". É aquela "audácia mágica na simplicidade", a que se referiu Augusto Meyer falando de certas rimas pobres de Camões (as gerundiais, por exemplo), refertas, no entanto, de profunda ressonância emotiva.

Naturalmente, são inumeráveis os processos de que se serve o poeta para dar um sentido alto às palavras de todo dia, aos lugares-comuns da linguagem coloquial. Aludirei somente a um deles, que consiste em colocar a palavra em evidência nas pausas métricas do verso. Foi o que praticou Antero de Quental no último verso do soneto "Sepultura romântica": "Desse infecundo, desse amargo mar!".

"Infecundo" e "amargo" são palavras corriqueiras. Todavia, colocadas as suas tônicas nas pausas do decassílabo sáfico (quarta e oitava sílabas), ganharam alto e solene sentido, comunicando ao verso não sei que mágica profundidade. Profundidade que desaparece se deslocarmos os dois adjetivos daqueles postos-chaves, dizendo, por exemplo, "desse infecundo mar, amargo mar"! Aqui os acentos na quarta e oitava sílabas são secundários, o acento principal está na sexta.

É essa "magia na simplicidade" que não me deixa concordar com o voto vencido de meu querido amigo e mestre Otto Maria Carpeaux no processo de Quental, em que assino de *grand coeur* com o relator Adolfo Casais Monteiro, editor literário do volume *Antero de Quental*, na série "Nossos clássicos", editada pela Livraria Agir. "Um poeta único, um dos poetas máximos da língua portuguesa", conclui Casais no seu belo prefácio.

Perdoe-me o mestre Carpeaux, mas meio que fiquei escandalizado de o ver classificar Quental como poeta parnasiano, "com todas as fraquezas típicas do parnasianismo", e chamando-lhe à poesia "prosa impecavelmente versificada". Primeiro que não é tão impecável: um dos seus encantos reside precisamente na sua pecabilidade, em certa frouxidão bem portuguesa que só a prosódia portuguesa torna não só aceitável, como até consubstancial à força do verso. Isso é tudo o que há de menos parnasiano. O próprio Carpeaux anota que "em torno de seus adjetivos incolores, em torno dos seus versos mais prosaicos há uma aura inefável, como de uma presença mística". É a "audácia mágica na simplicidade", a bruxaria dos grandes poetas.

[7.V.1958]

ANATOMIA DE UM POEMA

Sob o título acima publicou o sr. Marino Falcão no *Diário do Povo*, de Campinas, uma exegese dos meus versos "Sacha e o Poeta", pedindo-me depois, em carta muito amável, que lhe dissesse se a sua interpretação coincidia com o meu pensamento.

Antes de responder, vou transcrever aqui o poema, e fá-lo-ei em composição corrida para poupança de espaço: "Quando o poeta aparece, Sacha levanta os olhos claros, onde a surpresa é o sol que vai nascer. O poeta a seguir diz coisas incríveis, desce ao fogo central da Terra, sobe na ponta mais alta das nuvens, faz gurugutu, pif paf, dança de velho, vira Exu. Sacha sorri como o primeiro arco-íris. O poeta estende os braços, Sacha vem com ele. A serenidade voltou de muito longe. Que se passou do outro lado? Sacha mediunizada – ah-pa-papapá-papá – transmite em morse ao poeta a última mensagem dos anjos".

Para Marino Falcão esse poema é o relato metafórico de uma sedução, Sacha uma jovem ingênua, inexperiente, deslumbrada "com os ademanes e manigâncias" do poeta, os quais "desencadeiam nela o processo do viciamento da vontade". E como Marino Falcão, sobre ser homem de letras, é Promotor Público na nobre Cidade de Campinas, capitula a aventura como "crime definido em lei e previsto no artigo 217 do Código Penal". Bem entendido, se Sacha era menor de dezoito anos.

Marino Falcão acertou em parte. De fato, o poema é o relato de uma sedução. Só que a finalidade de todas as manigâncias do poeta era obter tão somente um sorriso de Sacha. E como está contado nos versos, obteve-o. Obteve mais, coisa inefável, a última mensagem dos anjos, sob a forma de um *vocalise* muito semelhante às linhas e pontos do alfabeto morse.

Marino errou também no que concerne à idade de Sacha. Era menor de dezoito anos, sim, tinha, ao tempo da sedução, apenas uns seis meses de idade, só falava em alfabeto morse. Louríssima, alvíssima, seriíssima. Eu tinha que conquistar-lhe um sorriso, usei de todos os recursos referidos. E o sorriso veio. Como deve ter luzido sobre o mundo o primeiro arco-íris.

Vou mandar esta crônica a Sacha. Ela vive hoje em Estocolmo, casada com um rapagão sueco, mãe de duas suequinhas maravilhosas – Ann-Marie e Ingrid, três anos e um ano, portanto, ambas já mais idosas do que Sacha quando inspirou o poema tão interessantemente anatomizado por Marino Falcão. Não lhe doa a este o que há de errado na sua interpretação. Valéry não disse que não existe verdadeiro sentido de um texto? Não vale a autoridade do autor: "*Quoiqu'il ait voulu dire, il a écrit ce qu'il a écrit*".

[8.III.1961]

DOM DE OUVIDO

... E pergunto-me: Pode-se ensinar alguém a fazer versos metrificados? Alguém que não nasceu com o dom do ouvido para os versos? Castilho pretendia ter inventado um método para "fixar na memória, para sempre e em muito pouco tempo, o ritmo". E afirmava ter feito a experiência dele em vários alunos e com êxito. Sempre tive a curiosidade de verificar se isso é possível. Uma vez achei um aluno, e que aluno: ninguém menos que João Cabral de Melo Neto, grande poeta sem esse dom especial do ouvido. A experiência ficou, infelizmente, na primeira lição.

[27.V.1956]

CANTADOR VIOLEIRO

Em minha "Saudação aos cantadores do Nordeste" celebrei um deles nos versos:

> Um, a quem faltava um braço,
> Tocava c'uma só mão.
> Mas como ele mesmo disse,
> Cantando com perfeição,
> Para cantar afinado,
> Para cantar com paixão,
> A força não está no braço,
> Ela está no coração.

Lamentei não ter nomeado o cantador, como não nomeei outros, porque eram muitos e memória de velho não vale nada. José Pereira da Costa se chama o cantador sem braço direito. Informou-me outro nordestino poeta, Sebastião Batista, que Pereira da Costa perdeu, porém, o braço num desastre de caminhão, faz agora quatorze anos. Não perdeu o ônibus: aprendeu a escrever com a mão esquerda e continuou a dedilhar a viola, inventando para isto a sua técnica especial. Dizem os seus colegas cantadores que quando tinha os dois braços era considerado um dos melhores violeiros do Nordeste.

Desse repentista exímio tive a satisfação de receber um agradecimento em verso à saudação que dirigi aos poetas improvisadores. Assim principia Pereira da Costa:

> Sou poeta sertanejo
> Lá da terra do Teixeira,
> Toquei bem na regra inteira,
> Nasci na terra do queijo,
> Hoje por aqui me vejo
> Sem pai, sem mãe, sem irmão,
> Liso, sem nenhum tostão...

E por aí vai... Canta as belezas do Rio, de que se despede com pena:

> Meu bom *Jornal do Brasil*,
> Meu adeus, minha saudade
> Dos passeios na Cidade,
> Das águas da cor do anil;
> Deste céu primaveril,
> Do Pacheco e todos mais,
> Moça, menino e rapaz,
> Casa, pintura e desenho:
> Eu não morrendo inda venho,
> Morrendo não volto mais.

Obrigado, José Pereira da Costa, pela sua gentileza. Guardarei sempre a preciosa lembrança do seu gesto e da sua voz cantando com viril valor nordestino:

>Meu defeito está no braço
>Mas minha alma está sadia.
>Versejo com o coração,
>Não preciso a outra mão
>Pra ganhar a cantoria...

[16.XII.1959]

ORIGEM DO "CROMO"

Nas leituras e releituras a que venho procedendo para me desincumbir da empreitada,[17] tive a surpresa de deparar em *Primeiros sonhos*, o livro de estreia do poeta aos vinte anos, uma coisa que me era desconhecida porque nunca ninguém, que me conste, falou nela e que despercebida me passou quando li pela primeira vez, na Biblioteca Nacional, a brochurazinha que era raridade bibliográfica ao tempo em que eu preparava a *Antologia dos parnasianos*, mas hoje está reproduzida na reedição das obras poéticas completas do poeta maranhense, organizada por Múcio Leão.

O que me passara despercebido em *Primeiros sonhos* foi identificar em certo sonetilho em hexassílabos, a "Oração da manhã", a matriz daquele gênero que B. Lopes, também nascido em 1859, levou à perfeição sob o título de "cromo". *Cromos* chamou ele ao seu livro de estreia, vindo à luz três anos depois de *Primeiros sonhos*. É assim a "Oração da manhã":

> A madrugada acorda
> E tênue luz desata;
> D'aroma o val transborda,
> Referve a catarata...
>
> Lá, da lagoa à borda,
> A rosa se retrata...
> Que música na mata!
> A madrugada acorda!
>
> E a virgem no seu leito,
> Meu Deus! já despertando
> Dos seus sonhos d'amor,
>
> Levanta-se e no peito –
> Postas as mãos – rezando,
> Saúda-te, Senhor!

Digam agora os leitores se não é a mesma sensibilidade, a mesma moldura, o mesmo processo que se encontram nos singelos poeminhas que B. Lopes cultivou sob o título de *Cromos*. Este, por exemplo:

> Caíra o sol no horizonte!
> A rapariga travessa
> Vai, de cântaro à cabeça,
> Pelo caminho da fonte.

---

[17] Falar na Academia Brasileira sobre Raimundo Correia, no centenário do seu nascimento.

Fumega o rancho. Defronte
Azula-se a mata espessa...
Antes, pois, que a noite desça,
Voam as aves ao monte.

Aponta Vésper brilhante...
E o largo silêncio corta
Uma toada distante...

Irado, enxotando o galo,
Está um homem na porta,
Dando ração ao cavalo...

[6.XII.1959]

A COISA É SÉRIA

Meu amigo Álvaro Pacheco, poeta instantâneo e gesticulador (*Os instantes e os gestos*, Livraria S. José, Rio, 1958), telefona-me, pedindo a minha opinião sobre a Casapo.
– Casapo, Álvaro? Que diabo disto é isso?, pergunto intrigado.
Álvaro então me informa que se trata de uma Campanha de Saneamento da Poesia empreendida pela Academia Paraense de Letras, com o sentido de repulsa às modernas correntes poéticas. O chefe do movimento é o acadêmico paraense Paulo Eleutério Sênior.
No dia seguinte li no *Jornal do Brasil* as primeiras respostas ao inquérito de Pacheco entre os intelectuais do meio carioca. Lêdo Ivo e a paraense Eneida acham que a campanha é boba; Osvaldo Orico, outro paraense, acha que não há necessidade de campanha nenhuma: o que não presta não encontra ressonância e cai por si mesmo; Valdemar Cavalcanti comentou: "Essa campanha deve ser principalmente de veteranos mutilados do *Exército do Pará*".
Minha opinião, Pacheco? Vou dar-lha, não por seu intermédio, mas nesta minha crônica. Desculpe a falseta e muito obrigado por ter você me fornecido assunto para a minha coluna.
Em primeiro lugar, desejaria saber o que é que a Academia Paraense de Letras considera "poesia moderna". A de 1922? A de 1930? A de 1945? A concreta?
O conceito de moderno, não só na poesia, mas na arte em geral, anda muito diversamente compreendido. Cada uma das gerações nomeadas acima considerava superada, por conseguinte não moderna, a geração anterior. Os mais assanhados da geração de 45 me chamavam, em letra de forma, de gagá. Os concretistas vingaram-me, passando-os *para trás*: em matéria de modernidade são eles, os concretistas, tanto em poesia como em artes plásticas e na música, os que estão na crista da onda (no último suplemento do *Jornal do Brasil*, Reynaldo Jardim, concretista convicto mas espírito liberal, autorizou-nos a falar "do sr. Candido Portinari e suas possíveis qualidades").
Suponho, todavia, que a Academia Paraense é contra toda e qualquer corrente moderna de 1922 para cá. Esperemos que ela se defina melhor.
Não ousarei esposar os juízos de Lêdo, Eneida e Valdemar. A poesia moderna tem resistido valentemente a outras campanhas, é verdade. Mas desta vez a coisa é mais séria: desta vez quem fala é a Academia Paraense de Letras. O chefe do movimento é Paulo Eleutério Sênior. Sabem lá o que é isso? Em menino conheci um *seu* Eleutério, sujeito tremendo, e era apenas Eleutério Júnior. Este é Sênior!
Não, Valdemar, não há motivo para rir: a poesia moderna está com os dias contados.

[II.VI.1958]

CALEJADO NO OFÍCIO

A Editora do Autor convidou-me para organizar uma antologia da poesia brasileira, das origens até hoje, e eu caí na asneira de aceitar o convite. É verdade que impus uma condição: que me dessem um colaborador à minha escolha, menor de trint'anos, a quem caberia o encargo de proceder à seleção a partir da geração de 1922. Refleti comigo que um rapaz nas condições de José Guilherme Merquior já pode representar em relação aos da Semana de Arte Moderna uma espécie de razoável posteridade. Convidei-o a trabalhar comigo, e ele topou bravamente a parada, inclusive escrevendo um prefaciozinho (cada um escreveu o seu), a que deu o título de "Nota antipática". Entende José Guilherme que "o maior defeito em cultura é o injustificável pudor de se afirmar". E se afirmou, ora se não! "Não admira", preveniu logo, "se há autores omitidos, poemas relegados, livros inteiros excluídos". Não tem dúvida que José Guilherme vai fazer os seus talvez primeiros inimigos. Eu farei mais alguns. Não importa: calejei-me no ofício. Quem não queira fazer inimigos nas letras não se meta a fazer antologias nem histórias literárias.

Até 1922, em matéria de poesia, era relativamente fácil organizar uma antologia, porque cada uma das escolas que se sucederam tinha dado apenas uma meia dúzia de bons poetas e o resto podia ficar de fora. Mas de 1922 para cá a coisa mudou de figura. Não sei se houve estalo de Vieira ou se o modernismo deu a receita, mas o fato é que o número dos bons poetas aumentou assustadoramente para os antologistas. Baste dizer que o simpático Ayala, Walmir Ayala, um dos bons poetas de agora, acaba de lançar o volume *A novíssima poesia brasileira*, onde reuniu, sem escândalo, nada menos que 73 poetas. Pois me disseram que ele já fez numerosos desafetos entre excluídos que se julgavam com direito impostergável de figurar na seleção.

Vocês conhecem alguma antologia irrepreensível? Qualquer que seja o critério que se adote, haverá sempre defeitos e falhas. A verdade é que a poesia de um país não pode ser representada por uma só antologia: são precisas umas poucas, organizadas à luz de diferentes critérios, diferentes gostos. Esta apresentará poucos autores e muito de cada autor, como a de Villaurrutia, que aliás escolheu para epígrafe da sua excelente antologia da poesia moderna de língua espanhola um verso lindo de Lope de Vega: "*Presa en laurel la planta fugitiva*", justificando o título que é *Laurel*. Aquela, e é o caso da de Walmir Ayala, admite muita gente e pouco de cada um. Há que haver antologias dos dois tipos e de outros. A nossa, quero dizer a minha e de Merquior, pende mais para o primeiro tipo, incluindo todavia certos lugares-comuns da cultura de um brasileiro e que até forneceram, alguns, frases feitas à linguagem quotidiana: o "Quem passou pela vida em branca nuvem...", de Francisco Otaviano, por exemplo.

Meu caro José Guilherme, somos mútuas testemunhas de que trabalhamos sem prevenções num esforço honesto de acertar. Temos, porém, certeza de que a nossa antologia será defeituosa como todas as outras. Mas ouso esperar que muito leitor gostará de apreciar a nossa poesia do ângulo em que nos colocamos para apanhar-lhe a formosa perspectiva.

[1963]

FLÓRIDAS OU FLORIDAS?

Começo a reler mais uma vez, mas sempre com deleite, o meu velho Dias: a inefável "Canção do exílio", onde o sabiá que canta parece ser ainda o mesmo da nossa infância; "A tarde, a bela tarde, ó meus amores; O mar..." Mas aqui, logo à terceira linha, me surge uma dúvida. Lembram-se os leitores desses versos?

> Oceano terrível, mar imenso
> De vagas procelosas que se enrolam
> Floridas rebentando em branca espuma...

Leio *flóridas*, como sempre disse desde menino e estranho a ausência do acento. Será mesmo *floridas*? Vou averiguar em minha edição crítica do poeta (Companhia Editora Nacional, 1944): está *floridas*, sem nenhuma nota. Recorro às edições do tempo do poeta: sempre *floridas*. Reflito, porém, que não havia então acentuação sistemática das palavras proparoxítonas. Pergunto-me, perplexo, por que, intuitivamente, sempre li no poema *flóridas* e não *floridas*. A análise do contexto faz-me sentir que se pronuncio *flóridas* o ritmo assume de golpe maior movimento, admiravelmente expressivo do tumulto das águas encapeladas, a tônica deslocando-se da vogal *i* para a vogal *ó*, mais cheia, mais ecoante, mais, digamos assim, oceânica. Inegavelmente *flóridas* faz mais imagem do que floridas.

Constato em mestre Nascentes que flórido tem o mesmo significado que florido: "*Florido* – Do lat. flóridu, coberto de flores". O dicionário de Saraiva diz "Flóridus, a, um, florido, que está em flor". Mas acrescenta: "Brilhante, vivo. Flóridi colores (Plínio), cores brilhantes, vistosas". Penso comigo que as vagas quando rebentam em branca espuma não se tornam apenas floridas: tornam-se brilhantemente floridas: flóridas.

Estarei sutilizando demais? Apelo para os exegetas literários. Mestre Sousa da Silveira, mestre Aurélio, falai: vosso discípulo vos escuta.

[5.VI.1960]

VISITA A CRUZ E SOUSA

Senti não ter podido estar presente no saguão da Biblioteca Nacional quando se inaugurou a exposição comemorativa do centenário do nascimento de Cruz e Sousa, ainda que para mim foi melhor ir lá em outro dia, à hora em que os visitantes éramos quatro apenas, um deles a esposa de um neto do poeta, na qual tive o prazer de constatar a mesma cor que os versos imortais dos *Broquéis*, dos *Faróis*, *Últimos sonetos*, e a prosa do *Missal* e das *Evocações* tornaram para sempre gloriosa.

No recolhimento que havia na sala quase deserta, parecia-me ver o poeta como ele ficou depois da morte, isto é, não mais "no frio sepulcral do desamparo", mas, ao contrário, "formidável, no silêncio das noites estreladas!" Contemplei devotamente sob o vidro dos mostradores as fotografias, os livros, os jornais, tudo enfim onde palpita um pouco da personalidade de exceção que foi o grande negro. Gostei de ver entre os livros a minha *Apresentação da poesia brasileira*. Teria gostado de a ver, não fechada, mas aberta na página em que digo: "Dos sofrimentos físicos e morais de sua vida, do seu penoso esforço de ascensão na escala social, do seu sonho místico de uma arte que seria uma *eucarística espiritualização*, do fundo indômito do seu ser de *emparedado* dentro da raça desprezada, tirou Cruz e Sousa os acentos patéticos que lhe garantem a perpetuidade de sua obra na literatura brasileira. Não há nesta gritos mais dilacerantes, suspiros mais profundos do que os seus".

Foi com grande emoção que olhei as fotografias do sobradão do Desterro, onde nasceu o poeta, e a modesta casinha de subúrbio em que durante alguns anos morou, os seus retratos, e, sobretudo, os seus autógrafos. Emoção que tocou o auge quando meus olhos caíram sobre a primeira lauda manuscrita de "Emparedado", uma das páginas mais fortes e mais lancinantes de sua obra: "Ah, Noite! feiticeira Noite! ó Noite misericordiosa, coroada no trono das Constelações..."

Voltei para casa e reli a página imortal das *Evocações*. O poeta estava enganado: por mais que se fossem acumulando as pedras, por mais alto que subissem as estranhas paredes, "longas, negras, terríficas", ele não ficou emparedado dentro do seu sonho. O seu vulto, a sua voz subiram mais alto e continuam subindo e

> Sorrindo a céus que vão se desvendando,
> A mundos que se vão multiplicando,
> A portas de ouro que se vão abrindo!

[19.XI.1961]

POESIA BRASILEIRA EM BELGRADO

Ribeiro Couto escreve-me uma carta entusiástica para me contar que teve em Belgrado a maior emoção poética de sua vida. Os estudantes de medicina daquela cidade mantêm um clube aberto a todos os demais estudantes. Um dia foram, de magnetofone em punho, à Embaixada do Brasil, pedir ao nosso embaixador músicas brasileiras a serem executadas num recital que organizavam de poesia brasileira. Esses rapazes conheciam a nossa poesia através de uma antologia publicada há anos pelo poeta servo-croata Ante Cettineo, antologia que fez *tache d'huile* e é frequentemente utilizada hoje pelas estações de rádio iugoslavas. O clube dos estudantes teve a ideia de programar uns recitais de poesia e iniciou a série pela poesia brasileira.

A sala estava cheia. Primeiro houve uma conferência sobre o Brasil. A seguir, três rapazes e duas moças recitaram textos meus, de Ribeiro Couto, Cecília Meireles, Murilo Mendes, Murillo Araújo, Paulo Mendes Campos, Ronald de Carvalho, Francisco Karam, Jorge de Lima, – de poetas por eles mesmos escolhidos segundo as próprias afinidades e simpatias. Cada poema era precedido de uma explicação do poema.

Diz Ribeiro Couto: "Foi a coisa mais humana, mais juventude, mais carne e sangue a que já assisti em matéria de recitais. O *clou* foi o seu poema do pneumotórax, que o recitador (maravilhoso, já premiado em festivais de poesia) disse com lágrimas. Toda a sala (estudantes de medicina, imagine!) chorou. *Tridesettri... tridesettri... tridesettri...* E o tango argentino como único remédio. Rapazes! Rapazes e moças! A poesia brasileira 'atuou' neles. Foram ditos outros poemas seus. Do Ronald foi dito o maior de *Toda a América*, e foi esse, com o 'Pneumotórax', o texto mais contagioso. Eu, seu Manuel, não tive vergonha, e chorei como um bezerro. Felizmente a sala estava no escuro. Foi o maior dia dos meus onze anos de Belgrado. E fiquei para o resto da vida convencido do que sempre pensei: é pela arte que os países existem."

Acrescenta Ribeiro Couto que hoje na Iugoslávia, mercê da antologia de Cettineo (uns sessenta poetas traduzidos com paixão sincera), a poesia brasileira alimenta a imaginação e a sensibilidade de centenas de rapazes e moças de Belgrado e de outros pontos da terra de Tito.

Compreendo a emoção de Ribeiro Couto, plantador dessa inefável sementinha de poesia, que tão surpreendentemente medrou em terra estrangeira. Eu próprio fiquei comovido e quis transmitir a nossa emoção a todos os poetas do Brasil.

[16.IV.1958]

ANTOLOGIA DIFERENTE

I

Será um poema coisa traduzível? O ano passado, numa sessão da Semana de Estudos Americanos, o problema me foi proposto por Ernesto Guerra da Cal, poeta galego, hoje diretor do Departamento de Espanhol e Português na Universidade de Nova York. Respondi-lhe, segundo a minha experiência do assunto, que há poemas traduzíveis e poemas intraduzíveis; que são intraduzíveis aqueles em que a poesia nasce indissoluvelmente ligada aos valores formais das palavras, à música das palavras (como observa T.S. Eliot, é intraduzível aquela parte do sentido do poema que está na sua música). Mas o poeta-tradutor pode achar em outra língua a mesma virtude musical em outra combinação de palavras. Nessa esquina me esperava da Cal para me desarmar com o argumento de que, em tal caso, o que resulta não é mais tradução, e sim, criação nova. Perguntaram certa vez ao escritor húngaro Miguel Babits qual o poema de seu idioma por ele considerado o mais importante. Ao que ele respondeu: – "O melhor poema húngaro é 'Ode ao vento de Oeste', de Shelley, traduzido por Arpad Toth". Neste sentido se pode dizer que um dos melhores poemas da língua portuguesa é "O corvo", de Poe, traduzido por Machado de Assis. Os chamados plágios de Raimundo Correia foram, na realidade, traduções que resultaram em variações originais. Ezra Pound disse que o Villon das traduções de Swinburne não é muito exatamente Villon, mas é talvez o melhor Swinburne que temos; da mesma forma considerava melhores do que Rossetti as traduções de Rossetti.

Tenho que o problema foi posto em termos definitivos por Croce na sua *Estética*: "Toda tradução é impossível se pretende o transvasamento de uma expressão em outra, como o do líquido de um recipiente a outro; não podemos reduzir o que já tem forma estética a outra forma estética. Toda tradução, com efeito, ou diminui e estropia, ou cria uma expressão nova. Assim, a tradução que merece o nome de boa é uma aproximação que tem valor original de obra de arte, e que pode viver independentemente".

Não haverá então um meio de fazer sentir o poema em si, na intraduzível verdade de sua forma original? A esse problema se dedicou o poeta norte-americano Stanley Burnshaw, o qual, ajudado por outros poetas partidários de suas ideias, acaba de editar a antologia *The Poem Itself* (Holt Rinehart and Winston, New York, 1960), onde 45 poetas modernos, franceses, alemães, espanhóis, portugueses, brasileiros e italianos são apresentados de maneira que o leitor de qualquer outra língua possa compreender cada um dos poemas e ao mesmo tempo senti-lo como poema. Como se faz isso? É o que veremos em nossa próxima crônica.

[19.VI.1960]

II

Na antologia *The poem itself* cada poema é apresentado na língua original (há no fim do volume, uma nota ensinando a pronúncia dos fonemas particulares a cada idioma) e esclarecido por um extenso comentário em prosa. Consta esse comentário de uma tradução literal envolvida numa discussão explanatória do poema.

Na tradução literal fica entendido o poema em seu conteúdo; o comentário é que ajuda o leitor de outra língua a senti-lo como poema. Tomemos para exemplo ilustrativo um dos mais breves, senão o mais breve poema jamais escrito em qualquer idioma – o famoso "*Mattina*", de Ungaretti:

> Me illumino
> D'immenso.

"*Mattina*" é o título que tem o poema no livro *Sentimento del tempo*. Mas o poeta já o havia intitulado alhures "*Cielo e mare*". Aqui o comentarista, que é o nosso conhecido John Frederick Nims, adverte que o ponto crucial do poema não está na manhã, nem no céu e no mar, mas sim "no efeito de toda vasta realidade do universo físico sobre a alma humana". Vem em seguida uma análise dos valores formais:

"A sílaba mais enfática do poema prolonga o *n* tônico de *illumino*, um longo, lento, cogitabundo, quase rapsódico *uuuu* – efeito suportado, de resto, pelos *ss* e *mm*, que soam dobrados em italiano, e os *oo* finais. Os dois versos quase rimam (*mino, menso*); provavelmente a rima perfeita seria demasiado confinativa para um poeminha cujos círculos de expansão se dilatam ao infinito". O comentário dos dois versos de Ungaretti toma toda uma página e funciona como uma iluminação a todos os ângulos.

Stanley Burnshaw, o organizador da antologia, distinguiu-se nas letras norte-americanas com um livro de poemas, *Early and late testament* (1952) e um volume sobre *André Spire and his poetry*, quarenta traduções e ensaios (1933). As suas pesquisas em matéria de tradução de poesia remontam a trinta anos atrás e amadureceram na forma em que se apresentam nesta antologia ao enfrentar ele a tradução de alguns poemas de Mallarmé (o poema "*Don du poème*" foi o ponto de partida para esse original processo de revelação de um poema).

A equipe dos comentaristas inclui nomes de grande prestígio, entre eles Ernesto Guerra da Cal. Este traduziu dois poemas meus, dois de Cecília Meireles e dois de Fernando Pessoa ("Autopsicografia" e "Entre o sono e o sonho"). Os seus comentários ao meu "Tema e voltas" são dos mais argutos do volume, e a mim próprio me esclareceram, pondo-me em pleno foco da consciência valores conteudísticos e formais abrolhados na franja do subconsciente: fiquei querendo bem ao meu poeminha...

[22.VI.1960]

SONETO DAS CARTAS

Há algumas semanas publiquei neste jornal a tradução de um dos *Sonnets from the Portuguese* de Elizabeth Barrett Browning. Em verdade a publiquei a medo, pois sentia todas as deficiências da minha tentativa.

Entretanto a versão agradou de tal modo, tantas interpelações recebi de amigos a respeito dela e da autora, que me animei a segunda tentativa, ensaiando passar também ao vernáculo o famoso soneto das cartas.

Como disse da primeira tradução, direi desta igualmente que é menos uma tradução do que uma paráfrase. De resto estou convencido que a paráfrase é a única forma viva de tradução. Se esta consegue pela ciência do verso e da língua acompanhar à letra o pensamento original, quase sempre o faz com sacrifício do sentimento e dos elementos emotivos imponderáveis do ritmo. Na paráfrase o tradutor recria, tomando do autor a parte mais profunda e mais humana da sua experiência, podendo para o resto servir-se dos dados pessoais próprios.

Do primeiro que traduzi tive ocasião de ler ultimamente uma versão francesa que é perfeita como fidelidade de sentido. No entanto é uma coisa morta. Matou-a de princípio o ritmo, o do alexandrino, que reputo fora de toda aplicação para o caso dos "Sonetos do português". Não há dúvida que os tradutores portugueses levarão vantagem aos de qualquer outra literatura para os sonetos de Elizabeth, porque o soneto clássico camoniano é a forma por excelência daqueles poemas de quatorze versos.

Disse com intenção que os sonetos de Elizabeth são poemas de quatorze versos. A maioria dos sonetos ingleses são assim, apesar dos nexos das rimas. Os poetas ingleses não respeitam muito a estrutura do soneto. Para eles o soneto não é tanto um poema dividido em duas quadras e dois tercetos, se não um todo de quatorze versos obrigados à conhecida combinação das rimas.

Elizabeth no soneto das cartas passou da segunda quadra para o primeiro terceto e deste para o segundo apagando inteiramente as linhas a que no soneto português clássico, muito mais orgânico, nós outros estamos habituados. Não creio que houvesse intenção expressiva nessa desarticulação da estrutura do soneto, razão pela qual me servi do molde clássico. Já disse em outra ocasião que para mim o essencial da forma soneto é um certo equilíbrio de volumes líricos, genialmente esquematizado na divisão de duas quadras mais dois tercetos. E entendo que essa estrutura deve ser respeitada. Tudo o mais me parece acessório – metro que pode até faltar, rimas ou toantes ou nada disso.

Eis, na minha tradução, o famoso soneto das cartas:

> As minhas cartas! Todas elas frio,
> Mudo e morto papel! No entanto agora
> Lendo-as, entre as mãos trêmulas o fio
> Da vida eis que retomo hora por hora.
>
> Nesta queria ver-me – era no estio –
> Como amiga a seu lado. Nesta implora
> Vir e as mãos me tomar... Tão simples! Li-o
> E chorei. Nesta diz quanto me adora.
>
> Nesta confiou: sou teu, e empalidece
> A tinta no papel, tanto o apertara
> Ao meu peito, que todo inda estremece!
>
> Mas uma... Ó meu amor, o que me disse
> Não digo. Que bem mal me aproveitara
> Se o que então me disseste eu repetisse.[18]

[20.VI.1929]

---

18 Soneto incluído em *Poemas traduzidos*.

POEMA DE *ETERNIDADES*

Quando li a notícia do falecimento de Juan Ramón Jiménez, fui logo procurar no meu arquivo a carta que em 5 de abril de 1955 me escreveu, em nome do poeta, a que durante quarenta anos foi até a morte a sua esposa, secretária e enfermeira – a admirável Zenóbia. Dez anos antes, enviara eu a Jiménez a primeira edição dos *Poemas traduzidos*, linda edição ilustrada por Guignard e lançada por Murilo Miranda. A remessa representava uma pura homenagem ao mestre, de quem eu traduzira 33 canções. Não ousando esperar do poeta uma linha sequer de agradecimento, deixei de informar-lhe o meu endereço. Foi, pois, com grande contentamento que li na carta de Zenóbia o terem as minhas traduções das canções causado alegria ao mestre. O casal andou dez anos sem descobrir o meu endereço; só em Porto Rico veio a descobri-lo por intermédio de Federico de Onis.

Pela carta vim a saber que desde 1950 a saúde do poeta era bem precária. No entanto resistiu por mais oito anos; a esposa veio a falecer antes dele e, por crueldade da sorte, no momento em que o Prêmio Nobel de Literatura era dado a Jiménez. Naquela ocasião escrevi uma crônica celebrando o "andaluz universal".

Lida a carta de Zenóbia, onde, no fim, vem a preciosa assinatura do poeta, fui à estante dos meus espanhóis queridos e tomei do volume das *Eternidades*. Li a primeira, a segunda, a terceira, a quarta. Quando cheguei à quinta estava tão comovido que senti a necessidade imperiosa de traduzi-la: ela é um escorço da evolução poética de Juan Ramón Jiménez até ele alcançar a suprema singeleza de sua última fase. Do seio de Deus, onde repousa agora, receba o mestre esta homenagem humilde, – estas flores de pobre.

Veio, primeiro, pura
vestida de inocência:
como um menino amei-a.

Logo se foi vestindo
de não sei que roupagens.
E fui odiando-a, sem sabê-lo.

Chegou a ser rainha
faustosa de tesouros...
Que iracúndia de gelo e sem sentido!

... Mas se foi desnudando,
desnudando... E eu sorria.

E quedou-se com a túnica
de sua antiga inocência.
Voltou-me a crença nela.

Por fim despiu a túnica
E surgiu toda nua...
Paixão de minha vida, ó poesia
desnuda, minha para sempre!

[l. VI.1958]

POEMA DE RAFAEL MILLÁN

Rafael Millán é um nome em destaque na poesia espanhola de hoje. Estreou com o livro *Hombre triste*, a que se seguiram os volumes *Presencia*, *De la Niebla* e *Poema con tristeza*. Para a Editora Aguilar, de Madri, vem organizando anualmente desde 1953 uma antologia da jovem poesia espanhola. Que idade terá? A aparência não o revela. Dedicatórias de poemas de seu mais recente livro, aqui editado agora (*Poemas*), revelam que tem pelo menos três filhos – Ana, Frederico e Conchita. E todos os versos e dois títulos de livros revelam ainda que é um homem triste. Mas de uma tristeza que se exprime ou por versos de inefável mansidão ou por "sonrisas en silencio". Veio de Espanha o ano passado com José Aguilar para trabalhar na grande editora que já deu, para meu regalo, as minhas obras completas, poesia e prosa, em dois volumes de papel-bíblia, e para regalo de todos nós, num só volume, todos os romances de Cornélio Penna. No volume *Poemas* já se reflete o nosso Rio. Muito discretamente: Millán teve o bom gosto de não falar do Corcovado nem da Tijuca. Traduzi e transcrevo aqui em homenagem ao nosso hóspede o poema:

O estrangeiro

Goza, sim, do animado movimento
Do país onde mora provisório,
Aspira com fruição novos aromas
Que nunca percebera em outros tempos.
Fora, porém, de sua casa, amigos,
Sente-se um estrangeiro este estrangeiro.

Nostalgia não é, nem sabe ao certo
O estrangeiro dizer o que quisera
Para não ter tal sensação de estranho.
Bebe a luz, bebe o vento, prova a água,
Como o menino que quisera, alegre,
Descobrir um mistério em cada coisa.
Quando, porém, amigos, olha ao longe,
Sente-se um estrangeiro este estrangeiro.

Sente amor o estrangeiro, tem amor,
Tem um amor que o enche de felizes
Momentos toda hora; ele tem mar,
Nuvens onde perde-se toda vez
Que lhe pede o pensar; no entanto, amigos,
Sente-se um estrangeiro este estrangeiro.

Da língua estranha não se queixa, nem
Das gentes, não se queixa das paisagens
Que instam em derredor o seu olhar;

Vive num magno mundo surpreendente
De luz tépida e viva.
Quer, porém, descobrir com toda a urgência
Deste mal a raiz, e não deseja
Entre os homens sentir-se um estrangeiro.

[10.IX.1958]

MUNDO DE CHAGALL

Ao diabo a crônica que eu deveria escrever hoje! Sinto o corpo cansado, o espírito deprimido, a vontade incerta. Estou precisando de um banho de poesia. Não de poesia participante ou de pesquisa, concreta ou neoconcreta ou eletrônica, mas de poesia levitativa, astronáutica, poesia que me leve a outros mundos longe deste, ao mundo de Chagall, por exemplo. Chagall é de profissão pintor. Sem embargo, de vez em quando desabafa em poemas tão lenitivos nas suas imagens quanto a sua pintura em cores inocentes e frescas.

Ao banho pois.

>Só é meu
>O país que trago dentro da alma.
>Entro nele sem passaporte
>Como em minha casa.
>Ele vê a minha tristeza
>E a minha solidão.
>Me acalanta,
>Me cobre com uma pedra perfumada.
>Dentro de mim florescem jardins.
>Minhas flores são inventadas.
>As ruas me pertencem
>Mas não há casas nas ruas.
>As casas foram destruídas desde a minha infância.
>Os seus habitantes vagueiam no espaço
>À procura de um lar.
>Instalam-se em minha alma.
>Eis por que sorrio
>Quando mal brilha o meu sol.
>Ou choro
>Como uma chuva leve
>Na noite.
>Houve tempo em que eu tinha duas cabeças.
>Houve tempo em que essas duas faces
>Se cobriam de um orvalho amoroso,
>Se fundiam como o perfume de uma rosa.
>Hoje em dia me parece
>Que até quando recuo
>Estou avançando
>Para uma alta portada
>Atrás da qual se estendem muralhas
>Onde dormem trovões extintos
>E relâmpagos partidos.
>Só é meu
>O país que trago dentro da alma.

[20.IX.1961]

JOANITA E OUTROS

HISTÓRIA DE JOANITA

Amanhã faz muitos anos que nasceu Joanita. Bom assunto para uma crônica: vou contar a história de Joanita.

Tive a primeira notícia de Joanita quando ela ainda brincava de esconder no ventre de sua mamãe que era, e continua a ser, uma fada, só que hoje duas vezes bisavó. Joanita nasceu marcada: tinha uma grande mancha de cor na testa. Esteve para ser operada. Se tivesse sido operada, estaria hoje com uma bruta cicatriz na testa. Não foi operada, a mancha desapareceu com o tempo, Joanita, que já era linda, ficou lindíssima. Que o diga Gerard Elisa, Barão Van Ittersum.

Até os nove anos Joanita não havia aprendido nada, escrevia em francês (de três palavras fazia uma; de uma fazia três). A mãe, a tal fada, achava muita graça, eu disse um dia: – Isto tem que acabar.

Principiei a ensinar Joanita a escrever. Foi o início de uma carreira, que me levou até a Faculdade de Filosofia da Universidade do Brasil, de onde, após alguns anos de magistério, fui compulsado com escandalosa aposentadoria, de iniciativa do deputado Carlos Lacerda (e esse futuro governador do Estado da Guanabara ainda ousa pretender moralizar os costumes políticos de nossa terra!).

Quando fui professor de Joanita andava em moda falar contra a pedagogia livresca. O que se estuda só nos livros não fica na memória, é preciso estudar a natureza na própria natureza. De sorte que, chegada a hora de estudar com Joanita a anatomia do cérebro, coisa complicada, pedi a Castelliano que me arranjasse um cérebro na Santa Casa, e ele mo trouxe num balde cheio de álcool. Durante uns três dias cortamos e esquadrinhamos aquele bolo de massa branca e cinzenta. É tudo de que ainda me lembro, e de que, provavelmente, Joanita ainda se lembra, do que aprendemos nesses três dias de estudo: uma massa branca e cinzenta com circunvoluções. Joanita aprendeu por si a fazer poemas, e um pouco com Zina Aita e Portinari a pintar.

Um dia Joanita casou-se com o mencionado Van Ittersum, diplomata holandês, e, anos depois, se viu embaixatriz em Belgrado, com cinco criados, piscina e 3 mil tulipas no jardim. Mas isso acabou. Hoje Joanita corta uma volta em Haia, reside num apartamentozinho, não tem criado nenhum (ninguém tem): a embaixatriz virou cozinheira. Mas é feliz com o seu marido, que é muito feliz com ela, e assim Deus os conserve.

[12.VI.1960]

UM AMIGO: RUFINO FIALHO

I

Se meu amigo Honório Bicalho fosse vivo, teria feito ontem 73 anos. Éramos da mesma idade, com diferença de treze dias apenas. Morreu aos 44 anos, a 5 de fevereiro, na cidade de Juiz de Fora. Há tempos dei nesta coluna, em vez da minha crônica habitual, um "Colóquio unilateralmente sentimental", que é uma cena tirada de uma comediazinha sem importância que escrevemos juntos. Alguém a quem o diálogo agradou me perguntou quem era esse Rufino Fialho. Rufino Fialho era Honório Bicalho.

Conheci Honório em 1908 num hotel de Mendes, onde estávamos hospedados a sua e a minha família. Seu pai era o grande engenheiro Francisco de Paula Bicalho. Honório, paralítico das pernas, locomovia-se em casa numa cadeira de rodas; na rua era carregado ao colo, como uma criança, por um português robusto, e quando os dois passavam, um no braço do outro, toda a gente olhava curiosa: pouco se lhe dava ao carregado. Honório era um forte.

A sua paralisia resultara de uma queda, com fratura da espinha, aos seis meses de idade. De perfeito só tinha a cabeça e os braços. Cabeça bem plantada, de olhar firme e imperioso, podendo porém adoçar-se em expressão carinhosa. A sua invalidez física não o impediu de educar-se normalmente como os outros. Cursou a Faculdade de Direito e, diplomado, praticou a profissão como advogado da Assistência Judiciária. Mais tarde mudou-se para Juiz de Fora, em cujo foro exerceu durante alguns anos a atividade de contador-partidor. Um dia desentendeu-se com um novo juiz e, enojado daquilo, vendeu o cartório. Pouco tempo depois morria, de uma infecção na bexiga.

Com ele aprendi muita coisa: xadrez, grafologia, a arte de encadernar. Porque Honório, inteligência poderosa e sempre alerta, tinha curiosidade de tudo. Assim como aprendera a encadernar, aprendera a trabalhar de carpinteiro. Tinha uma banca em casa. Quando estava danado da vida, metia-se com as suas ferramentas de carpinteiro e desafogava a abafação martelando rijamente a madeira. Durante muito tempo tive uma régua fabricada por ele, que era feita de fragmentos, apresentando toda sorte de emendas que se usam em carpintaria. Naturalmente escrevia, escrevia...

[3.V.1959]

II

Honório Bicalho começou a publicar os seus escritos em 1911 na *Folha Acadêmica* e já então usava o pseudônimo Rufino Fialho. A *Folha* era um periódico de estudantes e subtitulava-se "órgão da classe acadêmica". Seus redatores eram M. Lopes Pimenta, J. Mendes da Rocha, Alexandre de Oliveira, J. B. Ferreira Pedrosa e Honório Bicalho, este o redator-chefe. Deu 53 números: de 7 de agosto de 1911 a 20 de novembro de 1912. Seu âmbito de circulação chegou a estender-se a São Paulo, Minas, Bahia, Rio Grande do Sul e até o Alto Acre. Foi a pioneira de outras folhas acadêmicas que foram surgindo... e morrendo antes dela – *A Palavra*, o *Jornal Acadêmico*, *A Reforma*. Na *Folha* assinava o meu amigo Honório Bicalho ou simplesmente as iniciais H. B. os artigos de doutrinação ou os comentários, e Rufino Fialho os contos ou fantasias. Os números 16, 17 e 18 traziam um conto seu, intitulado "Amor demais".

Para Bicalho fixar-se em Juiz de Fora como contador-partidor, isto é, passar de bacharel de Direito, profissão para que se havia preparado durante cinco anos com fé e entusiasmo, a serventuário de cartório implicava uma dolorosa renúncia. A carta que então me escreveu foi pungentíssima: "O segredo da alegria, da felicidade consiste apenas em... não pensar, em deixar-nos ir através da vida como quem na rua olha distraidamente uma vitrina, sem procurar ver a qualidade e o valor da mercadoria exibida: o que vale dizer que a única coisa boa que existe é a imaginação, a fantasia, o sonho, e que tudo o mais quanto seja ou ao menos possa parecer realidade e verdade, não passa de desilusão e tristeza". Mas para aquele organismo fisicamente invalidado deixar de pensar, ou como ele escreveu, deixar de "bordar fiorituras sobre a banalidade chata da realidade" era o único meio de a superar. Alonso Martins, outro pseudônimo seu, retomou os seus cadernos, Honório Bicalho iniciou o seu diário. Entrou a colaborar assiduamente no *Correio de Minas*, a folha fundada por Estêvão de Oliveira. *O Correio* era politicamente o jornal mais vibrante de Juiz de Fora. Bicalho deu-lhe vida literária mais intensa, escrevendo comentários e crônicas, mantendo uma seção de crítica, outra de consulta grafológica, até notas mundanas. Lembro-me de uma longa série de artigos intitulados "Ideias russas" e assinados Lenine, que eram de crítica aos nossos costumes sociais e políticos. Assim se desforrava da "banalidade chata da realidade". Mas não era só assim: ao lado dessa atividade puramente jornalística, também cultivava a ficção. E nela deixou, além de trabalhos menores, dois pequenos romances – *A Vingança* e *Na vida*.

[6.V.1959]

III

A vingança, romance ainda inédito, é uma sátira à nossa vida política e administrativa ao tempo do governo do marechal Hermes da Fonseca. Este é facilmente identificável na pessoa do coronel Aires Fernandes, como na do senador Redondo, o senador Azeredo. Todas as figuras da época – Pinheiro Machado, Rui, etc., se movimentam nas páginas do romance, *soi-disant* passado em Cocanha, país onde ocorrem as coisas mais extraordinárias e onde um dos departamentos públicos se nomeia Repartição de Defesa Geral dos Interesses Oligárquicos. Tudo a propósito e em torno da vidinha reles de Brederodes – um pobre-diabo de funcionário público. Na verdade *A vingança* foi escrito ainda no Rio, em dias de agosto de 1916. Escrito de um jato, e o romance precisava de ser retrabalhado. Bicalho retrabalhou-o, de fato, em Juiz de Fora. Mas sem vontade. Nisto residia a deficiência da personalidade literária de meu amigo: não tinha paciência nem gosto de reler e emendar o que escrevia. Se publicou, dois anos depois, a novela *Na vida* foi porque eu chamei a mim todo o trabalho da edição; Bicalho não quis nem passar os olhos nas provas tipográficas.

Na vida (o título deriva da expressão popular "cair na vida", tão rica de sentido profundo e doloroso, como assinalou Américo Facó ao louvar a "arte apurada e fina dessas páginas" numa de suas "Perspectivas" escritas para a revista *Seleta*) resultou de uma experiência pessoal de Bicalho. Uma noite, entrando num café mal frequentado que havia na rua do Passeio, esquina de Marrecas, avistou uma prostitutazinha, que não era outra senão uma sua companheira de infância em Belo Horizonte, ao tempo em que seu pai, o engenheiro Bicalho, construía a cidade. Honório enterneceu-se, apaixonou-se (não era a primeira vez nem foi a última), meteu-se com a rapariga, que pintou o diabo com ele.

Monteiro Lobato, na *Revista do Brasil*, denunciou no autor "o estofo de um verdadeiro romancista, dotado de muita observação". E rematava: "Se cuidar da forma, com o apuro a que nos habituaram os mestres, Rufino Fialho, com meia dúzia de romances desta ordem, abrirá na plêiade pouco numerosa dos nossos romancistas um lugar de bastante relevo".

João Ribeiro, no *Imparcial*, com louvar "a delicadeza e suavidade das tintas, a linguagem limpa e elegante" do romance, que, pela forma e certas exterioridades de estilo lhe lembraram os famosos "perfis" de Alencar, achou que a novela dava impressão muito diversa da vida. "Um pouco mais de objetivismo", criticou, "dar-lhe-ia a realidade verdadeira das coisas". A impressão de mestre João Ribeiro resultava de um erro capital cometido por Bicalho na transposição do seu caso para o de um rapaz fisicamente normal. Com isso, muita coisa que acontece e toda a psicologia da personagem se tornam incompreensíveis ou fora da realidade. No entanto o romance era a realidade em seus mínimos pormenores.

Há que lê-lo sabendo que o rapaz da novela era o próprio Bicalho, com a sua paralisia e todas as suas amaríssimas frustrações. Assim lido, sentir-se-á nele como (palavras de Facó) "uma queda da alma nas sensações mais voluptuosas e mais tristes".

    Do seu caso de inválido falou Bicalho, sem nenhuma espécie de transposição e uma espécie de ajuste de contas consigo mesmo, nas páginas do diário. Eram alguns cadernos. Tomei conhecimento de algumas páginas dele. Imagino que o terá destruído para que não ficasse lembrança do verdadeiro martírio que foi sua vida. Martírio que ele suportou e tentou superar (em parte o conseguiu) com extraordinária fortaleza de ânimo.

[10.V.1959]

MESTRE SILVA RAMOS

Palavras pronunciadas no Colégio Pedro II, em comemoração ao centenário de Silva Ramos.

Quando entrei para o Externato do Ginásio Nacional, que era como se chamava em 1897 o Colégio Pedro II, a minha turma teve, para professor de Português, o homem admirável cujo centenário estamos hoje festejando. Já naquele tempo Silva Ramos não parecia moço à nossa meninice. Tinha o busto acurvado e a fisionomia cansada. No entanto mal passara dos quarent'anos. O espírito, esse guardava ainda todo o calor da mocidade. E de fato, bastava que um aluno, mau leitor, estropiasse em aula a dição de uma bela página da *Antologia nacional*, de Fausto Barreto e Carlos de Laet, para que a sensibilidade do mestre, ferida em suas fibras mais finas, estremecesse e buscasse evadir-se conosco da sombria sala da classe: de todo esquecido da gramática, Silva Ramos interrompia o aluno para lhe fazer sentir a beleza do trecho, que passava a ler com entusiasmo vibrante e comunicativo. E ficávamos todos fascinadamente presos à sua palavra, em que havia um leve sabor de pronúncia portuguesa, aquela pronúncia que lhe permitia colocar certo os pronomes sem que pensasse nisso, porque, como certa vez nos disse em aula e depois escreveu em carta a Mário Barreto, "não sou eu quem coloca os pronomes, eles é que se colocam por si mesmos, e onde caem, aí ficam". Ainda hoje recordo com saudade a maravilhosa lição que foi a leitura que fez da "Última corrida real de touros em Salvaterra": não só tenho bem presente na memória o quadro objetivo da sala de aula, a atitude dos colegas, a figura subitamente remoçada do mestre, a voz com todas as suas inflexões mais peculiares, como também todas as imagens interiores evocadas pelo surto eloquente da leitura: o garbo e esplendor da ilustre casa de Marialva ficou para sempre dentro de mim como um painel brilhante. Na verdade em um ponto da minha consciência quedou armado um redondel definitivo para essa última corrida de touros em Salvaterra, a qual nunca deixou de ser uma das festas preferidas da minha imaginação. A tal ponto, que longe de ser a última, passou a ser a eterna corrida de touros; eterna e única, pois foi a primeira que vi – porque positivamente a vi! – e me fez achar insípidas, mesquinhas, labregamente plebeias as verdadeiras touradas a que assisti depois com os olhos do corpo e não com os da imaginação excitada pelo gosto literário do mestre.

Silva Ramos era um espírito de formação clássica portuguesa. Conhecera Castilho, convivera com João de Deus, Guerra Junqueiro, Cesário Verde. Aprendera o seu bom português da boca dos grandes poetas portugueses do tempo. Assim, de tal modo tomou consciência do verdadeiro gênio do idioma, que jamais tomou entre nós atitudes de policial da língua diante das diferenciações brasileiras. Era a mesma posição de Andrés Bello em face do castelhano da América espanhola, quando ensinava que o Chile e a Venezuela tinham tanto direito quanto Aragão e Andaluzia a que se lhes tolerassem as acidentais divergências, desde que patrocinadas pelo costume uniforme e autêntico da gente bem-educada. Para Silva Ramos o papel dos mestres de português em nossa terra é "ir legitimando, pouco a pouco, com a autoridade das nossas gramáticas, as diferenciações que se vão operando entre nós, das quais a mais sensível é a das formas casuais dos pronomes pessoais regidos por verbos de significação transitiva e que nem sempre coincidem lá e cá; além da fatalidade fonética que origina necessariamente a deslocação dos pronomes átonos na frase, o que tanto horripila o ouvido afeiçoado à modulação de além-mar".

Não ficou o mestre na pregação: quis passar à prática e uma vez alvitrou, contra o que lhe pedia o ouvido, que se tolerasse, nas provas de exame, a deslocação dos pronomes átonos. Mas logo lhe gritaram: *Não pode!* E ele conta que nada mais tentou. Sim, mas continuou a ensinar que para ganhar beijo de uma brasileira, é preciso dizer: "Me dá um beijo". Senão, não se ganha o beijo. Confessou o mestre que se sentia sem autoridade para sancionar certas regências brasileiras. "E contudo", acrescentou, "o que nenhum de nós, professores, teria coragem de fazer, hão de consegui-lo os anos que se vão dobrando lentamente". É que para o mestre não lhe restava a mínima dúvida que o idioma brasileiro, de dialeto português que ainda é, chegará a ser um dia a língua própria do Brasil.

Detestava o mestre as consultas do tipo: "Qual a sua opinião sobre a função do pronome *se*?" ou "Que me diz do sujeito do verbo *haver*?" Fenômenos que lhe pareciam essenciais e como tais independentes do que sobre eles pudesse pensar o professor A ou o professor B.

"Quantas vezes", escreveu Silva Ramos prefaciando os *Novos estudos da língua portuguesa*, "não ocorre à pena do escritor completamente possuidor de sua língua a contextura de uma frase que, se houvera de ser submetida ao acanhado molde em que nos comprime a análise convencional, embaraçaria grandemente a quem tentasse fazê-lo, e de cuja vernaculidade ele não pode, entretanto, duvidar, ou porque lhe esteja cantando no cérebro por a ter encontrado nos clássicos ou porque lhe ficasse gravada no coração de havê-la colhido da boca do povo, que sempre reveste os seus conceitos de graça simples e nativa".

Era assim esse mestre admirável, que desdenhava da chamada análise lógica, "que de lógica muitas vezes nada tem", e sabia recolher a lição na graça simples e nativa da boca do povo.

Nem era só de fatos da língua que esse homem tão sábio e tão modesto podia falar tão bem. Há numa de suas crônicas, a que se intitula "Pessimismo", um comentário sobre a expressão "a vida é um sonho" que é das coisas mais bem pensadas e mais bem expressas que já li em qualquer literatura. "Adormecemos", escreveu o mestre, "como entramos na vida, inconscientemente, e inconscientemente saímos dela, como despertamos. Quem dorme não sabe o que é o sono, quem vive não sabe o que é a vida: é preciso acordar, é preciso morrer". Tão poético era o pensamento do mestre que o seu período se rematou na cadência perfeita de um alexandrino clássico.

Mas Silva Ramos viveu toda a vida como se soubesse, como se acreditasse que a vida nos foi dada para o exercício do amor e da compreensão. Foi um santo homem. O bom que ele nos fez, aos seus alunos e de um modo geral a todos quantos dele se aproximaram, nos confirma na verdade daquilo que o grande cubano José Martí escreveu a sua mãe num bilhete de despedida, e é que nesta vida *"no son inútiles la verdad y la ternura"*.

[III.1953]

O PROFESSOR PAULA LOPES

No tempo em que fiz os meus estudos secundários no Externato Pedro II o catedrático de História era o grande João Ribeiro. Muita coisa aprendemos com ele, não de História, mas de Literatura, não nas aulas, mas antes e depois das aulas. Estas não tinham grande interesse para nós. Mestre João Ribeiro, Jonjoca o chamávamos, fazia o aluno cantar a lição, junto à mesa, e ia-o corrigindo, desenvolvendo este ou aquele ponto em comentários: tudo isso, porém, em tom confidencial, que não chegava aos ouvidos da turma. Com ele aprendemos só a História Antiga, porque, recebendo do governo uma comissão na Europa, foi substituído pelo professor Paula Lopes, catedrático de História Natural.

Rodolfo Paula Lopes era médico e creio que jamais exerceu a profissão. Era um tipo estranho, magríssimo, de tez alvíssima e macilenta, barba em forma de patola de guaiamum, negra como a asa da graúna. Eu já o conhecia da casa de meu pai, de quem era ele amigo. Muitas vezes assistira a discussões entre os dois, Paula Lopes positivista ferrenho, meu pai adepto da mística de Swedenborg.

Paula Lopes tratava-nos como a alunos de curso superior: prelecionava e acabou-se. Nomeado professor quando instituída a reforma de Benjamim Constant, que, fundado nas teorias de Comte, criara a cadeira de Biologia, não se conformou com a reforma posterior que a aboliu, restabelecendo a antiga cadeira de História Natural. Continuou tranquilamente a ensinar-nos Biologia. Tranquilamente não: Paula Lopes tinha a paixão das ideias, suas aulas eram sempre vibrantes, eloquentes, empolgantes. Desde a primeira, em que, sempre no rastro de Comte, explicou-nos que a vida não podia ser aquela luta entre a natureza morta e a natureza viva, da definição de Bichat. Em História coube a Paula Lopes ensinar-nos a Idade Média, tema caro aos positivistas, sobretudo em 1900, quando, entre nós, para a maioria dos espíritos, a época medieval teria sido um longo hiato de obscurantismo na história da humanidade. Paula Lopes exaltava-se todo para provar o contrário. E a sua eloquência assumia proporções impressionantes ao narrar a humilhação de Henrique IV, o todo-poderoso chefe do Sacro Império Romano da Nação Alemã, forçado a esperar, durante três dias, no seu cilício de mendigo e de pés descalços sobre a neve, o perdão de Gregório VII. Essa cena de Canossa, revivida na palavra quente e apaixonada de Paula Lopes, pode ainda hoje me encher a imaginação...

[15.IV.1959]

COMPANHEIRO DE COLÉGIO

Na penúltima página do livro *Alguns homens do meu tempo* escreve o seu autor: "Eu me assinava então José Francisco Leite Nunes, nome com o qual atravessei toda a minha infância, até matricular-me, em 1897, no Colégio Pedro II, quando o modifiquei para incluir o sobrenome Castro, de minha mãe".

Estou vendo, como se fosse hoje, o menino José de Castro Nunes, que foi meu condiscípulo no velho colégio da rua Larga de São Joaquim, ao lado da igreja deste mesmo nome. O que havia de melhor no colégio era o largo pátio de arcadas conventuais, onde brincávamos durante os brevíssimos intervalos de recreio, Castro Nunes era dos que não brincavam. Já tinha um ar sisudo, como se desde então lhe pesasse a futura responsabilidade de ministro do nosso mais alto tribunal de Justiça. Já usava calças compridas. Calças compridas já usava também Sousa da Silveira, outro que não se metia nas badernas ruidosas do recreio. A turma era boa e deu a vários setores da atividade nacional alguns nomes notáveis: na magistratura Castro Nunes e Lopes da Costa, hoje desembargador aposentado do Estado de Minas (nunca mais vi o meu querido Alfredo Araújo Lopes da Costa, uma das primeiras vítimas da veia satírica do bardo Bandeira!); no magistério e na filologia, Sousa da Silveira e Antenor Nascentes (este foi sempre para nós o Veras, na gritaria do recreio "o anjo da Verônica", seu nome completo é Antenor de Veras Nascentes); na diplomacia e nas letras, Lucilo Bueno; na advocacia, Sidney Haddock Lobo.

Castro Nunes não foi conosco até o fim do curso. Saído do Pedro II, não sei por onde andou, perdi-o de vista, a doença sequestrou-me da maioria dos meus amigos de colégio. Muitos anos depois comecei a ver o seu nome aparecendo como jurista, advogado conceituado e autor de livros estimadíssimos como *A jornada revisionista*, *Do Estado federado e da organização municipal*, *O mandado de segurança* e *Teoria e prática do Poder Judiciário*. Certa vez precisei de advogado numa questiúncula arrastada e foi a ele que recorri: a só presença de Castro Nunes no caso dirimiu-o prontamente.

[5.III.1958]

MEU AMIGO MÁRIO DE ANDRADE

I

O meu amigo Mário de Andrade sofre hoje o mesmo vexame por que já passei em 1936, a saber, completa cinquenta anos de idade. E não encontro palavras melhores para definir vida tão bem vivida que as do conselheiro Acácio: "bem preenchida e digna".

No entanto, não é esse o sentimento do poeta de *Pauliceia desvairada*. O ano passado ele fez na conferência "O Movimento Modernista", pronunciada no Itamaraty, um exame de consciência cujas conclusões ressumavam a mais amarga insatisfação. Por quê? Segundo Mário, faltou à sua obra e à dos companheiros da Semana de Arte Moderna a atitude interessada diante do momento contemporâneo, faltou humanidade, uma paixão mais temporânea, uma dor mais viril, maior revolta contra a vida como está. E tão forte sentiu a contrição, que chegou a perguntar a si próprio: "Não terei passado apenas, me iludindo de existir?"

Abstencionismo? ausência de humanidade? hedonismo artístico em *Pauliceia desvairada*, em *Macunaíma*, em *Belazarte*, em *Remate de males*? O contrário de tudo isso é que vejo não só nesses livros mas em toda a obra de Mário de Andrade, pelo menos até o ponto em que devia intervir na sua atitude a ausência de vocação política, por ele mesmo reconhecida. Lastimar-se tão compungidamente é expiar demasiado caro os prazeres inocentes dos salões paulistas.

Não estou tão certo quanto Mário de que o movimento modernista tenha sido "o prenunciador, o preparador e por muitas partes o criador de um estado de espírito nacional": tenho-o antes na conta de um alto-falante desse estado de espírito, que já existia difuso e nele encontrou a sua expressão literária. Interpretar o Brasil com rude franqueza, como já o fizera Lobato, falar ao Brasil com os estouros das campanhas civilistas de Ruy, mas aplicando às artes a nova técnica – eis o ponto capital da folha de serviço dessa geração, na qual foi Mário de Andrade o pioneiro e aquele que mais sacrificou de seu bem-estar e de sua própria criação artística. De sua própria criação artística, digo, porque em vez de construir sem compromissos a sua obra, desvirtualizou-se frequentemente em objetivos pragmáticos, trabalhando sempre em função dos problemas brasileiros: basta aludir ao caso da língua, em que foi às do cabo, irritando a toda gente para focalizar a questão, escrevendo numa língua que não é afinal língua de ninguém, mixórdia sublimíssima em sua tentativa de unir psicologicamente o Brasil. Como poeta, sendo capaz da extrema depuração dos *Poemas da negra* e dos *Poemas da amiga*, encheu muitos outros, como por exemplo o magnífico "Noturno de Belo Horizonte", de tiradas polêmicas, patriotismo, eloquência, um verde-amarelo bravo. Sempre e em tudo – na poesia, no romance e no conto, na crônica, nas críticas musicais e de artes plásticas a sua voz ressoou como um convite a nos reconhecermos brasileiros e atuarmos brasileiramente. E em todos aqueles setores do pensamento a sua influência foi enorme e decisiva: não há hoje bom poeta no Brasil que de uma maneira ou de outra não lhe deva alguma coisa, os seus conselhos e críticas foram uma verdadeira bússola para a nova plêiade de nossos músicos, e em matéria de língua literária quem negará que a nova geração se tenha beneficiado das ousadias com que ele corajosamente a aproximou da fala familiar e popular?

Escreveu-me Mário uma vez: "Não tenho a pretensão de *ficar*. O que eu quero é viver o meu destino. Minhas forças, meu valor, meu destino é ser transitório. Isso não me entristece nem me orgulha. E tanto é assim que cumpro o meu destino, que estraçalhando as minhas coisas *certas*, sinto-me feliz."

Deus o conserve nessa felicidade de se sentir em paz com o destino, mesmo interpretando-o erradamente como passageiro, porque Mário de Andrade *ficará*, quer queira quer não queira, inclusive por aquelas bárbaras desconformidades que assinalam os temperamentos geniais de nossa terra – um Castro Alves, um Euclides da Cunha, um Villa-Lobos, um Portinari.

[9.X.1943]

II

Domingo passado estive celebrando o dia do aniversário de Mário de Andrade, que teria feito então seus 67 anos. Quanta coisa passou depois de sua morte em 1945! Quantas vezes, diante de uma virada no curso nacional ou internacional dos acontecimentos, me surpreendo perguntando qual seria a atitude do amigo. Porque ele tomava sempre posição diante das novidades. Já não falando de política, mesmo ficando no domínio das artes: que diria Mário na querela de concretistas e tachistas? Praticaria, ou ainda não praticando, aceitaria a poesia sem verso?

Como fui mexer nos livros dele para ter a ilusão de um papo em alguma releitura, dei com o caderno das *Modinhas imperiais*, por ele chamado, no estilo do tempo, "ramilhete de quinze preciosas modinhas de salão brasileiras, para canto e piano, seguidas por um delicado Lundu para piano-forte". Começo a reler o prefácio, tão cheio de seus saborosos inventos verbais, e onde ele perquire a origem da modinha, as suas características, a sua evolução até se constituir em gênero – gênero de romanças de salão em vernáculo e depois um dos gêneros da cantiga popular urbana. Uma das páginas mais interessantes desse breve estudo é a que trata do plano modulatório. Os modinheiros tinham certa preferência pelo tom menor. Às vezes começavam em maior e acabavam em menor e menor não relativo, como de fá maior para ré menor. A propósito da modinha *Devo fugir-te*, de José d'Almeida Cabral, a qual tem a primeira parte em lá menor e a segunda em fá maior, comenta Mário: "É duma... ciência modulatória estupenda: o autor parecendo inverter o conceito das tonalidades relativas, indo buscar uma terceira (embora maior) abaixo, a tonalidade fundamental".

Agora chego ao ponto que me fez escrever esta crônica. Mário anotou ao pé da página no exemplar que me ofereceu: "Bobagem. Aliás, toda esta parte sobre originalidade modulatória das modinhas está péssima. Não sei onde estava com a cabeça. Me lembro só que muito fatigado já e desejoso de acabar a escritura. O pior é que depois a gente lê, relê, corrige, mas como *sabe o que quer dizer*, não vê que não está dito. Depois vem o livro e daí tudo enxerga como leitor. Aqui minha intenção era relacionar o espanto com os modinheiros e não com a modulação erudita europeia, dentro da qual lá menor e fá maior são tons vizinhos, coisa que se aprende na Artinha. Mas os modinheiros fugiam da modulação clássica, por querer ou sem querer, e modulavam aqui neste caso bestamente, com esquerdice e mau jeito, mas vinham reachar um processo europeu, que na realidade é mais sofisma que outra coisa: a doutrina dos tons vizinhos. Pelo menos de certos 'tons vizinhos'. Estou bem desgostoso com esta parte. Um inimigo com coragem pegava nisso e me es... pinafrava que era uma gostosura".

Nesta nota encontrei meu amigo inteiro e um momento fiquei feliz na minha saudade.

[12.X.1960]

POETA DA INDECISÃO DELICADA

I

Ribeiro Couto me foi apresentado, em 1919, por Afonso Lopes de Almeida. Este foi, durante muitos anos, o único amigo literato que eu tive. Ribeiro Couto é que, com a sua prodigiosa capacidade de "homem cordial", iria pôr-me em contato com todos os poetas que ele conhecera pessoalmente num ano que vivera em São Paulo e nos poucos meses que tinha do Rio. Foi assim que, só depois do *Carnaval*, vim a avistar-me com Goulart de Andrade, Álvaro Moreyra, Rodrigo M. F. de Andrade, Raul de Leoni, Ronald de Carvalho e os modernistas de São Paulo – Mário de Andrade, Oswald de Andrade e seus companheiros.

Naquele tempo Couto cultivava, na sua pessoa e na sua poesia, uma disciplinadíssima discrição. Não gesticulava, não se exaltava. O que ele chama "o seu tormento sem esperança" tinha "o pudor de falar alto". Mais tarde, voltou a gesticular, a exaltar-se, e com arrastante loquela, o que era, aliás, muito mais conforme o seu temperamento extrovertido, abundante, generoso. Lembro-me, como se fosse hoje, de sua primeira visita. Impressionou-me o seu *pince-nez* de aros de tartaruga, que o envelhecia e lhe dava certa parecença com Max Elskamp, como este foi desenhado por Valloton no *Livre des Masques* de Rémy de Gourmont. Couto leu, antes sussurrou um soneto inspirado por uma negra ("A raça te entristece!"), a que ele não deu a honra da inclusão no *Jardim das confidências*, seu primeiro livro de poemas.

Couto foi como Bilac: quando estrearam já tinham ambos alcançado o perfeito domínio da técnica do verso e neste sentido não se acrescentariam. Isso mesmo que lhe disse, tomado de grande admiração, quando, dias depois do nosso primeiro encontro, conversei uns momentos com ele na Livraria Garnier.

– Porque, afinal de contas, você tem apenas 21 anos!

– Incompletos, advertiu Couto em tom pianíssimo.

Hoje o poeta-embaixador, embaixador do governo brasileiro em Belgrado, embaixador de nossas letras na Europa, poeta bilíngue, prêmio de *Les Amitiés Françaises*, completa sessenta anos.

Ah Couto, Coutinho, Ruy, como te chamava tua mãe e te chamam os teus amigos sérvios de Belgrado, lembras-te de que naquele encontro de livraria me segredaste, em voz falsamente pressaga, que não chegarias aos trinta anos? Teu pai morrera cedo e estavas certo de morrer prematuramente como ele.

Dois poetas conheço que se enganaram redondamente em suas fúnebres apreensões: Ribeiro Couto e Augusto Frederico Schmidt. Schmidt pelo mesmo motivo de Couto: a morte do pai em plena mocidade. Um entrou na casa dos cinquenta, outro entra agora na dos sessenta. Mas para ambos a casa já não tem importância: ambos estão instalados na imortalidade a que têm direito como grandes poetas que são.

[12.III.1958]

II

Já escrevi uma vez, mais de uma vez, que Ribeiro Couto é desses poetas que aos vinte anos atingem a mestria de sua arte. Do ponto de vista da técnica, os primeiros versos do poeta têm a mesma perfeição dos mais recentes. O que houve através dos anos foi o amadurecimento da sensibilidade e com ele o aprimoramento, o enriquecimento da expressão e dos ritmos. Ribeiro Couto começou por demais afeiçoado no ritmo langoroso e às aliterações do alexandrino simbolista: "O olhar nevoento... o passo lento... sonolento..." Versos como esse eram frequentes, demasiado frequentes nos poemas do *Jardim das confidências*. Quando veio a revolução modernista o poeta quase que só aceitou dele o verso livre. Ficou insensível ao entusiasmo de Graça Aranha. Sua poesia continuou sempre sendo a anotação arguta dos momentos raros da vida, aqueles momentos de "indecisão delicada". Momentos de subúrbio, digamos assim, quando do luar descem coisas – "certas coisas". Nunca lhe interessaram as polêmicas sobre o que seja poesia. "É poesia? Não é poesia? Quem saberá jamais?" Todos os problemas estavam resolvidos para ele "pela aceitação da simplicidade". A evolução da poesia de Couto foi esta: aproximação cada vez maior da simplicidade. Talvez esteja nisso a explicação da preferência que ele veio dando nos últimos anos aos metros curtos, de cinco e quatro sílabas, dentro dos quais tem produzido algumas obras-primas como "Elegia", "Tágide", "Ria de Aveiro" e outros poemas de *Entre mar e rio*.

[2.XI.1960]

III

Em 26 de maio, dois dias antes de ser acometido de um enfarte, quatro dias antes de morrer, escreveu-me Ribeiro Couto, e foi sem dúvida uma de suas últimas cartas, senão a última, muito contente de regressar breve e definitivamente ao Brasil. Sentia-se bem, só que declarava precisar emagrecer: estava com 102 quilos e queria antes de embarcar fazer uma cura em Brides-les-Bains para reduzir o seu peso a 95 no máximo. Toda a sua carta respirava a alegria do que chamava *le retour à la réalité*: "Quero reintegrar-me no ano de 1943, como se estes vinte últimos anos nada fossem". A carta só me chegou ontem, 3 de junho, como um adeus póstumo.

Há uns dois meses havia eu recebido uma carta de Gilberto Amado na qual me contava o choque profundo que lhe causara o seu recente encontro com Ribeiro Couto: o contraste patético entre a situação daquele homem praticamente cego e a esplêndida coragem com que ele se sobrepunha a ela e falava todo o tempo, cheio de animação e projetos, numa verdadeira euforia. E concluía Gilberto: "Bandeira, prepare-se para o choque". Preparei-me para o choque. E ele veio, mas foi outro, foi o da morte, quase súbita.

Essa impressão de Gilberto põe em plena luz a qualidade moral mais alta de Ribeiro Couto – a sua infracassável virilidade, de que não suspeitaria quem quer que só o conhecesse pela sua obra de poeta, que foi, sobretudo nos primeiros livros, de uma doçura, de um sentimentalismo, que raiava muitas vezes pela pieguice. No poema "O desconhecido", que o velho João Ribeiro apreciava tanto, contava o poeta:

> Quem é esse que está, sob a lâmpada morta,
> Infantil, a chorar debruçado na mesa?
> Olá, rapaz, que tens? Conta... Contar conforta.
>
> E em tua boca eu sinto estrangulada, presa,
> A confissão que assim, sob a lâmpada morta,
> Entre livros, terá mais tristeza, tristeza...
>
> Pões os olhos em mim: pobres olhos molhados
> Em que o pranto desceu como que um véu vermelho.
> Conta o que tens... Enxuga os olhos desgraçados...
> E ele chorava para mim, dentro do espelho.

Essa extrema doçura da poesia de Couto vinha dos temas – os romances perdidos, a mocidade inquieta, a espera inútil – e da técnica simbolista assimilada dos poetas franceses. Couto foi desde os vinte anos um mestre no alexandrino desparnasianizado: gostava de eliminar-lhe a cesura mediana, acentuando-o na quarta e oitava sílabas, ou na terceira e na oitava. A isso juntava as aliterações, as rimas interiores, as reticências:

> O olhar nevoento... o passo lento... sonolento...

É que a poesia sempre foi para ele como que o seu "jardim de confidências". O homem de ação, intrépido diante de qualquer perigo, consentia em chorar nos seus versos. Salvo numa parte de sua obra, principalmente em *Noroeste e outros poemas,* onde cantou em voz alta com entusiasmo o seu estado natal, preferia chamar a atenção dos distraídos para os instantes fugazes e delicados da vida. Todo ele está neste poema intitulado "O delicioso instante":

> O crepúsculo desceu de manso.
> E apesar do céu ainda claro
> A cidade ficou em penumbra.
>
> Vai cair a noite.
> Vão acender-se os combustores.
> E desaparecerá esta indecisão delicada.
>
> É o momento de partir para sempre, sem dor...

Ribeiro Couto foi acima de tudo e por excelência o poeta desses instantes "de indecisão delicada". Quando eu me encontro na rua nessa hora do lusco-fusco em que se pressente o próximo acender-se dos combustores, sempre penso em Couto, na sua fina sensibilidade, no seu amor da "indecisão delicada". E neste momento estou me perguntando: será que na hora da morte lhe terá sido dado, como ele tanto merece, um instante desses, para ele "partir para sempre sem dor"?

[1963]

CASO DE PEDRO DANTAS

O caso de Pedro Dantas era de amargar. Poeta completo, isto é, que observa a lei na licença do verso livre e sabe guardar a liberdade de inspiração dentro das restrições do metro e da rima, a sua contribuição à minha antologia dos poetas bissextos surpreendeu até a velhos amigos, como Mário de Andrade, que ficaram impressionadíssimos com aquele maciço bloco da melhor poesia; contista magnífico, romancista em potência, crítico raciocinador (nenhum mais dotado para a crítica de poesia), esse raro homem de letras afundou de repente na aventura universitária e passou anos sem escrever. Mais de um jornal tentou aliciá-lo para a crítica literária. Dantas achava um jeito de recusar sem recusar, pedindo ordenado correspondente à atividade do tempo integral. Assim não era possível nesta selva que ainda é o Brasil. E Dantas continuava na mangalaça.

Foi quando Aderbal Novais teve uma ideia infernal. José Lins do Rego estava escrevendo crônicas de futebol; por que Pedro Dantas não escrevia também sobre corridas de cavalos? Dantas conhece o mundo do turfe por fora e por dentro. Sente-o ao mesmo tempo como o homem da rua e como o intelectual que nas coisas aparentemente mais fúteis acha ocasião para o exercício da inteligência. Finalmente sente-o como poeta, ver um Sherwood Anderson, com todas as delicadezas do puro amor... O anzol de Aderbal fisgou o bissexto arredio. Dantas iniciou as suas crônicas e para meu orgulho de poeta menor tomou por título delas o título de um inocente poeminha com que andei involuntariamente irritando os cascos mentais de meia dúzia de cavalões. Hoje Pedro Dantas está consciente de sua vocação de jornalista: do "Rondó dos cavalinhos" se estendeu ao suelto e ao artigo de fundo e acabou redator permanente desta folha. Fio que mais dia menos dia chegará à crítica de poesia. É o voto que faço a Aderbal Novais nesta quadra em que desejamos o melhor aos amigos.

[I.1945]

SCHMIDT, POETA E ECONOMISTA

I

Fui dos primeiros a pressentir no balbuciar do adolescente Augusto Frederico a força de sua futura poesia. O poeta pagou pontualmente e com enormes juros a nossa letra de crédito quando publicou o *Canto do brasileiro*, o *Navio perdido* e o *Pássaro cego*. A respeito deste último livro escrevi algumas linhas em que procurei definir o que havia de novo, de pessoal e definitivo em seu estro: saudei-o como a voz necessária que vinha quebrar os clichês gastos do modernismo da primeira hora; que, aproveitando-lhe as lições, sabia superá-lo. Defendia-o contra os que lamentavam a recorrência dos grandes temas de sua poesia – os presságios, as ausências, a morte. Advertia-o contra os perigos do paralelismo e do refrão.

Schmidt hoje é um mestre e toda uma corrente da nossa poesia deriva dessa fonte extraordinária de inspiração que adquiriu o seu maior volume no *Canto da noite* e na *Estrela solitária*. Continuo a reclamar dele alguma vigilância no paralelismo e nos refrões. Mas não será mesquinha chicana? Fala-se muito hoje em *roman-fleuve*: há também os poetas-rio. Há que aceitá-lo com a sua massa, às vezes um pouco turva, de sentimentos, de ideias e imagens. É uma torrente avassaladora que tem peraus e remansos, onde desabam a espaços, catastroficamente, trechos de ribanceiras com as suas lavouras e criações, e mais longe se debruçam galhas tranquilas de ingazeiras e se refletem as nuvens da manhã. Façamos todos como a folha que cai na torrente e se deixa levar: essa torrente conduz a Deus.

[II.1941]

II

A minha admiração pelo conceituado poeta de nossa praça, Augusto Frederico Schmidt, é bem conhecida e está definitivamente incorporada à edição Aguilar de minhas obras completas sob a forma de três sonetos, dois "à maneira de" e uma quadra onomástica. Isso em verso. Em prosa, na *Apresentação da poesia brasileira*, analisei os seus dons de grande poeta, forte tanto pela quantidade como pela qualidade. Se algum dia Schmidt condescender em disputar uma vaga na Academia, terá o meu voto, dado de *grand coeur*.

Dito isto, sinto-me à vontade para confessar que Schmidt homem de negócios e economista não me suscitava igual admiração, ainda que frequentemente o tenha defendido da acusação de confundir os interesses do Brasil com os seus próprios interesses. Compreenda-se: para Schmidt o problema nacional e o problema pessoal sempre foram o mesmo – o enriquecimento. Ele vê o enriquecimento do Brasil na grande industrialização e, coerentemente, logo que pôde tomar pé no mundo dos negócios, trabalhou na grande indústria, advogando para ela, consequentemente para si, o fomento oficial. Está certo. O que não está certo é Schmidt gabar-se de nunca ter exercido nem pretendido emprego público, como se fosse parasitismo ser funcionário público e como se assim procedesse por virtude e não pelo motivo atrás apresentado, isto é, o do problema nacional e pessoal, o do enriquecimento. Schmidt não se enriqueceria nem enriqueceria o Brasil na qualidade de funcionário público. Pela mesma razão só negociou com madeiras, cachaça e livros enquanto não penetrou nos fechados consórcios dos metais raros.

Ora, aconteceu que de repente me aparece Schmidt ideando e defendendo perante um comitê internacional um plano econômico de larga envergadura como o da OPA. Fiquei verdadeiramente estarrecido. Onde que Schmidt aprendeu tanto? Aquela coisa de 480 dólares de rendas nacionais *per capita* me deixou tonto. Seria que Schmidt economista era tão grande quanto Schmidt poeta?

Nisto vem mestre Eugênio Gudin e afirma tranquilamente que formular a cooperação americana numa base quantitativa de determinada renda em dólares *per capita* não é nem racional nem exequível...

Sempre desconfiei da economia política e dos economistas. Não tenho razão? E agora, José? Quem está errado? Schmidt ou Gudin?

[14.XII.1958]

O PAVÃO DE BRAGA

Domingo passado apanhei na banca os meus jornais (numerosos por causa dos suplementos literários, e agora o jovem Eduardo Portella está-nos obrigando a comprar também o *Jornal do Commercio*), voltei para casa e, *lentus in umbra*, comecei a leitura pelo *Diário de Notícias*, buscando na segunda página do primeiro caderno, à esquerda, no alto, o palmo de prosa de Rubem Braga. Mas desta vez não chegava a um palmo, eram três dedos, mal medidos. E pensei comigo: "O velho Braga anda preguiçoso".

Qual não foi a minha surpresa quando principiei a ler e vi que estava diante de mais uma pequenina obra-prima desse príncipe da crônica que é o taciturno cidadão de Cachoeiro de Itapemirim!

Já tentei explicar um dia a razão da superioridade de Braga sobre todos nós no gênero por excelência caduco – a crônica. Parece-me que o segredo dele é pôr sempre no que escreve o melhor de certa sua inefável poesia. "Os outros cronistas", ajuntei, "põem também poesia nas suas crônicas, mas é o refugo, poesia barata, vulgarmente sentimental... A boa, eles guardam para os seus poemas. Braga, poeta sem oficina montada e que faz poema uma vez na vida e outra na morte, descarrega os seus bálsamos e os seus venenos na crônica diária."

É isso mesmo. De vez em quando mostra espírito público, escreve sobre Brasília, impostos, eleições. Quando a tragicomédia brasileira o enche demais, volta aos dias da infância em Cachoeiro. Ou se Zico está fora, escreve-lhe uma carta puxa-puxa. Ou, muito simplesmente, namora com uma das suas paixões, que, segundo a receita do famoso soneto de Vinicius, são sempre eternas enquanto duram.

A crônica de domingo era desta última categoria. Braga leu nos livros que as cores da cauda do pavão, esse "arco-íris de plumas", não estão nessas plumas: são efeitos de prisma. Muito bem, até aí o que há é didática. Mas a seguir o poeta Braga tira dessa primícias duas imagens de também luxo imperial como o da cauda do pavão. A primeira é a do artista, que quando é grande "atinge o máximo de matizes com o mínimo de elementos"; a segunda é a do amor – do amor dele Braga: de tudo o que esse amor suscita e que esplende, estremece e delira nele, existe de fato o quê? Os dois olhos dele recebendo a luz dos dois olhos dela...

Obrigado, Braga, por esse pavão magnífico.

[12.XI.1958]

UMA SANTA

I

Perdi uma amiga na Terra, ganhei uma amiga no Céu: morreu a semana passada, no Carmelo de Santa Teresa, Madre Maria José de Jesus. Era uma santa.

Devo a fortuna de havê-la conhecido, sem nunca a ter visto, a minha prima-irmã Maria do Carmo de Cristo Rei, que professou naquele convento e encontrou na suave priora uma segunda mãe.

Quando as monjas do Carmelo faziam a tradução das obras completas de Santa Teresa, fui muitas vezes, a convite de minha prima, ao locutório do convento para conversar com ela e Madre Maria José sobre dúvidas que elas tinham a respeito da nova ortografia. A conversa estendia-se frequentemente aos domínios da poesia. Madre Maria José cultivava a poesia religiosa, teve curiosidade de conhecer a técnica do verso livre e não tardou em se servir dele em muitos dos seus poemas. Com segura liberdade e gosto em "Alegrias de Nossa Senhora", poema do qual extraí para Mignone o texto de um oratório.

Como tive de alterar muita coisa para adaptar a obra à forma musical, mas procurando, por outro lado, guardar o mais possível os passos mais felizes do original, resultou que a versão final não era só de Madre Maria José, nem só minha: autêntica colaboração, embora sem consulta. Quis eu ter a inefável honra de associar ao meu nome o nome da boa Madre. Ela, porém, não o consentiu. Consentiu apenas na fórmula que afinal lhe propus: "Texto de oratório extraído do poema de uma monja carmelita". Aquela alma era toda modéstia e vivia permanentemente aplicada na contemplação ou no serviço do Senhor.

Devo-lhe muitos carinhos espirituais a essa que no século se chamava Honorina de Abreu e era filha do grande Capistrano de Abreu. Disso falarei em minha próxima crônica.

[18.III.1959]

II

Muito sofreu Capistrano de Abreu de se ver separado de sua Honorina. Pareceu-lhe a separação pior mesmo do que a morte. Disse-lhe que conversar com ela sem a ver e através das grades seria como entender-se com a esposa morta por meio do espiritismo. Não tinha a fé, que lhe teria feito aceitar a provação.

Honorina, porém, estava segura de si. Sabia que com se salvar, fugindo do mundo e até de seu pai, a quem tanto amava, poderia levar "ao seio do Eterno" aquele que de lá a arrancara para esta vida. "Vem comigo", exortou-o maternalmente num belo soneto:

> Vem comigo!
> Vem, que eu te levarei a Jesus, teu amigo.
> Foste meu pai e tua mãe serei agora...
> Dar-te-ei a Eterna Luz de que me deste a aurora,
> Dar-te-ei – por esta vida – a vida que é sem fim.

Capistrano, com todas as suas arestas, era um homem bom e de primeira ordem. Com tão santa protetora deve ter alcançado o Céu.

E se Céu existe mesmo, também eu tenho esperança de me salvar, porque se não tive as virtudes de Capistrano, tive como ele por mim a intercessão, as orações de sua filha. Minha prima Maria do Carmo de Cristo Rei me contava em suas cartas os cuidados que Madre Maria José tinha para comigo. Agradara à santa o meu "Cântico de Natal", sobretudo os versos: "Mas a Mãe sabia/ Que ele era divino". Achava até, o que tanto me confundiu, que para produzi-los devia eu ter n'alma o sentido teológico. De uma feita, dia dos meus anos, informou-me Maria do Carmo que "a boa Madre, ela mesma, bem cedinho, antes da Missa, escreveu meu nome em letras grandes e pôs na estante, no meio do Coro, para todas as Irmãs rezarem de modo especial por mim". "Nossa Madre", acrescentou minha prima, "tem um *soft corner* para você".

Também eu tinha um *soft corner* para ela – o cantinho dos meus pensamentos mais puros e mais ternos. Logo mais, na missa de Madre Maria José, vou derramá-los nas únicas orações que sei rezar – o Padre-Nosso e a Ave-Maria.

[22.III.1959]

III

Minhas amigas as Carmelitas Descalças do Convento de Santa Teresa, do Rio, iniciam a publicação das obras poéticas da Santa Madre Maria José de Jesus, que foi no século Honorina de Abreu, a filha de Capistrano de Abreu. Os *Sonetos e poemas*, acabados de aparecer, serão seguidos de mais três volumes: *A Santíssima Virgem e outros poemas*, *Ciclo litúrgico* e *Festas do Carmelo*.

[...] Por muito tempo Madre Maria José foi para mim apenas o poeta do soneto "A meu pai", onde julguei ver o seu adeus ao mundo dos homens no momento em que ela entrava o mundo de Deus. Enganei-me: a poesia nunca havia sido na moça atividade exercida por simples vaidade ou deleite; a poesia era para aquela alma sempre toda votada a Deus um meio a mais de se pôr em comunicação com Jesus, de receber em seu seio as dádivas inefáveis daquele a quem chamou num soneto "o Divino Perdulário". Madre Maria José escrevia versos no mesmo espírito em que os escrevera a grande Santa Teresa de Ávila ou a humilde e doce colombiana Madre Francisca Josefa del Castillo.

Em 1935 dois dos maiores poetas brasileiros – Jorge de Lima e Murilo Mendes – publicavam o livro *Tempo e eternidade*, que em sua epígrafe preceituava: "Restauremos a poesia em Cristo". – "Poeta", instava Murilo no poema final, "cobre-te de cinzas, volta à inocência; tu que és a testemunha, sustenta o candelabro, descerra os véus da Criação, mostra a face do Cristo".

Para Madre Maria José desnecessário era o convite. Sua poesia sempre estivera instaurada em Cristo, e outra coisa nunca mostrou senão a face do Cristo. Os sonetos "Cristo, vida da alma", "O Sacrário", "Caridade", "Quem é Jesus ou que é Jesus", e tantos outros atestam essa constante sede de Cristo, que ela sabia só saciável na outra vida, como lhe ensinara o salmo: *Satiabor cum apparuerit gloria tua*.

A poesia religiosa não tem tido entre nós senão raros frequentadores: no passado – Sousa Caldas, correto mas frio, ou, pelo menos, deixando-nos frios, Alphonsus de Guimaraens e José Albano, os maiores, mais requintados e ao mesmo tempo mais comovidos, e o Jorge de Lima de *Tempo e eternidade*, *A túnica inconsútil* e *Anunciação e encontro de Mira-Celi*; entre os vivos, sobre-excelentemente, Murilo Mendes. Creio, porém, não ter havido exemplo de quem como Madre Maria José haja consagrado toda a sua inspiração ao louvor das coisas sagradas. Seus poemas são verdadeiramente poesia em Deus. Como tais e pela sua inefável candura e primor, farão, como me disse em carta uma irmã carmelita, "farão bem a muitas almas".

[6.XI.1960]

CORAÇÃO DE CRIANÇA

A. D. Tavares Bastos, nascido no Espírito Santo, nasceu poeta, e com ser brasileiro cem por cento, com uma tocante paixão pela França. Esse poeta capixaba não sabia exprimir-se poeticamente senão em francês. Onde o aprendeu? Creio que consigo mesmo. O certo é que escrevia em francês como um francês. Os seus versos franceses não são como os da quase totalidade dos brasileiros que se metem a poetar em francês. A prosódia poética de Tavares Bastos obedecia rigorosamente aos cânones banvillianos.

Foi ao tempo do movimento modernista que apareceram os volumes do poeta, intrigando-nos a todos sob o pseudônimo estranho de Charles Lucifer. Quem seria esse luciferino vate francês perdido nos trópicos?, perguntávamo-nos. Quando autenticamos o autor na figura pequenina cordial e doce do brasileirinho do Espírito Santo, logo principiamos a tratá-lo por Lúcifer, com acento na primeira sílaba, porque achávamos graça de assim chamar o menos demoníaco dos homens. Lúcifer, o mais orgulhoso dos anjos, o revel por excelência e por isso precipitado no Inferno, – com ele nada tinha de parecido, por mais remoto que fosse, o bom, o simples, o cândido Tavares Bastos. Um rapaz que nunca vi dizer mal de ninguém, uma criatura completamente despida de orgulho, incapaz de inveja ou de qualquer outro sentimento menos nobre.

O ideal de Tavares Bastos era viver em Paris. Logo que pôde, arrumou as malas e partiu. Só voltou a visitar o Brasil uma vez. Em Paris se fixou, lá se casou com francesa, lá acaba agora de morrer. Em 1957 tive ocasião de vê-lo pela última vez. A impressão que me deu foi penosa; meses antes fora acometido de derrame cerebral, recuperara-se, mas articulava mal. Era, apesar de tudo, o mesmo Tavares Bastos de 1930, – bom, simples, bem-humorado, cândido. Um coração de criança, sem o menor veneno.

A paixão pela França nunca lhe embotou o constante amor pelo Brasil. Ao Brasil serviu sempre em Paris, e no setor literário foi quem revelou ao francês a poesia contemporânea brasileira. A sua *Anthologie de la poésie brésilienne contemporaine* alcança a geração chamada de 1945 e foi publicada em 1954 pelas Éditions Pierre Tisné. Finas traduções, precedidas de um breve histórico da nossa poesia desde as suas origens.

A estranha aventura do poeta está terminada. *"De l'autre coté des aubes allumées, là-bas, c'est le salut"*. Tenho certeza de que o encontrou, porque ele sempre trouxe nos lábios a palavra pura *"qui fait s'écrouler les falaises de glace"*.

[23.X.1960]

ANJO KERNIANO

O anjo telefonou-me às sete horas da manhã, pedindo um prefácio para o seu livro intitulado *Nos bastidores da publicidade*, dividido em cinco capítulos a saber: "A publicidade na história", "Publicidade política", "Publicidade comercial", "Publicidade individual" e "Filosofia da publicidade".

– Mas, Anjo...

Há quatro coisas que me deixam onésimo. São os pedidos de prefácio, entrevista, conferência e pistolão para o Carlos Drummond de Andrade.

– Não tem anjo, nem meio anjo: quero o prefácio!

Sentindo a impossibilidade de evasão e levando em conta que estamos na semana da Paixão e mais sofreu Cristo por todos nós, aceitei o cálice.

– Anjo, recite a sua ficha.

O Anjo desembestou:

– Nasci numa terça-feira de Carnaval. Mas não sou sambista: só faço canções e música de câmera. Já fui sacristão, sineiro, solista da matriz de São Francisco Xavier, comerciário, cinematografista, diretor da propaganda da Aliança Cinematográfica, organizador da publicidade social do Jockey-Club, inspetor de ensino comercial, funcionário legislativo, procurador dos serviços Hollerith nas repartições públicas, redator da Agência ADA, tocador de violão, pianista, compositor (com trezentas músicas publicadas), poeta (com mais de mil versos musicados por dezenas de autores, entre os quais Eduardo Souto, Ernesto Nazaré, Augusto Vasseur, Ary Barroso, Zequinha de Abreu e compositores americanos, argentinos, franceses e alemães)...

– Anjo, me dá licença de respirar?

Respirei e o Anjo continuou:

– Tenho dez peças representadas e escrevi vários libretos em parceria com Raul Pederneiras, Aporelly, Freire Junior e Luís Iglesias. Publiquei um livro de versos em 1927. Sou autor da "Canção do trabalhador", cantada no programa oficial do Dia do Trabalho, em 1940. Fui aluno de colégio de padres, ex-secretário de ministro e pertenço à família de Evaristo da Veiga!

Gritei como o público faz nos circos quando o acrobata já fez prodígios e ainda quer tentar o impossível:

– Basta! Basta!

O leitor pouco familiarizado com as cinco categorias da neo-gnomonia há de estar pensando que eu falava com o Anjo do Exército do Pará. Mas o iniciado sabe que os parás raramente mudam de ocupação: escolhem um rumo na vida e triunfam a despeito de tudo.

Os antecedentes do meu Anjo estão mostrando que se trata de um kerniano, desses que têm a mão direita quente e num segundo perdem, com um soco, a situação invejável que conquistaram, em longos anos de esforço e aplicação.

Com efeito, os kernianos são os impulsivos por excelência. Indivíduos de bom coração, capazes de grandes sacrifícios pelos outros, deixam-se no entanto arrastar às vezes à prática dos atos mais condenáveis, não por maldade, mas por um repente irresistível de cólera: ilustra-o bem o caso passado com um kerniano em Juiz de Fora e sempre citado como anedota já hoje clássica nesse ramo de estudos. Um empregado público de pequena categoria, irritado com as palavras impolidas de certa viúva, não se conteve e deu-lhe um pontapé no ventre, do que resultou a morte imediata. Incontinente arrependeu-se, arrancou os cabelos, pediu perdão ao cadáver, e, sabendo que a mulher deixava onze filhos ao desamparo, tomou-os todos ao seu encargo, criou-os e educou-os com o mesmo carinho que dedicava aos próprios filhos.

Pois bem, quem me telefonava às sete horas da manhã para me pedir um prefácio era o protótipo dessa ilustre categoria, em cujo número se contam Byron e Verlaine, Pedro I e o meu querido amigo dr. H. Sobral Pinto. Ary Kerner Veiga de Castro é o Anjo kerniano (kerniano vem de Kerner, vide Meyer-Lübke, REW, Schuchardt, Zeitschrift Rom, Phil., e Antenor Nascentes, *Dicionário etimológico da língua portuguesa*).

Em meu artigo da semana passada disse que o Sérgio Buarque de Holanda aventou a lei da gravitação dos anjos para o Exército do Pará, a que muita gente opõe as mesmas reservas que os sociólogos à lei dos três estados de Comte. E precisamente por causa da irredutibilidade do Anjo kerniano. Ary Kerner tem feito o possível para se alistar no Exército do Pará. Um dia pediu-me uma apresentação para o Carlos Drummond de Andrade (ele também!). E ele, que de uma feita quase me deu pancada porque lhe fui falar nessa história de anjo, me surpreendeu, insinuando-me:

– Diga ao Drummond que eu sou o Anjo kerniano...

O expediente era de pará autêntico e surtiu efeito. O Drummond, que nos recebera de pé atrás, ao ouvir a frase, desabrochou num dos seus raros sorrisos. Estava estabelecido o contato e criado o ambiente.

Espero que nas linhas que aí ficam eu tenha feito o mesmo em relação ao público, para que ele entre com o sorriso de Drummond nos bastidores da publicidade em que Ary Kerner é o tal.

[1.V.1943]

*

... Uma notícia triste agora: a da morte do primeiro anjo, o anjo kerniano – Ary Kerner Veiga de Castro. Era um rapaz simpaticíssimo: cioso de seus músculos, andava sempre de cabeça alta; se gravitou para o Exército do Pará, foi apenas nos domínios da poesia culta e da música popular (teve algum sucesso com os seus sambas e marchinhas). Fazia-me bem encontrá-lo nas ruas com os seus olhos claros, o seu otimismo. Só que os seus abraços atléticos me doíam, eu protestava: "Anjo kerniano, não me abraces com tanta força, eu sou um velho tuberculoso, apenas clinicamente curado: não aguento abraços como os do meu xará tamanduá!" Ary se ria e, por sua vez, protestava: "Por causa dessa história de anjo eu ainda acabo dando muito tapa em algum!" Ao que eu retrucava triunfante: "Provando bem que é o anjo!"

... Eu gostava de Ary, de seus olhos claros, de sua cabeça alta. Esta, sobretudo, era um exemplo: é assim que devemos todos marchar – para o túmulo.

[1963]

CARIOCA SEM BALDAS

O Flamengo, como lhe chamava Gilberto Freyre, era o carioca mais da gema que se poderia querer, pois nascera onde nascera a sua cidade, isto é, no Morro do Castelo, ao tempo em que nele funcionava o Observatório Astronômico, de que seu pai, o ilustre Luís Cruls, era diretor. Amava e conhecia a cidade natal a fundo, do que deu prova nos dois volumes *Aparência do Rio de Janeiro*, onde, na exata observação de Gilberto, "se sente, do princípio ao fim, um ruído bom de água, de natureza, de mar, e até de ressaca". Falei em carioca da gema: é precisamente por essa expressão que começa a prosa saborosa e correta do livro. "Carioca da gema, tendo quase sempre vivido no Rio..." A ausência maior de Gastão creio que foi para conhecer a Amazônia, do que resultou a sua obra mais importante, a monumental *Hileia amazônica*.

Mas esse carioca, com o ser cem por cento, não tinha nenhuma das baldas do carioca. Bem, não irei enumerar as baldas do carioca. Primeiro para não cair no desagrado de meu querido amigo Rodrigo Octavio Filho, que já uma vez me chamou à ordem por causa disso; segundo, porque sou hoje carioca honorário, graças a Murilo Miranda e seus confrades vereadores. Digamos que Gastão era o carioca em seus aspectos mais amáveis e mais estimáveis. Nunca vi ninguém mais despretensioso, mais modesto. Certa vez, na Academia, fiz o elogio de seus romances. No dia seguinte Gastão, pelo telefone, me agradeceu os louvores, de que estava aliás surpreso, porque "sabia que eu era seu amigo, mas sempre pensara que eu não fosse apreciador de sua literatura". No entanto nunca nem de longe deixara perceber qualquer indício de ressentimento. Se ele se sentiu mais feliz por isso, eu é que nadei em contentamento, por ver desmanchada uma falsa impressão, nascida talvez de uma dessas omissões que espíritos menos despretensiosos nunca perdoam.

"Gastão, gentil como uma dama", defini-o num sonetilho do *Mafuá do malungo*. Era sim. Mas a par de tão fina gentileza, tinha ele também, moralmente, a beleza máscula, a retidão dos pinheiros. Homem mais reto nunca houve.

[5.VIII.1959]

BORBA E SUAS ARESTAS

A desvantagem da longevidade é a gente ver a vida esvaziar-se da presença dos velhos amigos. De 1959 para cá quantos se foram! Os dedos das mãos não são bastantes para contá-los... Segalá, Villa-Lobos, Octavio Tarquínio e Lúcia Miguel Pereira, Aloysio de Castro, Alfonso Reyes, Gastão Cruls, Carmen Saavedra, Tavares Bastos... Cito só os nomes conhecidos de todo o mundo. Agora Osório Borba.

A morte de Borba, ao contrário das outras, deu-me um sentimento nunca dantes tão estranhamente experimentado. Lembrou-me aquela frase de Guimarães Rosa ("Não concebo a morte como um fim, concebo-a como uma expansão"). Talvez pelo que houve de frustrado na estoica existência do grande jornalista, imagino o seu passamento como uma evasão para esferas menos limitadas do que aquelas em que em vida sempre se movera.

Não é intenção minha pôr a culpa em ninguém, ainda menos nele próprio (Borba tinha suas arestas incômodas), mas a verdade é que esse grande jornalista não encontrou nunca em nenhum jornal onde tenha trabalhado a situação de preeminência que merecia e outros muito menos dotados facilmente conseguem na carreira. Borba, com o seu invulgar talento, não passou nunca de um operário das letras. No entanto era um jornalista completo, dos mais completos que já tivemos. Podia, de improviso, escrever um artigo sobre política internacional, ou sobre um problema da economia nacional, ou a crítica a um livro de poesia ou de ficção, ou uma crônica, ou um suelto. Era sempre franco, direto, de uma honestidade irredutível.

Tinha, como disse, as suas arestas, as suas urtigas. De uma vez as senti eu próprio em minha carne. Foi o caso que, ao tempo da minha candidatura à Academia, Borba, com grande surpresa minha, dedicou uma crônica ao assunto, rufando generosamente caixa em favor da minha pretensão. Muito bem. Meses depois fui eleito e poucos dias antes saía uma obra minha didática, a que, embora tivesse ela o volume de um tijolo, chamei modestamente de "obrinha". O inocente substantivo diminutivado teve a infelicidade de irritar profundamente Borba, que o considerou como uma capitulação aos convencionalismos do mais mofado academismo. "Obrinha"! Eu, Bandeira, estava perdido para a boa literatura. Claro que nem por sombra levei a mal o mau humor de Borba. Fingi até que lhe aceitava a lição, e nas edições seguintes do livro substituí o substantivo por outro que não cheirasse a caturrice acadêmica.

Jamais falei sobre isso com Borba. Hoje, porém, me veio vontade de contá-lo, e fi-lo misturando às minhas saudades o preito da admiração que ele sempre me inspirou por tudo o que havia de grande em sua inteligência e em seu coração.

[9.XI.1960]

COMO SE FOSSE UM DOS NOSSOS

Palavras ditas na Academia Brasileira

Sr. Presidente, de uma vez que Jorge de Lima foi candidato a uma vaga nesta Casa, conversando eu com um colega na vã tentativa de anular os motivos que ele me apresentava para não votar no meu amigo, disse-lhe com firmeza: "Mas é um grande poeta". O colega olhou-me nos olhos, bem nos olhos, e perguntou: "Você me dá a sua palavra de honra?" Nunca empenhei a minha palavra com tanta segurança como quando respondi ao meu irônico duvidador, olhando-o também nos olhos, bem nos olhos: "Dou-lhe a minha palavra de honra!" Não adiantou nada a minha palavra. Era apenas uma palavra de honra, não poderia conseguir o que tinham conseguido tantos milhares de palavras de fascinante beleza, de comovida música, de profundo adentramento na verdade de Deus e na verdade das coisas que Jorge de Lima punha nos seus poemas. Grande poeta, em verdade, e dos maiores que já tivemos em qualquer tempo. Sabia exprimir na poesia (e procurou também exprimir de outras maneiras – pela pintura, pela escultura e até pelo seu estilo de vida) aquela bondade que a sabedoria divina põe no coração de seus eleitos. Na sua alma ecoava com a mesma fidelidade e a mesma música tanto a palavra humilde do povo como o verbo formidável de Deus: ao lado de *Poemas negros*, *A túnica inconsútil*.

Sr. Presidente, tantas vezes bateu Jorge de Lima à nossa porta, tantas vezes (todas as vezes) votei no seu nome, conhecia tanto por confidência de velhas amizades do poeta o seu desejo de pertencer ao nosso grêmio, desejo que vinha da infância e persistiu no homem como um resto de infância, desejo que resistia a tudo – às derrotas nas eleições, menosprezo por nós de amigos antiacadêmicos ou inacadêmicos como o grande Bernanos, tão vivo era em mim também o desejo de vê-lo nesta sala, que tenho a sensação de haver perdido um dos nossos. Dos que mais tivessem honrado esta Casa.

[XI. 1953]

UM SÁBIO

Meu falecido amigo Abel era um crente. Mas, frequentemente, a crença fazia-o sofrer bastante. Era quando ele tomava conhecimento de alguma desgraça que vitimava inocentes bons e inteiramente conformes à lei de Deus. Então, o seu coração impulsivo se revoltava e ele saía dando com a cabeça pelas paredes... Chamava a esses casos temas para Machado de Assis.

Lembrei-me muito dele a propósito de Joaquim da Costa Ribeiro. Joaquim era um sábio, da pequena elite de sábios que inventam, que acrescem o patrimônio das descobertas humanas. Esse sábio era um homem boníssimo, chefe de família exemplar, pai de nove filhos ainda em idade de formar a sua educação. Ninguém mais digno de merecer as bênçãos do céu. Pois, de repente, Joaquim perde a esposa, precisamente quando ela dava vida a um novo ser, e poucos anos depois é ele próprio que sucumbe, de imprevisto, deixando os filhos em dupla orfandade.

Quando Joaquim perdeu a mulher e eu o vi na sacristia da Candelária ajeitando amorosamente a fita dos cabelos de uma de suas meninas, fiquei com os olhos úmidos. Momentos após, minha emoção subia de ponto vendo-o ajoelhar com todos os filhos, junto ao altar-mor, para receberem a comunhão. Fiz ali mesmo uns versos, que começavam assim: "Joaquim, a vontade do Senhor é às vezes inaceitável". Verdadeiramente, naquele momento eu não podia acreditar em Deus. Mas a vida é um prodígio que exige a crença até de homens como Einstein. Ah, incompreensível Universo!

Costa Ribeiro escreveu-me uma carta de agradecimento, onde não havia uma palavra de revolta.

Quando eu era professor na Faculdade Nacional de Filosofia e me encontrava no elevador ou nos corredores com Joaquim, a nossa conversa caía muitas vezes em assuntos de poesia. Nunca ele me revelou que fizesse versos. Um dia soube por Alceu Amoroso Lima que o meu colega era, além de um sábio, um poeta. Falei-lhe sobre isso. Confirmou-me ele as palavras de Alceu e prometeu-me mostrar os seus poemas. Nunca o fez, embora mais de uma vez eu insistisse com ele em tomar conhecimento deles. Tão grande era a modéstia daquela alma.

Segundo informações de Alceu, esses poemas estão em mãos dos diretores da Editora Agir. Alceu sempre se referiu a eles como dignos de admiração. Mas ainda que o não fossem, representam o testemunho de um ser de eleição, de uma extraordinária figura de brasileiro que nos é importante conhecer em todas as suas faces. Assim que ficamos à espera que a editora de Paula Machado nos preste esse grande serviço.

[8.VIII.1960]

MURILO EM ROMA

Contam que quando os nossos príncipes voltaram ao Brasil, certa vez, num trem que ia para Petrópolis, um vizinho de banco puxou conversa com D. João e, encantado com as boas maneiras do rapaz, quis saber-lhe o nome.

– João, respondeu o príncipe.

– João de quê?, indagou o outro.

– "De Bragança e Orléans", completou o rapaz com a maior simplicidade, como diria qualquer outro que fosse apenas dos Anzóis Carapuça.

Lembrei-me disso há três dias, ao ser chamado pelo telefone por outro príncipe de grande linhagem – a dos maiores poetas do Brasil, e que eu estava longe de imaginar entre nós. Começou o diálogo assim:

– Alô?

– 22-0832. Quem fala?

– Murilo.

– Que Murilo?

– Mendes.

– Murilo Mendes? O quê? Não diga!

Não era este, esse ou aquele Murilo: era o Murilo por excelência, era D. Murilo, Murilo Medina Celi Monteiro Mendes, por quem há anos eu vinha curtindo grandes saudades. Minha alegria foi imensa, logo um pouco empanada pelo desapontamento de saber que Maria da Saudade, a encantadora completação do casal perfeito, não pudera vir com o poeta.

Finalmente ontem nos abraçamos longamente, ontem no segundo lançamento da Editora do Autor, no Clube dos Marimbás. Murilo está esplêndido, o mesmo magro Murilo, mas com um rosado nas faces arranjado no clima de Roma. Sabemos que Murilo é hoje personagem na vida literária e artística da capital italiana, solicitado para prefácio em catálogos de exposição de pintura, traduzidos para o italiano os seus poemas e por quem? por Ungaretti! Precisamente o último livro que tinha recebido dele foi *Finestra del caos*, em edição bilíngue, um primor de *All'insegna del pesce d'oro*.

Eis Murilo na voz de Ungaretti:

> Telefonano di pachi,
> Telefonano lamenti,
> Incontri inutili,
> Noia e rimorsi.
> Ah! chi il conforto telefonerà
> La rugiada pura
> E la vettura di cristallo.

Ah Murilo, Murilo, puro orvalho, carruagem de cristal, salve!

[16.VIII.1961]

POLTRONA CATIVA

Quem morre nos dias de carnaval morre quase despercebido. Assim, quase despercebida passou a morte de Freitas Vale, pelo menos na capital do País. É verdade que no Rio nunca ele chegou a ser conhecido na medida em que mereciam as suas finas qualidades de intelectual – de poeta e *causeur* admirável. No Rio a sua adega tinha mais fama do que o seu talento: sabia-se que mais de uma vez ela tinha salvo o Governo paulista em apertos de banquetes oficiais a grandes personalidades em trânsito, fornecendo os maravilhosos vinhos que nela guardava o senador e *grand seigneur* da Villa Kyrial. Ignorava-se, porém, que ele fosse o único remanescente do simbolismo entre nós, que tivesse sido íntimo amigo de Alphonsus de Guimaraens. Que fosse, enfim, Jacques d'Avray.

Jacques d'Avray foi o grande erro de Freitas Vale. Em vez de ser em língua portuguesa o poeta que poderia ser, Freitas Vale escrevia os seus poemas em francês, assinando-os com aquele pseudônimo. Não eram desdenháveis, mas quem até hoje, desde que mundo é mundo, foi cabalmente poeta em idioma que não fosse o que mamou com o leite materno? Ainda há pouco recebi de Uys Krige, grande escritor sul-africano, grande contista em língua inglesa, a confidência de que não se sente poeta em inglês: "O sentimento está presente, mas as palavras não são bastante exatas, precisas, sensitivas". Nunca li nenhum verso de Freitas Vale em português, e creio que nunca os escreveu.

A Villa Kyrial era uma mansão magnífica, onde o poeta recebia com uma elegância não isenta de certo engraçado esoterismo. Havia lá uma poltrona que, ao primeiro olhar, se destacava das demais pelas suas dimensões, estofo e pregaria: era a poltrona do anfitrião. Ninguém senão ele se sentava nela. Todos os amigos sabiam disso. Uma noite Freitas Vale reuniu as suas amizades para apresentar-lhes uma jovem poetisa do Rio Grande do Sul, que compareceu acompanhada por um tio. Lembra-me que nesse dia estava entre os convidados o próprio governador do Estado, o dr. Washington Luís. A conversação corria animada. Um pouco à parte do grupo principal, eu e Freitas Vale falávamos de Alphonsus, senão quando o poeta nota que a sua poltrona estava ocupada pelo tio da poetisa, que nela se refestelara abusivamente. Freitas Vale interrompeu o que estava dizendo e me expôs o mistério da poltrona: "Naquela cadeira não se senta nem o governador do Estado!... E vai aquele sujeito e se escarrapacha ali. Mas, coitadinho, ele não sabe..."

Só essa vez estive na Villa Kyrial. Anos depois, muitos anos depois, o poeta, já perto dos oitenta, foi nosso comensal num dos famosos jantares do dia 13 instituídos por Ribeiro Couto nos restaurantes portugueses da rua do Lavradio e adjacências. Freitas Vale parecia o mais moço de todos, não só na verve como no apetite formidável. Depois nunca mais o vi.

[26.II.1958]

O BRASILEIRO CARPEAUX

Há muitos anos, quando o fato não tinha ainda importância nem para ele nem para nós, contou-me Otto Maria Carpeaux ter nascido em 1900. Desculpe o meu querido amigo esta indiscrição: era-me impossível deixar passar a data de hoje, que é a do seu sexagésimo aniversário, sem a celebrar publicamente. Não sei se doerá a Carpeaux fazer sessenta anos. A mim não doeu: havia muito que eu já começara a pôr em prática os conselhos do folclore pernambucano:

> Quem tem sessenta anos
> Não pode beber,
> Não pode dançar,
> Não pode namorar.

Na verdade, só me doeu mesmo foi fazer os trinta: é o fim da mocidade, e como eu não a tive, me senti roubado.

Disse atrás que Carpeaux me fez a revelação da data de seu nascimento quando o fato não tinha importância nem para ele nem para nós. Para nós tem agora muita, pois quer dizer que Carpeaux está com vinte anos de Brasil, o que já lhe daria direito de cidadania brasileira ainda sem carta de naturalização. Não é nada fácil ser brasileiro naturalizado. Vinte anos de luta ao nosso lado pela nossa cultura, pelo nosso progresso, devem dar a todo estrangeiro, mesmo não naturalizado, o direito amplo de crítica, o que nem sempre acontece. Carpeaux, homem de caráter, natureza franca e polêmica, tem feito inimigos. É evidente, porém, que os amigos são sem conta, e entre eles estou inscrito desde o primeiro momento em que o conheci. Devo-lhe muito. A sua acuidade crítica, a sua imensa cultura foram uma espécie de *finishing touch* na minha formação de poeta; por ele vim a tomar contato com poetas de cuja grandeza não havia ainda suspeitado – um Camphuis, um Hölderlin, um Lilienkron, dos quais me fez ele traduzir poemas. Deu-me consciência de meus acertos melhores, ajudando-me a escolher na minha própria obra. Estimulou-me inúmeras vezes com o seu aplauso, e não se limitou ao aplauso: mais de uma vez honrou-me com exegeses penetrantes... anteriores ao *new criticism*. Minha dívida para com ele é enorme.

Esse *Kulturkampf*, como lhe chamou o jovem mestre da *Fantasia exata*, tem sido nestes vinte anos de Brasil um extraordinário fator de nosso esclarecimento, de nosso enriquecimento intelectual. Fortaleceu-nos em nossa admiração pelos nossos gênios. A sua vida é um exemplo de inteira dedicação às letras, de absoluta dignidade como escritor e como homem. É, sem sombra de dúvida, o que o nosso inesquecível Ovalle considerava "um grande brasileiro".

[9.III.1960]

GRANDE RACHEL

A sessão da Academia Brasileira em que são entregues os prêmios literários do ano costuma ser a mais *moche* de todas. A assistência é reduzidíssima e quase que só comparecem a ela os parentes mais próximos dos premiados. É preciso que entre estes haja algum grande nome para que a coisa melhore.

Sábado passado, porém, o salão da Academia estava cheio, e da melhor gente, estando presente a quase totalidade dos acadêmicos residentes no Rio.

Evidentemente, essa afluência do público era devida ao fato de estar ali, como laureada com o Prêmio Machado de Assis, Rachel de Queiroz, que deveria proferir o discurso de agradecimento em nome dos premiados.

Evidentemente, disse, porque, ao ser chamada a romancista para receber o diploma das mãos de Cardim, toda a sala se levantou, saudando-a com uma das maiores salvas de palmas que já ouvi naquele recinto.

E enorme foi a surpresa do auditório quando, distribuídos todos os prêmios, deu o presidente a palavra a Rachel. Os que conhecem a força, a sinceridade, o desassombro da cearense, contavam que ela fosse aproveitar a oportunidade para fazer um formidável *show* de feminismo, investindo com voz machona contra a Magna Carta da Casa, reclamando para as mulheres o direito de entrada naquele reduto masculino.

Em vez disso, a nossa homenageada de hoje sobe com timidez à tribuna e em voz sumida de menina enfiada começa a falar dos caboclos de sua fazenda no Ceará, aos quais explicou que ia receber aquele prêmio só porque tinha passado a vida contando histórias, desculpando-se de não poder aspirar a fazer parte dessa elite que se chama a *intelligentzia*, era, apenas, uma mulher que vive para escrever, e outras coisas assim, muito humildes e sem o menor relumeio de brilho. Encantadora.

Houve quem dissesse: a leoa está escondendo as garras. É que esse não conhece a profunda feminilidade de Rachel. Não sabe da Rachel que recusou uma cadeira de deputado federal porque "você sabe", explicou ela ao emissário que foi oferecer-lha em nome de um partido, "eu sou uma mulher casada"; não sabe da Rachel que, frustrada na sua maternidade, se tornou a mãe de todos os pobrezinhos brasileiros, de todos quantos no Brasil (eles são milhões) têm fome e sede de justiça social. Quando tocam neles, então sim, é que a leoa mostra as suas garras. Grande Rachel!

[6.VII.1958]

MEMÓRIAS DE SEU COSTA

Vocês não conheceram seu Costa. Eu conheci. Era um rapaz alto, magro, bonitos olhos, bonita cabeleira. Como ele próprio contou em suas memórias, frequentava saraus familiares, onde se exibia, não só como dançarino, mas também como declamador de poesias ao som da "Dalila". Diziam que fazia versos, e de fato, tempos depois, publicou uma plaqueta – *Nimbos* – sob o nome literário de Luís Edmundo. O poeta Luís Edmundo matou *seu* Costa. Isso ocorreu em 1897, eu tinha onze anos, já me interessava por literatura, lia os folhetins críticos de Medeiros e Albuquerque n'*A Notícia* e me lembro perfeitamente da importância que ele deu ao novo poeta, consagrando-lhe todo o espaço da sua seção.

Um ano depois, um segundo livro, *Turíbulos*, confirmava a felicidade da estreia, Luís Edmundo era decorado e recitado. Nos meus doze anos retive na memória (até hoje!) aquele bonito soneto que começa com estes dulcíssimos versos:

> Quando na luz do teu olhar se esquece
> A luz tranquila de meus olhos tristes,
> Sei que a ventura existe porque existes...

Luís Edmundo, hoje acadêmico, vem demonstrando, ano após ano, a sua vocação para a imortalidade, lépido e lúcido que está nos seus verdes oitent'anos. E quem diria que essa fortaleza foi uma criança débil e morrinhenta, "periodicamente assaltada por moléstias de várias naturezas, dando cuidados aos médicos e assustando a família"? Pois foi e assim nos conta o poeta em suas *Memórias*.

Essas memórias enchem cinco grossos volumes. Mas são cinco volumes que se leem como se fossem cinco linhas, tal a facilidade dessa prosa lábil, que mantém constantemente um sabor de improvisação. Oitenta anos bem vividos, como os de Luís Edmundo, dão histórias para mil e uma noites. Quem quiser viver ou reviver a *belle époque* leia esses cinco volumes.

[25.II.1959]

ARINOS, DE FARDÃO

A recepção de Afonso Arinos de Melo Franco na Academia Brasileira de Letras foi uma bonita festa, ainda que a sala podia estar mais cheia, dado que o autor de *O índio brasileiro e a Revolução Francesa* é pessoa grada em três mundos – o literário, o político e o social. A verdade é que o público anda escamado e procede com a maior cautela desde a noite dantesca em que certo recipiendário massacrou durante três horas o auditório desprevenido com presidente da República e tudo.

O receio agora era infundado, porque tanto Arinos como o acadêmico designado para saudá-lo se haviam concertado em ser breves e até pensaram em tornar ao laconismo das primeiras recepções de posse na Casa. Arinos não encheu a hora e o outro ficou aquém de 45 minutos. Este sacrificou positivamente o retrato que pretendeu fazer de seu confrade com tentar ressarcir a pouca profundidade de seu discurso com umas tintas de humorismo irreverentes e impertinentes naquele egrégio recinto. Por isso, quando tangenciava a política, movia inquietante *suspense* no espírito do simpático chefe da Casa Civil da Presidência da República. Mas o orador permaneceu sempre na tangente. Quanto a Arinos, nem parecia o líder da Oposição, fogoso e firme. Portou-se com impecável elegância e mesmo sacrificou um pouco, sobretudo no exórdio, a articulação do seu discurso para evitar o brilho, a saliência, a ênfase.

A sua oração, na parte em que fez o elogio do antecessor, foi um belo estudo da significação em conjunto da ficção de José Lins do Rego. Da obra vista do alto. Estudo não apenas penetrante mas realizado de um novo ponto de vista, a cuja luz perdia realce a possível intenção social do romancista de *Fogo morto*.

[23.VII.1958]

ASCENSO DO BREJO E DO SERTÃO

Ontem às sete horas o meu telefone tilintou, peguei do fone, um vozeirão retumbou do outro lado, compreendi logo tudo: Ascenso estava de novo na terra. Uma hora depois ele me enchia a casa, atravancando-a. Digo atravancando, porque o meu apartamento é pequeno, não comporta bem um homem das dimensões de Ascenso, que me entope a sala, o quarto e parte da cozinha e do banheiro. Ainda se fosse Ascenso só! Não, é Ascenso e mais o seu enorme chapelão de palha grossa, mais oca de bugre do que chapéu.

Enfim, a alegria de rever o grande poeta de *Catimbó*, de *Cana-Caiana* e de *Xenhenhém* compensa tudo. Ascenso está na terra e veio lançar um novo disco de poemas escolhidos entre os melhores dos seus livros. O lançamento se fará na próxima quarta-feira na Livraria São José. Não será à base de uísque, ainda que falsificado: espero que seja à base de caninha, daquela que ele cantou num dos seus mais famosos poemas, "suco de cana passado nos alambiques" e que "pouquinho é rainha, muitão é tirana..."

Quando Ascenso publicou as primeiras edições de *Catimbó* e *Cana-Caiana*, quem os conhecia de ouvi-los declamados pelo autor, comentou que os versos do rapsodo nordestino eram não para ser impressos em livros, mas para ser gravados em disco. Certa vez escrevi: "Quem não ouviu Ascenso dizer, declamar, cantar, rezar, dançar, cuspir, arrotar os seus poemas, não pode fazer ideia das virtualidades verbais nele contidas, do movimento lírico que lhes imprime o autor".

Alguns anos mais tarde fez Ascenso a primeira gravação, em dois discos. Esta de agora é a segunda, num disco só e muito mais perfeita do que a primeira. São 64 poemas e três historietas populares. Gravação e prensagem foram feitas no Recife e fazem honra à Fábrica Mocambo, da firma Irmãos Rosemblat & Cia. Ltda. A apresentação literária é de Luís da Câmara Cascudo, que em poucas palavras diz o essencial sobre a poesia de Ascenso e a maneira inimitável que o poeta tem de a declamar, com a sua voz "cava, profunda, reboante, misteriosa, vezes quase infrassonora".

Saiu Ascenso, fiquei só, coloquei o disco no prato da vitrola, fi-lo girar, e mais uma vez foi todo o Recife, todo o brejo e todo o sertão, – todo o meu Pernambuco, que tive dentro de meu quarto de dormir pelo sortilégio da poesia e da voz de Ascenso... Poesia que, como disse Mário de Andrade, nos apresenta, "no equilíbrio e na verdade da expressão lírica e formal, o sentimento muito firme da perfeição clássica".

[30.VII.1961]

VINICIUS EM PARIS

Amigos e admiradores, amigas e admiradoras do bardo Vinicius de Moraes, podeis ficar tranquilos: não há sombra de fundamento nos boatos que circularam no Rio acerca do autor das *Cinco elegias*. Não é verdade que ele tenha pintado os cabelos de verde nem que tenha cortado fora a orelha esquerda. O que há é que Vinicius vai perdendo aquele arzinho faunesco, responsável por tantos corações femininos despedaçados. Perdeu-o para adquirir outras graças próprias da idade. O *charme* continua o mesmo, e vem a propósito citar as palavras de um amigo comum que tem queixas do poeta e não quer vê-lo "para não cair *sous le charme*".

Também não é verdade que o filme *Orfeu* tenha sido abandonado. Por ocasião do próximo carnaval uma equipe de técnicos irá filmar o carnaval carioca, se é que o carnaval carioca não morreu este ano.

O que ainda não morreu foi o velho sonho de Vinicius diretor de cinema. Interpelei o poeta sobre isso e ele me respondeu que tem esperança de não morrer sem dirigir um filme.

Vinicius deu-me o prazer de levar-me a almoçar com Rueff, fiel tradutor de poetas brasileiros, no Plaza Athénée, esse reduto de turistas brasileiros ricos. Quando os deixei, eles iam dar os últimos retoques na tradução de seu mais recente poema – "O amor dos homens", enviado para o suplemento literário do *Estado de S. Paulo*. Mas duvido que o *Estado* ouse publicar o ousado poema.

Novo prazer me deu Vinicius reunindo num coquetel em seu apartamento alguns de nossos amigos, com várias surpresas sensacionais: Alberto Cavalcanti, Bopp e Lupe, Maria d'Aparecida, futura Aída de Verdi, tão inteligente. Prazer de rever velhos amigos – Paulo Carneiro, Michel Simon, Paulo Bittencourt, Niomar.

Senti foi não ter visto Georgina, a filhinha mais velha (quatro anos) de Vinicius, e Lila. Tinha sido afastada de casa com a irmã para dar-se liberdade aos convidados. Deixei o apartamento da rue Jean Govejou às 11h30, mas soube que os retardatários saíram às nove da manhã seguinte!

Em tempo: Vinicius esqueceu a "Balada para Pedro Nava" e só pôde cantar ao violão a "Balada para a amada". Pêsames a Pedro Nava e a Juiz de Fora.

[30.X.1957]

O BOM ALOYSIO

"Bom" era o qualificativo que gostava de dar aos amigos, às vezes a simples conhecidos, e muitas não funcionava o epíteto senão como reflexo de sua alma afável, doce, mansa, dessas só definíveis pelas palavras de João Ribeiro a propósito de Frei Luís de Sousa – "numerosas, musicais, afinadas a todos os sopros, como harpa eólia".

Conta Gide no seu *Journal* que sempre depois de um encontro com Valéry voltava para casa humilhado pelo espetáculo de inteligência que era a conversação do poeta de "Cimitière Marin". A mim o contato com Aloysio humilhava também, mas a outro aspecto, e era que junto dele sempre eu me sentia uma criatura sem maneiras, sem cordura, sem bondade, e a essa humilhação se misturava o desejo de imitá-lo naquelas qualidades, que faziam dele um mestre de decoro físico e de elegâncias morais. Nunca o vi na Academia abandonar-se a uma atitude largada, ainda nas tardes mais abrasantes de verão; nem tampouco perder a correção de modos nos debates de maior calor.

Já eu disse uma vez, e quero agora repetir, que, não me tivesse valido a minha entrada para a Casa de Machado de Assis senão a vantagem do convívio com Aloysio, bastava-me ela para eu me sentir feliz de ser um dos quarenta. Foi sempre lá dentro o sentimento de todos nós e mestre Aloysio vai fazer inestimável falta em nossas sessões, onde nos momentos tumultuosos, em que outros perdiam a serenidade, a sua intervenção era sempre para amortecer as paixões com uma palavra conciliadora, esclarecedora.

Foi outrossim na Academia que vim a conhecer o raro orador que havia nele. Um orador completo, desde a voz bem timbrada e afeita a todas as inflexões, até à gesticulação apropriada, de que se servia com desembaraço tanto para a mão direita como para a esquerda, e creio mesmo que gostava de mostrar que usava da esquerda com a mesma elegância da direita. Quando comovido ele próprio, toda a sua carga de emoção se transmitia imediatamente aos que o ouviam, e ela podia chegar até às lágrimas. O necrológio mais belo que ouvi em minha vida foi o que ele pronunciou de improviso na Academia por ocasião da morte de D. Sebastião Leme. Pena que então não tivéssemos ainda na Casa o serviço de estenografia para registrar aquela obra-prima de elogio fúnebre.

Como disse Levi Carneiro nas palavras que proferiu quinta-feira na sessão em que os acadêmicos pranteamos a perda do insigne confrade, a vaga de Aloysio de Castro será preenchida materialmente por força do Regimento, mas espiritualmente continuará aberta a dentro da nossa saudade. Digo mesmo que, por mim, gostaria que de hoje em diante ninguém mais se sentasse na primeira poltrona da esquerda na bancada alta da sala de nossas sessões ordinárias... Verei sempre ali o nosso bom Aloysio.

[11.X.1959]

LEMBRANÇA DE CARMEN SAAVEDRA

Na alta sociedade do Rio foi Carmen Saavedra a figura mais interessante e mais interessada na obra dos artistas inovadores. Não se contentava com frequentar assiduamente as exposições e concertos e conferências: adquiria, com fino gosto de escolha, telas para as suas casas de Copacabana e de Correias, patrocinava sociedades de música de câmara. Sua bela casa de campo em Correias foi projetada por Lúcio Costa e para ela encomendou a Portinari o afresco da sala de jantar. E sem dúvida foi por influência sua que o marido, o Barão de Saavedra, confiou a Niemeyer o projeto da matriz do Banco Boavista e encomendou a Portinari o painel da Primeira Missa no Brasil.

Prezava ela o título de baronesa. Tinha a ingenuidade de acreditar que o título lhe acrescentava alguma distinção, quando esta já estava completa e inacrescentável na sua pessoa de tanta beleza e graça e inteligência. Suas amigas mais íntimas sabiam do tesouro de meiguice que havia nela. Todos nós, sem exceção, sentimos que com ela desaparece a flor mais delicada de nossa civilização nos últimos 25 anos da vida carioca.

[19.IV.1959]

O ANJO DANTAS

Quando Jayme Ovalle e Augusto Frederico Schmidt lançaram a Nova Gnomonia classificando os caracteres humanos em cinco tipos principais – os Parás, os Dantas, os Kernianos, os Onésimos e os Mozarlescos – cada categoria com o seu Anjo, que lhe dava o nome, erigiram em anjo dos Dantas a seu amigo Francisco Clementino de San Tiago Dantas, então jovem bacharel e jornalista. Os Dantas, segundo a tal Gnomonia, são os homens de ânimo puro, nobres e desprendidos, indiferentes ao sucesso na vida, cordatos e modestos, ainda quando tenham consciência do próprio valor. Entronizar Francisco Clementino como anjo da mais alta hierarquia significava um preito da mais elevada admiração.

Aconteceu, porém, que fatos subsequentes levaram Sérgio Buarque de Holanda à formulação da lei da gravitação dos Anjos para o Exército do Pará. Nenhum escapou. O próprio Francisco Clementino ensaiou-se no integralismo, virou grande advogado, enriqueceu.

Um verão que eu pedestreava solitário pelas alamedas de Petrópolis, um automóvel me tirou um fino, estacou, dentro vinha Afonso Arinos com um amigo que eu não conhecia. Afonso fez a apresentação: era San Tiago Dantas. Trocamos um aperto de mão bastante frouxo. Ficou evidente que ele não ia comigo nem eu com ele.

Mas a vida é mestra em dissipar essas prevenções sem motivo. Rolaram os anos, e um dia, San Tiago Dantas era diretor da Faculdade Nacional de Filosofia, recebo uma telefonada dele convidando-me para professor de Literaturas Hispano-Americanas.

Foi na Faculdade que tomei verdadeiro contato com a superior inteligência do atual chanceler. Sobretudo nas sessões da Congregação era de ver como San Tiago, depois de deixar falar os loquazes confrades, tomava a palavra, resumia as opiniões em poucas e luminosas frases, dando-nos a mim, a Sousa da Silveira e alguns outros que detestávamos aqueles intermináveis debates, a oportunidade de votar com perfeito conhecimento da matéria.

O nobre paraísmo de San Tiago vinha há muito pintando para a política. Custou-lhe bastante abrir caminho através da mediocridade de cúpula. Eis, porém, que ele aparece agora na crista da onda.

Por ocasião da última campanha presidencial, disse-lhe pelo telefone: "Estamos em campos opostos." San Tiago corrigiu, compreensivo: "Não são tão opostos".

Opostos ou não, uma coisa é certa: conforta-me ver à testa de nossas Relações Exteriores um homem de rara inteligência, de excepcional cultura, de fácil e segura capacidade de expressão. Lembre-se San Tiago de Ovalle, retorne à sua condição de Anjo, ajude a reparar o mal que Jânio fez ao Brasil com a sua renúncia.

[13.IX.1961]

OLEGÁRIO, ÁGUA CORRENTE

Olegário Marianno, era evidente, nunca duvidou de sua condição de grande poeta. Não creio, porém, que jamais tivesse tido consciência do papel que sua poesia desempenhou na história do lirismo brasileiro. Ingenuamente se julgava um parnasiano e jurava por Bilac e Alberto de Oliveira, quando o que dava particular encanto aos seus versos era uma musicalidade que nada devia à escola em pleno fastígio nos anos de sua estreia. Por essa musicalidade estava ele já muito mais perto dos simbolistas do que dos parnasianos. E ainda por uma certa sensibilidade que admitia nos seus poemas a nota prosaica sentimental.

> Água corrente, água corrente,
> O teu destino é igual ao destino da gente...

Nunca um parnasiano matriculado se permitiria usar a expressão "a gente" em poesia séria. No entanto, como ela soa amorável no alexandrino de Olegário!

Influenciado a seu malgrado e talvez inconscientemente pelos simbolistas, o poeta das cigarras afirmou-se em sua primeira adolescência com uma desenvoltura bem pessoal, impondo-se como uma voz verdadeiramente nova no concerto de seus irmãos e tios poetas. Foi por essa música própria, a que ele ficou sempre fiel, que eu lhe dei desde logo a minha admiração e nela persisti, mesmo quando a poesia tomou, depois, outros caminhos em que Olegário não quis aventurar-se.

Ele não aceitou o verso livre. Procurou aproximar-se dele o mais que pôde pela polimetria, de que se utilizava com fino gosto e grande habilidade. As suas silvas de alexandrinos – alexandrinos frequentemente descesurados – e hexassílabos tinham especial sortilégio rítmico, e pode-se mesmo dizer que era a sua mais genuína forma de expressão.

Ao tempo se pôs em dúvida a sinceridade de sua poesia. Muita gente não acreditava naquele poeta que, sendo um rei da vida, se proclamava "o mais infeliz de todos os rapazes". Hoje temos melhor noção da sinceridade na arte. A poesia de Olegário exprime o homem que Olegário criou em substituição ao Olegário cotidiano. Como Fernando Pessoa criou os seus heterônimos.

Na sua facilidade, na sua fragilidade, a poesia de Olegário tem uma força de penetração profunda – envolve-nos, subjuga-nos, arrasta-nos. É espontânea, cantante, desalteradora – como a água corrente.

[3.XII.1958]

ODYLO EM REVISTA

Meus amigos, meus inimigos, uma boa notícia: a partir do próximo número a revista *Senhor* passa a ser dirigida por Odylo Costa, filho. É o caso de se telegrafar ao feliz proprietário da luxuosa publicação, dizendo apenas isto: sim, senhor!

Quando ela apareceu, tão elegante no seu aspecto material, tão primorosa no seu texto, desabafamos logo: vamos, enfim, ter a nossa *Squire*. Perguntávamo-nos, porém, receosos, se o nosso meio já comportaria um magazine naqueles moldes. Tranquilizaram-nos: os assinantes eram aos milhares; a publicidade, aos milhões. Um bom negócio.

Mas todo negócio, mesmo os bons, talvez sobretudo os bons, precisa de vez em quando sangue novo. *Senhor* andava precisando de sangue novo. Literariamente sempre teve classe. Notava-se no entanto certa ausência de masculinidades – modas, esportes, *hobbies* do sexo. *Senhor* carecia de ser jornalisticamente o que era *Senhor* literariamente. Sangue novo, sangue jornalístico. E o problema foi resolvido, recorrendo-se a esse formidável doador Odylo Costa, filho, que na vida civil já deu o seu sangue a dez filhos (eu vivo dizendo a ele como se grita no circo ao homem do trapézio: Pare! Pare!), e na vida de jornalista o tem dado a tanto filho dos outros.

Odylo é um jornalista completo. Chamo jornalista completo, como chamo professor completo, o que não só sabe a fundo da sua profissão, mas sabe ainda formar novos profissionais, transmitindo-lhes com o *métier* a melhor consciência da profissão. Para o *Jornal do Brasil* trouxe ele meia dúzia de meninos que, sob a sua direção, logo se tornaram ótimos jornalistas. Não é um jornalista do tipo Assis Chateaubriand ou Carlos Lacerda. Não tem pontas. Parece redondo, redondinho, como seu rosto moreno de maranhense ou piauiense? Nunca decorei isso. Mas não se fiem das redonduras de Odylo. Sua força tranquila tem surpreendido muito tralhão incauto.

A novidade agora é que Odylo, veterano em matéria de jornal, vai estrear, em plena maturidade, no gênero revista. E numa revista de caráter todo especial. De uma coisa estamos certo: é que com ele *Senhor* nunca será Charlus nem para Charlus, não senhor!

[19.VII.1961]

SAUDADES DE JORGE LACERDA

No desastre de Santa Catarina perdi, perdemos todos nós brasileiros, um grande amigo na pessoa de Jorge Lacerda.

Encontrei-o pela primeira vez na redação da *A Manhã*, onde era conhecido por *El greco*, pois era de origem grega e só para se afirmar ainda mais brasileiro mudou para Lacerda o seu nome de família, que era Lakerdis. Nossas relações estreitaram-se quando ele iniciou o suplemento dominical *Letras e Artes*, um dos mais artísticos que já ilustraram a imprensa carioca. Carlos Drummond de Andrade caracterizou com mão de mestre o labor de Jorge naquela tarefa, dizendo que cada semana o jornalista vivia um pequeno drama de tipografia e literatura. Dou testemunho disso, pois toda semana vinha Jorge à minha casa buscar colaboração, conselhos e sugestões. Partiu dele a ideia de eu fazer uma antologia de sonetos da língua portuguesa, um soneto por semana tomando a última página do suplemento e ilustrado por Santa Rosa.

A extraordinária habilidade que Lacerda punha naquela empreitada jornalística, punha-a ele também, sem que o suspeitássemos, em sua atividade política, e um dia, com imensa surpresa nossa, vimos Jorge eleito deputado com votação superior à do veterano Nereu Ramos. E mais tarde, contra este mesmo duro chefe, eleito governador de seu estado.

Depois não o vi mais, mas o que lia nos jornais, o que soube por narrativa de catarinenses de passagem pelo Rio é que o governador ia pondo na sua missão política os mesmos tesouros de inteligência, paciência e doçura com que fazia o seu suplemento dominical.

[22.VI.1958]

DO TRAÇO À PALAVRA

Os desenhos de Cornélio Penna me tiraram durante muitos anos a vontade de tomar contato com a sua arte e mensagem de romancista. Amigos meus tinham o escritor em grande conta, mas aquele seu traço de desenhista, duro sem força, nítido sem clareza, agressivo e antipático, feria de tal maneira a minha sensibilidade, que eu não acreditava nos louvores que davam ao romancista: temia encontrar neste a mesma técnica desagradável. Um dia, porém, uma frase escrita de Gilberto Freyre me fez ler *Fronteira*. Depois do que, li *Repouso*. Foi para mim um imenso pasmo. Eu não acabava de crer que o desenhista amarrado e monótono de tantas ilustrações fosse o mesmo vário e sutil anotador dos mais incaptáveis momentos de alma. O homem que dizia detestar a poesia era o poeta que, melhor que nenhum outro de sua terra, soube fazer sentir a atmosfera de nossas cidadezinhas mortas. Cornélio Penna não era um pintor, um desenhista, eis tudo. Jamais poderia retratar Dodôte senão com palavras. Nestas o seu domínio era imperioso e convincente, Dodôte ficara imortal e inesquecível.

[31.VIII.1958]

PINTOR NA EMBAIXADA

Muita gente houve que torceu o nariz à notícia da designação dos nomes de nossos embaixadores para algumas das novas repúblicas africanas. Uns, por questão de princípio, são pela diplomacia de carreira, pois o Estado não mantém um instituto para a formação de diplomatas? Outros, por simples espírito de oposição ao presidente: nos governos anteriores eram situacionistas e sempre aceitaram muito bem que se contemplassem com embaixadas ministros demissionários ou correligionários políticos derrotados nas eleições.

A novidade de agora é que Jânio e Arinos chamaram a servir na diplomacia dois escritores, um pintor e um jornalista, gente considerada de somenos pelos homens graves. Mas logo apareceu quem desse ampla cobertura ao nome de Rubem Braga. Realmente todos quantos conhecem o velho Braga sabem do que ele é capaz: tanto de escrever deliciosamente sobre o joelho de uma certa moça que ele entreviu tomando banho de mar na Praia do Arpoador, no verão de 1956, como de tratar com pleno conhecimento de causa o problema da triticultura nos Estados do Sul. Barreto Leite Filho e Raimundo Sousa Dantas também tiveram a sua coberturazinha. Cícero Dias, não.

Se José Lins do Rego fosse vivo, já teria derramado o coração num artigo. Pois aqui estou para falar por ele, não fosse eu pernambucano de quatro costados, nascido no Recife, em Capunga e, com muita honra, na rua Joaquim Nabuco.

Quando Cícero deixou o Brasil para viver em Paris, muito moço ainda, já tinha renome nacional como grande pintor, intérprete da paisagem e da alma pernambucana em sua maior profundidade. Mas era ainda um louquinho, basta dizer que se servia em suas aquarelas até de tinta de escrever. Um Chagall brasileiro, pela sua fantasia sempre surpreendente e desvairadamente poética. Mas aquele rapaz de basta cabeleira e gestos descomedidos, que parecia indisciplinável, quer como pintor quer como homem, tornou-se, em poucos anos de Paris, como pintor um abstracionista de severa linha construtiva, como homem que luta pela vida um excelente funcionário contratado da nossa embaixada em França. (Disto sabe o Presidente Jânio, disto soube quando esteve em Paris, soube direitinho.)

Cícero Dias vai para o Senegal, terra de cultura francesa, cujo presidente é um *agrégé* da Sorbonne, poeta, fino poeta, amigo de Eluard. Cícero, casado com francesa, por ele tornada grande brasileira, como dizia Ovalle, esposa ideal, que soube dar ao marido uma filhinha com ar de nascida não em Paris, mas em Jundiá, será, tenho certeza, um ótimo iniciador de nossas relações com a jovem República do Senegal.

[17.V.1961]

A CARTA DEVOLVIDA

PENA FILHO

I

Escrevo esse nome, e estou certo que o inscrevo na eternidade. Pois me parece impossível que as presentes e as futuras gerações esqueçam o poeta encantador, tão cedo e tão tragicamente desaparecido.

Em janeiro deste ano, a propósito da publicação de seu *Livro geral*, exclamei: "Bonita a constelação pernambucana no céu da Federação! Viva o Recife e o seu rio com os seus cais de auroras e os seus poetas!" Queria me referir à geração moderna dos João Cabral de Melo, Mauro Mota, Carlos Moreira e Carlos Pena Filho, depois da dos Ascenso Ferreira e Joaquim Cardozo. Uma Estrela apagou-se agora, e é todo o Brasil, não somente Pernambuco, que vê o seu céu desfalcado.

Como Mallarmé, tinha o poeta recifense a obsessão do azul: a sua Maria Tânia lhe parecia "bela e azul"; na rosa que ele amou via, nos seios da rosa, dois bêbedos marujos "desesperados, sós, raros, azuis"; há uma orgia de azul no "Soneto do desmantelo azul", onde acaba nascendo um sol "vertiginosamente azul"; e em certo carnaval, depois de muitas aventuras, se viu o poeta dependurado "nos cabelos azuis de fevereiro".

Por essas poucas imagens já se está sentindo a força encantatória que havia em Carlos Pena Filho. E que de pacientes "buscas no esquisito" praticava ele em cada poema, em cada verso. Sua extrema delicadeza permitia-lhe tratar os temas mais arriscados, como naquele "Retrato breve do adolescente", em que põe tanta beleza no solitário gesto da iniciação amorosa. O coração do adolescente foi visitado por Isa, Rosa e uma vaga Maria da Conceição.

> E aquele mais do que nunca
> herói do sonhar em vão
> foi dormir com todas elas
> nas curvas da própria mão.

Esse poeta, que podia ser em tantos momentos raro e quintessenciado, soube, nos temas da terra natal, apoiar-se firmemente nos metros e no estilo do povo, escrevendo os deliciosos poemas de *Nordesterro*, onde canta Olinda, Fazenda Nova, o Episódio sinistro de Virgulino, as Memórias do Boi Serapião, e o Regresso ao sertão, rio acima, "construindo o entardecer"; escrevendo o *Guia prático da cidade do Recife*, todo o Recife, com o seu centro e os seus arrabaldes, poema onde tenho, mais do que na Academia, garantida a minha imortalidade.

"Foi mais que longa a vida que eu vivi", disse o poeta num soneto-testamento; não a queria prolongada em lembranças. Ela sê-lo-á, porém, enquanto houver entre nós o gosto da poesia.

[6.VII.1960]

II

Em 22 de janeiro do ano passado escrevi ao poeta Carlos Pena Filho a seguinte carta:
"Caro poeta, muito obrigado pelo *Livro geral*, e me desculpe ter demorado tanto em vir dizer-lhe quanto gostei de seus poemas, especialmente dos sonetos 'A rosa, no íntimo', 'Por seres bela e azul...', 'Soneto do desmantelo azul', de 'Poema de Natal' e do recifíssimo 'Guia prático'. Não quer isso dizer que não me agradam os outros: em todos encontro, a cada passo, algum impressionante achado das suas 'pacientes buscas no espírito'. Por exemplo, no 'Retrato breve' aquela dormida do adolescente com Ida, Rosa e outras 'nas curvas da própria mão'. Nunca pensei que se pudesse pôr tanta beleza no imemorial e sempiternal gesto de iniciação erótica.

"Desvaneceram-me as citações de meus versos no meio dos seus – as 'Índias de Leste', a 'Noiva da revolução'. Não é verdade que a nossa melhor glória são esses resíduos que deixamos na memória dos outros?

"Muito concho fiquei também com a parte que me coube no elogio da trinca Manuel, João e Joaquim em 'Guia prático'.

"Depois de Joaquim e Ascenso, João. Depois de João, Mauro e Carlos. Depois destes, você. Bonita a constelação pernambucana no céu da Federação. Viva o Recife e o seu rio com os seus cais de auroras! Um abraço."

*

Levava a carta este endereço: "Sr. dr. Carlos Pena Filho, Palácio da Justiça, Recife, Pernambuco". Pus Palácio da Justiça porque me haviam informado, erradamente, que o poeta era promotor público. Pois bem, agora, mais de um ano depois, devolvem-me a carta de Pernambuco e leio no verso do envelope esta declaração assinada por um Farias, decerto o estafeta, e datada de 27 de janeiro de 1960: "Desconhecido no local indicado". Havia um carimbo da Posta Restante com a data 9-2-1960.

Vá lá que no Palácio da Justiça do Recife não houvesse ninguém para informar quem fosse um grande poeta da cidade colaborador assíduo do *Diário de Pernambuco*. Mas por que não me foi logo recambiada a carta, por que a deixaram mofar na Posta Restante durante mais de um ano?

*

Ainda bem que no dia 27 de janeiro de 1960 escrevi nesta mesma coluna uma crônica onde falava do *Livro geral*. Mas eram apenas meia dúzia de linhas e nem sei se Pena Filho chegou a lê-las. Não me consolarei do pesar que tive com a devolução dessa carta, em que mandava ao jovem grande poeta pernambucano a mensagem da minha admiração e do meu afeto.

[26.II.1961]

ROSA EM TRÊS TEMPOS

I

Agradecendo a oferta que me fez Guimarães Rosa de sua primorosa tradução d'*O último dos maçaricos,* de Fred Bosworth, escrevi-lhe umas lérias e acabei com estas duas sextilhas:

> Não permita Deus que eu morra
> Sem que ainda vote em você;
> Sem que, Rosa amigo, toda
> Quinta-feira que Deus dê,
> Tome chá na Academia
> Ao lado de vosmecê,
>
> Rosa dos seus e dos outros,
> Rosa da gente e do mundo,
> Rosa de intensa poesia,
> De fino olor sem segundo;
> Rosa do Rio e da Rua,
> Rosa do sertão profundo!

Pra que é que fui mexer com homem dos gerais do Urucuia? De Neo-Pasárgada, Rosa retrucou em sextilhas de versos todos rimados:

> [...]
> Ao nosso Afonso te peço
> Dizer um recado meu:
> Seu louvor e nobre apreço
> Grata alegria me deu;
> E ora vejo, penso e meço:
> Agora mais me venceu.
>
> Tudo bem, Manuel. Somente,
> Embora seja robusto,
> Eleição espanta a gente;
> E só penso nisso a custo:
> Constrange-me o "aurisplendente"
> E o processus me dá susto.
>
> Rosa-chá? Rosa do voto?
> (Devoto, sim.) Mas seria
> Melhor persistir remoto
> Sem espinho ou nostalgia.
> Louros e não rosas, noto,
> Vão bem a uma Academia.

Então:

> Respondo a Guimarães Rosa
> Em pé de romance assim:
> Vou pedir ao Maçarico,
> Vou pedir a Miguilim
> Que a mano Rosa eles digam:
>
> – "Rosa, não seja ruim.
> Faça a vontade do bardo,
> Ainda que bardo chinfrim!"
> E eu secundo: Mano Rosa,
> Rosa, rosai, rosae, rosae,
> Vou aos meus dias pôr um fim.
> Antes, porém, me prometa,
> Pelo Senhor do Bonfim,
> Que à minha futura vaga
> Você se apresenta, sim?
> Muito saudar a Riobaldo,
> Igualmente a Diadorim!

[30.VII.1958]

II

Outro dia, de novo, inesperadamente como sempre, me deparei na cidade com Rosa, purpúreo e belo. Fiquei feliz o resto da semana.

Desta vez não filosofamos sobre a vida e a morte e o subconsciente. Puxei conversa a propósito da colaboração semanal que Rosa iniciou em *O Globo*. Eu desejava saber, para meu governo, o que Rosa está sentindo diante dessa obrigação hebdomadária de um estirão de jornal assinado por ele.

A resposta veio pronta: – Angústia. Concluí imediatamente: Rosa não é jornalista.

Explico-me. Para o jornalista, digo o jornalista de vocação, escrever não é obrigação: é necessidade. O jornalista quer escrever todos os dias, não pode deixar de escrever, se não escrever, morre entupido. Duas vezes por semana apenas eu bato à máquina, à última hora, uma croniquinha pífia. Danado da vida. Não sou jornalista. Rosa nunca escreve senão caprichado. Por isso, mal entrega a sua colaboração da semana, começa a trabalhar na da semana seguinte. Ora, uma semana não dá para Rosa caprichar nas suas invenções verbais (há sempre invenções verbais em tudo o que Rosa escreve). Daí a angústia. Rosa confidenciou-me:

– Começo a escrever, um mundo de coisas, ideias, imagens, reminiscências, me acodem. Escrevo cinco, dez, quinze páginas. É preciso reduzir a três. Começo a cortar, começo a corrigir. Aí tomo gosto. Nunca se acaba de corrigir. O meu desejo é então continuar a corrigir até o fim da minha vida. Mas há que entregar os originais. E no dia seguinte recomeçar coisa nova.

Eu sabia que era assim com Rosa. Sabia do que se passou com ele quando foi convidado a traduzir para *Seleções* um romance condensado. Era a história de um pássaro. Rosa mandou vir dos Estados Unidos o romance completo. Mandou vir também tratados de ornitologia. Fez a tradução, reescreveu-a cinco vezes. No fim saiu obra perfeita, coisa que não era no original. Mas Rosa gastou muito mais do que ganhou.

No caso de *O Globo* deve estar sucedendo o mesmo. Escrever para jornal é como escrever na areia. Rosa não escreve na areia: Rosa grava na pedra. Para a eternidade. Assim, o que Rosa está fazendo em *O Globo* é, capítulo a capítulo, mais um livro, digno de ficar junto de *Sagarana*, *Corpo de baile* e *Grande sertão: veredas*.

[22.I.1961]

III

Tenho um amigo que não vai com Guimarães Rosa escritor: – "Gosto da prosa pão pão, queijo queijo", diz ele. "Rosa é torcicoloso".

Respondo-lhe que também gosto da prosa pão pão, queijo queijo, mas Rosa, como Joyce, há que aceitar-se como exceções. Têm o direito de não ficar em se servirem da língua, como toda a gente, ou de o fazerem, mas acrescentando, como Mallarmé, "um sentido novo às palavras da tribo". Rosa inventa palavras, deforma-as, desintegra-as, recompõe-nas, faz alquimias, cirurgia plástica, sei lá o que seja. De *Hitler* e *atrocidade* já fez *hitlerocidade*, monstro esplêndido.

A restrição que, uma vez ou outra, tenho a impertinência de lhe fazer é a sua mesma extrema opulência de invenção verbal. Rosa não se repete, não tira clichês de seus achados. Começa que a gente nunca sabe quando a invenção é dele ou é do povinho de seu município mineiro.

Uma das invenções mais surpreendentes de Rosa foi aquilo de falar "nesta outra vida de aquém-túmulo". O que eu não dava para ter fabricado isso! Agora é tarde, está achado, e o único jeito é plagiar.

Resolvi fazer como Nilton Silva, que escreveu uns bonitos versos a que intitulou "Poesia com um verso de Manuel Bandeira". O meu verso é "Eu quero a estrela da manhã!" sobre ele Nilton teceu as suas variações.

Procederei um pouco diferentemente: direi meia dúzia de lugares-comuns e rematarei dando consistência ao mingau ralo com o tutano verbal de Rosa. Assim, por exemplo (é um ensaio):

Poema com uma linha de Guimarães Rosa

Depois de morto,
Primeiro quererei beijar meus pais, meus irmãos, meus avós, meus tios, meus primos.
Depois irei abraçar longamente uns amigos – Vasconcelos, Ovalle, Mário...
Gostaria ainda de me avistar com o santo Francisco de Assis.
Mas quem sou eu? Não mereço.
E então me abismarei na contemplação de Deus e de sua glória.
Esquecido para sempre de todas as delícias, dores, perplexidades
Desta outra vida de aquém-túmulo.

Que tal, Rosa. Que tal, leitores?

[18.VI.1961]

O COMPLETO AUGUSTO MEYER

Augusto Meyer é um dos três ou quatro homens de letras mais completos que já se viu no Brasil. Não se parece com nenhum outro, e apenas em sua universal curiosidade, no conhecimento profundo da língua alemã e no fato de ser um dos raros estilistas do idioma em todos os tempos lembra o nosso João Ribeiro. O poeta, já grande desde o primeiro livro *Coração verde*, atingiu o seu recorde pessoal nos *Poemas de Bilu*. Quando esse delicioso livro apareceu, em 1929, Mário de Andrade escreveu-me: "Já leu o último livro de Augusto Meyer? A impressão que tive foi ótima. Gozei extraordinariamente. Pra mim é o melhor livro do Meyer, tem um bruto dum caráter." Caráter que tentei definir na minha *Apresentação da poesia brasileira* em termos do próprio autor, assim: o poeta Bilu sabe que "os caminhos foram feitos para andar", ouve o mundo que manda: "Entra no coro". Mas recusa-se ao convite da vida, e o seu desgosto amarguento só se tranquiliza "na grande luz de renunciar". O resíduo último dessa filosofia niilista é que "nós somos a sombra de um sonho numa sombra", inversão do pensamento de Píndaro, que definiu o homem como "o sonho de uma sombra".

[15.V.1960]

O MÉDICO, A ESTRELA

A literatura na vida de Austregésilo não passou de um sonho da adolescência. Em 1898, quando ainda estudante de Medicina, publicou o volume *Manchas – fantasias*, onde havia um pequeno conto curioso, a história do estranho tipo dr. Strauss. Em 1901 editou ainda *Novas manchas – contos e fantasias*, e com esse livro pode-se dizer que estava encerrada a sua carreira propriamente literária. Quando, muitos anos depois, reapareceu na *Noite* assinando crônicas semanais foi prejudicado por uma mania de purismo, que o levava a procurar dar ao seu estilo um gosto arcaizante por processos ingênuos de sinonímia rebuscada nos dicionários.

O médico, sim, esse cresceu e com ele veio a revelar-se o professor extraordinário. No dia de seu enterro tive ocasião de conversar com mais de um médico das gerações mais novas e todos eram unânimes em exaltar o colega extinto como o mais alto e perfeito professor de Medicina de seu tempo. Muitas vezes vi Austregésilo falar na Academia sobre assuntos literários: nada que se aproveitasse. Mas um dia, não sei a que pretexto ou por que ocasião, falou o médico: imediatamente as suas palavras ganharam propriedade, força, nervo, elegância. Compreendi de relance a admiração de seus discípulos quando o viam e ouviam no exercício da cátedra de clínica médica.

Na Academia foi Austregésilo um companheiro impecável. Tomava muito a sério os seus encargos de membro das comissões julgadoras dos concursos, não se fiava presunçosamente de si, consultava os colegas, no desejo sincero de acertar. Só que, por mais correto e escorreito que fosse o concorrente, sempre mestre Austregésilo achava meio de lhe descobrir alguma impureza sintática, algum galicismo (era dos que ainda consideram *detalhe* galicismo condenável), algum neologismo dispensável. Mas quando eu me ria amicalmente desses seus purismos, ele também acabava rindo.

Era um espírito aberto às ideias novas. Não se escandalizou com a minha "Estrela da manhã", sua alma de grande amoroso compreendia o drama do homem sem orgulho, que na sua paixão *aceita tudo*, contanto que a estrela volte...

[28.XII.1960]

LINS DO REGO: O ROMANCISTA E O HOMEM

Da saudação a Afonso Arinos de Melo Franco na Academia

Certa vez entrei na Confeitaria Colombo e deparou-se-me coisa que é rara ali: uma comprida mesa cheia de alegres convivas. Quase todos eram cabeças-chatas na flor da idade. Imediatamente palpitei: o *scratch* cearense de futebol! E era mesmo. Enquanto almoçava, fiquei observando-os. E o tipo físico dos jogadores, o plano braquicéfalo, uma ou outra inflexão cantada que me chegava aos ouvidos me foram enchendo de uma estranha emoção, em que ao cabo reconheci o velho sentimento de pátria, despertado assim mais fortemente do que por manifestações oficiais ou de encomenda. Senti-me então torrencialmente submergido naquela "onda viril de fraterno afeto" a que fiz alusão no meu poema do "Marinheiro triste".

Pois bem: a mesma aura de emoção, o mesmo amor da pátria total identificada numa expressão regional me salteou desde as primeiras páginas de *Fogo morto*.

Dizia-se que Lins do Rego só era bom mesmo na psicologia dos fracassados, dos indivíduos de vontade fraca, do tipo de Carlos de Melo: o mestre José Amaro e sobretudo Vitorino Carneiro da Cunha – Vitorino Carneiro da Cunha, não! Capitão Vitorino Carneiro da Cunha, o homem pagou patente e a defendia no campo da honra! – vieram mostrar que o nosso amigo trazia todo o Nordeste no sangue. E justamente o Capitão Vitorino me parece de longe a criação mais acabada, mais viva, de toda a sua galeria de tipos. Aquele Quixote do Nordeste não precisou de novelas de cavalaria para esquentar a imaginação e criar fibra de herói andante, defensor dos pobres e paladino da justiça. Não tinha sequer um Sancho Pança a acompanhá-lo, não queria auxílio de ninguém e toda a sua fortuna era o punhal de Pasmado e uma burra velha caindo aos pedaços pelas estradas. Mentiroso sem baixeza, vadio sem preguiça, valentão sem muque, desacatado até pelos garotos que o enfureciam ao gritarem de longe a alcunha indecente, Vitorino – dobro a língua, o Capitão Vitorino, – mal escondia debaixo dos seus despropósitos uma pureza de criança. E só mesmo os demônios como os cangaceiros de Antônio Silvino ou os *macacos* da volante do Tenente Maurício ousavam bater-lhe. Mas Vitorino Carneiro da Cunha jamais foi moralmente vencido. As cenas em que o romancista descreve a intrepidez desbocada do velho em face da crueldade dos bandidos do cangaço ou da polícia estadual são verdadeiramente épicas e se colocam, como a da surra terapêutica do Mestre José Amaro na filha doida, entre as mais fortes de sua obra, se não ainda de toda a ficção brasileira.

Os romances de José Lins encantavam-me duas vezes: quando eu os lia e antes, quando, na fase em que ele os estava escrevendo, me ia narrando os sucessivos episódios. O romancista falava, então, não como se me estivesse expondo a sua ficção, mas como se falasse de personagens reais de carne e osso. Era uma delícia. E a obra sempre lhe saía da pena com aquele calor humano que fazia esquecer certas falhas do escritor, avesso ao trabalho de reler e emendar (sabe-se que escrevia sem rasuras e só corrigia uma vez – quando ditava o texto original para a datilógrafa).

O homem Lins do Rego valia o romancista. Os seus defeitos eram todos defeitos nascidos da generosidade. Dizem que como fiscal do imposto de consumo nunca multou ninguém. Não estava certo, mas a falta resultava do seu bom coração. Nunca errou por mesquinharia. Era homem sem *bondades*, como disse nordestinamente de certa personagem de um dos seus romances: sem *bondades*, quer dizer, sem maldades.

[19.VII.1958].

O MERCADOR DE LIVROS

À hora em que estiver circulando esta folha, o livreiro-editor, ou melhor, como ele próprio gosta de chamar-se, o "mercador de livros" Carlos Ribeiro terá dormido a sua primeira noite de cinquentão glorificado. Glorificado pela amizade e gratidão de seus colegas, de seus fregueses, de tantos escritores, que todos lhe devem alguma coisa – uma edição, um serviço, uma gentileza. Toda essa gente escreve livros, compra livros ou vende livros. Carlos Ribeiro compra e vende livros há 37 anos, está escrevendo um livro, o de suas memórias de livreiro, porém, foi mais longe: procurou sempre fazer do livro um elemento de união entre os homens. O livro para ele é uma espécie mística: pão de comunhão, como a hóstia. No seu conjunto de lojinhas da rua de São José todos nós nos sentimos congraçados. Dir-se-ia que ali paira o espírito do santo das famílias ocupado em promover a união da família dos plumitivos, da *genus irritabile*.

Não serei o mais velho amigo de Carlos Ribeiro. Mas sou, certamente, um dos seus mais velhos conhecidos. Lembro-me dele na Livraria Quaresma, ainda rapazola de seus quinze ou dezesseis anos, com esta mesma cara que a ausência de maldade ou malícia conservou até hoje adolescente. Quando eu ia ao extinto sebo da rua de São José, para comprar ou vender, era com ele que buscava entender-me, porque o gerente Matos, com o seu tamanho e o seu vozeirão e os seus olhos percucientes, me metia medo.

Quando o caixeirinho suave deixou Quaresma e se estabeleceu por conta própria num primeiro andar da mesma rua, deixei de frequentar Quaresma e passei a visitador assíduo do sobradinho. Depois Carlos abriu a portinha da rua da Quitanda. Depois montou, na rua de São José, um Quaresma redivivo e melhorado. Sem um grito, sem uma queixa, sem um resmungo, o mercador veio prosperando ao longo dos anos e até hoje só fracassou em duas iniciativas: não conseguiu estabelecer um mercado de autógrafos; tampouco pôde manter num apartamento da avenida Beira-Mar um sebo de classe, como os há nas grandes capitais da Europa: esta eterna Brasília que é o Rio não comporta ainda esses luxos.

Espero, com viva curiosidade, as memórias do "mercador". Deverá contar-nos muito episódio engraçado. Talvez um lhe tenha esquecido e por isso vou contá-lo. Um dia um amigo meu me abordou radiante porque havia comprado por 3 mil e quinhentos um livro de Barrès com dedicatória autógrafa para o presidente Epitácio Pessoa. No dia seguinte interpelei o Carlos e zombei:

– Vocês andaram comendo mosca.

Carlos replicou sem se alterar: – É preciso de vez em quando meter na livralhada uma galinha-morta, senão ninguém frequentava os sebos...

[9.IV.1958]

BOÊMIOS

Não ganham ao passarem da névoa da lenda para a realidade do livro as figuras dos grandes boêmios do tipo Artur de Oliveira, Paula Ney e José do Patrocínio Filho. O melhor que se pode fazer é tratá-los em nota alusiva, como com o primeiro procedeu Machado de Assis a propósito de seu poema "A Artur de Oliveira, enfermo". Uma biografia minuciosa como a que de Paula Ney nos dá Raimundo de Meneses, e mais que isso uma biografia palpitante de vida como a de Patrocínio Filho por Magalhães Júnior acabam destruindo o herói, cuja glória vivia precisamente do prestígio da lenda, esbatidos nela os aspectos negativos de sua personalidade.

Do fabuloso Ney que conheceram os seus contemporâneos, do Ney de que mais de uma vez me falou meu pai, que resta no livro de Raimundo de Meneses senão meia dúzia de boas piadas? Os poucos sonetos transcritos na biografia não atestam uma sensibilidade de poeta acima da mais rasa mediocridade. As cartas são melhores, espirituosas sim, mas sem nada de excepcional. No entanto, os contemporâneos não podiam ter-se enganado tão simploriamente. É que o encanto de tais figuras reside na própria presença, no olhar, nos gestos, na graça espontânea e inesperada. Não cheguei a conhecer Paula Ney, mas conheci Patrocínio Filho. Malgrado toda a habilidade de Magalhães Júnior, não *vi*, positivamente não vi, ou melhor, não revi no livro o *meu* Zeca, o Zeca que retratei *à profil perdu* em duas das minhas *Crônicas da província do Brasil*. O que vi foi um mau poeta, um cronista meio ridículo, e, o que é mais triste, um doloroso exemplar de baixeza humana. O episódio com Coelho Neto é desses que dão náusea. Certamente sem intenção de diminuir o seu biografado, Magalhães Júnior foi impiedoso com ele: o seu livro é terrível.

Provavelmente há nesta biografia mais mentiras do que as perpetradas por esse pobre pardalzinho crapuloso que foi o Zeca. Zeca mentia muito, suas mentiras eram exageradas pelos amigos, que inventavam, ainda por sua conta, outras mentiras, e tudo isso registrado minudentemente por Magalhães Júnior dá um enjoo de mentiras, onde aqui e ali a gente surpreende a prova provada da mentira. Um exemplo: Magalhães transcreve uma página de *As amargas, não...*, de Álvaro Moreyra, em que aparece um Zeca moribundo, o médico recomendara que o doente bebesse leite de mulher, Zeca vê a mulher, o seio era bonito, Zeca manifesta o desejo de beber *à même*. Ora, uns cinco anos antes eu ouvira isso contado por um amigo como anedota. Álvaro engoliu a anedota como repente verídico, já que verossímil, do *Fabuloso Patrocínio Filho*.

Estes dois volumes acabaram de me convencer de que o melhor é deixar para sempre nos limbos da tradição oral a vida dos grandes boêmios do tipo Ney e Zeca.

[21.V.1958]

DOIS QUE SE FORAM

Um dia Brito Broca, bom exumador literário de casos passados, chegou-me ligeiramente às urtigas. Foi a propósito da questão Alencar – Castilho. Respondi ao confrade, mas ao mesmo tempo compus esta sextilha, que nunca lhe enviei nem mostrei a ninguém:

> Brita o Broca, broca o Brito,
> E os dois juntos, Brito e Broca,
> Pulverizam qualquer roca,
> Desmancham qualquer granito,
> Brito e Broca, Broca e Brito
> Num homem só – Brito Broca.

Guardei para mim a sextilha, porque receei que o destinatário levasse a mal a brincadeira e me imaginasse agastado com a sua crítica, que havia sido delicada e em parte justa. Aliás, Brito Broca não era o pulverizador anunciado nos versos. Alma boníssima, grande trabalhador, que até para outros trabalhou muito, anonimamente.

Vede da natureza o desconcerto: homem tão pacífico chamava-se Brito Broca; ao passo que Pacífico Passos, Vital Pacífico Passos, satírico sem papas na língua, era um poeta de veia agressiva, demolidor de homens encastelados em sólidas reputações. A este, quando me mandou o seu *Forrobodó*, agradeci em verso:

> Poeta do Forrobodó,
> Se és pacífico não sei,
> Mas que és vital jurarei,
> Ó satírico sem dó,
> Sem dono, sem lei nem laços
> – Vital Pacífico Passos!

[23.VIII.1961]

JANTANDO COM MILLIET

No movimento literário de 1922 fomos quase todos antropófagos *avant la lettre*. Faziam exceção dois ou três apenas: o suave Antônio Couto de Barros, que hoje é fazendeiro e dizem-me que não quer saber de nada senão de sua fazenda, e Sérgio Milliet, que, para afirmar a sua qualidade de brasileiro, não precisa assinar por inteiro Sérgio Milliet da Costa e Silva.

Lembro-me ainda com que admiração se falava nas rodas modernistas do Rio desse Milliet educado na Suíça, já com três livros publicados na Europa, livros de versos escritos em francês, e que de volta a São Paulo logo se ligou a Mário, Oswald e seus companheiros. Mandou o francês às urtigas, não tardou em se tornar um dos mais finos poetas do grupo e um crítico sempre avisado, sempre comedido, nisto bem francês e do melhor francês.

Passaram os anos, Sérgio construiu uma obra, que na poesia chegou à *Valsa latejante* e na prosa a este primeiro volume de memórias, lançado agora sob o título *De ontem de hoje de sempre*, e por aí já se está vendo que no espírito do poeta as coisas de ontem estão nas de hoje e nas de amanhã, – ontem, hoje e amanhã tudo é sempre. Só os que sentem assim podem escrever boas memórias.

Para festejar Sérgio memorialista os seus amigos consagramos o dia de anteontem ao poeta. De manhã pensamos nele, de tarde fomos à Livraria São José para a cerimônia dos autógrafos, grã-finismo literário inventado por Carlos Ribeiro, e de noite nos reunimos sob a latada do Bar Recreio, esse curioso restaurante, onde, nesses jantares de homenagem, hoje a quinhentos cruzeiros por cabeça, os garçons apressados nos servem o troço de excelente churrasco como se estivessem lançando a ração sangrenta às feras de uma *ménagerie*.

A mesa era enorme, estava lá, à direita de Sérgio, o acadêmico Peregrino Júnior, que o saudou com elegante brevidade, à esquerda outro acadêmico (não guardei o nome) e os dois, enquadrando assim o poeta, pareciam emissários da Academia encarregados de levar à força o amigo para a Casa de Machado de Assis; estava lá Moysés Vellinho, gaúcho tão raro por estas bandas; o meu xará Antônio Bandeira, de cuja maravilhosa exposição no Museu de Arte Moderna não falei porque ainda não aprendi o vocabulário da boa crítica na matéria; havia Rubem Braga, que põe graves óculos para comer, e aquele que ele chama Zizico em suas crônicas; havia o excelente homem que tem nome de constelação – Adalardo; havia, havia, não, ardia, cintilava, fulgurava Elissée, a bebedora de cauim, ferozmente alegre, fatigantemente bela; havia... havia de um tudo. E todos bebemos à saúde do homem que escolheu a profissão das letras porque a considera "limpa e honesta", o que apenas quer dizer que ele a exerce com limpeza e honestidade. Era essa limpeza, essa honestidade, além do singular talento, que estávamos celebrando na noite de anteontem.

[17.VII.1960]

PERFEIÇÃO MORAL

Não conheço nem sei de homem moralmente mais perfeito, direi mesmo tão perfeito quanto Milton Campos. No âmbito familiar foi sempre bom filho, e é bom esposo, bom pai, bom irmão. Quanto ao amigo, quem que o tenha como tal não sentiu os tesouros do coração desse *vir probus* que é amigo de seus amigos em todas as horas, salvo na hora da patifaria? Mas um patife jamais será amigo dele, como jamais ele será amigo de um patife.

A perfeição moral implica a modéstia, mas a modéstia de Milton Campos vai a ponto de esconder-se, de se disfarçar quando indiscretamente provocada. Foi o que se passou num programa de televisão na presente campanha eleitoral. Perguntou o repórter se Milton Campos possuía automóvel, esperando naturalmente uma dessas respostas de falsa modéstia infalíveis na boca dos cabotinos da modéstia. Milton retrucou que não, logo acrescentando porém: "Mas ando muito de táxi..."

A bondade de Milton Campos não exclui todavia a malícia. Milton é superiormente malicioso, irônico, só que não se vale da malícia em proveito próprio ou para diminuir os seus semelhantes. Famosa é a resposta que deu aos seus auxiliares de governo no caso da Rede Mineira de Viação, cujo pessoal estava em greve por falta de pagamento de seus salários. Queriam mandar contra os grevistas um contingente da Polícia Militar. Milton não aceitou a sugestão e indagou com mansidão e agudeza: "Não seria melhor mandarmos o pagador?"

Esse e outros episódios caracterizam aquele traço psicológico de Milton por Abgar Renault definido como "a franciscana tendência à omissão de si mesmo e à falta de espetáculo pessoal". Franciscanismo de que todo dia dá ele prova em sua nobilíssima campanha pela vice-presidência. Só se refere às baixezas de seus adversários políticos quando formalmente inquirido pelos profissionais do jornalismo, do rádio e da televisão. E é sempre com delicadeza e moderação que o faz, porque, e aqui cito novamente Abgar, "guarda Milton no coração as indulgências mais completas para todas as formas de erros, falhas, ridículos e misérias do mesquinho animal humano".

Não há duas morais para Milton Campos: a doméstica e a pública. Milton advogado, grande advogado, e Milton político se conduzem com o mesmo pudor, a mesma probidade, a mesma capacidade de sacrifício do chefe de família, pondo sempre o bem da comunidade acima do seu bem doméstico, e o doméstico acima do pessoal.

Votarei nele para a vice-presidência. Na verdade, é nele que gostaria de votar para a presidência...

[31.VII.1960]

OSWALDO ARANHA: ERROS DO CORAÇÃO

Avistei-me pela primeira vez com Oswaldo Aranha e João Neves uma noite em casa de Afrânio de Melo Franco, antes de 1930, quando se preparava a revolução. Oh noite de grandes esperanças! De João Neves vim a me tornar amigo; de Oswaldo nunca, a vida não me deu oportunidade de maior aproximação senão em breves, e espaçados encontros. Mas a impressão que recebi dele, da sua simpatia, da sua inteligência, do seu *panache* naquele dia em casa de dr. Afrânio foi profunda e resistiria a todas as decepções da revolução realizada e malograda na ditadura de Getúlio Vargas. A este ficaria Oswaldo fiel até o fim. E, todavia, a sua dedicação ao ditador não suscitava em ninguém a mesma repulsa que inspirava em outros. É que, em Oswaldo, o fascínio pessoal, a sua nunca desmentida generosidade impunha a aceitação de seus erros e defeitos.

Não se sabia bem donde nascia aquele fascínio, o maior que já exerceu na elite brasileira qualquer de seus homens públicos, fascínio que era da mesma natureza que o de Nabuco, feito de beleza física, de irradiante simpatia, de dominadora inteligência, a que, no caso de Oswaldo, se somava ainda a nomeada de sua bravura nos entreveros gaúchos.

É certo que errou muito. Tenho, porém, que se errou foi sempre pelo coração, não pela inteligência. Quinta-feira, na Academia, ao se lhe prestarem as homenagens que partiam de homens tão diversos como Levi Carneiro, Alceu Amoroso Lima, Vianna Moog, Rodrigo Octavio Filho, Austregésilo de Athayde, o depoimento deste último ilustrou sobejamente esse traço marcante na psicologia do extinto. O nosso presidente relembrou um dos repentes mais infelizes do grande coração de Oswaldo. Foi por ocasião de uma conferência proferida no Itamaraty por Alceu Amoroso Lima e a convite do próprio Oswaldo, então ministro das Relações Exteriores, vejam bem. A conferência de Alceu analisava as nossas deficiências e foi implacável, objetiva, realista. A assistência aplaudiu-o calorosamente. Oswaldo, cuja fé em nossos grandes destinos não suportava semelhantes restrições, foi tomando pressão à medida que Alceu discursava e, terminada a oração do seu *convidado*, não se conteve e explodiu – literalmente explodiu num improviso arrebatado, que, todavia, o auditório acolheu com a maior frieza. Foi da parte do ministro uma gafe, um destempero, um escândalo. E logo com quem! Com o exemplo de todas as virtudes e todas as elegâncias que é Alceu! Era o grande coração de Oswaldo que estava, mais uma vez, errando destrambelhadamente.

Mas, encerrada a cerimônia, contou-nos Athayde, Oswaldo convidou este a acompanhá-lo ao seu gabinete, e lá, sentando-se desconsoladamente numa poltrona, acabrunhado, exclamou: –"Acabo de dar um coice!" Era a inteligência reagindo rápida contra o coração errado e enchendo-o de arrependimento.

O fascínio pessoal de Oswaldo Aranha, como o de Joaquim Nabuco, cumpriu enormes serviços ao Brasil no estrangeiro. Poucos, muito poucos homens nossos deram lá fora impressão tão lisonjeira. Para falar franco e duro, homens como os dois, ele e Nabuco, a esse aspecto, verdadeiramente não nos representam. Porque são exceções.

[31.I.1960]

DA AMÉRICA, DO MUNDO

PEREDA VALDÉS E POESIA PLATENSE

Ildefonso Pereda Valdés passou quinze dias entre nós. Subiu ao Corcovado, almoçou na Urca, deu a volta da Tijuca, visitou o Museu Nacional, conheceu o Ovalle... Em suma viu o essencial e partiu deixando-nos a impressão de um fino poeta e de um excelente amigo.

Um excelente amigo, que aliás eu já tinha adivinhado pela correspondência com que me distingue desde o aparecimento da *Casa iluminada*. Um amigo do doce feitio moral de Bustamante y Ballivián, igual, discreto, dando a conhecer o seu afeto aos poucos, sem alarde, sem derramamentos intercambistas, gostando de descobrir por si próprio o que temos de amável em nossa história, em nossa literatura e em nossos costumes. Em verdade um excelente amigo, que espero nos volte a visitar muitas vezes.

Quando Pereda Valdés me preveniu por carta que faria aqui (*acá*) algumas conferências, não deixei de ter os meus receios, tão ressabiado ando da espécie conferencista. Ninguém menos conferencista do que Ildefonso Pereda Valdés. Falou no pequeno salão do estúdio Nicolas. Era ainda grande para sua modéstia de homem sem voz, sem dição e sem gestos. O que disse poderia e deveria tê-lo feito para alguns amigos em casa de algum de nós, porque Pereda Valdés é um desses espíritos que pedem, como a música de câmera, o pequeno ambiente rico de afetuosas afinidades.

Com Pereda Valdés era a primeira vez que eu entrava em contato mais demorado com a prosódia platense. Depressa me habituei com *êja* (*ella*), *jeva* (*lleva*). O que estranhei muito foi *bejeça* (*belleza*). Pereda foi indulgente com duas morenas brasileiras que assistiam à sua palestra do estúdio Nicolas e tiveram um frouxo de riso quando, a propósito de não sei que poeta uruguaio, falou em três admiradoras suyas. O *y* antes de vogal soa entre os nossos vizinhos como o nosso *j*, de sorte que as três admiradoras do poeta viraram admiradoras sujas.

Ildefonso Pereda Valdés falou-nos da poesia nativa uruguaia. Há porém um fundo comum às poesias argentina e uruguaia de caráter nativo, e que é a vida de estância, donde saíram os tipos admiráveis de *Martín Fierro* e *Santos Vega* na poesia popular, e na poesia culta o incomparável *Secundo sombra* de Guiraldes. O Uruguai não deu nenhuma epopeia no gênero daquelas. Sente-se no entanto que os nossos vizinhos da Banda Oriental se nutrem como de alimento seu na matéria folclórica dos poemas de José Hernandez e Hilario Ascasubi. Daí se ter Pereda demorado em comentários saborosos sobre o ciclo heroico argentino.

A evolução da poesia gauchesca acompanha as vicissitudes sociais. A civilização platense passou pelas três etapas naturais e lógicas: uma primeira de absorção, em que tudo é europeu, – cultura, costumes, idioma; a segunda, de fusão dos dois elementos europeu e nativo, albores da independência e primeiros anos de vida autônoma, aparecimento de bravos propagadores de um ideal localista, Moreno, Rivadavia, Monteagudo, e mais tarde Echeverria, Alberdi, Sarmiento, Juan Cruz Varela; finalmente a etapa de completa emancipação, já caracterizada pela formação de uma linguagem americana e uma arte nativa, cujos precursores foram, ainda antes de Hernandez e Ascasubi, os anônimos *payadores* que percorriam as estâncias, cantando ao som das guitarras e em torno dos quais se reuniam os peões de estância, como os nossos matutos do Nordeste ao redor dos cantadores.

De resto nos informa Pereda Valdés que tanto o tipo do cantor, como o do *peleador*, o gaúcho que não se enraíza em parte alguma e vagueia de estância em estância, de povoado em povoado, sempre em busca de aventuras, vão rareando cada vez mais. O gaúcho do tipo *Martín Fierro* é já uma lenda e perdura apenas como tradição cantada. O mesmo se dá com o crioulo *malevo*, descrito por Ascasubi em *Santos Vega*, alma formada de sentimentos contraditórios, "tão pronto generoso como mau, mescla estranha de magnanimidade e egoísmo, no fundo bom e dado a praticar o mal muito mais por necessidade do que por instinto".

Soam um pouco à maneira de certas estrofes pungentes do Testamento de Villon estas sextilhas do *Martín Fierro*, descrevendo as duras condições do gaúcho acossado pelo Comissário e pelo Juiz de Paz:

> *Para él son los calabozos,*
> *Para él las duras prisiones;*
> *En sua boca no hay razones*
> *Aunque la razón le sobre,*
> *Que son campanas de palo*
> *Las razones de los pobres.*
> *Si uno aguanta, es gaucho bruto;*
> *Si no aguanta, es gaucho malo.*
> *Déle azote, déle palo!*
> *Porque es lo que él necesita!*
> *De todo el que nació gaucho*
> *Esta es la suerte maldita.*

Pouca gente conhece entre nós o *Martín Fierro*; raríssimos, o *Santos Vega* de Ascasubi e o *Fausto Criollo* de Estanislao del Campo.

Hilario Ascasubi lutou em 1825 em Passo do Rosário, serviu com Lavalle no exército libertador, bateu-se contra Rosas em Caseros. Depois da queda do tirano, embarcou para a Europa e instalou-se comodamente em Paris. Foi lá que concebeu e realizou o poema que como obra documental e como dramaticidade Valdés coloca acima do *Martín Fierro*, reconhecendo-lhe todavia a inferioridade do ponto de vista propriamente poético. De Paris escreveu Ascasubi estas palavras, que agradarão, estou certo, ao paulista Mário de Andrade: "Paris não é para todos os homens o paraíso da terra... Não, o paraíso de cada homem está na sua terra natal."

Era natural, aliás, que ignorássemos aqui a existência de obras como o *Martín Fierro*, o *Santos Vega* ou o *Fausto Criollo*. No Sul mesmo havia contra elas os preconceitos da falsa cultura dos professores das universidades, que as tinham no mais professoral desprezo. E Pereda Valdés data de 1914 o movimento de curiosidade e atenção em torno delas, naturalmente suscitado pela febrinha de diferenciação nacionalista que foi um dos sintomas da Guerra.

[1.VIII.1931]

GRANDE DA VENEZUELA

Se o Villa-Lobos estivesse aqui, eu o convocaria com o seu orfeão, reforçaria este com as vozes de uma boa dúzia de amigos das letras hispano-americanas – o Justo Pastor Benitez, o Stefan Baciu, o Homero Icaza Sánchez, os candidatos à minha sucessão na Faculdade Nacional de Filosofia Bella Jozef, Leônidas Porto, Mário Camarinha, Hélcio Martins, pediríamos licença ao Sílvio Júlio e iríamos entoar, sob as janelas da Embaixada da Venezuela, a canção de cordialidade das boas-vindas ao novo embaixador Mariano Picón-Salas.

Eis agora entre nós um dos grandes espíritos de "nuestra América", da linhagem dos Bello, dos Martí, dos Hostos, isto é, dos homens cuja principal atividade intelectual sempre consistiu no estudo apaixonado de nossas realidades, na busca incessante de nossa expressão própria, para usar a expressão de Pedro Henríquez Ureña, que, com Picón-Salas, Alfonso Reyes, Martínez Estrada e tantos outros, herdaram a mentalidade fraternamente continental daqueles insignes próceres do século XIX.

Mariano Picón-Salas é um verdadeiro mestre. Quando andei lecionando literaturas hispano-americanas, frequentemente estava recorrendo a essa opulenta canteira que é o seu livro *De la conquista a la independencia*, volume em que cada capítulo, como argutamente acentuou Augusto Mijares, é síntese de muitas obras e ao mesmo tempo ponto de partida para outras. Desde o breve prefácio nos adverte o mestre sobre o permanente conflito da vida natural "*criolla*": "a presença de elaboradas formas estrangeiras, de uma cultura forânea que serve às minorias privilegiadas, mas um tanto indiferentes à realidade da terra, e o acúmulo de irresolutos problemas que brotam das massas índias ou mestiças"; assinala como o maior problema educativo da América espanhola o conciliar com a cultura dos livros e das universidades a "urgente civilização manual", aquela civilização iniciada nas tentativas pedagógicas de Pedro de Gante e Vasco de Quiroga no século XVI. Os capítulos referentes às primeiras formas de transculturação, especialmente a parte que diz respeito à pedagogia da evangelização, e o que versa o tema do barroco das índias são páginas magistrais; como pensamento erudito tanto quanto como esplendor de expressão.

Outro livro em que se trai a ternura "americana" de Picón-Salas é *Intuición de Chile*. Já em *Odisea de tierra firme*, relatos da negra era de Gómez, o que admiramos é a sensibilidade do democrata que sempre teve a bravura de enfrentar as tiranias.

Homens como este é que os nossos vizinhos deviam mandar sempre como seus representantes. Há anos estava eu esperando que a Venezuela nos mandasse Picón-Salas. Chegou a vez. Agora, que o Equador nos mande Jorge Carrera Andrade, o México José Gorostiza, Cuba Eugenio Florit, e as outras repúblicas nomes da mesma categoria. Todas os possuem.

[4.VI.1958]

CONHECIMENTO DE CARRERA ANDRADE

Um dia um rapaz equatoriano que fazia versos embarcou num navio holandês rumo ao Panamá e dali partiu para a Europa. A viagem iniciou-o "na magia verde da geografia". No estrangeiro começou a escrever os seus *Boletines de mar y tierra*. Estava com 25 anos e desde então a Hispano-América passou a contar com mais um grande poeta – esse extraordinário, esse raro Jorge Carrera Andrade, que ora nos visita. Chegou, finalmente, a nossa vez de nos enquadrarmos na sua mágica geografia.

Havia muitos anos que eu suspirava por este momento de conhecer em carne e osso o poeta de *Biografía para uso de los pájaros*. Por que o Equador, dizia eu comigo, não nos manda como embaixador o seu maior poeta, que é também um dos maiores da América? Fê-lo agora, infelizmente só em missão especial, quer dizer, por pouco tempo, quando o que queríamos era tê-lo aqui por alguns anos, como tivemos outras grandes figuras da América – Alfonso Reyes, Mariano Picón-Salas. Tanto mais que Carrera Andrade, homem, não fica atrás de Carrera Andrade poeta, na sua envolvente simpatia e afetividade.

O poeta não é ainda conhecido do nosso grande público. Quem, porém, quiser saber o que é a sua poesia não tem senão que ler a arte poética contida em seu poema *"El objeto y su sombra"*. A vida são as coisas. E o poeta aconselha:

> *Limpiad el mundo – esta es la clave*
> *de fantasmas del pensamiento*
> *Que el ojo apareje su nave*
> *para un nuevo descubrimiento.*

As janelas são tema constante na poesia de Carrera Andrade: *"La ventana, mi propiedad mayor..."*. Pedro Salinas escreveu um dia que as ideias básicas da poesia de Carrera Andrade são: viagem e registro. Registro de tudo o que vai vendo em suas viagens, e o mais importante é que o poeta tem olhos para os seres e objetos que a toda gente parecem insignificantes ou feios. Os seus *Microgramas* (o poeta provou que o espírito e a técnica do haicai existia no epigrama castelhano, no *cantar* e na *saeta*), os seus *Microgramas* são uma série desses registros de coisas e seres humildes. Que é o caracol?

> *Caracol:*
> *mínima cinta métrica*
> *con que mide el campo Dios.*

[1.I.1961]

MESTRE GARCIA MONGE

Por um número atrasado de *El Sol*, folha costarriquenha, vejo que faleceu em 30 de outubro do ano passado o venerado Joaquin Garcia Monge, o fundador e diretor da famosa revista *Repertório Americano*, que desde 1920 condensava em edições semanais o melhor do movimento cultural do idioma espanhol, com natural preferência para as coisas centro-americanas. Morreu aos 77 anos esse autêntico prócer da cultura hispano-americana, a quem Prampolini qualificou, certo com exagero, de genial. Melhor e sem favor lhe assentava o qualificativo "insigne", que lhe deu Luís-Alberto Sánchez, seu reabilitador, como romancista, no artigo *"Joaquin Garcia Monge, novelista ignorado"*, publicado em *Cuadernos Americanos* (México, maio de 1950).

Depois de dar, a breves intervalos, três livros de contos – *Hijas del campo*, *El moto* e *Abnegación* –, onde se reflete a vida de seu país em todos os seus aspectos, políticos e sociais, publicou Monge, quinze anos depois, *La mala sombra y otros sucesos*, em que, segundo Sánchez, *"se advierte un pulso firme y un oído atento, como de baquiano, para catar las excelencias de la tierra"*.

Mas a atividade ficcionista de Garcia Monge ficou quase que só conhecida dentro da Costa Rica e repúblicas vizinhas. O renome continental do escritor lhe veio do periódico por ele mantido, com exemplar elevação e largueza de ideias, durante 38 anos. Não havia escritor das Américas que não conhecesse o *Repertório Americano*, que em algum momento de sua vida o não tivesse consultado, e os mais celebrados nomes das letras ibero-americanas colaboraram em suas páginas, modestas de aspecto (ao lado dele o nosso *Jornal de Letras*, o benemérito mensário dos irmãos Condé, é uma publicação luxuosa), mas sempre ricas de substância. Pedro Henriquez Ureña e seu irmão Max, Picón-Salas, Arciniegas, Gabriela Mistral, Juana Ibarbourou, Juan Ramón Jiménez, Neruda, Ciro Alegria, Jorge Icaza, a velha guarda e as recentes gerações, todos passaram pelas colunas de *Repertório Americano*. Aceitando a colaboração espontânea de escritores de todos os países da América Latina, reproduzindo artigos importantes nas folhas e revistas nacionais e estrangeiras, mantendo uma seção de *reviewing* do movimento editorial na América, o *Repertório Americano* veio a constituir um formidável tesouro de informações, um repositório de consulta obrigada a quem quer que pretenda fazer a história da cultura latino-americana. E tudo isso foi a obra quase exclusivamente de um homem, sempre devotado à causa da liberdade, da boa política e da boa literatura, Mestre Joaquin Garcia Monge.

[11.III.1959]

OS VÁRIOS FERNANDO PESSOA

Confesso que prefiro a obra de Fernando Pessoa ele mesmo à dos seus personagens fictícios. Ricardo Reis não me interessa grandemente senão em meia dúzia de odes e alguns versos lapidares ("ir no rio das coisas", "Que é qualquer vida? Breves sóis e somo"); a ênfase, os excessos de Álvaro de Campos me fatigam, ainda que lhe reconheça a grandeza da "Ode marítima", da "Tabacaria", a delícia menor das "Cartas de amor". Simpatizo mais com Alberto Caeiro, talvez porque encontre nele muito do Fernando Pessoa. A filosofia de Caeiro se resume a isto: "Cada coisa é o que é, e isso me alegra e me basta". Mas como ele sabe ser poeta dentro dessa "realidade imediata"! Esse Caeiro me tem ajudado a viver. Muitas vezes me tenho repetido isto:

> Pouco me importa.
> Pouco me importa o quê?
> Não sei: pouco me importa.

Caeiro faz a gente encontrar alegria no fato de aceitar: "no fato sublimemente científico e difícil de aceitar o natural inevitável".

[10.VIII.1960]

BOTTO, INVENTOR

Era um grande poeta – e um grande inventor de mentiras. Como poeta podia fazer canções desta deliciosa ingenuidade:

> Faze ó ó meu pequenino, –
> Anda lá fora um rumor...
> Voz do mar, ou voz do vento.
> Faze ó ó...

>   – Seja o que for!
> Vejo as estrelas brilhando
> Através desta vidraça;
> – Sinto-me triste, mais só...
> E a minha voz vai cantando:
> – ó, ó... – ó, ó...

Cito essa "Cantiga de embalar" porque é curta. Há numerosas outras tão bonitas ou mais.

Como inventor de mentiras era capaz de improvisações como esta:

Uma noite, numa reunião em São Paulo, a conversação caiu no nome de Mário de Andrade, já falecido. Botto tomou um ar pesaroso e falou:

– Ainda me lembro da primeira vez que o vi. Foi em Lisboa. Eu estava a banhar-me, quando o criado veio dizer-me: "Está aí o sr. Mário de Andrade". Mário de Andrade? Nu como estava e sem me enxugar, corri à sala...

Aí um dos da roda interrompeu-o: – Mas o Mário nunca saiu do Brasil.

Botto não se alterou:

– Ah não? Então devia ter sido o Gide, ou o Proust.

Não se contentou jamais de ser um grande talento; proclamava-se gênio. Por si e pela voz dos maiores escritores – Pirandello, Unamuno, Antônio Machado, García Lorca, Fernando Pessoa... Quando deu o primeiro recital no Rio (dizia maravilhosamente os seus versos), pediu-me que o apresentasse. Fi-lo em algumas palavras que depois me fez escrever. Mas tirando cópia delas para publicação numa revista, onde o chamei de grande poeta, riscou o qualificativo "grande" e substituiu-o por "genial". Ele não fazia por menos...

Tinha tudo para ser admirado e amado: presença simpática, maneiras encantadoras, voz insinuante, dotada de persuasivas inflexões. Não precisava senão de ser simplesmente o que era. Não compreendeu isto. Não compreendeu que mais do que as palavras de exagerado louvor que pôs na boca dos que talvez nunca tivessem lido uma linha dele, valiam as do seu sincero conterrâneo José Régio ao dizer da obra do confrade mais velho que ela ficaria, "pesada de sentido e cristalina de timbre, sobre a qual o tempo não terá poder".

[25.III.1959]

MARIA DA SAUDADE

Mandou-me alguém uns poemas, pedindo-me em carta a minha opinião sobre eles. Assinava-se Maria Gonçalves. Essas consultas, que me chegam com uma frequência um tanto enervante, me deixam sempre perplexo. São, em grande maioria, versos de rapazes e moças que andam beirando os vinte anos. Que poesia se pode fazer nessa idade, a menos que se seja um Rimbaud ou, mais modestamente, um Castro Alves? Balbucios informes, que às vezes enternecem pela sua ingenuidade desajeitada...

O caso de Maria Gonçalves, porém, não era esse e era uma exceção. Vi logo nos seus versos um poeta feito e perfeito. No entanto exprimia-se na carta com uma encantadora modéstia e incerteza da vocação, todavia claríssima: "Os poemas que lhe envio não foram vistos por ninguém, se V. achar que não valem nada ou que valem pouco ninguém mais os verá. O caso, querido Manuel Bandeira, é que sou uma mulher e a palavra 'poetisa' me enche de horror. Se V. acha que não poderei passar dessa coisa temível que é uma poetisa de salão, peço que o diga sem piedade; mais vale cortar o mal pela raiz. Sei que esses versos são tremendamente inexperientes e eu própria os poderia corrigir um pouco. São de épocas diferentes, esquecidos por gavetas, encontrados ao acaso; mas penso que, se eles não valem nada, seria ridículo tentar melhorá-los, e que, se valem alguma coisa, V. o saberá descobrir através das *gaucheries* duma principiante".

Não havia *gaucheries*. Ao contrário, havia uma surpreendente segurança de mão no manejo e combinação das palavras encantatórias criadoras de poesia. Huidobro disse em sua *Arte poética* que o adjetivo quando não dá vida, mata. Os adjetivos de Maria Gonçalves eram sempre vivificantes. O substrato dos poemas, meditativo e grave, revelava uma sensibilidade amadurecida e muito pessoal; a forma era sóbria, de bom desenho, rico de matéria, como se diz em pintura, de uma musicalidade muito moderna. Não havia ali aquilo que tanto irritava Valéry: as belezas que são acidentes. Nada era acidental naquela poesia: tudo parecia surgir e ordenar-se obedecendo ao apelo vigilante da decisão criadora. E certos versos me fizeram lembrar uma imagem de Claudel, soando aos meus ouvidos *"imprégnés jusqu'en ses dernières fibres, comme le bois moelleux et sec d'un Stradivarius, par le son intelligible"*.

Quem era Maria Gonçalves? O enigma parecia insolúvel. Mas eu já fui charadista... Uma manhã disquei para a casa de Jaime Cortesão, atendeu-me sua filha Maria da Saudade e eu disse-lhe sem preâmbulo: – Bom dia, Maria Gonçalves!

E era Maria Gonçalves mesmo, isto é, um raro poeta que não precisa dos conselhos de ninguém, e ainda menos deste seu deliciado admirador.

CENDRARS DAQUELE TEMPO

Blaise Cendrars, que acaba de morrer em Paris em relativa obscuridade, foi na década de 1920 um dos nomes de maior prestígio universal no mundo da poesia. Para isso concorriam, tanto quanto a sua obra, certas faces pitorescas da sua personalidade: era um mutilado da guerra de 1914, na qual perdera um braço e desde os dezesseis anos um *globe-trotter* que não esquentava lugar. A sua poesia impressionava então violentamente pela mistura do épico e do lírico: ao mesmo tempo que representava a vida moderna no que ela tinha de mais novo e mais chocante, sabia confidenciar os sentimentos mais íntimos do seu autor. Cendrars era um possuído da vida moderna. *"L'univers me déborde"*, explicou ele na *"Prose du Transsibérien"*. Essa confissão definia-o.

No Brasil foi grande a sua influência sobre os rapazes que em 1922 desencadearam o movimento modernista. Tanto que, alguns anos depois da famosa Semana, indo Paulo Prado à Europa, trouxe de Paris o poeta para lhe mostrar o Rio, São Paulo e Minas. Algumas das impressões dessa passagem entre nós estão nos poemas curtos do livro *Feuilles de route*, poeminhas que evidentemente influenciaram a maneira em que depois começou a poetar o "aluno de poesia" Oswald de Andrade.

A seiva mais densa de Cendrars como que se esgotou nos três longos poemas de *Du monde entier*. Ali se pode dizer que verdadeiramente reuniu *"les éléments épars d'une violente beauté"*.

Quem me revelou Blaise Cendrars foi Ribeiro Couto, quando éramos vizinhos na rua do Curvelo. Ainda hoje conservo preciosamente o exemplar de *Du monde entier* na simpática edição da *Nouvelle Revue Française*, emprestado por Couto e que eu jamais restituí. Lembro-me nitidamente do fervor com que líamos e relíamos os versos, tão surpreendentes para nós, de *"Les Pâques à New York"*, *"Prose du Transsibérien"* e *"Le Panama"*... Versos que hoje não me satisfazem mais, mas que naquele tempo punham em meu coração um frêmito novo...

[25.I.1961]

RECORDAÇÃO DE CAMUS

De todos os grandes escritores europeus que nos visitaram, e eu tive oportunidade de abordar, nenhum me impressionou tão agradavelmente como esse Albert Camus, que acaba de desaparecer num fortuito acidente de automóvel. Quando ele esteve aqui, ainda não era Prêmio Nobel, mas já havia escrito *La peste* e o seu nome se tornara conhecido em todo o mundo. A maior láurea literária não podia aumentar-lhe a celebridade, que já era imensa: era dos tais que fazem mais honra ao prêmio do que o prêmio a eles.

Assim, ao se anunciar a sua conferência, a ser pronunciada no auditório do Ministério da Educação, a afluência do público foi enorme, e creio mesmo que só Anatole France despertou entre nós tamanha curiosidade. Até eu, que sou muito avesso a esses corre-corres, a esse espevitamento de tomar o cheiro dos famanazes em trânsito, saí-me dos meus cuidados e fui até o Ministério. Mas, diante do aspecto da sala, absolutamente à cunha, com gente sentada até junto à mesa, bati em retirada. A consequência foi que nunca vi Camus falar em público.

Vi, porém, coisa melhor. Conversei com ele em *tête-à-tête*, e eis como tive essa fortuna, que devo a Maria da Saudade Cortesão. Alguns amigos brasileiros do grande escritor, uns vinte, entre os quais Murilo Mendes, tiveram a boa ideia de lhe oferecer um almoço de despedida num restaurante português da rua do Ouvidor, perto do cais. Ao fim do almoço, eu, que apenas havia apertado a mão de Camus ao lhe ser apresentado, sentia-me bastante derreado pela peixada e pelo verde da casa: mal podia trocar palavra com os meus vizinhos de mesa. Foi quando Maria da Saudade, que ocupara o lugar à direita do escritor, levantou-se e veio buscar-me para me fazer sentar ao lado de Camus, a fim de que ele e eu conversássemos um pouco. Obedeci com certa relutância, pois não esperava grande coisa do contato (a minha experiência com Spender, Lehman e outros *sublimes* fora desanimadora). Que dizer de saída a Camus? Eu estava arrasado. Foi o que disse: – "Esses almoços em restaurante me cansam muito". A simpatia de Camus foi total. – "A mim também", respondeu. E eu prossegui: – "O senhor deve estar exausto de tanta conferência, tanta homenagem". E ele: – "Estou doente. Eu resisti à guerra, resisti à Resistência, não resisti à América do Sul!" Por aí fomos num papo sem nenhuma formalidade, falamos de nossa doença (porque Camus também foi dos marcados pela tuberculose na mocidade), falamos de muitas outras coisas e ele acabou dando-me o seu telefone privado em Paris para que eu o procurasse quando fosse à França. Durante todo o tempo que o ouvi, senti-me à vontade e encantado. Surpreso. Não havia naquele homem vestígio dessa personagem odiosa que é a celebridade itinerante. *Não parecia um homem de letras.* Era um homem da rua, um simples homem, dando a outro homem um pouco da sua substância espiritual, simplesmente humana. Senti vontade de ser seu amigo. Quando, um ano depois, estive em Paris, quis procurá-lo. Ele estava ausente. Agora o desastre... Deixo nessas pobres linhas a minha saudade do homem Camus, tão simples, tão simpático, tão despretensioso na sua glória mundial.

[10.I.1960]

UM POETA HOLANDÊS

Entre os escritores estrangeiros que nos visitaram por ocasião do Congresso dos PEN Clubes, havia uns três ou quatro de notoriedade mundial, mas não creio que sejam esses os de que tenhamos colhido maiores vantagens de intercâmbio cultural. Graham Greene mostrou-se bastante *aloof*, Moravia bastante mal-humorado. Madariaga foi mais gentil e na Academia Brasileira de Letras disse algumas palavras inteligentíssimas, revoltando-se contra o chavão que dá a América Ibérica como terra do futuro. "Não é só do futuro", consolou-nos ele; tem ela um grande presente e um passado formidável, anterior à chegada dos europeus.

Imagino que nas muitas dezenas de nossos visitantes sem fama dilatada como os três citados, haverá alguns de cuja passagem pelo nosso país resultará para nós considerável proveito. Um deles é, certamente, o poeta holandês Dolf Verspoor. Eu o conhecia por algumas traduções de poemas de Adriaan Roland Holst, na coleção *Par delà les chemins*, editada por Pierre Seghers. Os versos de "O lavrador", "A prece do harpista", "O vagabundo evadido" e "Fim" revelavam no tradutor a sensibilidade e a técnica de um verdadeiro poeta. Depois eu próprio fui descoberto pelo tradutor. Como? Numa antologia. Aqui não se sabe como uma antologiazinha pode levar ao estrangeiro as nossas longínquas vozes... Graças a uma delas o poema "Quadrilha", de Carlos Drummond de Andrade, é muito conhecido na Europa.

Verspoor escreveu-me remetendo-me um livro precioso, bonita edição, digna da terra de mestre Laurens Coster, que disputa com Gutenberg a glória de inventor da imprensa. Esse livro, intitulado *Saudades*, é uma coleção de 23 dos mais belos sonetos de Camões. Pude verificar a boa qualidade das traduções de Verspoor com o auxílio de meu querido amigo holandês F. H. Blank-Simon, que fez para mim a tradução literal das traduções de Verspoor, e como eu *capisco* qualquer coisa da prosódia holandesa, pude fazer, perfeitamente, ideia do trabalho poético de Dolf Verspoor.

[3.VIII.1960]

O CHARLUS DE SAINT-SIMON

Roberto Gomes, espírito encantador, homem de fina sensibilidade, sensibilidade quase feminina (no entanto, num gesto viril, deu cabo da vida com uma punhalada certeira no coração), chamou, de uma feita, Racine "esse divino Bataille do Século XVII". A aproximação dos dois nomes soa-nos hoje grandemente ridícula e só se explica por um desses tremendos erros de perspectiva tão comuns no julgamento de contemporâneos. A mim me soou ridículo desde o primeiro momento, malgrado a admiração que então me inspirava o já esquecido Bataille, que àquele tempo repartia com Bernstein, outro esquecido, o domínio dos palcos parisienses.

Estarei caindo no mesmo erro de perspectiva, no mesmo ridículo, se chamar ao Saint-Simon das imortais *Memórias* esse, não direi divino, mas outro epíteto mais humano, esse (não tenho tempo de procurar o adjetivo) Proust do século de Luís XIV?

Quando me ponho a ler os fuxicos de Charlus sobre o ramo mais velho desta ou daquela família do *grand monde* francês, quando me vejo perdido no labirinto de um daqueles períodos intermináveis, embastidos de orações incidentes que envolvem, por sua vez, novas incidentes, fico a me perguntar se não foi no cronista da Corte do Rei-Sol que Proust formou o seu estilo e a sua maneira? No repertório dos nomes das *Memórias* não foi buscar muito nome dos volumes de *À la recherche du temps perdu*? O de Charlus, por exemplo.

O Charlus de Saint-Simon era, como o de Proust, um homem de espírito, sem papas na língua, de caráter mordaz. Residia em suas terras de Moulins e quando vinha a Paris, como nobre que era, pai do Duque de Lévy, tinha franco acesso aos apartamentos do Rei. Certa vez que lá entrou, estava presente Mansart, não o grande, mas o superintendente das construções, que passava por bastardo do arquiteto e fora por ele introduzido na Corte. Não entendia nada do ofício, não tinha gosto, mas soube insinuar-se no ânimo do Rei e todo o mundo o respeitava por isso. Mas Charlus, já disse, era mordaz e não tinha papas na língua. Sabendo o Rei que ele vivia em Moulins, perguntou-lhe novas da ponte local, que tinha sido, havia pouco tempo, construída por Mansart.

– Sire, respondeu friamente Charlus, não tenho notícias dela depois que partiu de Moulins, mas a estas horas deve estar em Nancy.

– Como?, disse o Rei espantado. De quem é que o senhor pensa que estou falando? É da ponte de Moulins!

– Perfeitamente, Sire, replicou Charlus, imperturbável, falo mesmo da ponte de Moulins, que se despegou por inteiro na véspera de minha partida e foi por água abaixo.

[13.IV.1958]

ERRADAS DOS GÊNIOS

Ontem abri ao acaso o volume do *Século de Luís XIV*, de Voltaire, e meus olhos caíram sobre estas linhas: "Mas o primeiro livro de gênio que se viu em prosa foi a coleção das *Cartas provinciais* em 1654".

O primeiro? E os *Ensaios* de Montaigne?, disse eu comigo. E principiei a ler desde a primeira linha o capítulo "Das belas-artes". "Os franceses", disse Voltaire no final do segundo período, "não eram ainda recomendáveis senão por uma certa ingenuidade, que fizera o único mérito de Joinville, de Amyot, de Marot, de Montaigne, de Regnier, da *Sátira menipeia*. Essa ingenuidade participa muito da irregularidade, da grosseria".

Estás vendo, amigo senador Afonso Arinos, teu amado Montaigne metido de cambulhada com Amyot, Marot e os poetas da *Sátira menipeia*?

A seguir Voltaire acerta plenamente falando de Corneille, Racine e outros. A propósito de Racine, como eu estou registrando a sua descaída relativamente a Montaigne, registra a de Mme. de Sévigné relativamente ao autor de *Fedra*: "Numeroso partido se picou sempre de não fazer justiça a Racine. Mme. de Sévigné, a primeira pessoa de seu século para o estilo epistolar, e sobretudo para contar bagatelas com graça, acredita sempre que Racine *não irá longe*. Tinha sobre ele a mesma opinião que sobre o café, do qual diz que *não tardará que se aborreçam dele*". E Voltaire acrescenta esta reflexão de grande justeza: "É preciso tempo para que as reputações amadureçam". Isto é, corrijo, certas reputações para certos espíritos.

Não se pode imaginar criaturas humanas mais inteligentes do que Voltaire e Mme. de Sévigné. No entanto, como erraram alvarmente, ele no tocante a Montaigne, ela no tocante a Racine... e ao café! O erro de Sainte-Beuve relativamente a Baudelaire é, por assim dizer, clássico. Mas haverá quem não erre no julgamento de um ou outro dos seus contemporâneos?

Por isso tanto é de admirar o juízo seguro do citado Baudelaire no que se refere aos pintores de seu tempo. Não sei se me engano, mas creio que nem uma só vez ele terá falhado: quem ele disse que ficaria, ficou; quem ele disse que desapareceria, desapareceu. Não há exemplo em sua crítica de uma errada como a de Voltaire ou a de Mme. de Sévigné.

[5.XI.1958]

PRESENÇA DE DANTE

Coisa difícil que é dizer versos bem. De ordinário não gosto dos declamadores profissionais; são demasiado intencionais, lembram certos cantores que se preocupam mais com o seu órgão vocal – a pureza do som, a nitidez da articulação – do que com a fidelidade ao sentimento expresso. Muitas vezes uma pessoa qualquer, sem nenhuma pretensão a dizer bem, diz bem, precisamente por isso. Foi o caso de Laudelino Freire dizendo o poema de Ribeiro Couto "A velhinha dos cabelos de algodão" no discurso de recepção do poeta na Academia de Letras. Laudelino balbuciou os alexandrinos de Couto, tão refertos do doce carinho dos netos, numa voz neutra, sem pôr em nenhum deles nenhuma ênfase, nenhuma intenção de bem dizer. Pois disse-os muito bem, porque o fez com ingenuidade, aquela ingenuidade que quase sempre falta aos profissionais da dição.

Domingo passado, às nove e pouco da noite, sintonizei o meu rádio com a PRA-2 e vi que estava uma voz masculina declamando o Canto IV do *Inferno*, de Dante:

> *Vero è che in su la proda mi trovai*
> *Della valle d'abisso dolorosa,*
> *Che truono accoglie d'infiniti guai.*

O tom era natural, as inflexões justas, o sentimento genuíno, criando a todo momento a atmosfera própria do imortal poema. Era admirável como o declamador valorizava a beleza lógica do discurso poético dantesco. Era admirável como lhe saíam canoramente musicais mesmo os versos simplesmente enumerativos:

> *Euclide geometra e Tolommeo,*
> *Ippocrate, Aviceenna e Galieno,*
> *Averrois, che il gran comento feo.*

Fiquei maravilhado e... intrigadíssimo. Quem seria o homem inteligentíssimo, que dizia tão perfeitamente aquele canto do *Inferno*, tão difícil de dizer? Não parecia um profissional, porque não se lhe notava nenhuma das máculas do declamador profissional. Não exagero dizendo que há muito tempo não ouvia dizer versos com tão poderosa, com tão comovente ingenuidade. Digo mais: poucas vezes em minha vida ouvi recitar poesia tão a meu gosto. Fiquei colado ao rádio até o fim para saber o nome do autor do programa.

Era Celi, Adolfo Celi, o Celi do CTCA, o Celi da Tônia, o nosso Celi. Meus amigos, meus inimigos, logo mais às nove da noite sintonizem com a Rádio Ministério da Educação, e vamos ouvir a triste, maravilhosa história de Paulo e Francisco na voz de Celi:

*Noi leggevamo un giorno per diletto
Di Lancelotto, come amor lo strinse:
Soli eravamo...*

[5.XI.1961]

EM LOUVOR DE HAFIZ

Passei os três dias de Carnaval lendo Hafiz. Em vez de embriagar-me com álcool, com éter e com sambas, embriaguei-me das rosas e tulipas de Chiraz, do aroma das tranças negras e dos seios morenos das filhas de Cachemira e de Samarcanda, da agridoce sabedoria dos sufis. Tudo isso se respira ainda em toda a sua frescura nos gazais de Hafiz. E como sou um versejador irrequieto, amigo de experiências em toda a sorte de formas, especialmente das formas fixas (viva para todo o sempre o soneto, a balada, o rondó, o cossante!), acabei rabiscando também um gazal em louvor do poeta persa.

Aliás, sou, como toda a gente sabe, o mais velho amigo do rei de Pasárgada, cidade fundada nas montanhas do sul da Pérsia – uma espécie de Petrópolis da Pérsia – e transportada para os meus mundos de poeta num momento em que tudo me faltava, sobretudo o consolo das histórias de Rosa, minha ama-seca mulata.

*

Outro dia o meu querido amigo Octavio Tarquínio advertiu-me do lirismo desbragado em que andam se esbaldando certos colaboradores deste jornal – eu, Ribeiro Couto, Afonso Arinos, Múcio Leão, Vinicius de Moraes...

– É muito agradável, muito agradável, acrescentou.

Duas vezes obrigado, Octavio. Vai por tua conta o meu lirismo de hoje. Pois foi em tua deliciosa casa do Bingen, agora Araraquara, que pus enfim a mão num livro atrás do qual andava há muito tempo: o dos gazais de Hafiz.

Permita-me um pouco de pedantismo: gazal é uma forma fixa da poesia árabe e persa, resumível no seguinte esquema – *aa, ba, ca, da*... cerca de vinte versos. Hafiz escreveu toda a sua poesia em gazais.

O poeta, cujo verdadeiro nome era – respirem um pouco – Khwaja Shamsuddin Mohammad, nasceu em Chiraz, de origem humilde. Mas a melodia dos seus poemas deu-lhe tamanha celebridade que, ao falecer em 1388, o seu túmulo, à beira do Buknabad, se tornou um sítio de romaria e meditação. Seu túmulo, sobre o qual ainda existe um cipreste, a árvore cuja sombra calma ele havia pedido "para o pó dos seus desejos". O cipreste, a que tantas vezes comparou o corpo grande e esbelto da mulher amada...

*

Hafiz é melancólico como todos os poetas da Pérsia, mas sem o travo amargo de Khayyam nem a ironia mordente de Saadi. O mesmo sentimento do efêmero de todas as coisas, do enigma irresolúvel do universo: "Ninguém sabe os segredos de Deus. Por que inquirir do que se passa no turbilhão dos tempos?" Para ele eram vãs todas as palavras sobre a sabedoria: "No dia marcado Aristóteles entregara a alma como qualquer mendigo". Em que pese a Swedenborg, "o ouvido do homem não pode escutar a palavra do anjo". A sabedoria poderá ser a verdadeira fortuna, mas "que vale ela em face do amor"?

Mas há rosas, tulipas, narcisos, neste mundo precário. Há rouxinóis, há a poesia, há o amor. E quando os amados partem e nos abandonam, há o bom vinho velho.

*

Hafiz foi o grande poeta das ausências, dos suplícios das partidas, das chamas da separação, dos desertos da espera. Chorava-as docemente, porque sabia que "a ausência das amadas é que faz da presença delas uma tão profunda alegria..." E as separações lhe inspiraram algumas de suas reflexões mais encantadoras: "A quem pedirei uma lembrança daquela que partiu? O que a brisa murmurou, foi-se com a brisa." E lá no mesmo gazal este conselho tristíssimo mas precioso: "Não procures reter o vento, mesmo quando soprar ao sabor do teu desejo".

Duas imagens de Hafiz que todo poeta gostaria de ter achado para o seu amor: "A rosa de tua boca é o centro do mundo"; "Juro que a tua boca parece uma coisa imaginária, cheia ao mesmo tempo de mistérios e de certezas".

*

Agora – perdão, Hafiz e perdão, leitores –, o meu gazal:

Escuta o gazal que fiz,
Darling, em louvor de Hafiz:

– Poeta de Chiraz, teu verso
Tuas mágoas e as minhas diz.

Pois no mistério do mundo
Também me sinto infeliz.

Falaste: "Amarei constante
Aquela que não me quis."

E as filhas de Samarcanda,
Cameleiros e sufis

Ainda repetem os cantos
Em que choras e sorris.

As bem-amadas ingratas
São pó: tu, vives, Hafiz![19]

[14.III.1943]

---

[19] Poema incluído na *Lira dos cinquent'anos*.

PACELLI EM TRÊS FOTOS

Quando, candidato à Academia de Letras, fiz a visita de praxe aos meus futuros colegas, um dos contatos mais agradáveis que tive foi com Rodrigo Octavio na sua velha casa da rua Dona Mariana. Entrei na grande sala da frente cheio de dedos e cerimônias, porque sabia que ia incomodar, com fim egoístico, um homem cuja saúde não era boa. Mas a vítima de minha visita interesseira, e com quem só me avistara duas vezes antes e muito rapidamente, pôs-me logo à vontade, por obra daquela irradiante simpatia e bondade que legou com o nome a seu filho (os que não tiveram a fortuna de conhecer o pai podem senti-las no filho).

Rodrigo Octavio não me daria o seu voto. Deu-me, porém, coisa melhor, que foi quase uma hora de sua conversação encantadora. Lembra-me, entre as informações curiosas que ouvi, a de ter sido ele que sugeriu a Bilac os títulos dos livros *Panóplias*, *Via Láctea* e *Sarças de fogo*.

Ao me retirar, vi sobre uma mesa três belas fotografias do sábio e santo que acaba de fechar os olhos para sempre em Castel Gandolfo. Três retratos em idades distanciadas pelos anos e pela situação do retratado ao tempo de cada um. A história dessas fotografias é um conto comovente. Rodrigo Octavio contou-me, e eu resumo-o aqui.

Por ocasião de umas pesquisas que teve que fazer na biblioteca do Vaticano, foi o nosso patrício atendido e ajudado por um jovem padre de grande inteligência e cultura. Grato ao auxílio que lhe prestara o sacerdote, pediu-lhe, como lembrança, uma fotografia autografada. O padre Eugênio Pacelli deu-lha. Passam-se os anos, muitos anos, e um belo dia Rodrigo Octavio lê nos jornais que Pacelli, já então cardeal, passaria no Rio a caminho de Buenos Aires como legado do Papa. Vai visitá-lo a bordo e manifesta-lhe o desejo de possuir a fotografia do cardeal, que ele havia conhecido no início de sua carreira sacerdotal. De novo é atendido e então diz para o grande prelado: "Deus me dê vida bastante para que eu possa vir a pedir-lhe uma terceira fotografia: a de Vossa Eminência como Papa!" Pacelli meio que o repreendeu todo confuso: "Ora, meu filho, não pense nisso, uma coisa impossível..." Rodrigo Octavio, porém, continuou a pensar e o tempo mostrou que ele estava pensando certo. Quando em 1939 Pacelli recebeu a tiara, Rodrigo Octavio escreveu-lhe rememorando o colóquio a bordo do "Conte Grande" e rogando-lhe a graça do terceiro retrato, o que lhe foi concedido com paternais palavras.

Não tive razão ao dizer que a história era um conto comovente?

[12.X.1958]

DE VÁRIO ASSUNTO

DE FUTEBOL

I

Gol! Gol do Brasil! Uma jogada espetacular do Brasil!

Isto é para falar na linguagem sensacionalista dos locutores de rádio (esses homens são de fato extraordinários e sabem criar o *suspense* que pode provocar o enfarte). Por todo o dia e toda a noite de domingo para segunda-feira fiquei com aquelas vozes no ouvido, aquelas vozes e o eco dos estouros de bombas, que a gente não sabia mais se eram em homenagem aos campeões ou a São Pedro.

Afinal o Brasil arrebata o cobiçado título depois de tantos fracassos memoráveis. Não sei se esta apagada e vil tristeza em que vimos vivendo há tantos lustros não correria por conta do complexo de inferioridade dos nossos patrícios pela frustração da máxima aspiração brasileira, que sempre foi ser o Brasil o "maior" em futebol.

Também eu participei do delírio coletivo e desde o começo do campeonato fiquei chumbado ao meu rádio a escutar as partidas dos brasileiros. Passei por momentos de grande emoção nos *matches* com os ingleses, com os galeses, com os suecos. Com os austríacos, com os russos e com os franceses a emoção foi menor, embora na verdade o de que eu fazia questão era primeiro que sovássemos os russos para que eles não ganhassem o campeonato e não fossem atribuir a vitória ao regime político soviético.

Ainda mais do que a vitória me encantou o comportamento dos nossos craques, desta vez irrepreensível e merecendo esta coisa inefável – os carinhos das louras menininhas da Suécia. Em matéria de futebol o que mais me doeu nestes lustros de fracassos foram aquelas palavras do comentarista inglês, que, a propósito do nosso sururu com os húngaros, em 1954, nos chamou de "uma malta de negroides histéricos". Espero que o enfatuado ariano ainda esteja vivo para morrer de despeito diante de nossa classe. Porque, não resta a menor dúvida, desta vez ganhamos "na classe".

Só uma coisa veio empanar o brilho de nossa representação: o gesto daquele membro da delegação brasileira abraçando com palmadinhas nas costas o rei sueco. Felizmente não foi o chefe, não foi Feola, não foi nenhum dos jogadores. Todos estes se conduziram sempre como grandes esportistas e impecáveis cavalheiros. Merecem os presentes, o entusiasmo, a alegria com que iremos recebê-los (estou escrevendo na radiosa manhã de segunda-feira e repetindo os belos versos de Ronald de Carvalho: "Nesta hora de sol puro... ouço o canto enorme do Brasil!").

[2.VII.1958]

II

Tenho 62 anos de residência no Rio e nunca vi nas ruas afluência de povo como a que encheu o centro da cidade para saudar os campeões mundiais de futebol. E o que eu digo é confirmado pelos mais velhos habitantes da *maravilhosa*, os que assistiram à chegada de Nabuco, de volta da embaixada em Washington, de Rio Branco, repatriado para assumir a pasta das Relações Exteriores, de Santos Dumont, depois das ascensões heroicas em balão e aeroplano, de Ruy, águia de Haia.

Santos Dumont, Ruy obtiveram grandes triunfos para o Brasil, os do primeiro também esportivos em parte, mas ambos encontraram logo opositores, até nacionais. Curvou-se a Europa ante o Brasil? Não foi muito, não foi como agora diante das proezas de Garrincha, Vavá, Pelé e seus companheiros. Agora curvou-se não só a Europa: todo o mundo.

Justifica-se, pois, o delírio coletivo que empolgou a cidade e o país. Explica-o, porém, a pura vitória esportiva, o entusiasmo que desperta em nosso povo o jogo inglês? A velha ambição, sempre baldada, de trazer para cá a Copa do Mundo? Não haverá, talvez, no fundo de tudo isso um tocante desabafo por todas as nossas frustrações em todos os sentidos? (No terreno do esporte só um brasileiro nos lavara o peito até hoje: Ademar Ferreira da Silva, o campeão olímpico do salto triplo.)

Como quer que seja, desta vez trouxemos a Copa e tudo correu direitinho e da melhor maneira, visto que passamos por três pontos críticos em que a excelência do jogo não bastava: era necessária a fibra, a raça: quando estávamos empatando com os ingleses, depois com os galeses, depois quando os suecos abriram o escore na partida decisiva.

Os nossos campeões vão ganhar muita coisa e merecem mais. Merecem... cartórios. Crie V. Ex.ª mais 23 cartórios, presidente Juscelino. Vinte e dois para os titulares e os reservas, e mais um para Feola. Prestaram eles enorme serviço ao Brasil, fazendo mais do que a propaganda oficial diplomática e extradiplomática em 69 anos de República.

Não vão agora os nossos governantes desfazer com as mãos o que os campeões fizeram com os pés.

[9.VII.1958]

III

Um gramado retangular. No meio dos lados menores do retângulo uma armação retangular de madeira, um quadro que é a boca de uma rede onde deve ser arremetida uma pelota de couro que dez homens de um lado contra dez do outro impelem através do campo, sem pôr a mão na pelota, o que só têm licença de fazer os guardiões dos quadros. Não parece que esse jogo, inventado pelos ingleses, tenha outra importância na ordem das coisas senão a de ocupar sadiamente ao ar livre o lazer de 22 homens. Pois bem, sobre tão frágil estrutura criou-se com o tempo um mundo de interesses materiais, emotivos, sociais, nacionais e continentais; talvez futuramente, com a conquista dos espaços siderais – interplanetários!

O que foi a princípio simples entretenimento de horas de folga, tornou-se uma profissão; a assistência desses jogos, que requeria apenas uma pequena arquibancada, como são hoje as de natação ou basquete, exige hoje estádios monumentais; a publicidade em torno dessa atividade supera qualquer outra. Um campeonato mundial de tal esporte, que não é mais esporte (*sport* é divertimento, não meio de vida), apaixona de tal modo a opinião que envolve os brios nacionais, e uma briga no jogo entre adversários sem educação pode acarretar movimentos de antipatia entre os países a que eles pertencem. Não é insensato?

O campeonato sul-americano recentemente disputado em Buenos Aires ofereceu um exemplo desse perigo. Brigamos com os uruguaios, povo de que somos fraternalmente amigos, salvo em futebol, e foi com imensa apreensão que entramos em campo para disputar a final com os argentinos. Felizmente estes se portaram de maneira irrepreensível, o resultado foi o melhor que se poderia desejar – o empate na partida, embora tenhamos perdido o campeonato. Na verdade o perdemos quando empatamos com os peruanos.

É preciso que as entidades do esporte inglês, a imprensa, os torcedores, toda a gente, se capacitem de que esses prélios internacionais são antes de tudo grandes festas de aproximação, de confraternização. A honra nacional está em causa não na vitória ou na derrota, mas no *fair play*.

[8.IV.1959]

DE AEROMOÇAS

Eis-nos de novo em maio. No maravilhoso mês de maio, como disse o poeta. Mas isso só dito no original alemão: *im wunderschoenen Monat Mai...* O mês de Maria Santíssima, no qual o primeiro dia está dedicado aos trabalhadores em geral, e o último a essas graciosas, abnegadas, heroicas trabalhadoras que são as aeromoças.

O Dia da Aeromoça foi criação de um poeta, o meu amigo Paulo Gomide, há uns dez anos. O fervor com que ele lançou a ideia contagiou-me, e eu escrevi na ocasião um "Discurso em louvor da aeromoça", que começa assim:

> Aeromoças, aeromoças,
> Que pisais o chão
> Com donaire novo,
> Não pareceis baixar de céus atuais,
> Mas dos antigos,
> Quando na Grécia os deuses ainda vinham se misturar com os homens.

Toda vez que vou ao aeroporto e vejo passar uma aeromoça, a minha impressão é a mesma e continuo, após tantos anos, sem saber explicá-la.

Contei nesse discurso o cotidiano heroísmo, a graça, a bondade dessas moças, que chamei "flores da altura". O que eu de fato tencionava nesses versos era fazer um apelo a toda a gente para que se melhorasse a condição da aeromoça. Apelei para as companhias de navegação aérea, alô, alô, e nomeei-as uma por uma. Apelei, alô, alô, para os passageiros, que diariamente estão recebendo os cuidados e atenções das aeromoças.

Creio, porém, que nada ou muito pouco se terá feito até hoje. Agora saíram com uma Semana da Aeromoça Internacional e um Concurso para Rainha das Aeromoças com votos vendidos a cem cruzeiros e *playboys* metidos no meio. É a comercialização da ideia, que, na intenção de seu autor, representava apenas um sorriso puro de compreensão e auxílio para as nossas irmãzinhas voadoras.

De auxílio: é triste pensar que enquanto uma *air hostess* da Pan American World Airways ganha mensalmente algumas centenas de dólares, as nossas aeromoças recebem de 16 a 20 mil cruzeiros, ou seja cerca de setenta dólares. No entanto as tarifas aéreas são iguais em todo o mundo.

Meus amigos, essas bravas meninas não precisam de um título de rainha, o que não passa de mundanidade e fofoquice: elas precisam é de compreensão e auxílio.

[3.V.1961]

DE VETERANOS

Enquanto andei espairecendo na Europa, para descansar por algum tempo das coisas que "males do Brasil são", como dizia Macunaíma, o meu prezado amigo J. C. Morais Filho fundava, em São Paulo, com alguns outros maiores de sessenta anos, a ACV.

ACV é a sigla da Associação Cristã de Veteranos. Não se trata de veteranos da guerra de 1914 ou da revolução de 1922. A nova associação é de veteranos da aventura tão simples, e ao mesmo tempo tão difícil, que é viver. Viver muito, viver *tout court*, no Brasil, antes dos antibióticos, era façanha; viver muito e bem, como esse encantador Afonso Taunay, que acaba de falecer aos 82 anos, proeza invejável. Por isso, e porque vou, se Deus quiser, completar em abril 72 anos, me considero, perdoai-me a imodéstia, um herói.

Não há uma Associação Cristã de Moços? Pois agora há também uma Associação Cristã de Veteranos, que é eufemismo por Velhos. Esses veteranos querem provar que o poeta tinha razão ao afirmar que *"the best of life comes last"*. A juventude e a madureza não são senão o preparo para a velhice, em que o homem, criatura plasmada à imagem e semelhança de Deus, atinge plena forma para conquistar a imortalidade e a eterna felicidade no reino do céu.

Aposentados que sofreis do complexo da inutilidade, levantai a cabeça: Morais Filho vos assegura, com os seus companheiros da Associação Cristã de Veteranos, que a aposentadoria não é "um termo fatal da carreira, mas o começo de uma nova vida, mais interessante, cheia de novos encantos".

Tudo está em vos compenetrardes, com o poeta, que *"the best is yet to come"*. Lede o diálogo "Da velhice", de Cícero, e convencei-vos de que ela nada tem de temível.

Assim, a Associação Cristã de Veteranos vai ensinar os homens de idade provecta a serem felizes. Vai educá-los no sentido de descobrirem "na velhice experiente as compensadoras vantagens que a juventude desconhece inteiramente".

Entre essas descobertas, a mais importante é, sem dúvida, a lição da bondade, do sacrifício, da abnegação. Reforcemos as palavras inglesas de Robert Browning com as portuguesas do nosso Bilac: envelheçamos "como as árvores fortes envelhecem", isto é, "dando sombra e consolo aos que padecem". Nem importa que se seja, não árvore forte, mas mofino pé de pau: pois não há arvoreta que não dê a sua sombrinha.

Amigo Morais Filho, desejo à vossa Associação Cristã de Veteranos a mais fecunda longevidade.

[23.III.1958]

DE NUDEZ NA PRAIA

O Brasil revolucionário em matéria de nudismo continua intratável. O nosso nudismo estava confinado às praias de banho e aos salões de baile: a polícia interveio nas praias. Falta que intervenha nos salões, reduzindo o v dos decotes. Então seremos um povo inteiramente moralizado, ao que parece.

Tudo estaria muito bem se no caso das praias não houvesse na atitude atual da polícia carioca um desserviço à causa da saúde pública. Com efeito estas maravilhosas praias do Flamengo, de Copacabana e do Leblon são os grandes solários da cidade. Não é fácil nas cidades arranjar local para a tão saudável cura de sol, a menos que se procure os estabelecimentos especiais. Mas aí a cousa é paga e aí como em casa, que melancolia a cura de sol! O sujeito toma logo um ar de quem está praticando um vício inconfessável. Ao grande ar livre das praias tudo se junta para fazer da cura de sol o mais sadio, o mais tonificante dos passatempos. Doente ou saudável, quer se trate do pré-tuberculoso ou do rapaz ou moça que passou ou vai passar o dia imobilizado no ambiente depauperante dos escritórios, a hora de sol no vento da praia no meio da paisagem magnífica, entre gente esportiva e alegre, constitui a mais pura delícia. Quem faz isso, enquanto está fazendo isso, não pensa de todo em sexualidades, porque está colocado, fica colocado em estado de perfeita beatitude. Conheço esse estado de graça do solário de um sanatório da Suíça. Era melancólico como todo solário onde não existe o contato imediato com a natureza. Ainda assim que horas de inefável repouso me proporcionava aquela pequena plataforma no telhado de Clavadel dominando as encostas cobertas de neve!

O puro prazer da cura de sol faz até acreditar nas correspondências de Swedenborg. No sistema do grande místico escandinavo o sol é o Senhor; a luz do céu é a verdade divina; o calor do céu é o amor divino. Assim o sujeito que na praia deixa cair as alças da sunga e recebe o sol em pleno peito, está praticando o gesto material a que corresponde o mais alto sentido espiritual, uma verdadeira comunhão com o Senhor. Dir-se-ia que a beatitude física da cura de sol vem um pouco da consciência desse influxo por correspondência.

Num país de sol somos um povo de anêmicos. É que sempre fugimos ao sol nesta terra de sol. Mas as gerações abaixo dos trinta anos têm outras ideias acerca de saúde, esportes e moralidade. O convívio de rapazes e moças no seminudismo arejado das praias escandaliza o bravo Batista Luzardo porque este talvez só tenha aparecido nas praias como mirone. Explico-me: o mirone, o curioso vai às praias para observar ou para gozar um pedaço, – *pour se rincer l'oeil*, como dizem os franceses. Não é solidário moralmente com os banhistas. A maneira de olhar dos dois é bem diversa: a do mirone e a do banhista. O segundo está tão habituado a ver a seminudez, está tão habituado na aglomeração densa das praias à variedade das formas físicas que dificilmente um corpo que passa o tira da abstração saudável em que ele os confunde a todos num vago sentimento de estandardização. Ao passo que para o curioso que não frequenta a praia como banhista aquilo parece... um céu aberto ou... uma pouca-vergonha. Dá-se com ele a mesma cousa que com as pessoas que não dançam, sempre escandalizadas com a licenciosidade dos dançantes. Não compreendem que o prazer da dança é dançar. Dançar sozinho já é bom; dançar com outro, entregar-se ao prazer dinâmico do ritmo, arrastando-se ou deixando-se arrastar segundo se trata de homem ou mulher, em estreito contato, é sensualidade, sem dúvida, mas sensualidade de natureza peculiar, que nada tem que ver com a outra e se aparenta mais com a sensualidade estética.

A polícia proibiu o trânsito de "cavalheiros" nas praias. A medida devia ser geral e as próprias autoridades policiais não deveriam transitar como "cavalheiros" entre os banhistas. Se as autoridades exercessem a vigilância em traje de banho acabariam por não sentir o menor mal-estar diante da transparência dos maiôs, da curteza dos calções ou do descaimento das alças das sungas: ficariam possuídas do mesmo espírito esportivo, helioterápico dos outros.

Compreende-se a censura da polícia fora das praias obrigando os banhistas a se comporem com o roupão. Mas nos postos de banho, não, que eles têm o seu ângulo de visão moral próprio, como as artes plásticas, o palco, o salão de baile, o consultório médico, etc. Afinal de contas a sensualidade vive de imaginação e quem vê muito, imagina pouco.

[17.I.1931]

DE BEBER

Nesta hora de sol puro em que, palmas paradas, pedras polidas, o senhor Ronald de Carvalho ouve o Brasil; em que o senhor José Marianno levanta o Solar Monjope, a que recolhe a grande mesa do Barão de Catas Altas e a bancada capitular do Convento de Paraguaçu; em que a senhora Tarsila do Amaral inicia na pintura uma arte de tão ingênuo sabor brasileiro; em que os livros dos poetas e escritores novos se chamam *Pau-brasil, Laranja-da-China, Fruta-de-conde, Vamos caçar papagaios*; em que Araci é a primeira estrela do nosso teatrinho de revistas; e em que o samba, o choro, o cateretê tomaram conta do carnaval, das sociedades de rádio e dos discos de vitrola: faltava uma bebida, uma mistura que não fosse um desses *drinks* da importação estrangeira, manipulados pelas mãos cosmopolitas do *barman* argentino. Alguma coisa da terra, com tradição nos brindes mineiros de sobremesa em que os convivas entoavam à competência cantigas como esta:

> Como é grata a companhia,
> Lisonjeira a sociedade,
> Entre amigos verdadeiros
> Viva a constante amizade!

E o coro repetia, entusiasmado:

> Amizade!

Pois eu acabo de descobrir o *drink* da brasilidade, o *drink* estilo colonial, num livro de viagens do século passado. Bebeu-o com delícia o inglês Burton na noite de Natal do ano da graça de 1867 em Lagoa Dourada... E tão encantado ficou, que registrou a receita, por cuja tradução em vernáculo respondo e que ofereço, dedico e consagro à excelentíssima senhora dona Eugênia Álvaro Moreyra, em sinal de profunda gratidão pelas suas quintas-feiras.

Receita do Crambambali

Despeje numa travessa funda uma garrafa do melhor rum; junte suficiente quantidade de açúcar; toque fogo e agite. Acrescente aos bocadinhos uma garrafa de vinho do Porto e, quando as chamas começarem a baixar, ponha um pouco de canela e algumas fatias de limão.

DO MODO BRASILEIRO DE SER

Estive umas três vezes com o Paul Morand e pouco nos falamos. Tive dele uma impressão muito diversa dos seus livros. Imaginava-o um dinâmico danado, digno de que depois de morto lhe arrancassem a pele para couro de valise, conforme é seu desejo, expresso. Ora, Paul Morand viaja muito, é verdade, mas o faz, e entrementes escreve sobre as suas viagens, com um método e um bom comportamento completamente merecedor de um desses prêmios de virtude distribuídos pela Academia de sua terra. Se saía à noite, aí por volta de onze e meia, e estivesse onde estivesse, pretextava *una cita*, como fala o nosso amigo Reyes, e se recolhia ao hotel. Será que então viajava? Eis um ponto que só o seu próximo livro poderá esclarecer. Desembarcou aqui com projetos perigosos: estava aflito por ver os índios; queria entrar as matas virgens do rio Doce. Por que o rio Doce? *Wondered* Cícero Dias, improvisador de florestas em qualquer Beco da Música. Foi preciso explicar o que era índio brasileiro, o que era Mato Grosso. Sublimou-se o complexo do rio Doce e suas florestas virgens numa visita a Ouro Preto. Quando Paul Morand soube que a viagem de trem durava nove horas e portanto três dias são o prazo mínimo para ter visto Ouro Preto, desistiu, com aquele senso de método que lhe permite escrever tantos livros de viagem, de conhecer a cidade do Aleijadinho.

Ganhamos nós, os seus admiradores do Rio. Fez-se o possível por interessar o francês. Mas o Rio, com essa indiferença desesperante do malandro carioca por tudo que não é a sua vidinha gozada, parece que timbrou em se mostrar medíocre aos olhos de Paul Morand. Não houve jeito de se arrancar nada que valesse a pena: tudo fracassava. Houve, é verdade, uma boa tentativa de macumba num subúrbio de Niterói. Isso mesmo falhou, porque antes de chegado à macumba, era onze e meia, Morand *désolé* se desculpou com a *cita* e capinou (saibam os paulistas que "capinar" é termo da língua verde carioca e significa o mesmo que cair fora, dar o suíte).

Dessa maneira, não tendo encontrado o exótico (não possui a encantadora inocência do querido Pereda Valdés, que o soube descobrir em algumas amas-secas pretinhas pajeando meninos na Praia do Flamengo), nem tampouco o famanado espírito americano de que tanto falam as revistas de vanguarda da América, Paul Morand o que nos achou foi velhos e resumiu as suas impressões na imagem da dama oriental. "Em todo o caso fala francês...", arrematou com ironia.

Os brasileiros não gostaram. Ora, Paul Morand foi amável. Paul Morand é amável, verdadeiramente amável. Fala pouco. Deixa a conversa morrer na primeira pergunta. Não faz perguntas, como o irradiante Marinetti, que entrevistava os entrevistadores. É simples, natural, o seu tantinho tímido. Gostei muito dele.

Afinal de contas não somos de fato velhos? Não à maneira da Europa ou da velha dama oriental, mas ao jeito daqueles meninos do Império, que tão grande pasmo causavam aos viajantes do século passado. Não acabamos de fazer uma revolução pequeno-burguesa com todo o estenderete de liberalismo e falsa democracia do mais puro espírito 48 europeu?

Por mim sempre olhei desconfiado aquela América formosíssima que nos serviu o Ronald em ritmos inumeráveis:

> Europeu! filho da obediência, da economia e do bom senso,
> tu não sabes o que é ser Americano!
> Ah! os tumultos do nosso sangue temperado em saltos e disparadas!
> Alegria de inventar, de descobrir, de correr!
> Alegria de criar o caminho com a planta do pé!
> Europeu!
> Nessa maré de massas informes, onde as raças e as línguas se dissolvem,
> O nosso espírito áspero e ingênuo flutua sobre as cousas,
> sobre todas as cousas divinamente rudes, onde boia a luz selvagem do dia americano!

Isso tudo não passa de sonho de poeta. O que a gente vê é outra cousa (felizmente os Paul Morand não veem tudo). O que a gente vê é uma democracia mais medrosa do comunismo do que as democracias da Europa e confiscando até as brochuras de simples exposição do marxismo traduzidas e correntes em todas as línguas, exceto no português do Brasil. O que a gente vê é um conselho universitário que despede da Escola Nacional de Belas-Artes um diretor-artista cuja ação era nobremente revolucionária,[20] com que o Governo Provisório Revolucionário concorda, devolvendo a orientação do ensino a uma congregação que a mocidade detesta e tem razão de detestar. O que a gente vê é uma Academia de Letras que, tendo de elaborar um dicionário e uma reforma ortográfica, fecha repetidas vezes as portas a um filólogo da força de Mário Barreto, e onde um médico-parteiro alinhava um formulário ortográfico em que há regras assim: "– Grafar com *s* as palavras que uns escrevem com *s* e outros com ç..."

Em todo o caso essa gente toda fala francês, como diz Paul Morand. Não, o Brasil não parece com dama oriental, não: o Brasil parece é com... o dr. Fernando Magalhães!

[26.IX.1931]

---

[20] Lúcio Costa.

DE CACARECO

Sou dos muitos que leem assiduamente a "Reportagem social" de Ibrahim Sued n' *O Globo*. É-me indispensável. Assim, fico inteirado, fico a par, fico *à la page* com o que vai nesse arraial meio misturado que é o mundo refletido nas crônicas de Sued: sei que Teresinha Morango engordou um pouquinho mais do que convém, que minha prima Lia mudou de penteado, quais os lares que serão proximamente visitados pela cegonha, etc.

Sued entende do seu ofício. É exato, preciso, às vezes malicioso.

Basta, porém, de elogios. Chegou o momento da crítica. Tranquilize-se, Ibrahim: crítica construtiva. Não venho impugnar a inclusão do ministro Alkmim entre "os dez mais", ainda que, elegância por elegância, eu prefira a diamantina do presidente Juscelino.

Por falar em Alkmim, quero pedir uma informação a Sued. O poeta Oswald de Andrade, de gloriosa memória, escreveu certa vez um "Choro de flauta, cavaquinho e violão", que é uma delícia, e onde há estes versos:

> Toma conta do céu!
> Toma conta da terra!
> Toma conta do mar!
> Toma conta de mim!
> Maria Antonieta d'Alkmim!

Maria Antonieta atendeu ao pedido do Oswald: tomou conta dele e se tornou sua extremosa esposa. Quero saber, Ibrahim, se Maria Antonieta é parenta do ministro Alkmim.

A minha crítica é outra, a culpa é de simples omissão, um lapso: ainda não vi nas colunas de Sued nenhuma referência a Cacareco, o nosso jovem rinoceronte, que nas últimas semanas vem tendo atuação de grande destaque na vida da cidade. Cacareco é absolutamente "karr" e não sei se Ibrahim não deve ir considerando desde já a possibilidade de o incluir entre "os dez mais" de 1958. O fato de ser rinoceronte não obsta, visto que outros paquidermes, de pele talvez mais espessa, são frequentemente citados pelos colunistas sociais.

Cacareco recebeu honra muito invulgar de alguém que é muito da estima de Ibrahim: o governador Jânio Quadros. Foi convidado para assistir à inauguração do Jardim Zoológico de São Paulo. Já se fizeram os devidos entendimentos do governador com o prefeito Negrão de Lima, emissários paulistas vieram aqui tratar da viagem, um seguro foi feito no valor de 1 milhão de cruzeiros. Cacareco está recebendo cuidados especiais de toalete a fim de se apresentar à população paulista em plena forma rinocerôntica. Só lhe está faltando a consagração da "Reportagem social" de Sued. Dê-lha, Ibrahim!

[12.II.1958]

LEVES E BREVES

Domingo, à tarde, subo a rua do Passeio em busca de condução para Laranjeiras no largo da Lapa. Na calçada do jardim cruzo com uma bonita senhora que vinha com uma escadinha de filhos, o mais velho dos seus dez anos. Olho-a encantado. Ela sorri e me dirige a palavra: – O senhor me examinou no Pedro II, quando eu tinha doze anos.

Num segundo senti-me envelhecer vinte anos.

[23.II.1958]

*

Meu tio Cláudio, o único dos irmãos que era meio literato, não tinha lá grande admiração por Machado de Assis. Isso por volta de 1900. Um dia, aborrecido com aquele estilo que Sílvio Romero chamou de gago, proclamou enfático à mesa de jantar: "Resolvi não ler mais Machado de Assis!" Ao que meu tio Neco, sem levantar os olhos do prato, aparteou: "Ele há de se importar muito com isso!"

Há porém no *Brás Cubas* uma frase que meu tio Cláudio decorou e gostava de repetir alto. É aquela: "Grande lascivo, espera-te a voluptuosidade do nada!" Por aí se está vendo que meu tio Cláudio era um danunziano.

[29.III.1961]

*

Rememoro os Natais da rua da União, no Recife... A cozinha da casa de meu avô, aquela cozinha que era todo o mundo da velha preta Tomásia... As grandes tachas de cobre que deixavam o sono da despensa, o grande pilão de madeira, que entrava a esmagar o milho-verde cozido...

[25.XII.1960]

*

Dos vendedores ambulantes que frequentavam a rua da União, dois me interessavam particularmente: a preta das bananas, com o seu vistoso xale de pano da Costa, e o homem dos sapatos. Este chegava com o seu grande baú de folha de flandres, abria-o na saleta de entrada e ficava esperando pela freguesia, que eram as senhoras de casa e da vizinhança. Eu gostava de olhar aquela confusão de borzeguins, chinelas e sapatos rasos. Mas, um dia, o sujeito, que era robusto e falava grosso, me interpelou: – Já vai ao colégio? Estuda Geografia? Qual é a capital do Espírito Santo?

Embatuquei, e o sapateiro tripudiou: – Ignora?

O que eu esperava, o que eu ouvia dizer em tais ocasiões era: – "Não sabe?" Aquele "ignora", que eu jamais ouvira, soou-me duro. Senti-me insultado, afastei-me do baú, nunca mais me aproximei do homem. E até hoje implico com esse inocente verbo "ignorar", sobretudo no singular do presente do indicativo.

[14.V.1961]

*

Outro dia foi meu tio Antonico que me surpreendeu, dizendo ao amigo Fiúza: – Quando você ia colher os cajus, eu já voltava com as castanhas!

Surpresa maior, porém, foi o que disse à minha avó uma sua amiga, ouvindo-lhe queixas de achaques que não cediam aos remédios: – Minha dona França, deixe a natureza obrar!

[14.V.1961]

*

Essas foram frases ouvidas na infância e então me soaram insólitas e inexplicáveis. Adulto, ouvi outras, sem nenhum mistério, mas igualmente surpreendentes. Assim, a de uma dessas pretinhas de Copacabana, cabelizadas e maquiladas, que tratava emprego com a senhora:

– A que horas a senhora janta?

– Às oito horas.

– Não pode ser às sete?

– Quem marca o horário das refeições em minha casa sou eu, não a cozinheira.

A pretinha então, muito gentil: – Claro, não leve a mal que eu pergunte; não vê que eu sou mulher da vida e tenho de noite o meu trabalho lá fora.

[14.V.1961]

*

O duelo vale-tudo entre a União Soviética e os Estados Unidos, sempre em perspectiva, tira-me o gosto de me alegrar com a audácia e a beleza das viagens siderais. E nem podemos nos decidir entre União Soviética e Estados Unidos: a alternativa é a mesma que entre morrer de câncer ou de enfarte, que são as duas maneiras habituais de morrer em nossos dias...

[13.VIII.1961]

*

Reflexão de minha amiga Moussy olhando uns antúrios magníficos que lhe haviam mandado de presente: – É uma flor a que mal se pode dar o nome de flor.

[27.IX.1961]

*

Minha amiga X, que está envelhecendo bem e sem revolta, como, em nosso último encontro, eu a achasse mais magra, advertiu-me: – Não estou mais magra não: estou é abatida. Mulher velha não fica magra: fica abatida.

[29.III.1961]

*

Muitas vezes agora me toma um enjoo mortal da poesia: os discursivos me dão impressão de terra exausta; os concretos, de eternos pesquisadores que não acham nada. Em tais ocasiões me defendo recorrendo à poesia dos velhos cancioneiros galaico-portugueses. Sua inefável frescura me desaltera, me recoloca no amor da poesia.

[21.XII.1960]

*

Encontro com Aloísio de Paula, o ilustre tisiólogo.
– Que saúde!
– Que prazer!
Olhamo-nos um instante.
– Não há nada como uma tuberculose para se aprender a viver!

[23.II.1958]

*

Quando o visitante do Hospício de Alienados atravessava uma sala, viu um louquinho de ouvido colado à parede, muito atento. Uma hora depois, passando na mesma sala, lá estava o homem na mesma posição. Acercou-se dele e perguntou: "Que é que você está ouvindo?" O louquinho virou-se e disse: "Encoste a cabeça e escute". O outro colou o ouvido à parede, não ouviu nada: "Não estou ouvindo nada". Então o louquinho explicou intrigado: "Está assim há cinco horas."

[26.VIII.1959]

*

Manuelzinho, treze anos, deu muito boa conta de si nos exames parciais, salvo em Francês, de que não sabia nada de nada. No entanto era assíduo às aulas, onde era o primeiro a chegar e sentava-se no primeiro banco e ficava sempre prestando a maior atenção à professora. Esta, uma francesinha bonita (tinha sido Miss França, imaginem!), conversou com a mãe de Manuelzinho. "A senhora deve levar esse menino a um médico, a um psicanalista, para ver o que há com ele." A mãe de Manuelzinho chamou-o a falas. O caso era muito simples, Manuelzinho explicou: "Ora, mamãe, a professora vem sempre com cada decote, usa saia curta, cruza as pernas, como é que eu posso prestar atenção à lição?"

[26.VIII.1959]

*

O rapaz e a moça estavam evidentemente alheios à bulha dos foliões, não queriam nada com o carnaval. Iam andando rápidos e discutiam, discutiam. De repente, a alguma coisa que ele disse, ela estacou e exclamou indignada: – Mascarado!

[23.II.1958]

*

Quando tive a honra de ser recebido na Peña Diplomática "Rui Barbosa", Cecília Meireles, que foi convidada para a cerimônia, não pôde comparecer. No dia seguinte, porém, mandou-me uma braçada de rosas com este dístico:

    Nunca fazemos o adequado: quando
    louros mandar devia, flores mando.

Ao que respondi, no mesmo metro e rima:

> Melhor que o louro é a rosa; ainda mais quando
> juntas teu verso à flor que estás mandando.

[16.XI.1958]

*

Há, contudo, os que imaginam que administrar um país é mais fácil do que administrar uma repartição. Tristão da Cunha, o saudoso estilista das Histórias do Bem e do Mal, gostava de contar a conversa que teve com certo presidente da República, a quem via então pela segunda vez. E tendo-o achado com muito melhor aparência do que na primeira, disse-lho. Ao que o presidente retrucou:

– Pudera! Quando nos vimos da primeira vez, há dez anos, eu estava no comando da brigada policial.

[1.VI.1960]

*

Lenoca, seis anos, diz à mãe:
– Mamãe, quando eu for moça, vou me casar com Manuel Bandeira. Só se eu me esquecer!

[16.XI.1958]

*

Estilo – Secundino tinha escrito: "O outro escreve com mais simplicidade e naturalidade".
Quando releu, riscou *simplicidade* e escreveu *simpleza*.

[31.XII.1925]

*

Sonho de uma noite de coca – O Suplicante: "Padre Nosso que estais nos céus, santificado seja o vosso nome. Venha a nós o vosso reino. Seja feita a vossa vontade, assim na terra como nos céus. O pó nosso de cada dia nos dai hoje..."

O Senhor (interrompendo, enternecidíssimo): "Toma lá, meu filho... Afinal de contas tu és pó e em pó te converterás!"

[31.XII.1925]

*

Não há nada mais gostoso do que *mim* sujeito de verbo no infinito. *Pra mim brincar.* As cariocas que não sabem gramática falam assim. Todos os brasileiros deviam de querer falar como as cariocas que não sabem gramática.

– As palavras mais feias da língua portuguesa são *quiçá, alhures* e *miúde.*

[31.XII.1925]

*

Mensagens de Natal – ... Pela primeira vez na minha vida faltou um cartãozinho, sempre esperado com viva simpatia: o que vem sempre assinado "o vosso humilde lixeiro". Os piores versos do mundo, talvez por isso mesmo mais tocantes. Nunca passei por esses homens beneméritos sem lhes desejar outra ocupação e o céu na outra vida. Desde menino tive vontade de escrever umas quadrinhas menos más e pô-las à disposição dos lixeiros dos vários bairros do Rio. Mas talvez fosse imprudente: eles acabariam candidatando-se à Academia.

[6.I.1957]

*

Um apartamento dando fundo para um cemitério tão bonito, tão simples, que dá vontade de morrer.

[18.IX.1957]

*

Contaram-me que num programa de televisão Tônia Carrero disse que me achava bonito. Um dos *dez mais,* nada menos! Mando um beijo a Tônia, com este recado:

    Só mesmo uma mulher lindíssima
    – como você –

pode se permitir a elegância
de me achar bonito:
estou radiante com a minha feiura!

[13.IV.1960]

*

Tenho uma velha amiga que, por idosa, se julga às vezes esquecida pelas suas relações.
– Passam-se dias sem que eu receba uma só telefonada!, queixa-se ela.
Ontem procurei consolá-la repetindo-lhe uma das máximas de Maricá, que ando relendo agora na bela recente edição de mestre Sousa da Silveira. "Na velhice", escreveu o marquês, "é bom que sejamos esquecidos para não sermos importunados, incomodados ou perseguidos".

[11.I.1959]

*

Os concretos quando fazem poemas são os mais lacônicos dos homens – uma palavra ou duas bastam. Mas quando discutem ou teorizam, como as desperdiçam, como se tornam discursivos!

[29.IV.1959]

*

A frase mais bonita que li no carnaval foi a de Ângela Maria falando ao repórter do *Mundo Ilustrado*. A pergunta era: Qual o seu melhor carnaval? Para Ângela Maria foi o de 1957. Ela disse:
– Fantasiei-me de "Negra Maluca", fui para a rua, dancei, pulei, me senti igual ao povo! Lindo! Lindo! Bravo, Ângela Maria!

[23.II.1958]

*

Não gosto do nome que arranjaram para o novo Estado. Guanabara é uma palavra que parece mulher oferecida, tem o brilho das joias falsas. E quando penso que os franceses vão pronunciar Guanabarrá, dá-me vontade de vomitar. Mas o nome já pegou, não há nada a fazer, e o pior é que seremos, ominosamente, guanabarinos.

[1.VI.1960]

*

Vocês já imaginaram o que seria a vulgar Cinelândia carioca se se não tivesse derrubado o Convento da Ajuda? As novas gerações que o não viram de pé podem fazer uma ideia por uma estampa da época. A velha igrejinha de Santa Luzia, ainda que tão modesta, enriquece espiritualmente a Esplanada do Castelo e com ela se casa tão bem a modernidade do Ministério da Educação! O Convento da Ajuda, muito mais importante artisticamente, seria no coração da Cidade um estremecimento vivo do passado, e esses estremecimentos é que dão consciência à vida pública, tanto quanto às particulares.

[3.IX.1960]

*

No largo do Machado havia um jardim fechado. Na minha adolescência me dava ele a compreensão profunda do verso de D'Annunzio: *Siete per me come uno giardino chiuso...* O Prefeito Passos mandou remover os gradis dos jardins. Os outros jardins pouco sofreram, mas o do largo do Machado está praticamente destruído: é, hoje, uma calçada de comícios.

[3.IX.1960]

*

Logo que o conheci, até que o achei simpático. Falava pouco e baixo. Dizia-se meu discípulo, que me estimava e admirava. Com os anos, porém, mudou. Virou comunista. Tornou-se opinativo, agressivo. Injuriou-me, quem diria?

Ontem, mexendo nos meus livros, dei com um volume dele. Tive curiosidade de reler a dedicatória: afetuosíssima. Lembrei-me de dois versos do *Corvo*, de Poe, na tradução de Machado de Assis. Tomei de um lápis, escrevi por baixo da dedicatória:

> Vai-te! Não fique em meu modesto abrigo
> linha que lembre esta mentira tua!

E atirei o livro pela janela.

[13.IV.1960]

*

Carta de Sião – "Como você sabe, o Sião é uma espécie de Veneza, atravessado por dois largos rios unidos por uma infinidade de canais. Assim, grande parte do transporte de gentes e mercadorias é feita em barcos, muito semelhantes a gôndolas, mas, como os da Bahia, providos de uma figura de proa, geralmente em forma de mulher, de braços abertos e seios nus. Isso durou séculos, sem que provocasse escândalo. Agora, porém, o novo chefe de polícia resolveu acabar com essa pouca-vergonha. De que maneira? Ordenando que as figuras femininas das proas dos barcos passassem a usar sutiã! É uma delícia ver agora as inocentes mulherinhas de pau cruzarem os canais com as rijas tetas revestidas de enormes sutiãs que nem sempre lhes ficam muito bem..."

[27.IX.1961]

*

Os pais de Miguelzinho, oito anos, filho único, viviam brigando. Afinal se separaram, se desquitaram. Passados uns tempos, o pai arranjou outra mulher. Aliás uma uva. Não sei por culpa de qual dos dois, não tardou que no novo lar se instalasse o regime da briga. Miguelzinho tinha ficado morando com a mãe. Mas esta consentiu que nas férias do menino ele fosse ficar uns dias com o pai. Miguelzinho gosta da mãe e adora o pai. Quando viu que o pai vivia brigando com a nova mulher, puxou conversa com o pai e ponderou:
– "Papai vive brigando com tia Zica" (era assim que ele chamava a nova mulher do pai), "então é melhor voltar lá pra casa e continuar brigando com mamãe".

[26.VIII.1959]

*

Meu amigo Rui passou dez meses em Chicago e voltou de lá horrorizado com os casos de delinquência juvenil que lia diariamente nos jornais. O mais impressionante foi o de um rapazola de quinze anos que matou a mãe no dia seguinte ao Dia das Mães. Na polícia declarou: – Minha intenção era matá-la no Dia das Mães, mas não tive tempo.

[27.IX.1961]

*

E por falar em casamento: depois que Chica desposou Totônio, passei uns oito meses sem vê-la. Ontem, cruzando com ela na rua, perguntei-lhe:

– Seu marido está tratando bem você?

Ela não disse palavra, mas bateu na barriguinha (eis um caso em que o diminutivo *zinho* tem função aumentativa).

[16.XI.1958]

NOTÍCIAS CARIOCAS

ZEPPELIN EM SANTA TERESA

A Serra da Carioca vem acabar a leste nesta ponta do Morro do Curvelo, onde moro. O Curvelo é um pedacinho de província metido no Rio de Janeiro. Na verdade é uma pequena província. As corografias do Brasil mentem duplamente quando ensinam que o nosso país se compõe de vinte Estados. Mentem primeiro porque não se trata de Estados, mas de províncias, destituídas de toda autonomia política, como o provou o episódio da última eleição presidencial; mentem segundo porque esquecem a minha provinciazinha do Curvelo.

Rua sossegada esta, onde pela volta do dia é doce acompanhar o jogo das sombras das fachadas no tabuleiro dos paralelepípedos; as lavadeiras estendem roupa nos paredões que fecham a calçada do lado da perambeira (fica um menino de guarda para dar aviso do aparecimento dos fiscais da municipalidade); a gurizada dos cortiços (naturalmente há um que se chama Buraco Quente) brinca o dia inteiro de gude, que gude! buraca, pião (bico de aço!), pipa (linha crua!), futebol (a trinca do Curvelo contra a trinca do Cassiano); e pela boca da noite é aqui que todos os namorados das redondezas vêm passear agarradinhos. Todo o mundo sabe da vida dos outros, mas estão acostumados. Dona Júlia diz as últimas a dona Aninha, dona Aninha roga pragas, amanhã estão de bem e falando mal da dona Leonor... A província a dez minutos da avenida Rio Branco. Não é delicioso? E só houve intervenção federal uma vez, quando os comunistas quiseram reunir-se na casa do intendente Otávio Brandão para escolher os seus candidatos à sucessão presidencial e às cadeiras do parlamento. Sempre a política estragando o Brasil.

Desde que começaram a falar na viagem do "Zeppelin" ao Brasil eu fiquei curiosíssimo de ver como o Curvelo reagiria a esse acontecimento empolgante e inédito. Se um simples balão de São João levanta clamores de estádio em momento de gol! Corre daqui, corre dali, as lavadeiras largam da lixívia, as comadres interrompem o fuxico, e os meninos, – já sabem:

– Água-rás! Água-rás!
Tira a força desse gás!

... Às seis e meia ouvi no meu sono um ruído de motor: autocaminhão da Ladeira do Cassiano, pensei. Mas de chofre um risco forte na consciência: "Zeppelin!" Pulei da cama e abri a janela. O "Zeppelin" de fato apontava à barra.

Antes de vê-lo eu imaginava que não sentiria este alvoroço, tão acostumado estava a ver as fotografias. Em imaginação já o tinha representado tantas vezes em todos os pontos do Rio, – sobre a avenida, para os lados da Tijuca, em cima do meu morro, e sobretudo como eu o via agora, entrando a barra. Entretanto o espetáculo era perturbantemente inédito, como o do primeiro cometa que vi. Assim que acontece com a mulher por que se está enrabichado. A gente viu cem vezes, mil vezes, duas mil vezes. Sabe de cor. Pois toda vez que aparece é cousa inédita, é cousa nova, é charada novíssima, enfim é "Zeppelin".

O balão estava dividido em dois pelo cume do Pão de Açúcar. A estranha serenidade disfarçava a velocidade da marcha. Ei-lo agora sobre o canal, a pino da Fortaleza da Laje. Visão de aquário. A Laje, o Pão de Açúcar, Santa Cruz são as pedrinhas do fundo da câmara. Como a água está clara!

À proporção que o balão avança, a luz modela-o sob todas as faces. Agora de frente é apenas um disco, um escudo cintilante.

Mas o morro já deu o alarma! Zipilim! Zipilim! Aquele não é balão de São João... Guri nenhum está gritando: "Olha lá um balão-ã-ão!" A palavra que se ouve mais é filha da mãe. De repente uma correria danada pelas escadarias acima para ver o bicho do outro lado. Quando chego à porta de casa o balão está atravessado no fim da rua. Confesso que fiquei brutamente comovido: um Zeppelin por cima da ruazinha tão cotidiana! Também neste momento ela não tem nada de cotidiano. As janelas estão cheias de carinhas e carões estremunhados. Há moças nos telhados. Um grupo de cabras dança em torno de uma vitrola portátil funcionando no meio da calçada... Vão depois falar dos desenhos do Cícero Dias! Na verdade eu estou vendo tudo como nos desenhos de Cícero. Tem um sujeito tocando sanfona trepado numa palmeira da chácara de D. Sebastião Leme! Tem mulheres nuas na platibanda das casas! Tem anjinhos tristes oferecendo rosas ao corpo da mocinha que se matou em Madureira! Tem sujeito jogando tênis com duas bolas! Tem um burro no teto de um bonde em cima dos Arcos!

Na ponta do terreno baldio na curva do Cassiano a trinca do Curvelo está toda arrumadinha olhando o balão. Mais atenção não é possível. Digo para o "Encarnadinho", treze anos, mulatinho bonito:

– Vai apanhar o balão, vai!

Risinho do lado.

– Não se pode...

– Por quê?

– É balão de motô!

"Piru", dez anos, magricelíssimo, diz que "não adianta" porque o Zeppelin é de alumínio, não se pode dobrar...

Álvaro, – um dia contarei aos senhores a história deste Álvaro, nove anos, ex--entregador de carne de açougue, ex-carregador de marmita, ex-jornaleiro da *Noite* no largo da Carioca –, interpelado por mim não dá confiança e se limita a dizer:

– Não fala bobagem, seu Manuel Bandeira!

PÊSAMES OU PARABÉNS?

Na manhã de 21 de abril eu, natural do Recife, pernambucano dos quatro costados, mas cidadão carioca honorário, senti a necessidade sentimental de me comunicar com um carioca da gema sobre a mudança da capital para Brasília. Não poderia escolher melhor exemplar do que o professor Antenor Nascentes, que é, das figuras ilustres da ex-capital, uma das que mais honra lhe fazem, pelas suas virtudes, pela sua inteligência, pela sua invejável cultura e conhecimento do mundo.

Telefonei-lhe e para começo de conversa perguntei: – Devo lhe dar os parabéns ou os pêsames?

Ao que ele, sem hesitar, respondeu – Os pêsames.

– Então você acha que o Rio vai perder com a mudança?

– Com o tempo tem que perder. Mas isso não será para os nossos dias!

– Mas até hoje Nova York não perdeu para Washington.

– Isso é verdade. Cultura não se improvisa.

Acabamos concordando que o Rio será sempre o Rio.

Despedi-me de Nascentes e daí a pouco o telefone retiniu. Era outro carioca da gema que me chamava, grande voz da nossa poesia, o irredutível simbolista e verlainiano Onestaldo de Pennafort. Repeti-lhe a mesma pergunta que fiz a Nascentes. A resposta, porém, foi outra, mas igualmente firme e sem vacilação: – Parabéns!

E Onestaldo acrescentou: – Só sinto é que eles não tenham ido todos embora daqui!

É fácil adivinhar quem são eles. Onestaldo estava, na manhã histórica, desfrutando a delícia, nova para ele, de se sentir provinciano. Delícia que os que pensam como ele podiam sentir bem, porque o dia foi de feriado, o movimento urbano era quase nenhum, o silêncio parecia afirmar a condição de província. Pelo menos naquela manhã o Rio para o irredutível simbolista e verlainiano Onestaldo era como Bruges-a-morta...

Penso e sinto como Onestaldo. Rio querido! Conheci-te ainda provinciano, embora capital. Num tempo em que as cidades não se construíam em três anos nem os homens enriqueciam em três dias. Foi em 1896. Contando não se acredita: nas Laranjeiras de minha infância, sossegado arrabalde (já sem laranjeiras), os perus se vendiam em bandos, que o português tocava pela rua com uma vara, apregoando: "Eh, peru de roda boa!" À porta de casa tomava-se leite ao pé da vaca. Não havia ainda automóveis. O Rio tinha ainda 500 ou 600 mil habitantes. E os brasileiros invejavam os argentinos porque Buenos Aires já tinha 1 milhão. Como éramos ingênuos!

[24.IV.1960]

MORTE VERTICAL

Leio nos jornais que o arquiteto Vlademir Alves de Sousa propôs ao governador Carlos Lacerda a construção de edifícios de quinze andares, "com todos os requisitos de higiene", para instalação de sepulturas e ossários. Visa a ideia a solucionar a crise de habitação para defuntos na Zona Sul.

Há muito que nós, os vivos, a maioria dos vivos, vimos perdendo, no Rio e em São Paulo, o prazer de morar em casa, com jardim e quintal. Agora vai chegar a hora dos mortos, até hoje talvez felizes nos seus grandes parques, muito estragados, é verdade, pelo mau gosto dos vivos, pela vaidade dos vivos, mas em todo o caso e apesar de tudo amoráveis com as suas árvores, os seus pássaros, as suas orvalhadas da aurora e do entardecer.

A morte sempre nos pareceu coisa horizontal e até moralmente niveladora. Sempre nos pareceu também a forma última da lei de gravidade. Desde que nascemos a terra nos chama, nos atrai, às vezes mansamente, como no sono em boa cama, às vezes com violência. Depois da morte vinha a grande comunhão no seu seio hospitaleiro, jamais recusado a ninguém.

Os cemitérios verticais vão afastar os mortos da natureza. Gostaria de ouvir sobre o assunto, não os vivos, como estão fazendo os jornais, mas algum defunto sincero. E imagino que a sua opinião seria esta:

— Muito chata esta outra vida num arranha-céu. O ruído dos elevadores não nos deixa dormir sossegados. As vitrolas dos edifícios vizinhos são de amargar. No São João Batista podia-se, à noite, dar a sua escapada pelas alamedas desertas, e até, em alguma meia-noite sem lua, reencenar o "O noivado do sepulcro", ainda que estas lâmpadas votivas de hoje tenham vindo tirar muito de nosso gostoso macabro.

Para quem tem medo de almas penadas a ideia dos arranha-céus para defuntos será uma calamidade. Nos edifícios de apartamentos estava-se ao abrigo dos fantasmas. Nunca ninguém ouviu falar de aparições em arranha-céus. Creio que nunca um fantasma autêntico ousou ou teve a veleidade de vagar em corredor mal alumiado de um edifício de apartamentos. Se a proposta de Alves de Sousa for aceita pelo governador Lacerda, vão os fantasmas habituar-se ao novo modo de viver, perdão, de jazer, podem errar de porta voltando ao leito depois de um giro no meio da noite...

Mas acabemos com esta conversa, que já estou ouvindo a voz da leitora medrosa, pedindo-me assustada:

— Vamos brincar de parar?

[7.V.1961]

NOMES DE RUAS

Li nos jornais que o governador Lacerda designou uma comissão para rever a nomenclatura das ruas do Estado da Guanabara, e que essa revisão obedecerá ao critério de restabelecer nomes tradicionais que o povo insiste em conservar, e suprimir duplicatas ou nomes difíceis de pronunciar.

O povo é caprichoso em suas preferências, e nunca se lhe compreendem bem as razões por que aceita ou refuga certas mudanças. A rua do Ouvidor e a rua do Passeio têm resistido bravamente a qualquer mudança de nome, e olhem que para a segunda o novo nome era de um dos brasileiros mais altos e mais ilustres do seu tempo e de todos os tempos: Joaquim Nabuco. No entanto, pegaram os nomes de Miguel Couto e Rodrigo Silva. Creio que aqui ocorria uma circunstância que sempre facilita a aceitação: a modificação grande do local. No caso da rua dos Ourives, aconteceu que ela foi cortada pela avenida Rio Branco e separada em dois pedaços muito distantes um do outro. A avenida Marechal Floriano chamava-se rua de S. Joaquim, mas esta tinha um trecho largo e outro estreito: havia a rua Larga de S. Joaquim e a rua Estreita de S. Joaquim; o prefeito Passos alargou a parte estreita, desapareceu a igreja que dava nome à rua e o novo nome pegou. Como pegou o mesmo nome de Floriano para o largo da Mãe do Bispo, cuja alteração foi total com a abertura da avenida Rio Branco.

Estou lembrando esses antecedentes, como justificativa para a sugestão que já fiz pelo telefone a meu caro governador e amigo Lacerda, no sentido de ser restabelecido o nome tradicional de Guanabara, que sempre teve a atual rua Pinheiro Machado. Por ocasião da morte do general, foi dado o seu nome àquela rua pelo fato de ele ter ali residido, no alto do Morro da Graça, nos últimos anos de sua vida. Mas agora, com a abertura do túnel para o Rio Comprido, foi a rua sensivelmente alargada e embelezada. Passará mesmo a ser uma das mais bonitas do Rio. Tenho que devemos prestar homenagem ao novo Estado da Guanabara, crismando-a avenida Guanabara, tanto mais que Guanabara é como se chama o palácio onde funciona o governo do Estado da Guanabara. O nome de Pinheiro Machado poderá passar a designar o trecho novo aberto em linha oblíqua para a praia de Botafogo. A nova rua Pinheiro Machado começaria do corte da pedreira. Aliás, a pedreira foi cortada a pedido de Pinheiro, que queria chegar mais depressa e com mais facilidade à praia de Botafogo, aonde ia constantemente para conferenciar com seu amigo e correligionário Antônio Azeredo.

Espero que a comissão nomeada pelo governador Lacerda restabeleça o nome de rua das Marrecas, hoje de Juan Pablo não sei de quê. Espero, igualmente, que ela se lembre de tirar do subúrbio e trazer para o centro da cidade certos nomes de poetas ilustres.

O de Castro Alves, por exemplo, que está perdido no Meier. Quando o Presidente Vargas foi deposto pela primeira vez, pensaram em tirar-lhe o nome da avenida e vários nomes foram lembrados, entre os quais o do poeta. Teria este assim recebido uma homenagem à altura de sua glória, mas seria à custa de uma desfeita mesquinha infligida ao presidente deposto.

Agora, para terminar, quero contar uma boa piada do nosso grande Gilberto Amado, um dia que batíamos papo sobre esses nomes de grandes poetas dados a ruas obscuras de subúrbio: Castro Alves, no Meier; Cruz e Sousa e Fagundes Varela, no Encanto; Casimiro de Abreu, em Pilares; Tobias Barreto, em Vila Isabel, etc. –"Seu Manuel" – gracejou Gilberto – "precisamos cuidar de nossas ruas, senão vamos parar no subúrbio!"

[1963]

ELEGIA INÚTIL

*Lágrimas, duas a duas,
choraram dentro de mim,
ao ler que o Prefeito Alvim
mudou o nome a muitas ruas.*

*Nomes de rua que havia
no Rio de antigamente!
(A respeito, minha gente,
ainda há a Rua da Alegria?)*

*Eram tão lindos! Assim:
Rua Bela da Princesa
(que distinção, que beleza!
nome que cheira a jardim).*

*Rua Direita da Sé:
nome firme, nome nobre:
nome em que nada há que dobre;
nome-afirmação de fé!*

*Havia as ruas de ofício:
Dos Ourives, Dos Latoeiros...
Becos: Beco dos Ferreiros...
E havia as ruas do vício...*

*Muito nome foi mudado,
mas o novo não pegou:
nunca ninguém não falou
senão Largo do Machado.*

*(Este nome pode ser,
quando muito, acrescentado.
Assim, Largo do Machado
de Assis gosto de dizer.*

*Na do Catete, contou-me
Z., o mestre escreveu "Brás Cubas".
Darás na casa se subas
pela rua do seu nome.)*

*Esta Rua do Ouvidor
já foi Caminho do Mar!
(Ouvidor pode passar,
mas o antigo era melhor.)*

*Não tens laranjas, mas cheiras
aos frutos da minha infância
ah inesquecível fragrância
da que ainda és das Laranjeiras!*

*O Largo da Mãe do Bispo
há muito tempo acabou-se.
(E hoje acabou o que era doce
ainda: a Rua do Bispo...)*

*Vais ter um nome pequeno,
Rua do Jogo da Bola!
Vais ter um nome pachola,
ai Travessa do Sereno!*

[7.IX.1959]

AI, ÁRVORES!

Em sua crônica de domingo para o *Correio da Manhã* comentou o poeta Carlos Drummond de Andrade, com aquelas palavras irônicas que ele sempre tem para as calamidades remediáveis ou irremediáveis da vida, o brutal assassinato de Chiquinha, mais um crime de dois exemplares perfeitos da juventude transviada.

Chiquinha era uma amendoeira, assim crismada pelo poeta em homenagem ao ex--prefeito Francisco Negrão de Lima, que a mandou plantar a seu pedido. "Volta, Chiquinha, ao limbo das pequeninas árvores sacrificadas a cada instante pelos que não sabem amar coisa alguma e não merecem sombra", arrematava o poeta em sua crônica.

Eu, que já vi seis das minhas Chiquinhas passarem ao limbo, ando em contínuo sobressalto pela sobrevivência de uma sétima, esta, como as outras, mandada plantar por Negrão de Lima a meu pedido. As duas primeiras foram plantadas no inverno de 1957. Pouco tempo depois parti para a Europa e nos quatro meses que estive fora, pensei nelas com carinho. Quando voltei vi que tinham desaparecido.

As que as substituíram não tiveram melhor sorte; uma depois da outra foram decepadas para brinco de um instante. Dessa vez já não pedi substitutas; compreendi que era inútil lutar contra a selvajaria dos desocupados. Mas um belo dia lá estavam não duas, estavam três mudinhas de árvores, lindas, lindas na sua inocência de vegetais felizes. Duas semanas depois uma era degolada. Das restantes uma era perfeitamente conformada, verdadeira *miss*; a outra, não, haste fora de prumo, irregularmente esgalhada, meio feinha e rebelde. A bonita viveu bonita, cada vez mais bonita, uns quatro meses. Uma manhã amanheceu reduzida ao talozinho melancólico: tinha sido sacrificada pelos que "não merecem sombra". A minha reação não foi irônica, como a do poeta: fiquei indignado, roguei pragas, converti-me em princípio à adoção da pena de morte, pelo menos para os assassinos de árvores... Agora minha última esperança é a Chiquinha feia. Nem posso dizer que seja esperança. Alguma coisa me diz que será assassinada como as outras...

Contou-me Júlio Moura que meu conterrâneo José Raul de Morais, grande amigo das árvores, tem na sua chácara de São Clemente azulejos com versos dos nossos poetas. De Adelmar Tavares são estes, que deveriam ser ensinados aos meninos em nossas escolas primárias:

> Raul, que felicidade!
> Plantar árvores e vê-las
> Crescer rumando às Estrelas,
> Dando sombra, e fruto, e flor
> Aos filhos dos nossos filhos,
> Aos netos do nosso amor.

Quero improvisar no momento uma quadra para a chácara de Morais. Não será tão bela quanto a sextilha transcrita, que eu não sou Adelmar, mas vai como homenagem ao Morais, ao Moura, a Negrão de Lima, a Drummond e às árvores em geral:

> Já reparaste na árvore antiga
> Esse ar de mãe que é toda carinhos?
> – Árvore, nossa melhor amiga,
> Fonte de sombra, mansão de ninhos!

[9.IX.1959]

SABE COM QUEM ESTÁ FALANDO?

Em um ponto qualquer da praia de Copacabana. Domingo às 11h30 da manhã. Sol de rachar. O *cameraman* apanha o aspecto da orla marítima em toda a sua extensão. Depois, para dar aos libidinosos do Brasil interior que nunca viram praia, o desejo de vir morar em Copacabana, nem que seja passando sobre o cadáver da própria mãe, tomará alguns aspectos sugestivos: aqui fixará uma menina de maiô pedalando numa bicicleta; ali uma granfa do outro mundo que sai do mar, escorrendo e escorreita; mais adiante um círculo de salamandras, duas morenas e uma loura, esta de barriga para baixo, as outras de costas; uma cena debaixo de um toldo; uns lances de voleibol, etc., *ad libitum*.

Volta o *cameraman* à longa perspectiva da praia. Passam autos particulares, passam autolotações, passam camarões. Um ônibus aproxima-se. No ponto de parada um senhor de idade faz sinal ao motorista. Que será esse senhor? Pode ser um senador proclamado nas últimas eleições, o guarda-livros chefe da firma Couto Barbosa & Cia., fazendas por atacado, o gerente de um jornal... Tudo é possível, porque nada o caracteriza de modo que impeça o que vai acontecer... Sosseguem os futuros espectadores do filme e, por enquanto, os leitores desta folha. Não haverá tragédia.

O ônibus para, saltam dois rapazes e uma moça, o senhor de idade sobe.

Agora o *cameraman* passa a operar dentro do carro. Entra o senhor de idade e inadvertidamente pisa o pé de um sujeito de meia-idade, robusto, muito satisfeito com a sua pessoa. O senhor vira-se e ia pedir desculpas, quando o tal sujeito lhe diz quase gritando:

– Não sabe onde pisa, seu calhorda?

O senhor de idade não contava com aquela brutalidade e fica surpreso. O outro carrega na mão, acrescentando:

– Imbecil!

Reação inesperada do senhor de idade, que responde:

– Imbecil é a sua mãe!

Enquanto isso, todos os passageiros do ônibus sentem que vai ocorrer qualquer coisa, provavelmente só desaforo grosso, mas, quem sabe? talvez umas boas taponas... uma senhora gorda tem medo que a coisa acabe em tiros ou facadas. Mas eu já disse que não haverá tragédia.

Diante do ultraje atirado à genitora, o sujeito suficiente, em vez de dar as taponas que a maioria dos passageiros esperava, ou de puxar da faca ou revólver que a senhora gorda tanto temia, pergunta indignado ao senhor de idade:

– Sabe com quem está falando?

Mas o senhor de idade não era nada sopa e retrucou:

– Estou falando com um homem, parece...

– Está falando com um delegado! O senhor está preso!

– Isso é que vamos ver!

O sujeito seria mesmo um delegado? Era a pergunta que todos os passageiros se faziam. Ai deles, era! E resultado: o delegado voltou-se para o motorista e ordenou:

– Entre pela rua Siqueira Campos e vamos para o distrito!

Os passageiros ficaram aborrecidíssimos com aquela brusca mudança de itinerário. Mas talvez que a expectativa de um caso fora do comum os aquietasse. Como quer que fosse, não protestaram. O ônibus para à porta da delegacia, salta o senhor de idade, salta o delegado, e este fala ao sentinela:

– Leve preso este sujeito por desacato à autoridade!

Nisto o senhor de idade puxa a caderneta de identificação e diz ao soldado:

– Eu sou general. Prenda este atrevido!

O general volta ao ônibus, comanda ao motorista:

– Vamos embora!

O motorista "pisa". Os passageiros do ônibus batem palmas.

[3.II.1946]

IEMANJÁ NA PRAIA

I

Até desaparecer como praça, quando incorporada em toda a sua largura à avenida Presidente Vargas, foi a praça Onze, nas palavras de Artur Ramos, "a fronteira entre a cultura negra e a branco-europeia". Hoje parece que a fronteira se deslocou para a orla marítima, onde uma vez por ano, na noite de 31 de dezembro para 1º de janeiro, Iemanjá, a sereia iorubana, a deusa-mãe, recebe o culto dos seus fiéis, que enchem toda a extensão da praia sul, desde o Leme até o Leblon, numa sucessão de pequenos altares de areia iluminados a velas. Às vezes trona sobre o altarzinho, numa simplificação do sincretismo religioso afro-católico, uma imagem de Nossa Senhora da Conceição. A atitude dos fiéis é de culpa e autopunição. Ao espocar dos foguetes que anunciam a meia-noite, os devotos da deusa-mãe avançam até o quebrar das ondas e atiram-lhe flores, banham os pés e as mãos. Em conjunto o espetáculo é triste, deprimente. Não se pense que são todos negros os adoradores noturnos da grande deusa africana das águas. Até que a maioria é de pardos-claros e brancos – brancos de pele, pelo menos. Não é raro ver-se recebendo o batismo do babalaô uma autêntica loura bem-vestida.

Quando começou esse culto nas praias? Morei em Copacabana de 1914 a 1918 e a esse tempo nunca vi uma vela em toda a praia. Informaram-me que a coisa data de uns dez anos. O que havia antes era a barca da meia-noite no dia 31 de dezembro: os fiéis de Iemanjá enchiam as barcas de Niterói, levando flores, que no meio da baía lançavam ao mar numa oferenda à deusa.

Soube por amigos residentes em Copacabana que a cerimônia noturna se repetiu este ano como nos anteriores, menos concorrida porém. Acentuou-se, no entanto, o aspecto de macumba, só que com cantos a seco. A maioria dos devotos não correu para o mar à meia-noite; deixou-se ficar junto às covinhas na areia, olhando as velas naquela atitude a que aludi, de culpa e contrição. O ano passado a Igreja, numa demonstração de combate à superstição, fez passar à meia-noite uma procissão ao longo da praia. Que aconteceu? Os fiéis de Iemanjá vieram para o asfalto, ajoelharam, rezaram enquanto desfilava a procissão e depois voltaram para as suas velinhas. É que para toda aquela gente Iemanjá se confundiu com a Senhora da Conceição ou do Rosário, como Ogum com São Jorge, Iansã com Santa Bárbara, Xangô com São Miguel Arcanjo.

Iemanjá é um lindo mito, mas insisto no que disse: o espetáculo da meia-noite do último dia do ano na Praia de Copacabana é triste e deprimente.

[3.I.1959]

II

A respeito de minha crônica "Iemanjá" me escreve o amigo leitor José Vicente de Medeiros uma longa carta, arguindo-me de intenções que absolutamente não tive.

"Por que", estranha Medeiros, "você considera *triste e deprimente* o culto que os fiéis de Iemanjá lhe prestam na passagem do Ano Velho para o Ano Novo, queimando velas nas praias e levando flores ao mar, onde molham o rosto, as mãos e os pés?"

"Por que vê neles *atitude de culpa e autopunição* ao mesmo tempo que reconhece ser Iemanjá um *lindo mito*?"

E Medeiros faz um cotejo das cerimônias do culto de Iemanjá com as do culto católico e de outros cultos, para chegar à conclusão de que "a superstição é a base de todas as religiões", admirando-se de eu "estabelecer distinção entre elas".

Mas, Medeiros, eu não fiz distinção alguma, aliás não me servi da palavra superstição. Se me forçassem a uma profissão de fé, eu diria que a minha religião se resume a um deísmo vago e consiste, como consistia a de Einstein, "numa profunda convicção sentimental da presença de uma razão superior revelando-se no incompreensível universo".

Os qualificativos "triste" e "deprimente" foram empregados por mim no seu sentido primeiro: "triste", antônimo de "alegre"; "deprimente", isto é, que abate. Medeiros entendeu como se eu quisesse dizer "lamentável e degradante".

Quanto à atitude de culpa e autopunição, não compreendo que Medeiros veja nisso qualquer juízo pejorativo, pois sempre nobilíssima será a atitude do pecador que se sente culpado e a si próprio se castiga, atitude belamente ilustrada no soneto "Pecador" de Bilac.

O que eu quis exprimir naquela crônica foi a minha decepção diante de um espetáculo que eu imaginava de jucunda extroversão, não de ensimesmada imobilidade, alegre, não triste, exaltante, não deprimente. Contou-me uma amiga, a sra. Segalá, que em Mangaratiba a celebração de Iemanjá teve caráter completamente diverso, foi uma cerimônia verdadeiramente dionisíaca, nos seus cantos, nas suas danças, nas suas jubilosas entradas mar adentro, no seio mesmo de Iemanjá espumoso e tumultuado.

[1.II.1959]

ESTÁ MORRENDO MESMO

Quem? O carnaval. Com a supressão dos alto-falantes nas ruas o fato se tornou evidente. Esses insuportáveis aparelhos davam aos carnavais anteriores uma animação fictícia. Emudecidos eles, verificou-se que o povo não cantava mais. Não brincava. Espairecia. Esperava a passagem das escolas de samba.

O setuagenário me falou:

– Carnaval no Rio houve mas foi no tempo em que ainda existia a rua do Ouvidor. Porque essa que ainda chamam assim não é mais a rua do Ouvidor, a que Coelho Neto chamava nos seus romances a "grande artéria". Ali se situavam, então, as redações dos principais jornais – *Jornal do Commercio, O País, Gazeta de Notícias, A Notícia, Cidade do Rio*. Ali estavam estabelecidas as mais elegantes casas de modas, os grandes advogados, etc. Tudo vinha acabar, completar-se, consagrar-se definitivamente na rua do Ouvidor. Carlos Gomes quando voltou da Itália, Rio Branco quando veio ser ministro de Rodrigues Alves, foi na rua do Ouvidor que receberam a homenagem máxima da cidade. E o melhor carnaval era o da rua do Ouvidor. As senhoras e moças mais bonitas do Rio enchiam as sacadas e as portas das casas comerciais e dos escritórios e enquanto não despontavam os préstitos brincavam com alegria e entusiasmo.

A abertura da avenida Rio Branco foi o primeiro golpe sério no carnaval. A festa diluiu-se, perdeu o calor que lhe vinha do aperto. Mas durante alguns anos houve o corso, que era realmente lindo com o seu espetáculo de serpentinas multicores. Os automóveis fechados vieram acabar com ele. Junte-se a isso a comercialização das músicas, a intromissão do elemento oficial premiando uma coisa cujo maior sabor estava em sua gratuidade...

Vale a pena lamentar? Acho que não. O carnaval está morrendo, outras coisas estarão nascendo. No tempo dos bons carnavais não tínhamos o espetáculo das praias. A vida é renovação. "Mudam-se os tempos, mudam-se as vontades", disse o poeta máximo da língua, e outro disse que "isto é sem cura". Quem não estiver contente com o presente, viva, como eu, das saudades do passado.

[15.II.1959]

SIZENANDO ENTRE BRANCAS

Meu amigo Sizenando é homem de cor, mas a cor nunca lhe deu nem sombra de recalque. É, aliás, um mestiço eugênico, alto, robusto, bem formado e quase belo. Tem sido, por todas essas qualidades físicas e mais por uma lábia amorosa verdadeiramente infernal, tem sido amado até o delírio por grandes mulheres de todas as cores e todos os matizes. Sua esposa legítima é branca. Sua amante, também legítima, é outra branca. Com esta vinha ele passando, ultimamente, a maior parte de seus dias, o que acabou levando a mulher legítima a uma expedição ao quartel-general daqueles amores clandestinos. Chegou lá, bateu, a porta entreabriu-se, mas, reconhecido o inimigo, logo se fechou, para dar tempo a que meu amigo se escondesse num armário. Então, aberta de novo e rasgadamente a porta, começou o ajuste de contas entre as duas mulheres. A amante convidou a esposa a debaterem o caso na rua, não só para evitar o escândalo naquele edifício de apartamentos superlotado, como para salvar Sizenando de uma possível morte por sufocação dentro do armário. Chegadas à porta da rua, tomaram à direita e enfiaram pela primeira transversal.

Tranquilizado pelo silêncio que se seguiu à partida das duas mulheres, saiu Sizenando de seu esconderijo, despiu o pijama, vestiu a roupa e deixou o apartamento. À porta de entrada do edifício, espiou a um lado e outro, não viu as mulheres, consultou a intuição, para onde terão ido? para a esquerda? para a direita? A intuição respondeu-lhe que para a esquerda. Sizenando rumou para a direita e foi cair na boca do lobo. Das lobas, pois deu com as duas mulheres empenhadas num entrevero, as quais, ao verem-no, vieram para ele, tomadas ambas da maior indignação.

Foi então que Sizenando usou de um golpe genial, dizendo-lhes reprovativamente e com grande calma: – Mas vocês, duas brancas, brigando por causa de um preto?! E afastou-se, rápido.

Desfecho: Sizenando, naquela noite, foi pernoitar em casa da mulher legítima, que o recebeu de braços abertos. Passou com ela o dia e a noite seguintes. No terceiro dia, procurou a amante. Duas noites de cão passara ela. Mas quando abriu a porta e viu diante dela o meu eugênico amigo com o seu plácido sorriso, abriu-lhe também, como a outra, os braços de Severina. E os dois se encaminharam para o interior do apartamento: era o movimento de retorno aos quadros constitucionais vigentes.

[20.XI.1955]

BATALHA NAVAL NO LAMAS

As forças que se defrontavam estavam em perfeito pé de igualdade: de cada lado um couraçado, dois destroieres, três cruzadores e quatro submarinos. Evidentemente tudo dependia da colocação e da habilidade maior ou menor dos artilheiros. Não retive o nome do almirante da esquadra A. O da esquadra B era Tomás Terán, o grande pianista nosso conhecido. Águas de um fundo obscuro de loja na rua do Ouvidor, com bancos perigosos de rádio-eletrolas, armários de discos e, na linha do horizonte, retratos de Carmen Miranda, Elisa Coelho, Rogério Guimarães e vários outros astros internacionais.

Terán abriu fogo: três tiros: Girafa 5, Iodo 3, Hermengarda 9. O adversário acusou: couraçado atingido, submarino a pique, um tiro n'água; e por sua vez mandou bala: Benedito 2, Cocada 4, Alemanha 6. Terán sorriu: Todos os tiros n'água!

Todavia a sorte em breve mudou. Ao cabo de vinte minutos só restava um cruzador, esse mesmo atingido, ao pianista, que não havia podido localizar dois destroieres inimigos. O tiro seguinte aniquilou de todo a Armada.

Foi assim que conheci o novo jogo de salão: duplo tabuleiro quadriculado, com 81 casas, cada casa determinada pelas coordenadas horizontal e vertical, aquela designada por letra, esta por número. Cada adversário dispõe a sua frota: um submarino toma um quadrado, o destroier dois, o cruzador três, o couraçado quatro. Como reina a mais negra cerração, quase sempre afetando a forma de um chapéu, os beligerantes não veem as posições inimigas.

Segundo a disposição de espírito, o jogo, como tantas outras coisas na vida, – o *bridge*, o namoro de portão, a derrubada de interventores – pode parecer interessantíssimo ou cacete.

Dizem que foi inventado pelos malandros do Lamas. Deve ter sido.

O Lamas é um café do largo do Machado. Fica aberto toda a noite. Se fechou alguma vez, tê-lo-á sido acidentalmente, na hora mais difícil de bafafá na rampa... Do Rio que o prefeito Passos remodelou, será talvez a única tradição sobrevivente em casas dessa natureza. Todos os outros cafés, todos os outros restaurantes *ouverts la nuit* desapareceram: o Stadt Munchen, o Critério do antigo largo do Rocio, onde Paula Ney e a sua roda farreavam, a Castelões, o famoso Café do Rio, o Java não passam de nomes vivendo apenas na memória melancólica de alguns quinquagenários. O Café Lamas continua aberto, imortal, dessa imortalidade idêntica à da natureza que se renova cada ano pela força da primavera. Com efeito cada ano traz ao Café Lamas uma nova turma da mocidade das escolas superiores. Os meninos que passam nos bondes, nos ônibus, nos automóveis espiam para ele com olhos compridos, achando que tarda o momento de conhecer o famoso reduto de noitadas de cerveja e bilhar, o inconcebível bife com batatas das três da manhã, o dia da carta de valente, a fuga da polícia pelos fundos do açougue vizinho. Eles sabem que só é verdadeiramente bambambã quem já "virou mesa no Lamas". (Tempos longínquos em que eu vinha de Laranjeiras para o ginásio e espiava também para o Lamas, à espera da hora de ser rapaz, de ter a chave de casa, não dar satisfações, jogar bilhar, espetar contas! A vida se encarregou de escamotear-me tudo isso, e outras cousas.) O mesmo prestígio tem o Lamas aos olhos das meninas: o mesmo não, que aqui se mistura o seu quê de ciumada e medo. Elas sabem que há perversos ali capazes de tudo, leões de chácara, bambas de *dancings*, gigolôs barrados, jogadores tesos. Sabem que a partir de uma certa hora não há mais para onde ir e o Lamas é o fim de todas as noites em claro por uma razão ou por outra.

    Pois foi do Café Lamas que saiu, dizem, o jogo da Batalha Naval, em que é mestre o meu ótimo amigo Terán, comodoro da Grande Armada.

[12.IX.1931]

CRONOLOGIA

1886

A 19 de abril, nasce Manuel Carneiro de Souza Bandeira Filho, em Recife. Seus pais, Manuel Carneiro de Souza Bandeira e Francelina Ribeiro de Souza Bandeira.

1890

A família se transfere para o Rio de Janeiro, depois para Santos, São Paulo e novamente para o Rio de Janeiro.

1892

Volta para Recife.

1896-1902

Novamente no Rio de Janeiro, cursa o externato do Ginásio Nacional, atual Colégio Pedro II.

1903-1908

Transfere-se para São Paulo, onde cursa a Escola Politécnica. Por influência do pai, começa a estudar arquitetura. Em 1904, doente (tuberculose), volta ao Rio de Janeiro para se tratar. Em seguida, ainda em tratamento, reside em Campanha, Teresópolis, Maranguape, Uruquê e Quixeramobim.

1913

Segue para a Europa, para tratar-se no sanatório de Clavadel, Suíça. Tenta publicar um primeiro livro, *Poemetos melancólicos*, de poemas em parte extraviados no sanatório quando o poeta retorna ao Brasil.

1916

Morre a mãe do poeta.

1917

Publica o primeiro livro, *A cinza das horas*.

1918

Morre a irmã do poeta, sua enfermeira desde 1904.

1919

Publica *Carnaval*.

1920

Morre o pai do poeta.

1922

Em São Paulo, Ronald de Carvalho lê o poema "Os sapos", de *Carnaval*, na Semana de Arte Moderna. Morre o irmão do poeta.

1924

Publica *Poesias*, que reúne *A cinza das horas*, *Carnaval* e *O ritmo dissoluto*.

1925

Começa a escrever para o "Mês Modernista", página dos modernistas em *A Noite*. Exerce a crítica musical nas revistas *A Ideia Ilustrada* e *Ariel*.

1926

Como jornalista, viaja por Salvador, Recife, João Pessoa, Fortaleza, São Luís e Belém.

1928-1929

Viaja a Minas Gerais e São Paulo. Como fiscal de bancas examinadoras, viaja para Recife. Começa a escrever crônicas para o *Diário Nacional*, de São Paulo, e *A Província*, do Recife.

1930

Publica *Libertinagem*.

1935

Nomeado pelo ministro Gustavo Capanema inspetor de ensino secundário.

1936

Publica *Estrela da manhã*, em edição fora de comércio.
Os amigos publicam *Homenagem a Manuel Bandeira*, com poemas, estudos críticos e comentários sobre sua vida e obra.

1937

Publica *Crônicas da Província do Brasil*, *Poesias escolhidas* e *Antologia dos poetas brasileiros da fase romântica*.

1938

Nomeado pelo ministro Gustavo Capanema professor de literatura do Colégio Pedro II e membro do Conselho Consultivo do Departamento do Patrimônio Histórico e Artístico Nacional.
Publica *Antologia dos poetas brasileiros da fase parnasiana* e o ensaio *Guia de Ouro Preto*.

1940

Publica *Poesias completas* e os ensaios *Noções de história das literaturas* e *A autoria das "Cartas chilenas"*.
Eleito para a Academia Brasileira de Letras.

1941

Exerce a crítica de artes plásticas em *A Manhã*, do Rio de Janeiro.

1942

Eleito para a Sociedade Felippe d'Oliveira. Organiza *Sonetos completos e poemas escolhidos*, de Antero de Quental.

1943

Nomeado professor de literatura hispano-americana na Faculdade Nacional de Filosofia. Deixa o Colégio Pedro II.

1944

Publica uma nova edição ampliada das suas *Poesias completas* e organiza *Obras poéticas*, de Gonçalves Dias.

1945

Publica *Poemas traduzidos*.

1946

Publica *Apresentação da poesia brasileira*, *Antologia dos poetas brasileiros bissextos contemporâneos* e, no México, *Panorama de la poesía brasileña*.
Conquista o Prêmio de Poesia do IBEC.

1948

Publica *Mafuá do malungo: jogos onomásticos e outros versos de circunstância*, em edição fora de comércio, um novo volume de *Poesias escolhidas* e novas edições aumentadas de *Poesias completas* e *Poemas traduzidos*.
Organiza *Rimas*, de José Albano.

1949

Publica o ensaio *Literatura hispano-americana*.

1951

A convite de amigos, candidata-se a deputado pelo Partido Socialista Brasileiro, mas não se elege.
Publica nova edição, novamente aumentada, das *Poesias completas*.

1952

Publica *Opus 10*, em edição fora de comércio, e a biografia *Gonçalves Dias*.

1954

Publica as memórias *Itinerário de Pasárgada* e o livro de ensaios *De poetas e de poesia*.

1955

Publica *50 poemas escolhidos pelo autor* e *Poesias*. Começa a escrever crônicas para o *Jornal do Brasil*, do Rio de Janeiro, e *Folha da Manhã*, de São Paulo.

1956

Publica o ensaio *Versificação em língua portuguesa*, uma nova edição de *Poemas traduzidos* e, em Lisboa, *Obras poéticas*.
Aposenta-se compulsoriamente como professor de literatura hispano-americana da Faculdade Nacional de Filosofia.

1957

Publica o livro de crônicas *Flauta de papel* e a edição conjunta *Itinerário de Pasárgada/De poetas e de poesia*.
Viaja para Holanda, Inglaterra e França.

1958

Publica *Poesia e prosa* (obra reunida, em dois volumes), a antologia *Gonçalves Dias*, uma nova edição de *Noções de história das literaturas* e, em Washington, *Brief History of Brazilian Literature*.

1960

Publica *Pasárgada*, *Alumbramentos* e *Estrela da tarde*, todos em edição fora de comércio, e, em Paris, *Poèmes*.

1961

Publica *Antologia poética*. Começa a escrever crônicas para o programa *Quadrante*, da Rádio Ministério da Educação.

1962

Publica *Poesia e vida de Gonçalves Dias*.

1963

Publica a segunda edição de *Estrela da tarde* (acrescida de poemas inéditos e da tradução de *Auto sacramental do Divino Narciso*, de Sóror Juana Inés de la Cruz) e a antologia *Poetas do Brasil*, organizada em parceria com José Guilherme Merquior. Começa a escrever crônicas para o programa *Vozes da cidade*, da Rádio Roquette-Pinto.

1964

Publica em Paris o livro *Manuel Bandeira*, com tradução e organização de Michel Simon, e, em Nova York, *Brief History of Brazilian Literature*.

1965

Publica *Rio de Janeiro em prosa & verso*, livro organizado em parceria com Carlos Drummond de Andrade, *Antologia dos poetas brasileiros da fase simbolista* e, em edição fora de comércio, o álbum *Preparação para a morte*.

1966

Recebe, das mãos do presidente da República, a Ordem do Mérito Nacional.
Publica *Os reis vagabundos e mais 50 crônicas*, com organização de Rubem Braga, *Estrela da vida inteira* (poesia completa) e o livro de crônicas *Andorinha, andorinha*, com organização de Carlos Drummond de Andrade.
Conquista o título de Cidadão Carioca, da Assembleia Legislativa do Estado da Guanabara, e o Prêmio Moinho Santista.

1967

Publica *Poesia completa e prosa*, em volume único, e a *Antologia dos poetas brasileiros da fase moderna*, em dois volumes, organizada em parceria com Walmir Ayala.

1968

Publica o livro de crônicas *Colóquio unilateralmente sentimental*.
Falece a 13 de outubro, no Rio de Janeiro.

ÍNDICE ONOMÁSTICO

A

ABEL, 384
ABREU, Capistrano de, 213, 374, 375
ABREU, Casimiro de, 60, 273, 274, 476
ABREU, Honorina de, 374, 375
ABREU, Luiz Leopoldo Brício de, 174
ABREU, Manuel de, 274
ABREU, Zequinha de, 378
ACÁCIO, conselheiro, 363
ACADEMUS, 202
ACHCAR, Dalal, 159
ADALARDO, 415
ADDISON, Joseph, 214
AGASSIZ, Louis, 36
AGUIAR, Mendes de, 251
AGUILAR, José, 347
AITA, Zina, 353
ALAGOAS, Curió das, 62
ALBANO, José, 376
ALBUQUERQUE, Georgina de, 117
ALBUQUERQUE, Maria Sabina de, 167
ALCÂNTARA, D. Pedro de, (D. Pedro I), 112, 379
ALCEU, cabo, 242
ALEGRIA, Ciro, 426
ALENCAR, José de, 214, 249, 279, 311, 356, 414
ALENCAR, Mário de, 209
ALI, Said, 284
ALIGHIERI, Dante, 60, 224, 244, 268, 436
ALIMONDA, Heitor, 152
ALKMIM, José Maria, 455
ALMEIDA, Alfonso Lopes de, 366
ALMEIDA, Filinto de, 206
ALMEIDA, Guilherme de, 216, 247, 256, 258, 259, 264, 324
ALMEIDA, Margarida Lopes de, 167
ALMEIDA, Miguel Osório de, 214
ALMEIDA, Renato, 76, 254, 304
ALMEIDA FILHO, Augusto de, 261, 262

ALPHONSUS, João, 61, 76, 257, 258, 260, 304
ALVARENGA, Oneyda, 271
ALVAREZ, Florindo Villa, 170
ÁLVARO, 472
ALVES, Castro, 49, 110, 197, 274, 327, 364, 429, 476
ALVES, Francisco de Paula Rodrigues, 485
ALVES, Sylvio, 43
ALVIM, José Joaquim de Sá Freire, 116, 477
AMADO, Gilberto, 36, 51, 205, 302, 368, 476
AMADO, Jorge, 50, 293,
AMARAL, Crispim do, 299
AMARAL, Tarsila do, 152, 254, 452
AMARO, Austen, 253, 254, 255, 256, 258, 259
AMÉRICO, Pedro, 217
AMYOT, 435
ANA, 347
ANDERSON, Sherwood, 370
ANDRADE, Almir de, 304
ANDRADE, Ayres de, 217
ANDRADE, Carlos Drummond de, 42, 60, 64, 76, 78, 89, 107, 108, 151, 168, 176, 197, 274, 378, 379, 398, 433, 479, 480
ANDRADE, Jorge Carrera, 50, 424, 425
ANDRADE, Goulart de, 366
ANDRADE, Joaquim Pedro de, 33, 194
ANDRADE, Mário de, 47, 60, 78, 79, 131, 149, 151, 152, 159, 160, 194, 241, 242, 243, 250, 256, 258, 259, 267, 274, 298, 308, 324, 326, 363, 364, 365, 366, 370, 391, 408, 407, 415, 422, 428
ANDRADE, Oswald de, 77, 79, 127, 152, 271, 273, 287, 289, 298, 323, 324, 366, 415, 430, 455
ANDRADE, Rodrigo Melo Franco de, 61, 114, 117, 194, 202, 304, 366
ANDRÉ, São, 150
ANDRÉE, 59
ANÍBAL, Augusto, 166, 178
ANINHA, dona, 471

ANJOS, Augusto dos, 49
ANN-MARIE, 329
ANTÔNIA, Maria, 136, 147
ANTONICO, 460
ANTÔNIO, santo, 176
APORELLY, 378
ARAÑA Y ARAÑA, sr., 306
ARANHA, Graça, 275, 306, 323, 367
ARANHA, Oswaldo, 417, 418
ARAÚJO, Carlos Alberto de, 324
ARAÚJO, Murillo, 263, 340
ARAÚJO, Pedro Correia de, 79
ARCANJO, São Miguel, 63, 483
ARCINIEGAS, Germán, 426
ARENA, Rodolfo, 177
ARI, 59
ARISTÓTELES, 439
ASCASUBI, Hilario, 421, 422
ASSIS, José Patrício de, 311
ASSIS, Machado de, 41, 49, 61, 78, 136, 178, 204, 213, 214, 224, 275, 304, 305, 306, 313, 341, 384, 413, 459, 466
ASSIS, São Francisco de, 407, 285
ATHAYDE, Austregésilo de, 205, 207, 210, 211, 212, 213, 216, 417
ATHAYDE, Tristão de, 61
AUDEN, Wystan Hugh, 50
AULETE, Francisco Júlio de Caldas, 31
AURÉLIO, Marco, 102
AUSTREGÉSILO, Antônio, 217, 409
AUTRAN, Paulo, 29, 173, 181
ÁVILA, Santa Teresa de, 374, 376
AYALA, Francisco, 187
AYALA, Walmir, 336
AYRES, Emílio Cardoso, 300
AZEREDO, Antônio, 356, 475
AZEVEDO, Álvares de, 233, 273, 274
AZEVEDO, Francisco de Paula Ramos de, 70
AZEVEDO, Murilo Nunes de, 280

B

BABITS, Miguel, 341
BACH, Johann Sebastian, 134, 139, 140, 149, 151
BACIU, Stefan, 424
BACKHEUSER, Everaldo, 318, 319

BAKST, Léon, 156
BALBI, Adrien, 308
BANDEIRA, Antônio, 415
BANDEIRA, José Cláudio, 56
BANDEIRA, Manoel, 317
BANDEIRA, Manuel, 46, 49, 51, 61, 67, 69, 101, 118, 185, 256, 257, 258, 259, 303, 340, 362, 368, 382, 402, 404, 407, 429, 463, 472, 476
BANVILLE, 275
BARATA, Mário, 79
BÁRBARA, Julieta, 271, 287
BÁRBARA, santa, 483
BARBOSA, Francisco de Assis, 29, 63
BARBOSA, Juscelino, 254
BARBOSA, Maria Cristina, 63
BARBOSA, Maria Isabel, 63
BARBOSA, Maria Tânia Tavares, 401
BARBOSA, Rui, 97, 204, 225, 226, 356, 363, 366, 446, 467
BARRA, Visconde de Vila da, 244
BARRENECHEA, Raul, 211
BARRÈS, Maurice, 412
BARRETO, Emídio Dantas, 217
BARRETO, Fausto, 358
BARRETO, Mário, 311, 358, 454
BARRETO, Plínio, 202
BARRETO, Tobias, 197, 476
BARROS, Antônio Carlos Couto de, 61, 415
BARROS, Luís Carlos de, 165, 166, 201
BARROS, Maria de Lourdes de, 171
BARROSO, Ary, 78, 378
BARROSO, Gustavo, 205
BASTOS, A. D. Tavares, 377, 382
BATAILLE, 434
BATISTA, Paulo Nunes, 62
BATISTA, Sebastião, 331
BAUDELAIRE, Charles, 78, 207, 251, 435
BECKER, Cacilda, 42, 172, 176
BEETHOVEN, Ludwig van, 132, 136, 151, 153
BELEGARDE, Guilherme, 311
BELLO, Andrés, 358, 424
BENITEZ, Justo Pastor, 424
BERGER, Leopoldo, 58, 174
BERNANOS, Georges, 383
BERNARDELLI, Henrique, 104

BERNARDELLI, Rodolfo, 104
BERNARDES, padre Manuel, 311
BERNARDES, Sérgio, 87
BERNSTEIN, 434
BERTHET, Jean, 171
BERTINI, Francesca, 195
BEZERRA, Marieta, 130
BIANCHINI, sra., 224
BICALHO, Francisco de Paula, 354
BICALHO, Honório, 58, 354, 355, 356, 357
BICALHO, Isabel, 150
BICALHO, Madalena, 150
BICHAT, Marie François Xavier, 361
BILAC, Olavo, 41, 49, 131, 167, 216, 217, 234, 239, 366, 396, 441, 449, 484
BILU, 210, 408
BITTENCOURT, Edmundo, 70
BITTENCOURT, Germana, 144
BITTENCOURT, Paulo, 392
BLACHE, Vidal de la, 318
BLANK, Joanita, 61, 79, 351, 353
BLANK-SIMON, F. H., 433
BOCAGE, Manuel Maria Barbosa du, 325, 327
BOCCHERINI, Luigi, 157
BOCCHINO, Alceo, 132
BOIA, Chico, 195
BONAPARTE, Napoleão, 31, 172
BOPP, Lupe (Guadalupe Puig Bopp), 392
BOPP, Raul, 77, 274, 392
BORBA, Osório, 382
BORDEAUX, Henri, 324
BORODINE, Alexander, 153, 156
BOSWORTH, Fred, 404
BOTTO, António, 428
BRAGA, Francisco, 128, 146, 147
BRAGA, Nadir, 171
BRAGA, Rubem, 63, 105, 196, 217, 282, 328, 373, 400, 415
BRAGANÇA, D. João de Orléans e, 385
BRAHMS, Johannes, 157
BRANCO, Lúcia, 140
BRANDÃO, Otávio, 471
BRANDÃO, Tomás, 304
BRECHERET, Victor, 102
BRETON, André, 242
BRITO, Mário da Silva, 285, 298

BROCA, Brito, 414
BROWNING, Elizabeth Barrett, 60, 343
BROWNING, Robert, 449
BUENO, Lucilo, 69, 362
BULHÕES, Antônio, 42
BULHÕES, Otávio Gouveia de, 217
BURGOYNE, (médico de Maria Stuart), 172
BURLE MARX, Roberto, 37, 159
BURNSHAW, Stanley, 341, 342
BURTON, Richard, 452
BUSONI, Ferruccio, 134, 140
BUSTAMANTE Y BALLIVIÁN, Enrique, 421
BYRON, George Gordon, 379

C

CABRAL, José d'Almeida, 365
CABRAL, Pedro Álvares, 84
CABRAL, Sadi, 170
CAEIRO, Alberto, 280, 427
CAL, Ernesto Guerra da, 63, 341, 342
CALDAS, padre Sousa, 244, 376
CALMON, Pedro, 204, 205, 206
CALÓGERAS, João Pandiá, 202
CÂMARA, José Sette, 116
CAMARINHA, Mário, 424
CAMÕES, Luís Vaz de, 50, 250, 310, 313, 328, 433
CAMPHUIS, 387
CAMPOS, Álvaro de, 427
CAMPOS, Estanislao del, 422
CAMPOS, Humberto de, 101, 324
CAMPOS, Milton, 416
CAMPOS, Paulo Mendes, 63, 340
CAMPOS, Teresa de Sousa, 42
CAMPOS SALES, Manuel Ferraz de, 43
CAMUS, Albert, 431, 432
CAMUS, Marcel, 193
CANDIDO, João, 79
CANTALUPO, Roberto, 77
CANTALUPO, Sophia, 77
CAPANEMA, Gustavo, 60, 150, 304
CARBALLO, González, 48
CARDIM, Elmano, 388
CARDOSO, Lúcio, 293, 301, 304
CARDOZO, Joaquim, 53, 401, 402

CARLOS, J., 299, 300
CARNEIRO, Condessa Pereira, 97
CARNEIRO, Levi, 52, 53, 206, 207, 209, 214, 393, 417
CARNEIRO, Paulo, 214, 392
CARPEAUX, Otto Maria, 77, 151, 186, 284, 328, 387
CARRERO, Tônia, 42, 63, 181, 436, 464
CARVALHO, Álvaro de, 104
CARVALHO, Eleazar de, 132
CARVALHO, Elísio de, 286
CARVALHO, Ronald de, 126, 127, 208, 216, 247, 256, 258, 259, 298, 323, 324, 326, 340, 366, 445, 452, 454
CARVALHO, Vicente de, 49, 234, 274, 284
CASCUDO, Luís da Câmara, 239, 391
CASSOU, Jean, 187
CASTELLIANO, 353
CASTELLO BRANCO, Camilo, 310, 311
CASTELO BRANCO, Carlos, 40, 292
CASTILHO, J. F. de, 311, 330, 358, 414
CASTILLO, Madre Francisca Josefa del, 376
CASTRO, Aloysio de, 206, 207, 214, 382, 393
CASTRO, Ary Kerner Veiga de, 379, 380
CASTRO, Elisabeth Mercio de, 157
CASTRO, Fidel, 48
CASTRO, Helena de Magalhães, 145, 167
CASTRO, Luís de, 215
CATÁ, Mlle., 107
CATAS ALTAS, Barão de, 452
CAVALCANTI, Alberto, 392
CAVALCANTI, Carlos, 84
CAVALCANTI, Valdemar, 213, 335
CAVALHEIRO, Edgard, 39
CEARENSE, Catulo da Paixão, 129, 142, 145, 269
CELI, Adolfo, 173, 436
CELSO, Afonso, 203
CELSO ANTONIO de Menezes, 35, 52, 102, 111
CENDRARS, Blaise, 324, 430
CEPELOS, Batista, 286
CERVANTES, Miguel de, 224
CETTINEO, Ante, 340
CÉZANNE, Paul, 88
CHAGALL, Marc, 76, 349, 400
CHAPLIN, Charles, 187, 195
CHAR, René, 50

CHASE, Charley, 195
CHATEAUBRIAND, Francisco de Assis, 69, 77, 78, 397
CHESTERTON, Gilbert Keith, 60
CHIQUINHA, 479
CHOPIN, Frédéric, 115, 134
CÍCERO, Marco Túlio, 449
CÍCERO, Padre, (Cícero Romão Batista), 177
CIRO, o Antigo, 71
CLARK, Lygia, 96, 117, 120
CLAUDEL, Paul, 429
CLÁUDIO, 52, 459
COELHO, Elisa, 487
COELHO, Francisco Adolfo, 31
COELHO NETO, Henrique Maximiano, 126, 485
COELHO NETO, Zita, 167, 413
COHEN, Giordana, 224
COMTE, Auguste, 361, 379
CONCEIÇÃO, Levino, 142
CONCEIÇÃO, Maria da, 401
CONCEIÇÃO, Nossa Senhora da, 483
CONCHITA, 347
CONDÉ, Elysio, 426
CONDÉ, João, 46, 48, 54, 79, 294, 426
CONDÉ, José, 54, 294
CONSTANT, Benjamin, 361
CONSTANTINO, Manoel, 75
COOPER, Gary, 197
CORAM, Wendy, 93
CORAZZINI, Sergio, 265
CORDEIRO, Calixto, 300
CORNEILLE, Pierre, 435
CORRÊA, Roberto Alvim, 224
CORREIA, D. Aquino, 217, 244
CORREIA, Manuel Viriato, 212
CORREIA, Raimundo, 117, 201, 234, 274, 304, 333, 341
CÔRTES, Aracy, 164, 165, 166
CORTESÃO, Jaime, 429
CORTESÃO, Maria da Saudade, 429, 431
COSTA, Alfredo Araújo Lopes da, 362
COSTA, Jaime, 177
COSTA, João Batista da, 117
COSTA, João José, 118
COSTA, José Pereira da, 331, 332

COSTA, Lúcio, 70, 102, 103, 117, 121, 394, 454
COSTA, filho, Odylo, 47, 397
COSTER, Laurens, 433
COTRIM, Álvaro, 112
COUTINHO, Afrânio, 205, 208
COUTO, Miguel, 475
COUTO, Ribeiro, 48, 61, 77, 78, 208, 247, 257, 258, 265, 266, 267, 274, 323, 324, 340, 366, 367, 368, 369, 386, 430, 436, 438
CRISTO, Jesus, 47, 80, 96, 97, 295, 275, 376, 378
CROCE, Benedetto, 341
CRULS, Gastão, 60, 381, 382
CRULS, Luís, 381
CRUZ E SOUSA, João da, 49, 339, 476
CUMMINGS, Edward Estlin, 50
CUNHA, Euclides da, 23, 78, 274, 318, 364
CUNHA, Tristão da, 304, 463
CUNHA, Vasco da, 304

D

D'ALKMIM, Maria Antonieta, 455
D'AMBRÓSIO, Paulina, 125, 127
D'ANNUNZIO, Gabriele, 466
D'APARECIDA, Maria, 398
D'AUREVILLY, Barbey, 89
D'AVRAY, Jacques, 386
D'OLIVEIRA, Felippe, 208, 275, 304
DA VINCI, Leonardo, 71
DACOSTA, Milton, 117
DANTAS, Francisco Clementino de San Tiago, 171, 395
DANTAS, Júlio, 65
DANTAS, Paulo, 295
DANTAS, Pedro, 61, 177, 185, 186, 370
DANTAS, Raimundo Sousa, 400
DARIO, Rubén, 178
DAUMIER, Honoré, 112
DE CHIRICO, Giorgio, 76, 156
DEBUSSY, Claude, 140, 153, 156
DECOURT, Luciano, 65
DERAIN, André, 156
DEUS, João de, 358

DI CAVALCANTI, Emiliano, 102, 169, 217
DIAGHILEV, Sergei Pavlovich, 156
DIAS, Antônio Gonçalves, 49, 211, 228, 229, 273, 274, 305, 338
DIAS, Cícero, 79, 84, 92, 93, 303, 315, 400, 453, 472
DIAS, Fernão, 253
DIAS, João Manuel Gonçalves, 228
DICKENS, Nair Werneck, 167
DIETRICH, Marlène, 197
DILZA, 105
DJANIRA da Motta e Silva, 92
DONGEN, Kees van, 88
DOROTEIA, Maria, 304
DRIGO, Riccardo, 156
DRUMMOND, Magalhães, 254
DUARTE, Bandeira, 213
DULCE, 42
DUMONT, Alberto Santos, 217, 446
DUNCAN, Isadora, 157
DUVIVIER, Eduarda, 285
DVORAK, Antonín, 153
DYNA, 260

E

ECHEVERRIA, Esteban, 422
EDMUNDO, Luís, 207, 389
EDUARDO VII, Alberto, 107
EGA, João da, 68, 70, 121
EGIPCÍACA, Santa Maria, 116, 177
EINSTEIN, Albert, 384, 484
ELIOT, T. S., 341
ELÍSIO, Filinto, 69
ELISSÉE, 415
ELSKAMP, Max, 366
ELUARD, Paul, 400
ESTRADA, Ezequiel Martínez, 424
ESTRADA, Osório Duque, 115, 201, 253
ETCHEVERRY, Manuel Graña, 284

F

FACÓ, Américo, 323, 356, 357
FALCÃO, Cristóvão, 276
FALCÃO, Marino, 329

FALLA, Manuel de, 156
FANNY, 59
FARES, Anver, 261, 262
FARIA, Alberto, 201
FARIA, Ernesto de, 224
FARIA, Gilda, 157
FARIA, Octavio de, 61, 290, 291
FARIA, padre, 304
FARIAS, 402
FÉLIX, 59
FELLINI, Federico, 196
FEOLA, Vicente, 445, 446
FERNANDES, coronel Aires, 356
FERNANDEZ, Oscar Lorenzo, 130
FERREIRA, Artur, 159
FERREIRA, Ascenso, 53, 92, 152, 211, 279, 391, 401, 402
FERRONI, Vincenzo, 131
FIALHO, Rufino, 354, 355, 356
FIGUEIREDO, Fidelino de, 170
FILHO, Adacto, 130, 171
FITTIPALDI, Vicente, 139
FIÚZA, 460
FLORIT, Eugenio, 424
FOCILLON, Henri, 96
FOKINE, Michel, 156
FONSECA, Hermes da, 356
FONTEYN, Margot, 159
FOUJITA, Tsugouharu, 76
FRANÇA, Eurico Nogueira, 159, 217
FRANCE, Anatole, 36, 58, 431
FRANCISCO, 436
FRANCK, Cesar, 140, 153
FRANCO, Afonso Arinos de Melo, 61, 150, 203, 215, 304, 390, 395, 400, 404, 410, 435, 438
FRANCO, Afrânio de Melo, 417
FRANCO, Coronel, 174, 175
FREDERICO, 347
FREIRE, Laudelino, 216, 436
FREIRE, Luís José Junqueira, 273
FREIRE JÚNIOR, 378
FREITAS, José Freire de, 37
FREYRE, Gilberto, 49, 50, 53, 61, 76, 110, 194, 202, 239, 315, 316, 317, 368, 381, 399

FRIEIRO, Eduardo, 41
FROMM, Erich, 39
FROST, Robert, 50
FUENTE, Rafael de la, 48

G

GABAGLIA, Raja, 150, 171
GALLET, Luciano, 128, 129, 144
GALVÃO, Henrique, 65
GALVÃO, Patrícia Rehder, (Pagu), 77
GÁLVEZ, Elza, 159
GAMA E SILVA, Ruth, 157
GAMA, Marcelo, 304
GANTE, Pedro de, 424
GARBO, Greta, 186, 197, 303
GARCIA, Irineu, 62
GARCIA, Rodolfo, 210
GAUGUIN, Paul, 87, 88, 99
GAUTIER, Théophile, 275
GIDE, André, 393, 428
GILBERTO, João, 42
GIORGI, Bruno, 104
GOELDI, Oswaldo, 83, 88, 89, 90, 91
GOETHE, Johann Wolfgang von, 41, 56, 197
GOGH, Vincent Van, 88
GOMES, Carlos, 485
GOMES, Elza, 164, 165, 166
GOMES, Eugênio, 204
GOMES, Roberto, 434
GÓMEZ, Juan Vicente, 424
GOMIDE, Paulo, 448
GÓNGORA, Luis de, 69
GONZAGA, Tomás Antônio, 304
GOROSTIZA, José, 424
GOURMONT, Rémy de, 366
GOUVEIA, Agostinho, 128
GRAÇA, José de Magalhães, 171
GRÉCO, Juliette, 181
GREENE, Graham, 433
GREGÓRIO, 361
GREVEDON, Henri, 112
GRIECO, Agrippino, 49, 274
GRIEG, Edvard, 149, 157
GUANABARINO, Oscar, 148, 216, 217
GUARDIA, Pablo Rojas, 48

GUARNIERI, Mozart Camargo, 102, 131, 152
GUDIN, Eugênio, 372
GUIAMAR, Soares, 213
GUIGNARD, Alberto da Veiga, 84, 85, 86, 87, 100, 345
GUILLÉN, Jorge, 50
GUIMARAENS, Alphonsus de, 39, 304
GUIMARAENS FILHO, Alphonsus de, 39, 49, 250, 259, 304, 376, 386
GUIMARÃES, Albino de, 304
GUIMARÃES, Maria Elisa Modesto, 157
GUIMARÃES, Rogério, 487
GUIOMAR, 136
GUIRALDES, Ricardo, 421
GULLAR, Ferreira, 96, 119, 120, 282
GUTENBERG, Johannes, 433

H

HAFIZ, (Khwaja Shamsuddin Mohammad), 438, 439, 440
HANDEL, George Frideric, 151
HARDOUIN-MANSART, Jules, 434
HARDY, Oliver, 195
HAYDN, Joseph, 151, 153
HAYNES, Nara, 157
HEINE, Heinrich, 211
HELENA, Heloísa, 29
HENRIQUE IV, 361
HERCULANO, Alexandre, 310, 311
HERNANDEZ, José, 421, 422
HINDEMITH, Paul, 125
HOGG, Anny, 157
HOLANDA, Aurélio Buarque de, 205, 208, 227, 284, 338
HOLANDA, Sérgio Buarque de, 61, 324, 379, 395
HÖLDERLIN, Friedrich, 387
HOLST, Adrian Roland, 433
HONEGGER, Arthur, 125
HOSTOS, Eugenio María de, 225, 424
HOUSTON, Elsie, 143, 163
HUBRECHT, sra., 77
HUGO, Victor, 178
HUIDOBRO, Vicente, 429
HUNTINGTON, 318

I

IANSÃ, 179, 483
IBARBOUROU, Juana, 426
ICAZA, Jorge, 426
IEMANJÁ, 483, 484
IGLESIAS, Luís, 378
IMBASSAHY, Artur, 130, 163
INGRAM, Jayme, 152
INGRID, 329
ISA, 401, 402
ISMAILOVITCH, Dimitri, 111
ITTERSUM, Gerard Eliza van, 353
IVO, Lêdo, 40, 49, 335

J

J. C., 174
JANNINGS, Emil, 197
JARDIM, Luís, 61, 305
JARDIM, Reynaldo, 335
JEANNE, 59
JENI, 227
JESUS, Francisca de Paula de, (Nhá Chica), 468
JESUS, Madre Maria José de, 374, 375
JIMÉNEZ, Juan Ramón, 345, 426
JIMÉNEZ, Zenóbia, 345
JIZÍDIO NETO, Edvaldo, (Vavá), 446
JOÃO, São, 279, 304
JOINVILLE, 435
JORGE, São, 483
JOSÉ, São, 80
JOSETTI, Dyla Tavares, 136
JOYCE, James, 275, 406
JOZEF, Bella, 424
JUCÁ FILHO, Cândido, 309, 310
JÚLIA, dona, 471
JÚNIOR, Magalhães Raimundo, 66, 119, 174, 207, 413
JÚNIOR, Peregrino, 42, 66, 415
JUNOT, Jean-Andoche, 311
JUNQUEIRO, Abílio Manuel Guerra, 51, 358

K

KARAM, Francisco, 274, 340

KARSAVINA, Tamara, 156
KEATON, Buster, 195
KHACHATURIAN, Manuel, 59
KHAYYÁM, Omar, 439
KLEBER, 118
KLEIN, Jacques, 132
KORTE, Klara, 157
KRANACH, Lucas, 113
KREISLER, Fritz, 153
KRIEGER, Edino, 132
KRIGE, Uys, 386
KRUGER, Paul, 299
KUBIN, Alfred, 89, 90
KUBITSCHEK, Juscelino, 56, 57, 67, 121, 131, 177, 446, 455

L

LACERDA, Carlos, 253, 280, 353, 397, 474, 475
LACERDA, Jorge, 398
LACHMUND, Charles, 130
LAET, Carlos de, 209, 309, 358
LAJE, Alfredo, 87
LAMARR, Hedy, 189
LANDUCCI, Lélio, 79, 86
LAU, sra. Percy, 86
LAUREL, Stan, 195
LAVALLE, Juan Galo, 422
LEACH, Jane, 93
LEAL, Antônio Henriques, 229
LEÃO, Carlos, 61, 70, 79
LEÃO, Múcio, 61, 86, 205, 209, 214, 333, 438
LEÃO, sra. Múcio, 86
LEHMANN, John, 431
LEITE, José Roberto Teixeira, 117
LEME, Bellá Paes, 177
LEME, Sebastião, 114, 393, 472
LENOCA, 463
LEONI, Raul de, 265, 266, 366
LEONOR, 42
LEONOR, dona, 471
LEQUIO, Francesco, 77, 79
LÉVY, Duque de, 434
LILIENKRON, Detlev von, 387

LIMA, Alceu Amoroso, 50, 210, 214, 224, 239, 242, 384, 417
LIMA, Francisco Negrão de, 455, 479, 480
LIMA, Geraldo França de, 294
LIMA, Herman, 299, 300
LIMA, Jorge de, 61, 79, 194, 274, 340, 376, 383
LIMA E SILVA, Luís Alves de, (Duque de Caxias), 44
LIMA JÚNIOR, Augusto de, 304
LINHARES, Augusto, 67
LINS, Edison, 273, 274
LINS, Jaceguay, 217
LISBOA, Antônio Francisco, (Aleijadinho), 92, 217, 304, 453
LISBOA, Henriqueta, 245, 246, 285
LISBOA, José Carlos, 224
LISBOA, José da Silva, (visconde de Cairu), 315
LISBOA, Manuel Francisco, 304
LOBATO, Monteiro, 69, 298, 356, 363
LOBO, Hélio, 210
LOBO, Nair Gusmão, 130
LOBO, Sidney Haddock, 362
LONDOÑO, Víctor, 48
LOPES, B., 333
LOPES, Castro, 311
LOPES, Rodolfo Paula, 361
LOPES, Tomás, 36, 225
LOPOKOVA, Lydia, 156
LORCA, García, 261, 428
LOTT, Henrique Dufles Teixeira, 44, 45, 176
LOZANO, Fabiano, 149
LUCIFER, Charles, 377
LUÍS XIV, 434
LUZ, Zé da, 269, 270, 308
LUZARDO, Batista, 450
LYS, Edmundo, 69, 71

M

MAC DOWELL, 173
MACHADO, Aníbal Monteiro, 61, 64, 86, 87, 178, 196
MACHADO, Antônio, 428
MACHADO, José Gomes Pinheiro, 356, 475
MACHADO, Julião, 300
MACHADO, Maria Clara, 178

MACHADO, Nunes, 40
MADARIAGA, Salvador de, 433
MADEIRA, Marcos, 217
MAETERLINCK, Maurice, 69, 178
MAGALHÃES, Fernando, 454
MAGALHÃES, Otávio, 254
MAGALHÃES, Paulo, 104, 168
MAGALHÃES, Ruth de, 167
MAGNE, Augusto, 206, 216
MAGU, 66
MAÍSA, 42
MALFATTI, Anita, 298
MALIPIERO, Gian Francesco, 123, 155
MALLARMÉ, Stéphane, 178, 342, 401, 406
MALRAUX, André, 206
MANGABEIRA, Octavio, 204
MANUEL, Madame, 224
MARANHÃO, Raul, 51
MARCIER, Emeric, 92, 95, 99, 100
MARCOS, 59
MARIA, (mãe de Jesus), 80
MARIA, Ângela, 465
MARIANNO, Olegário, 72, 83, 208, 209, 212, 233, 234, 236, 237, 238, 245, 258, 396
MARIANNO FILHO, José, 233, 452
MARIANO, Lúcia. 166
MARICÁ, Marquês de, 465
MARINA, 42
MARINETTI, Filippo Tommaso, 115, 453
MÁRIO, 59
MARO, Públio Virgílio, 224
MAROIN, Evely, 157
MARON, 79
MAROT, 435
MARTÍ, José, 225, 360, 424
MARTINS, Aldemir, 66
MARTINS, Alonso, 355
MARTINS, Cacilda, 85
MARTINS, Cyro, 288
MARTINS, Hélcio, 424
MARTYNES, Gerald, 224
MASINA, Giulietta, 196
MASSARANI, Renzo, 132
MATISSE, Henri, 93
MATOS, 412
MAUÁ, 253

MAURICE, 59
MAURÍCIO, Jayme, 120
MAURIN, Antoine, 112
MAYA, Raymundo de Castro, 66
MEDEIROS, José Vicente de, 484
MEDEIROS E ALBUQUERQUE, José Joaquim, 244, 389
MEIRA, Mauritônio, 205
MEIRELES, Cecília, 93, 150, 246, 275, 276, 277, 278, 279, 340, 342, 462
MEIRELES, Vítor, 117
MELLO, Ayla Thiago de, 63
MELO, Barboza, 50, 51, 52, 53
MELO, Clóvis de, 38
MELO, Gladstone Chaves de, 284
MELO, Pedro de, 313
MELO, Teresinha Bandeira de, 78
MELO NETO, João Cabral de, 53, 330, 401, 402
MENDELSOHN, Felix, 153
MENDES, Murilo, 60, 77, 78, 79, 84, 87, 92, 94, 99, 258, 274, 285, 304, 340, 376, 385, 431
MENDES, Odorico, 229
MENDONÇA, Luís Carneiro de, 280
MENDONÇA, Renato, 307, 308
MENESES, D. Luís da Cunha, 394
MENESES, Julieta Teles de, 125, 127, 147
MENESES, Mme. Gomes de, 130
MENESES, Raimundo de, 413
MEREDITH, R. A., 93
MERQUIOR, José Guilherme, 336, 337
MEURET, François, 112
MEYER, Augusto, 204, 210, 247, 285, 328, 408
MEYER-LÜBKE, Wilhelm, 379
MIGNONE, Francisco, 62, 131, 132, 152, 374
MIGNONE, Liddy Chiaffarelli, 152
MIGUEIS, Justino, 84, 85
MIJARES, Augusto, 424
MILANO, Dante, 60, 79, 83, 268, 285
MILHAUD, Darius, 156
MILLÁN, Rafael, 347
MILLER, Antonieta Rudge, 134, 135, 136, 140, 153, 154
MILLIET, Sérgio, 415

MILTON, John 275
MIRANDA, Alcides Rocha, 70, 103
MIRANDA, Carmem, 487
MIRANDA, Gilda Rocha, 157
MIRANDA, Murilo, 345, 381
MIRANDA, Pontes de, 254
MIRANDA, Sá de, 167
MIRÓ, Joan, 156
MISTRAL, Gabriela, 107, 426
MODIGLIANI, Amedeo, 76, 79
MONGE, Joaquin Garcia, 426
MONTAIGNE, Michel de, 214, 224, 435
MONTALE, Eugenio, 50
MONTALVO, Juan María, 50
MONTEAGUDO, Bernardo José de, 422
MONTEIRO, Adolfo Casais, 328
MONTEIRO, José Maria, 177
MONTEIRO, Mozart, 303
MONTELLO, Josué, 211, 214
MONTENEGRO, Olívio, 61
MOOG, Vianna, 206, 417
MORAES, Eneida de, 62, 335
MORAES, Georgina de, 392
MORAES, Vinicius de, 42, 56, 61, 63, 84, 87, 94, 105, 159, 185, 189, 190, 193, 197, 249, 373, 392, 438
MORAIS, Evaristo de, 254
MORAIS, José Raul de, 479, 480
MORAIS FILHO, J. C., 449
MORAND, Paul, 453, 454
MORANGO, Lia Teresinha, 455
MORAVIA, Alberto, 433
MOREIRA, Carlos, 54, 401, 402
MOREIRA, Thiers Martins, 170, 171, 224
MORENO, Mariano, 189, 422
MOREYRA, Álvaro, 60, 163, 167, 205, 208, 209, 258, 304, 366, 413
MOREYRA, Eugênia Álvaro, 279, 452
MORICE, Charles, 264
MOTA, Mauro, 53, 401, 402
MOTTA, Cleonice Seroa da, 171
MOTTA, Viana de, 147
MOTTA FILHO, Cândido, 214
MOURA, Júlio, 479, 480
MOURA, Maria Lacerda de, 254
MOUSSY, 461

MOZART, Wolfgang Amadeus, 136, 146, 151, 153
MURICY, Andrade, 239
MUSSORGSKY, Modest Petrovich, 126
MUYDEN, Henry Van, 88

N

NABUCO, Joaquim, 52, 225, 226, 417, 418, 446, 475
NASCENTES, Antenor de Veras, 31, 61, 227, 311, 338, 362, 379, 473
NASCIMENTO, Edson Arantes do, (Pelé), 42, 446
NASCIMENTO FILHO, Frederico, 126, 127, 130
NAVA, Pedro, 56, 61, 254, 255, 258, 304, 392
NAVARRA, Ruben, 99, 103
NAZARÉ, Ernesto, 195, 378
NAZARETH, Maria de, 47
NECO, tio, 459
NEIVA, Artur, 309
NEMANOFF, Ricardo, 163, 164, 166
NEPOMUCENO, Alberto, 128, 159
NERUDA, Pablo, 50, 426
NERVAL, Gérard de, 89
NERY, Adalgisa, 42, 271, 304
NEVES, Cristiano das, 168
NEVES, João, 211, 417
NEY, Francisco de Paula, 413, 487
NIEMEYER, Oscar, 121, 214, 394
NIETZSCHE, Friedrich, 134
NIJINSKY, Vaslav, 156, 191
NIMS, John Frederick, 342
NOBRE, Antônio, 71, 147
NÓBREGA, Melo, 286
NOVAIS, Aderbal, 370
NOZIÈRES, Francesca, 167
NUNES, Cassiano, 207, 285, 471, 472
NUNES, José de Castro, 362
NUNES, Nair Duarte, 152

O

OCTAVIO FILHO, Rodrigo, 205, 208, 381, 417, 441

OGUM, 483
OITICICA, Dulce, 137
OITICICA, José, 137, 254
OLDEN, H., 93
OLIOSI, Eleonora, 158
OLIVEIRA, Alberto de, 49, 115, 234, 244, 396
OLIVEIRA, Alexandre de, 355
OLIVEIRA, Artur de, 163, 413
OLIVEIRA, Estevão de, 355
OLIVEIRA, José Norberto de, 284
OLYMPIO, José, 299
ONIS, Frederico de, 345
ORICO, Osvaldo, 67, 335
OSCAR, 59
OSWALD, Carlos, 101
OSWALD, Henrique, 128
OTAVIANO, Francisco, 210, 336
OVALLE, Jayme, 38, 79, 144, 152, 268, 303, 387, 395, 400, 407, 421
OXALÁ, 179

P

PACELLI, padre Eugênio, 441
PACHECO, Álvaro, 335
PAFOS, Aristarco de, 105
PAHNKE, Serge, 88
PALMA, Francisco, 239
PALMA, Ricardo, 211
PALMEIRA, 224
PANCETTI, José, 79, 92
PARAÍBA, Campina da, 62
PASSOS, Francisco Pereira, 466, 475, 487
PASSOS, Guimarães, 234, 236
PASSOS, Vital Pacífico, 414
PATROCÍNIO FILHO, José do, (Zeca), 209, 413
PAULA, Aloísio de, 461
PAULO, 436
PAVLOVA, Anna, 156
PEDERNEIRAS, Raul, 300, 378
PEDREIRA, Brutus, 129
PEDRO, São, 150, 445
PEDROSA, J. B. Ferreira, 355
PEDROSA, Mário, 92, 96, 97, 100, 119
PEDROSA, Vera, 120

PEIXOTO, Afrânio, 202
PEIXOTO, Carlos, 104
PEIXOTO, Floriano, 475
PEIXOTO, Luís, 164
PEIXOTO, Mário, 271, 290
PENA, Belisário, 207, 254
PENA FILHO, Carlos, 401, 402, 403
PENCK, 318
PENIDO FILHO, Raul, 171
PENNA, Cornélio, 203, 347, 399
PENNAFORT, Onestaldo de, 61, 173, 195, 250, 258, 264, 274, 473
PENTAGNA, sra., 107
PENTAGNA, Vito, 107, 109, 261, 262
PERDIGÃO, Crisóstomo, 174
PEREIRA, Lúcia Miguel, 61, 204, 305, 382
PERSE, St.-John, 50
PESSOA, Epitácio, 412
PESSOA, Fernando, 342, 396, 427, 428
PETIT, Francisco Constant, 112
PETRARCA, Francesco, 268
PICASSO, Pablo, 82, 156
PICCHIA, Menotti Del, 298
PICÓN-SALAS, Mariano, 424, 425, 426
PIDGEON, Walter, 189
PIEDADE, Nossa Senhora da, 304
PIERRE, 59
PIMENTA, M. Lopes, 355
PÍNDARO, 408
PINTO, H. Sobral, 379
PIRANDELLO, Luigi, 428
PIRES, Áurea, 69
PIRES, Sá, 86
PLATÃO, 197, 202
PLAUTO, Tito Mácio, 176, 196
POE, Edgar Allan, 89, 341, 466
POLITIS, Pomona, 210
PORTELLA, Eduardo, 373
PORTINARI, Beatriz, 76
PORTINARI, Candido, 61, 75, 76, 77, 78, 79, 80, 81, 82, 83, 84, 87, 92, 96, 102, 110, 117, 131, 151, 217, 335, 353, 364, 394
PORTINARI, Denise, 83
PORTINARI, Dominga Torquato, 80
PORTINARI, João Batista, 80, 81
PORTO, Leônidas, 424

POULENC, Francis, 156
POUND, Ezra, 50, 341
PRADO, Antônio da Silva, 168
PRADO, Manuel, 211
PRADO, Paulo, 324, 430
PRAMPOLINI, Enrico, 426
PRESTES, Júlio, 302
PREZ, Josquin des, 151
PRÓCHOROWA, Xenia, 138
PROKOFIEV, Sergei, 156
PROUST, Marcel, 66, 113, 428, 434
PUCCINI, Giacomo, 131
PUJOL, Alfredo, 202

Q

QUADROS, Jânio da Silva, 117, 280, 395, 400, 455
QUEIROZ, Eça de, 58
QUEIROZ, Rachel de, 89, 172, 177, 297, 388
QUENTAL, Antero de, 328
QUINTANA, Mário, 29
QUIROGA, Vasco de, 424

R

RACHMANINOFF, Sergei, 132, 136
RACINE, Jean, 224, 434, 435
RAIMUNDO, Jaques, 215
RAMALHETE, Clóvis, 63
RAMALHETE, Raquel, 63
RAMOS, Ângela, 157
RAMOS, Artur, 224, 483
RAMOS, Carvalho, 217
RAMOS, Graciliano, 203
RAMOS, Nereu, 398
RAMOS, Péricles Eugênio da Silva, 213, 284, 311, 358, 359, 360
RASKIN, Maurice, 141
RATZEL, Friedrich, 318
RAVEL, Maurice, 134, 143, 156
RAVIB, D., 43
REBELO, Marques, 61
REDONDO, senador, 356
REGADAS, Teotônio, 79
RÉGIO, Sérgio, 428
REGNIER, 435

REGO, José Lins do, 31, 61, 78, 194, 295, 301, 304, 370, 390, 400, 410, 411
REI, Maria do Carmo de Cristo, 374, 375
REIS, Nélio, 293
REIS, Ricardo, 427
REIS JÚNIOR, José Maria dos, 89
RENAULT, Abgar, 60, 114, 416
RENOIR, Pierre-Auguste, 88
RESPIGHI, Ottorino, 156
REYES, Alfonso, 60, 382, 424, 425, 453
RIBEIRO, Antônio José da Costa, 34, 69, 110
RIBEIRO, Carlos, 62, 412, 415
RIBEIRO, João, 69, 112, 210, 214, 306, 307, 314, 356, 361, 368, 393, 408
RIBEIRO, Joaquim, 261
RIBEIRO, Joaquim da Costa, 384
RIBEIRO, Júlio, 311
RIETI, Vittorio, 156
RILKE, Rainer Maria, 52, 277
RIMBAUD, Arthur, 31, 429
RIMSKY-KORSAKOV, Nicolai, 132, 156
RIO BRANCO, Barão de, 446, 485
RIVADAVIA, Bernardino, 422
ROCA, Julio Argentino, 43
ROCHA, Francisco, 84, 85
ROCHA, Glauce, 42, 177
ROCHA, J. Mendes da, 355
RODOLPHO, 43
RODRIGUES, Augusto, 94, 95, 103, 106, 117
ROGÉRIO, 43
ROMERO, Sílvio, 251, 459
RONDON, Cândido, 253
ROQUETTE-PINTO, Edgard, 83, 194
ROSA, 401, 402
ROSA, 438
ROSA, Abadie Faria, 165
ROSA, João Guimarães, 203, 213, 294, 295, 382, 404, 405, 406, 407
ROSÁLIA, 42
ROSÁRIO, Nossa Senhora do, 483
ROSSETTI, Christina, 60
ROSSETTI, 341
ROSTAND, Edmond, 215
RUBINSTEIN, Arthur, 141
RUBIO, Timóteo Pérez, 106, 107, 108, 109
RUEFF, Jean Georges, 392

S

SAAVEDRA, Barão de, 394
SAAVEDRA, Carmen, 79, 382, 394
SABINO, Fernando, 63
SACHA, 55, 329
SAGAN, Françoise, 192
SAINT-SAËNS, Camille, 147
SAINT-SIMON, Duque de, (Louis de Rouvroy), 63, 434
SAINTE-BEUVE, Charles Augustin, 435
SALES, Antônio, 70
SALINAS, Pedro, 425
SALVADOR, Vicente do, 99
SAMPAIO, J. J. Gomes, 202
SAMPAIO, José, 36
SAMUEL, 59
SÁNCHEZ, Homero Icaza, 105, 152, 424
SÁNCHEZ, Luís-Alberto, 426
SANDBANK, Mlle., 107
SANTA ROSA, Tomás, 78, 398
SANTÍSSIMA, Maria, 448
SANTORO, Cláudio, 159
SANTOS, Manuel Francisco dos, (Garrincha), 446
SANTOS, Marcos Teles Almeida, 66
SARAIVA, Francisco Rodrigues dos Santos, 308
SARDINHA, César, 190
SARMIENTO, Domingo Faustino, 225, 422
SARTRE, Jean-Paul, 181
SATIE, Erik, 143, 156
SAUL, 59
SAUSSURE, Ferdinand de, 308
SCHIAPPARELLI, Elsa, 197
SCHILLER, Friedrich, 172, 173
SCHLAPPRIZ, Luis, 316
SCHMIDT, Augusto Frederico, 61, 190, 191, 262, 274, 285, 303, 304, 367, 371, 372, 395
SCHUBERT, Franz, 71, 149
SCHUCHARDT, Hugo, 379
SCHUMANN, Robert, 130, 153, 154
SEBASTIÃO, São, 84
SEBERG, Jean, 192
SECUNDINO, 463

SEGALÁ, Manuel, 105, 382
SEGALÁ, sra., 484
SEGALL, Lasar, 102
SEGHERS, Pierre, 433
SELJAN, Zora, 179, 180
SÊNIOR, Paulo Eleutério, 335
SENNETT, Mack, 195
SERPA, Ivan, 118
SERRA, Joaquim, 209
SEVERINA, 486
SÉVIGNÉ, Mme. de, 435
SHELLEY, Percy Bysshe, 341
SHIRAZI, Saadi, 439
SIGNAC, Paul, 88
SILVA, Ademar Ferreira da, 446
SILVA, Antônio de Morais, 31, 43
SILVA, Eurico, 43
SILVA, Helena Castro, 157
SILVA, Maria Helena Vieira da, 103
SILVA, Nilton, 407
SILVA, Rodrigo, 475
SILVA, Virgulino Ferreira da, (Lampião), 401
SILVEIRA, Álvaro da, 254
SILVEIRA, Ênio, 105
SILVEIRA, Maria Sousa da, 285
SILVEIRA, Mem Xavier da, 80
SILVEIRA, Paulo, 216, 323
SILVEIRA, Sousa da, 61, 170, 171, 223, 224, 284, 285, 311, 313, 338, 362, 395, 465
SIMON, Michel, 392
SIMPSON, John, 112
SINGERMAN, Berta, 145, 167
SIQUEIRA, Nóbrega da, 272
SITWELL, Edith, 40
SIZENANDO, 486
SOARES, Luís, 102, 103
SOBRINHO, Barbosa Lima, 214
SODRÉ, Niomar Muniz, 392
SOÍDO, Henrique, 69
SOMES, Michel, 159
SOUSA, Auta de, 239
SOUSA, frei Luís de, 393
SOUSA, Octavio Tarquínio de, 304, 382, 438
SOUSA, Vlademir Alves de, 474
SOUSA LIMA, José de, 152, 279
SOUTO, Eduardo, 378

SOUZA, Fernando Tude de, 174
SOUZA, João Francisco Pereira de, 111
SOUZA, Washington Luís Pereira de, 128, 147, 302, 386
SPENDER, Stephen, 431
STAMATO, Yonne, 252
STEEN, Jan, 113
STERNE, Laurence, 76
STRAUSS, 409
STRAVINSKY, Igor, 125, 143, 156
STUART, Maria, 172
SUASSUNA, Ariano, 176
SUED, Ibrahim, 205, 210, 455
SWANSON, Glória, 195
SWEDENBORG, Emanuel, 361, 439, 450
SWIFT, Jonathan, 76
SWINBURNE, Algernon Charles, 341

T

TAUNAY, Afonso, 449
TAVARES, Adelmar, 29, 39, 207, 316, 479, 480
TAVARES, Hekel, 166
TAVARES, Mário, 132
TCHAIKOVSKY, Pyotr Ilyich, 132, 147, 156
TEIXEIRA, Manuelito, 164, 166
TEIXEIRA, Osvaldo, 117
TEONILA, 104
TERÁN, Tomás, 141, 152, 487, 488
TERESINHA, Santa do Menino Jesus 77
TESCHAUER, Carlos, 314
TOLENTINO, Nicolau, 107
TOMÁSIA, 459
TORRES, Heloísa Alberto, 318
TOTH, Arpad, 341
TOTÔNIO, 468
TUPINAMBÁ, Marcelo, 133
TURPIN, Ben, 195

U

UNAMUNO, Miguel de, 428
UNGARETTI, Giuseppe, 50, 342, 385
UREÑA, Max Henríquez, 426
UREÑA, Pedro Henríquez, 424, 426
UTRILLO, Maurice, 156

V

VACCANI, Celita, 104
VALDÉS, Ildefonso Pereda, 421, 422, 423, 453
VALE, Freitas, 386
VALÉRY, Paul, 223, 298, 304, 329, 393, 429
VALLIN, Ninon, 143
VALLOTON, Félix, 366
VARELA, Juan Cruz, 422
VARELA, Luís Nicolau Fagundes, 49, 233, 476
VARGAS, Getúlio, 101, 217, 417, 476, 483
VARONA, 225
VASCONCELOS, 407
VASCONCELOS, José Leite de, 31
VASCONCELOS, Sebastião, 177
VASSEUR, Augusto, 378
VEGA, Félix Lope de, 336
VEIGA, Evaristo da, 378
VELLINHO, Moysés, 415
VENÂNCIO FILHO, 318
VERCHININA, Nina, 159
VERDE, Cesário, 358
VERDI, Giuseppe, 392
VERLAINE, Paul, 69, 264, 379
VERMEER, Johannes, 113
VERSPOOR, Dolf, 433
VIANA, Ângela Barbosa, 167
VIANA, Gonçalves, 309
VICENTE, Gil, 170, 171, 224, 310
VIEIRA, Afonso Lopes, 167
VIGGIANI, Nicolino, 153
VILA, José María Vargas, 201
VILLA-LOBOS, Heitor, 37, 38, 47, 78, 102, 110, 125, 126, 127, 128, 129, 131, 134, 141, 143, 150, 151, 155, 159, 163, 364, 382, 424
VILLA-LOBOS, Lucília, 126, 127, 143
VILLAURRUTIA, Xavier, 336
VILLON, François, 326, 341, 422
VOLPI, Alfredo, 92
VOLTAIRE, 435

W

WAGNER, Felipe, 173
WARCHAVCHIK, Gregori, 102
WATERHOUSE, Richard, 94

WATTEAU, Jean-Antoine, 264
WEBSTER, Noah, 58
WEYDEN, Rogier van der, 151
WHITEHEAD, Alfred North, 100

X

XANGÔ, 179, 483
XAVIER, Eliezer, 110

Z

Z., 478
ZICO, 373
ZIEMBINSKI, Zbigniew, 176
ZORRILLA, José, 292

CONHEÇA OUTROS TÍTULOS DE MANUEL BANDEIRA PUBLICADOS PELA GLOBAL EDITORA:

Muitas crônicas presentes em *Flauta de papel* já haviam sido publicadas no livro *Crônicas da província do Brasil*. Mas, ao decidir reeditá-las depois de muito tempo que estavam esgotadas, o poeta e cronista optou por efetuar uma seleção dos textos, incluindo aí alguns escritos depois da publicação das *Crônicas da província*, e mudando o título da obra para este: *Flauta de papel*. Como assinalou na primeira edição, Bandeira pretendia demarcar, com esse novo nome, o caráter "de prosa para jornal, escrita em cima da hora, simples bate-papo com amigos" – e com isso procurava diminuir a importância dos textos. Mas a reunião deles e sua leitura não nos permitem concordar com o autor nesse aspecto.

Puxando pela memória e pontuando sempre a necessidade da contemplação da vida cotidiana, Bandeira escreve como se estivesse ao nosso lado, ou do outro lado da esquina, num café ou numa praça, disposto a engrenar um novo assunto, sempre muito afiado nos seus temas, para mais um dedo de prosa.

E foi nesse puxa-puxa que ele nos legou uma obra extraordinária também como cronista, figura indispensável que é entre nossos mais importantes autores do gênero.

    Libertinagem, publicado em 1930 em edição de quinhentos exemplares, é uma obra essencial de Manuel Bandeira. Muitos dos poemas que figuram neste livro são marcos da poesia brasileira, como "Vou-me embora pra Pasárgada", "Evocação do Recife" e "Pneumotórax", além de muitos outros inesquecíveis que marcaram gerações de leitores. É um desses livros raros e eternos, que não podem faltar em nenhuma biblioteca.

    Embora seja seu quarto livro de poesia, *Libertinagem* é considerado o primeiro totalmente afinado com a poesia modernista do grupo da Semana de Arte Moderna de 1922, não como adesão política, mas como construção de afinidades estéticas. A busca por uma "brasilidade", o tom irreverente e o coloquialismo, daquilo que o poeta chamou "língua errada do povo, língua certa do povo", são marcas do Modernismo em Bandeira. O verso livre, grande ruptura da poesia modernista, alcança com Bandeira um novo patamar: educado na escola da forma fixa, o poeta livra-se dela sem perder o que com ela aprendeu, criando, a partir de ritmos e da musicalidade, versos perfeitamente articulados.

    A poesia de Manuel Bandeira dá a impressão de uma permanente oralidade, um murmúrio interior em constante diálogo com o que há de mais moderno e popular naquele Brasil do século XX em constante transformação. Com tantos poemas memoráveis, podemos compreender porque o nome do autor está entre nossos maiores artistas da palavra.

A seleção de poemas de Manuel Bandeira que compõe esta antologia franqueia ao leitor a experiência de acompanhar as transformações de um poeta de primeira cepa de nossa literatura.

Principia com os versos que fazem parte de *A cinza das horas*, ainda com os sulcos do simbolismo português. Poesias de *Carnaval*, como "Os sapos", apresentam o poeta do Castelo astuciosamente praticando o verso livre. Poemas como "Berimbau", de *O ritmo dissoluto*, sinalizam o caminhar de Bandeira rumo à quebra da cadência rítmica tradicional.

Em criações como "Poética", de *Libertinagem*, talvez tenhamos o ápice deste percurso rumo à liberdade formal, traço que tanto caracterizaria o movimento modernista. "Vou-me embora pra Pasárgada", poema que permanece até hoje ecoando no inconsciente coletivo brasileiro, projeta o desejo de se transportar para um espaço idílico onde se possa vivenciar os momentos comuns da vida. Valorizar os elementos cotidianos, inclusive, é um traço onipresente na poética bandeiriana.

Selecionados pelo próprio Bandeira, os poemas que integram esta *Antologia poética* são preciosidades do repertório poético de um dos maiores artistas brasileiros da palavra.